Los caballeros de Salomón

Seix Barral

Steve Berry
Los caballeros de Salomón

Traducción del inglés por Francisco Lacruz

Título original:
The Templar Legacy

Primera edición: Marzo 2007

© Steve Berry, 2006
www.steveberry.org
© Mapas: David Lindroth, 2006

Esta traducción ha sido publicada de acuerdo con
Ballantine Books, un sello de Random House Publishing Group,
una división de Random House, Inc.

Derechos exclusivos de edición
en español reservados para
todo el mundo:
© EDITORIAL SEIX BARRAL, S. A., 2007
Avda. Diagonal, 662-664 - 08034 Barcelona
www.seix-barral.es

© Traducción: Francisco Lacruz, 2007
ISBN: 978-84-322-9689-5 Trade Paper
ISBN: 978-84-322-9686-4 TD
Depósito legal: B. 2.560 - 2007
Impreso en USA

Los caballeros de Salomón es una obra de ficción. Los nombres, personajes,
lugares y acontecimientos que se narran son fruto de la imaginación
del autor o se han utilizado de manera ficticia. Cualquier parecido
con hechos, lugares o personas reales, vivas o muertas, es pura coincidencia.

El papel utilizado para la impresión de este libro es cien por cien libre de cloro,
está calificado como **papel ecológico** y ha sido fabricado a partir de madera
procedente de bosques y plantaciones gestionadas con los más altos estándares
ambientales, garantizando una explotación de los recursos sostenible con el medio
ambiente y beneficiosa para las personas.

A Elizabeth,
siempre

Jesús dijo: «Conoce lo que está al alcance de tu vista, y lo que te está oculto se hará claro. Porque no hay nada oculto que no sea revelado.»

EL EVANGELIO DE SANTO TOMÁS

«Nos ha sido útil, este mito de Cristo.»

PAPA LEÓN X

AGRADECIMIENTOS

He sido afortunado. El mismo equipo que produjo mi primera novela, *The Amber Room*, en 2003, ha permanecido agrupado. Pocos escritores pueden disfrutar de tal lujo. De manera que, nuevamente, un montón de gracias a cada uno. Primero, a Pam Ahearn, mi agente, que creyó en mí desde el comienzo. Luego a la maravillosa gente de Random House: a Gina Centrello, una extraordinaria editora; a Mark Tavani, un editor mucho más juicioso de lo que sería propio de su edad (y un gran amigo también); a Ingrid Powell, con quien siempre se puede contar; a Cindy Murray, que hace un gran esfuerzo por dejarme bien en la prensa (lo cual es una notable tarea); a Kim Hovey, que comercializa con la habilidad y precisión de un cirujano; a Beck Stvan, el talentoso artista responsable de la espléndida cubierta; a Laura Jorstad, una revisora de manuscritos con ojo de lince, que hizo que no tuviera ningún desmayo; a Crystal Velasquez, la jefa de Producción que diariamente hace que vaya como una seda el proceso de edición; a Carole Lowenstein, que una vez más hizo que las páginas brillaran; y finalmente a todos los miembros de Promociones y Ventas... Absolutamente nada podría conseguirse sin sus importantes esfuerzos.

Un agradecimiento muy especial a una de mis «chicas», Daiva Woodworth, que le dio a Cotton Malone su nombre. Pero no puedo olvidar a mis otras «dos chicas»: Nancy Pridgen y Fran Downing. La inspiración de las tres me acompaña cada día.

Con una nota personal. Mi hija Elizabeth (que está creciendo muy deprisa) aportó una alegría diaria a las increíbles pruebas y tribulaciones que tuvieron lugar durante la creación de este libro. Es verdaderamente un tesoro.

Este libro está dedicado a ella.

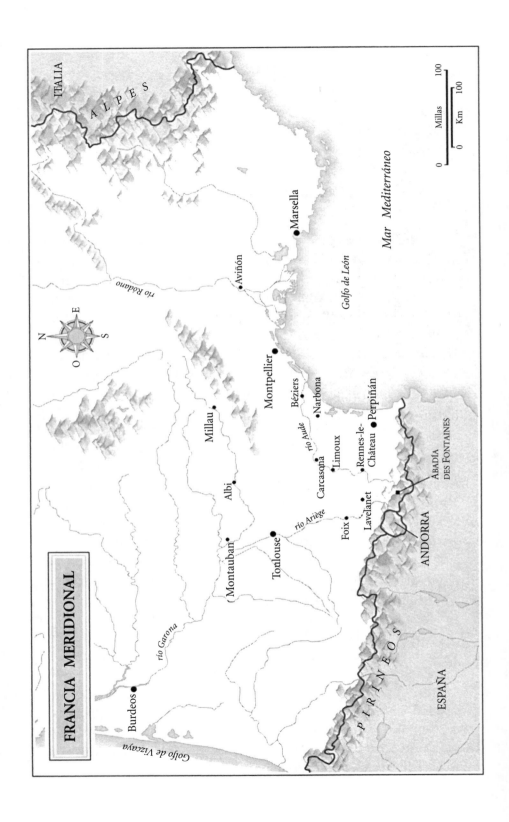

FRANCIA MERIDIONAL

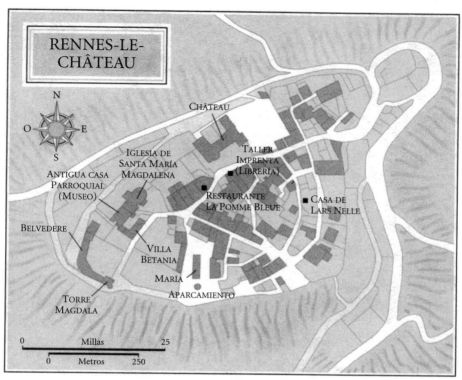

RENNES-LE-CHÂTEAU

N
O   E
S

CHÂTEAU

IGLESIA DE
SANTA MARÍA
MAGDALENA

ANTIGUA CASA
PARROQUIAL
(MUSEO)

TALLER
IMPRENTA
(LIBRERÍA)

RESTAURANTE
LA POMME BLEUE

CASA DE
LARS NELLE

BELVEDERE

VILLA
BETANIA

MARÍA

APARCAMIENTO

TORRE
MAGDALA

0   Millas   25

0   Metros   250

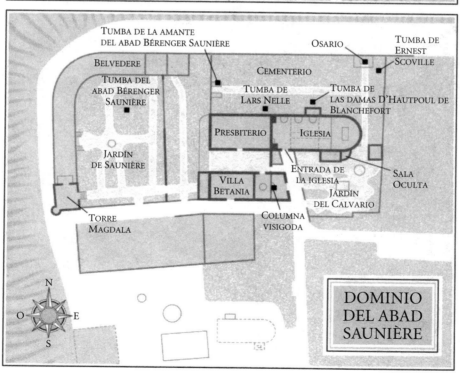

TUMBA DE LA AMANTE
DEL ABAD BÉRENGER SAUNIÈRE

OSARIO

TUMBA DE
ERNEST
SCOVILLE

BELVEDERE

CEMENTERIO

TUMBA DEL
ABAD BÉRENGER
SAUNIÈRE

TUMBA DE
LARS NELLE

TUMBA DE
LAS DAMAS D'HAUTPOUL DE
BLANCHEFORT

PRESBITERIO

IGLESIA

JARDÍN
DE SAUNIÈRE

ENTRADA DE
LA IGLESIA

SALA
OCULTA

VILLA
BETANIA

JARDÍN
DEL CALVARIO

TORRE
MAGDALA

COLUMNA
VISIGODA

N
O   E
S

DOMINIO
DEL ABAD
SAUNIÈRE

Siempre.

LOS CABALLEROS DE SALOMÓN

PRÓLOGO

París, Francia
Enero 1308

Jacques de Molay buscaba la muerte, pero sabía que la salvación nunca le sería ofrecida. Era el vigésimo segundo maestre de los Pobres Compañeros Soldados de Cristo y el Templo de Salomón, una orden militar que había existido bajo la protección de Dios durante doscientos años. Pero en los últimos tres meses, él, al igual que cinco mil de sus hermanos, había sido prisionero de Felipe IV, rey de Francia.

—Levantaos —ordenó Guillaume Imbert desde el umbral.

De Molay permaneció en el lecho.

—Sois insolente, incluso ante vuestra propia muerte —dijo Imbert.

—La arrogancia es todo lo que me queda.

Imbert era un hombre malévolo con un rostro como el de un caballo, que, como había notado De Molay, parecía tan impasible como una estatua. Era el gran inquisidor de Francia y el confesor personal de Felipe IV, lo cual quería decir que tenía la confianza del rey. Sin embargo, De Molay se había preguntado muchas veces qué, aparte del dolor, producía alegría en el alma del dominico. Pero sí sabía lo que le irritaba.

—No haré nada de lo que vos deseáis —añadió.

—Ya habéis hecho más de lo que os imagináis.

Eso era cierto, y De Molay una vez más lamentó su debilidad. La tortura de Imbert los días posteriores a los arrestos del 13 de

18

octubre había sido brutal, y muchos hermanos habían confesado maldades. De Molay se encogía ante el recuerdo de sus propias confesiones... Que aquellos que eran recibidos en la orden negaban al Señor Jesucristo y escupían sobre la cruz como desprecio hacía Él. De Molay incluso se había derrumbado y escrito una carta exhortando a los hermanos a confesar tal como él había hecho, y un número considerable de ellos había obedecido.

Sólo unos días atrás, emisarios de Su Santidad, Clemente V, habían llegado a París. Clemente era conocido como la marioneta de Felipe, motivo por el cual De Molay había traído consigo a Francia el verano anterior bastantes florines de oro y doce monturas cargadas con plata. Si las cosas iban mal, aquel dinero debía ser usado para comprar el favor del rey. Sin embargo, había subestimado a Felipe. El rey ya no deseaba tributos. Quería todo lo que la orden poseía. De manera que se urdieron acusaciones de herejía, y millares de templarios fueron arrestados en un solo día. A los emisarios del papa, De Molay les había informado de las torturas, y públicamente se retractó de su confesión, lo que sabía que produciría represalias. De manera que dijo:

—Imagino que Felipe estará ciertamente preocupado porque el papa pueda tener carácter.

—Insultar a vuestro apresador no es prudente —dijo Imbert.

—¿Y qué sería prudente?

—Hacer lo que deseamos.

—¿Y entonces cómo respondería ante mi Dios?

—Vuestro Dios está esperando que vos, y todos los demás templarios, respondáis.

Imbert hablaba con su usual voz metálica, que no dejaba entrever el menor vestigio de emoción.

De Molay ya no quería discutir. A lo largo de los últimos tres meses había soportado incesantes interrogatorios, amén de privación del sueño. Le habían colocado grilletes, untado los pies de grasa y acercado a las llamas, y estirado su cuerpo en el potro. Se había visto obligado incluso a contemplar cómo los borrachos carceleros torturaban a los otros templarios, la inmensa mayoría de los cuales eran simplemente granjeros, diplomáticos, contables, artesanos, navegantes, oficinistas. Se sentía avergonzado de lo que ya se había visto forzado a decir, y no iba a añadir voluntariamente nada más. Se echó hacia atrás en el apestoso camastro y esperó a que su carcelero se marchara.

Imbert hizo un gesto, y dos guardianes cruzaron la puerta y tiraron de De Molay para ponerlo en posición vertical.

—Traedlo —ordenó Imbert.

De Molay había sido arrestado en el Temple de París y retenido allí desde el mes de octubre anterior. La alta torre del homenaje, provista de cuatro torretas, era el cuartel general templario —y su centro financiero—, y no poseía ninguna cámara de tortura. Imbert había improvisado, convirtiendo la capilla en un lugar de inimaginable angustia... un lugar que De Molay había visitado a menudo durante los últimos tres meses.

—Me han dicho —dijo Imbert— que es aquí donde tenía lugar la más secreta de vuestras ceremonias.

El francés, vestido con un hábito negro, se acercó pavoneándose a un costado de la larga sala, cerca de un receptáculo esculpido que De Molay conocía bien.

—He estudiado los contenidos de este cofre. Contiene un cráneo humano, dos fémures y una mortaja blanca. Curioso, ¿no?

De Molay no tenía intención de responder nada. En vez de ello, recordó las palabras que cada postulante había emitido al ser recibido en la orden. «Sufriré todo lo que plazca a Dios.»

—Muchos de vuestros hermanos nos han contado cómo se usaban estos objetos. —Imbert movió negativamente la cabeza—. A esos desagradables extremos llegó vuestra orden...

Ya estaba harto.

—Responderemos sólo ante nuestro papa, como sirvientes del servidor de Dios. Sólo él nos juzgará.

—Vuestro papa está sometido a mi señor. Él no os salvará.

Y era cierto. Los emisarios del papa habían dejado claro que transmitirían la retractación de De Molay de su propia confesión, pero dudaba de que eso cambiara en alguna medida el destino de los templarios.

—Desnudadlo —ordenó Imbert.

El guardapolvo que había llevado desde el día de su arresto le fue arrancado del cuerpo. No sintió mucha tristeza al perderlo, ya que la sucia ropa olía a heces y orina. Pero la regla prohibía a todos los hermanos que mostraran su cuerpo. Sabía que la Inquisición prefería a sus víctimas desnudas, sin orgullo. Así que se dijo a sí mismo que no se arrugaría por el acto insultante de Imbert. Su anciano cuerpo de cincuenta y seis años de edad poseía aún una buena estatura. Al igual que todos los caballeros hermanos, había cuidado de él. Permaneció erguido, aferrándose a su dignidad, y calmosamente preguntó:

—¿Por qué debería ser humillado?

—¿Qué queréis decir? —En la pregunta flotaba un aire de incredulidad.

—Esta sala era un lugar de adoración; sin embargo, me desnudáis y contempláis mi desnudez, sabiendo que los hermanos desaprueban semejantes exhibiciones.

Imbert alargó la mano, abrió el cofre y sacó una larga tela de sarga.

—Diez acusaciones han sido dirigidas contra vuestra preciosa orden.

De Molay las conocía todas. Iban desde ignorar los sacramentos y adorar ídolos, hasta sacar provecho de actos inmorales, y practicar la homosexualidad.

—La que me produce más preocupación —dijo Imbert— es vuestro requisito de que cada hermano niegue que Cristo es nuestro Señor y que escupa sobre, y pisotee, la verdadera cruz. Uno de vuestros hermanos ha contado incluso que algunos orinaban sobre una imagen de Jesús en la cruz. ¿Es eso cierto?

—Preguntad a ese hermano.

—Desgraciadamente, no resistió la dura prueba sufrida.

De Molay no dijo nada.

—Mi rey y Su Santidad se disgustaron más por esta confesión que por todas las otras. Seguramente, como un hombre nacido en el seno de la Iglesia, podéis comprender que se irritaran así por vuestra negativa a ver a Cristo como nuestro Salvador, ¿no?

—Prefiero hablar sólo con el Sumo Pontífice.

Imbert hizo un gesto, y los dos guardianes sujetaron con grilletes las dos muñecas de De Molay, luego dieron un paso atrás y le estiraron los brazos sin ninguna consideración. Imbert sacó un látigo de varias colas de debajo de su hábito. Los extremos tintinearon al chocar y De Molay vio que cada uno de ellos estaba rematado con un hueso.

Imbert descargó el látigo bajo los estirados brazos y sobre la desnuda espalda de De Molay. El dolor se extendió por su cuerpo y luego retrocedió, dejando una sensación de quemazón que no se alivió. Antes de que la carne tuviera tiempo de recuperarse, llegó otro azote, y luego otro. De Molay no quería darle a Imbert ninguna satisfacción, pero el dolor le superó y lanzó un grito de agonía.

—No os burlaréis de la Inquisición —declaró Imbert.

De Molay contuvo sus emociones. Estaba avergonzado de haber gritado. Miró fijamente a los grasientos ojos de su inquisidor, y aguardó lo que seguía.

Imbert volvió a mirarle.

—¿Negáis a nuestro Salvador, decís que era solamente un hombre y no el hijo de Dios? ¿Mancháis la verdadera cruz? Muy bien. Pues veréis lo que es *soportar* la cruz.

El látigo volvió a caer... contra su espalda, sus nalgas, sus piernas. La sangre salpicó cuando las puntas de hueso rasgaron la piel.

El mundo se desvanecía.

Imbert detuvo sus azotes.

—Crucificad al maestre —gritó.

De Molay levantó la cabeza y trató de concentrar la mirada. Vio lo que parecía un trozo redondo de hierro negro, ribeteado de clavos en los bordes, las puntas torcidas hacia abajo y hacia dentro.

Imbert se acercó.

—Ved lo que vuestro Señor soportó... Nuestro señor Jesucristo, al cual vos y vuestros hermanos negasteis.

La corona fue apretada sobre su cráneo y encajada a golpes. Los clavos mordieron su cuero cabelludo y la sangre manó de las heridas, empapando su mata de grasiento cabello.

Imbert arrojó su látigo a un lado.

—Traedlo.

De Molay fue arrastrado a través de la capilla hasta una alta puerta de madera que antaño había conducido a sus aposentos privados. Trajeron un taburete y fue colocado encima de él. Uno de los guardianes lo sostenía derecho mientras otro permanecía preparado por si se resistía, pero estaba demasiado débil para hacerlo.

Le quitaron los grilletes.

Imbert tendió tres clavos a otro guardián.

—El brazo derecho hacia arriba —ordenó Imbert—. Tal como hablamos.

El brazo fue estirado por encima de su cabeza. El guardián se acercó y De Molay vio el martillo.

Y comprendió lo que pensaba hacer.

Santo Dios.

Sintió que una mano le agarraba la muñeca, y la punta de un clavo se apretaba contra su sudorosa carne. Vio que el martillo se balanceaba y oyó el golpe del metal contra el metal.

El clavo atravesó su muñeca y él lanzó un grito.

—¿Has encontrado venas? —le preguntó Imbert al guardián.

—Las he evitado.

—Bien. Así no morirá desangrado.

De Molay, siendo un joven hermano, había luchado en Tierra Santa cuando la orden había viajado hasta Acre. Recordaba la sensación de una hoja de espada contra la carne. Dura. Profunda. Duradera. Pero un clavo en la muñeca era algo infinitamente peor.

Su brazo izquierdo fue estirado en ángulo y otro clavo le atravesó la carne a la altura de la muñeca. De Molay se mordió la lengua, tratando de contenerse, pero el dolor le hizo rechinar los dientes. La sangre le llenó la boca y tuvo que tragar.

Imbert apartó el taburete de una patada y el peso de los seis pies de estatura de De Molay fue soportado ahora íntegramente por los huesos de sus muñecas, en especial la derecha, pues el ángulo de su brazo izquierdo tensaba el derecho hasta el punto de dislocación. Algo cedió en su hombro y el dolor golpeó su cerebro.

Uno de los guardianes le agarró el pie derecho y examinó la carne. Habían tenido buen cuidado en elegir los puntos de inserción, lugares donde corrían pocas venas. El pie izquierdo fue entonces colocado detrás del derecho y ambos fueron clavados a la puerta con un único clavo.

De Molay ya no tenía fuerzas para gritar.

Imbert inspeccionó la obra.

—Poca sangre. Bien hecho. —Dio un paso atrás—. Lo que nuestro Señor y Salvador soportó, vos lo soportaréis. Con una diferencia.

Ahora De Molay comprendió por qué habían elegido una

puerta. Lentamente, Imbert hizo balancear la hoja en sus goznes, abriendo la puerta y luego cerrándola de golpe.

El cuerpo de De Molay fue proyectado en un sentido, luego en el otro, oscilando sobre las dislocadas articulaciones de sus hombros, sobre los clavos. La tortura era de una especie tal que jamás hubiera pensado que existiese.

—Como el potro —dijo Imbert—. Donde el dolor puede ser aplicado en fases. Esto, también, tiene sus gradaciones. Puedo dejar que colguéis. Puedo haceros balancear de un lado a otro. O puedo hacer lo que acabáis de experimentar, que es lo peor de todo.

El mundo aparecía y desaparecía intermitentemente, y él apenas podía respirar. Cada uno de sus músculos estaba atenazado por el dolor. Su corazón latía salvajemente. El sudor brotaba de su piel, y se sentía como si tuviera fiebre, todo su cuerpo convertido en una rugiente llamarada.

—¿Os burláis de la Inquisición ahora? —preguntó Imbert.

De Molay quiso decirle a Imbert que odiaba a la Iglesia por lo que estaba haciendo. Un papa débil controlado por un monarca francés arruinado había conseguido destruir la más grande organización religiosa que el hombre había conocido. Quince mil hermanos repartidos por toda Europa. Nueve mil propiedades. Un grupo de hermanos que antaño habían dominado Tierra Santa y durado doscientos años. Los Pobres Compañeros-Soldados de Cristo y el Templo de Salomón eran el compendio de todo lo bueno. Pero el éxito había engendrado celos y, como maestre, él debería haberse percatado de las tormentas políticas que se cernían a su alrededor. Ser menos rígido, más flexible, no tan abierto. Gracias a Dios, había previsto algo, y tomado sus precauciones. Felipe IV nunca vería una onza del oro y la plata templarios.

Y tampoco vería el mayor tesoro de todos.

De modo que De Molay reunió las pocas fuerzas que le quedaban y levantó la cabeza. Imbert evidentemente pensó que se disponía a hablar y acercó la cabeza.

—Malditos seáis en el infierno —susurró la víctima—. Malditos seáis vos y todos los que os ayudan en vuestra causa infernal.

Su cabeza se derrumbó sobre el pecho. Oyó que Imbert gritaba para que hicieran balancear la puerta, pero el dolor era tan intenso e invadía su cerebro procedente de tantas direcciones que fue poco lo que sintió.

Lo estaban descolgando. Cuánto tiempo había permanecido suspendido, no lo sabía, pero sus músculos no notaron el relajamiento porque hacía mucho tiempo que estaban entumecidos. Lo transportaron a cierta distancia, y entonces se dio cuenta de que lo habían devuelto a la celda. Sus captores lo dejaron sobre el jergón, y cuando su cuerpo se hundió en los blandos pliegues, un familiar hedor llenó su nariz. La cabeza estaba elevada por una almohada, y los brazos extendidos a cada lado.

—Me han dicho —dijo rápidamente Imbert— que cuando un nuevo hermano era aceptado en vuestra orden, al candidato le rodeaban los hombros con un sudario de lino. Algo que simbolizaba la muerte, y luego la resurrección a una nueva vida como templario. Vos, también, tendréis ahora ese honor. He colocado debajo de vuestro cuerpo el sudario procedente del cofre de la capilla.

Imbert alargó la mano y dobló la larga tela de punto de espiga sobre los pies de De Molay, todo a lo largo de su húmedo cuerpo. Su mirada estaba ahora tapada por la tela.

—Me han dicho que utilizabais esto en Tierra Santa, y fue traído luego aquí y colocado sobre cada iniciado en París. Sois ahora un renacido —se burló Imbert—. Yaced aquí y pensad en vuestros pecados. Volveré.

De Molay estaba demasiado débil para responder. Sabía que Imbert probablemente había dado orden de que no lo mataran, pero también se daba cuenta de que nadie iba a cuidar de él. De modo que permaneció inmóvil. El entumecimiento estaba disminuyendo, sustituido por una intensa agonía. Su corazón seguía latiendo con fuerza y sudaba profusamente. Se dijo que debía calmarse y tratar de tener pensamientos agradables. Uno que no paraba de acudir a su mente era lo que él sabía que sus captores querían conocer por encima de todo. Era el único hombre vivo que lo sabía. Ése era el sistema de la orden. Un maestre pasaba el conocimiento al siguiente, de manera que sólo ellos estaban en el secreto. Por desgracia, debido a su repentino arresto y a la purga de la orden, la transmisión esta vez tuvo que hacerse de otra manera.

Él no permitiría que Felipe o la Iglesia vencieran. Sólo se enterarían de lo que él sabía cuando él quisiera que lo supieran. ¿Qué decía el Salmo? «Tu lengua inventa maldades como una navaja afilada, con efectos engañosos.»

Pero entonces se le ocurrió otro pasaje bíblico, un pasaje que daba cierto consuelo a su destrozada alma. De manera que mientras yacía envuelto en el sudario, manando sangre y sudor de su cuerpo, se acordó del Deuteronomio.

«Dejadme en paz, que pueda destruirlos.»

PARTE PRIMERA

I

Cotton Malone descubrió el cuchillo al mismo tiempo que veía a Stephanie Nelle. Se encontraba sentado a una mesa en la terraza del Café Nikolaj, muy cómodo en su silla de rejilla blanca. La soleada tarde era agradable, y Höjbro Plads, la popular plaza danesa que se extendía ante él, hervía de gente. El café estaba en plena actividad, como de costumbre —una actividad frenética—, y durante la última media hora Cotton había estado esperando a Stephanie.

Ésta era una mujer chiquita, de sesenta y tantos años, aunque ella nunca revelaba su edad y los archivos de personal del departamento de Justicia que Malone viera una vez contenían sólo un desconcertante N/C (no consta) en el espacio reservado para la fecha de nacimiento. Su oscuro cabello estaba veteado de plata, y sus ojos castaños ofrecían tanto la compasiva mirada de una liberal como el fiero centelleo de una fiscal del Estado. Dos presidentes habían tratado de nombrarla secretaria de Justicia, pero ella había declinado ambas ofertas. Otro secretario de Justicia, en cambio, había ejercido dura presión para que la despidieran —especialmente después de que ella fuera reclutada por el FBI para investigarlo a él—, pero la Casa Blanca desestimó la idea, dado que, entre otras cosas, Stephanie Nelle era escrupulosamente honesta.

Por el contrario, el hombre del cuchillo era bajo y robusto, de rasgos duros y cabello cortado al cepillo. Algo atormentado destacaba en su rostro de la Europa Oriental —una expresión de desolación que preocupaba más a Malone que la resplandeciente hoja que vio—, e iba vestido informalmente con unos pantalones vaqueros y una cazadora color rojo sangre.

Malone se levantó de su silla pero mantuvo sus ojos fijos en Stephanie.

Pensó en lanzar un grito de advertencia, pero ella estaba demasiado lejos y había mucho ruido. Su visión de la mujer quedó momentáneamente bloqueada por una de las esculturas modernistas que salpicaban la Höjbro Plads... Una mujer obscenamente obesa, que yacía desnuda boca abajo, sus llamativas nalgas redondeadas como montañas barridas por el viento. Cuando Stephanie apareció desde el otro lado de la estatua de bronce, el hombre del cuchillo se había acercado y Malone observó cómo cortaba la correa que pasaba por encima del hombro izquierdo de la mujer, liberaba el bolso de piel y luego hacía caer al suelo a Stephanie.

Una mujer chilló y se produjo una conmoción a la vista de un ladrón de bolsos blandiendo un cuchillo.

«Cazadora Roja» se lanzó hacia delante, con el bolso de Stephanie en la mano, se abrió paso a empujones. Algunos le devolvieron esos empellones. El ladrón torció a la izquierda en ángulo recto, alrededor de otra de las esculturas de bronce, y finalmente echó a correr. Parecía dirigirse al Köbmagergade, un callejón peatonal que torcía hacia el norte, saliendo de la Höjbro Plads, y adentrándose en el barrio comercial de la ciudad.

Malone se levantó de un brinco de la silla, decidido a cortarle el paso al asaltante antes de que éste pudiera doblar la esquina, pero un enjambre de bicicletas se lo impidió. Rodeó las bicicletas y esprintó, girando parcialmente en torno de una fuente antes de placar a su presa.

Ambos cayeron con estrépito al suelo de dura piedra. Cazadora Roja recibió la mayor parte del impacto, y Malone advirtió inmediatamente que su oponente era musculoso. El ladrón, impávido ante el ataque, rodó por el suelo dando una vuelta más, y luego hincó la rodilla en el estómago de Malone.

Éste se quedó sin respiración y sus tripas se revolvieron.

Cazadora Roja se puso en pie de un salto y corrió hacia el

Köbmagergade.

Malone se puso de pie también, pero instantáneamente se volvió a agachar e hizo un par de profundas inspiraciones.

Maldita sea. No estaba en forma.

Se recuperó y reanudó la persecución, aunque su presa le llevaba ahora una ventaja de unos quince metros. Malone no había visto el cuchillo durante la lucha, pero mientras se abría paso calle arriba entre las tiendas, sí vio que el hombre aún mantenía agarrado el bolso. El pecho le ardía, pero estaba reduciendo la distancia.

Cazadora Roja arrancó un carrito de flores a un desaseado viejo, uno de los muchos carritos que se alineaban tanto en la Höjbro Plads como en el Köbmagergade. Malone aborrecía a los vendedores ambulantes, que disfrutaban bloqueando la entrada de su librería, especialmente los sábados. Cazadora Roja empujó con fuerza el carrito en dirección a Malone. Éste no podía permitir que el carro corriera libremente —había demasiada gente en la calle, incluso niños—, de manera que salió disparado hacia él, lo sujetó con fuerza y lo detuvo.

Miró hacia atrás y vio a Shephanie doblar la esquina en dirección al Köbmagergade, junto con un policía. Se encontraban a una distancia equivalente a medio campo de fútbol, y él no tenía tiempo que perder.

Malone echó a correr, preguntándose adónde se dirigía el hombre. Quizás había dejado un vehículo, o le estaba esperando un conductor allí donde el Köbmagergade desembocaba en otra de las concurridas plazas de Copenhague, la Hause Plads. Confiaba en que no fuera así. Aquel lugar siempre estaba atestado de gente, más allá de la red de callejones peatonales que formaban la meca de los compradores conocida como Ströget. Los muslos le dolían tras aquella inesperada prueba; sus músculos apenas recordaban los tiempos de la Marina y el departamento de Justicia. Al cabo de un año de su retiro voluntario, su rutina de ejercicios no impresionaría a sus antiguos superiores.

Allá al frente se alzaba la Torre Redonda, arrimada contra la Iglesia de la Trinidad como un termo sujeto a una tartera. La robusta estructura cilíndrica se alzaba nueve pisos. El rey Christian IV de Dinamarca la había levantado en 1642, y el símbolo de su reino —un 4 dorado inscrito en una «C»— resplandecía en su sombrío edificio de ladrillo. Cinco eran las calles que confluían en el lugar donde se alzaba la Torre Redonda, y Cazadora Roja podía elegir cualquiera de ellas para escapar.

Aparecieron varios coches de la policía.

Uno de ellos frenó ruidosamente hasta detenerse en el costado sur de la Torre Redonda. Otro llegó por el Köbmagergade, bloqueando cualquier posible escape hacia el norte. Cazadora Roja estaba ahora acorralado en la plaza que rodeaba la Torre Redonda. La presa de Malone vaciló, pareciendo valorar la situación, luego se precipitó a la derecha y desapareció en la Torre Redonda.

¿Qué estaba haciendo aquel estúpido? Allí no había ninguna salida aparte de esa puerta. Pero quizás Cazadora Roja no lo sabía.

Malone corrió hacia la entrada. Conocía al hombre de la taquilla. El noruego se pasaba muchas horas en la librería de Malone debido a su pasión por la literatura inglesa.

—Arne, ¿dónde ha ido ese hombre?

—Ha entrado corriendo sin pagar.

—¿Hay alguien más ahí?

—Una pareja de ancianos subió hace un ratito.

No había ningún ascensor o escalera que condujera a la cúspide. Se subía a la cima por una rampa en espiral, instalada originalmente para que los voluminosos instrumentos astronómicos del siglo XVII pudieran ser subidos en carretillas. A los guías turísticos locales les gustaba contar que Pedro el Grande de Rusia había ascendido por allí a caballo, mientras su emperatriz le seguía en un carruaje.

Malone oyó las pisadas que resonaban en el entarimado del piso superior. Movió negativamente la cabeza ante lo que sabía que le aguardaba.

—Dígale a la policía que estamos allí arriba.

Y echó a correr.

A medio camino de la pendiente en espiral, pasó frente a una puerta que daba a la Gran Sala. La acristalada entrada estaba cerrada, y las luces apagadas. Unas dobles ventanas ornamentales se alineaban en las paredes exteriores de la torre, pero cada una de ellas estaba protegida por barrotes de hierro. Volvió a escuchar, y aún pudo oír a alguien corriendo arriba.

Continuó adelante, su respiración era cada vez más pesada y dificultosa. Aminoró el paso al cruzar por delante de un planetario medieval colocado en lo alto de la pared. Sabía que la salida a la terraza estaba sólo a unos metros de distancia, al otro lado de la curva final de la rampa.

Ya no oía pasos.

Siguió adelante y cruzó la arcada. Un observatorio octogonal —no de la época de Christian IV, sino una réplica más reciente— se alzaba en el centro, con una amplia terraza que lo circundaba.

A la izquierda de Malone, una verja de hierro forjado rodeaba el observatorio, su única entrada cerrada a cal y canto. A su derecha, una intrincada celosía, también de hierro forjado, perfilaba el borde exterior de la torre. Más allá de la baja barandilla se dibujaban los tejados de rojas tejas y verdes agujas de la ciudad.

Dio la vuelta a la plataforma y descubrió a un anciano tumbado en el suelo boca abajo. Detrás del cuerpo, Cazadora Roja se encontraba de pie, con el cuchillo contra la garganta de una anciana, y rodeándole el pecho con un brazo. La mujer parecía querer gritar, pero el miedo le ahogaba la voz.

—Tranquila —le dijo Malone en danés.

Estudió luego a Cazadora Roja. La mirada atormentada seguía allí, en aquellos oscuros, casi tristes ojos. Gotas de sudor brillaban bajo el resplandeciente sol. Todo indicaba que Malone no debía acercarse más. Las pisadas de abajo indicaban a su vez que la policía llegaría en cualquier momento.

—¿Qué le parece si nos calmamos? —preguntó, probando en inglés.

Vio que el hombre le comprendía, aunque el cuchillo seguía en su sitio. La mirada de Cazadora Roja se disparaba como una flecha hacia el cielo, y luego regresaba. Parecía inseguro, y eso preocupaba aún más a Malone. Las personas desesperadas siempre hacían cosas desesperadas.

—Suelte el cuchillo. La policía está al llegar. No hay escapatoria.

Cazadora Roja volvió a mirar el cielo, y después nuevamente a Malone. La indecisión se reflejó nuevamente en sus ojos. ¿Qué era esto? ¿Un ladrón de bolsos que huye hasta la cima de una torre de treinta metros de altura sin ningún lugar adonde ir?

Los pasos de abajo se hicieron más fuertes.

—La policía ya está aquí.

Cazadora Roja retrocedió acercándose a la barandilla de hierro, aunque ni por un momento soltó a la anciana. Malone sintió la dureza de un ultimátum que forzaba a una elección, de manera que quiso dejarlo claro otra vez:

—No hay escapatoria.

Cazadora Roja apretó con más fuerza el pecho de la mujer, luego siguió retrocediendo, ahora apretándose contra la barandilla exterior, que estaba a la altura de la cintura, sin nada más allá de él y su rehén que el aire.

De pronto sus ojos se liberaron del pánico, y una repentina calma envolvió al hombre. Empujó a la anciana hacia delante, y Malone la cogió antes de que perdiera el equilibrio. Cazadora Roja se santiguó y, con el bolso de Stephanie en la mano, se subió a la barandilla, gritó una sola palabra —«*Beauseant*»—, y después se cortó la garganta con el cuchillo mientras su cuerpo caía al vacío.

La mujer lanzó un alarido en el mismo momento en que la policía emergía de la puerta.

Malone la soltó y corrió hacia la barandilla.

Cazadora Roja yacía tendido sobre los adoquines treinta metros más abajo.

Malone se dio la vuelta y volvió a mirar al cielo, pero el asta de bandera situada en la cúspide del observatorio, la Dannebrog —una cruz blanca sobre un fondo rojo—, colgaba plácidamente en el tranquilo aire.

Miró hacia abajo y vio a Stephanie abriéndose camino a codazos entre la creciente multitud. Su bolso de piel yacía a un par de metros. Cotton vio que ella lo recogía de los adoquines, y luego se confundía entre los curiosos. La siguió con la mirada mientras ella se abría paso entre la gente y se escabullía por una de las calles que salía de la Torre Redonda, internándose en el bullicioso Ströget sin mirar atrás.

Malone movió la cabeza negativamente ante aquella apresurada huida y murmuró:

—¿Qué diablos?

II

Stephanie estaba alterada. Después de veintiséis años en el departamento de Justicia, los últimos quince dirigiendo la unidad llamada Magellan Billet, había aprendido que si algo andaba sobre cuatro patas, tenía trompa y olía a cacahuetes, era un elefante. No hacía falta colgarle un letrero sobre el lomo. Lo cual quería decir que el hombre de la cazadora roja no era ningún ladrón de bolsos.

Era algo completamente distinto.

Y eso quería decir que alguien estaba al tanto de su propósito.

Había visto cómo el ladrón saltaba de la torre... La primera vez que realmente era testigo de una muerte. Durante años había oído hablar a sus agentes de ello, pero hay un enorme abismo entre leer un informe y ver morir a alguien. El cuerpo había chocado contra los adoquines con un espantoso ruido sordo. ¿Saltó él? ¿O le había obligado Malone a hacerlo? ¿Habían peleado? ¿Había dicho algo antes de saltar?

Ella había llegado a Dinamarca con un propósito singular: visitar a Malone. Años atrás él había sido uno de sus doce elegidos para el Magellan Billet. Había conocido al padre de Malone y seguido el continuo ascenso del hijo, por lo que se alegró de tenerlo cuando él aceptó la oferta y se trasladó desde la Auditoría Militar General de la Marina a Justicia. Con el tiempo llegó a ser su mejor agente, y se entristeció cuando el año anterior él decidió marcharse.

No le había visto desde entonces, aunque habían hablado por teléfono algunas veces. Cuando daba caza al ladrón, ella había observado que su alto cuerpo seguía conservando su musculatura y su cabello era espeso y ondulado, con el mismo ligero tono de color siena que ella recordaba, parecido al de la vieja piedra de los edificios que la rodeaban. Durante los doce años que había trabajado para ella, siempre se había mostrado franco e independiente, lo cual le convertía en un buen detective —alguien en quien se podía confiar—, aunque también había simpatía. Realmente, había sido algo más que un subordinado.

Era su amigo.

Pero eso no quería decir que ella lo quisiera implicar en sus asuntos.

Perseguir al hombre de la cazadora roja era propio de Malone, pero también un problema. Visitarle ahora significaría que surgirían preguntas, preguntas que ella no tenía intención de responder.

Lo de pasar el tiempo con un viejo amigo tendría que esperar.

Malone salió de la Torre Redonda y fue en busca de Stephanie. Al abandonar la terraza, los sanitarios estaban atendiendo a la pareja de ancianos. El hombre estaba conmocionado por un golpe en la cabeza, pero se repondría. La mujer seguía histérica, y uno de los enfermeros insistía en llevarla a una ambulancia que les esperaba.

El cuerpo de Cazadora Roja seguía tendido en la calle, bajo una sábana de color amarillo pálido, y la policía estaba ocupada dispersando a la gente. Abriéndose lentamente paso a través de la multitud, Malone vio que levantaban la sábana y el fotógrafo de la policía se disponía a hacer su trabajo. El ladrón se había cortado la garganta. El ensangrentado cuchillo yacía a varios metros de distancia de un brazo que estaba retorcido en un ángulo poco natural. La sangre había brotado del tajo del cuello, derramándose por los adoquines y formando un oscuro charco. El cráneo estaba hundido, el torso aplastado y las piernas retorcidas como si no contuvieran ningún hueso. La policía le había dicho a Malone que no se marchara —necesitaban una declaración—, pero por el momento él necesitaba encontrar a Stephanie.

Consiguió atravesar el grupo de mirones, y miró hacia atrás, al cielo nocturno, donde el sol de última hora de la tarde brillaba con despilfarradora gloria. No se veía una sola nube. Sería una noche excelente para contemplar las estrellas, pero nadie visitaría el observatorio situado en la cúpula de la Torre Redonda. No. Estaría cerrada aquella noche, pues un hombre acababa de matarse saltando de ella.

¿Y qué decir de aquel hombre?

Los pensamientos de Malone eran una maraña de curiosidad y aprensión. Pensaba que regresaría a su librería y se olvidaría de Stephanie Nelle y de lo que ésta estaba haciendo. Sus asuntos ya no eran de su incumbencia. Pero sabía que eso no iba a pasar.

Algo se estaba revelando, y no era bueno.

Descubrió a Stephanie unos cincuenta metros más adelante, en el Vestergade, otro de los largos callejones que formaban el complicado distrito comercial de Copenhague. Su paso era vivo, imperturbable, y de repente torció a la derecha y desapareció en uno de los edificios.

Malone inició un trotecillo y descubrió el rótulo, HANSEN'S ANTIKVARIAT, una librería, su propietario era una de las pocas personas de la ciudad que no había dado una cálida bienvenida a Malone. A Peter Hansen no le gustaban los extranjeros, especialmente los norteamericanos, e incluso había intentado bloquear la admisión de Malone en la Asociación de Libreros Anticuarios Daneses. Afortunadamente, el desagrado de Hansen no se había demostrado contagioso.

Viejos instintos estaban nuevamente ocupando su sitio, sentimientos y sensaciones que habían quedado inactivos desde su retiro el año anterior. Sensaciones que no le gustaban, pero que siempre le habían hecho avanzar.

Se detuvo en seco ante la puerta y vio a Stephanie en el interior, hablando con Hansen. Los dos se retiraron luego al interior, el almacén, que ocupaba la planta baja de un edificio de tres pisos. Conocía la disposición interior, ya que había pasado el año anterior estudiando las librerías de Copenhague. Casi todas ellas eran un fiel reflejo de la pulcritud nórdica, las estanterías organizadas por temas, y los libros cuidadosamente colocados en ellas. La de Hansen, sin embargo, era algo más caótica. Él era una mezcla ecléctica de lo viejo y lo nuevo... principalmente nuevo, ya que no era alguien que pagara el máximo por las colecciones privadas.

Malone se deslizó en el oscuro espacio y confió en que ninguno de los empleados le llamara por su nombre. Había cenado un par de veces con la encargada de Hansen, que era como se había enterado de que él no era del agrado del librero. Afortunadamente, ella no andaba por allí, y sólo unas diez personas examinaban las estanterías. Rápidamente se trasladó a la parte trasera, donde, como sabía, se abrían una miríada de pequeños cubículos, cada uno de ellos rebosante de estanterías. No se sentía muy cómodo estando allí —a fin de cuentas, Stephanie simplemente había llamado y dicho que estaría en la ciudad unas horas y quería saludarlo—, pero eso fue antes de que apareciera Cazadora Roja. Y él sentía una maldita curiosidad por saber lo que aquel hombre había deseado tanto para dar la vida por ello.

No debería haberse sorprendido por el comportamiento de Stephanie. Siempre se había mostrado muy reservada, demasiado reservada, a veces, lo cual a menudo había generado enfrentamientos. Una cosa era estar a salvo en la oficina de Atlanta trabajando en un ordenador, y otra completamente distinta andar bregando sobre el terreno. Las buenas decisiones nunca podían tomarse sin la información correcta.

Divisó a Stephanie y Hansen en el cuarto sin ventanas que le servía de oficina al dueño del local. Malone le había visitado allí una vez cuando trató de entablar amistad con el idiota. Hansen era un hombre fornido, provisto de una larga nariz que sobresalía de un bigote grisáceo. Malone se situó detrás de una fila de sobrecargadas estanterías, y cogió un libro fingiendo leer.

—¿Por qué ha hecho usted un viaje tan largo para esto? —estaba diciendo Hansen con su tensa, jadeante, voz.

—¿Está usted familiarizado con la subasta de Roskilde?

Típico de Stephanie, responder a una pregunta que no quiere contestar con otra pregunta.

—Acudo con frecuencia. Hay montones de libros en venta.

Malone también estaba familiarizado con la subasta. Roskilde se hallaba a unos treinta minutos al oeste de Copenhague. Los marchantes de libros antiguos de la ciudad se reunían una vez al trimestre para una subasta que atraía a compradores de toda Europa. Dos meses después de la apertura de su tienda, Malone había ganado casi doscientos mil euros allí gracias a la venta de cuatro libros que había conseguido encontrar en una oscura venta de bienes de la República Checa. Aquellos fondos le habían permitido pasar de agente del gobierno a empresario, algo mucho menos estresante. Pero también había engendrado celos, y Peter Hansen no ocultaba su envidia.

—Necesito el libro del que hablamos. Esta noche. Dijo usted que no habría ningún problema en conseguirlo —dijo Stephanie, en el tono de alguien acostumbrado a dar órdenes.

Hansen se rió entre dientes.

—Norteamericanos... Todos son iguales. El mundo gira alrededor de ustedes.

—Mi marido me dijo que era usted un hombre que podía encontrar lo inencontrable. El libro que quiero ya ha sido encontrado. Sólo necesito que se compre.

—Eso quiere decir que será vendido al mejor postor.

Malone frunció el ceño. Stephanie no sabía el peligroso terreno en que se estaba metiendo. La primera regla de un trato era no revelar nunca lo muy desesperadamente que uno deseaba algo.

—Es un libro desconocido que no interesa a nadie —dijo ella.

—Pero aparentemente a usted sí, lo que quiere decir que habrá otros.

—Asegúrese de que nosotros somos los mejores postores.

—¿Por qué es tan importante ese libro? Nunca he oído hablar de él. Su autor es desconocido.

—¿Cuestionará usted los motivos de mi marido?

—¿Qué significa eso?

—Que no es asunto de su incumbencia. Hágase con el libro, y yo le pagaré sus honorarios, tal como acordamos.

—¿Por qué no lo compra usted misma?

—No pienso dar explicaciones.

—Su marido era mucho más agradable.

—Está muerto.

Aunque aquella aclaración no delataba ninguna emoción, se produjo un momento de silencio.

—¿Vamos a ir juntos a Roskilde? —preguntó Hansen, captando al parecer el mensaje de que no iba a conseguir nada de ella.

—Nos encontraremos allí.

—No veo el momento.

Stephanie salió de la oficina y Malone se encogió un poco más en su rincón volviendo la cara cuando ella pasaba. Oyó cerrarse de golpe la puerta del despacho de Hansen, y aprovechó la oportunidad para regresar a grandes zancadas a la entrada.

Stephanie abandonó precipitadamente la oscurecida tienda y giró a la izquierda. Malone esperó, luego se deslizó despacio tras ella y observó que su antigua jefa zigzagueaba entre los compradores de la tarde, de regreso a la Torre Redonda.

Dejó cierta distancia y la siguió.

La mujer nunca volvía la cabeza. Al parecer no prestaba atención a la posibilidad de que alguien pudiera interesarse por lo que ella hacía. Sin embargo, debería haberlo hecho, especialmente después de lo que había pasado con Cazadora Roja. Malone se preguntó por qué su protección no estaba allí. Por supuesto, ella no era un agente de campo, pero tampoco una estúpida.

En la Torre Redonda, en vez de torcer a la derecha y dirigirse hacia la Höjbro Plads, donde se encontraba la tienda de Malone, ella siguió recto. Al cabo de tres manzanas más, desapareció dentro del Hotel d'Angleterre.

Le dolía que ella tuviera intención de comprar un libro en Dinamarca y no le hubiera pedido ayuda. Evidentemente, no quería involucrarle. De hecho, después de lo ocurrido en la Torre Redonda, al parecer ni siquiera había querido hablar con él.

Consultó su reloj. Eran algo más de las cuatro y media. La subasta empezaba a las seis de la tarde, y Roskilde estaba a media hora en coche. Él no había tenido intención de asistir. El catálogo que había recibido semanas atrás no contenía nada de interés. Pero ése ya no era el caso. Stephanie estaba actuando de una manera extraña, incluso para ella. Y una voz familiar en lo más profundo de su cabeza, una voz que le había mantenido con vida durante sus doce años como agente del gobierno, le decía que ella iba a necesitarlo.

III

Abadía des Fontaines
Pirineos franceses
5:00 PM

El senescal se arrodilló al lado de la cama para confortar a su agonizante maestre. Durante semanas había rezado para que no llegara este momento. Pero pronto, después de dirigir la orden sabiamente durante veintiocho años, el anciano que yacía en el lecho alcanzaría su bien ganada paz y se uniría a sus predecesores en el Cielo. Desgraciadamente para el senescal, el tumulto del mundo continuaría, y él temía esa perspectiva.

La habitación era espaciosa. Sus viejas paredes de piedra y madera no mostraban decadencia alguna, y sólo las vigas de pino del techo aparecían ennegrecidas por el tiempo. Una solitaria ventana, como un ojo sombrío, rompía la continuidad de la pared exterior, y enmarcaba una hermosa cascada cuya belleza contrastaba con una desolada montaña gris en el fondo. El crepúsculo hacía más densa la oscuridad en los rincones de la habitación.

El senescal alargó la mano para coger la del anciano, que estaba fría y húmeda.

—¿Puede usted oírme, maestre? —preguntó en francés.

Los cansados ojos se abrieron.

—No me he ido todavía. Pero será pronto.

Había oído a otros en su hora final haciendo similares afirmaciones, y se preguntó si el cuerpo simplemente se agotaba, careciendo de la energía para obligar a los pulmones a respirar, o al corazón a latir, la muerte ganando finalmente la partida allí donde la vida había florecido. Agarró la mano con más fuerza.

—Le echaré de menos.

Una sonrisa afloró a los finos labios del enfermo.

—Me has servido bien, como supuse que harías. Por eso te elegí.

—Habrá muchos conflictos en los días que nos aguardan.

—Estás preparado. Yo he procurado que fuera así.

Él era el senescal, el segundo tras el maestre. Había ascendido rápidamente de categoría, demasiado rápidamente para algunos, y sólo el firme liderazgo del maestre había contenido el descontento. Pero pronto la muerte reclamaría a su protector, y él temía que pudiera seguirle una abierta rebelión.

—No hay ninguna garantía de que yo le suceda.

—Te subestimas.

—Respeto el poder de nuestros adversarios.

Un silencio se abatió sobre ellos, permitiendo que las alondras y los mirlos anunciaran su presencia más allá de la ventana. Bajó la mirada hacia su maestre. El anciano llevaba una bata azul celeste salpicada de estrellas doradas. Aunque sus rasgos faciales se habían afilado por la cercanía de la muerte, seguía notándose un vigor en las magras formas del anciano. Una barba gris larga y descuidada, manos y pies oprimidos por la artritis, pero unos ojos que continuaban brillando. Sabía que veintiocho años de jefatura habían enseñado muchas cosas al viejo guerrero. Quizás la lección más vital era cómo proyectar, incluso frente a la muerte, una máscara de cortesía.

El doctor había confirmado el cáncer unos meses atrás. Tal como exigía la regla, se había permitido que la enfermedad siguiera su curso, como la consecuencia natural de la acción de Dios aceptada. Millares de hermanos a través de los siglos habían soportado el mismo final, y resultaba inimaginable que el maestre faltara a la tradición.

—Me gustaría poder oler el agua —susurró el viejo.

El senescal miró hacia la ventana. Sus hojas de vidrio del siglo XVI estaban completamente abiertas, permitiendo que el dulce aroma de la piedra mojada y la verde hierba se filtrara hasta sus ventanillas nasales. La lejana agua rugía en su burbujeante curso.

—Su habitación ofrece el lugar perfecto.

—Una de las razones por las que quise ser maestre.

El senescal sonrió, sabiendo que el viejo estaba bromeando. Había leído las Crónicas y sabía que su mentor había ascendido gracias a su capacidad para afrontar cada giro de la fortuna con la adaptabilidad de un genio. Su mandato había sido de paz, pero todo eso pronto cambiaría.

—Debería rezar por su alma —dijo el senescal.

—Ya habrá tiempo para eso. En vez de ello, debes prepararte.

—¿Para qué?

—Para el cónclave. Reúne tus votos. Prepárate. No permitas que tus enemigos tengan tiempo de aliarse. Recuerda todo lo que te enseñé.

La áspera voz se quebraba por la debilidad, pero seguía habiendo firmeza en el tono.

—No estoy seguro de que quiera ser maestre.

—Sí que quieres.

Su amigo le conocía bien. La modestia exigía que rehusara el manto, pero lo que más deseaba en el mundo era ser el siguiente maestre.

Sintió que la mano del viejo temblaba. Unas pocas inspiraciones superficiales fueron necesarias para que el viejo se calmara.

—He preparado el mensaje. Está ahí, en la mesa.

Sabía que el deber del próximo maestre sería estudiar ese testamento.

—El deber tiene que cumplirse —dijo el maestre—. Como se ha hecho desde el Inicio.

El senescal no quería oír hablar de deber. Estaba más preocupado por la emoción. Paseó su mirada por la habitación, que contenía solamente la cama, un reclinatorio situado delante de un crucifijo, un escritorio, y dos envejecidas estatuas de mármol metidas en nichos de la pared. Hubo una época en que la cámara había estado llena de cuero español, porcelana de Delft, muebles ingleses. Pero la ostentación había sido suprimida hacía mucho tiempo del carácter de la orden.

Al igual que del suyo.

El anciano jadeó en busca de aire.

El senescal bajó la mirada hacia el hombre que yacía en aquel inquieto sopor provocado por la enfermedad. El maestre cogió aire, parpadeó algunas veces y luego dijo:

—Aún no, viejo amigo. Pero será pronto.

IV

ROSKILDE
6:15 PM

Malone esperó hasta que la subasta se hubo iniciado para deslizarse en la sala. Estaba familiarizado con el sistema y sabía que las pujas no empezarían antes de las seis y veinte, ya que había cuestiones preliminares tocantes al registro de compradores y acuerdos de venta que habían de ser verificadas antes de que el dinero empezara a cambiar de manos.

Roskilde era una antigua ciudad situada junto a un estrecho fiordo. Fundada por los vikingos, había servido de capital de Dinamarca hasta el siglo XV y continuaba desprendiendo cierta gracia real. La subasta se celebraba en el centro de la ciudad, cerca de la Domkirke, en un edificio del Skomagergade, donde los zapateros habían dominado una vez. Vender libros era todo un arte en Dinamarca —en el país se valoraba mucho la palabra escrita—, uno que Malone, como bibliófilo de toda la vida, había llegado a admirar. Antaño los libros fueron para él simplemente un pasatiempo, una diversión de las presiones de su arriesgado oficio, ahora constituían su vida.

Tras descubrir a Peter Hansen y Stephanie en una de las filas delanteras, él se quedó en la parte trasera, detrás de una de las columnas de piedra que sostenían el abovedado techo. No tenía intención de pujar, de modo que no importaba que el subastador pudiera verlo.

Los libros venían y se iban, algunos por una respetable suma

46

de coronas. Pero observó que Peter Hansen se animaba cuando fue mostrado el siguiente artículo.

—*Pierres Gravées du Languedoc*, de Eugène Stüblein. Editado en 1887 —anunció el subastador—. Una historia local, bastante corriente para la época, impresa en sólo unos centenares de ejemplares. Éste forma parte de una propiedad recientemente adquirida. Este libro tiene una elegantísima encuadernación de piel, sin marcas, y posee algunos extraordinarios grabados... Uno de ellos aparece reproducido en el catálogo. No es algo de lo que normalmente nos ocupemos, pero el volumen es bastante precioso, de modo que pensamos que podría tener algún interés. Una puja de apertura, por favor.

Se produjeron tres rápidamente, todas ellas bajas, la última de cuatrocientas coronas. Malone hizo números. Sesenta dólares. Hansen subió entonces a ochocientas. No llegaron más pujas de otros potenciales compradores hasta que uno de los intermediarios en contacto telefónico con aquellos que no podían asistir anunció una puja de un millar de coronas.

Hansen pareció preocupado por el inesperado desafío, especialmente procedente de un postor a larga distancia, y subió su oferta a mil cincuenta. El Hombre del Teléfono contraatacó con dos mil. Un tercer postor se unió a la refriega. Los gritos continuaron hasta que la postura se elevó a nueve mil coronas. Hubo más que parecieron creer que en el libro podría haber algo más. Un minuto más de intensa puja terminó con una oferta de Hansen de veinticuatro mil coronas.

Más de cuatro mil dólares.

Malone sabía que Stephanie era una funcionaria, alguien que cobraba entre setenta y ochenta mil dólares al año. Su marido había muerto unos años antes y le había dejado algunos bienes, pero no era rica y ciertamente tampoco una coleccionista de libros, por lo cual Cotton se preguntó por qué estaría ella dispuesta a pagar tanto dinero por un desconocido diario de viajes. La gente se los traía a su tienda por cajas, muchos del siglo XIX y comienzos del XX, una época en la que los relatos personales de viajes a lugares remotos eran populares. La mayor parte estaba escrita en una prosa recargada, y, en general, carecían de valor.

Éste, evidentemente, parecía una excepción.

—Cincuenta mil coronas —ofreció el Hombre del Teléfono.

Más del doble de la última puja de Hansen.

Las cabezas se volvieron y Malone se retiró detrás de la columna cuando Stephanie se dio la vuelta para enfrentarse con el postor telefónico. Malone atisbó alrededor del borde y vio que Stephanie y Hansen conversaban, luego volvió a prestar su atención al subastador. Transcurrió un momento de silencio mientras Hansen parecía considerar su siguiente movimiento, pero evidentemente estaba siguiendo las instrucciones de Stephanie.

Ésta movió negativamente la cabeza.

—El artículo queda adjudicado al postor del teléfono por cincuenta mil coronas.

El subastador retiró el libro del expositor, y se anunció una pausa de quince minutos. Malone sabía que la casa iba a echar una ojeada a *Pierres Gravées du Languedoc* para ver qué lo hacía merecedor de ocho mil dólares. Sabía que los tratantes de Roskilde eran astutos y no estaban acostumbrados a que los tesoros se deslizaran por su lado sin advertirlos. Pero aparentemente algo había ocurrido esta vez.

Malone continuó arrimado a la columna mientras Stephanie y Hansen seguían cerca de sus asientos. Una serie de rostros familiares llenaron la sala, y él esperó que nadie lo llamara por su nombre. La mayor parte del público se encontraba holgazaneando en el otro rincón, donde estaban ofreciendo refrescos. Observó que dos hombres se acercaban a Stephanie y se presentaban. Ambos eran robustos, llevaban el pelo corto, vestían pantalones chinos y camiseta de cuello redondo bajo unas holgadas chaquetas de color marrón claro. Se inclinaron para estrechar la mano de Stephanie, Malone observó el característico bulto de un arma.

Tras un momento, los hombres se retiraron. La conversación había sido aparentemente amistosa, y, mientras Hansen se acercaba a las cervezas frías, Stephanie se acercó a uno de los asistentes, habló con él un momento, y luego abandonó la sala por una puerta lateral.

Malone se fue directamente hacia el mismo asistente, Gregos, un delgado danés al que conocía bien.

—Cotton, encantado de verle.

—Siempre al acecho de una ganga.

Gregos sonrió.

—Difícilmente las encontrará aquí.

—Parece como si el último artículo hubiera causado una conmoción.

—Yo pensé que alcanzaría las quinientas coronas. Pero ¿cincuenta mil? Asombroso.

—¿Alguna idea de por qué?

Gregos movió negativamente la cabeza.

—No consigo entenderlo.

Malone señaló con la cabeza la puerta lateral.

—La mujer con la que estaba usted hablando hace un momento, ¿adónde ha ido?

El asistente le lanzó una mirada de complicidad.

—¿Está interesado en ella?

—No de esa manera. Pero sí estoy interesado.

Malone había sido un cliente predilecto de la casa de subastas desde que unos meses atrás ayudó a encontrar a un vendedor irregular que había ofrecido tres volúmenes de *Jane Eyre*, edición de 1847, que resultaron ser robados. Cuando la policía confiscó los libros al nuevo comprador, la casa de subastas tuvo que devolver hasta la última corona, pero el vendedor había ya ingresado el cheque de la casa. Como un favor, Malone encontró al hombre en Inglaterra y recuperó el dinero. Con todo ello, Malone hizo algunos agradecidos amigos en su nuevo hogar.

—Preguntaba sobre la Domkirke; dónde se encuentra. Particularmente la capilla de Christian IV.

—¿Dijo por qué?

Gregos negó con la cabeza.

—Solamente que se iba a pasar por allí.

Malone alargó la mano y estrechó la del danés. Al soltarla había dejado un billete doblado de mil coronas. Vio que Gregos apreciaba la oferta y deslizaba disimuladamente el dinero en su bolsillo. Las propinas eran desaprobadas por la casa de subastas.

—Otra cosa —dijo Cotton—. ¿Quién era el postor telefónico de aquel libro?

—Como usted sabe, Cotton, esa información es estrictamente confidencial.

—Como *usted* sabe, aborrezco las reglas. ¿Conozco al postor?

—Es el dueño del edificio que usted alquila en Copenhague.

Malone casi sonrió. Henrik Thorvaldsen. Debería haberlo sabido.

La subasta se estaba reanudando. Cuando los compradores ocupaban nuevamente sus asientos, él se dirigió a la salida y observó que Peter Hansen se sentaba.

Fuera, se encontró con una fría tarde danesa, y aunque eran casi las ocho de la noche, el cielo veraniego seguía retroiluminado con franjas de un apagado carmesí emitidas por un sol en una lenta puesta. A varios bloques de distancia se levantaba la Domkirke, la catedral de rojo ladrillo, donde se enterraba a la realeza danesa desde el siglo XIII.

¿Qué estaba haciendo allí Stephanie?

Iba a emprender el camino hacia allá cuando dos hombres se le acercaron. Uno de ellos apretó algo duro contra su espalda.

—Sea bueno y estese quietecito, Malone, o le pegaré un tiro aquí mismo —le susurró una voz al oído.

Cotton miró a derecha e izquierda.

Los dos hombres que habían estado hablando con Stephanie en la sala le flanqueaban. Y en sus rasgos vio la misma mirada ansiosa que había visto unas horas antes en el rostro de Cazadora Roja.

V

Stephanie entró en la Domkirke. El hombre de la subasta le había dicho que el edificio era fácil de encontrar, y tenía razón. El monstruoso edificio de ladrillo, demasiado grande para la ciudad que lo rodeaba, dominaba el cielo nocturno.

Dentro de la grandiosa catedral descubrió grandes espacios, capillas y pórticos, todo ello rematado por un alto techo abovedado y elevadas vidrieras que prestaban a las antiguas paredes un aspecto celestial. Pudo deducir que la catedral ya no era católica —luterana a juzgar por la decoración, si no se equivocaba—, con una arquitectura que le daba un característico aire francés.

Le había producido irritación perder el libro. Había pensado que lo compraría por un máximo de trescientas coronas, cincuenta dólares más o menos. En vez de ello, algún anónimo comprador había pagado más de ocho mil dólares por un inocuo relato de la Francia meridional escrito unos cien años antes.

De nuevo, alguien estaba al tanto de su propósito.

¿Quizás era la persona que la esperaba? Los dos hombres que la habían abordado después de la subasta le habían dicho que todo se explicaría si simplemente se dirigía a la catedral y encontraba la capilla de Christian IV. Le pareció estúpido, pero ¿qué otra elección tenía? Disponía de un tiempo limitado para cerrar un buen trato.

Siguió las instrucciones que le habían dado y dio la vuelta al

---

1. Conocido entre nosotros como san Bernardo de Claraval. *(N. del t.)*

vestíbulo. Se estaba celebrando un servicio religioso en la nave a su derecha, ante el altar principal. Habría unas cincuenta personas arrodilladas en los bancos. La música de un órgano retumbaba en su interior con una vibración metálica. Encontró la capilla de Christian IV y cruzó una elaborada reja de hierro.

Aguardándola, se encontraba un hombre bajo con un fino cabello gris que se extendía sobre su cabeza como un gorro. Su cara era rugosa, iba bien afeitado, y vestía unos pantalones de algodón de brillantes colores y una camisa con el cuello abierto. Una chaqueta de piel cubría su grueso pecho, y al acercarse, Stephanie observó que sus oscuros ojos proyectaban una mirada que ella inmediatamente consideró fría y sospechosa. Quizás el hombre sintió su aprensión porque su expresión se suavizó y le brindó una cautivadora sonrisa.

—Señora Nelle, me alegro de conocerla.

—¿Cómo sabe usted quién soy?

—Estaba al corriente del trabajo de su marido. Él era un gran erudito sobre varios temas que me interesan.

—¿Cuáles? Mi marido trataba muchos temas.

—Rennes-le-Château constituye mi principal interés. Su trabajo sobre el supuesto gran secreto de esa población y la tierra que la rodea.

—¿Es usted la persona que me ha derrotado en la subasta?

Él levantó las manos en un burlón gesto de rendición.

—No, no fui yo; por eso le pedí que viniera a hablar conmigo. Tenía un representante en la subasta, pero (al igual que usted, estoy seguro de ello) quedé escandalizado ante el precio final.

Como necesitaba un momento para pensar, Stephanie se paseó alrededor del panteón real. Monstruosas pinturas del tamaño de una pared, enmarcadas con elaborados *trompe l'oeil*, cubrían los deslumbrantes muros de mármol. Cinco embellecidos sarcófagos llenaban el centro bajo un enorme techo arqueado.

El hombre hizo un gesto señalando los sarcófagos.

—Se tiene a Christian IV por el más grande monarca de Dinamarca. Al igual que Enrique VIII de Inglaterra, Francisco I de Francia y Pedro el Grande de Rusia, cambió este país de una manera fundamental. Su huella aparece por todas partes.

Stephanie no estaba interesada en una lección de historia.

—¿Qué quiere usted?

—Deje que le muestre algo.

Avanzó hacia la verja de metal de la entrada de la capilla. Ella le siguió.

—La leyenda dice que el propio diablo diseñó estos forjados de hierro. La ejecución es extraordinaria. Contiene los monogramas del rey y la reina, así como una multitud de criaturas fabulosas. Pero mire detenidamente el pie.

La mujer pudo ver unas palabras grabadas en el metal decorativo.

—Aquí dice —dijo el hombre—: «*Caspar Fincke bin ich genannt, dieser Arbeit binn ich bekannt.*» «Caspar Fincke es mi nombre, a este trabajo debo mi fama.»

Stephanie se volvió hacia él.

—¿Qué quiere usted decir?

—En lo alto de la Torre Redonda de Copenhague, alrededor de su borde, hay otra verja de hierro. Fincke la diseñó también. La modeló baja para permitir apreciar los tejados de la ciudad, pero también permite un salto fácil.

Ella captó el mensaje.

—¿El hombre que saltó hoy trabajaba para usted?

El hombre asintió.

—¿Por qué murió?

—Los soldados de Cristo libran ferozmente las batallas del Señor, sin temor a pecar al matar al enemigo, y sin sentir ningún miedo ante la propia muerte.

—Se suicidó.

—Cuando la muerte ha de ser dada, o recibida, no hay crimen en ello, sino gloria.

—No sabe usted responder a una pregunta.

Él sonrió.

—Estaba meramente citando a un gran teólogo, que escribió estas palabras hace ochocientos años. San Bernardo de Clairvaux.[1]

—¿Quién es usted?

—¿Por qué no me llama Bernardo?

—¿Qué desea?

—Dos cosas. Primera, el libro que ambos perdimos en la subasta. Pero reconozco que no puede usted proporcionármelo. La segunda, sí la tiene usted. Se la enviaron hace un mes.

Ella se mantuvo inexpresiva. Realmente el hombre estaba al corriente de su propósito.

—¿Y eso qué es?

—Ah, se trata de una prueba. Una manera de que usted juzgue mi credibilidad. De acuerdo. El paquete que le enviaron a usted contenía el diario que una vez perteneció a su marido... el mismo que él llevó hasta su prematura muerte. ¿Sorprendida?

Ella no dijo nada.

—Quiero ese diario.

—¿Por qué es tan importante?

—Muchos consideraban extraño a su marido. *New age.* Poco convencional. La comunidad académica se burlaba de él, y la prensa lo ridiculizaba. Pero yo lo consideraba brillante. Podía ver cosas que otros ni siquiera advertían. Mire lo que realizó. Fue la causa de todo el atractivo actual de Rennes-le-Château. Su libro fue el primero en volver a alertar al mundo de las maravillas locales. Se vendieron cinco millones de ejemplares en todo el planeta. Un auténtico logro.

—Mi marido publicó muchos libros.

—Catorce, si no me equivoco, pero ninguno de la magnitud del primero, *El tesoro de Rennes-le-Château.* Gracias a él, hay ahora centenares de volúmenes publicados sobre este tema.

—¿Qué le hace pensar que tengo el diario de mi marido?

—Ambos sabemos que yo lo tendría ahora, de no ser por la interferencia de un hombre llamado Cotton Malone. Creo que en el pasado ese hombre trabajó para usted.

—¿Haciendo qué?

Él parecía comprender su continuado desafío.

—Es usted una funcionaria de carrera en el departamento de Justicia de Estados Unidos, y dirige una unidad conocida como el Magellan Billet. Doce abogados, cada uno de ellos elegido especialmente por usted, que trabajan bajo su única dirección y manejan, digamos, asuntos *sensibles.* Cotton Malone trabajó varios años para usted. Pero se retiró a comienzos del año pasado y ahora es dueño de una librería en Copenhague. De no ser por las desgraciadas acciones de mi acólito, habría usted disfrutado de un almuerzo ligero con el señor Malone, despidiéndose luego de él, para dirigirse aquí a la subasta, que era su verdadero propósito al venir a Dinamarca.

El tiempo del fingimiento se había acabado.

—¿Para quién trabaja usted?

—Para mí mismo.

—Lo dudo.

—¿Y por qué?

—Años de práctica.

Él volvió a sonreír, cosa que la irritó.

—El diario, por favor.

—Yo no lo tengo. Después de lo de hoy, pensé que necesitaba estar a buen recaudo.

—¿Lo tiene Peter Hansen?

Ella no dijo nada.

—No. Supongo que usted no va a admitir nada.

—Creo que esta conversación se ha terminado.

Stephanie se dio la vuelta y, dirigiéndose a la abierta puerta, la cruzó rápidamente. A su derecha, hacia atrás, divisó a otros dos hombres de pelo corto —que no eran los mismos de la casa de subastas—, pero ella supo instantáneamente quién les daba las órdenes.

Volvió a mirar al hombre que se hacía llamar Bernardo.

—Como le pasó a mi asociado hoy en la Torre Redonda, no hay ningún lugar al que pueda usted ir —dijo éste.

—Que le jodan.

Giró en redondo hacia la izquierda y se adentró apresuradamente en el cuerpo central de la catedral.

VI

Malone valoró la situación. Se encontraba en un lugar público, adyacente a una atestada calle. Iba y venía gente de la sala de subastas, mientras otros aguardaban a que los asistentes les entregaran sus coches desde un cercano aparcamiento. Evidentemente, su vigilancia de Stephanie no había pasado invertida, y se maldijo por no estar más alerta. Pero decidió que, contrariamente a las amenazas efectuadas, los dos hombres situados a cada lado de su persona no se arriesgarían a ser descubiertos. Estaba siendo detenido, no eliminado. Quizás su tarea consistía en ganar tiempo para que se desarrollara lo que fuera que estaba sucediendo en la catedral.

Lo cual quería decir que necesitaba actuar.

Observó a medida que más clientes salían de la sala de subastas. Uno de ellos, un larguirucho danés, era propietario de una librería en el Ströget, cerca del almacén de Peter Hansen. Vio que un empleado le entregaba el coche.

—Vagn —gritó Malone, separándose del arma que tenía apretada contra su espalda.

Su amigo oyó su nombre y se dio la vuelta.

—Cotton, ¿cómo está? —respondió el hombre en danés.

Malone se dirigió como si tal cosa hacia el coche y miró hacia atrás, a tiempo de ver que el hombre de pelo corto ocultaba rápidamente el arma bajo su chaqueta. Había pillado desprevenido al sicario, lo cual sólo confirmaba lo que ya había pensado. Aquellos tipos eran aficionados. Y estaba dispuesto a apostar cualquier cosa a que ni siquiera hablaban danés.

—¿Le sería de alguna molestia llevarme de vuelta a

Copenhague? —preguntó.

—Claro que no. Tenemos sitio. Suba.

Alargó la mano hacia la puerta de detrás.

—Se lo agradezco. Mi compañero se ha ido a dar una vuelta por ahí, y tengo que volver a casa.

Tras cerrar la puerta de golpe, hizo un gesto de saludo a través de la ventanilla, observando una mirada de confusión en las caras de los dos hombres cuando el coche arrancaba.

—¿No encontró nada interesante hoy? —preguntó Vagn.

Él volvió su atención al conductor.

—Absolutamente nada.

—Yo tampoco. Decidimos irnos y cenar temprano.

Malone miró a la mujer que había a su lado. Otro hombre iba sentado delante. Tampoco lo conocía, así que él mismo se presentó. El coche se abría camino lentamente a través del laberinto de estrechas calles de Roskilde en dirección a la autopista de Copenhague.

Cuando divisó las dos agujas y los tejados de cobre de la catedral, dijo:

—Vagn, ¿puede dejarme aquí? Tengo que hacer un poco más de tiempo.

—¿Está seguro?

—Acabo de recordar algo que necesito hacer.

✠

Stephanie avanzó paralelamente a la nave. Más allá de las macizas columnas que se alzaban a su derecha, el servicio religioso seguía en marcha. Sus bajos tacones producían un ligero repiqueteo contra las losas, pero sólo ella podía oírlo debido al órgano. El pasillo que se extendía ante ella rodeaba al altar principal, y una serie de medias paredes y monumentos conmemorativos separaban el deambulatorio del coro.

Miró hacia atrás para ver cómo el hombre que se hacía llamar Bernardo seguía avanzando, aunque a los otros dos no se les veía por ninguna parte. Se dio cuenta de que pronto estaría dirigiéndose otra vez hacia la entrada principal de la iglesia, sólo que por el otro lado del edificio. Por primera vez, comprendió del todo los riesgos que corrían sus agentes. Ella nunca había hecho trabajo de campo —no formaba parte de sus obligaciones—, pero ésta no era una misión oficial. Era personal, y, oficialmente, ella estaba de vacaciones. Nadie sabía que había viajado a Dinamarca... Nadie excepto Cotton Malone. Y, considerando su apurada situación actual, ese anonimato se estaba convirtiendo en un problema.

Dio la vuelta al deambulatorio.

Su perseguidor permanecía a una distancia discreta, probablemente consciente de que ella no tenía ningún lugar a donde ir. Stephanie pasó por delante de un tramo de escaleras de piedra que bajaban hasta otra capilla lateral y entonces vio, a unos quince metros delante de ella, a los dos hombres en el vestíbulo trasero, bloqueándole la salida. Detrás de ella, Bernardo continuaba avanzando lenta pero firmemente. A su izquierda había otro sepulcro, la Capilla de los Magos.

Stephanie se precipitó en su interior.

Dos tumbas de mármol se alzaban entre las brillantemente decoradas paredes, ambas evocadoras de los templos romanos. Se retiró hacia la más alejada. Entonces un espantoso e irrazonable terror se apoderó de ella.

Estaba atrapada.

✠

Malone llegó a la catedral y entró por la puerta principal. A su derecha descubrió a dos hombres —robustos, de cabello corto, vestidos sencillamente— parecidos a los dos que acababa de dar esquinazo ante la casa de subastas. Decidió no correr ningún riesgo y se metió la mano bajo la chaqueta en busca de su Beretta automática, artículo corriente en todos los agentes del Magellan Billet. Se le había permitido conservar el arma al retirarse y consiguió entrarla de tapadillo en Dinamarca... donde poseer un arma de fuego era ilegal.

Palpó la culata, el dedo en el gatillo, y sacó el arma, tapándola con su muslo. No sostenía un arma en la mano desde hacía más de un año. Era una sensación que había considerado parte de su pasado, y que no había echado de menos. Pero un hombre que saltaba en busca de su muerte había captado su atención, de modo que había venido preparado. Eso es lo que un buen agente haría, y una de las razones por las que había servido como portador del féretro para algunos amigos en vez de ser acarreado él mismo por la nave central de la iglesia.

Los dos hombres se encontraban de pie dándole la espalda, los brazos a sus costados, las manos vacías. La retumbante música del órgano ocultó su aproximación. Se acercó a ellos y dijo:

—Buenas noches, muchachos.

Ambos se dieron la vuelta y él agitó el arma.

—Seamos discretos.

Por encima del hombro de uno de los individuos distinguió a un tercero, a unos treinta metros de distancia, dirigiéndose con paso indiferente hacia ellos. Vio que el hombre metía la mano bajo su chaqueta de cuero. Malone no esperó a ver qué venía a continuación, y se metió en una fila de bancos vacía. Una detonación resonó por encima del órgano, y una bala atravesó el banco de madera ante él.

Vio que los otros dos hombres buscaban sus armas.

Desde su posición boca abajo, disparó dos veces. Las detonaciones retumbaron por toda la catedral, sobreponiéndose a la música. Uno de los hombres cayó y el otro huyó. Malone se puso de rodillas y oyó tres nuevas detonaciones. Volvió a hundirse en el banco cuando más balas golpearon contra la madera cerca de él.

Lanzó entonces dos disparos más en dirección al pistolero solitario.

El órgano se detuvo.

La gente comprendió lo que estaba sucediendo. La multitud empezó a salir en tropel de los bancos más allá de donde estaba escondido Malone, buscando la seguridad del exterior a través de las puertas traseras. Cotton utilizó la confusión para atisbar por encima del banco y ver al hombre de la chaqueta de cuero cerca de la entrada de una de las capillas laterales.

—Stephanie —gritó por encima del caos.

Ninguna respuesta.

—Stephanie. Soy Cotton. Hágame saber si está bien.

Siguió sin haber respuesta.

Se arrastró sobre su barriga, encontró el crucero contrario y se puso de pie. El pasillo que tenía ante sí rodeaba la iglesia y conducía al otro lado. Las columnas que marcaban el camino dificultarían cualquier disparo contra él, y luego el coro lo taparía completamente, de manera que se lanzó adelante.

✠

Stephanie oyó que Malone gritaba su nombre. A Dios gracias, él nunca había sido capaz de ocuparse sólo de sus propios asuntos. Ella seguía en la Capilla de los Magos, oculta tras una tumba de mármol negro. Oyó los disparos y comprendió que Malone estaba haciendo lo que podía, pero le superaban en número al menos en una proporción de tres a uno. Tenía que ayudarle, pero ¿de qué podía servir ella? No llevaba ninguna arma. Al menos, debía hacerle saber que se encontraba bien. Pero antes de que pudiera contestar, a través de otra trabajada verja de hierro que daba a la iglesia, vio a Bernardo, pistola en mano.

El miedo le agarrotó los músculos, e invadió su mente un sentimiento de pánico nada familiar.

Bernardo entró en la capilla.

✠

Malone dio la vuelta al coro. La gente seguía saliendo apresuradamente de la iglesia, sus voces histéricas. Seguramente alguien había llamado a la policía. Le bastaba con contener a sus atacantes hasta que llegaran.

Rodeó el deambulatorio y vio que uno de los hombres a los que había disparado estaba ayudando al otro a llegar a la puerta trasera. El que había iniciado el ataque no se encontraba a la vista.

Eso le preocupó.

Aminoró el paso y puso el arma en posición de disparo.

✠

Stephanie se puso rígida. Bernardo estaba a una distancia de seis metros.

—Sé que está usted ahí —dijo el hombre, con una voz

profunda, gutural—. Su salvador ha llegado, de manera que no tengo tiempo de negociar con usted. Sabe lo que quiero. Nos volveremos a ver.

La perspectiva no era halagüeña.

—Su marido se mostró igual de irrazonable. Recibió una oferta similar hace once años con relación al diario, y rehusó.

Las palabras del hombre le hirieron en lo vivo. Sabía que debería permanecer en silencio, pero no había forma. Ahora no.

—¿Qué sabe usted de mi marido?

—Bastante. Dejémoslo así.

Stephanie oyó que el hombre se marchaba.

Malone vio a Chaqueta de Cuero salir de una de las capillas laterales.

—Alto —gritó.

El hombre giró en redondo y levantó su arma.

Malone se lanzó hacia un tramo de escaleras que conducían a otra sala que sobresalía de los muros de la catedral y bajó rodando media docena de escalones de piedra.

Tres balas impactaron en la pared, encima de su cabeza.

Malone retrocedió precipitadamente, dispuesto a devolver el fuego, pero Chaqueta de Cuero se encontraba a unos treinta metros de distancia, y corría hacia el vestíbulo trasero, donde giró hacia el otro lado de la iglesia.

Malone se puso de pie y salió trotando.

—Stephanie —gritó.

—Aquí, Cotton.

Vio aparecer a su antigua jefa al otro lado de la capilla. Caminaba hacia él, con una expresión glacial en su tranquila cara. Podían oírse las sirenas en el exterior.

—Sugiero que salgamos de aquí —dijo él—. Va a haber un montón de preguntas, y yo tengo la impresión de que usted no va a querer contestar a ninguna.

—Tiene usted toda la razón —dijo, rozándole al pasar.

Malone estaba a punto de sugerir que usara una de las otras salidas cuando las puertas principales se abrieron de golpe y la policía uniformada penetró en la iglesia. Él sostenía todavía el arma, y los policías la descubrieron inmediatamente.

Los pies se plantaron y las armas automáticas se alzaron.

Él y Stephanie se quedaron paralizados.

—*Hen tíl den landskab. Nu* —fue la orden que llegó. «Al suelo. Ahora.»

—¿Qué quieren que hagamos? —preguntó Stephanie.

Malone dejó caer su arma y empezó a ponerse de rodillas.

—Nada bueno.

VII

Raymond de Roquefort se encontraba de pie delante de la catedral, más allá del círculo de mirones, observando el drama que se desarrollaba. Él y sus dos asociados se habían desvanecido en la red de sombras arrojadas por los espesos árboles que se alzaban en la plaza de la catedral. Había conseguido deslizarse por una puerta lateral y retirarse, justo cuando la policía irrumpía por la entrada principal. Nadie parecía haberlo visto. Las autoridades, por el momento, se concentrarían en Stephanie Nelle y Cotton Malone. Pasaría un rato antes de que los testigos describieran a los otros hombres armados. Estaba familiarizado con este tipo de situaciones, y sabía que las cabezas tranquilas siempre prevalecían. Se dijo a sí mismo que debía relajarse. Sus hombres debían comprender que él controlaba la situación.

La fachada de la catedral de ladrillo aparecía inundada de una luz estroboscópica blanca y roja. Llegaron más agentes, y él se maravilló de que una ciudad del tamaño de Roskilde tuviera tantos efectivos policiales. La gente afluía procedente de una cercana plaza principal. La escena se estaba volviendo caótica. Lo cual era perfecto. Él siempre había hallado una tremenda libertad de movimiento dentro del caos, con tal de que controlara ese caos.

Se volvió hacia los dos hombres que habían estado con él en la iglesia.

—¿Estás herido? —preguntó al que había recibido el disparo.

El hombre se quitó la chaqueta y le mostró que el chaleco antibalas había cumplido su misión.

—Sólo dolorido.

Vio salir de la multitud a sus otros dos acólitos... los que había enviado a la subasta. Éstos le habían informado por sus radios que Stephanie Nelle no había conseguido su objetivo en la puja. De modo que les ordenó que la enviaran hacia él. Había pensado que quizás podría intimidarla, pero el esfuerzo había sido inútil. Peor aún, había llamado la atención hacia sus actividades. Pero eso se debía a Cotton Malone. Sus hombres habían descubierto a Malone en la subasta, así que les dio instrucciones de que lo detuvieran mientras él hablaba con Stephanie Nelle. Aparentemente, ese esfuerzo también había desembocado en un fracaso.

Los dos hombres se aproximaron, y uno de ellos dijo:

—Hemos perdido a Malone.

—Yo lo encontré.

—Es un tipo de muchos recursos. Con nervios bien templados.

Sabía muy bien la verdad que contenían esas palabras. Había hecho averiguaciones sobre Cotton Malone después de enterarse de que Stephanie Nelle se disponía a viajar a Dinamarca para visitarlo. Como Malone podía muy bien haber formado parte de lo que ella estaba planeando, se esforzó por enterarse de todo lo que se refería a él.

Su nombre completo era Harold Earl Malone. Tenía cuarenta y seis años, y había nacido en Estados Unidos, en el estado de Georgia. Su madre era también originaria de Georgia, y su padre, militar de carrera, graduado en Annapolis, había alcanzado el rango de capitán de la Marina antes de que su submarino se hundiera cuando Malone tenía diez años de edad.

El hijo siguió los pasos de su padre, ingresando en la Academia Naval y graduándose con una nota superior a la media. Fue admitido en la escuela de vuelo, y acabó por conseguir unas puntuaciones lo bastante altas para ser nombrado instructor de pilotos de combate. Luego, curiosamente, solicitó un nuevo destino y fue admitido en la Facultad de Derecho de la Universidad de Georgetown, obteniendo su licenciatura mientras se encontraba destinado en el Pentágono. Tras su graduación fue trasladado a la Auditoría Militar General, donde pasó nueve años como abogado de la Marina. Hacía ahora trece años que le habían trasladado al departamento de Justicia y al recién formado Magellan Billet, de Stephanie Nelle. Permaneció allí hasta el año pasado, retirándose antes de hora con el grado de comandante.

En el aspecto personal, Malone estaba divorciado, y su hijo de catorce años vivía con su ex mujer en Georgia. Inmediatamente después de retirarse, Malone había abandonado Estados Unidos dirigiéndose a Copenhague. Era un bibliófilo empedernido y había nacido en el seno de una familia católica, aunque no se distinguía por ser muy religioso. Hablaba con cierta fluidez varios idiomas, no tenía adicciones o fobias conocidas, y era propenso a la automotivación y dedicación obsesivas. Poseía también una memoria eidética. Considerándolo todo, exactamente el tipo de hombre al que De Roquefort le habría gustado tener en sus filas, más que como adversario.

Y los últimos minutos lo habían demostrado.

Las probabilidades en contra, tres a uno, no parecían haber preocupado a Malone, especialmente cuando creyó que Stephanie se encontraba en un apuro.

Aquella mañana, el joven asociado de De Roquefort había demostrado lealtad y valor, también, aunque el hombre había actuado demasiado apresuradamente al robarle el bolso a Stephanie Nelle. Debería haber esperado hasta *después* de que ésta se hubiera reunido con Cotton Malone, cuando se encontrara ya en su camino de vuelta al hotel, sola y vulnerable. Quizás había tenido la intención de agradar, sabiendo la importancia de su misión. Quizás había sido simple impaciencia. Pero al verse acorralado en la Torre Redonda, el joven había elegido correctamente la muerte antes que la captura. Era una lástima, pero el proceso de aprendizaje era así. Los que tenían cerebro y habilidad prosperaban. Los demás eran eliminados.

Se volvió hacia uno de sus acólitos que había estado en la sala de subastas y le preguntó:

—¿Supiste cuál era el nombre del mejor postor del libro?

El joven asintió.

—Costó mil coronas sobornar al asistente.

No estaba interesado en el precio de la debilidad.

—¿Su nombre?

—Henrik Thorvaldsen.

El teléfono de su bolsillo vibró. Su lugarteniente sabía que él estaba ocupado, de manera que la llamada tenía que ser importante. Con un gesto de muñeca abrió el aparato.

—Se acerca el momento —dijo la voz.

—¿Cuán cerca está?

—Dentro de las próximas horas.

Una alegría inesperada.

—Tengo una tarea para usted —dijo por el teléfono—. Hay un hombre, Henrik Thorvaldsen. Un rico danés que vive al norte de Copenhague. Sé algo de él, pero necesito saber todo sobre su persona antes de una hora. Llámeme cuando lo tenga.

Luego apagó el teléfono y se volvió hacia sus subordinados.

—Debemos regresar a casa. Pero primero hay dos tareas más que hemos de completar antes del alba.

VIII

Malone y Stephanie fueron trasladados a una comisaría en las afueras de Roskilde. Ninguno de los dos habló durante el camino, ya que ambos sabían lo suficiente para mantener cerrada la boca. Malone comprendió que la presencia de Stephanie en Dinamarca nada tenía que ver con el Magellan Billet. Stephanie nunca hacía trabajo de campo. Se encontraba en el vértice del triángulo... Todo el mundo la informaba a ella en Atlanta. Y además, cuando había llamado la semana anterior diciendo que quería dejarse caer por allí para saludarlo, había dejado claro que se dirigiría a Europa de vacaciones. «Vaya vacaciones», pensó él cuando les dejaron solos en una habitación sin ventanas, brillantemente iluminada.

—Oh, a propósito, el café era bastante bueno en el Café Nikolaj —dijo—. Continué y me bebí el suyo. Por supuesto que fue *después* de perseguir a un hombre hasta la cima de la Torre Redonda y ver cómo saltaba.

Ella no dijo nada.

—Logré ver cómo le robaban a usted el bolso desde la terraza. ¿Por casualidad se fijó usted en el hombre muerto que yacía cerca? Quizás no. Parecía tener usted mucha prisa.

—Ya basta, Cotton —dijo ella en un tono que él conocía.

—Yo ya no trabajo para usted.

—Pues ¿qué está haciendo aquí?

—Me estaba preguntando lo mismo en la catedral, pero las balas me distrajeron.

Antes de que ella pudiera decir nada más, entró un hombre alto, pelirrojo y de ojos castaño claro. Era el inspector de policía de

Roskilde que los había traído de la catedral y sostenía en su mano la Beretta de Malone.

—Hice la llamada que usted me pidió —le dijo el inspector a Stephanie—. La embajada estadounidense confirma su identidad y su estatus. Estoy esperando órdenes de nuestro Ministerio del Interior en cuanto a lo que hay que hacer.

Se dio la vuelta.

—Usted, señor Malone, ya es otro asunto. Está usted en Dinamarca con visado de residencia temporal como librero. —Mostró el arma—. Nuestras leyes no permiten llevar armas, por no hablar de dispararlas en nuestra catedral nacional... Patrimonio de la Humanidad, nada menos.

—Me gusta quebrantar sólo las leyes más importantes —dijo él, no permitiendo que el hombre pensara que le estaba poniendo nervioso.

—Me encanta el humor, señor Malone. Pero éste es un asunto serio. No para mí, sino para usted.

—¿Mencionaron los testigos que había otros tres hombres que iniciaron el tiroteo?

—Tenemos descripciones. Pero es improbable que sigan por aquí. Usted, en cambio, sí lo está.

—Inspector —dijo Stephanie—, la situación que se produjo se debe a mí, no al señor Malone. —Le lanzó una mirada airada—. El señor Malone trabajó para mí en el pasado y pensó que yo necesitaba su ayuda.

—¿Está usted diciendo que los disparos no se habrían producido de no ser por la interferencia del señor Malone?

—En absoluto. Sólo que la situación se escapó de control... sin que fuera culpa del señor Malone.

El inspector valoró su comentario con evidente aprensión. Malone se preguntó qué estaba haciendo Stephanie. Mentir no era su fuerte, pero decidió no contradecirla delante del inspector.

—¿Estaba usted en la catedral en misión oficial del gobierno de Estados Unidos? —preguntó el inspector.

—Eso no puedo decirlo. Lo comprenderá usted.

—¿Su trabajo implica actividades que no pueden ser comentadas? Pensé que era usted abogada.

—Lo soy. Pero mi unidad está de forma rutinaria implicada en investigaciones que afectan a nuestra seguridad nacional. De hecho, ése es el fin principal de nuestra existencia.

El inspector no parecía impresionado.

—¿Cuál es el propósito de su visita a Dinamarca, señora Nelle?

—Vine a visitar al señor Malone. Llevaba sin verlo más de un año.

—¿Ése era su único propósito?

—¿Por qué no esperamos al ministro del Interior?

—Es un milagro que nadie fuera herido en esa *mélange*. Algunos monumentos sagrados han sido dañados, pero no hay heridos.

—Yo disparé a uno de los hombres —dijo Malone.

—Si lo hizo, no está herido.

Lo que significaba que llevaba chaleco antibalas. El equipo había venido preparado, pero ¿para qué?

—¿Cuánto tiempo pensaba usted quedarse en Dinamarca? —le preguntó el inspector a Stephanie.

—Me marcho mañana.

La puerta se abrió y un oficial uniformado tendió al inspector una hoja de papel. El hombre la leyó y luego dijo:

—Al parecer tiene usted algunos amigos bien situados, señora Nelle. Mis superiores me dicen que la deje ir y no haga preguntas.

Stephanie se dirigió a la puerta.

Malone se puso de pie, también.

—¿Ese papel me menciona?

—Voy a liberarle a usted también.

Malone alargó la mano en busca del arma. El hombre no se la ofreció.

—No tengo instrucciones de que tenga que devolver el arma.

Malone decidió no discutir. Podía tratar ese asunto más tarde. Por el momento, necesitaba hablar con Stephanie.

Salió apresuradamente y la encontró fuera.

Ella se dio la vuelta para hacerle frente, sus rasgos muy serios.

—Cotton, aprecio lo que hizo usted en la catedral. Pero escúcheme, y escúcheme bien. Manténgase al margen de mis asuntos.

—No tiene usted idea de lo que está haciendo. En la catedral, se fue usted directamente hacia algo sin preparación alguna. Aquellos tres hombres querían matarla.

—¿Por qué no lo hicieron, entonces? Tuvieron todas las oportunidades antes de que llegara usted.

—Lo cual suscita aún más preguntas.

—¿No tiene usted bastantes cosas que hacer en su librería?

—Un montón.

—Entonces hágalas. Cuando se marchó usted el año pasado, dejó claro que se estaba cansando de que le dispararan. Creo que dijo que su nuevo benefactor danés le ofrecía una vida que siempre había deseado. Pues vaya a disfrutarla.

—Fue usted la que me llamó diciendo que quería pasar a visitarme.

—Lo cual fue una mala idea.

—Lo de hoy no fue ningún ladrón de bolsos.

—No se meta en esto.

—Me lo debe. Le salvé el cuello.

—Nadie le dijo que lo hiciera.

—Stephanie...

—Maldito sea, Cotton. No voy a decírselo otra vez. Si insiste usted, no me dejará más elección que tomar medidas.

Ahora fue el cuello de Malone el que se puso rígido.

—¿Y qué piensa usted hacer?

—Su amigo danés no es el único que tiene relaciones. Yo puedo hacer que pasen cosas también.

—¡Pues hágalo! —le espetó Cotton, sintiendo que crecía su ira.

Pero ella no replicó. En vez de ello, se dio la vuelta y se marchó hecha una furia.

Malone quería seguirla y terminar lo que había empezado, pero decidió que ella tenía razón. Todo aquello no era asunto suyo. Y ya había tenido bastantes problemas por una noche.

Era hora de volver a casa.

IX

Copenhague
10:30 PM

De Roquefort se acercó a la librería. La calle peatonal que tenía ante sí estaba desierta. La mayor parte de los múltiples cafés y restaurantes del barrio se encontraban a varias manzanas de distancia... Esa parte del Ströget estaba cerrada durante la noche. Después de atender a sus otras dos tareas, tenía intención de irse de Dinamarca. Su descripción física, junto con sus compatriotas, a estas alturas debía ya de haber sido obtenida de los testigos de la catedral. De manera que era importante no demorarse más de lo estrictamente necesario.

Había traído consigo a sus cuatro subordinados de Roskilde y pensaba supervisar cada uno de los detalles de su acción. Ya había habido bastante improvisación por un día, parte de la cual había costado la vida de uno de sus hombres por la mañana en la Torre Redonda. No quería perder a ninguno más. Dos de sus colaboradores estaban ya reconociendo la parte trasera de la librería. Los otros dos se encontraban a su lado, preparados. Se encendieron las luces en el piso superior del edificio.

Bien.

Él y el propietario tenían que charlar.

Malone cogió una Pepsi *light* de la nevera y bajó cuatro tramos de escalones, hasta la planta baja. Su tienda ocupaba todo el edificio, la planta baja para libros y clientes, otras dos para almacén, y la cuarta, un pequeño apartamento que él llamaba casa.

Había llegado a acostumbrarse al exiguo espacio vital, disfrutando mucho más con él que con los casi doscientos metros cuadrados de casa que antaño había poseído en el norte de Atlanta. En el último año, sus ventas habían superado los trescientos mil dólares, dejándole un beneficio de sesenta mil para invertir en su nueva vida, una vida ofrecida por, tal como Stephanie le había reprochado, su *nuevo benefactor danés,* un extraño hombrecillo llamado Henrik Thorvaldsen.

Un completo extraño catorce meses antes, se había convertido ahora en su amigo más íntimo.

Habían conectado desde el principio, viendo el hombre más viejo algo en el más joven —el qué, Malone no estaba seguro, pero era algo—, y su primer encuentro en Atlanta, un lluvioso jueves por la tarde, había sellado el futuro de ambos. Stephanie había insistido en que se tomara un mes libre después de que el juicio de tres acusados en Ciudad de México —que implicaba contrabando internacional de drogas y el asesinato a modo de ejecución del supervisor de la DEA que había resultado ser un amigo personal del presidente de Estados Unidos— se hubiera convertido en una carnicería. Al regresar al tribunal durante una pausa para el almuerzo, Malone había sido pillado en el fuego cruzado de un asesinato, un acto que nada tenía que ver con el proceso, aunque era algo que él había tratado de detener. Había vuelto a casa con una bala en el hombro izquierdo. El balance final del tiroteo: siete muertos y nueve heridos, siendo uno de los fallecidos un joven diplomático danés llamado Cai Thorvaldsen.

—Vine a hablar con usted en persona —había dicho Henrik Thorvaldsen.

Estaban sentados en la madriguera de Malone. El hombro le dolía espantosamente. No se preocupó de preguntar cómo le había localizado Thorvaldsen, o cómo el viejo sabía que él hablaba danés.

—Mi hijo era algo precioso para mí —dijo Thorvaldsen—. Cuando ingresó en nuestro cuerpo diplomático, me emocioné. Pidió un destino en Ciudad de México. Estudiaba a los aztecas. Habría sido un miembro respetable de nuestro Parlamento algún día. Un estadista.

Un torbellino de primeras impresiones recorrió la mente de Malone. Thorvaldsen era sin duda de alta cuna, con un aire de distinción, a la vez elegante y desenvuelto. Pero aquella sofisticación constituía un total contraste con un cuerpo deformado, su espalda curvada en una joroba grotescamente exagerada y rígida, como la de una garceta. Una vida de elecciones difíciles había dejado como herencia un rostro curtido, con unas arrugas que más parecían profundas grietas, y unas patas de gallo de las que parecían brotar pies, así como manchas de vejez y venas varicosas que manchaban brazos y manos. Su cabello, de color gris oscuro, era tupido y grueso, y casaba con sus cejas... unas pálidas briznas plateadas que le daban al viejo un aspecto ansioso. Sólo en los ojos se notaba la pasión. De un azul grisáceo, extrañamente clarividentes, uno de ellos sufría una catarata en forma de estrella.

—Vine a conocer al hombre que mató al asesino de mi hijo.

—¿Por qué? —quiso saber Malone.

—Para darle las gracias.

—Podía haber llamado.

—Preferí ver cara a cara a mi interlocutor.

—Por el momento, yo prefiero que me dejen tranquilo.

—Entiendo que casi le mataron a usted.

Se encogió de hombros.

—Y está usted renunciando a su trabajo. Dimitiendo. Retirándose de la vida militar.

—Sabe usted un montón de cosas.

—El conocimiento es el mayor de los lujos.

Malone no estaba impresionado.

—Gracias por la palmadita en la espalda. Tengo un agujero en mi hombro que duele como el demonio. Así que, dado que ha soltado ya su discurso, ¿podría marcharse?

Thorvaldsen no llegó a moverse del sofá. Simplemente se quedó mirando a su alrededor el estudio de Cotton y las habitaciones que lo rodeaban a través de una arcada. La pared entera estaba cubierta de libros. La casa parecía sólo un telón de fondo para las estanterías.

—Yo los adoro, también —dijo su invitado—. Mi casa también está llena de libros. Los he coleccionado durante toda mi vida.

Pudo darse cuenta de que aquel hombre, de algo más de sesenta años, empleaba una táctica grandiosa. Al abrir la puerta, había visto que el hombre llegaba en una limusina. De manera que quiso saber más.

—¿Cómo sabía usted que yo hablo danés?

—Habla usted varias lenguas. Me siento orgulloso de saber que mi lengua nativa es una de ellas.

No era una respuesta, pero ¿acaso había esperado una?

—Su memoria eidética debe de ser una bendición. La mía ha desaparecido con la edad. Apenas puedo recordar nada ya.

Malone dudó de eso.

—¿Qué quiere usted?

—¿Ha considerado usted su futuro?

Malone hizo un gesto como rodeando la habitación.

—Pensaba que abriría una tienda de libros antiguos. Tengo muchos para vender.

—Excelente idea. Tengo una en venta, si le gusta a usted.

Decidió seguir el juego. Qué demonios. Pero había algo en los brillantes puntitos de luz presentes en los ojos del hombre que le dijo que su visitante no estaba bromeando.

Unas manos duras como el pedernal buscaron en el bolsillo de su traje y Thorvaldsen dejó una tarjeta en el sofá.

—Mi número privado. Si está usted interesando, llámeme.

El viejo se puso de pie.

Malone permaneció sentado.

—¿Qué le hace pensar que estoy interesado?

—Lo está, señor Malone.

Le ofendía la suposición, particularmente porque el viejo tenía razón. Thorvaldsen se dirigió a la puerta arrastrando los pies.

—¿Dónde está esa librería? —preguntó, maldiciéndose por dejar traslucir su interés.

—En Copenhague. ¿Dónde, si no?

Recordaba haber esperado tres días antes de llamar. La perspectiva de vivir en Europa siempre le había atraído. ¿Sabía eso Thorvaldsen también? Pero nunca había considerado posible vivir al otro lado del océano. Su carrera era la de un hombre del gobierno. Norteamericano, nacido y criado en Estados Unidos. Pero eso era antes de Ciudad de México, antes de los siete muertos y los nueve heridos.

Aún podía ver la cara de extrañeza de su mujer al día siguiente de que llamara a Copenhague.

—Conforme. Ya hemos estado bastante separados, Cotton. Es hora de que nos divorciemos.

La declaración se produjo en el tono práctico de un abogado, lo que era ella.

—¿Hay algo más? —preguntó él con indiferencia.

—No es que tenga importancia, pero sí. Demonios, Cotton, hemos estado separados cinco años. Estoy segura de que no has sido un monje durante ese tiempo.

—Tienes razón. Ya es hora.

—¿Te vas a retirar realmente de la Marina?

—Lo he hecho ya. Ayer.

Ella movió negativamente la cabeza, como hacía cuando Gary necesitaba consejo maternal.

—¿Estarás satisfecho alguna vez? La Marina, luego la academia de vuelo, la facultad de derecho, la Auditoría Militar General de la Marina, el Billet. Ahora este repentino retiro. ¿Qué viene luego?

Nunca le había gustado el tono condescendiente de su mujer.

—Me voy a Dinamarca.

Su rostro no mostró ninguna emoción. Lo mismo podía haber dicho que se trasladaba a la Luna.

—¿Qué es lo que buscas?

—Estoy cansado de que me disparen.

—¿Desde cuándo? Te encanta el Billet.

—Ya es hora de madurar.

Ella sonrió.

—¿Así que piensas que yéndote a Dinamarca realizarás ese milagro?

Malone no tenía intención de explicarse. A ella no le importaba. Y él tampoco quería que le importase.

—Es con Gary con quien necesito hablar.

—¿Por qué?

—Quiero saber si eso le parece bien.

—¿Desde cuánto te preocupa lo que pensamos?

—Él es la razón por la que me fui. Quería que tuviera un padre por ahí, en algún lugar...

—Eso son gilipolleces, Cotton. Te marchas por ti. No utilices al chico como una excusa. Sea lo que sea lo que estás planeando, lo haces por ti, no por él.

—No necesito que me digas lo que pienso.

—Entonces, ¿quién te lo va a decir? Llevamos casados mucho tiempo. ¿Crees que fue fácil esperarte a que volvieras de quién sabe dónde? ¿Preguntándome si iba a ser dentro de una bolsa? Pagué el precio, Cotton. Y Gary también. Pero ese chico te quiere. No; te adora, incondicionalmente. Tú y yo sabemos lo que dirá, porque tiene la cabeza en su sitio, más que ninguno de nosotros dos. Pese a todos nuestros fracasos, él ha sido un éxito.

Tenía razón otra vez.

—Mira, Cotton. El motivo que te manda al otro lado del océano es sólo asunto tuyo. Si te hace feliz, hazlo. Pero no uses a Gary como excusa. Lo último que el chico necesita es tener por ahí a un padre insatisfecho que trata de compensar su propia infancia triste.

—¿Disfrutas insultándome?

—Lo cierto es que no. Pero la verdad ha de decirse, y tú lo sabes.

Él paseó ahora la mirada por la oscurecida tienda. Nada bueno vino nunca de pensar en Pam. Su animosidad hacia él era profunda y se había originado quince años atrás, cuando él era un temerario alférez de la Marina. No había sido fiel y ella lo sabía. Habían acudido a un consejero, y decidieron hacer que el matrimonio funcionara, pero un decenio más tarde él regresó un día de una misión para descubrir que ella se había marchado. Había alquilado una casa en el otro extremo de Atlanta para ella y Gary, llevándose sólo lo que necesitaban. Con una nota informándole de la nueva dirección y de que el matrimonio había terminado. Práctico y frío, así era el estilo de Pam. Curiosamente, sin embargo, ella no había solicitado el divorcio inmediatamente. En vez de ello, simplemente vivían separados, seguían mostrándose corteses y hablaban sólo cuando era necesario por tratarse de Gary.

Pero finalmente llegó la hora de las decisiones... con carácter general.

De manera que dejó el empleo, renunció a su rango, liquidó su matrimonio, vendió la casa y se marchó de Estados Unidos, todo en el lapso de una larga, terrible, solitaria, agotadora pero satisfactoria semana.

Consultó su reloj. Debería mandar un correo electrónico a Gary. Se comunicaban al menos una vez al día, y en Atlanta aún estaban a última hora de la tarde. Su hijo tenía que venir a Copenhague al cabo de tres semanas para pasar un mes con él. Habían hecho lo mismo el verano anterior, y ansiaban pasar ese tiempo juntos.

Su enfrentamiento con Stephanie aún le preocupaba. En el pasado había visto una ingenuidad parecida a la de ella en algunos agentes, que, aunque eran conscientes de los riesgos, simplemente decidían ignorarlos. ¿Qué era lo que ella le decía siempre? «Dilo, hazlo, predícalo, grítalo, pero nunca, absolutamente nunca, te creas tus propias gilipolleces.» Un buen consejo que ella misma debería tener en cuenta. No tenía ni idea de lo que estaba haciendo. Pero ¿acaso la tenía él? Las mujeres no eran su punto fuerte. Aunque se había pasado la mitad de su vida con Pam, nunca se tomó realmente tiempo para conocerla. Así que, ¿cómo podía comprender a Stephanie? Debía permanecer al margen de sus asuntos. A fin de cuentas, se trataba de *su* vida.

Pero había algo que no le dejaba en paz.

Cuando tenía doce años se enteró de que había nacido con una memoria eidética. No *fotográfica,* como películas y libros gustaban de retratar, sólo un excelente recuerdo de detalles que la mayor parte de la gente olvida. Eso ciertamente era una ayuda para el estudio, y los idiomas resultaban fáciles, pero tratar de arrancar un detalle de entre tantos podía, en ocasiones, exasperarlo.

Como ahora.

X

De Roquefort hizo saltar la cerradura de la puerta principal y entró en la librería. Dos de sus hombres le siguieron al interior. Los otros dos se quedaron fuera para vigilar la calle.

Se deslizaron por delante de unas oscuras estanterías hasta la parte trasera de la atestada planta baja y subieron por las estrechas escaleras. Ningún sonido delataba su presencia. En el piso superior, De Roquefort cruzó una puerta abierta y penetró en un iluminado apartamento. Peter Hansen estaba arrellanado en un sillón leyendo, a su lado una cerveza sobre la mesa y un cigarrillo ardiendo en un cenicero.

La sorpresa inundó la cara del librero.

—¿Qué está usted haciendo aquí? —preguntó en francés.

—Teníamos un trato.

El librero se puso en pie de un brinco.

—Nos superaron en la subasta. ¿Qué podía hacer?

—Me dijo usted que no habría problemas.

Sus asociados se dirigieron al otro extremo de la habitación, cerca de las ventanas. Él se quedó en la puerta.

—Ese libro se vendió por cincuenta mil coronas. Un precio escandaloso —dijo Hansen.

—¿Quién le superó?

—La casa de subastas no revela esa información.

De Roquefort se preguntó si Hansen le consideraba tan estúpido.

—Le pagué para asegurarme de que Stephanie Nelle era la compradora.

—Y lo intenté. Pero nadie me dijo que el libro subiría a

semejante precio. Yo seguía con la puja, pero ella me hizo un signo de que saliera. ¿Quería usted pagar más de cincuenta mil coronas?

—Hubiera pagado lo que hiciera falta.

—Usted no estaba allí, y ella no estaba tan decidida. —Hansen parecía relajado, su sorpresa inicial sustituida por una suficiencia que De Roquefort se esforzó por ignorar—. Y además, ¿qué hace tan valioso ese libro?

De Roquefort paseó su mirada por la atestada habitación, que olía a alcohol y nicotina. Centenares de libros esparcidos entre montones de papeles y revistas. Se preguntó cómo alguien podía vivir en medio de semejante desorden.

—Dígamelo usted.

Hansen se encogió de hombros.

—No tengo ni idea. Ella no me dijo por qué lo quería.

A De Roquefort se le estaba agotando la paciencia.

—Yo sé quién le venció en la subasta.

—¿Cómo?

—Como sabe usted, los asistentes de la subasta son gente con quien se puede negociar. La señora Nelle contactó con usted para que actuara como su agente. Yo lo hice para asegurarme de que ella conseguía el libro de manera que yo pudiera tener una copia antes de que usted se lo devolviera. Entonces usted lo arregló para que hubiera un postor telefónico.

Hansen sonrió.

—Le llevó bastante tiempo averiguar eso.

—Realmente me llevó sólo unos momentos, en cuanto tuve la información.

—Ya que ahora yo tengo el control del libro, y Stephanie Nelle está fuera de la escena, ¿cuánto está usted dispuesto a pagar por tenerlo?

De Roquefort ya sabía cuál era el curso que el otro pensaba tomar.

—De hecho, la cuestión es ¿cuánto vale el libro para usted?

—No significa nada para mí.

De Roquefort hizo un gesto a sus asociados y éstos agarraron a Hansen por los brazos. De Roquefort soltó un puñetazo al abdomen del librero. Hansen se quedó sin aliento, y luego se desplomó hacia delante, de rodillas.

—Yo quería que Stephanie tuviera el libro, después de que yo hiciera una copia —dijo De Roquefort—. Fue para eso por lo que le pagué. Nada más. Usted una vez tuvo una utilidad para mí. Ya no es el caso.

—Yo... tengo el... libro.

El otro se encogió de hombros.

—Eso es mentira. Sé exactamente dónde está el libro.

Hansen movió negativamente la cabeza.

—No lo... conseguirá usted.

—Se equivoca. De hecho, será un asunto fácil.

Malone le dio al interruptor de las luces fluorescentes de la sección de historia. Libros de todas las formas, tamaños y colores atestaban las negras estanterías lacadas. Pero había un volumen en particular que él recordaba de unas semanas atrás. Lo había comprado, junto con otras historias de mediados del siglo XX, a un italiano que pensaba que sus mercancías valían mucho más de lo que Malone estaba dispuesto a pagar. La mayor parte de los vendedores no entendía que el valor era un factor del deseo, la escasez y la singularidad. La edad no era necesariamente importante, ya que, al igual que en el siglo XX, siempre se había impreso un montón de porquería.

Se acordaba de haber vendido algunos de los libros italianos, pero confiaba en que uno de ellos siguiera por allí. No podía recordar que hubiera salido de la tienda, aunque uno de sus empleados podía haber hecho la venta sin enterarse él. Pero afortunadamente el libro seguía en la segunda fila a contar desde el suelo, justamente en el lugar donde él lo había dejado.

Ninguna sobrecubierta protegía del polvo la tapa encuadernada en tela, la cual había sido sin duda antaño de un verde oscuro, ahora descolorido hasta un verde lima. Sus páginas eran delgadas como papel de seda, con cantos dorados, y estaban atestadas de grabados. El título era aún visible en irregulares letras doradas.

Los Caballeros del Templo de Salomón.

Había sido editado en 1922 y, cuando vio el libro por primera vez, Malone había sentido un gran interés, ya que los templarios eran un tema sobre el que había leído. Sabía que no eran simplemente monjes, sino más bien guerreros religiosos... una especie de unidad de fuerzas especiales espirituales. Pero su concepción más bien simplista era la de unos hombres vestidos con hábitos blancos que exhibían elegantes cruces rojas. Un estereotipo, sin duda. Y recordaba haberse sentido fascinado cuando ojeó el volumen.

Llevó el libro a una de las butacas tapizadas que estaban por la tienda, se instaló en el acogedor rellano y empezó a leer. Poco a poco, empezó a hacerse una idea.

En el año 1118 después de Cristo, los cristianos controlaban una vez más Tierra Santa. La Primera Cruzada había constituido un éxito clamoroso. Pero aunque los musulmanes eran derrotados, sus tierras confiscadas y sus ciudades ocupadas, no habían sido conquistados. En vez de ello, permanecían en los límites de los recién establecidos dominios cristianos, haciendo estragos contra todos los que se aventuraban a ir a Tierra Santa.

La peregrinación segura a los lugares santos era una de las razones de las Cruzadas, y los peajes de ruta eran la principal fuente de ingresos para el recién constituido Reino Cristiano de Jerusalén. Los peregrinos acudían a diario a Tierra Santa, llegando solos, por parejas, en grupos o, a veces, como enteras comunidades desarraigadas. Desgraciadamente, los caminos no eran nada seguros. Los musulmanes permanecían al acecho, los bandidos vagaban libremente, incluso los soldados cristianos constituían una amenaza, ya que el pillaje era, para ellos, una forma normal de proveerse.

De manera que cuando un caballero de la Champagne, Hugo de Payens, fundó con otros ocho caballeros una orden monástica de hermanos combatientes dedicada a facilitar el tránsito seguro de los peregrinos, la idea recibió una amplia aprobación. Balduino II, que gobernaba Jerusalén, concedió a la nueva orden refugio bajo la mezquita de Al Aqsa, un lugar que los cristianos creían que era el antiguo Templo de Salomón, de manera que la nueva orden tomó su nombre de su cuartel general: los Pobres Compañeros Soldados de Cristo y el Templo de Salomón de Jerusalén.

La hermandad inicialmente se mantuvo pequeña. Cada caballero formulaba votos de pobreza, castidad y obediencia. No poseían nada individualmente. Todos sus bienes terrenales pasaban a ser de la orden. Vivían en comunidad y tomaban su comida en silencio. Se cortaban el pelo muy corto, pero se dejaban crecer la barba. Obtenían la comida y la ropa de la caridad, y el modelo de su monasterio procedía de san Agustín. El sello de la orden era particularmente simbólico; dos caballeros subidos a una sola montura... una clara referencia a los días en que los caballeros no podían permitirse su propio caballo.

Una orden religiosa de caballeros combatientes no era, según la mentalidad medieval, una contradicción. Por el contrario, la nueva orden apelaba tanto al fervor religioso como a la proeza marcial. Su creación resolvía también otro problema —el reclutamiento de soldados—, ya que proveía una presencia constante de luchadores de confianza.

En 1128, la comunidad se había expandido, encontrando apoyo político en lugares poderosos. Príncipes y prelados europeos donaban tierras, dinero y bienes materiales. El papa finalmente sancionó la orden, y pronto los caballeros templarios se convirtieron en el único ejército permanente en Tierra Santa.

Estaban gobernados por una estricta regla de 686 normas. Estaba prohibida la caza mayor, el juego y la cetrería. La charla se practicaba de forma comedida, y sin risas. La ornamentación estaba también prohibida. Dormían con las luces encendidas, vestidos con camisas, chalecos y pantalones, listos para el combate.

El maestre era un gobernante absoluto. A su lado estaban los senescales, que actuaban como sustitutos y consejeros. Servientes, en latín, sergents en francés, eran los artesanos, trabajadores y asistentes que sostenían a los hermanos caballeros y formaban la columna vertebral de la orden. Por un decreto papal de 1148, cada caballero llevaba la cruz roja paté de cuatro brazos iguales, ensanchada en sus extremos, encima de un manto blanco. Fueron los primeros en ser disciplinados, equipados y regulados como ejército permanente desde los tiempos de los romanos. Los hermanos caballeros participaron en cada una de las posteriores cruzadas, siendo los primeros en el combate, los últimos en retirarse y nunca caían cautivos. Creían que el servicio en la orden les procuraría el Cielo, y, en el transcurso de doscientos años de constante guerrear, veinte mil templarios ganaron su martirio muriendo en la batalla.

En 1139, una bula papal situó a la orden bajo el control exclusivo del papa, lo que les permitió operar libremente en toda la Cristiandad, sin sufrir la interferencia de los monarcas. Se trataba de una acción sin precedentes, y, a medida que la orden ganó fuerza política y económica, amasó una inmensa reserva de riqueza. Reyes y patriarcas le dejaban grandes sumas en sus testamentos. Se concedían préstamos a barones y comerciantes con la promesa de que sus casas, tierras, viñedos y huertos pasarían a la orden a su muerte. Los peregrinos obtenían transporte seguro de ida y vuelta a Tierra Santa a cambio de generosos donativos. A comienzos del siglo XIV, los templarios rivalizaban con los genoveses, los lombardos e incluso los judíos como banqueros. Los reyes de Francia e Inglaterra guardaban su tesoro en las bóvedas de la orden.

La orden del Temple de París se convirtió en el centro del mercado de moneda del mundo. Lentamente, la organización evolucionó hacia un complejo financiero y militar, a la vez económicamente independiente y autorregulador. Con el tiempo, la propiedad templaria, unas 9.000 haciendas, fue totalmente eximida de impuestos, y esta posición única le llevó a conflictos con el clero local, ya que las iglesias de éste pasaban penurias mientras las tierras templarias prosperaban. La competencia con otras órdenes, particularmente los Caballeros Hospitalarios, no hizo más que aumentar la tensión.

Durante los siglos XII y XIII, el control de Tierra Santa osciló entre los cristianos y árabes. El ascenso de Saladino como supremo gobernante de los musulmanes proporcionó a los árabes su primer gran líder militar, y el Jerusalén cristiano cayó finalmente en 1187. En el caos que siguió, los templarios confinaron sus actividades a San Juan de Acre, una ciudad fortificada de la costa mediterránea. Durante los siguientes cien años, languidecieron en Tierra Santa, pero florecieron en Europa, donde establecieron una extensa red de iglesias, abadías y haciendas. Cuando Acre cayó en 1291, la orden perdió tanto su último baluarte en Tierra Santa como el propósito de su existencia.

Su rígida adhesión al secreto, que inicialmente la mantuvo aparte, con el tiempo alentó la calumnia. Felipe IV de Francia, en 1307, con un ojo puesto en las vastas riquezas templarias, arrestó *a muchos de sus hermanos. Otros monarcas hicieron lo propio. Siguieron siete años de acusaciones y procesos. Clemente V disolvió formalmente la orden en 1312. El golpe final se produjo el 18 de marzo de 1314, cuando el último maestre, Jacques de Molay, fue quemado en la hoguera.*

Malone siguió leyendo. Persistía aquella inquietud en el fondo de su conciencia... alguna cosa que había leído al ojear el libro por primera vez unas semanas atrás. Al hacerlo, había leído algo sobre cómo, antes de la supresión en 1307, la orden se había convertido en experta en marinería, explotación de la propiedad, cría de ganado, agricultura y, lo más importante de todo, finanzas. Aunque la Iglesia prohibía la experimentación científica, los templarios aprendieron de sus enemigos, los árabes, cuya cultura alentaba el pensamiento independiente. Los templarios también acumulaban secretamente, del mismo modo que los bancos modernos dispersan la riqueza entre tantas cajas fuertes, una enorme cantidad de bienes. Se citaba incluso un verso francés medieval que describía de manera adecuada a los excesivamente solventes templarios y su repentina desaparición:

> *Los hermanos, los maestres del Temple,*
> *que abundaron en oro, plata y grandes riquezas,*
> *¿dónde se hallan hoy?, ¿qué suerte han corrido?*
> *Los que tenían tal poder que nadie se atrevía*
> *a quitarles nada, ningún hombre era tan osado;*
> *que siempre compraban, y jamás vendían*

La historia no ha sido amable con la orden. Aunque captaron la imaginación de poetas y cronistas —los caballeros del Grial en *Parsifal* eran templarios, al igual que los malvados de *Ivanhoe*—, a medida que las cruzadas adquirieron la etiqueta de agresión e imperialismo, los templarios se convirtieron en parte integral de su brutal fanatismo.

Malone continuó examinando el libro hasta que finalmente encontró el pasaje que recordaba de su primera lectura. Sabía que estaba allí. Su memoria nunca le fallaba. Las palabras hablaban de cómo, en el campo de batalla, los templarios siempre exhibían una bandera vertical dividida en dos campos... uno de ellos negro para representar el pecado que los hermanos caballeros habían dejado tras de sí, el otro, blanco, para simbolizar su nueva vida dentro de la orden. La bandera estaba rotulada en francés. Traducido, significaba un estado elevado, noble, glorioso. El término también servía de grito de batalla para la orden.

Beauseant. Sé glorioso.

Justamente la palabra que Cazadora Roja había pronunciado antes de saltar de la Torre Redonda.

¿Qué estaba pasando?

Viejas motivaciones se agitaron en su interior. Sentimientos que él creía que un año de retiro habían suprimido. Los buenos agentes eran al mismo tiempo curiosos y cautos. Olvida uno de esos atributos y pasarás algo por alto... algo potencialmente desastroso. Él había cometido ese error en una ocasión años atrás en una de sus primeras misiones, y su impetuosidad le había costado la vida a un agente contratado. No sería la última persona por la que se sentiría responsable de su muerte, pero sí era la primera, y nunca olvidó su descuido.

Stephanie se encontraba en un apuro. Sin la menor duda. Ella le había ordenado que se mantuviera al margen de sus asuntos, de manera que volver a hablar con ella sería inútil. Pero quizás Peter Hansen sería una buena fuente de información.

Consultó su reloj. Era tarde, pero Hansen era una ave nocturna, y aún estaría levantado. Si no era así, lo despertaría.

Dejó el libro a un lado y se dirigió a la puerta.

XI

—¿Dónde está el diario de Lars Nelle? —preguntó De Roquefort.

Todavía en manos de los dos hombres, Peter Hansen levantó la mirada hacia él. De Roquefort sabía que Hansen había estado antaño asociado con Lars Nelle. Cuando descubrió que Stephanie Nelle iba a venir a Dinamarca para asistir a la subasta de Roskilde, supuso que la mujer podría establecer contacto con Peter Hansen. Por eso había abordado primero al tratante de libros.

—Seguramente Stephanie Nelle mencionó lo del libro de su marido, ¿no?

Hansen movió la cabeza en un gesto negativo.

—No dijo nada. Nada en absoluto.

—Cuando Lars Nelle estaba vivo, ¿hizo mención de que llevaba un diario?

—Nunca.

—¿Entiende usted su situación? Nada de lo que yo quería se ha producido, y, algo peor aún, me ha decepcionado usted.

—Sé que Lars tomaba notas meticulosamente. —Había resignación en la voz de Hansen.

—Dígame más.

Hansen pareció fortalecerse.

—Cuando me suelten.

De Roquefort le permitió al estúpido una victoria. Hizo un gesto, y sus hombres soltaron la presa. Hansen rápidamente ingirió un profundo trago de cerveza y luego dejó la jarra sobre la mesa.

—Lars escribió montones de libros sobre Rennes-le-Château.

Todo ese material sobre pergaminos perdidos, geometría oculta y rompecabezas contribuyen a grandes ventas. —Hansen parecía recobrar el dominio de sí mismo—. Aludía a todos los tesoros que podía imaginar. Oro visigodo, riqueza templaria, botín cátaro. «Coge una hebra y teje una manta», solía decir.

De Roquefort sabía todo lo referente a Rennes-le-Château, una aldea del sur de Francia que había existido desde la época romana. Un sacerdote, durante la última parte del siglo XIX, había gastado enormes sumas remodelando la iglesia local. Decenios más tarde, se iniciaron unos rumores sobre que el cura había financiado la decoración con un gran tesoro que había hallado. Lars Nelle supo del intrigante lugar treinta años antes, y escribió un libro sobre esa leyenda, que se convirtió en un éxito de ventas internacional.

—Así que hábleme de lo que estaba escrito en la libreta de notas —quiso saber—. ¿Una información diferente del material publicado de Lars Nelle?

—Se lo he dicho. No sé nada de una libreta de notas. —Hansen agarró la jarra y saboreó otro trago—. Pero conociendo a Lars, dudo de que dijera nada al mundo en aquellos libros.

—¿Y qué es lo que ocultaba?

Una astuta sonrisa asomó a los labios del danés.

—Como si usted no lo supiera. Pero, se lo aseguro, no tengo ni idea. Sólo sé lo que leí en los libros de Lars.

—Yo de usted no daría nada por supuesto.

Hansen no parecía afectado.

—Así que dígame, ¿qué es lo importante de ese libro? Ni siquiera trata de Rennes-le-Château.

—Es la clave de todo.

—¿Cómo puede, un librito de nada, de más de ciento cincuenta años de antigüedad, ser la clave de algo?

—Muchas veces las cosas más sencillas son las más importantes.

Hansen alargó la mano en busca de un cigarrillo.

—Lars era un hombre extraño. Jamás logré entenderle. Estaba obsesionado con todo lo de Rennes. Adoraba ese lugar. Incluso se compró una casa allí. Yo fui una vez. Aburrido.

—¿Dijo Lars si encontró algo allí?

Hansen lo valoró nuevamente con una mirada de sospecha.

—¿Como qué?

—No sea evasivo. No estoy de humor.

—Usted debe de saber algo o no estaría aquí.

Hansen se inclinó hacia delante para dejar en equilibrio nuevamente el cigarrillo en el cenicero. Pero su mano se detuvo dirigiéndose a un cajón abierto de la mesilla lateral, y apareció un arma. Uno de los hombres de Roquefort golpeó la mano del librero para hacer caer la pistola.

—Eso ha sido una estupidez —dijo De Roquefort.

—Que le jodan —escupió Hansen, frotándose la mano.

La radio sujeta a la cintura de De Roquefort crujió en su oído, y una voz dijo: «Un hombre se está acercando.» Una pausa. «Es Malone. Va directamente hacia la tienda.»

No era nada inesperado, pero quizás ya era hora de mandar un mensaje claro a Malone de que aquél no era asunto suyo. Hizo una seña a sus dos subordinados. Éstos avanzaron y de nuevo cogieron a Peter Hansen por los brazos.

—El engaño tiene un precio —dijo De Roquefort.

—¿Quién demonios es usted?

—Alguien con quien no debería haber jugado. —De Roquefort hizo la señal de la cruz—. Que el Señor esté contigo.

Malone vio luces en las ventanas del segundo piso. La calle frente a la tienda de Hansen estaba vacía. Sólo había unos pocos coches aparcados sobre los oscuros adoquines, que él sabía que desaparecerían por la mañana, cuando los compradores, una vez más, invadieran esa parte del peatonal Ströget.

¿Qué había dicho Stephanie antes, cuando estaba en la tienda de Hansen? «Mi marido me dijo que era usted un hombre que podía encontrar lo inencontrable.» De manera que Peter Hansen estaba aparentemente relacionado con Lars Nelle, y esta antigua asociación explicaría por qué Stephanie había buscado a Hansen en vez de acudir a él. Pero no contestaba a la multitud de preguntas que Malone aún tenía en su cabeza.

Malone no había conocido a Lars Nelle. Éste murió un año después de que Malone ingresara en el Magellan Billet, en una época en que él y Stephanie estaban sólo empezando a conocerse. Pero posteriormente leyó todos los libros de Nelle, que eran una mezcla de historia, hechos, conjeturas y grandes coincidencias. Lars era un conspirador internacional, que pensaba que la región del sur de Francia conocida como el Languedoc albergaba una especie de gran tesoro. Lo cual era en parte comprensible. Aquella zona había sido durante mucho tiempo la tierra de los trovadores, un lugar de castillos y cruzadas, donde había nacido la leyenda del Santo Grial. Desgraciadamente, el trabajo de Lars Nelle no había generado ninguna erudición. En vez de ello, sus teorías sólo despertaron el interés de escritores *New Age* y cineastas independientes que desarrollaron su premisa original, acabando por proponer teorías que iban desde los extraterrestres al saqueo romano y a la esencia oculta de la Cristiandad. Nada, por supuesto, se había probado o hallado. Pero Malone estaba seguro de que a la industria turística francesa le encantaba todo aquella especulación.

El libro que Stephanie había tratado de comprar en la subasta de Roskilde se titulaba *Pierres Gravées du Languedoc*. «Piedras grabadas del Languedoc.» Un extraño título sobre un tema aún más extraño. ¿Qué importancia podía tener? Sabía que Stephanie nunca había quedado impresionada por el trabajo de su marido. Esa disputa había sido el problema número uno de su matrimonio y finalmente condujo a una separación... Lars viviendo en Francia, y ella en América. De manera que, ¿qué estaba haciendo ella en Dinamarca once años después de la muerte de Lars? ¿Y por qué estaban otras personas tratando de meterse con ella... incluso hasta el punto de querer su muerte?

Siguió andando mientras intentaba ordenar sus pensamientos. Sabía que Peter Hansen no se alegraría de verlo, de modo que se dijo que debía elegir sus palabras cuidadosamente. Necesitaba apaciguar al idiota y enterarse de lo que pudiera. Incluso pagaría si tenía que hacerlo.

Algo rompió una de las ventanas del piso superior del edificio de Hansen.

Malone levantó la mirada cuando un cuerpo salía lanzado, con la cabeza por delante, daba la vuelta en el aire e iba a estrellarse contra el capó de un coche aparcado.

Corrió hacia allí y vio que se trataba de Peter Hansen. Le buscó el pulso. Estaba débil.

Sorprendentemente, Hansen abrió los ojos.

—¿Puede usted oírme? —le preguntó a Hansen.

No hubo respuesta.

Algo zumbó cerca de su cabeza y el pecho de Hansen dio una sacudida hacia arriba. Otro silbido y el cráneo fue hecho pedazos, sangre y nervios manchándole la chaqueta.

Giró en redondo.

En la destrozada ventana, tres plantas más arriba, se encontraba un hombre con un fusil. El mismo hombre de la chaqueta de cuero que había iniciado el tiroteo en la catedral, el que intentó atacar a Stephanie. En el instante que le llevó al tirador volver a apuntar, Malone saltó detrás del coche.

Llovieron más balas.

El ruido de cada disparo era ahogado, como el de unas manos aplaudiendo. Un arma con silenciador. Una bala rebotó en la capota cerca de Hansen. Otra se estrelló contra el parabrisas, destrozándolo.

—Señor Malone, este asunto no le concierne —dijo el hombre desde arriba.

—Me concierne ahora.

No iba a quedarse para discutir la cuestión. Se agachó y utilizó como escudo los coches aparcados mientras se abría camino calle abajo.

Más disparos, como cojines esponjándose, tratando de encontrar un camino a través del metal y el vidrio.

Se encontraba casi a veinte metros de distancia cuando miró hacia atrás. La cara había desaparecido de la ventana. Se puso de pie y dobló a la carrera la primera esquina. Dio la vuelta a otra, tratando de servirse del laberinto de calles, colocando edificios entre él y sus perseguidores. Sintió el golpeteo de la sangre en las sienes, y los fuertes latidos de su corazón. Estaba nuevamente en el juego.

Se detuvo un momento y engulló una bocanada de frío aire.

Pasos apresurados se acercaban desde detrás. Se preguntó si sus perseguidores conocían el camino que rodeaba el Ströget. Tenía que suponer que sí. Dobló otra esquina y se encontró con más tiendas oscuras que le encajonaban. La tensión iba creciendo en su estómago. Se estaba quedando sin opciones. Por delante, una de las múltiples plazas abiertas del barrio, con una fuente que se agitaba en su centro. Todos los cafés que bordeaban su perímetro estaban cerrados por la noche. No había nadie a la vista. No habría muchos lugares para ocultarse. Al otro lado de la vacía extensión se levantaba una iglesia, a través de cuyas vidrieras se filtraba un débil resplandor. En verano, las iglesias de Copenhague estaban abiertas hasta la medianoche. Necesitaba un lugar para esconderse, al menos por un tiempo. De manera que corrió hacia su pórtico de mármol.

La cerradura se abrió con un ruidito.

Empujó la pesada puerta hacia dentro, luego la cerró suavemente, confiando en que sus perseguidores no lo advirtieran.

Luminarias distribuidas por toda la nave iluminaban el vacío interior. Un impresionante altar y estatuas esculpidas proyectaban imágenes fantasmales a través del tétrico aire. Trató de penetrar la oscuridad en dirección al altar y descubrió una escalera y un pálido brillo que llegaba de abajo. Se dirigió hacia allí y bajó, sintiendo que le envolvía una fría nube de preocupación.

Una puerta de hierro en el fondo se abría a un amplio espacio de tres naves con un bajo techo abovedado. Dos sarcófagos de piedra rematados con inmensas losas de granito esculpido se alzaban en el centro. La única luz que quebraba la oscuridad procedía de una lamparita ambarina situada junto a un pequeño altar. Aquél parecía un buen lugar para quedarse un rato. No podía regresar a su tienda. Con toda seguridad sabían dónde vivía. Se dijo a sí mismo que debía calmarse, pero su momentáneo alivio se quebró a causa de una puerta que oyó abrirse arriba. Su mirada se dirigió precipitadamente al techo de la bóveda, situado a menos de un metro de su coronilla.

Se oían los pasos de dos personas corriendo por el piso de arriba.

Se movió más deprisa en las sombras. Sintió un pánico familiar, que sofocó con una oleada de autocontrol. Necesitaba algo para defenderse, de manera que buscó en la oscuridad. En un ábside, a seis metros de distancia, descubrió un candelabro de hierro.

Se fue hasta allí.

El ornamento tendría un metro y medio de altura, con un solitario cirio de cera, de unos diez centímetros de grosor, alzándose en su centro. Quitó el cirio, y sopesó el metal. Era pesado. Con el candelabro en la mano, anduvo de puntillas a través de la cripta y ocupó una posición detrás de otra columna.

Alguien empezaba a bajar por los escalones.

Atisbó más allá de las tumbas, a través de la oscuridad, su cuerpo lleno de una energía que siempre, en el pasado, había clarificado sus pensamientos.

En la base de la escalera apareció la silueta de un hombre. Llevaba un arma, con un silenciador en el extremo del cañón claramente visible incluso en las sombras. Malone aferró el vástago de hierro y levantó el brazo. El hombre se estaba acercando a él. Sus músculos se tensaron. Silenciosamente contó hasta cinco, apretó los dientes, luego balanceó el candelabro y golpeó al hombre directamente en el pecho, lanzando la sombra hacia atrás contra una de las tumbas.

Arrojó a un lado el hierro y soltó su puño contra la mandíbula del hombre. La pistola voló por los aires e hizo un ruido metálico al caer al suelo.

Su atacante se desplomó.

Malone buscó el arma mientras otra serie de pasos sonaba en la cripta. Encontró la pistola y cerró su mano sobre la culata.

Dos disparos llegaron a donde estaba.

Llovió polvo del techo cuando las balas encontraron la piedra. Cotton se lanzó tras la columna más próxima y disparó. Una ahogada réplica envió un disparo a través de la oscuridad, rebotando en la pared del otro lado.

El segundo atacante detuvo su avance y se parapetó detrás de la tumba más alejada.

Ahora Malone estaba atrapado.

Entre él y la única salida había un hombre armado. El primer perseguidor estaba empezando a ponerse de pie, gimiendo a causa de los golpes. Malone estaba armado, pero las probabilidades estaban en contra suya.

Miró fijamente a través de la débilmente iluminada cámara y se preparó.

El hombre que se levantaba del suelo se derrumbó de repente.

Transcurrieron unos pocos segundos.

Silencio.

Una serie de pasos resonaron arriba. Luego se abrió la puerta de la iglesia y se cerró. Malone no hizo ningún movimiento. El silencio era enervante. Su mirada taladraba la oscuridad. No se producía movimiento alguno en la cámara.

Decidió arriesgarse y se arrastró hacia delante.

El primer asaltante yacía tendido sobre el suelo. El otro hombre estaba igualmente boca abajo e inmóvil. Comprobó el pulso de ambos individuos. Latía, aunque débilmente. Entonces descubrió algo en el cogote de uno de ellos. Se inclinó para examinarlo más detenidamente y sacó un pequeño dardo, la punta de una aguja de media pulgada.

Su salvador poseía algún sofisticado equipo.

Los dos hombres que yacían en el suelo eran los mismos que estaban frente al edificio de la subasta de Roskilde. Pero ¿quién los había abatido? Volvió a inclinarse y recogió las dos armas, luego registró los cuerpos. Ninguna identificación. Uno de los hombres llevaba una radio bajo la chaqueta. Cogió la unidad junto con el auricular y el micrófono.

—¿Hay alguien ahí? —dijo por el micro.

—¿Y quién es usted?

—¿Es usted el mismo hombre de la catedral? ¿El que mató a Peter Hansen?

—Correcto a medias.

Malone comprendió que nadie iba a decir mucho a través de un canal abierto. Pero el mensaje era claro.

—Sus hombres están fuera de combate.

—¿Obra suya?

—Me gustaría atribuirme este mérito. ¿Quién es usted?

—Eso no tiene relación con nuestra discusión.

—¿Cómo es que Peter Hansen se convirtió en un problema para usted?

—Detesto a los que me engañan.

—Evidentemente. Pero alguien pilló a sus dos chicos por sorpresa. Yo no sé quién, pero la idea me gusta.

Ninguna respuesta. Esperó un momento más, y se disponía a hablar cuando la radio crujió.

—Confío en que se aprovechará usted de su buena fortuna y se dedicará nuevamente a vender libros.

La otra radio se cerró con un clic.

XII

El senescal se despertó. Había estado dormitando en una silla al lado de la cama. Una rápida mirada al reloj de la mesilla de noche le dijo que había dormido aproximadamente una hora. Echó una ojeada a su enfermo maestre. El familiar sonido de una respiración trabajosa había desaparecido. A los dispersos rayos de la incandescente luz que penetraba desde el exterior de la abadía, vio que una película de muerte se había formado en los ojos del anciano.

Le buscó el pulso.

El maestre había muerto.

Su coraje le abandonó mientras se arrodillaba y rezaba una plegaria por su difunto amigo. El cáncer había ganado la partida. La batalla había terminado. Imploró al Señor que permitiera al alma del anciano entrar en el Cielo. Nadie merecía la salvación más que él. Lo había aprendido todo del maestre... Sus fracasos personales y su soledad emocional hacía mucho tiempo que lo habían situado bajo la influencia del anciano. La suya había sido una rápida instrucción, y había tratado de no defraudar nunca. «Los errores son tolerados, mientras no se vuelvan a cometer», le había dicho... sólo una vez, ya que el maestre nunca se repetía.

Muchos de los hermanos consideraban esta franqueza arrogante. Otros se ofendían por lo que consideraban una actitud condescendiente. Pero nadie cuestionaba nunca la autoridad del maestre. El deber de un hermano era obedecer. El tiempo de las preguntas llegaba sólo con la elección del maestre.

Que era lo que prometía el día que se presentaba ante él.

Por sexagésima séptima vez desde el Inicio, una fecha que se remontaba a los comienzos del siglo XII, otro hombre sería elegido maestre. Por lo que se refería a los sesenta y seis anteriores, el mandato promedio había sido de tan sólo dieciocho años, variando las contribuciones de los maestres desde insignificantes hasta más allá de toda comparación. Cada uno, sin embargo, había servido hasta la muerte. Algunos la habían hallado en combate, pero los días de guerra abierta habían terminado hacía mucho tiempo. La búsqueda hoy era más sutil, siendo los modernos campos de batalla unos lugares que los padres jamás hubieran imaginado: los tribunales, internet, libros, revistas, periódicos... todos ellos campos que la orden vigilaba regularmente, asegurándose de que sus secretos estuvieran a salvo, su existencia pasara inadvertida. Y cada maestre, por más inepto que pudiera haber sido, había tenido éxito en ese singular objetivo. Pero el senescal temía que el siguiente mandato sería particularmente decisivo. Se estaba incubando una guerra civil, una guerra que el muerto que yacía ante él había mantenido a raya con una extraña capacidad para adivinar las intenciones de sus oponentes.

En el silencio que le envolvió, el riachuelo del exterior parecía más próximo. Durante el verano, los hermanos a menudo visitaban los saltos de agua y disfrutaban de un baño en la glacial laguna del remanso, y él añoraba aquellos placeres, aunque sabía que no habría tregua alguna en los tiempos venideros. Decidió no informar a la hermandad de la muerte del maestre hasta las plegarias de la hora prima, que no serían hasta al cabo de cinco horas. En el pasado se habían reunido todos poco después de la medianoche para los maitines, pero esa devoción había seguido el camino de muchas reglas. Actualmente se seguía un horario mucho más realista, un horario que reconocía la importancia del sueño, adaptándose al sentido práctico del siglo XXI más que al del XIII.

Sabía que nadie se atrevería a entrar en la cámara del maestre. Sólo él, como senescal, gozaba de ese privilegio, especialmente cuando el maestre se encontraba enfermo. De manera que alargó la mano hacia la manta y cubrió con ella el rostro del difunto.

Diversos pensamientos se agolpaban en su mente, y luchó contra la creciente tentación. La regla, como mínimo, inducía un sentido de disciplina, y él se enorgullecía de no haber cometido a sabiendas ninguna violación de esa regla. Pero había varias que estaban ahora llamándole a gritos. Había pensado en ellas todo el día mientras observaba la agonía de su amigo. Si la muerte hubiera reclamado al maestre mientras la abadía bullía de actividad, hubiera sido imposible hacer lo que ahora pensaba. Pero a esta hora tendría las manos libres, y, dependiendo de lo que sucediera al día siguiente, ésta podía ser su única oportunidad.

De manera que alargó la mano, retiró la manta y separó la túnica azul celeste, dejando al descubierto el pecho sin vida del anciano. La cadena estaba allí, justamente donde debía estar, y deslizó los eslabones de oro por encima de su cabeza.

Una llave de plata colgaba de su extremo.

—Perdonadme —susurró mientras colocaba nuevamente la manta en su sitio.

Cruzó apresuradamente la habitación hasta un armario como del Renacimiento, oscurecido por innumerables encerados. Dentro había una caja de bronce adornada con una cimera de plata. Sólo el senescal sabía de su existencia, y él había visto al maestre abrirla varias veces, aunque nunca se le había permitido examinar su contenido. Llevó la caja a la mesa, insertó la llave y una vez más suplicó el perdón.

Estaba buscando un volumen encuadernado en piel en poder del maestre desde hacía varios años. Sabía que estaba guardado dentro de la caja de caudales —el maestre lo había colocado allí en su presencia—, pero cuando abrió la tapa vio que en su interior sólo había un rosario, algunos papeles y un misal. Ningún libro.

Sus temores se hacían ahora realidad. Lo que antes sólo eran sospechas, se convertían ahora en certezas.

Devolvió la caja al armario y salió de la habitación.

La abadía era un laberinto de alas y plantas, cada una de ellas añadida en un siglo diferente, y la arquitectura conspiraba para crear un confuso complejo que albergaba actualmente a cuatrocientos hermanos. Estaba la obligatoria capilla, un imponente claustro, los talleres, las oficinas, un gimnasio, salas comunes para la higiene, comida y entretenimientos, una sala capitular, una sacristía, un refectorio, locutorios, una enfermería y una impresionante biblioteca. El dormitorio del maestre estaba situado en una sección construida originalmente en el siglo XV, orientada hacia unos precipicios de pura roca que dominaban una estrecha cañada. A su lado estaban los alojamientos de los hermanos, y el senescal cruzó un arqueado portal que conducía al cavernoso dormitorio donde ardían algunas luminarias, ya que la regla prohibía que la cámara estuviera totalmente a oscuras. No observó ningún movimiento ni oyó otra cosa que unos ronquidos intermitentes. Siglos atrás, había apostado un guardián en la puerta, y el senescal se preguntó si tal vez esa costumbre no debería ser restablecida en los días que vendrían.

Se deslizó por el limpio corredor, siguiendo la alfombra carmesí que cubría las toscas baldosas. A cada lado, cuadros, estatuas y diseminados monumentos conmemorativos recordaban el pasado de la abadía. A diferencia de otros monasterios pirenaicos, no se había producido ningún saqueo durante la Revolución francesa, de manera que su arte y su mensaje habían sobrevivido.

Llegó a la escalera principal y descendió al nivel del suelo. A través de más corredores abovedados pasó por zonas donde los visitantes eran instruidos en la forma de vida monástica. No venían muchos, sólo unos miles al año, y sus visitas reportaban un modesto complemento con el que sufragar los gastos de mantenimiento anuales; pero eran los suficientes para asegurarse de que se garantizara la intimidad de los monjes.

La entrada que él buscaba se alzaba al final del corredor de la planta baja. La puerta, adornada con artesanales herrajes medievales, se abrió de par en par, como siempre.

Entró en la biblioteca.

Pocas eran las colecciones que nunca habían sido alteradas, pero aquellos innumerables volúmenes que le rodeaban habían permanecido inviolados durante siete siglos. Iniciada con sólo una veintena de libros, la colección había crecido gracias a regalos, legados, compras y, en el Inicio, la producción de escribas que trabajaban día y noche. Los temas, entonces y ahora, variaban, con especial énfasis en la teología, la filosofía, la lógica, la historia, la ley, la ciencia y la música. La frase latina grabada en el mortero encima de la puerta principal era apropiada: CLAUSTRUM SINE ARMARIO EST QUASI CASTRUM SINE ARMAMENTARIO. «Un monasterio sin biblioteca es como un castillo sin arsenal.»

Se detuvo y escuchó.

No había nadie en los alrededores.

La seguridad no constituía ninguna preocupación real, ya que ochocientos años de regla se habían demostrado más que eficaces para guardar las estanterías. Ningún hermano se atrevería a entrar sin permiso. Pero él no era un hermano. Era el senescal. Al menos por un día más.

Se abrió paso a través de las estanterías hacia la parte trasera de la imponente sala, deteniéndose ante una puerta de metal negra. Deslizó una tarjeta de plástico a través del escáner fijado a la pared. Sólo el maestre, el mariscal, el archivero y él poseían tarjetas. El acceso a los volúmenes situados más allá de aquella puerta se obtenía sólo con el permiso directo del maestre. Hasta el archivero había de pedir la autorización antes de entrar. Almacenados en su interior había una diversidad de libros preciosos, viejas cartas, títulos de propiedad, un registro de los miembros y, lo más importante, las Crónicas, que contenían una historia de la orden. Del mismo modo que las actas conmemoraban lo que el Parlamento británico o el Congreso de Estados Unidos realizaban, las Crónicas exponían con detalle los éxitos y fracasos de la orden. Quedaban diarios escritos, muchos con frágiles cubiertas y cierres de latón, cada una de ellas con el aspecto de un pequeño baúl, pero la mayor parte de los datos habían sido digitalizados... convirtiendo en una simple cuestión de búsqueda electrónica el registro de novecientos años de la orden.

Entró, zigzagueó a través de las débilmente iluminadas estanterías, y encontró el códice descansando en su lugar. El pequeño volumen mediría unos veinte por veinte centímetros y tenía un grosor de dos centímetros y medio. Había sido hallado por casualidad dos años atrás, sus páginas encuadernadas con tapas de madera forradas de piel de becerro repujada sin rúbrica alguna. No era un verdadero libro, sino un antecesor... un primitivo esfuerzo que reemplazaba al pergamino enrollado y permitía que el texto fuera escrito a ambos lados de la página.

Cuidadosamente, abrió la tapa.

No había portada, y su caligrafía latina en cursiva estaba enmarcada por un borde iluminado de un rojo apagado, verde y oro. Sabía que había sido copiado en el siglo XVI por uno de los escribas de la abadía. La mayor parte de los antiguos códices habían sido víctimas, su pergamino usado, bien para encuadernar otros libros, para cubrir jarrones, o simplemente para encender el fuego. Afortunadamente, éste había sobrevivido. La información que contenía era inestimable. Él nunca le había dicho a nadie lo que había encontrado en aquel códice, ni siquiera al maestre, y, dado que podría necesitar la información, y no habría ninguna oportunidad mejor que la presente, deslizó el códice entre los pliegues de su hábito.

Avanzó por un pasillo y encontró otro delgado volumen, su escritura también hecha a mano, pero de finales del siglo XIX. No era un libro destinado a un auditorio, sino un registro personal. Podría necesitarlo también, de modo que se lo metió igualmente bajo el hábito.

Salió luego de la biblioteca, consciente de que el ordenador que controlaba la puerta de seguridad había registrado la hora de la visita. Las bandas magnéticas adosadas a cada uno de los dos volúmenes identificaría que ambos habían sido sacados. Como no había otra salida más que a través de la puerta provista de sensores, y quitar las etiquetas podría dañar los ejemplares, no quedaban muchas alternativas. Sólo cabía confiar en que, en la confusión de los días que seguirían, nadie se tomaría la molestia de examinar el archivo del ordenador.

La regla era clara.

El robo de una propiedad de la orden se castigaba con el destierro.

Pero ése era un riesgo que tendría que correr.

XIII

11:50 PM

Malone, por su parte, no corrió riesgos y salió de la iglesia por una puerta trasera, situada más allá de la sacristía. No podía preocuparse de los dos hombres inconscientes. Necesitaba encontrar a Stephanie, maldita fuera su arisca actitud. Evidentemente, el hombre de la catedral, el que había matado a Peter Hansen, tenía sus propios problemas. Alguien había eliminado a sus dos cómplices. Malone no tenía ni idea de quién ni de por qué, pero se sentía agradecido, pues escapar de aquella cripta podría haber resultado muy difícil. Se maldijo otra vez por haberse involucrado, pero era demasiado tarde para largarse. Estaba mezclado... le gustara o no.

Dio un rodeo para salir del Ströget y finalmente se dirigió a Kongens Nytorv, una plaza normalmente concurrida, rodeada de imponentes edificios. Sus sentidos estaban en un grado de máxima alerta ante la posibilidad de que hubiera un perseguidor, pero nadie le seguía. A esa hora tardía, el tráfico en la plaza era escaso. Nyhavn, justo más allá del lado oriental de la plaza, con su pintoresco paseo particular de casas con tejado a dos aguas, continuaba acomodando comensales en mesas exteriores del paseo marítimo, animadas con música.

Caminó apresuradamente por la acera hacia el Hotel d'Angleterre. La estructura de siete pisos brillantemente iluminada daba al mar y ocupaba una manzana entera. El elegante edificio databa del siglo XVIII, y en sus habitaciones, le constaba a Malone, se habían alojado reyes, emperadores y presidentes.

Entró en el vestíbulo y pasó frente al mostrador de recepción. Llegaba una suave melodía del salón principal. Había sólo unos pocos clientes de última hora de la noche. Una hilera de teléfonos fijos ocupaba un mostrador de mármol, y Malone utilizó uno de ellos para llamar a la habitación de Stephanie Nelle. El teléfono sonó tres veces antes de que lo descolgaran.

—Despierte —dijo Cotton.

—No me ha escuchado usted, ¿verdad, Cotton? —La voz aún delataba el mismo tono poco convincente de Roskilde.

—Peter Hansen ha muerto.

Transcurrió un momento de silencio.

—Estoy en la seiscientos diez.

Malone entró en la habitación. Stephanie llevaba uno de los albornoces con las iniciales del hotel. Malone le contó todo lo que acababa de suceder. Ella escuchaba en silencio, igual que en el pasado, cuando él la informaba de algún caso. Pero Malone vio la derrota en su cansado semblante, algo que él esperaba que señalara un cambio en su actitud.

—¿Va usted a dejarme que la ayude ahora? —preguntó.

Ella le estudió con unos ojos que, como había observado Malone a menudo, cambiaban de tonalidad a medida que cambiaba su estado de ánimo. En algunos aspectos, ella le recordaba a su madre, aunque Stephanie era sólo una docena de años mayor que él. Su cólera anterior no era nada extraño en ella. No le gustaba cometer errores y detestaba que se los señalaran. Su talento no residía en recoger información sino en analizarla y valorarla... era una meticulosa organizadora que maquinaba y planeaba con la astucia de un leopardo. Malone la había visto muchas veces tomar decisiones sin vacilar —secretarios de Justicia y presidentes habían confiado en su fría cabeza—, de modo que ahora estaba intrigado ante el actual conflicto de la mujer y su extraño efecto sobre su juicio generalmente acertado.

—Fui yo la que los condujo hacia Hansen —murmuró ella—. En la catedral, no le corregí cuando él dio a entender que podía tener el diario de Lars.

Y le contó a Malone lo de la conversación.

—Descríbalo. —Y cuando ella lo hubo hecho dijo—: Es el mismo individuo que inició el tiroteo, el que disparó contra Hansen.

—El que saltó de la Torre Redonda trabajaba para él. Vino a robarme el bolso, que contenía el diario de Lars.

—Luego se dirigió a la misma subasta, sabiendo que estaría usted allí. ¿Quién sabía que usted tenía ese propósito?

—Sólo Hansen. En la oficina sólo les consta que yo estoy de vacaciones. Llevo mi móvil, pero dejé orden de que no me molestaran si no se trataba de una emergencia.

—¿Cuándo tuvo usted noticia de la subasta?

—Hace tres semanas, llegó un paquete con el matasellos de Aviñón, Francia. Dentro había una nota y el diario de Lars. —Hizo una pausa—. No había visto esa libreta desde hacía años.

Malone sabía que ése era un tema prohibido. Lars Nelle se había quitado la vida hacía once años. Lo encontraron ahorcado en un puente en el sur de Francia, con una nota en su bolsillo que decía simplemente ADIÓS STEPHANIE. Para un intelectual que había escrito un buen número de libros, una despedida tan simple parecía casi un insulto. Aunque por aquella época ella y su marido estaban separados, Stephanie sintió vivamente aquella pérdida, y Malone recordó cuán difíciles habían sido los meses que siguieron. Nunca habían hablado de su muerte, y el que ella siquiera lo mencionara ahora era extraordinario.

—¿Era un diario de qué? —preguntó Malone.

—Lars estaba fascinado por los secretos de Rennes-le-Château...

—Lo sé. He leído sus libros.

—Nunca me lo había mencionado usted.

—Tampoco me lo preguntó.

Ella pareció captar su irritación. Un montón de cosas estaban ocurriendo, y ninguno de los dos tenía tiempo para la cháchara.

—Lars se pasó la vida exponiendo teorías sobre lo que puede o no estar oculto en y alrededor de Rennes-le-Château —dijo ella—. Pero guardaba muchos de sus pensamientos íntimos en el diario, que siempre llevaba con él. Después de que muriera, pensé que lo tenía Mark.

Otro tema desagradable. Mark Nelle había sido un historiador medieval educado en Oxford que enseñaba en la Universidad de

Toulouse, en el sur de Francia. Cinco años atrás, se había perdido en los Pirineos. Una avalancha. Su cuerpo nunca fue encontrado. Malone sabía que esta tragedia se había acentuado por el hecho de que Stephanie y su hijo nunca habían estado unidos. Un montón de mala sangre corría por la familia Nelle, y nada de ello era asunto suyo.

—El maldito diario era como un fantasma del pasado que volviera para atormentarme —dijo ella—. Allí estaba. La letra de Lars. La nota me hablaba de la subasta y de la disponibilidad del libro. Recordaba a Lars hablando de él, y había referencias en el diario, así que vine a comprarlo.

—¿Y el timbre de alarma no sonó en su cabeza?

—¿Por qué? Mi marido no estaba involucrado en mi línea de trabajo. La suya era una inofensiva búsqueda de cosas que no existen. ¿Cómo iba yo a saber que había implicadas personas que eran capaces de matar?

—Un hombre que salta de la Torre Redonda es bastante elocuente. Debería usted haber venido a encontrarme entonces.

—Necesitaba hacer esto sola.

—¿Hacer qué?

—No lo sé, Cotton.

—¿Por qué es tan importante ese libro? Me enteré en la subasta de que se trata de un relato anodino, carente de importancia. Se sorprendieron de que se vendiera por tanto dinero.

—No tengo ni idea. —De nuevo se percibía exasperación en su tono—. De veras. No lo sé. Hace dos semanas, me senté, leí el diario de Lars, y debo confesar que me quedé fascinada. Me avergüenza decir que nunca había leído uno de sus escritos hasta la semana pasada. Cuando lo hice, empecé a tener remordimientos por mi actitud hacia él. Once años pueden añadir un montón de perspectiva.

—Así pues, ¿qué planeaba hacer?

Ella movió la cabeza en un gesto negativo.

—No lo sé. Sólo comprar el libro. Leerlo y ver lo que sucedía a partir de entonces. Mientras estaba aquí, pensé en ir a Francia y pasar unos días en la casa de Lars. Hace tiempo que no he estado allí.

Aparentemente estaba tratando de firmar la paz con los demonios, pero había una realidad a tener en cuenta.

—Necesita usted ayuda, Stephanie. Están pasando muchas cosas aquí, y esto es algo en lo que yo tengo experiencia.

—Pero ¿no tiene usted una librería que dirigir?

—Mis empleados pueden arreglárselas por unos días.

Ella vaciló, aparentemente considerando su oferta.

—Era usted el mejor que tenía. Aún estoy furiosa porque se marchara.

—Tenía que hacer lo que tenía que hacer.

Ella movió la cabeza negativamente.

—Y que fuera Henrik Thorvaldsen el que se lo llevara. Eso fue añadir el insulto a la ignominia.

El año anterior, cuando él se retiró y le contó a ella que planeaba irse a Copenhague, ella se sintió feliz por él, hasta enterarse de que en ello andaba metido Thorvaldsen. Como era característico en ella, Stephanie no se había explicado y él se había guardado de preguntar.

—Pues aún tengo noticias peores para usted —dijo él—. La persona que pujó más alto que usted, por teléfono. ¿Sabe quién era? Era Henrik.

Ella le lanzó una mirada de desdén.

—Estaba trabajando con Peter Hansen —dijo él.

—¿Qué le ha llevado a esa conclusión?

Él le contó lo que había sabido en la subasta y lo que el hombre le había dicho por la radio. «Detesto a los que me engañan.»

—Aparentemente Hansen estaba haciendo un triple juego y salió perdiendo.

—Espere fuera —dijo ella.

—Por eso vine. Usted y Henrik tienen que hablar. Pero hemos de salir de aquí con cautela. Esos tipos pueden estar ahí.

—Tengo que vestirme.

Él se dirigió a la puerta.

—¿Dónde está el diario de Lars?

Ello señaló a la caja de caudales.

—Tráigalo.

—¿Es prudente?

—La policía encontrará el cuerpo de Hansen. No les va a llevar mucho tiempo atar cabos. Necesitamos estar listos para movernos.

—Puedo manejar a la policía.

Él se dio la vuelta para encararse con ella.

—Washington le sacó del apuro de Roskilde porque no saben lo que está usted haciendo. Ahora mismo, estoy seguro de que alguien en Justicia está tratando de averiguarlo. Detesta usted las preguntas, y no puede decirle al secretario que se vaya al infierno cuando llame. Aún no estoy seguro en qué anda usted metida, pero hay una cosa que sí sé, que no quiere que se hable de ello. Así que haga la maleta.

—No echo de menos esa arrogancia.

—Sin su alegría natural, mi vida ha quedado incompleta también. ¿Podría usted por una vez hacer lo que le pido? Ya es bastante duro hacer trabajo de campo sin necesidad de actuar estúpidamente.

—No necesito que me recuerde eso.

—Seguro que sí.

Y Malone salió de la habitación.

XIV

Malone y Stephanie salieron en coche de Copenhague por la carretera 152. Aunque en el pasado había conducido desde Río de Janeiro hasta Petrópolis, y también desde Nápoles hasta Amalfi, Malone creía que el trayecto al norte de Helsingor, siguiendo la rocosa costa este de Dinamarca, era con mucho la más encantadora de las rutas junto al mar. Pueblos de pescadores, bosques de hayas, villas de verano y la gris extensión del Öresund carente de mareas, todo se combinaba para ofrecer un esplendor eterno.

El tiempo era el clásico. La lluvia salpicaba el parabrisas, azotado por un viento racheado. Tras pasar uno de los balnearios más pequeños de la costa, cerrado durante la noche, la carretera penetraba en el interior por una extensión boscosa. Cruzando una puerta, más allá de dos casas de campo blancas, Malone siguió por un sendero de hierba y aparcó en un patio empedrado con guijarros. La casa más alejada era un auténtico ejemplo del barroco danés... tres pisos, construida en ladrillo, cubierta de arenisca y rematada por un tejado de cobre graciosamente curvado. Una de las alas apuntaba tierra adentro. La otra miraba al mar.

Malone conocía su historia. Llamada Puerta Cristiana, la casa había sido construida trescientos años antes por un tal Thorvaldsen, un hombre inteligente que había convertido toneladas de inútil turba en combustible para producir porcelana. En la década de 1800, la reina danesa proclamó las fábricas de vidrio proveedoras reales, y Adelgate Glasvaerker, con su distintivo símbolo de dos círculos con una línea debajo, seguía reinando en toda Dinamarca y Europa. El actual dueño de la empresa era el patriarca de la familia, Henrik Thorvaldsen.

En la puerta de la casa solariega, fueron recibidos por un camarero que no se sorprendió al verlos. Interesante, considerando que era pasada la medianoche y que Thorvaldsen vivía solo como un mochuelo. Fueron acompañados a una habitación donde las vigas de roble, los escudos de armas y los retratos al óleo subrayaban la nobleza del lugar. Una larga mesa dominaba la gran sala... un mueble de cuatrocientos años de antigüedad. Malone recordaba que Thorvaldsen había dicho en una ocasión que su oscuro acabado de arce reflejaba siglos de uso continuado. Thorvaldsen estaba sentado a un extremo, con un pastel de naranja y un humeante samovar sobre la mesa.

—Por favor, pasen y tomen asiento.

Thorvaldsen se levantó de la silla con lo que parecía ser un gran esfuerzo y les dirigió una deslumbrante sonrisa. Su encorvado y artrítico cuerpo no superaba el metro sesenta de altura, la joroba de su columna apenas oculta por un suéter muy holgado. Malone observó un centelleo en los brillantes ojos grises. Su amigo estaba tramando algo. No había duda.

Malone señaló al pastelillo.

—¿Tan seguro estaba usted de que vendríamos que nos cocinó un pastel?

—No estaba seguro de que los dos hicieran el viaje, pero sabía que usted sí vendría.

—¿Y eso por qué?

—Una vez que me enteré de que estaba en la subasta, sabía que era sólo cuestión de tiempo que descubriera mi implicación.

Stephanie dio un paso adelante.

—Quiero mi libro.

Thorvaldsen la observó con mirada crítica.

—¿Nada de hola? ¿Encantada de conocerle? ¿Sólo, «quiero mi libro»?

—No me gusta usted.

Thorvaldsen volvió a ocupar su asiento a la cabecera de la mesa. Malone decidió que el pastel parecía bueno, así que se sentó y se cortó un trozo.

—¿No le gusto? —repitió Thorvaldsen—. Es extraño, considerando que no nos habíamos visto nunca.

—Sé quién es.

—¿Significa eso que el Magellan Billet tiene un expediente sobre mí?

—Su nombre aparece en los lugares más extraños. Lo consideramos una «persona internacional de interés».

El rostro de Thorvaldsen hizo una mueca, como si estuviera soportando alguna penitencia espantosa.

—Me consideran ustedes un terrorista o un criminal.

—¿Cuál de las dos cosas es usted?

El danés la miró con repentina curiosidad.

—Me dijeron que posee usted ingenio para concebir grandes hazañas y el empeño para llevarlas a cabo. Es extraño, con toda esa habilidad, que fracasara tan rotundamente como esposa y madre.

Los ojos de Stephanie se llenaron instantáneamente de indignación.

—No sabe usted nada de mí.

—Sé que usted y Lars llevaban años sin vivir juntos antes de que él muriera. Sé que usted y él no estaban de acuerdo en muchísimas cosas. Sé que usted y su hijo estaban muy alejados.

La rabia coloreó las mejillas de Stephanie.

—Váyase al infierno.

Thorvaldsen no parecía muy desconcertado por su rechazo.

—Se equivoca usted, Stephanie.

—¿Sobre qué?

—Un montón de cosas. Y ya es hora de que conozca la verdad.

✠

De Roquefort había encontrado la casa solariega justamente en el lugar al que le había dirigido la información por él solicitada. Una vez que se enteró de quién estaba trabajando con Peter Hansen para comprar el libro, le llevó a su lugarteniente sólo media hora compilar un dossier. Ahora estaba contemplando la imponente mansión del más alto postor del libro —Henrik Thorvaldsen—, y todo cobraba sentido.

Thorvaldsen era uno de los ciudadanos más ricos de Dinamarca, con antepasados que se remontaban a los vikingos. El número de sus empresas era impresionante. Además de Adelgate Glasvaerker, poseía intereses en bancos británicos, minas polacas, fábricas alemanas y empresas de transporte europeas. En un continente donde el dinero viejo significaba miles de millones, Thorvaldsen se encontraba en la cima de la lista de mayores fortunas. Era un individuo extraño, un introvertido que se aventuraba fuera de su propiedad sólo con moderación. Sus contribuciones caritativas eran legendarias, especialmente en el caso de los supervivientes del Holocausto, las organizaciones anticomunistas y la ayuda médica internacional.

Tenía sesenta y dos años de edad, y era íntimo de la familia real danesa, especialmente de la reina. Su mujer y su hijo habían muerto, ella de cáncer, él de un disparo más de un año antes, mientras trabajaba para la misión danesa en Ciudad de México. El hombre que había abatido a uno de los asesinos era un agente norteamericano llamado Cotton Malone. Existía un pequeño vínculo con Lars Nelle, aunque no uno favorable, ya que a Thorvaldsen se le atribuían algunos comentarios poco halagadores sobre la investigación de Nelle. Un desagradable incidente ocurrido quince años antes en la Bibliothèque Sainte-Genevieve de París, donde los dos habían entablado una discusión a gritos, fue ampliamente divulgado por la prensa francesa. Todo lo cual podía explicar por qué Henrik Thorvaldsen se había interesado en la oferta de Peter Hansen, aunque no completamente.

De Roquefort necesitaba conocerlo todo.

Un vigorizante aire oceánico azotaba desde el negro Öresund y la lluvia se había ido debilitando hasta convertirse en una ligera calina. Dos de sus acólitos se encontraban a su lado. Los otros dos esperaban en el coche, aparcado más allá de la propiedad, su cabeza todavía turbia por la droga que les habían inyectado. Él seguía ignorando quién había interferido. No había notado que nadie le vigilara durante todo el día, y sin embargo alguien había seguido furtivamente sus movimientos. Alguien con la sofisticación necesaria para utilizar drogas tranquilizantes.

Pero lo primero era lo primero. Encabezó la marcha a través del césped hasta una fila de setos que estaban situados delante de la elegante casa. Había luces encendidas en una habitación de la planta baja que, a la luz del día, debía de ofrecer una espectacular vista al mar. No había observado guardas, perros o sistemas de alarma. Curioso, aunque no sorprendente.

Se acercó a la iluminada ventana. Había descubierto un coche aparcado en el sendero y se preguntaba si su suerte iba a cambiar. Atisbó cuidadosamente en el interior y vio a Stephanie Nelle y Cotton Malone hablando con un hombre mayor.

Sonrió. Su suerte estaba cambiando.

Hizo un movimiento y uno de sus hombres sacó una funda de nailon. Bajó la cremallera de la bolsa y sacó un micrófono. Cuidadosamente fijó la ventosa en una esquina del húmedo cristal. El sofisticado receptor podía ahora recoger cada palabra.

Se colocó un diminuto auricular en el oído.

Antes de matarlos, necesitaba escuchar lo que decían.

✠

—¿Por qué no se sienta usted? —dijo Thorvaldsen.

—Muy amable por su parte, *Herr* Thorvaldsen, pero prefiero permanecer de pie —dejó claro Stephanie, con desprecio en su voz.

Thorvaldsen alargó la mano en busca del café y llenó su taza.

—Le sugeriría que me llamara cualquier cosa menos *Herr*. —Dejó el samovar sobre la mesa—. Detesto todo lo que se refiere, siquiera remotamente, a los alemanes.

Malone observó que Stephanie tomaba el mando. Seguramente, si él era una «persona de interés» en los archivos Billet, ella debía de saber que el abuelo, los tíos, las tías y los primos de Thorvaldsen habían caído víctimas de la ocupación nazi de Dinamarca. Aun así, esperaba que ella se desquitara, pero, en vez de eso, su rostro se suavizó.

—Será Henrik, entonces.

Thorvaldsen dejó caer un terrón de azúcar en su taza.

—Su mordacidad es notable —dijo y agitó su café—. Hace mucho tiempo aprendí que todas las cosas pueden solucionarse ante una taza de café. Una persona le dirá más de su vida privada tras una buena taza de café que después de una botella de champán

111

o media de oporto.

Malone sabía que a Thorvaldsen le gustaba relajar a su oyente con nimiedades mientras evaluaba la situación. El viejo sorbió de su humeante taza.

—Como he dicho, Stephanie, ya es hora de que se entere usted de la verdad.

Ella se acercó a la mesa y se sentó frente a Malone.

—Entonces, por favor, destruya todas las nociones preconcebidas que tengo sobre usted.

—¿Y cuáles serían ésas?

—Enumerarlas me llevaría un buen rato. He aquí las más notables. Hace tres años estuvo usted vinculado con una organización criminal especializada en el robo de arte con conexiones israelíes radicales. Interfirió usted el año pasado en las elecciones nacionales alemanas, canalizando dinero ilegalmente hacia algunos candidatos. Por alguna razón, sin embargo, ni los alemanes ni los israelíes decidieron procesarlo.

Thorvaldsen hizo un gesto impaciente de asentimiento.

—Culpable en ambos casos. Esas «conexiones israelíes radicales», como las llama usted, son colonos que creen que sus hogares no deberían ser malvendidos por un corrupto gobierno israelí. Para ayudar a su causa, proporcioné fondos de ricos árabes que traficaban en arte robado. Los artículos se volvían a robar a los ladrones. Quizás sus archivos señalen que el arte fue retornado a sus propietarios.

—Por unos honorarios.

—Que todo investigador privado cobraría. Nosotros simplemente canalizamos el dinero reunido hacia unas causas más meritorias. Yo vi cierta justicia en el acto. En cuanto a las elecciones alemanas, yo financié a varios candidatos que se enfrentaban a una rígida oposición de la extrema derecha. Con mi ayuda, ganaron todos. No veo ninguna razón para permitir que el fascismo obtenga apoyos. ¿Usted sí?

—Lo que hizo era ilegal y causó infinidad de problemas.

—Lo que hice fue resolver un problema. Que es mucho más de lo que los norteamericanos han hecho.

Stephanie no parecía impresionada.

—¿Por qué se ha metido usted en mis asuntos?

—¿Cómo, sus asuntos?

—Conciernen al trabajo de mi marido.

El semblante de Thorvaldsen se endureció.

—No recuerdo que tuviera usted ningún interés en el trabajo de Lars mientras estaba vivo.

Malone captó las palabras críticas «No recuerdo». Lo que significaba un elevado nivel de conocimiento sobre Lars Nelle. De forma impropia en ella, Stephanie no parecía estar escuchando.

—No tengo intención de discutir mi vida privada. Dígame sólo por qué compró usted el libro anoche.

—Peter Hansen me informó de su teoría. También me dijo que había otro hombre que quería que usted tuviera el libro. Pero no antes de que el hombre hiciera una copia. Le pagó a Hansen un dinero para asegurarse de que eso sucedía.

—¿Le dijo quién era? —preguntó ella.

Thorvaldsen movió negativamente la cabeza.

—Hansen está muerto —dijo Malone.

—No me sorprende.

No había ninguna emoción en la voz de Thorvaldsen.

Malone le contó lo que había pasado.

—Hansen era codicioso —dijo el danés—. Creía que el libro tenía un gran valor, así que quería que yo lo comprara secretamente para poder ofrecérselo al otro hombre... por un precio.

—Lo cual usted aceptó hacer tratándose de la persona humanitaria que es. —Stephanie aparentemente no iba a darle ningún respiro.

—Hansen y yo hicimos muchos negocios juntos. Él me contó lo que estaba pasando y yo me ofrecí a ayudar. Me preocupaba que, sencillamente, se fuera a buscar otro comprador en otra parte. Y, también, quería que tuviera usted el libro, así que acepté sus condiciones; pero no tenía intención de entregarle el libro a Hansen.

—No creerá usted que...

—¿Cómo está el pastel? —preguntó Thorvaldsen.

Malone comprendió que su amigo estaba tratando de hacerse con el control de la conversación.

—Excelente —dijo masticando.

—Vayamos al grano —exigió Stephanie—. A esa verdad que necesito saber.

—Su marido y yo éramos amigos íntimos.

La cara de Stephanie se oscureció con una expresión de disgusto.

—Lars nunca me mencionó eso.

—Considerando su tensa relación, es comprensible. Pero aun así, al igual que en su profesión, había secretos en la de Lars.

Malone terminó su pastel y observó que Stephanie estaba dándole vueltas a lo que evidentemente no creía.

—Es usted un mentiroso —declaró finalmente.

—Puedo mostrarle a usted una correspondencia que demostrará lo que estoy diciendo. Lars y yo nos comunicábamos con frecuencia. Colaborábamos. Yo financié una investigación inicial y le ayudé cuando los tiempos fueron duros. Le pagué su

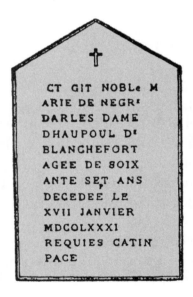 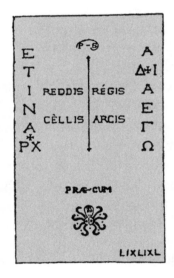

casa en Rennes-le-Château. Compartí su pasión y me alegré de acogerlo.

—¿Qué pasión?

Thorvaldsen la evaluó con una mirada serena.

—Sabe usted muy pocas cosas de él. Cómo deben de atormentarla sus remordimientos...

—No necesito ser analizada.

—¿De veras? Vino usted a Dinamarca a comprar un libro del

que no sabía nada y que concierne al trabajo de un hombre de hace más de una década. ¿Y no tiene usted remordimientos?

—Mire, capullo moralista, quiero ese libro.

—Primero tendrá que escuchar lo que tengo que decir.

—Apresúrese.

—El primer libro de Lars fue un éxito clamoroso. Varios millones de ejemplares en todo el mundo, aunque en Norteamérica se vendió sólo modestamente. Su siguiente libro ya no fue tan bien acogido, pero se vendió... lo suficiente para financiar sus aventuras. Lars pensó que un punto de vista opuesto podía ayudar a popularizar la leyenda de Rennes. De manera que financió a varios autores que escribieron libros criticando a Lars, libros que analizaban sus conclusiones sobre Rennes y señalaban ideas falsas. Un libro llevó a otro y éste a otro. Algunos son buenos, algunos malos. Yo mismo hice incluso varias observaciones públicas no muy halagadoras en una ocasión sobre Lars. Y pronto, tal como él deseaba, nació un género.

Los ojos de Stephanie se encendieron.

—¿Está usted chiflado?

—La controversia genera publicidad. Y Lars no escribía para una audiencia masiva, así que tenía que generar su propia publicidad. Al cabo de un tiempo, sin embargo, la cosa tomó vida propia. Rennes-le-Château es bastante popular. Se han hecho programas de televisión especiales, muchas revistas le han dedicado artículos, internet está lleno de sitios dedicados únicamente a sus misterios. El turismo es la actividad principal de la región. Gracias a Lars, la población se ha convertido ahora en una industria.

Malone sabía que existían centenares de libros sobre Rennes. Varias de las estanterías de su librería estaban llenas de volúmenes reciclados. Pero tenía necesidad de saber.

—Henrik, dos personas han muerto hoy. Una de ellas saltó de la Torre Redonda y se cortó la garganta mientras caía. La otra fue arrojada por una ventana. Esto no es ningún truco de relaciones públicas.

—Yo diría que hoy en la Torre Redonda se enfrentó usted cara a cara con un hermano de los Caballeros Templarios.

—En otras circunstancias diría que *está* usted chiflado, pero el hombre gritó algo antes de saltar. *Beauseant.*

Thorvaldsen asintió con la cabeza.

—El grito de batalla de los templarios. Una masa de caballeros gritando esa palabra, al tiempo que cargaban, era suficiente para infundir un miedo absoluto en el enemigo.

Malone recordó lo que había leído antes en el libro.

—Los templarios fueron erradicados en 1307. Ya no hay caballeros.

—Eso no es cierto, Cotton. Se efectuó un intento de erradicarlos, pero el papa dio marcha atrás. El Pergamino de Chinon absuelve a los templarios de toda herejía. Clemente V promulgó esa bula él mismo, en secreto, en 1308. Muchos pensaban que el documento se perdió cuando Napoleón saqueó el Vaticano, pero recientemente fue hallado. No. Lars creía que la orden todavía existe, y yo también lo creo.

—Había un montón de referencias en los libros de Lars sobre los templarios —dijo Malone—, pero no recuerdo que nunca escribiera que siguieran existiendo actualmente.

Thorvaldsen asintió.

—Intencionado por su parte. Constituían una contradicción muy grande y lo sigue siendo. Pobres por sus votos, aunque ricos en bienes y conocimiento. Introspectivos, pero hábiles en las costumbres mundanas. Monjes y guerreros. El estereotipo de Hollywood y el verdadero templario son dos cosas diferentes. No se deje arrastrar por el romanticismo. Fueron unos tipos brutales.

Malone no estaba impresionado.

—¿Cómo han sobrevivido setecientos años sin que nadie lo sepa?

—¿Cómo consigue un insecto o un animal vivir en la selva sin que nadie conozca su existencia? Sin embargo, cada día son catalogadas nuevas especies.

Buen argumento, pensó Malone, pero aún no estaba convencido.

—Entonces, ¿de qué va todo eso?

Thorvaldsen se recostó en su silla.

—Lars estaba buscando el tesoro de los Caballeros Templarios.

—¿Qué tesoro?

—A comienzos de su reinado, Felipe IV devaluó su moneda como una forma de estimular la economía. La acción fue tan impopular que el populacho quiso matarlo. Huyó de su palacio hacia el Temple de París, y buscó la protección de los templarios.

Fue entonces cuando por primera vez descubrió la riqueza de la orden. Años después, cuando se encontraba desesperadamente necesitado de fondos, concibió un plan para declarar culpable a la orden de herejía. Recuerde, cualquier cosa que poseyera un hereje podía ser expropiada por la Corona. Sin embargo, después de los arrestos de 1307, Felipe descubrió que no sólo la cámara de París sino también todas las demás cámaras templarias de Francia estaban vacías. No se encontró jamás ni una onza de la riqueza de los templarios.

—¿Y Lars pensó que ese tesoro estaba en Rennes-le-Château? —preguntó Malone.

—No necesariamente allí, pero sí en algún lugar del Languedoc —dijo Henrik—. Hay suficientes pistas que avalan esa conclusión. Pero los templarios procuraron dificultar su localización.

—¿Y qué tiene que ver esto con el libro que compró usted anoche? —preguntó Malone.

—Eugène Stüblein era el alcalde de Fa, un pueblo cercano a Rennes. Era muy instruido, músico y astrónomo aficionado. Escribió primero un libro de viajes sobre el Languedoc, y luego otro titulado *Pierres Gravées du Languedoc*. «Piedras grabadas del Languedoc.» Un volumen poco corriente, que describe tumbas en y alrededor de Rennes. Un extraño interés, es cierto, pero no infrecuente... El sur de Francia es famoso por sus tumbas únicas. En el libro hay un boceto de una lápida mortuoria que captó la atención de Stüblein. Ese dibujo es importante porque la lápida sepulcral ya no existe.

—¿Podría ver eso de lo que está usted hablando? —preguntó Malone.

Thorvaldsen se levantó con esfuerzo de su silla y se acercó a una mesilla auxiliar. Volvió con el libro de la subasta.

—Me lo entregaron hace una hora.

Malone abrió el libro por una página marcada y estudió el dibujo.

—Suponiendo que el dibujo de Stüblein sea preciso, Lars creía que la lápida era la pista que señalaba el camino hacia el tesoro. Lars buscó ese libro durante muchos años. Un ejemplar debería estar en París, ya que la Biblioteca Nacional conserva una copia de todo lo que se imprime en Francia. Pero aunque existe uno catalogado, no hay ningún ejemplar allí.

—¿Fue Lars el único que tenía conocimiento de este libro? —quiso saber Malone.

—No tengo ni idea. Casi todo el mundo piensa que el libro no existe.

—¿Dónde fue hallado éste?

—Hablé con los subastadores. Un ingeniero del ferrocarril que construyó la línea que sale de Carcasona, al sur de los Pirineos, era su dueño. El ingeniero se retiró en 1927 y murió en 1946. El libro figuraba entre las posesiones de su hija cuando ésta murió recientemente. El nieto lo envió para subastar. El ingeniero había estado interesado en el Languedoc, especialmente en Rennes, y conservaba un inventario de dibujos de lápidas copiados por frotación.

Malone no se quedó satisfecho con esa explicación.

—Pero ¿quién alertó a Stephanie sobre la subasta?

—Bueno, ésa es la pregunta de la noche —dijo Thorvaldsen.

Malone se dio la vuelta hacia Stephanie.

—En el hotel, dijo usted que había llegado una nota con el diario. ¿La tiene?

Ella buscó en su bolso y sacó una maltratada agenda de piel. Metida entre sus páginas había una hoja de papel gris oscuro doblada. Ella le tendió el papel a Malone, y éste leyó en francés.

El 22 de junio, en Roskilde, un ejemplar de *Pierres Gravées de Languedoc* será ofrecido en la subasta. Su marido buscaba este volumen. Aquí tiene una oportunidad de triunfar donde él fracasó. El buen Dios sea loado.

Malone tradujo silenciosamente la última línea. Dios sea loado. Miró a Stephanie a través de la mesa.

—¿De quién creía usted que procedía esta nota?

—De uno de los asociados de Lars. Pensé que uno de sus amigotes quería que yo tuviera el diario y creyó que estaría interesada en el libro.

—¿Al cabo de once años?

—De acuerdo, parece extraño. Pero hace tres semanas pensé

un poco en ello. Como he dicho antes, siempre creí que las búsquedas de Lars eran inofensivas.

—Entonces, ¿por qué vino usted? —preguntó Thorvaldsen.

—Como ha dicho usted, Henrik, tengo remordimientos.

—Y yo no deseo agravarlos. No la conozco a usted, pero sí conocía a Lars. Era un hombre bueno, y su búsqueda, como dice usted, era inofensiva. Pero, con todo, era importante. Su muerte me entristeció. Siempre puse en duda que se tratara de un suicidio.

—Como yo —dijo ella con un susurro—. Traté de encontrar motivos por todas partes para racionalizarlo, pero en mi fuero interno nunca acepté que Lars se hubiera matado.

—Lo cual explica, más que cualquier otra cosa, por qué está usted aquí —dijo Henrik.

Malone pudo notar que ella se sentía incómoda, de manera que le ofreció una salida a sus emociones.

—¿Me deja ver el diario?

Ella se lo tendió, y Malone ojeó el centenar aproximado de páginas, viendo montones de números, bocetos, símbolos y páginas de texto escrito. Examinó luego la encuadernación con el ojo entrenado de un bibliófilo, y algo captó su atención.

—Faltan páginas.

—¿Qué quiere usted decir?

Él le mostró el borde superior.

—Mire aquí. Vea esos espacios diminutos. —Abrió el volumen por una página. Sólo un pedacito del papel original se quedó allí donde había estado adherido a la encuadernación—. Cortadas con una navaja. Veo esto continuamente. Nada destruye el valor de un libro como que le falten páginas.

Volvió a examinar el dorso y el anverso, y decidió que había desaparecido un total de ocho páginas.

—No me había percatado —dijo ella.

—Se le escapan un montón de cosas.

La sangre afluyó al rostro de Stephanie.

—Estoy dispuesta a conceder que lo he fastidiado todo.

—Cotton —dijo Thorvaldsen—, todo este esfuerzo podría significar mucho más. Los archivos templarios podrían muy bien estar en juego. Los archivos originales de la orden se conservaban en Jerusalén, luego se trasladaron a Acre y finalmente a Chipre. La historia dice que, después de 1312, los archivos pasaron a los Caballeros Hospitalarios, pero no hay pruebas de que eso sucediera. Desde 1307 hasta 1314, Felipe IV estuvo buscando esos archivos, pero no encontró nada. Muchos dicen que ese fondo constituía una de las mayores colecciones del mundo medieval. Imagine lo que significaría localizar esos escritos.

—Podría representar el más grande hallazgo bibliófilo de todos los tiempos.

—Los manuscritos que nadie ha visto desde el siglo XIV, muchos de ellos seguramente desconocidos para nosotros. La perspectiva de encontrar semejante escondite, por remoto que sea, merece la pena explorarla.

Malone se mostró de acuerdo.

Thorvaldsen se volvió a Stephanie.

—¿Qué le parece una tregua? Por Lars. Estoy seguro de que su agencia trabaja con muchas «personas de interés» con el fin de conseguir un objetivo mutuamente beneficioso. ¿Qué le parece si hacemos eso aquí?

—Quiero ver esas cartas entre usted y Lars.

Él asintió.

—Se las mostraré.

La mirada de Stephanie se encontró con la de Malone.

—Tiene usted razón, Cotton. Necesito un poco de ayuda. Lamento el tono que empleé antes. Pensaba que podía hacer esto sola. Pero como ahora todos somos colegas del alma, vayamos usted y yo a Francia y veamos lo que hay en la casa de Lars. Hace algún tiempo que no voy por allí. Hay también algunas personas en Rennes-le-Château con las que podemos hablar. Personas que trabajaban con Lars. Entonces podremos decidir qué hacer.

—Sus sombras podrían venir también —dijo él.

Ella sonrió.

—Es una suerte para mí tenerlo a usted.

—Me gustaría ir —dijo Thorvaldsen.

Malone se quedó sorprendido. Henrik raras veces viajaba fuera de Dinamarca.

—¿Y cuál es el propósito de que usted nos honre con su compañía?

—Sé algo de lo que Lars buscaba. Ese conocimiento puede

resultar útil.

Malone se encogió de hombros.

—Por mí no hay inconveniente.

—Conforme, Henrik —dijo Stephanie—. Eso nos dará tiempo de llegar a conocernos. Aparentemente, como dice usted, tengo algunas cosas que aprender.

—Como todos nosotros, Stephanie. Como todos nosotros.

De Roquefort luchó por dominarse. Sus sospechas ahora se confirmaban. Stephanie Nelle se hallaba en el camino que su marido había marcado. Era también la custodia del diario de su marido, juntamente con un ejemplar de *Pierres Gravées du Languedoc,* quizás la única copia que quedaba. Eso era lo excepcional de Lars Nelle. Había sido bueno. Demasiado bueno. Y ahora su viuda poseía sus pistas. Él había cometido un error confiando en Peter Hansen. Pero, en aquella época, parecía un enfoque correcto. No volvería a cometer ese error. Demasiadas cosas dependían del resultado para confiar cualquier aspecto del asunto a otro desconocido.

Continuó escuchando mientras acababa de decidir qué hacer una vez que estuviera en Rennes-le-Château. Malone y Stephanie viajarían allí al día siguiente. Thorvaldsen iría al cabo de unos días. Cuando hubo oído bastante, De Roquefort quitó el micrófono de la ventana y se retiró con sus dos colaboradores a la seguridad de un espeso grupo de árboles.

No habría más matanzas esa noche.

«Faltan páginas.»

Necesitaría esa información extraviada del diario de Lars Nelle. El remitente del cuaderno de notas había sido inteligente. Dividir el botín impedía actos precipitados. Evidentemente, había más cosas en aquel intrincado rompecabezas de las que él conocía... y él estaba tratando de ponerse al día.

Pero no importaba. Una vez que todos los actores estuvieran en Francia, podría fácilmente tratar con ellos.

SEGUNDA PARTE

XV

ABADÍA DES FONTAINES
8:00 AM

El senescal se encontraba de pie ante el altar y contemplaba el ataúd de roble. Los hermanos estaban entrando en la capilla, desfilando en solemne orden, y sus sonoras voces cantaban al unísono. La melodía era antigua, y se cantaba en el funeral de todo maestre desde el Inicio. La letra en latín hablaba de la pérdida, de la pena y del dolor. La elección del sucesor no se discutiría hasta más tarde, aquel mismo día, cuando se reuniera el cónclave. La regla era clara. No debían pasar dos soles sin que hubiera un maestre, y, como senescal, él debía garantizar que se cumpliera la regla.

Observó cómo los hermanos terminaban de entrar y se situaban ante unos pulidos bancos de roble. Cada hombre iba ataviado con un sencillo hábito rojizo, una capucha que le cubría la cabeza, y sólo eran visibles sus manos, juntas en plegaria.

La iglesia tenía la forma de una cruz latina, con una sola nave y dos pasillos. Había muy poca decoración, nada que distrajera la mente de la consideración de los misterios del Cielo, pero, con todo, era mayestática, proyectando sus capiteles y columnas una impresionante energía. Los hermanos se habían reunido aquí por primera vez después de la Purga en 1307, retirándose al campo y emigrando furtivamente al sur aquellos que habían conseguido escapar de las manos de Felipe IV. Finalmente se habían reunido aquí, a salvo en una fortaleza montañosa, ocultándose bajo la apariencia de una orden monástica, haciendo planes, jurando compromisos, siempre recordando.

Cerró los ojos y dejó que la música lo llenara. Ningún acompañamiento tintineante, nada de órgano, nada. Sólo la voz humana, subiendo y bajando. Sacó fuerza de la melodía y se armó de valor para las horas que le aguardaban.

El cántico se detuvo. Él permitió que transcurriera un minuto de silencio, y luego se acercó al féretro.

—Nuestro sumamente ensalzado y reverendo maestre ha abandonado esta vida. Ha gobernado esta orden con sabiduría y justicia, conforme a la regla, durante veintiocho años. Un lugar para él queda ahora establecido en las Crónicas.

Un hombre se echó para atrás la capucha.

—A eso, hago objeción.

Un estremecimiento recorrió el cuerpo del senescal. La regla garantizaba a todo hermano el derecho a objetar. Él había esperado una batalla más tarde, en el cónclave, pero no durante el funeral. El senescal se volvió hacia la primera fila de bancos y se enfrentó al que había hablado.

Raymond de Roquefort.

Un retaco de hombre con un rostro inexpresivo y una personalidad de la que el senescal siempre había recelado. Llevaba como hermano treinta años y había ascendido al rango de mariscal, que lo situaba el tercero en la jerarquía de la orden. En el Inicio, siglos atrás, el mariscal era el comandante militar de la orden, el líder de los caballeros en la batalla. Ahora era el ministro de Seguridad, encargado de garantizar que la orden permaneciera inviolada. De Roquefort había ocupado este puesto durante casi dos décadas. A él y a los hermanos que trabajaban a sus órdenes se les concedía el privilegio de entrar y salir de la abadía a voluntad, sin tener la obligación de informar más que al maestre, y el mariscal, por su parte, no hacía ningún secreto del desprecio que sentía por su ahora difunto superior.

—Expresad vuestra objeción —repuso el senescal.

—Nuestro difunto maestre debilitó esta orden. A su política le faltaba coraje. Ha llegado el momento de avanzar en una dirección diferente.

Las palabras de De Roquefort no dejaban traslucir ni una pizca de emoción, y el senescal sabía de qué manera el mariscal podía exagerar con un lenguaje elocuente. De Roquefort era un fanático.

Hombres como él habían conservado fuerte la orden durante siglos, pero el maestre había declarado muchas veces que su utilidad disminuía. Otros mostraron su desacuerdo, y surgieron dos facciones... De Roquefort encabezaba una, y el maestre la otra. La mayor parte de los hermanos habían mantenido reservada su posición, como era el estilo de la orden. Pero el interregno era un momento de debate. La discusión libre era la forma en que el colectivo decidía el curso a seguir.

—¿Es ése el alcance de vuestra objeción? —preguntó el senescal.

—Durante demasiado tiempo, los hermanos han sido excluidos del proceso de decisión. No hemos sido consultados, ni el consejo que hemos ofrecido ha sido tenido en cuenta.

—Esto no es una democracia —replicó el senescal.

—Y tampoco querría yo que lo fuera. Pero es una hermandad. Basada en necesidades comunes y objetivos comunes. Cada uno de nosotros ha comprometido su vida y sus posesiones. No merecemos ser ignorados.

La voz de De Roquefort tenía un tono lógico y persuasivo. El senescal notó que ninguno de los demás quería desvirtuar la solemnidad del desafío, y, por un instante, la santidad que durante tanto tiempo había existido dentro de la capilla pareció manchada. Sintió como si estuviera rodeado de unos hombres de mente y propósitos diferentes. Una palabra seguía resonando en su cabeza.

«Revuelta.»

—¿Qué queréis que hagamos? —preguntó el senescal.

—Nuestro maestre no se merece el usual respeto.

El senescal se quedó rígido e hizo la pregunta requerida.

—¿Exigís una votación?

—La exijo.

La regla requería una votación, cuando era pedida, sobre cualquiera que fuera el tema, durante el interregno. Al carecer de maestre, gobernaban como un conjunto. A los restantes hermanos, cuyo rostro no podía ver, les dijo:

—Levantad las manos aquellos que negáis a nuestro maestre su merecido lugar en las Crónicas.

Algunos brazos se alzaron inmediatamente. Otros vacilaron. Él les concedió los dos minutos enteros que la regla requería para tomar una decisión. Entonces contó.

Doscientos noventa y un brazos señalaban al cielo.

—Más del requerido setenta por ciento está a favor de la objeción. —Reprimió su ira—. Nuestro maestre será repudiado en las Crónicas. —No podía creer que estuviera diciendo esas palabras. Ojalá pudiera perdonarlo su viejo amigo. Se apartó un paso del féretro, y regresó al altar—. Como no sentís respeto alguno por nuestro difunto líder, debéis disolveros. Para los que deseen participar, yo iré al Panteón de los Padres dentro de una hora.

Los hermanos desfilaron en silencio hasta que sólo permaneció De Roquefort. El francés se acercó al ataúd. La confianza brillaba en su rugoso rostro.

—Éste es el precio que él paga por su cobardía.

Ya no había necesidad de mantener las apariencias.

—Lamentará usted lo que acaba de hacer.

—¿El aprendiz se considera maestro? Esperemos al cónclave.

—Usted nos destruirá.

—No, lo que haré será resucitarnos. El mundo necesita conocer la verdad. Lo sucedido todos estos siglos ha sido un error, y ya es hora de rectificarlo.

El senescal no estaba en desacuerdo con esta conclusión, pero había otro aspecto.

—No había ninguna necesidad de profanar a un hombre bueno.

—¿Bueno para quién? ¿Para usted? A mí me trataba con desprecio.

—Que es más de lo que usted se merecía.

Una torva sonrisa se extendió por la pálida cara de De Roquefort.

—Su protector ya no está. Ahora es sólo entre usted y yo.

—Espero el momento de la confrontación

—Igual que yo. —De Roquefort hizo una pausa—. El treinta por ciento de los hermanos no me apoya, así que le dejaré a usted y a ellos que se despidan de nuestro maestre.

Su enemigo se dio la vuelta y salió de la capilla. El senescal esperó hasta que las puertas se hubieron cerrado, y luego posó una temblorosa mano sobre el féretro. Una red de odio, traición y fanatismo se estaba cerrando en torno a él. Oyó nuevamente sus propias palabras dirigidas al maestre el día anterior.

«Respeto el poder de nuestros adversarios.»

Acababa de discutir con su adversario y había perdido.

Lo cual no presagiaba nada bueno para las horas que se

acercaban.

XVI

Malone, que conducía el coche de alquiler, tomó una salida hacia el este por la carretera nacional, justo en las afueras de Couiza, e inició la subida de una tortuosa pendiente. La carretera ofrecía unas impresionantes vistas de rojizas laderas salpicadas de jara, espliego y tomillo. Las altivas ruinas de una fortaleza, sus chamuscadas paredes alzándose como dedos demacrados, se levantaban en la lejanía. La tierra, hasta donde la vista alcanzaba, rezumaba el romanticismo de la historia cuando caballeros saqueadores se lanzaban en picado como águilas desde las fortificadas alturas para caer sobre su enemigo.

Él y Stephanie habían salido de Copenhague alrededor de las cuatro de la mañana y volado a París, donde habían cogido el primer vuelo del día de Air France que se dirigía al sur, a Toulouse. Una hora más tarde se encontraban sobre el terreno y viajando en coche hacia el sudeste del Languedoc.

Por el camino, Stephanie le había hablado del pueblo que se alzaba a cuatrocientos cincuenta metros de altura en la cúspide del desolado montículo por el que estaban ahora subiendo. Los galos habían sido los primeros en habitar la cima de la colina, atraídos por la perspectiva de poder ver hasta una distancia de varias millas a través del extenso valle del río Aude. Pero fueron los visigodos, en el siglo xv, los que construyeron una ciudadela y adoptaron el antiguo nombre celta para el lugar —Rhedae, que significa «carro»—, convirtiendo finalmente este sitio en un centro de comercio. Doscientos años más tarde, cuando los visigodos fueron empujados hacia el sur, a España, los francos convirtieron Rhedae en una ciudad real. En el siglo XIII, sin embargo, la categoría de la ciudad había declinado, y a finales de la Cruzada Albigense fue arrasada. Su posesión pasó a través de varias opulentas casas tanto de Francia como de España, yendo a parar finalmente a uno de los lugartenientes de Simon de Monfort, quien fundó una baronía. La familia hizo construir un *château,* alrededor del cual brotó una aldea, y el nombre finalmente cambió de Rhedae a Rennes-le-Château. La progenie de Monfort gobernó la tierra y la ciudad hasta 1781, cuando la última heredera, Marie d'Hautpoul de Blanchefort, murió.

—Se dijo que, antes de morir, había transmitido un gran secreto —había dicho Stephanie durante el camino—, un secreto que su familia guardaba desde hacía siglos. No tenía hijos y su marido murió antes que ella, de modo que, como no quedaba nadie, le contó el secreto a su confesor, el abate Antoine Bigou, que era el cura párroco de Rennes.

Ahora, mientras contemplaba la última curva de la estrecha carretera, Malone imaginó cómo debía de haber sido vivir entonces en aquel remoto lugar. Los aislados valles formaban un perfecto lugar de acogida tanto para fugitivos refugiados como para inquietos peregrinos. Resultaba fácil ver por qué la región se había convertido en un parque temático para la imaginación, una meca para entusiastas de misterios y *new agers,* un lugar donde escritores con una visión única podían forjarse una reputación.

Como Lars Nelle.

La población apareció. Malone redujo la velocidad del coche y cruzó una puerta enmarcada por columnas de piedra caliza. Un rótulo advertía FOUILLES INTERDITES. Prohibidas las excavaciones.

—¿Tenían que poner un aviso? —preguntó él.

Stephanie asintió.

—Años atrás, la gente no paraba de cavar con palas por todos los rincones en busca del tesoro. Incluso con dinamita. Era algo que tenía que ser regulado.

La luz del día se iba apagando más allá de la puerta del pueblo. Los edificios de arenisca se alzaban muy apretados, como libros en una estantería, muchos de ellos con tejados muy inclinados, gruesas puertas y enmohecidas verandas de hierro. Una estrecha *grand rue*, de suelo de pedernal, formaba una breve pendiente. Personas con mochilas y guías Michelin se arrimaban a las paredes a ambos lados, desfilando en fila india arriba y abajo. Malone descubrió un par de tiendas, una librería y un restaurante. Partían callejones de la *rue* principal en dirección a conjuntos de edificios, aunque no muchos. El pueblo no llegaba a los cuatrocientos cincuenta metros de longitud.

—Sólo un centenar de personas viven aquí permanentemente —dijo Stephanie—. Aunque la visitan cincuenta mil turistas cada año.

—Lars produjo su efecto.

—Más del que yo jamás comprendí.

Señaló al frente y le indicó que torciera a la izquierda. Pasaron por delante de unos quioscos que vendían rosarios, medallas, cuadros y otros recuerdos a algunos visitantes cargados con sus cámaras.

—Vienen autobuses llenos —dijo ella— queriendo creer en lo imposible.

Subieron por otra pendiente y aparcaron el Peugeot en una parcela arenosa que albergaba ya a dos autobuses, los chóferes paseando y fumando un cigarrillo. Una torre de aguas se alzaba a un costado, su maltratada piedra adornada con un signo del zodíaco.

—Las multitudes llegan temprano —dijo Stephanie mientras subían— para ver el *domaine de l'Abbé Saunière*. El dominio del cura... lo que construyó con todo ese misterioso tesoro que supuestamente encontró.

Malone se acercó a una pared de roca que le llegaba a la cintura. El panorama que tenía ante él, un mosaico de campos, bosques, valles y rocas, se extendía durante millas. Las colinas verde-plateadas estaban salpicadas de castaños y robles. Malone comprobó su situación. La gran masa de los Pirineos, con sus cimas cubiertas de nieve, bloqueaba el horizonte meridional. Un fuerte viento llegaba aullando del oeste, afortunadamente calentado por el sol del verano.

Malone miró a su derecha. A unos treinta metros de distancia, aparecía la torre neogótica con su tejado almenado y un pequeño torreón redondo, una imagen que adornaba la cubierta de muchos libros y folletos turísticos. Se alzaba al borde de un acantilado, solemne y desafiadora, dando la impresión de que se aferraba a la roca. Un largo belvedere se extendía a partir de su lado más lejano, dando la vuelta hasta un invernadero de estructura de hierro, y luego hacia otro grupo de antiguos edificios de piedra, cada uno de ellos rematado con tejas anaranjadas. Deambulaban personas por las murallas, cámara en mano, admirando los valles de abajo.

—Ésa es la Torre Magdala. Vaya vista, ¿no? —preguntó Stephanie.

—Parece fuera de lugar.

—Eso es lo que siempre pensé yo.

A la derecha de la Torre Magdala se levantaba un jardín ornamental que conducía a un compacto edificio estilo Renacimiento. Éste también parecía más propio de otro escenario.

—La Villa Betania —dijo ella—. Saunière la hizo construir también.

Malone se fijó en el nombre. Betania.

—Eso es bíblico. Significa «casa que da una respuesta».

Ella asintió.

—Saunière era inteligente con los nombres. —Y señaló a otros edificios detrás de ellos—. La casa de Lars está en ese callejón. Antes de que vayamos allí, tengo algo que hacer. Mientras caminamos, deje que le cuente lo que sucedió aquí en 1891. Lo que yo leí al respecto la semana pasada. Lo que sacó a este lugar de la oscuridad.

El abate Bérenger Saunière reflexionó sobre la desalentadora tarea que se le presentaba. La Iglesia de Santa María Magdalena había sido construida sobre las ruinas visigodas y consagrada en el 1059. Ahora, ocho siglos más tarde, su interior estaba en ruinas debido a un tejado que filtraba el agua como si no existiera. Los muros se estaban derrumbando, los cimientos desapareciendo. Se necesitaría mucha paciencia y energía para reparar los daños, pero él se consideraba a la altura del reto.

Era un hombre fornido, musculoso, de anchos hombros, de pelo negro, muy corto. Su único rasgo atractivo, y que él utilizaba en su favor, era el hoyuelo de su barbilla. Añadía un aire caprichoso a la rígida expresión de sus negros ojos y espesas cejas. Nacido y criado a poca distancia, en el pueblo de Montazels, conocía bien la geografía de Corbières. Desde su infancia, se había familiarizado con Rennes-le-Château. Su iglesia, dedicada a Santa María Magdalena, había estado en activo sólo de vez en cuando durante décadas, y él nunca había imaginado que algún día sus múltiples problemas serían también suyos.

—Una porquería —le dijo el hombre conocido como Rousset.

Él miró al albañil.

—Conforme.

Otro albañil, Babou, estaba ocupado apuntalando una de las paredes. El arquitecto público de la región había recomendado recientemente que el edificio fuera demolido, pero Saunière jamás permitiría que eso sucediera. Algo en la vieja iglesia exigía que fuera salvada.

—Hará falta mucho dinero para completar la reparación —dijo Rousset.

—Enormes cantidades de dinero. —Y añadió una sonrisa para hacer saber al hombre más viejo que realmente comprendía el desafío—. Pero haremos esta casa digna del Señor.

Lo que no dijo era que se había asegurado ya una buena provisión de fondos. Uno de sus predecesores había dejado un legado de seiscientos francos especialmente para reparaciones. Asimismo, él había conseguido convencer al consejo municipal de que prestase otros mil cuatrocientos francos. Pero la mayor parte de su dinero había llegado por vía secreta cinco años antes. Tres mil francos habían sido donados por la condesa de Chambord, la viuda de Henri, el último barón pretendiente al extinto trono de Francia. En aquella época, Saunière había conseguido llamar bastante la atención hacia sí mismo con sermones antirrepublicanos, sermones que habían agitado sentimientos monárquicos en sus feligreses. Los comentarios llegaron al gobierno, que se los tomó a mal, retirándole el estipendio anual y exigiendo que fuera destituido. En vez de eso, el obispo le suspendió durante nueve meses, pero su acción llamó la atención de la condesa, que estableció contacto con él a través de un intermediario.

—¿Por dónde empezamos? —preguntó Rousset.

Había dedicado mucha reflexión a este asunto. Las vidrieras habían sido ya reemplazadas, y un nuevo pórtico, ante la entrada principal, sería completado dentro de poco. Ciertamente la pared norte, donde estaba trabajando Babou, debía ser reparada, instalando un nuevo púlpito y reemplazado el tejado. Pero él sabía por dónde tenían que empezar.

—Comenzaremos por el altar.

Una expresión de extrañeza se dibujó en la cara de Rousset.

—El foco de atención de la gente está ahí —dijo Saunière.

—Como vos digáis, abate.

Le gustaba el respeto que los feligreses más viejos le mostraban, aunque él tenía sólo treinta y ocho años. Los últimos cinco había llegado a gustarle Rennes. Estaba cerca de su casa, y había allí un montón de oportunidades para estudiar las Escrituras y perfeccionar su latín, el griego y el hebreo. También disfrutaba haciendo caminatas por las montañas, paseando y cazando. Pero había llegado la hora de hacer algo constructivo.

Se acercó al altar.

Era de mármol blanco, picado por el agua que había llovido durante siglos a través del poroso techo. Las losas estaban sostenidas por dos recargadas columnas, sus exteriores adornados con cruces visigodas y letras griegas.

—Reemplazaremos el mármol y las columnas —declaró.

—¿Cómo, abate? —preguntó Rousset—. No hay forma de que podamos levantarlo.

Saunière señaló a donde se encontraba Babou.

—Usaremos la almádena. No hay necesidad de ser delicados.

Babou trajo la pesada herramienta y estudió la tarea. Entonces, con un gran esfuerzo, Babou levantó el martillo y lo descargó contra el centro del altar. El grueso mármol se agrietó, pero la piedra no cedió.

—Es sólida —dijo Babou.

—Déle otro golpe —dijo Saunière con un gesto de ánimo.

De nuevo cayó la almádena y la piedra se rompió, cayendo las dos mitades una sobre otra entre las columnas todavía de pie.

—Se acabó —dijo.

Los dos pedazos fueron rápidamente destrozados en otros más pequeños.

Saunière se inclinó.

—Saquemos todo esto.

—Nosotros lo llevaremos, abate —dijo Babou, dejando a un lado el martillo—. Usted lo amontona.

Los dos hombres levantaron grandes pedazos y se dirigieron a la puerta.

—Llevadlo al cementerio y apiladlo. Tendríamos que hallarle alguna utilidad allí —les gritó.

Cuando se iban, el abate observó que las dos columnas habían sobrevivido a la demolición. De un golpetazo quitó el polvo y los residuos del remate de una de ellas. Sobre la otra quedaba aún un trozo de arenisca, y, cuando arrojó el pedazo al montón, observó debajo un agujero de escoplo poco profundo. El espacio no era mayor que la palma de su mano, seguramente diseñado para albergar el perno de fijación de la parte superior, pero, dentro de la cavidad, le pareció captar como un pequeño espejeo.

Se inclinó un poco y cuidadosamente sopló el polvo.

En efecto, había algo allí.

Un frasco de vidrio.

No mucho más largo que su dedo índice y sólo ligeramente más ancho, su parte superior estaba sellada con cera roja. Miró más detenidamente y vio que el pequeño recipiente contenía un papel enrollado. Se preguntó cuánto tiempo llevaba allí. No tenía noticia de que se hubiera realizado ningún trabajo recientemente en el altar, de manera que debía de haber estado allí desde hacía mucho tiempo.

Sacó el objeto de su lugar oculto.

—Ese frasco fue el comienzo de todo —dijo Stephanie.

Malone asintió.

—He leído los libros de Lars también. Pero pensaba que lo que se le atribuía a Saunière era haber hallado tres pergaminos en aquella columna con alguna especie de mensaje cifrado.

Ella movió la cabeza negativamente.

—Eso forma parte del mito que otros añadieron a la historia. Lars y yo hablamos sobre esto. La mayoría de esas ideas falsas se iniciaron en los años cincuenta por un posadero que quería generar negocio. Una mentira trajo otra. Lars nunca aceptó que esos pergaminos fueran reales. Su supuesto texto fue impreso en innumerables libros, pero nadie los ha visto nunca.

—Entonces, ¿por qué escribió sobre ellos?

—Para vender libros. Sé que le dolía, pero de todos modos lo hizo. Siempre decía que la riqueza que Saunière halló podía remontarse a 1891, y procedía de fuera lo que fuese que estaba dentro del frasco de cristal. Pero él era el único que creía eso. —Señaló a otro de los edificios de piedra—. Ésa es la casa parroquial donde vivía Saunière. Hay un museo sobre él ahora. La columna con el pequeño nicho está allí, para que la vea todo el mundo.

Pasaron por delante de los atestados quioscos manteniéndose en la empedrada calzada.

—La Iglesia de María Magdalena —dijo ella, señalando a un edificio románico—. Antaño fue la capilla de los condes locales. Actualmente, por unos pocos euros, se puede ver la gran creación del abate Saunière.

—¿No lo aprueba usted?

Ella se encogió de hombros.

—Nunca lo aprobé. Ése fue el problema.

A su derecha podía verse un *château* en ruinas, sus muros exteriores del color del barro bañados por el sol.

—Ésa es la propiedad de los D'Hautpoul —dijo ella—. Se perdió durante la Revolución y acabó en manos del gobierno, y ha sido un montón de escombros desde entonces.

Dieron la vuelta al extremo más lejano de la iglesia y pasaron bajo un portal de piedra adornado con lo que parecía una calavera y unas tibias. Recordó, por el libro que había leído la noche anterior, que el símbolo aparecía en muchas lápidas sepulcrales templarias.

La tierra más allá de la entrada estaba cubierta de guijarros. Él conocía lo que los franceses llamaban el espacio. *Enclos paroissiaux.* Recinto parroquial. Y el recinto parecía típico... un lado limitado por un murete, y el otro arrimado a una iglesia, su entrada un arco triunfal. El cementerio albergaba una profusión de sepulcros, lápidas mortuorias y monumentos conmemorativos. Había tributos florales depositados sobre algunas de las tumbas, y muchas de éstas estaban adornadas, según la tradición francesa, con fotografías de los muertos.

Stephanie se acercó a uno de los monumentos que no mostraba flores ni imágenes, y Malone la dejó hacerlo sola. Sabía que Lars Nelle había sido tan apreciado por los habitantes de la localidad que le habían otorgado el privilegio de ser enterrado en su querido cementerio.

La lápida era sencilla e indicaba solamente el nombre, las fechas y un epitafio de MARIDO, PADRE, ERUDITO.

Se acercó hasta situarse al lado de la mujer.

—No dudaron ni una sola vez en enterrarle aquí —murmuró ella.

Malone sabía a lo que Stephanie se refería. En tierra sagrada.

—El alcalde de la época dijo que no había ninguna prueba concluyente de que se hubiera suicidado. Él y Lars eran íntimos, y quería que su amigo descansara aquí.

—Es el lugar perfecto —dijo él.

Ella estaba muy entristecida, le constaba a Malone, pero reconocer su dolor sería considerado como una invasión de su intimidad.

—Cometí un montón de errores con Lars —dijo ella—. Y la mayor parte de ellos los pagué con Mark.

—El matrimonio es duro. —El suyo, fracasado a causa del egoísmo, también—. Igual que la paternidad.

—Siempre pensé que la pasión de Lars era una tontería. Yo era una abogada del gobierno que hacía cosas importantes. Él andaba en busca de lo imposible.

—¿Y por qué está usted aquí?

La mirada de la mujer estaba fija en la tumba.

—Vine para darme cuenta de lo que le debo.

—O de lo que se debe a usted misma.

Ella se apartó de la tumba.

—Quizás lo que nos debemos a ambos —dijo.

Malone dejó el tema.

Stephanie señaló hacia un rincón alejado.

—La amante de Saunière está enterrada allí.

Malone sabía de la amante por los libros de Lars. Ella era dieciséis años más joven que Saunière, y tenía sólo dieciocho cuando dejó su trabajo como sombrerera y se convirtió en el ama de llaves del abate. Permaneció a su lado treinta y un años, hasta su muerte en 1917. Todo lo que Saunière adquirió fue colocado con el tiempo a su nombre, incluyendo toda la tierra y cuentas bancarias, lo que más tarde hizo imposible que nadie, ni siquiera la Iglesia, pudiera reclamarlo. Continuó viviendo en Rennes, vistiendo ropas oscuras y comportándose de forma tan extraña como cuando su amante estaba vivo, hasta su muerte en 1953.

—Era una mujer extraña —dijo Stephanie—. Hizo una declaración, mucho tiempo después de que muriera Saunière, sobre cómo, con lo que él había dejado, se podía alimentar a los habitantes de Rennes durante cien años. Pero lo cierto es que vivió en la pobreza hasta el día de su muerte.

—¿Alguien llegó a saber por qué?

—Su única afirmación era: «No puedo tocarlo.»

—Yo creía que usted no sabía mucho sobre todo esto.

—No lo sabía, hasta la semana pasada. Los libros y el diario fueron ilustrativos. Lars se pasó un montón de tiempo entrevistando a los vecinos.

—Suena como si eso hubieran sido rumores de segunda o tercera mano.

—Por lo que respecta a Saunière, así era. Lleva muerto mucho tiempo. Pero su amante vivió hasta los años cincuenta, de manera que había mucha gente por aquí en los setenta y ochenta que la conocían. Vendió la Villa Betania en 1946 a un hombre llamado Noël Corbu. Fue él quien lo convirtió en un hotel... el posadero que mencioné que había creado gran parte de la información falsa sobre Rennes. La amante prometió contar el gran secreto de Saunière a Corbu, pero al final de su vida sufrió una apoplejía y fue incapaz de comunicar nada.

Pasearon un rato sobre el duro suelo, crujiendo la arenisca a cada paso.

—Saunière estuvo antaño enterrado aquí también, al lado de ella, pero el alcalde dijo que la tumba corría el peligro de ser saqueada por los buscadores de tesoros. —Movió negativamente la cabeza—. Así que hace unos años sacaron al cura y lo trasladaron a un mausoleo en el jardín. Ahora cuesta tres euros ver su tumba... el precio de la seguridad de un cadáver, supongo.

Malone captó su sarcasmo.

Ella señaló la tumba.

—Recuerdo haber venido aquí hace once años. Cuando llegó Lars por primera vez a finales de los sesenta, nada, excepto dos estropeadas cruces, señalaban las tumbas, cubiertas de malas hierbas y enredaderas. Nadie las cuidaba. Nadie se preocupaba. Saunière y su amante habían sido totalmente olvidados.

Una cadena de hierro rodeaba la parcela, y flores frescas brotaban de unos jarrones hechos de hormigón. Malone observó el epitafio en una de las losas, apenas legible:

AQUÍ YACE BÉRENGUER SAUNIÈRE
CURA PÁRROCO DE RENNES-LE-CHÂTEAU
1853-1917
MUERTO EL 22 DE ENERO DE 1917
A LA EDAD DE 64 AÑOS

—He leído en alguna parte que la losa era demasiado frágil para moverla —dijo ella—, así que la dejaron. Más cosas para que los turistas las vean.

Malone se fijó en la tumba de la amante.

—¿Ella no era un objetivo para los oportunistas también?

—Aparentemente, no, ya que la dejaron aquí.

—¿No fue un escándalo su relación?

Stephanie se encogió de hombros.

—Fuera cual fuese la riqueza que Saunière adquirió, él la repartió. ¿Vio usted la torre de aguas del aparcamiento? La hizo construir él para la población. Igualmente financió la pavimentación de carreteras, la reparación de algunas casas, y prestó dinero a personas en apuros. Así que le perdonaron las debilidades que hubiera podido tener. Y no era infrecuente que los curas en aquella época tuvieran un ama de llaves. O al menos eso fue lo que Lars escribió en uno de sus libros.

Un grupo de ruidosos visitantes dobló la esquina tras ellos y se dirigió a la tumba.

—Vienen aquí a papar moscas —dijo Stephanie, con un deje de desprecio en su voz—. No sé si se comportarían así en su país, en el cementerio donde están enterrados sus seres queridos.

El bullicioso grupito se acercó, y un guía turístico empezó a hablar de la amante. Stephanie se retiró y Malone la siguió.

—Esto es sólo una atracción para ellos —dijo Stephanie en voz baja—. Donde el abate Saunière descubrió su tesoro y supuestamente decoró su iglesia con mensajes que de algún modo conducen hasta él. Resulta difícil imaginar que alguien se trague esta basura.

—¿No fue sobre eso sobre lo que Lars escribió?

—Hasta cierto punto. Pero piense en ello, Cotton. Incluso si el cura encontró un tesoro, ¿por qué iba a dejar un mapa para que otro lo hallara? Construyó todo esto durante su vida. Lo último que hubiera querido era que alguien lo usurpara. —Movió negativamente la cabeza—. Esto sirve para crear grandes libros, pero no es cierto.

Malone se disponía a preguntar más cuando observó que la mirada de Stephanie se desviaba hacia otro rincón del cementerio, más allá de un tramo de escaleras que conducían a la sombra de un roble. En las sombras descubrió una tumba reciente decorada con ramitas de múltiples colores, y donde el plateado rótulo de la lápida brillaba contra un fondo de color gris mate.

Stephanie se dirigió hacia ella, y Malone la siguió.

—Dios mío —dijo ella, con la preocupación en su cara.

Malone leyó el rótulo: ERNEST SCOVILLE. Luego hizo números a partir de las fechas anotadas. El hombre tenía setenta y tres años cuando murió.

La semana pasada.

—¿Le conocía usted? —quiso saber.

—Hablé con él hace tres semanas. Poco después de recibir el diario de Lars. —Su atención se había detenido en la tumba—. Era una de las personas que mencioné, las que trabajaban con Lars y con las que necesitábamos hablar.

—¿Le dijo usted lo que tenía pensado hacer?

Ella asintió lentamente.

—Le hablé de la subasta del libro y de que venía a Europa.

Malone no podía creer lo que estaba oyendo.

—Creo recordar que anoche me dijo usted que nadie sabía nada.

—Le mentí.

XVII

De Roquefort estaba encantado. Su primera confrontación con el senescal había sido una resonante victoria. Solamente seis maestres habían sido objetados con éxito, y los pecados de esos hombres iban desde el robo a la cobardía, y a lujuria por una mujer, todos ellos siglos atrás, en las décadas posteriores a la Purga, cuando la hermandad era débil y caótica. Desgraciadamente, el castigo de una objeción era más simbólico que punitivo. El ejercicio del maestre seguiría reflejado en las Crónicas, sus fallos y logros debidamente registrados, aunque una anotación proclamaría que sus hermanos le habían considerado «indigno de recuerdo».

Las pasadas semanas, sus lugartenientes se habían asegurado de que los exigidos dos tercios votarían y enviarían un mensaje al senescal. Aquel indigno estúpido tenía que enterarse de lo difícil que le iba a resultar la lucha que le esperaba. De hecho, el insulto de ser objetado no afectaba realmente al maestre. En todo caso, sería enterrado con sus predecesores. No, la negativa era más bien una manera de rebajar al supuesto sucesor... y hacer que surgieran aliados. Era un antiguo instrumento, creado por la regla, de una época en que el honor y la memoria significaban algo. Pero que había resucitado triunfalmente como la salva inaugural en una guerra que debería haber acabado al crepúsculo.

Él iba a ser el próximo maestre.

Los Pobres Compañeros Soldados de Cristo y el Templo de

Salomón habían existido, ininterrumpidamente, desde 1118. Felipe IV de Francia, que había llevado el inapropiado nombre de Felipe el Hermoso, había tratado en 1307 de exterminarlos. Pero, al igual que el senescal, también había subestimado a sus oponentes, y sólo consiguió que la orden se retirara a la clandestinidad.

Antaño, decenas de miles de hermanos administraban encomiendas, granjas, templos y castillos en nueve mil haciendas esparcidas por Europa y Tierra Santa. Sólo la visión de un hermoso caballero ataviado de blanco y llevando la cruz roja paté provocaba el temor en sus enemigos. A los hermanos se les garantizaba la inmunidad de la excomunión y no se les exigía que pagaran tributos feudales. La orden tenía permiso para conservar todo el botín de guerra. Sometida sólo al papa, la Orden del Temple era un Estado en sí misma.

Pero no se libraban combates desde hacía setecientos años. En vez de ello, la orden se había retirado a una abadía de los Pirineos y rodeado del secreto como una simple comunidad monástica. Se mantenían las relaciones con los obispos de Toulouse y Perpiñán, y se cumplía con todas las obligaciones exigidas por la Iglesia romana. No ocurría nada que llamara la atención, distinguiera a la abadía, o hiciera que la gente se preguntara qué podía estar sucediendo tras sus muros. Todos los hermanos efectuaban dos series de votos. Una para con la Iglesia, que se hacía por necesidad. La otra para con la hermandad, que lo significaba todo. Se llevaban a cabo todavía los antiguos ritos, aunque ahora al amparo de la oscuridad, detrás de gruesas murallas, con las puertas de la abadía cerradas a cal y canto.

Y todo por el Gran Legado.

La paradójica futilidad de ese deber le disgustaba. La orden existía para guardar el Legado, pero el Legado no existiría de no ser por la orden.

Un dilema, seguramente.

Pero, con todo, un deber.

Su vida entera había sido el preámbulo de las próximas horas. Nacido de padres desconocidos, había sido criado por los jesuitas en una escuela religiosa cerca de Burdeos. En el Inicio, los hermanos eran principalmente criminales arrepentidos, amantes desengañados, proscritos. Hoy era gente de toda condición. El mundo secular era el que generaba la mayoría de neófitos, pero la sociedad religiosa producía sus verdaderos líderes. Los últimos diez maestres habían recibido todos una educación conventual. La suya había sido en la universidad de París, luego se había completado en el seminario de Aviñón. Permaneció allí y enseñó durante tres años antes de ser abordado por la orden. Entonces abrazó la regla con un entusiasmo desbordante.

Durante sus sesenta y cinco años no había conocido la carne de una mujer, ni tampoco había sido tentado por un hombre. Ser ascendido a mariscal, le constaba, había sido una manera de que el anterior maestre aplacara su ambición, quizás incluso una trampa por la que podría generar suficientes enemigos que hicieran imposible su posterior ascenso. Pero él utilizó sus cartas juiciosamente, haciendo amigos, construyendo lealtades, acumulando favores. La vida monástica le sentaba bien. Durante la pasada década había estudiado detenidamente las Crónicas y actualmente estaba versado en todos los aspectos —buenos y malos— de la historia de la orden. No repetiría los errores del pasado. Creía fervientemente que, en el Inicio, el aislamiento autoimpuesto de la hermandad era lo que había acelerado su caída. El secreto engendraba a la vez un aura y una sospecha... un simple paso desde allí a la recriminación. Así que había que acabar con ello. Setecientos años de silencio tenían que ser quebrantados.

Su hora había llegado.

La regla era clara.

«Existe la obligación de que, cuando algo sea ordenado por el maestre, no haya vacilación en su cumplimiento, pero la cosa debe hacerse sin demora, como si hubiera sido ordenado desde el Cielo.»

El teléfono de su escritorio emitió un suave timbre, y él levantó el auricular.

—Nuestros dos hermanos de Rennes-le-Château —le dijo su ayudante de mariscal— han informado de que Stephanie Nelle y Malone están ahora allí. Tal como usted predijo, fueron directamente al cementerio y encontraron la tumba de Ernest Scoville.

Es bueno conocer a tus enemigos.

—Haga que nuestros hermanos se limiten a observar, pero que estén preparados para actuar.

—Sobre el otro asunto que nos pidió investigar puedo decirle que aún no tenemos ni idea de quién atacó a los hermanos en Copenhague.

Aborrecía los fallos.

—¿Está todo preparado para esta tarde?

—Estaremos listos.

—¿Cuántos hermanos acompañaron al senescal en la Sala de los Padres?

—Treinta y cuatro.

—¿Todos identificados?

—Todos y cada uno de ellos.

—Se le dará a cada hombre una oportunidad de unirse a nosotros. En caso contrario, habrá que tratar con ellos. Procuremos, sin embargo, que la mayoría se nos una. Lo que no debería plantear ningún problema. A pocos les gusta formar parte de una causa perdida.

—El consistorio empieza a las seis de la tarde.

Al menos el senescal estaba desempeñando su deber, llamando a sesión antes de la caída del sol. El consistorio era la variable de la ecuación —un procedimiento especialmente concebido para impedir la manipulación—, pero era algo que había sido estudiado durante mucho tiempo, y previsto.

—Estad preparados —dijo—. El senescal usará la rapidez para crear confusión. Así es como su maestre consiguió la elección.

—No aceptará la derrota alegremente.

—Tampoco esperaría que lo hiciera. Por eso tengo una sorpresa esperándole.

XVIII

Malone y Stephanie se abrieron paso a través de la atestada aldea. Otro autobús lo hacía por la *rue* central, circulando con calma en dirección al aparcamiento. Hacia la mitad de la calle, Stephanie entró en un restaurante y habló con su propietario. Malone les echó el ojo a algunos platos de pescado de delicioso aspecto que los comensales estaban disfrutando, pero comprendió que la comida tendría que esperar.

Estaba furioso porque Stephanie le hubiera mentido. O no apreciaba, o no comprendía la gravedad de la situación. Hombres decididos, deseosos de morir y matar, andaban tras alguna cosa. Había visto a gente como ellos muchas veces, y cuanto más información poseyera, más probabilidades de éxito. Ya era bastante duro tratar con el enemigo; tener que preocuparse por un aliado agravaba la situación.

Al salir del restaurante, Stephanie dijo:

—A Ernest Scoville le atropelló un coche la semana pasada mientras daba su paseo diario fuera de las murallas. Tenía muchas simpatías. Llevaba viviendo aquí mucho tiempo.

—¿Alguna pista sobre el coche?

—No hay testigos. Nada en qué basarse.

—¿Conocía usted realmente a Scoville?

Ella asintió.

—Pero no significaba nada para mí. Él y yo raras veces hablábamos. Se puso al lado de Lars.

—¿Entonces por qué lo llamó usted?

—Era el único al que creí que podía preguntarle por el diario de Lars. Se mostró educado, considerando que hacía años que no nos dirigíamos la palabra. Quería ver el diario. Así que planeé compensarle mientras estaba aquí.

Malone se hizo preguntas sobre ella. Malas relaciones con su marido, su hijo y los amigos de su marido. El origen de su remordimiento era claro, pero lo que tenía pensado hacer al respecto seguía nebuloso.

Stephanie hizo un gesto indicando que echaran a andar.

—Querría comprobar la casa de Ernest. Poseía una magnífica biblioteca. Me gustaría ver si sus libros siguen allí.

—¿Tenía esposa?

Ella negó con la cabeza.

—Era un solitario. Habría sido un excelente ermitaño.

Tomaron por uno de los callejones laterales entre más filas de edificios que parecían todos construidos para unos dueños muertos hacía tiempo.

—¿Cree usted realmente que hay un tesoro escondido en las inmediaciones? —preguntó Malone.

—Es difícil decirlo, Cotton. Lars solía decir que el noventa por ciento de la historia de Saunière es ficción. Yo le reprendí por perder el tiempo en algo tan estúpido. Pero él siempre contraatacaba con el diez por ciento de verdad. Eso es lo que le cautivaba, y, en buena parte, también a Mark. Al parecer ocurrieron cosas extrañas aquí hace cien años.

—¿Se refiere usted otra vez a Saunière?

Ella asintió.

—Ayúdeme a comprender.

—La verdad, yo también necesito ayuda en esto. Pero puedo contarle más de lo que sé sobre Bérenger Saunière.

—No puedo abandonar una parroquia donde me retiene mi interés —le dijo Saunière al obispo mientras se encontraba ante el hombre de edad avanzada en el palacio episcopal de Carcasona, a treinta kilómetros al norte de Rennes-le-Château.

Había evitado aquella reunión durante meses con informes de su médico de que no podía viajar por enfermedad. Pero el obispo era persistente, y la última petición de audiencia había sido entregada por un policía que tenía instrucciones de acompañarle personalmente de vuelta.

—Lleva usted una vida mucho más magnífica que la mía —dijo el obispo—. Quisiera una declaración relativa al origen de sus recursos económicos, que parecen tan repentinos e importantes.

—Ay, Monseigneur, me pide usted lo único que no puedo revelar. Grandes pecadores a los que, con la ayuda de Dios, he mostrado el camino de la penitencia, me han entregado estas considerables sumas. No deseo traicionar el secreto de confesión dando sus nombres.

El obispo pareció considerar su argumento. Era bueno, y podía funcionar.

—Entonces hablemos de su estilo de vida. Eso no está protegido por el secreto de confesión.

Él fingió inocencia.

—Mi estilo de vida es bastante modesto.

—Eso no es lo que me han dicho.

—Su información debe de ser errónea.

—Veamos. —El obispo abrió la tapa de un grueso libro que tenía ante él—. Hice realizar un inventario, que es bastante interesante.

A Saunière no le gustaba aquel tono. Su relación con el anterior obispo había sido relajada y cordial, y él había disfrutado de una gran libertad. Este nuevo obispo era algo completamente distinto.

—En 1891 emprendió usted una renovación de la iglesia parroquial. En aquella época reemplazó usted las ventanas, construyó un pórtico, instaló un nuevo altar y otro púlpito, y reparó el tejado. Su coste, aproximadamente dos mil doscientos francos. Al año siguiente fueron remozadas las paredes exteriores y reemplazado el suelo del interior. Vino luego un nuevo confesionario, setecientos francos, estatuas y estaciones del Via Crucis, todo tallado en Toulouse por Giscard, tres mil doscientos francos. En 1898 fue añadida una arqueta para las colectas, cuatrocientos francos. Después, en 1900, un bajorrelieve de Santa María Magdalena, muy primoroso me han dicho, fue colocado en el frontal del altar.

Saunière se limitaba a escuchar. Evidentemente, el obispo tenía acceso a los archivos de la parroquia. El antiguo tesorero había dimitido unos años atrás, declarando que había encontrado sus deberes contrarios a sus creencias. Evidentemente alguien había seguido sus actividades.

—Llegué aquí en 1902 —dijo el obispo—. Durante los últimos ocho años he intentado (en vano, podría añadir) que compareciera usted ante mí para responder a mis preocupaciones. Pero durante ese tiempo, consiguió usted construir la Villa Betania adyacente a la iglesia. Es, según me han dicho, de construcción burguesa, un pastiche de estilos, todo de piedra tallada. Hay vidrieras, un salón comedor, sala de estar y dormitorios. Es donde usted entretiene a sus muchos invitados, según he oído.

El comentario estaba seguramente pensado para suscitar una respuesta, pero él no dijo nada.

—Está luego la Torre Magdala, su disparate de biblioteca que domina el valle. Decorada con la más fina carpintería en madera, según me han dicho. A esto se añaden sus colecciones de sellos y tarjetas postales, que son enormes, e incluso algunos animales exóticos. Todo eso vale muchos miles de francos. —El obispo cerró el libro—. Los ingresos de su parroquia son sólo de doscientos cincuenta francos al año. ¿Cómo es posible que haya amasado todo eso?

—Como he dicho, Monseigneur, he sido receptor de muchas donaciones de almas que quieren ver prosperar a mi parroquia.

—Ha estado usted traficando con misas —declaró el obispo—. Vendiendo los sacramentos. Su crimen es la simonía.

Le habían advertido de que ésa era la acusación con que se enfrentaría.

—¿Por qué me hace usted reproches? Mi parroquia, cuando llegué, se encontraba en un estado lamentable. Es, a fin de cuentas, el deber de mis superiores garantizar a Rennes-le-Château una iglesia digna de los fieles y una vivienda decente al pastor. Pero desde hace un cuarto de siglo he trabajado y reconstruido y embellecido la iglesia sin pedir ni un céntimo a la diócesis. Me parece que merezco sus felicitaciones en vez de acusaciones.

—¿Cuánto dice usted que se ha gastado en todas esas mejoras?

El cura decidió contestar.

—Ciento noventa y tres mil francos.

El obispo de rió.

—Abate, con eso no habría comprado los muebles, las estatuas y las vidrieras. Según mis cálculos, ha gastado usted más de setecientos mil francos.

—No estoy familiarizado con las prácticas contables, así que no soy capaz de decir cuáles fueron los costes. Todo lo que sé es que la gente de Rennes adora su iglesia.

—Los funcionarios declaran que usted recibe de cien a ciento cincuenta giros postales al día. Proceden de Bélgica, Italia, Renania, Suiza y de toda Francia. Oscilan entre cinco y cuarenta francos cada uno. Frecuenta usted el Banco de Couiza, donde son convertidos en efectivo. ¿Cómo explica usted eso?

—Toda mi correspondencia es manejada por mi ama de llaves. Ella la abre y contesta a todas las cuestiones. Esa pregunta debería ser dirigida a ella.

—Es usted el que aparece en el banco.

Él se mantuvo en sus trece.

—Debería preguntarle a ella.

—Desgraciadamente, no está sujeta a mi autoridad.

El cura se encogió de hombros.

—Abate, está usted traficando con misas. Está claro, al menos para mí, que esos sobres que llegan a su parroquia no son notas de amigos sinceros. Pero aún hay algo más inquietante.

Él permaneció en silencio.

—He hecho un cálculo. A menos que esté usted cobrando sumas exorbitantes por las misas (y la última tarifa que conocí entre los pecadores era de cincuenta céntimos), tendría que decir misa veinticuatro horas al día durante trescientos años para acumular toda la riqueza que usted ha gastado. No, abate, el traficar con misas es una fachada, una que usted ha concebido, para ocultar la verdadera fuente de su buena fortuna.

Aquel hombre era más inteligente de lo que parecía.

—¿Alguna respuesta?

—No, Monseigneur.

—Entonces queda usted relevado de sus deberes en Rennes, e informará inmediatamente a la parroquia de Coustouge. Además, queda usted suspendido, sin ningún derecho a decir misa o administrar los sacramentos en la iglesia, hasta nuevo aviso.

—¿Y cuánto tiempo durará esta suspensión? —preguntó con calma el abate.

—*Hasta que el Tribunal Eclesiástico pueda oír su apelación, que estoy seguro que usted presentará inmediatamente.*

—Saunière apeló —dijo Stephanie— incesantemente hasta el mismísimo Vaticano, pero murió en 1917 antes de ser reivindicado. Lo que hizo, sin embargo, fue abandonar la Iglesia, aunque jamás se marchó de Rennes. Simplemente se quedó diciendo misa en la Villa Betania. Los vecinos le adoraban, así que boicotearon al nuevo abate. Recuerde, toda la tierra que rodeaba la iglesia, incluyendo la villa, pertenecía a la amante de Saunière (en eso fue muy listo), de manera que la Iglesia no podía hacer nada al respecto.

Malone quería saber.

—¿Cómo pagó todas aquellas mejoras?

Ella sonrió.

—Ésa es una pregunta que muchos han tratado de contestar. Incluyendo mi marido.

Recorrieron otro de aquellos sinuosos callejones, bordeados por más casas melancólicas, sus piedras del color de la madera muerta descortezada.

—Ernest vivía ahí delante —dijo.

Se acercaron a un antiguo edificio alegrado por rosas color pastel que se encaramaban a una pérgola de hierro forjado. Subiendo tres escalones de piedra, aparecía una puerta en un hueco. Malone atisbó a través del cristal de la puerta, pero no vio ninguna prueba de abandono.

—El lugar parece estar muy bien cuidado.

—Ernest era obsesivo.

Malone probó con el pomo. Cerrado.

—Me gustaría entrar —dijo ella desde la calle.

El miró a su alrededor. A unos seis metros a su izquierda, el callejón terminaba en la pared exterior. Más allá surgía un cielo azul salpicado de hinchadas nubes. No había nadie a la vista. Se dio la vuelta y, con el codo, rompió el cristal. Metió luego la mano en el interior y abrió la cerradura.

Stephanie subió tras él.

—Usted primero —dijo Malone.

XIX

El senescal empujó la verja de hierro y encabezó el cortejo de dolientes a través de la antigua arcada. La entrada al subterráneo Panteón de los Padres estaba ubicada dentro de los muros de la abadía, al final de un largo pasadizo, donde uno de los edificios más antiguos se apoyaba en la roca. Mil quinientos años antes, unos monjes ocuparon por primera vez las cavernas que había más allá, viviendo en los sombríos nichos. A medida que fueron llegando más y más penitentes, se fueron erigiendo edificios. Las abadías tendían, o bien a crecer espectacularmente, o a menguar, y ésta había caído en un frenesí de construcción que duró siglos, continuó con los Caballeros del Temple, que calladamente se hicieron con su propiedad a finales del siglo XIII. La casa matriz de la orden —*maison chèvetaine*, como la llamaba la regla— había estado primeramente localizada en Jerusalén, luego en Acre, después en Chipre, terminando finalmente aquí después de la Purga. Con el tiempo, el complejo fue rodeado de murallas y torres almenadas, y la abadía creció hasta llegar a convertirse en una de las más grandes de Europa, instalada a gran altura en los Pirineos, aislada tanto por la geografía como por la regla. Su nombre procedía del cercano río, los saltos de agua y la abundancia de napas subterráneas. Abadía des Fontaines. Abadía de las fuentes.

El senescal bajó por unos estrechos peldaños labrados en la roca. Las suelas de sus zapatillas de lona resbalaban en la húmeda piedra. Donde antaño antorchas de aceite proporcionaban luz, candelabros eléctricos iluminaban ahora el camino. Tras él venían los treinta y cuatro hermanos que habían decidido unirse a su causa. Al pie de la escalera, se adelantó silenciosamente hasta el túnel abierto en una sala abovedada. Una columna de piedra se alzaba en el centro, como el tronco de un árbol envejecido.

Los hermanos se reunieron lentamente en torno al féretro de roble, que ya había sido llevado al interior y dejado sobre un plinto de piedra. A través de nubes de incienso ascendían melancólicos cánticos.

El senescal dio un paso adelante y el cántico se detuvo.

—Hemos venido a honrarle. Recemos —dijo en francés.

Lo hicieron, y luego se cantó un himno

—Nuestro maestre nos condujo con sabiduría. Vosotros, aquellos que sois leales a su memoria, cobrad ánimo. Él se hubiera sentido orgulloso.

Transcurrieron unos momentos de silencio.

—¿Qué nos aguarda? —preguntó discretamente uno de los hermanos.

Hacer politiqueo no era adecuado en la Sala de los Padres, pero, con cierta aprensión, se permitió una relajación de la regla.

—Incertidumbre —declaró—. El hermano De Roquefort está dispuesto a tomar el poder. Aquellos de vosotros que seáis seleccionados para el cónclave deberéis esforzaros para detenerlo.

—Será nuestra perdición —murmuró otro hermano.

—Estoy de acuerdo —dijo el senescal—. Él cree que de alguna manera puede vengar los pecados de setecientos años. Aunque pudiéramos, ¿por qué? Nosotros sobrevivimos.

—Sus seguidores han estado presionando con dureza. Los que se opongan a él serán castigados.

El senescal sabía que ése era el motivo por el que tan pocos habían venido al Panteón.

—Nuestros antepasados se enfrentaron a muchos enemigos. En Tierra Santa se levantaban contra los sarracenos y morían con honor. Aquí, soportaron las torturas de la Inquisición. Nuestro maestro, De Molay, fue quemado en la hoguera. Nuestra tarea es permanecer fieles.

Débiles palabras, lo sabía, pero había que decirlas.

—De Roquefort quiere la guerra con nuestros enemigos. Uno

de sus seguidores me dijo que incluso intenta recuperar el sudario.

Hizo un gesto de disgusto. Otros radicales habían propuesto esa demostración de fuerza con anterioridad, pero cada maestre había reprimido la acción.

—Tenemos que detenerlo en el cónclave. Por suerte, no puede controlar el proceso de selección.

—Me da miedo —dijo un hermano, y el silencio que siguió indicaba que los demás estaban de acuerdo.

✠

Al cabo de una hora de plegaria, el senescal dio la señal. Cuatro porteadores, cada uno de ellos vestido con túnica carmesí, levantaron el féretro del maestre.

El senescal se dio la vuelta y se acercó a dos columnas de pórfido rojo entre las que se alzaba la Puerta del Oro. El nombre no le venía de su composición, sino de lo que una vez almacenó en su interior.

Cuarenta y tres maestres yacían en sus propios *locoli*, bajo un techo de roca suavemente pulimentada y pintado de azul oscuro, sobre el que estrellas doradas brillaban bajo la luz. Hacía mucho tiempo que sus cuerpos se habían convertido en polvo. Sólo quedaban huesos, encerrados dentro de osarios, cada uno de los cuales mostraba el nombre del maestre y las fechas de su servicio. A la derecha del senescal había unos nichos vacíos, uno de los cuales albergaría el cuerpo de su maestre durante el año siguiente. Sólo entonces, un hermano regresaría y trasladaría los huesos a un osario. La práctica de enterramiento que la orden había utilizado durante tanto tiempo era la propia de los judíos en Tierra Santa en la época de Cristo.

Los porteadores depositaron el ataúd en la cavidad designada. Una profunda tranquilidad reinaba en la semioscuridad.

Pensamientos sobre su amigo cruzaron por la mente del senescal. El maestre era el hijo más joven de un acaudalado comerciante belga. Había sido atraído por la Iglesia sin una razón clara... simplemente, algo le había empujado a hacerlo. Había sido reclutado por uno de los muchos oficiales de la orden, hermanos apostados en todo el globo, bendecidos con un buen ojo para detectar a los reclutas. La vida monástica le había sentado bien al maestre. Y aunque no era de alto rango, en el cónclave, después de que su predecesor muriera, los hermanos habían gritado al unísono: «Que sea el maestre.» De manera que hizo el juramento. «Me ofrezco al Dios omnipotente y a la Virgen María para la salvación de mi alma y así permaneceré en esta vida todos los días hasta mi último aliento.» El senescal había adquirido el mismo compromiso.

Permitió que sus pensamientos derivaran hacia el comienzo de la orden... los gritos de guerra, los quejidos de los hermanos heridos y agonizantes, los angustiados gemidos durante el entierro de aquellos que no habían sobrevivido al combate. Ése había sido el estilo de los templarios. Los primeros en participar, los últimos en marcharse. Raymond de Roquefort anhelaba aquellos tiempos. Pero ¿por qué? La futilidad de esa actitud combativa se había demostrado cuando la Iglesia y la Corona se volvieron contra los templarios en la época de la Purga, sin mostrar la menor consideración por doscientos años de leal servicio. Muchos hermanos fueron quemados en la hoguera, otros torturados y tullidos de por vida, y todo por simple codicia. Para el mundo entero, los Caballeros del Temple eran una leyenda. Un recuerdo de antaño. Nadie se preocupaba de si existían o no, de modo que rectificar una injusticia parecía inútil.

Los muertos a los muertos.

De nuevo paseó su mirada alrededor de los cofres de piedra, luego despidió a los hermanos, excepto a uno. Su ayudante. Necesitaba hablar con él a solas. El joven se acercó.

—Dime, Geoffrey —dijo el senescal—. ¿Estabais conspirando tú y el maestre?

Los ojos del hombre centellearon por la sorpresa.

—¿Qué quiere usted decir?

—¿Te pidió el maestre que hicieras algo para él recientemente? Vamos, no me mientas. Él se ha ido, y yo estoy aquí.

Pensó que recordarle quién mandaba le haría más fácil enterarse de la verdad.

—Sí, senescal. Envié por correo dos paquetes por encargo del maestre.

—Háblame del primero.

—Grueso y pesado, como un libro. Lo envié mientras estaba en Aviñón, hace más de un mes.

—¿Y el segundo?

—Lo mandé el lunes, desde Perpiñán. Era una carta.

—¿A quién iba dirigida la carta?

—A Ernest Scoville, en Rennes-le-Château.

El joven se santiguó rápidamente, y el senescal vio confusión y sospecha.

—¿Qué pasa?

—El maestre dijo que me haría usted esas preguntas.

La información le llamó la atención.

—Dijo que cuando usted lo hiciera, yo debería decirle la verdad. Pero también dijo que fuera usted advertido. Aquellos que han emprendido el camino que usted se dispone a tomar han sido muchos, pero ninguno ha logrado triunfar. Dijo que le deseara a usted buena suerte.

Su mentor era un hombre brillante que evidentemente sabía mucho más de lo que nunca había dicho.

—Dijo también que debía usted terminar la búsqueda. Es su destino. Tanto si se da usted cuenta como si no.

Ya había oído bastante. Quedaba explicado ahora lo de la caja de madera vacía hallada en el armario de la cámara del maestre. El libro que buscaba en su interior había desaparecido. El maestre lo había enviado. Con un gesto gentil de su mano, despidió al ayudante. Geoffrey se inclinó, y luego se apresuró hacia la Puerta del Oro.

Algo se le ocurrió de repente al senescal.

—Espera. No me has dicho adónde fue enviado el primer paquete, el «libro».

Geoffrey se detuvo, y se dio la vuelta, pero no dijo nada.

—¿Por qué no contestas?

—No es correcto que hablemos de esto. Aquí, al menos. Con él tan cerca.

La mirada del joven se dirigió al féretro.

—Me dijiste que él quería que yo supiera.

La ansiedad se reflejaba en sus ojos cuando le devolvió la mirada.

—Dime adónde fue enviado el libro.

Aunque ya lo sabía, el senescal necesitaba oír las palabras.

—A Norteamérica. A una mujer llamada Stephanie Nelle.

XX

Malone examinó el interior de la modesta casa de Ernest Scoville. La decoración era una colección eclética de antigüedades británicas, arte español del siglo xii y cuadros franceses no muy notables. Calculó que estaba rodeado por un millar de volúmenes, en su mayoría libros de bolsillo y envejecidas tapas duras, cada estantería arrimada a una pared exterior y meticulosamente arreglada según temas y tamaños. Periódicos viejos, apilados por años, en orden cronológico. Lo mismo sucedía con las revistas. Todo hacía referencia a Rennes, Saunière, la historia francesa, la Iglesia, los templarios y Jesucristo.

—Al parecer, Scoville era un experto en la Biblia —dijo, señalando unas filas.

—Se pasó la vida estudiando el Nuevo Testamento. Era la fuente bíblica de Lars.

—No parece que nadie haya registrado esta casa.

—Quizás lo hayan hecho con cuidado.

—Cierto. Pero ¿qué estaban buscando? ¿Qué estamos buscando nosotros?

—No lo sé. Lo único que sé es que hablé con Scoville, y luego, dos semanas más tarde, ha muerto.

—¿Qué podía saber que valiera la pena matarlo por ello?

Ella se encogió de hombros.

—Nuestra conversación fue agradable. Yo sinceramente creía

que era él quien me había enviado el diario. Él y Lars trabajaban estrechamente. Pero Scoville no sabía nada de que me hubieran mandado el diario, aunque deseaba leerlo. —Stephanie interrumpió su examen—. Mire todo esto. Estaba obsesionado. —Movió negativamente la cabeza—. Lars y yo discutimos sobre esto durante años. Siempre pensé que Lars estaba derrochando su talento. Era un buen historiador. Debería haber estado ganando un salario decente en una universidad, publicando investigación verosímil. En vez de ello, andaba por todo el mundo persiguiendo sombras.

—Era un autor de éxito.

—Sólo su primer libro. El dinero era otra de nuestras constantes discusiones.

—Parece usted una mujer con un montón de remordimientos.

—¿Acaso no tiene usted algunos? Recuerdo que no se tomó usted muy bien lo del divorcio de Pam.

—A nadie le gusta fracasar.

—Al menos, su esposa no se mató.

No le faltaba razón.

—Dijo usted, mientras veníamos, que Lars creía que Saunière descubrió un mensaje dentro de aquel frasquito hallado en la columna. ¿De quién era el mensaje?

—En su diario, Lars escribió que era probablemente de uno de los predecesores de Saunière, Antoine Bigou, que desempeñó el cargo de cura párroco en Rennes durante la última parte del siglo XVIII, en la época de la Revolución francesa. Lo mencioné en el coche. Era el cura al que Marie d'Hautpoul le contó el secreto familiar antes de morir.

—¿De manera que Lars pensaba que el secreto de la familia estaba guardado en el frasco?

—No es tan sencillo. La historia sigue. Marie d'Hautpoul se casó con el último marqués de Blanchefort en 1732. El linaje de los De Blanchefort se remonta hasta la época de los templarios. La familia tomó parte tanto en las Cruzadas a Tierra Santa como en la Albigense. Uno de sus antepasados fue incluso maestre de los templarios a mediados del siglo XII, y la familia controló el municipio de Rennes y las tierras de los alrededores durante siglos. Cuando los templarios fueron arrestados en 1307, los De

Blanchefort dieron refugio a muchos fugitivos de los hombres de Felipe IV. Se dice incluso, aunque nadie lo sabe con certeza, que algunos miembros de la familia De Blanchefort pasaron a formar parte de los templarios después de eso.

—Parece usted Henrik. ¿Cree realmente que los templarios siguen ahí?

—No tengo ni idea. Pero algo que dijo el hombre de la catedral no deja de venirme a la memoria. Citó a San Bernardo de Clairvaux, el monje del siglo XII que contribuyó al ascenso de los templarios. Yo hice como si no supiera de lo que estaba hablando. Pero Lars escribió muchas cosas sobre él.

Malone también recordaba el nombre del libro que había leído en Copenhague. Bernardo de Fontaines era un monje cisterciense que fundó un monasterio en Clairvaux en el siglo XII. Fue un pensador destacado y ejerció gran influencia dentro de la Iglesia, convirtiéndose en consejero íntimo del papa Inocencio II. Su tío era uno de los nueve templarios originales, y fue Bernardo el que convenció a Inocencio II de que otorgara a los templarios su inaudita regla.

—El hombre de la catedral dijo que conocía a Lars —prosiguió Stephanie—. Incluso dio a entender que había hablado con él del diario, y que Lars le había desafiado. El hombre de la Torre Redonda también trabajaba para él (quiso que yo lo supiera), y ese hombre lanzó el grito de batalla templario antes de saltar.

—Podía ser todo una mascarada para desconcertarla a usted.

—Estoy empezando a dudarlo.

Malone estaba de acuerdo, especialmente por lo que había observado cuando salían del cementerio. Pero por el momento prefirió guardárselo para sí mismo.

—Lars escribió en su diario sobre el secreto de los De Blanchefort, un secreto que al parecer se remontaba a 1307, la época del arresto de los templarios. Halló bastantes referencias a ese supuesto deber familiar en documentos del período, pero nunca detalles. Según parece, se pasó un montón de tiempo en los monasterios de la zona examinando escritos. La tumba de Marie, sin embargo, la descrita en el libro que Thorvaldsen compró, es lo que parece ser la clave. Marie murió en 1781, pero hasta 1791 el abate Bigou no colocó una lápida mortuoria y una leyenda sobre sus restos. Recuerde la época. La Revolución francesa se estaba iniciando, y se destruían las iglesias católicas. Bigou era antirrepublicano, de manera que huyó a España en 1793 y murió allí dos años más tarde, sin regresar jamás a Rennes-le-Château.

—¿Y qué pensó Lars que Bigou había escondido en el frasco de vidrio?

—Probablemente no el verdadero secreto de los De Blanchefort, sino más bien un modo de descubrirlo.

En el diario, Lars escribió que creía firmemente que la tumba de Marie albergaba la clave del secreto.

Malone estaba comenzando a comprender.

—Por eso el libro era tan importante.

Ella asintió.

—Saunière vació muchas de las tumbas del cementerio, cavando para sacar los huesos y colocándolos en un osario comunal que aún se alza detrás de la iglesia. Eso explica, tal como escribió Lars, por qué no hay tumbas allí con fecha anterior a 1885. Los habitantes de la localidad armaron la gorda por lo que estaba haciendo, de modo que tuvo que parar por orden de los concejales de la villa. La tumba de Marie de Blanchefort no fue exhumada, pero todas las cartas y símbolos fueron borrados por Saunière. Sin que él lo supiera, había un boceto de la lápida que sobrevivió, dibujado por un alcalde del pueblo, Eugène Stüblein. Lars se enteró de la existencia de ese dibujo, pero nunca pudo encontrar una copia del libro.

—¿Cómo supo Lars que Saunière había mutilado la lápida?

—Existe el registro de que la tumba de Marie había sido destruida durante aquella época. Nadie atribuyó una importancia especial al hecho, pero ¿quién, si no Saunière, podía haberlo hecho?

—¿Y Lars pensó que todo eso conduce a un tesoro?

—Escribió en su diario que creía que Saunière había descifrado el mensaje que el abate Bigou dejó, y que halló el lugar de los templarios, diciéndoselo sólo a su amante, y ésta murió sin decírselo a nadie.

—Así pues, ¿qué se disponía usted a hacer? ¿Utilizar el diario y el libro para buscarlo otra vez?

—No sé lo que hubiera hecho. Lo único que puedo decir es que algo me dijo que viniera, comprara el libro y echara un vistazo.

—Hizo una pausa—. También me dio una excusa para venir, quedarme en su casa por un tiempo y recordar.

Eso Malone lo entendía.

—Pero ¿por qué involucrar a Peter Hansen? ¿Por qué no, simplemente, comprar el libro usted misma?

—Todavía trabajo para el gobierno de Estados Unidos. Pensé que Hansen me proporcionaría discreción. De esa manera mi nombre no aparecería por ninguna parte. Desde luego, no tenía ni idea de que estuviera implicado en todo esto.

Malone consideró lo que ella acababa de decir.

—De modo que Lars estaba siguiendo las huellas de Saunière, del mismo modo que Saunière seguía las de Bigou.

Ella asintió.

—Y según parece alguien más está siguiendo esas mismas huellas.

Estudió la habitación nuevamente.

—Tendremos que examinar todo esto con cuidado para tener siquiera la esperanza de enterarnos de algo.

Algo en la puerta principal llamó su atención. Cuando entraron, una pila de cartas esparcidas por el suelo había sido barrida contra la pared, aparentemente dejadas caer a través de la ranura de la puerta. Se adelantó y levantó media docena de sobres.

Stephanie se acercó.

—Déjeme ver ésa —dijo.

Él le tendió un sobre color gris oscuro con una escritura negra.

—La nota incluida en el diario de Lars estaba en un papel de color similar y la escritura es parecida.

Buscó la página en su bolso y compararon la escritura.

—Es idéntica —dijo ella.

—Estoy seguro de que a Scoville no le importará.

Y rasgó el sobre.

De él salieron nueve hojas de papel. En una de ellas había un mensaje escrito a mano. La tinta y la escritura eran las mismas que las del mensaje recibido por Stephanie.

Ella vendrá. Sé indulgente. Has buscado durante mucho tiempo y mereces ver. Juntos, quizás sea posible. En Aviñón busca a Claridon.

Él puede indicar el camino. Pero prend garde de l'ingénieur.

Leyó otra vez la última línea: *prend garde de l'ingénieur*.

—Ten cuidado con el ingeniero. ¿Qué significa eso?

—Buena pregunta.

—¿No se hace mención en el diario de ningún ingeniero?

—Ni una palabra.

—«Sé indulgente.» Al parecer, el que le envió esto sabía que usted y Scoville no se llevaban bien.

—Es desconcertante. Yo no era consciente de que nadie supiera eso.

Malone examinó las otras ocho hojas de papel.

—Son del diario de Lars. Las páginas que faltaban. —Miró el matasellos del sobre. De Perpiñán, en la costa este. De cinco días antes—. Scoville nunca recibió esto. Llegó demasiado tarde.

—Ernest fue asesinado, Cotton. No hay ninguna duda ahora.

Malone se mostró de acuerdo, pero había algo más que le preocupaba. Se deslizó hasta una de las ventanas y cuidadosamente atisbó a través de los visillos.

—Tenemos que ir a Aviñón —dijo ella.

Malone asintió, pero mientras concentraba su mirada en la vacía calle y captaba una vislumbre de lo que sabía que estaría allí, dijo:

—Después de atender otro asunto.

XXI

De Roquefort se enfrentó a la asamblea. Raras veces los hermanos se ponían sus mejores vestiduras. La regla exigía que, en su mayor parte, vistieran «sin exceso ni ostentación». Pero un cónclave demandaba formalidad, y de cada miembro se esperaba que llevara su prenda de rango.

La visión era impresionante. Los caballeros hermanos lucían blancas capas de lana encima de cortas casacas blancas adornadas con bandas de primorosa argentería, y sus piernas estaban enfundadas en medias plateadas. Una blanca capucha les cubría la cabeza. Por su parte, la cruz roja paté de cuatro brazos iguales, ensanchados por sus extremos, adornaba todos los pechos. Un cinturón carmesí rodeaba su cintura, y donde antaño colgaba una espada, ahora sólo un fajín distinguía a los caballeros de los artesanos, granjeros, artífices, clérigos, sacerdotes y asistentes, que llevaban una vestidura similar pero en diversos tonos de verde, marrón y negro, distinguiéndose los clérigos por sus guantes blancos.

Una vez reunido el consistorio, la regla exigía que el mariscal presidiera los debates. Era una forma de compensar la influencia de cualquier senescal, que, como segundo en el mando, podía dominar fácilmente a la asamblea.

—Hermanos míos —gritó De Roquefort.

La sala se quedó en silencio.

—Ésta es la hora de nuestra renovación. Debemos elegir a un maestre. Pero antes de empezar, pidamos al Señor su Guía en las horas que nos aguardan.

Bajo el brillo de los candelabros de bronce, De Roquefort observó cómo 488 hermanos inclinaban la cabeza. La llamada se había efectuado inmediatamente después del alba, y la mayor parte de aquellos que servían fuera de la abadía había realizado el viaje hasta la casa. Se habían reunido en la sala superior del *palais,* una enorme ciudadela redonda que databa del siglo XVI, construida con una altura de treinta metros, veintitantos de diámetro y muros de tres metros y medio de espesor. Antaño había servido como la última línea de defensa en caso de ataque, pero había evolucionado hasta convertirse en un elaborado centro ceremonial. Las troneras para disparar las flechas estaban ahora tapadas con vitrales, y el estuco amarillo aparecía cubierto de imágenes de san Martín, Carlomagno y la Virgen María. La sala circular, con dos galerías superpuestas provistas de baranda, podía fácilmente albergar a los casi quinientos hombres y gozaba de una acústica casi perfecta.

De Roquefort levantó la cabeza y estableció contacto visual con los otros cuatro dignatarios. El comandante, que era a la vez oficial de intendencia y tesorero, era un amigo. De Roquefort se había pasado años cultivando la relación con aquel hombre tan distante y confiaba en que todos aquellos esfuerzos pronto darían su fruto. El pañero, que se encargaba de todo lo referente a ropas y vestidos, estaba claramente dispuesto a apoyar la causa del mariscal. El capellán, sin embargo, que supervisaba todos los aspectos espirituales, era un problema. De Roquefort nunca había podido asegurar nada por parte del veneciano, aparte de vagas generalizaciones sobre lo obvio. Luego estaba el senescal, que se encontraba de pie portando el *Beauseant,* la reverenciada bandera negra y blanca de la orden. Tenía un aspecto confortable en su blanca túnica y esclavina, con la bordada insignia en su hombro izquierdo que indicaba su elevado rango. Esa visión le revolvió el estómago a De Roquefort. Aquel hombre no tenía derecho a llevar aquellas preciosas prendas.

—Hermanos, está reunido el consistorio. Es hora de designar el cónclave.

El procedimiento era engañosamente sencillo. Se elegía un

nombre de un cuenco que contenía los nombres de todos los hermanos. Entonces ese hombre paseaba su mirada entre los reunidos y elegía libremente a otro. Vuelta al cuenco para el siguiente nombre, y luego otra selección abierta, y ese modelo al azar continuaba hasta que eran diez los designados. El sistema mezclaba un elemento de suerte emparejada con otra de implicación personal, disminuyendo en gran manera cualquier oportunidad de prejuicio organizado. De Roquefort, como mariscal, y el senescal eran automáticamente incluidos constituyendo un total de doce. Se necesitaba un voto de los dos tercios para efectuar la elección.

De Roquefort observaba cómo se estaba efectuando la selección. Cuando terminó, cuatro caballeros, un sacerdote, un oficinista, un granjero, dos artesanos y un jornalero habían sido elegidos. Muchos eran seguidores suyos. No obstante el maldito azar había permitido que estuvieran incluidos algunos cuya lealtad era, en el mejor de los casos, cuestionable.

Los diez hombres dieron un paso adelante y se desplegaron en semicírculo.

—Tenemos un cónclave —declaró De Roquefort—. El consistorio ha terminado. Empecemos.

Todos los hermanos se echaron hacia atrás sus capuchas, señalando así que el debate podía ahora empezar. El cónclave no era un asunto secreto. Por el contrario, la designación, la discusión y el voto tendrían lugar ante toda la hermandad. Pero la regla exigía que no se emitiera ningún sonido por parte de los asistentes.

De Roquefort y el senescal ocuparon su lugar con los demás. De Roquefort ya no era el presidente... En el cónclave todos los hermanos eran iguales. Uno de los doce, un caballero mayor de espesa barba gris, dijo:

—Nuestro mariscal, un hombre que ha guardado esta orden durante muchos años, debería ser nuestro próximo maestre. Lo presento como candidato.

Otros dos dieron su consentimiento. Con los tres requeridos, la designación fue aceptada.

Otro de los doce, uno de los artesanos, un armero, dio un paso adelante.

—No estoy de acuerdo con lo que se le ha hecho al maestre.

Era un buen hombre que amaba a esta orden. No debería haber sido objetado. Propongo al senescal como candidato.

Otros dos mostraron su asentimiento.

De Roquefort permaneció rígido. Se habían trazado las líneas de la batalla.

Que empiece la guerra.

✠

La discusión estaba entrando en su segunda hora. La regla no establecía límite temporal al cónclave, pero exigía que todos los asistentes debían permanecer de pie, siendo la idea de que la duración de los debates podía muy bien depender de la resistencia de los participantes. No se había pedido aún ninguna votación. Cualquiera de los doce tenía el derecho, pero nadie quería perder un recuento —eso sería un signo de debilidad—, de manera que se pedían las votaciones sólo cuando parecían asegurados los dos tercios.

—No estoy impresionado por lo que usted planea —le dijo uno de los miembros del cónclave, el sacerdote, al senescal.

—Yo no era consciente de tener ningún plan.

—Continuará usted con las costumbres del maestre. Las costumbres del pasado. ¿Es cierto o no?

—Permaneceré fiel a mi juramento, como debería hacer usted, hermano.

—Mi juramento no dice nada sobre la debilidad —repuso el sacerdote—. No hace falta que yo sea complaciente con un mundo que languidece en la ignorancia.

—Hemos conservado nuestro conocimiento durante siglos. ¿Por qué tendríamos que cambiar?

Otro miembro del cónclave dio un paso adelante.

—Estoy cansado de la hipocresía. Me pone enfermo. Casi nos hemos extinguido debido a la codicia y la ignorancia. Ya es hora de que devolvamos el favor.

—¿Con qué fin? —preguntó el senescal—. ¿Qué se ganaría?

—Justicia —gritó otro caballero, y varios miembros más del cónclave mostraron su acuerdo.

De Roquefort decidió que ya era hora de intervenir.

—El Evangelio dice: «Que el que busca no deje de buscar hasta hallar. Cuando uno encuentra, quedará desconcertado. Cuando uno es desconcertado, quedará asombrado y reinará sobre todo.»

El senescal se enfrentó a él.

—Santo Tomás también dice: «Si vuestros guías dicen: "Mirad, el reino está en los cielos", entonces los pájaros del cielo llegarán allí antes que vosotros. Si os dicen "está en el mar", entonces los peces llegarán antes que vosotros.»

—Nunca llegaremos a ninguna parte si seguimos el curso actual —dijo De Roquefort.

Las cabezas subieron y bajaron en un ademán de acuerdo, pero no eran las suficientes para pedir una votación.

El senescal vaciló un momento, y luego dijo:

—Yo le pregunto, mariscal. ¿Cuáles son *sus* planes si gana la elección? ¿Puede usted decírnoslos? ¿O hace usted como Jesús, revelando sus misterios sólo a los que los merecen, sin dejar nunca que su mano derecha sepa lo que está haciendo la izquierda?

El mariscal agradeció la oportunidad de contarle a la hermandad lo que imaginaba.

—Jesús también dijo: «No hay nada oculto que no sea revelado.»

—Entonces, ¿qué queréis que hagamos?

La mirada del mariscal se paseó por toda la sala, desde el suelo hasta la galería. Aquél era el momento.

—Recordar, volver al Inicio. Cuando miles de hermanos hicieron el juramento. Aquellos hombres valientes que conquistaron Tierra Santa. En las Crónicas, se cuenta la leyenda de una guarnición que perdió la batalla ante los sarracenos. Después del combate, a doscientos de aquellos caballeros se les ofreció conservar la vida si renunciaban a Cristo y se unían al Islam. Todos y cada uno eligieron arrodillarse ante los musulmanes y perder la cabeza. Ésa es nuestra herencia. Las Cruzadas fueron *nuestra* cruzada.

Vaciló un momento, buscando el efecto.

—Lo cual hace que el viernes, 13 de octubre de 1307 (un día tan infame, tan despreciable, que la civilización occidental continúa identificándolo con la mala suerte), sea tan difícil de aceptar. Miles de nuestros hermanos fueron injustamente arrestados. Un día eran los Pobres Compañeros Soldados de Cristo y el Templo de

Salomón, el epítome de todo lo bueno, deseando morir por su Iglesia, su papa, su Dios. Al día siguiente fueron acusados de herejía. ¿Y con qué cargos? Que escupían sobre la Cruz, intercambiaban besos obscenos, celebraban reuniones secretas, adoraban a un gato, practicaban la sodomía y veneraban a una especie de cabeza de macho cabrío. —Hizo una pausa—. Ni una palabra de verdad en todo ello; no obstante, nuestros hermanos fueron torturados y muchos sucumbieron, confesando falsedades. Ciento veinte de ellos fueron quemados en la hoguera.

Hizo otra pausa.

—Nuestro legado es un legado de vergüenza, y somos recordados en la historia sólo con desconfianza.

—¿Y qué le dirá usted al mundo? —preguntó el senescal en un tono tranquilo.

—La verdad.

—¿Por qué iban a creerle?

—No tendrán otra elección —dijo el mariscal.

—¿Y eso por qué?

—Tendré la prueba.

—¿Ha localizado usted nuestro Gran Legado?

El senescal estaba haciendo presión sobre su único punto débil, pero el otro no podía demostrar ninguna debilidad.

—Está a mi alcance.

Se oyeron jadeos desde la galería.

El semblante del senescal permaneció impasible.

—Está usted diciendo que ha encontrado nuestros archivos perdidos durante siete siglos. ¿Ha encontrado también nuestro tesoro, que se hurtó a Felipe el Hermoso?

—Eso también está a mi alcance.

—Atrevidas palabras, mariscal.

Éste recorrió a los hermanos con la mirada.

—He estado buscando durante una década. Las pistas son difíciles, pero pronto poseeré una prueba que el mundo no podrá negar. El que algunas mentes cambien de idea carece de importancia. Más bien, la victoria se consigue demostrando que nuestros hermanos no fueron herejes. Al contrario, cada uno de ellos fue un santo.

Brotaron aplausos de la multitud. De Roquefort captó el

momento.

—La Iglesia romana nos disolvió, declaró que éramos idólatras, pero es la propia Iglesia la que venera sus ídolos con gran pompa. —Hizo una pausa, y luego con voz grave añadió—: Recuperaré el sudario.

Más aplausos. Más fuertes. Sostenidos. Una violación de la regla, pero nadie parecía preocuparse.

—La Iglesia no tiene derecho a *nuestro* sudario —gritó De Roquefort por encima de los aplausos—. Nuestro maestre, Jacques de Molay, fue torturado, tratado brutalmente y luego quemado en la hoguera. ¿Y cuál era su crimen? Ser un leal servidor de su Dios y del papa. Su legado no es el legado de ellos. Es *nuestro* Legado. Poseemos los medios de realizar este objetivo. Así que lo conseguiremos, bajo mi mandato.

El senescal tendió el *Beauseant* al hombre que estaba a su lado, y se adelantó hacia De Roquefort, esperando que los aplausos se apagaran.

—¿Y qué pasa con aquellos que no piensan como usted?

—«El que busca encontrará, al que llama se le dejará entrar.»

—¿Y para aquellos que decidan no hacerlo?

—El Evangelio es claro al respecto también: «Ay de aquellos sobre los que actúa el demonio malvado.»

—Es usted un hombre peligroso.

—No, senescal, usted es el peligro. Llegó a nosotros tarde y con un corazón débil. No tiene usted ni idea de nuestras necesidades; sólo de lo que usted y su maestre creían que eran nuestras necesidades. Yo he entregado mi vida a esta orden. Nadie excepto usted ha objetado nunca mi capacidad. Siempre me he adherido al ideal de que antes me rompería que me doblegaría. —Se apartó de su oponente y se dirigió al cónclave—. Ya es suficiente. Pido una votación.

La regla dictaba que la discusión había terminado.

—Yo seré el primero en votar —dijo De Roquefort—. Por mí mismo. Todos aquellos que estén de acuerdo, que lo digan.

Observó que los otros diez hombres consideraban su decisión. Éstos habían permanecido escuchando con una intensidad que indicaba simpatía. Los ojos de De Roquefort bombardearon al grupo y apuntaron a los pocos que eran absolutamente leales.

Empezaron a levantarse manos.

Una. Tres. Cuatro. Seis.

—Siete.

Tenía ya los dos tercios, pero quería más, así que esperó antes de declarar la victoria. Los diez votaron por él.

La sala prorrumpió en vítores.

En los tiempos antiguos, hubiera sido levantado en volandas y transportado a la capilla, donde se hubiera dicho una misa en su honor. Más tarde, tendría lugar una celebración, una de las raras ocasiones en que la orden se permitía la diversión. Pero eso ya no sucedía. En vez de ello, los hombres empezaron a entonar su nombre, y los hermanos, que por lo demás existían en un mundo desprovisto de emociones, mostraron su aprobación aplaudiendo. El aplauso se convirtió en *Beauseant*... y la palabra reverberó a través de toda la sala.

«Sé glorioso.»

A medida que el cántico continuaba, De Roquefort miró al senescal, el cual seguía de pie a su lado. Sus ojos se encontraron, y, a través de su mirada, le hizo saber al sucesor elegido por el maestre que no sólo había perdido la batalla, sino que el perdedor se encontraba ahora en peligro mortal.

XXII

Stephanie se paseó por la casa de su difunto marido.

Era la típica construcción de la región. Firme suelo de madera, vigas en el techo, chimenea de piedra, sencillos muebles de pino. No demasiado espacio, pero sí el suficiente, con dos dormitorios, un estudio, un baño, una cocina y un taller. A Lars le había encantado tornear la madera, y ya ella había observado que sus tornos, cinceles, formones y gubias seguían allí, cada herramienta colgada de una tabla con clavijas recubierta de una fina costra de polvo. Y Lars tenía talento con el torno. Ella seguía poseyendo cuencos, cajas y candelabros tallados por él a partir de la madera de árboles de la zona.

Durante su matrimonio, Stephanie le había visitado sólo unas pocas veces. Ella y Mark vivían en Washington, y luego en Atlanta. Lars lo hacía principalmente en Europa, la última década, aquí, en Rennes. Ninguno de los dos violaba nunca el espacio del otro sin pedir antes permiso. Aunque quizás no estaban de acuerdo en la mayoría de las cosas, siempre se mostraron educados. Tal vez demasiado, había pensado ella algunas veces.

Stephanie siempre creyó que Lars había comprado la casa con los beneficios obtenidos de su primer libro, pero ahora sabía que Henrik Thorvaldsen le había ayudado en la compra. Lo que era muy propio de Lars. Éste no tenía muy en cuenta el dinero, gastándose todo lo que ganaba en sus viajes y en sus obsesiones, dejándole a ella la tarea de asegurar que se pagaran las facturas familiares. No hacía mucho tiempo que Stephanie había terminado de pagar un préstamo dedicado a financiar la universidad y el curso de posgrado de Mark. Su hijo había ofrecido varias veces hacerse cargo de la deuda, especialmente desde que estaban separados, pero ella siempre se había negado. La tarea de un padre era educar a sus hijos, y ella se tomaba su trabajo en serio. Quizás demasiado, había llegado a pensar.

Ella y Lars no habían cruzado una sola palabra durante los meses previos a su muerte. Su último encuentro había sido desagradable, otra discusión sobre el dinero, la responsabilidad, la familia. El intento de Stephanie de defenderle el día anterior ante Henrik Thorvaldsen había sonado vacío, pero ella nunca se había dado cuenta de que alguien conocía la verdad sobre su separación marital. Al parecer, pensó Stephanie, Thorvaldsen la conocía. Quizás él y Lars habían sido íntimos. Desgraciadamente nunca lo sabría. Eso es lo que pasa con el suicidio... Terminar el sufrimiento de una persona no hace más que prolongar la agonía de los que deja atrás. Ella deseaba tanto liberarse de la sensación de náusea que tenía en la boca del estómago. «El dolor del fracaso», lo había llamado un escritor en cierta ocasión. Y ella estaba de acuerdo.

Stephanie terminó su paseo y entró en el estudio. Se sentó frente a Malone, que llevaba leyendo el diario de Lars desde la cena.

—Su marido era un investigador meticuloso —dijo.

—Gran parte de esa investigación es reservada... como el propio investigador.

Malone pareció captar su frustración.

—¿Quiere decirme por qué se siente responsable de su suicidio?

Ella decidió permitirle su intrusión. Necesitaba hablar de ello.

—No me siento responsable. Sólo me siento parte de él. Los dos éramos orgullosos. Y tozudos también. Yo estaba en el departamento de Justicia, Mark había crecido, y se hablaba de concederme mi propia división; así que me concentré en lo que creía más importante. Lars hizo lo mismo. Por desgracia, ninguno de los dos valoraba al otro.

—Eso es fácil de ver ahora, años más tarde. Imposible saberlo entonces.

—Pero ése es el problema, Cotton. Yo estoy aquí. Él, no. —Se sentía incómoda hablando de sí misma, pero las cosas hay que decirlas—. Lars era un escritor talentoso y un buen investigador. ¿Y todo aquello que le conté sobre Saunière y su viuda? ¿Cuán interesante es, no? Si le hubiera prestado un poco de atención mientras estaba vivo, quizás aún estaría aquí. —Vaciló—. Era un hombre muy tranquilo. Nunca levantaba la voz. Nunca decía una palabra. El silencio era su arma. Podía pasarse semanas sin decir una palabra. Eso me enfurecía.

—Bueno, eso lo comprendo —dijo Malone.

Y añadió una sonrisa.

—Lo sé. Y yo tengo un temperamento vivo. Lars nunca supo tratar con él tampoco. Finalmente él y yo decidimos que lo mejor para ambos era que él siguiera su vida y yo la mía. Ninguno de los dos quería el divorcio.

—Lo cual dice mucho sobre lo que él pensaba de usted. En el fondo.

—Nunca vi eso. Todo lo que vi es que Mark estaba en medio. Se sentía atraído hacia Lars. Yo lo paso mal con las emociones. Lars no era así. Y Mark poseía la curiosidad religiosa de su padre. Eran muy parecidos. Mi hijo eligió a su padre antes que a mí, pero yo forcé esa elección. Thorvaldsen tenía razón. Para ser alguien tan cuidadoso en el trabajo, era una inepta manejando mi propia vida. Antes de que se matara Mark, yo llevaba tres años sin hablar con él. —El dolor de esa realidad sacudió su alma—. ¿Puede usted imaginarlo, Cotton? Mi hijo y yo estuvimos tres años sin dirigirnos la palabra.

—¿Qué produjo la separación?

—Él se puso del lado de su padre, así que yo seguí mi camino y ellos siguieron el suyo. Mark vivía aquí, en Francia. Yo estaba en Estados Unidos. Al cabo de un tiempo se fue haciendo más fácil ignorarle. No deje que eso les pase a usted y a Gary. Haga lo que tenga que hacer, pero no deje que eso suceda.

—Sólo me trasladé a seis mil kilómetros de distancia.

—Pero su hijo le adora. Esos kilómetros no significan mucho.

—Me he preguntado un montón de veces si hice lo correcto.

—Tiene usted que vivir su vida, Cotton. A su manera. Su hijo parece que respeta eso, aunque es joven. El mío era mucho mayor y fue mucho más duro conmigo.

Malone consultó su reloj.

—El sol se ha puesto hace veinte minutos. Casi es la hora.

—¿Cuándo se dio usted cuenta por primera vez de que nos seguían?

—Poco después de nuestra llegada. Dos hombres. Ambos parecidos a los de la catedral. Nos siguieron hasta el cementerio, y luego por la villa. Están fuera ahora.

—¿No hay peligro de que entren?

Malone movió negativamente la cabeza.

—Están aquí para vigilar.

—Ahora comprendo por qué se marchó usted del Billet. La ansiedad. Es duro. Nunca puedes bajar la guardia. Tenía usted razón en Copenhague. No soy una agente de campo.

—El problema para mí empezó cuando comenzó a gustarme el jaleo. Eso es lo que hace que te maten.

—Todos vivimos una existencia relativamente segura. Pero tener a gente que sigue cada uno de tus movimientos, que trata de matarte... Puedo ver cómo eso te consume. Finalmente, tuvo usted que escapar.

—La preparación ayuda. Uno aprende a vivir en la inseguridad. Pero usted nunca recibió preparación. —Malone sonrió—. Sólo estaba al mando.

—Espero que sepa usted que nunca traté de implicarlo.

—Ya dejó este punto bastante claro.

—Pero me alegro de que esté usted aquí.

—No me lo hubiera perdido por nada del mundo.

Ella sonrió.

—Fue usted el mejor agente que he tenido nunca.

—Sólo fui el más afortunado. Y tuve el suficiente sentido común para decidir cuándo irme.

—Peter Hansen y Ernest Scoville fueron asesinados los dos. —Stephanie hizo una pausa y finalmente expresó lo que había llegado a creer—. Quizás Lars también. El hombre de la catedral quería que yo lo supiera. Era su forma de enviarme un mensaje.

—Aquí hay un gran salto en la lógica.

—Lo sé. No hay ninguna prueba. Pero lo intuyo, y, aunque

quizás no soy agente de campo, he llegado a confiar en mis intuiciones. Sin embargo, tal como yo solía decirle a usted, nada de conclusiones basadas en suposiciones. Vayamos a los hechos. Todo este asunto es extraño.

—No me diga. Caballeros templarios. Secretos en lápidas mortuorias. Sacerdotes que encuentran tesoros perdidos.

Ella lanzó una mirada a la foto de Mark que descansaba en la mesita auxiliar, tomada unos meses antes de que él muriera. Lars aparecía por todas partes en la vibrante cara del joven. La misma barbilla, ojos brillantes y piel atezada. ¿Por qué había dejado ella que las cosas fueran tan mal?

—Es extraño que eso esté aquí —dijo Malone, viendo su interés.

—La vi aquí la última vez que vine. Hace cinco años. Poco después de la avalancha

Le resultaba difícil creer que su único hijo llevara muerto cinco años. Los hijos no deberían morir pensando que sus padres no los quieren. A diferencia de su separado marido, que poseía una tumba, Mark yacía enterrado bajo toneladas de nieve pirenaica a unos cincuenta kilómetros al sur.

—Tengo que terminar esto —le murmuró ella a la foto, la voz quebrada.

—No estoy seguro de qué es *esto*.

Tampoco lo estaba ella.

Malone hizo un gesto con el diario.

—Al menos sabemos dónde encontrar a Claridon en Aviñón, tal como indicaba la carta dirigida a Ernest Scoville. Se trata de Royce Claridon. Hay una anotación y una dirección en el diario. Lars y él eran amigos.

—Me estaba preguntando cuándo lo descubriría usted.

—¿Me he perdido algo más?

—Es difícil decir lo que es importante. Hay muchas cosas ahí.

—Tiene usted que dejar de mentirme.

Ella había estado esperando la reprimenda.

—Lo sé.

—No puedo ayudar si usted oculta algo.

Ella comprendió.

—¿Qué hay sobre las páginas que faltaban, enviadas a Scoville?

¿Hay algo ahí?

—Ya me dirá usted.

Y le tendió a Stephanie las ocho páginas.

Ella decidió que pensar un poco apartaría de su mente a Lars y a Mark, de modo que examinó los párrafos escritos a mano. La mayor parte carecía de sentido, pero había pasajes que le desgarraban el corazón.

... Saunière evidentemente cuidaba de su amante. Ella vino a él cuando su familia se trasladó a Rennes. Su padre y su hermano eran habilidosos artesanos y su madre se encargaba del mantenimiento de la casa parroquial. Esto era en 1892, un año después de que muchas cosas fueran encontradas por Saunière. Cuando la familia de la mujer se marchó de Rennes para trabajar en una fábrica cercana, ella se quedó con Saunière y permaneció con él hasta su muerte, dos decenios más tarde. En algún momento, Saunière puso a nombre de ella todo lo que había adquirido, lo cual demuestra la indudable confianza que tenía en la mujer. Ella estaba enteramente dedicada a él, y mantuvo sus secretos durante treinta y seis años después de su muerte. Envidio a Saunière. Era un hombre que conocía el incondicional amor de una mujer y correspondía a ese amor con una confianza y respeto incondicionales. Era, al decir de todos, un hombre difícil de agradar, un hombre empujado a realizar algo por lo que la gente pudiera recordarlo. Su llamativa creación en la Iglesia de María Magdalena parece su legado. No hay ningún registro de que su amante expresara una sola vez oposición alguna a lo que él estaba haciendo. Todo el mundo dice que ella era una mujer devota que apoyaba a su benefactor en todo lo que éste hacía. Probablemente hubo algunos desacuerdos, pero, al final, permaneció junto a Saunière hasta que éste murió, y luego, durante cuatro décadas más. La devoción tiene mucho valor. Un hombre puede realizar grandes cosas cuando la mujer que ama lo apoya, incluso aunque piense que lo que él hace es una insensatez. Seguramente, la amante de Saunière debió de mover desaprobadoramente la cabeza más de una vez ante lo absurdo de sus creaciones. Tanto la Villa Betania como la Torre Magdala eran ridículas para su época. Pero ella nunca derramó una gota de agua sobre el fuego. Cogió de él lo

suficiente para dejarle ser lo que necesitaba ser, y el resultado está siendo contemplado hoy por los miles de personas que vienen a Rennes cada año. Ése es el legado de Saunière. El de ella es que el suyo siga existiendo.

—¿Por qué me ha dado esto a leer? —le dijo ella a Malone cuando terminó.

—Tenía usted que hacerlo.

¿De dónde habían salido todos estos fantasmas? Rennes-le-Château tal vez no escondía ningún tesoro, pero sin duda albergada demonios que trataban de atormentarla.

—Cuando recibí este diario por correo y lo leí, me di cuenta de que no había sido justa con Lars y Mark. Ellos creían en lo que buscaban, del mismo modo que yo creo en mi trabajo. Mark diría que yo siempre me mostraba negativa. —Hizo una pausa, esperando que los espíritus estuvieran escuchando—. Cuando volví a ver ese diario, supe que había estado equivocada. Fuera lo que fuese lo que Lars buscaba, era importante para él. Ése es realmente el motivo por el que vine, Cotton. Se lo debo a los dos. —Stephanie miró a Malone con ojos cansados—. Sabe Dios que se lo debía. Nunca comprendí que las apuestas fueran tan altas.

Malone consultó nuevamente su reloj, luego miró hacia las oscurecidas ventanas.

—Ya es hora de averiguar lo altas que son. ¿Va a estar usted bien aquí?

Ella reunió fuerzas y asintió.

—Yo me ocuparé del mío. Usted encárguese del otro.

XXIII

Malone salió de la casa por la puerta principal, sin intentar ocultar su marcha. Los dos hombres que había descubierto anteriormente se encontraban apostados en el otro extremo de la calle, a la vuelta de una esquina, cerca de la muralla de la ciudad, desde donde podían ver la residencia de Lars Nelle. Su problema era que, para seguirlo, tendrían que atravesar la misma calle desierta. Aficionados. Unos profesionales se habrían dividido. Uno en cada extremo, listo para moverse en cualquier dirección. Al igual que en Roskilde, esta conclusión alivió su aprensión. Pero seguía nervioso, sus sentidos alerta, preguntándose quién sentía tanto interés por lo que estaba haciendo Stephanie.

¿Podía realmente tratarse de los caballeros templarios de hoy en día?

Allá en la casa, las lamentaciones de Stephanie le habían hecho pensar en Gary. La muerte de un hijo parecía inexpresable. No podía imaginar la pena de la mujer. Quizás después de su retiro debería haberse quedado en Georgia, pero Gary no quería ni oír hablar de eso. «No te preocupes por mí —le había dicho su hijo— . Iré a verte.» Catorce años sólo, y el chico ya era bastante maduro. Sin embargo, la decisión le atormentaba, especialmente ahora que, una vez más, estaba arriesgando el cuello por la causa de otra persona. Su propio padre, sin embargo, había sido como él... murió cuando él tenía diez años, y recordaba el sufrimiento de su madre al saber la noticia. En el funeral se había negado incluso a aceptar la bandera doblada que le ofrecía la guardia de honor. Pero él la había recogido, y, desde entonces, aquel bulto rojo, blanco y azul había permanecido con él. Sin ninguna tumba que visitar, la bandera era su único recuerdo físico del hombre que apenas conocía.

Malone llegó al final de la calle. No le hacía falta mirar atrás para saber que uno de los hombres le estaba siguiendo, mientras el otro se había quedado con Stephanie en la casa.

Giró a la izquierda y se dirigió al dominio de Saunière.

Rennes evidentemente no tenía vida nocturna. Puertas y ventanas cerradas a cal y canto marcaban el camino. El restaurante, la librería y los quioscos estaban todos cerrados. La oscuridad sumergía el callejón en profundas sombras. El viento susurraba más allá de las murallas como un alma en pena. La escena era como sacada de Dumas, como si la vida allí hablara sólo en murmullos.

Desfiló pendiente arriba, hacia la iglesia. La Villa Betania y la casa parroquial estaban bien cerradas, y la arboleda más allá recibía sólo la luz de una media luna tapada de vez en cuando por las nubes que corrían velozmente por encima de sus cabezas.

La puerta del cementerio seguía abierta, tal como Stephanie dijo que estaría. Se dirigió hacia ella, consciente de que su séquito le seguiría. Una vez dentro, se aprovechó de la creciente oscuridad para deslizarse detrás de un enorme olmo. Miró atrás y vio que su perseguidor entraba en el cementerio, acelerando el paso. Cuando el hombre pasaba junto al árbol, Malone se abalanzó sobre él y le descargó un puñetazo en el abdomen. Sintió alivio al no encontrar ningún chaleco protector. Lanzó otro golpe contra la mandíbula, haciendo caer al suelo a su perseguidor, y luego lo levantó de un tirón.

El hombre más joven era bajo, musculoso, iba bien afeitado y llevaba el cabello muy corto. Estaba aturdido mientras Malone palpaba sus ropas. Halló el bulto de un arma. Metió la mano bajo la chaqueta del hombre y sacó una pistola. Una Beretta Bobcat. Hecha en Italia. Una pequeña semiautomática, concebida como un apoyo de último recurso. En el pasado, él mismo había llevado una. Aplicó el cañón al cuello del hombre y apretó a su oponente con firmeza contra un árbol.

—El nombre de tu jefe, por favor.

Ninguna respuesta.

—¿Hablas inglés?

El hombre movió negativamente la cabeza, mientras continuaba aspirando aire y tratando de orientarse.

—Dado que, al parecer, no me entiendes, ¿comprendes esto? —dijo Malone y amartilló el arma.

Una repentina rigidez indicó que el joven comprendía el mensaje.

—Tu jefe.

Se oyó un tiro y una bala golpeó con un ruido sordo en el tronco del árbol, justo encima de sus cabezas. Malone se volvió, descubriendo a una silueta a treinta metros de distancia, encaramada allí donde el belvedere se encontraba con la pared del cementerio. Tenía un fusil en sus manos.

Sonó otro disparo y una bala rebotó en el suelo, a pocos centímetros de sus pies. Malone soltó su presa y su perseguidor original se escapó del recinto parroquial.

Pero ahora estaba más preocupado por el tirador.

Vio que la figura abandonaba la terraza, desapareciendo otra vez en el belvedere. Una nueva energía recorrió su cuerpo. Pistola en mano, salió del cementerio y corrió hacia un estrecho pasaje que corría entre la Villa Betania y la iglesia. Recordaba el trazado de antes. La arboleda se encontraba más allá, rodeada por un elevado mirador que giraba en forma de U hacia la Torre Magdala.

Se precipitó entre los árboles y vio la figura que corría por el belvedere. La única manera de subir a él era una escalera de piedra. Corrió hacia ella y subió por los escalones de tres en tres. Una vez arriba el tenue aire azotó sus pulmones y el fuerte viento le atacó sin oposición alguna, molestándole y obligándole a ir más despacio.

Observó que su atacante se encaminaba directamente hacia la Torre Magdala. Pensó en dispararle, pero una repentina ráfaga de viento le golpeó, como si quisiera advertirle en contra. Se preguntó adónde se dirigía su atacante. No había ninguna otra escalera para bajar, y la Torre Magdala seguramente estaba cerrada por la noche. A su izquierda se extendía una barandilla de hierro forjado, más allá de la cual había árboles y una caída de tres metros al jardín. A su derecha, después de una pared baja, la caída era de cuatrocientos cincuenta metros. En algún momento, iba a enfrentarse cara a cara con quienquiera que fuese su atacante.

Rodeó la terraza, cruzó un invernadero de estructura de hierro y vio que la forma entraba en la Torre Magdala.

Se detuvo.

Eso no se lo esperaba.

Recordó lo que Stephanie le había dicho sobre la distribución del edificio. De unos cinco por cinco metros, con una torreta redonda que albergaba una escalera de caracol que conducía a un tejado almenado. Saunière había situado antaño en su interior su biblioteca privada.

Decidió que no tenía elección. Corrió hacia la puerta, vio que estaba entreabierta y se situó a un lado. Soltó un puntapié contra la pesada plancha de madera hacia dentro y aguardó un disparo.

No ocurrió nada.

Se arriesgó a echar una mirada y vio que la habitación estaba vacía. Dos de las paredes estaban llenas de ventanas. Ningún mueble. Nada de libros. Sólo desnudas cajas de madera y dos bancos tapizados. Una chimenea de ladrillo ocupaba un oscuro rincón. Entonces se le hizo la luz.

El tejado.

Se acercó a la escalera de piedra. Los peldaños eran bajos y estrechos. Subió por la espiral en el sentido de las agujas del reloj hasta una puerta de acero, y la probó. Ningún movimiento. Empujó con más fuerza. El portón estaba cerrado por fuera.

La puerta de abajo se cerró de golpe.

Malone descendió por la escalera y descubrió que la única otra salida estaba ahora también cerrada desde el exterior. Se acercó a un par de ventanas de cristal fijo que daban a la arboleda y vio que la negra forma saltaba desde la terraza, se agarraba a una gruesa rama y luego se dejaba caer al suelo con sorprendente agilidad. La figura corrió a través de los árboles hacia el aparcamiento, situado a unos veinticinco metros, el mismo en el que él había dejado el Peugeot a primera hora.

Retrocedió y disparó tres balas contra el lado izquierdo de las dobles ventanas. Los cristales emplomados se agrietaron y luego reventaron. Se lanzó adelante y utilizó el arma para limpiar los fragmentos. Subió de un salto al banco situado bajo el alféizar y se deslizó a través de la abertura. La altura hasta el suelo era sólo de un metro ochenta. Así pues, saltó y luego corrió hacia el aparcamiento.

Al abandonar el jardín, oyó la aceleración de un motor y vio a la forma de negro subida a una motocicleta. El conductor hizo girar con fuerza la máquina y evitó la única calle amplia que salía del aparcamiento, lanzándose con un rugido por uno de los pasajes laterales hacia las casas.

Malone decidió rápidamente utilizar lo compacto del pueblo en beneficio suyo y saltó hacia la izquierda, corriendo por un corto callejón y volviendo a la *rue* principal. Una pendiente le ayudó a ello, y pudo oír a la motocicleta acercándose por su derecha. Tendría sólo una oportunidad, de manera que levantó el arma y aminoró el paso.

Cuando el motorista salía del callejón, disparó dos veces.

Uno de los disparos falló, pero el otro dio en el cuadro haciendo saltar chispas, y luego rebotó.

La motocicleta rugió mientras salía por la puerta de la villa.

Comenzaron a encenderse luces. Los disparos de arma de fuego eran seguramente un sonido extraño allí. Se metió el arma bajo la chaqueta, se retiró por otro callejón y regresó a la casa de Lars Nelle. Podía oír voces a sus espaldas. Estaba llegando gente a investigar. Dentro de unos momentos, estaría otra vez dentro y a salvo. Dudaba de que los otros dos hombres siguieran por allí... o, si lo estaban, que constituyeran un problema.

Pero había algo que le intrigaba.

Había captado un indicio de ello mientras observaba a la forma saltando desde la terraza, y luego corriendo. Había algo en sus movimientos.

Era difícil decirlo con seguridad, pero suficiente.

Su atacante era una mujer.

XXIV

El senescal encontró a Geoffrey. Había estado buscando a su ayudante desde que el cónclave se disolviera, y finalmente se enteró de que el joven se había retirado a una de las pequeñas capillas situadas en el ala norte, más allá de la biblioteca, uno de los múltiples lugares de reposo que ofrecía la abadía.

El senescal entró en la sala iluminada sólo con velas y vio a Geoffrey yaciendo en el suelo. Los hermanos muchas veces se echaban así ante el altar de Dios. Durante le iniciación, el acto era prueba de humildad, una demostración de insignificancia frente al Cielo, y su práctica servía de recordatorio.

—Tenemos que hablar —dijo suavemente.

Su joven asociado permaneció inmóvil durante unos momentos, luego lentamente se puso de rodillas, se santiguó y se puso de pie.

—Dime exactamente lo que tú y el maestre estabais haciendo.

No estaba de humor para los comportamientos reservados, y afortunadamente Geoffrey parecía más tranquilo que antes en el Panteón de los Padres.

—El maestre quería estar seguro de que aquellos dos paquetes se enviarían por correo.

—¿Dijo por qué?

—¿Y por qué iba a hacerlo? Él era el maestre. Yo soy sólo un hermano menor.

—Al parecer él confiaba en ti lo suficiente para buscar tu ayuda.

—Dijo que usted se tomaría eso a mal.

—No soy tan quisquilloso. —Veía que el joven sabía más cosas—. Cuéntame.

—No puedo decirlo.

—¿Por qué no?

—El maestre me dio instrucciones de que respondiera a la pregunta sobre el correo. Pero no voy a decir nada más... hasta que ocurran más cosas.

—¿Qué más necesitas que ocurra? De Roquefort está al frente. Tú y yo estamos prácticamente solos. Los hermanos se están alineando con De Roquefort. ¿Qué más hace falta que ocurra?

—No me corresponde a mí decidir.

—De Roquefort no puede triunfar sin el Gran Legado. Ya viste la reacción en el cónclave. Los hermanos lo abandonarán si él no lo consigue. ¿Es eso lo que tú y el maestre estabais tramando? ¿Sabía más el maestre de lo que me dijo a mí?

Geoffrey guardó silencio, y el senescal de repente detectó una madurez en su ayudante que no había observado anteriormente.

—Me avergüenza decir que el maestre me dijo que el mariscal lo derrotaría a usted en el cónclave.

—¿Qué más dijo?

—Nada que pueda revelar en este momento.

Aquella actitud evasiva resultaba irritante.

—Nuestro maestre era brillante. Cómo tú dices, comprendió lo que iba a pasar. Al parecer previó lo suficiente para convertirte en su oráculo. Dime, ¿qué tengo que hacer?

La súplica en su voz no podía disimularse.

—Me dijo que respondiera a esa pregunta con lo que Jesús dijo: «El que no odia a su padre y a su madre como hago yo no puede ser mi discípulo.»

Las palabras procedían del Evangelio de santo Tomás. Pero ¿qué significaban en este contexto? Recordó lo otro que había escrito santo Tomás. «Aquel que no ama a su padre y a su madre como yo no puede ser mi discípulo.»

—También quería que yo le recordara que Jesús dijo: «Que el

<hr />

1. En español, en el original. (N. del t.)

que busca no deje de buscar hasta encontrar...»

—«Cuando uno encuentra, quedará desconcertado. Cuando uno es desconcertado, quedará asombrado y reinará sobre todo» —terminó él rápidamente—. ¿Todo lo que decía era una adivinanza?

Geoffrey no respondió. El joven tenía un grado muy inferior al del senescal, su camino al conocimiento estaba tan sólo empezando. Ser miembro de la orden era un firme progreso hacia el completo gnosticismo... un viaje que normalmente requeriría dos años. Geoffrey había llegado a la abadía sólo dieciocho meses antes, procedente de la casa de los jesuitas de Normandía, abandonado cuando era un niño y criado por los monjes. El maestre se había fijado en él inmediatamente, pidiendo que fuera incluido en el personal ejecutivo. El senescal se había intrigado ante esta decisión, pero el viejo simplemente le había sonreído, diciendo: «No hay ninguna diferencia con lo que hice contigo.»

Colocó una mano sobre el hombro de su ayudante.

—Para que el maestre te eligiera como uno de sus ayudantes, seguramente tenía en alta consideración tus cualidades.

Una mirada resuelta brotó de la pálida cara.

—Y no le defraudaré.

Los hermanos tomaban diferentes caminos. Algunos se inclinaban por la administración. Otros se hacían artesanos. Muchos ayudaban a la autosuficiencia de la abadía como artífices o granjeros. Algunos se dedicaban exclusivamente a la religión. Tan sólo una tercera parte aproximadamente eran seleccionados como caballeros. Geoffrey iba camino de convertirse en caballero en algún momento dentro de los próximos cinco años, dependiendo de sus progresos. Ya había servido de aprendiz y completado el requerido entrenamiento elemental. Tenía ante sí un año de Escrituras antes de que pudiera serle administrado el primer juramento de fidelidad. Sería una lástima, pensó el senescal, que pudiera perder todo lo que tanto había trabajado por conseguir

—Senescal, ¿qué pasa con el Gran Legado? ¿Puede ser hallado, como dijo el mariscal?

—Ésa es nuestra única salvación. De Roquefort no lo tiene, pero probablemente piensa que nosotros sabemos cosas. ¿Es así?

—El maestre habló de ello.

Las palabras llegaron rápidamente, como si fueran para no ser dichas.

Él esperó algo más.

—Me dijo que un hombre llamado Lars Nelle fue el que más se acercó. Dijo que el camino seguido por Nelle era el correcto —continuó Geoffrey, cuyo pálido rostro delataba nerviosismo.

Él y el maestre habían discutido muchas veces sobre el Gran Legado. Sus orígenes procedían de una época anterior a 1307, pero su ocultación después de la Purga fue una manera de privar a Felipe IV de la riqueza y el conocimiento de los templarios. En los meses anteriores al 13 de octubre, Jacques de Molay escondió todo lo que la orden más apreciaba. Desgraciadamente, no existía ningún registro de su ubicación, y la Peste Negra finalmente aniquiló a todas las almas que sabían algo del lugar. La única pista procedía de un pasaje anotado en las Crónicas del 4 de junio de 1307. «¿Cuál es el mejor sitio para esconder un guijarro?» Posteriores maestros trataron de responder a esta pregunta y buscaron, hasta considerar que el esfuerzo carecía de sentido. Pero en el siglo XIX salieron a la luz nuevas pistas... No procedentes de la orden, sino de dos curas párrocos de Rennes-le-Château, los abates Bigou y Bérenger Saunière. El senescal sabía que Lars Nelle había resucitado su asombrosa leyenda, escribiendo un libro en los años setenta que informaba al mundo sobre el diminuto pueblo francés y su supuesta mística antigua. Ahora, saber que «él fue el que más se acercó», que «el suyo era el camino correcto», parecía casi surrealista.

El senescal se disponía a hacer más preguntas cuando oyeron unos pasos. Se dio la vuelta al tiempo que cuatro hermanos caballeros, hombres a los que conocía, entraban en la capilla. De Roquefort los siguió al interior, vestido ahora con la sotana blanca del maestre.

—¿Conspirando, senescal? —preguntó De Roquefort, sus ojos rebosando satisfacción.

—Ya no. —El senescal se extrañaba ante aquella demostración de fuerza—. ¿Necesita usted un auditorio?

—Están aquí por usted. Aunque yo espero que esto pueda llevarse a cabo de una manera civilizada. Está usted bajo arresto.

—¿Y la acusación? —preguntó el senescal, sin mostrar la menor preocupación.

—Violación de su juramento.

—¿Tiene usted intención de explicarse?

—En el foro adecuado. Estos hermanos le acompañarán a sus habitaciones, donde permanecerá usted esta noche. Mañana, ya le encontraré un alojamiento más apropiado. Su sustituto necesitará, para entonces, su cámara.

—Muy amable por su parte.

—Así lo pensé. Pero alégrese. Hace mucho tiempo que su hogar debería haber sido una celda de penitente.

El senescal las conocía. Nada más que unos cubículos demasiado pequeños para estar de pie o echado. En vez de eso, el prisionero tenía que permanecer agachado, y la falta de comida o de agua aumentaban su agonía.

—¿Planeáis resucitar el uso de las celdas?

Vio que De Roquefort no apreciaba el desafío, sino que el francés se limitaba a sonreír. Raras veces aquel demonio se relajaba hasta esbozar una sonrisa.

—Mis seguidores, a diferencia de los suyos, son leales a sus juramentos. No hay necesidad de tales medidas.

—Casi pienso que se cree usted lo que dice.

—Ya ve, esa insolencia es la verdadera razón por la que me enfrenté a usted. Aquellos de nosotros entrenados en la disciplina de nuestra devoción nunca hubiéramos hablado a otro en un tono tan despectivo. Pero aquellos hombres que, como usted, preceden del mundo secular consideran apropiada la arrogancia.

—¿Y negar a nuestro maestre su debido recuerdo fue mostrar respeto?

—Ése fue el precio que pagó por *su* arrogancia.

—Fue educado como usted.

—Lo cual demuestra que nosotros también somos capaces de errar.

Se estaba cansando de De Roquefort, así que recobró el dominio de sí mismo y dijo:

—Exijo mi derecho a un tribunal.

—Lo cual tendrá usted. Mientras tanto, será confinado.

De Roquefort hizo un gesto. Los cuatro hombres se adelantaron, y, aunque estaba asustado, el senescal decidió salir con dignidad.

Abandonó la capilla, rodeado por sus guardianes, pero en la

puerta vaciló un momento y miró atrás, captando una vislumbre final de Geoffrey. El joven había permanecido en silencio mientras él y De Roquefort discutían. El nuevo maestre, como era característico, no prestaba atención a alguien tan joven. Transcurrirían muchos años antes de que Geoffrey pudiera plantear ninguna amenaza. No obstante, el senescal se intrigó.

No había ni una pizca de miedo, vergüenza o aprensión que nublara el rostro de Geoffrey.

Al contrario, su expresión era de intensa resolución.

XXV

Malone introdujo con dificultad su larguirucho cuerpo en el Peugeot. Stephanie se encontraba ya dentro del coche.

—¿Ha visto a alguien? —preguntó ella.

—Nuestros dos amigos de anoche han vuelto. Son unos pesados.

—¿Ningún signo de la chica de la motocicleta?

Él le habló a Stephanie de sus sospechas.

—No esperaría eso.

—¿Dónde están los dos *amigos*?[1]

—En un Renault rojo carmesí en el otro extremo, más allá de la torre de las aguas. No vuelva la cabeza. No les alertemos.

Ajustó el espejo retrovisor exterior para poder ver el Renault. Ya algunos autocares turísticos y una docena más o menos de coches llenaban al arenoso aparcamiento. El cielo claro del día anterior había desaparecido, y aparecía ahora otro cubierto de tempestuosas nubes de un gris como metálico. La lluvia estaba en camino, y pronto descargaría. Se dirigían a Aviñón, a unos ciento cincuenta kilómetros de distancia, para encontrar a Royce Claridon. Malone había ya consultado el mapa y decidido la mejor ruta para despistar a cualquier posible perseguidor.

Arrancó el coche y circularon lentamente hasta salir del pueblo. Una vez más allá de las puertas de la villa, y ya en el serpenteante sendero que bajaba desde la cima, observó que el Renault se mantenía a una discreta distancia.

—¿Cómo piensa usted perderles?

Él sonrió.

—A la antigua usanza.

—Siempre planeando por anticipado, ¿verdad?

—Alguien para quien trabajé antaño me lo enseñó.

Encontraron la carretera D118 y se dirigieron al norte. El mapa indicaba una distancia de treinta y dos kilómetros hasta la A61, la autopista de peaje que salía justo al sur de Carcasona y conducía al nordeste, a Aviñón. Unos diez kilómetros más adelante, en Limoux, la carretera se bifurcaba, una de sus ramas cruzaba el río Aude hasta entrar en Limoux, y la otra continuaba hacia el norte. Decidió que ésa sería su oportunidad.

La lluvia empezó a caer. Suavemente al principio, luego con fuerza.

Puso en marcha los limpiaparabrisas delanteros y traseros. La carretera ante ellos estaba vacía de coches a ambos lados. El que fuera un sábado por la mañana había reducido aparentemente la intensidad del tráfico.

El Renault, sus luces de niebla atravesando la lluvia, igualó su velocidad y un poco más. Malone observó por el espejo retrovisor que el Renault se situaba directamente detrás de ellos, y luego aumentaba la velocidad hasta ponerse al mismo nivel del Peugeot en la calzada contraria.

La ventanilla del pasajero se bajó y apareció un arma.

—Agárrese —le dijo a Stephanie.

Apretó el acelerador y se pegó estrechamente a una curva. El Renault perdió velocidad y se quedó detrás de ellos.

—Parece que hay cambios de planes. Nuestras sombras se han vuelto agresivas. ¿Por qué no se echa usted al suelo?

—Soy mayor. Usted conduzca.

Se deslizó por otra curva y el Renault estrechó distancias. Mantener los neumáticos pegados a la calzada era difícil. El pavimento estaba revestido de una gruesa capa de condensación y se volvía más húmedo a cada segundo. No había líneas amarillas que definieran nada y el borde del asfalto quedaba parcialmente difuminado por unos charcos que con facilidad podían producir el efecto *aquaplanning* en el coche.

Una bala impactó en el parabrisas trasero.

El cristal templado no estalló, pero Malone dudaba de que pudiera aguantar otro impacto. Empezó a zigzaguear, haciendo conjeturas sobre dónde terminaba el pavimento a cada lado. Divisó a un coche que se acercaba por la calzada contraria y regresó a la suya.

—¿Puede disparar un arma? —preguntó, sin quitar los ojos de la carretera.

—¿Dónde está?

—Bajo el asiento. Se la quité al tipo de anoche. Lleva un cargador completo. No falle. Necesito separarme un poco de esos tipos.

Ella encontró la pistola y bajó el cristal de su ventanilla. Malone la vio alargar la mano, apuntar hacia atrás y disparar cinco tiros.

Los disparos tuvieron el efecto deseado. El Renault se alejó, aunque no abandonó la persecución. Malone derrapó alrededor de otra curva, haciendo funcionar freno y acelerador como unos años atrás le habían enseñado a hacer.

Ya estaba bien de hacer el zorro.

Hizo un brusco viraje para entrar en la calzada dirección sur y apretó con fuerza los frenos. Los neumáticos se agarraron al húmedo pavimento con un crujido. El Renault pasó disparado por la calzada en dirección norte. Entonces soltó el freno, redujo entonces a segunda, y luego apretó el acelerador hasta el fondo.

Los neumáticos giraron, y después el coche saltó hacia delante.

Llevó la palanca del cambio a la quinta.

El Renault estaba ahora delante de él. Dio más gas al motor. Noventa. Cien. Ciento diez kilómetros por hora. Todo el asunto estaba resultando curiosamente estimulante. Llevaba algún tiempo sin vivir este tipo de acción.

Se desvió ahora hacia la calzada contraria situándose en paralelo al Renault.

Los dos coches estaban ahora circulando a ciento veinte kilómetros por hora en un tramo relativamente estrecho de la carretera. De repente coronaron una loma y se elevaron trazando un arco sobre el pavimento, crujiendo sonoramente los neumáticos cuando la goma se reencontró con el empapado asfalto. Su cuerpo fue proyectado hacia delante y hacia atrás, sacudiéndole el cerebro, mientras el cinturón de seguridad le mantenía en su sitio.

—Eso ha sido divertido —dijo Stephanie.

Tanto a su izquierda como a su derecha se extendían verdes campos, la campiña entera un mar de espliego, espárragos y viñas. El Renault rugía a su lado. Malone dirigió una fugaz mirada a su derecha. Uno de los tipos de cabello corto se estaba encaramando por la ventanilla del pasajero, retorciéndose para poder disparar mejor.

—Tire a los neumáticos —le dijo a Stephanie.

Ella se disponía a tirar cuando Malone vio a un camión delante, ocupando la calzada norte del Renault. Había conducido lo suficiente por las carreteras de dos calzadas de Europa para saber que, a diferencia de Norteamérica, donde los camiones conducían con desconsiderada despreocupación, aquí se movían a la velocidad de un caracol. Había confiado en encontrar alguno más cerca de Limoux, pero las oportunidades había que aprovecharlas cuando se presentaban. El camión se encontraba a no más de doscientos metros. Estarían sobre él al cabo de un momento, y, por suerte, su propia calzada estaba limpia.

—Espere —le dijo Malone a la mujer.

Mantuvo su coche en paralelo y no le permitió ninguna salida al Renault. El otro conductor tendría, o bien que frenar, estrellarse contra el camión, o desviarse hacia el campo abierto. Confiaba en que el camión permaneciera en la calzada hacia el norte, de lo contrario no tendría otra elección que enfilar por donde pudiera.

El otro conductor al parecer comprendió las tres opciones, y torció para salir de la calzada.

Malone pasó a gran velocidad por delante del camión. Una mirada por el retrovisor le confirmó que el Renault estaba atascado en el rojizo barro.

Regresó a la calzada norte, se relajó un poco, pero mantuvo la

---

1.   En español, en el original *(N. del t.)*

2.   El rey Felipe el Hermoso, Philip le Bel en francés, fue llamado así por su aspecto. Pero los ingleses lo conocían como Philip the Fair. *Fair*, en inglés, significa tanto «bello» o «rubio» como «justo», por lo que se explican las dudas del personaje ante esa ambigua expresión. *(N del t.)*

velocidad, abandonando finalmente la carretera nacional, tal como tenía previsto, en Limoux.

✠

Llegaron a Aviñón un poco después de las once de la mañana. La lluvia había cesado unos ochenta kilómetros antes y un brillante sol inundaba el boscoso terreno, las onduladas colinas verde y oro, como una página de un viejo manuscrito. Una muralla medieval con torreones rodeaba la ciudad, que antaño había sido la capital de la Cristiandad durante casi cien años. Malone maniobró el Peugeot a través de un laberinto de estrechas callejuelas hasta un aparcamiento subterráneo.

Ascendieron por las escaleras hasta el nivel de la calle, e inmediatamente Malone se encontró frente a unas iglesias románicas, enmarcadas por viviendas bañadas por el sol, sus tejados y paredes todos de la tonalidad de la arena sucia, produciendo una impresión claramente italiana. Como era fin de semana, los turistas llegaban a miles, y los toldos multicolores y los plátanos de la Place de l'Horloge arrojaban su sombra sobre una bulliciosa multitud que había salido a almorzar.

La dirección del cuaderno de Lars Nelle les guió por una de las múltiples *rues*. Mientras caminaba, Malone pensó en el siglo XIV, cuando los papas cambiaron el río Tíber de Roma por el francés Ródano y ocuparon el enorme palacio situado sobre la colina. Aviñón se convirtió en un asilo para herejes. Los judíos compraban tolerancia por una modesta tasa, los criminales vivían sin ser molestados, florecían las casas de juego y los burdeles. La vigilancia era laxa, y pasear después de hacerse oscuro podía significar un peligro para la propia vida. ¿Qué había escrito Petrarca? «Una morada de penas, todo lo que respira miente.» Confiaba en que las cosas hubieran cambiado en seiscientos años.

La dirección de Royce Claridon era una antigua tienda —libros y muebles—, su escaparate lleno de volúmenes de Julio Verne procedentes en su mayor parte del siglo XX. Malone estaba familiarizado con las ediciones pintorescas. La puerta principal estaba cerrada, pero una nota pegada al cristal informaba de que el negocio se estaba llevando a cabo hoy en la Cours Jean Jaurès, en una feria de libros mensual.

Se informaron de la dirección del mercado, que se celebraba al lado de un bulevar principal. Desvencijadas mesas de metal salpicaban la arbolada plaza. Cajas de plástico albergaban libros franceses, así como un puñado de títulos ingleses, en su mayoría novelas de éxitos del cine y la televisión. La feria parecía atraer a un determinado tipo de cliente. Montones de cabellos recortados, gafas, faldas, corbatas y barbas... Ni una Nikon o una videocámara a la vista.

Pasaban autocares abarrotados de turistas camino del palacio papal, los quejumbrosos diésels sofocando el ruido de un grupo de percusión caribeño que tocaba al otro lado de la calle. Una lata de coca-cola rebotó en el pavimento y sobresaltó a Malone, que tenía los nervios de punta.

—¿Pasa algo malo?

—Demasiadas distracciones.

Deambularon por el mercado, los ojos de bibliófilo de Malone estudiando la mercancía. El material de calidad estaba todo envuelto en plástico. Una tarjeta identificaba la procedencia y el precio del libro, que Malone observó que era alto, dada la baja calidad. Preguntó a uno de los vendedores la ubicación del puesto de Royce Claridon, y lo encontraron en el otro extremo. La mujer que atendía

```
Y E N S Z N T M G L N Y Y R A E F V H E
O · M O T + P E C T H P E R + A + B L Z
V O U P H R E I + D U S T L E G R , D F
L P O R X F O N S R T V H V G + C R K R
R D E U M A E T R + R O A U · S M B A Q
R I O + A O I L U J N R Z K M A O X E M
T N A F O G R N E O Y + M P F Q L E , +
K X V O , L T K Y I U D · S G T S X O I
N U E + V G A N P E E S L E + U P S Q M
S N L I N E , L O + P A Q D L X D V G P
Y V E K C · T U B G , H S M S C · L Y ,
O U P T B M + B L V O V + N A X W X S U
P A T S O E S F X · C T I W B · T Y + O
```

---

1. También en español, en el original. (*N. del t.*)

las mesas era baja y robusta, con el pelo rubio sujeto en un moño. Llevaba gafas de sol y todo posible atractivo quedaba atemperado por el cigarrillo que colgaba de sus labios. Fumar no era algo que Ma-lone hubiera encontrado nunca atractivo.

Examinaron sus libros, todo desplegado sobre un destartalado mueble, la mayor parte de los volúmenes encuadernados en tela raída. Le sorprendió que alguien los comprara.

Se presentó a sí mismo y a Stephanie. La mujer no les dijo su nombre, y se limitó a seguir fumando.

—Estuvimos en su tienda —dijo Malone en francés.

—Está cerrada. —El tono cortante dejaba claro que no quería que le molestaran.

—No estamos interesados en nada de lo que tiene allí —dejó claro también Malone.

—Entonces, disfrute de estos maravillosos libros.

—¿Tan mal va el negocio?

La mujer dio otra calada.

—Apesta.

—¿Por qué está usted aquí, entonces? ¿Por qué no en el campo durante el día?

Ella se lo quedó mirando con gesto suspicaz.

—No me gustan las preguntas. Especialmente de norteamericanos que hablan un mal francés.

—Yo creía que el mío era correcto.

—Pues no lo es.

Malone decidió ir al grano.

—Estamos buscando a Royce Claridon.

La mujer se rió.

—Usted y alguien más.

—¿Le importaría informarnos sobre quién es alguien más? —Aquella bruja le estaba crispando los nervios.

Ella no respondió inmediatamente. En vez de ello, su mirada se desvió hacia una pareja que estaba examinando su mercancía. La banda caribeña del otro lado de la calle atacó una nueva melodía. Los potenciales clientes de la mujer se alejaron.

—Tenemos que vigilarlos a todos —murmuró—. Lo roban todo.

—Se me ocurre una idea —dijo él—. Le compro una caja entera si me responde a una pregunta.

La proposición pareció interesarle.

—¿Qué quiere usted saber?

—¿Dónde está Royce Claridon?

—Llevo sin verlo cinco años.

—Eso no es una respuesta.

—Se ha ido.

—¿Adónde se fue?

—Ésas son todas las respuestas que una caja de libros comprará.

Evidentemente no iban a enterarse de nada por ella, y Malone no tenía intención de darle más dinero. Arrojó un billete de cincuenta euros sobre la mesa y agarró su caja de libros.

—Su respuesta es una mierda, pero yo cumpliré mi parte del trato.

Se dirigió a un cubo de basura abierto, le dio la vuelta a la caja y vació el contenido dentro. Luego arrojó la caja sobre la mesa.

—Vámonos —le dijo a Stephanie, y se alejaron.

—Eh, americano.

Malone se detuvo y se dio la vuelta.

La mujer se levantó de su silla.

—Me ha gustado eso.

Él esperó.

—Montones de acreedores están buscando a Royce, pero es fácil encontrarlo. Vaya a ver en el sanatorio de Villeneuve-les-Avignon. —Se aplicó un dedo a la sien y lo hizo girar—. Chalado, así está Royce.

XXVI

El senescal estaba sentado en su habitación. La noche anterior había dormido poco, reflexionando sobre su dilema. Dos hermanos vigilaban su puerta, y no se le permitía a nadie la entrada, excepto para traerle comida. No le gustaba estar enjaulado... bien que, al menos por ahora, en una confortable prisión. Sus alojamientos no eran del tamaño de los del maestre o el mariscal, pero eran privados y poseían un baño y una ventana. El riesgo de que se escapara por la ventana era mínimo, pues la caída fuera era de varias decenas de metros de pura roca gris.

Pero su destino iba a cambiar hoy seguramente, ya que De Roquefort no iba a permitirle que deambulara por la abadía a voluntad. Probablemente lo encerrarían en una de las celdas subterráneas, lugares usados desde hacía mucho tiempo para almacenar mercancías en frío, el sitio perfecto para mantener aislado a un enemigo. Su destino final, ¿quién sabía cuál era?

Había trascurrido mucho tiempo desde su iniciación.

La regla era clara. «Si un hombre desea abandonar la masa de perdición, renunciar a la vida secular y elegir la vida comunal, no consintáis en recibirle inmediatamente, porque, como dijo san Pablo: "Examinad el alma para ver si viene de Dios." Si se le concede la compañía de la hermandad, que le sea leída la regla, y si desea obedecer los mandamientos de la regla, que los hermanos le reciban, que él revele sus deseos y voluntad ante todos los hermanos y que haga la petición con un corazón puro.»

Todo eso había ocurrido y él había sido recibido. Gustosamente había hecho el juramento y alegremente servido. Ahora era un prisionero. Acusado de falsos cargos lanzados contra él por un *político*.[1] Nada diferente de lo ocurrido a sus antiguos hermanos, que habían sido víctimas del despreciable Felipe el Hermoso. Siempre había considerado extraño ese calificativo. De hecho, nada tenía que ver con el temperamento del monarca, pues el rey francés era un hombre frío, reservado, que quería dominar a la Iglesia Católica.[2] En vez de ello, se refería a su cabello rubio y ojos azules. Una apariencia externa, algo completamente diferente en el interior... muy parecido a él mismo, pensó.

Se levantó de su mesa y paseó; un hábito adquirido en la facultad. Moverse le ayudaba a pensar. Sobre la mesa descansaban los dos libros que había cogido de la biblioteca un par de noches antes. Se daba cuenta de que las siguientes horas podrían ser su última oportunidad de ojear sus páginas. Seguramente, una vez que se descubriera su falta, el robo de propiedad de la orden se añadiría a la lista de cargos. Su castigo —el destierro— sería, dadas las circunstancias, llevadero, pero él sabía que su Némesis nunca iba a permitirle irse tan fácilmente.

Alargó la mano en busca del códice, un tesoro que cualquier museo pagaría mucho por exponer. Las páginas estaban escritas en la caligrafía curvilínea que él conocía como redonda, corriente en aquella época, utilizada por los eruditos. Tenía poca puntuación; sólo largas líneas de texto que llenaban cada página de arriba abajo, de borde a borde. Un escriba había trabajado durante semanas para crearlo, escondido en el *scriptorium* de la abadía ante una mesa de escribir, cálamo en mano, marcando lentamente con tinta cada letra en el pergamino. Marcas de quemaduras estropeaban la encuadernación y gotitas de cera salpicaban muchas de las páginas, pero el códice se mantenía en notable buen estado. Una de las grandes misiones de la orden había sido preservar el conocimiento, y él había tenido suerte de tropezar con esta fuente entre los miles de volúmenes que contenía la biblioteca.

«Debe terminar su búsqueda. Es su destino. Tanto si se da cuenta como si no.» Eso es lo que el maestre le había dicho a Geoffrey. Pero también le dijo: «Aquellos que han seguido el camino que usted se dispone a tomar han sido muchos, pero ninguno ha triunfado.»

—Pero ¿sabían ellos lo que él sabía? Probablemente, no.

Alargó la mano hacia el otro volumen. Su texto estaba también escrito a mano. Pero no lo habían hecho los escribas. Las palabras habían sido copiadas a mano en noviembre de 1897 por el entonces mariscal de la orden, un hombre que había estado en contacto directo con el abate Jean-Antoine-Maurice Gélis, el cura párroco de Coustausa, un pueblo que también se encontraba en el valle del río Aude, no lejos de Rennes-le-Château. El suyo había sido un encuentro casual, por el que el mariscal había conocido una información vital.

Se sentó y nuevamente pasó las páginas del informe.

Algunos pasajes llamaron su atención, unas palabras que él había leído ya con interés tres años atrás. Se puso de pie y se dirigió a la ventana con el libro.

Me afligió enterarme de que el abate Gélis había sido asesinado el día de Todos los Santos. Fue encontrado completamente vestido, con su bonete, en un charco de sangre sobre el suelo de la cocina. Su reloj estaba parado a las doce y cuarto de la noche, pero la hora de su muerte fue establecida entre las tres y las cuatro de la mañana. Actuando como representante del obispo, hablé con los aldeanos y el gendarme. Gélis era un individuo nervioso, de quien se sabía que mantenía cerradas las ventanas y postigos incluso en verano. Nunca abría la puerta de la casa parroquial a extraños, y como no había signos de que hubieran entrado por la fuerza, los funcionarios llegaron a la conclusión de que el abate conocía a su atacante.

Gélis murió a la edad de setenta y un años. Le golpearon en la cabeza con unas tenazas de chimenea y luego lo mataron a hachazos. La sangre era abundante, encontrándose salpicaduras en el suelo y el techo, pero no aparecía ninguna huella de pisada entre los diversos charcos. Eso desconcertaba al gendarme. El cuerpo había sido dejado intencionadamente boca arriba, los brazos cruzados sobre el pecho, en la postura corriente para los difuntos. En la casa se encontraron seiscientos tres francos en oro y billetes y luego otros ciento seis. Así pues, el motivo evidentemente no era el robo. El único objeto que podía ser considerado como prueba fue un paquetito de papeles de fumar. Escrito en uno de ellos aparecía «Viva Angelina».[1] Esto era importante, ya que Gélis no era fumador e incluso detestaba el olor de los cigarrillos.

En mi opinión, el verdadero motivo del crimen se hallaba en el dormitorio del cura. Allí, el asaltante había abierto un portafolios. Había papeles dentro, pero era imposible saber si se habían llevado algo. Se hallaron gotas de sangre dentro y alrededor de la cartera. El gendarme llegó a la conclusión de que el asesino estaba buscando algo, y tal vez yo sepa lo que podía ser.

Dos semanas antes de su asesinato, hablé con el abate Gélis. Un mes antes, Gélis se había comunicado con el obispo de Carcasona. Yo aparecí en la casa de Gélis, presentándome como el representante del obispo, y discutimos largo rato sobre lo que le inquietaba. Finalmente me pidió que oyera su confesión. Como de hecho no soy sacerdote, y por tanto no estoy vinculado por el secreto de confesión, puedo informar de lo que contó.

Este criptograma era un sistema cifrado corriente, popular durante el último siglo. Él me dijo que seis años antes el abate Saunière, de Rennes-le-Château, había hallado un criptograma en su iglesia también. Cuando los comparó, eran idénticos. Saunière creía que ambos criptogramas habían sido dejados por el abate Bigou, que había servido en Rennes-le-Château durante la Revolución francesa. En la época de Bigou, la iglesia de Coustausa era también atendida por el cura de Rennes. De manera que Bigou habría sido un visitante frecuente en la actual parroquia de Gélis. Saunière también creía que había una relación entre los criptogramas y la tumba de Marie d'Hautpoul de Blanchefort, la cual murió en 1781. El abate Bigou había sido confesor de esta mujer y encargó su tumba y su lápida, haciendo que una variedad de palabras y símbolos únicos fueran inscritos inmediatamente después. Por desgracia, Saunière no había sido capaz de descifrar ninguno de ellos, pero, al cabo de un año de trabajo, Gélis resolvió el criptograma. Me dijo que no había sido completamente veraz con Saunière, pensando que los motivos de su colega abate no eran puros. De modo que ocultó a su colega la solución que él había hallado.

El abate Gélis quería que el obispo conociera la solución completa y pensaba que estaba realizando esa acción al decírmelo a mí.

Por desgracia, el mariscal no reproducía lo que Gélis había dicho. Quizás pensó que la información era demasiado importante para ser escrita, o quizás era otro intrigante, como De Roquefort. Curiosamente, las Crónicas informaban de que el propio mariscal había desaparecido un año más tarde, en 1898. Se marchó un día por asuntos de la abadía, y no regresó nunca más. Su búsqueda no dio ningún fruto. Pero a Dios gracias había registrado el criptograma.

Las campanas de la Hora Sexta comenzaron a sonar, señalando la reunión del mediodía. Todos, excepto el personal de la cocina, se congregarían en la capilla para la lectura de los Salmos, los himnos y las plegarias hasta la una de la tarde. El senescal pensó que tendría un rato de meditación, pero fue interrumpido por un suave golpecito en la puerta. Se dio la vuelta cuando Geoffrey entró, llevando una bandeja de comida y bebida.

—Me ofrecí voluntario para traerle esto —dijo el joven—. Me dijeron que se había saltado usted el desayuno. Debe de estar hambriento.

El tono de Geoffrey era extrañamente optimista.

La puerta permanecía abierta, y el senescal pudo ver a los dos guardianes de pie fuera.

—Les traje también a ellos un poco de bebida —dijo Geoffrey, señalando afuera.

—Estás de un humor generoso hoy.

—Jesús dijo que el primer aspecto de la Palabra es la fe, el segundo es el amor, el tercero son las buenas obras y de éstas surge la vida.

El senescal sonrió.

—Correcto, amigo mío.

Mantuvo su tono animado pensando en los dos pares de oídos que se encontraban a pocos metros de distancia.

—¿Está usted bien? —preguntó Geoffrey.

—Tan bien como cabría esperar.

Aceptó la bandeja y la dejó sobre la mesa.

—He rezado por usted, senescal.

—Me atrevería a decir que ya no poseo ese título.

Seguramente, ha sido nombrado uno de nuevo por De Roquefort.

Geoffrey asintió.

—Su lugarteniente.

—Ay de nosotros...

Vio que uno de los hombres de la puerta se desplomaba. Un segundo más tarde, el cuerpo del otro se debilitaba hasta terminar uniéndose al de su compañero en el suelo. Dos vasos rebotaron sobre las baldosas.

—Ya era hora —dijo Geoffrey.

—¿Qué has hecho?

—Un sedante. El médico me lo proporcionó. No tiene sabor, ni olor, pero es rápido. El curador es amigo nuestro. Le desea a usted buena suerte. Ahora debemos irnos. El maestre hizo sus previsiones, y es deber mío comprobar que se han cumplido.

Geoffrey buscó bajo su hábito y sacó dos pistolas.

—El encargado del arsenal es amigo nuestro también. Podemos necesitarlas.

El senescal estaba entrenado en el manejo de las armas de fuego. Ello formaba parte de la educación básica que todo hermano recibía. Agarró el arma.

—¿Dejamos la abadía?

Geoffrey asintió.

—Se exige que realicemos nuestra tarea.

—¿*Nuestra* tarea?

—Sí, senescal. He estado preparándome para esto durante mucho tiempo.

Percibió el ansia y, aunque era diez años mayor que Geoffrey, de repente se sintió incapaz. Aquel supuesto hermano menor era mucho más de lo que aparentaba.

—Como dije ayer, el maestre eligió bien contigo.

Geoffrey sonrió.

—Creo que lo hizo bien en los dos casos.

El senescal encontró una mochila y rápidamente metió algunos artículos de tocador, objetos personales y los dos libros que había cogido de la biblioteca interior.

—No tengo más ropa que mi hábito.

—Podemos comprar algo cuando estemos fuera.

—¿Tienes dinero?

—El maestre era un hombre minucioso.

Geoffrey se deslizó hasta la puerta y miró a ambos lados.

—Los hermanos estarán todos en la Hora Sexta. El camino debería estar despejado.

Antes de seguir a Geoffrey al corredor, el senescal echó una última mirada a su alojamiento. Algunos de los mejores momentos de su vida habían tenido lugar allí, y sentía tristeza por tener que dejar esos recuerdos. Pero otra parte de su psique le urgía a seguir adelante, hacia lo desconocido, al exterior, hacia fuera cual fuese la verdad que el maestre tan evidentemente conocía.

XXVII

Malone estudió a Royce Claridon. El hombre iba vestido con unos holgados pantalones de pana manchados de lo que parecía pintura turquesa. Un pintoresco jersey deportivo cubría su delgado pecho. Andaba probablemente cerca de los sesenta, y era larguirucho como una mantis religiosa, con una atractiva cara de bien definidos rasgos. Sus oscuros ojos se hundían profundamente en su cabeza y, aunque ya no brillaban con el poder del intelecto, eran, con todo, penetrantes. Llevaba los pies descalzos y sucios, las uñas descuidadas y sus encanecidos cabellos y barba enmarañados. El asistente les había advertido de que Claridon sufría delirios pero que en general era inofensivo, y casi todo el mundo en la institución le evitaba.

—¿Quiénes son ustedes? —preguntó Claridon en francés, estudiándolos con su mirada distante, perpleja.

El sanatorio ocupaba un enorme *château* que un rótulo en la pared exterior anunciaba que había sido propiedad del gobierno francés desde la Revolución. Varias alas sobresalían del edificio principal en extraños ángulos. Muchos de los antiguos salones eran actualmente salas de pacientes. Ellos se encontraban ahora en un solárium, rodeado por una amplia cristalera de ventanas que iban del suelo al techo y dividían la campiña en trozos enmarcados. Se iban acumulando nubes que tapaban el sol del mediodía. Uno de los asistentes les había dicho que Claridon se pasaba la mayor parte de su tiempo allí.

—¿Son de la encomienda? —preguntó Claridon—. ¿Los ha enviado el maestre? Tengo mucha información que transmitirle.

Malone decidió jugar el juego.

—Venimos de parte del maestre. Nos envió para hablar con usted.

—Uf, ya era hora. He estado esperando mucho tiempo.

Las palabras delataban excitación.

Malone hizo un gesto y Stephanie se alejó. Aquel hombre evidentemente consideraría que un templario y una mujer no formaban parte de aquella hermandad.

—Dígame, hermano, lo que tenga que decirme. Dígamelo todo.

Claridon se movió impacientemente en su silla, luego se puso de pie de un salto, moviendo su delgado cuerpo a un lado y a otro sobre sus desnudos pies.

—Fue espantoso —dijo—. Espantoso. Estábamos rodeados por todas partes. Había enemigos hasta donde abarcaba la vista. A nosotros nos quedaban sólo unas pocas flechas, la comida se había echado a perder por el calor, y el agua se había terminado. Muchos sucumbieron a la enfermedad. Ninguno de nosotros iba a vivir mucho tiempo.

—Suena a desafío. ¿Qué hicieron ustedes?

—Vimos entonces la cosa más extraña. Levantaron una bandera blanca desde más allá de las murallas. Nos quedamos mirándonos unos a otros... diciendo con nuestras asombrosas expresiones las palabras que cada uno de nosotros estábamos pensando: «Quieren parlamentar.»

Malone conocía la historia medieval. Las negociaciones eran corrientes durante las Cruzadas. Ejércitos que habían llegado a un punto muerto muchas veces establecían condiciones por las que cada uno podía retirarse y reclamar ambos la victoria.

—¿Se reunieron ustedes?

El viejo asintió y levantó cuatro dedos manchados.

—Cada vez que salíamos a caballo de las murallas, e íbamos a encontrarnos con su horda, nos recibían cálidamente y las discusiones progresaban. Al final, llegamos a un acuerdo.

—Así pues, dígame. ¿Cuál es su mensaje que el maestre necesita saber?

Claridon le lanzó una mirada de irritación.

—Es usted un insolente.

—¿Qué quiere usted decir? Le tengo mucho respeto, hermano. Por eso estoy aquí. El hermano Lars Nelle me dijo que era usted un hombre en quien se podía confiar.

La pregunta pareció poner a prueba el cerebro de viejo. Luego el reconocimiento afloró al rostro de Claridon.

—Le recuerdo. Un guerrero valeroso. Luchó con mucho honor. Sí. Sí. Le recuerdo. El hermano Lars Nelle. Que Dios acoja su alma.

—¿Por qué dice usted eso?

—¿No se ha enterado? —Había incredulidad en el tono—. Murió en el combate.

—¿Dónde?

Claridon movió la cabeza en un ademán negativo.

—Eso no lo sé. Sólo que ahora mora con el Señor. Dijimos una misa por él y ofrecimos muchas plegarias.

—¿Comulgó usted con el hermano Nelle?

—Muchas veces.

—¿Le habló de su búsqueda?

Claridon se movió hacia su derecha, aunque mantuvo su mirada en Malone.

—¿Por qué me hace esta pregunta?

El agitado hombrecillo se puso a dar vueltas a su alrededor, como un gato. Malone decidió subir la apuesta en fuera cual fuese el juego que la brumosa mente del hombre pudiera imaginar. Agarró a Claridon por el jersey, levantando del suelo al enjuto hombrecillo. Stephanie dio un paso adelante, pero él la instó a retroceder con una rápida mirada.

—El maestre está disgustado —dijo—. Sumamente disgustado.

—¿En qué sentido? —Por su cara se extendía un profundo rubor de vergüenza.

—Con usted.

—Yo no he hecho nada.

—No responde usted a mi pregunta.

—¿Qué es lo que desea?

Más asombro.

—Hábleme de la búsqueda del hermano Nelle.

Claridon negó con la cabeza.

—No sé nada. El hermano no confiaba en mí.

El miedo surgió en los ojos que le devolvían la mirada, acentuado por una completa confusión. Malone soltó su presa. Claridon se echó hacia atrás contra la pared de cristal, y agarró unas toallitas de papel y un spray. Mojó los cristales y empezó a limpiar un vidrio que no mostraba una sola mancha.

Malone se volvió hacia Stephanie.

—Estamos perdiendo el tiempo aquí.

—¿Cómo se ha enterado?

—Tenía que intentarlo.

Recordó la nota enviada a Ernest Scoville y decidió hacer un último intento. Buscó el papel en su bolsillo y se acercó a Claridon. Más allá del cristal, se alzaban las murallas de color gris de Villeneuve-les-Avignon.

—Los cardenales viven allí —dijo Claridon, sin abandonar su limpieza—. Insolentes príncipes, todos ellos.

Malone sabía que los cardenales en una ocasión acudieron en tropel a las colinas que se alzaban ante las murallas de la ciudad de Aviñón y erigieron refugios campestres como una forma de escapar a la congestión de la ciudad y a la constante vigilancia del papa. Aquellos *livrées* se habían marchado todos, pero la antigua ciudad subsistía, todavía silenciosa, rústica y en proceso de desmoronamiento.

—Nosotros somos protectores de los cardenales —dijo Malone, siguiendo con la simulación.

Claridon escupió en el suelo.

—Malditos sean todos.

—Lea esto.

El hombrecillo cogió el papel y deslizó su mirada sobre las palabras. Una expresión de asombro se reflejó en los abiertos ojos del hombre.

—Yo no he robado nada de la orden. Lo juro. —La voz iba en aumento—. Esta acusación es falsa. Estoy dispuesto a jurarlo ante mi Dios. No he robado nada.

El hombre estaba viendo en la página sólo lo que quería ver. Malone recuperó el papel.

—Esto es una pérdida de tiempo, Cotton —dijo Stephanie.

Claridon se acercó a él.

—¿Quién es esta arpía? ¿Por qué está aquí?

Malone casi sonrió.

—Es la viuda del hermano Nelle.

—No tengo noticia de que el hermano se hubiera casado.

Malone se acordó de algo que había leído en el libro templario dos noches antes.

—Como sabrá usted, muchos de los hermanos estuvieron antes casados. Pero ella fue infiel, de modo que el vínculo fue disuelto y ella desterrada a un convento.

Claridon movió negativamente la cabeza.

—Parece una mujer difícil. ¿Qué está haciendo *aquí*?

—Trata de encontrar la verdad sobre su marido.

Claridon se volvió hacia Stephanie y la apuntó con sus rechonchos dedos.

—Es usted malvada —gritó el hombre—. El hermano Nelle buscaba penitencia con la hermandad debido a los pecados de usted. Que la vergüenza le caiga encima.

Stephanie tuvo el buen sentido de limitarse a inclinar la cabeza.

—No busco nada más que el perdón.

El rostro de Claridon se suavizó ante su humildad.

—Y tendrá usted el mío, hermana. Váyase en paz.

Malone hizo un gesto y ambos se dirigieron a la puerta. Claridon se retiró a su silla.

—Qué triste —dijo ella—. Y qué espantoso. Perder la razón es terrible. Lars hablaba a menudo de la locura y la temía.

—Como todos, ¿no?

Sostenía aún en sus manos la nota encontrada en la casa de Ernest Scoville. Miró nuevamente lo escrito y leyó las últimas tres líneas.

En Aviñón busca a Claridon. Él puede indicar el camino. Pero prend garde de l'ingénieur.

—No sé por qué el remitente de la nota pensó que Claridon podía señalar el camino a ninguna parte —se quejó—. No tenemos nada en qué basarnos. Esta pista podría ser un callejón sin salida.

—No es verdad.

Las palabras habían sido pronunciadas en inglés y procedían del otro lado del solárium.

Malone se dio la vuelta al tiempo que Royce Claridon se levantaba de la silla. Toda confusión había desaparecido de la cara barbuda del hombre.

—Yo puedo facilitar la dirección. Y el consejo que se da en la nota debería ser seguido. Debe usted tener cuidado con el ingeniero. Ella, y otros, son la razón de que yo me esté ocultando aquí.

XXVIII

ABADÍA DES FONTAINES

El senescal siguió a Geoffrey a través del laberinto de corredores abovedados. Confiaba en que la apreciación del joven fuera correcta y que todos los hermanos se encontraran en la capilla durante la plegaria del mediodía.

Hasta el momento, no se habían tropezado con ninguno.

Siguieron su camino hacia el *palais* que albergaba la sala superior, las oficinas administrativas y las salas públicas. Cuando, en épocas pasadas, la abadía había sido cerrada a todo contacto exterior, a nadie de la orden se le permitía ir más allá del vestíbulo de la planta baja. Pero cuando el turismo floreció en el siglo XX, a medida que otras abadías abrían sus puertas, para no despertar sospechas, la Abadía des Fontaines las siguió, ofreciendo visitas y sesiones de información, muchas de las cuales tenían lugar en el *palais*.

Entraron en el extenso vestíbulo. Por las ventanas de bastos cristales verdosos se filtraban apagados rayos de sol que caían sobre el embaldosado suelo a cuadros. Un descomunal crucifijo de madera dominaba una de las paredes, y otra estaba cubierta por un tapiz.

En la entrada de otro pasadizo, a unos treinta metros al otro lado del alto vestíbulo, se encontraba Raymond de Roquefort, con cinco hermanos tras él, todos armados con pistolas.

—¿Se marchan? —preguntó De Roquefort.

El senescal se quedó helado, pero Geoffrey levantó el arma y disparó dos veces. Los hermanos del otro lado se lanzaron al suelo cuando las balas rebotaron en la pared.

—Por allí —dijo Geoffrey, dirigiéndose a la izquierda, hacia otro corredor.

Dos balas les pasaron rozando.

Geoffrey efectuó otro disparo a través del vestíbulo, y ocuparon una posición defensiva justo al entrar en el corredor, cerca de un locutorio donde los comerciantes traían en el pasado sus mercancías para mostrar.

—De acuerdo —gritó De Roquefort—. Tiene usted mi atención. ¿Es necesario el derramamiento de sangre?

—Depende enteramente de usted —dijo el senescal.

—Creía que su juramento era precioso. ¿No es deber suyo obedecer a su maestre? Le ordené quedarse en sus alojamientos.

—¿De veras? Olvidé esa parte.

—Es interesante ver que hay una serie de reglas que se aplican a usted, y otra que nos gobiernan a los demás. Aun así, ¿no podemos ser razonables?

Le extrañaba aquella muestra de diplomacia.

—¿Qué propone usted?

—Supuse que trataría usted de escapar. La Sexta parecía el mejor momento, así que estaba esperando. Mire, le conozco bien. Su aliado, sin embargo, me sorprende. Veo coraje y lealtad en ustedes. Me gustaría que los dos se unieran a mi causa.

—¿Y hacer qué?

—Ayudarnos a recuperar nuestro destino en vez de obstaculizar el esfuerzo.

Algo no iba bien. De Roquefort estaba fingiendo. Entonces lo comprendió. Trataba de ganar tiempo.

Se giró en redondo.

Un hombre armado doblaba en aquel momento la esquina, a quince metros de distancia. Geoffrey lo vio también. El senescal disparó un tiro a la parte inferior del hábito del hombre. Oyó cómo el metal rasgaba la carne y un grito mientras el hombre caía sobre las baldosas. Ojalá Dios le perdonara. La regla prohibía dañar a otro cristiano. Pero no había elección. Tenía que escapar de aquella prisión.

—Vamos —dijo.

Geoffrey tomó la cabeza y ambos se lanzaron hacia delante, saltando sobre el hermano que se retorcía de dolor.

Doblaron la esquina y siguieron corriendo.

Se oían pasos apresurados tras ellos.

—Espero que sepas lo que estás haciendo —le dijo a Geoffrey.

Doblaron otra esquina en el corredor. Geoffrey se detuvo ante una puerta parcialmente abierta, entró y cerró suavemente tras ellos. Un segundo más tarde, pasaron corriendo unos hombres, y sus pasos se fueron alejando.

—Esta ruta termina en el gimnasio. Les llevará un buen rato comprobar que no estamos allí —dijo.

Volvieron a salir silenciosamente, sin aliento, y tomaron el camino del gimnasio, pero en vez de ir hacia allí en una intersección, torcieron a la izquierda, hacia el refectorio.

Se estaba preguntando por qué los disparos no habían alertado a más hermanos. Pero la música de la capilla sonaba muy alta siempre, dificultando que se oyera más allá de aquellas paredes. Sin embargo, si De Roquefort esperaba que él huyera, sería razonable suponer que habría más hermanos repartidos por la abadía, aguardándolos.

Las largas mesas y los bancos del refectorio estaban vacíos. Procedentes de la cocina, flotaban olores de tomates guisados y pimientos. En el nicho del recitador, tallado a una altura de noventa centímetros en una pared, aguardaba un hermano ataviado con su hábito, rifle en mano.

El senescal se escondió bajo una mesa, utilizando la mochila como cojín, y Geoffrey buscó refugio debajo de otra.

Una bala se incrustó en la gruesa tabla de roble.

Geoffrey salió precipitadamente y disparó dos tiros, uno de los cuales alcanzó al atacante. El hombre del nicho vaciló y luego cayó al suelo.

—¿Le has matado? —preguntó el senescal.

—Espero que no. Creo que le di en el hombro.

—Esto se nos está escapando de las manos.

—Ya es demasiado tarde para eso.

Se pusieron de pie. De la cocina salían hombres precipitadamente, todos ataviados con delantales manchados de comida. El personal de cocina. No constituían una amenaza.

—Volved adentro, al instante —gritó el senescal, y ni uno de ellos desobedeció.

—Senescal —dijo Geoffrey, con tono expectante.

—Tú guías.

Salieron del refectorio por otro pasillo. Tras ellos se oían voces, acompañadas del ruido de suelas de cuero golpeando la piedra. El disparar a dos hermanos motivaría incluso a los más dóciles de sus perseguidores. El senescal estaba furioso por haber caído en la trampa que De Roquefort le había tendido. Cualquier posible credibilidad que antaño tuviera se había desvanecido. Nadie le seguiría ya, y él maldijo su estupidez.

Entraron en el ala de los dormitorios. La puerta del otro extremo del corredor estaba cerrada. Geoffrey se adelantó y probó el pomo. Cerrado.

—Al parecer, nuestras opciones son limitadas —dijo el senescal.

—Vamos —dijo Geoffrey.

Entraron a todo correr en el dormitorio, una gran cámara rectangular con literas colocadas perpendicularmente, al estilo militar, bajo una fila de ventanas ojivales.

Un grito llegó del corredor. Más voces. Todas excitadas. Se dirigían hacia ellos.

—No hay otro camino para salir de aquí —dijo.

Se quedaron a medio camino entre la fila de vacíos lechos. A sus espaldas estaba la entrada, que iba a llenarse de adversarios. Al frente, sólo los aseos.

—Entremos en los baños —dijo—. Confiemos en que pasen de largo.

Geoffrey corrió hacia el otro extremo, donde dos puertas conducían a sendos lavabos.

—Aquí dentro.

—No. Separémonos. Tú entra en uno. Escóndete en un cubículo y ponte de pie sobre la taza. Yo ocuparé el otro. Si guardamos silencio, quizás tengamos suerte. Además... —vaciló, ya que no le gustaba la situación— es nuestra única opción.

De Roquefort examinó la herida de bala. El hombro del hermano estaba sangrando, y el individuo sufría un tremendo dolor. Pero mostraba un notable autocontrol. De Roquefort había apostado al tirador en el refectorio pensando que quizás el senescal pudiera dirigirse allí. Y había tenido razón. Lo que había subestimado en su oponente era su resolución. Los hermanos hacían un juramento de no causar daño a otro hermano. Él pensó que el senescal sería lo bastante idealista para ceñirse a su juramento. Sin embargo, dos hombres iban camino ahora de la enfermería. Confiaba en que ninguno de los dos tendría que ser llevado al hospital de Perpiñán o de Mont Louis. Eso podría dar lugar a preguntas. El sanador de la abadía era un competente cirujano y poseía un quirófano bien equipado, que había sido utilizado muchas veces en años anteriores, pero su eficacia tenía límites.

—Llevadlo al médico y decidle que los remiende aquí mismo —ordenó al lugarteniente.

Consultó su reloj. Faltaban cuarenta minutos para que terminaran las plegarias de la Hora Sexta.

Otro hermano se acercó.

—La puerta del otro extremo, más allá de la entrada del dormitorio, sigue cerrada, tal como usted ordenó.

Sabía que no habían regresado a través del refectorio. El hermano herido no había dado ese informe. Lo que dejaba sólo una alternativa. Echó mano al revólver del hombre.

—Quédate aquí. No permitas que pase nadie. Yo mismo manejaré el asunto.

✠

El senescal entró en el baño brillantemente iluminado. Filas de retretes, urinarios y lavabos de acero inoxidable encajados en encimeras de mármol llenaban el espacio. Oyó a Geoffrey en la sala adyacente, situándose encima de una taza. Él, por su parte, permaneció rígido y trató de calmar sus nervios. No había estado en una situación parecida en toda su vida. Hizo algunas aspiraciones profundas y luego se dio la vuelta, cogió el pomo de la puerta, abriéndola un centímetro, y atisbó por la rendija.

El dormitorio seguía vacío.

Quizás los perseguidores se habían alejado. La abadía estaba agujereada con corredores como un hormiguero. Todo lo que necesitaban eran unos preciosos minutos para escapar. Se maldijo nuevamente por su debilidad. Sus años de cuidadosa reflexión y deliberado propósito se habían desperdiciado. Ahora era un fugitivo, con más de cuatrocientos hermanos dispuestos a convertirse en sus enemigos. «Simplemente respeto el poder de nuestros adversarios.» Eso es lo que le había dicho a su maestre hacía tan sólo un día. Movió la cabeza negativamente. Vaya respeto que había mostrado. Hasta ahora, no había hecho nada inteligente.

La puerta que daba al dormitorio se abrió de golpe y De Roquefort entró.

Su adversario cerró el pesado pestillo de la puerta.

Cualquier esperanza que el senescal pudiera haber tenido se desvaneció.

La confrontación iba a ser aquí y ahora.

De Roquefort sostuvo el revólver y estudió la sala, seguramente preguntándose dónde podría estar su presa. No habían conseguido engañarle, pensó el senescal, pero no tenía intención de arriesgar la vida de Geoffrey. Necesitaba llamar la atención de su perseguidor. De manera que soltó su presa sobre el pomo y dejó que la puerta se cerrara con un sonido sordo.

✠

De Roquefort captó un mínimo movimiento y oyó el ruido producido por una puerta, de bisagras hidráulicas, cerrándose suavemente contra un marco de metal. Su mirada se dirigió instantáneamente a la parte trasera del dormitorio y a una de las puertas de los lavabos.

Había tenido razón.

Estaban allí.

Ya era hora de acabar con el problema.

✠

El senescal examinó el baño. La luz fluorescente lo iluminaba todo con un resplandor diurno. Un largo espejo de pared colocado sobre las encimeras de mármol hacía que la habitación pareciera aún más grande. El suelo era de baldosas, y las cabinas estaban separadas por tabiques de mármol. Todo había sido construido con cuidado, y diseñado para durar.

Se metió en el segundo cubículo y cerró la puerta. Se subió de un salto a la taza y se dobló sobre el tabique de separación hasta

```
Y E N S Z N I M G L C Y • R A T E H O X
O • E O T + T E C T N G A + D E Z B O F
V O U P H R P A + D Y S T L R D A • X T
L P O C X F E I S R A V H G C K L N H N
R D M R M A A N R J ' S • M B D Q A D P
R I E U Z O O T U O J I F S O E A L B N
T N A T ' G R E Y I O E ' T R U X ' W H
K X V E V L A L P E N + L O Z J K J D G
N U E + N G E K O • I X A Z V R + S I Z
S N S I C E T B + X G A C S E D X V U A
Y V L K B • ' N B W V K T P I B • J T Y
O U P E O M S U L Z R V ' J R S B + C E
P A T S X E • F X ' H N M Z H • Y T B C
```

que pudo cerrar y correr el pasador del primero y tercer cubículos. Luego se volvió a encoger, todavía de pie sobre la taza, y esperó a que De Roquefort picara.

Necesitaba algo para llamar la atención. De manera que soltó el papel higiénico de su soporte.

El aire salió precipitadamente cuando la puerta de los lavabos se abrió de golpe. Unas pisadas recorrieron el suelo de los aseos apresuradamente.

El senescal permaneció sobre la taza, pistola en mano, y se dijo que debía respirar con calma.

✠

De Roquefort apuntó la automática de cañón corto hacia los cubículos. El senescal estaba allí. Lo sabía. Pero ¿dónde? ¿Se arriesgaría a inclinarse un momento y examinar el interior por el bajo de la puerta? Había tres puertas cerradas, y tres ligeramente abiertas.

No.

Decidió disparar.

✠

El senescal razonó que De Roquefort tardaría sólo un momento en empezar a disparar, de manera que lanzó el soporte del papel higiénico por debajo del tabique, hacia el primer cubículo.

El objeto chocó contra las baldosas con un ruido metálico.

✠

De Roquefort disparó varias veces contra la primera cabina y soltó una patada con la sandalia contra la puerta. El aire se llenó de polvo de mármol. Descargó luego varios disparos más que rompieron la taza y el yeso de la pared.

El agua empezó a salir a raudales.

Pero el cubículo estaba vacío.

✠

Un instante antes de que De Roquefort comprendiera su error, el senescal disparó por encima de las cabinas, enviando dos balas al pecho de su enemigo. Los disparos reverberaron en las paredes, las ondas de sonido horadaron su cerebro.

Vio que De Roquefort reculaba, caía hacia atrás, contra el mármol y se doblaba como si le hubieran dado un puñetazo en el pecho. Pero no vio que brotara sangre de las heridas. El hombre parecía más aturdido que otra cosa. Entonces descubrió una superficie gris azulada bajo los agujeros de bala del hábito blanco.

Un chaleco antibalas.

Reajustó su puntería y disparó contra la cabeza.

✠

De Roquefort vio venir el disparo y reunió la energía necesaria para dejarse caer rodando en el momento en que la bala salía del cañón. Su cuerpo se deslizó a través del húmedo suelo, y el agua encharcada, hacia la puerta exterior.

Trozos de porcelana y piedra crujieron bajo él. El espejo

reventó, rompiéndose en pedazos con estrépito para caer pulverizado sobre el mostrador. Los límites de los aseos eran estrechos y su oponente se mostraba inesperadamente valiente. De manera que se retiró a la puerta y se ocultó tras ella justo cuando un segundo disparo rebotaba en la pared.

✠

El senescal saltó de la taza y salió disparado del cubículo. Se arrastró hacia la puerta y se preparó para salir. De Roquefort seguramente le estaría esperando. Pero no iba a huir. Ahora no. Le debía esta lucha a su maestre. Los Evangelios eran claros. Jesús vino, no a traer la paz, sino una espada. Y así hacía él.

Se fortaleció. Preparó el arma y abrió violentamente la puerta.

Lo primero que vio fue a Raymond de Roquefort. Lo siguiente fue a Geoffrey, con su pistola firmemente apoyada contra el cuello del maestre, en tanto que el arma de De Roquefort yacía en el suelo.

XXIX

Malone miró fijamente a Royce Claridon y dijo:

—Es usted bueno.

—He perdido mucha práctica. —Claridon miró a Stephanie—. ¿Es usted la esposa de Lars?

Ella asintió.

—Fue un amigo y un gran hombre. Muy inteligente. Aunque algo ingenuo. Subestimó a los que estaban contra él.

Seguían estando solos en el solárium, y Claridon pareció notar el interés de Malone por la puerta de la sala.

—Nadie nos molestará. No hay nadie que quiera escuchar mis divagaciones. He procurado convertirme en una molestia. No hay día que no desee que me vaya de una vez.

—¿Cuánto tiempo lleva usted aquí?

—Cinco años.

Malone estaba estupefacto.

—¿Por qué?

Claridon paseó lentamente por entre las tupidas plantas de los tiestos. Más allá del cristal exterior, nubes blancas rodeaban el horizonte occidental, el sol resplandeciendo a través de los resquicios como fuego que saliera de la boca de un horno.

—Están aquellos que buscan lo que Lars buscaba. No abiertamente, no llaman la atención, pero tratan con severidad a los que se interponen en su camino. Así que llegué aquí y me fingí loco. Te dan bien de comer, cuidan de tus necesidades y, lo más importante de todo, no hacen preguntas. Yo no he hablado racionalmente, con otro que no sea yo mismo, en cinco años. Y, se lo aseguro, hablar con uno mismo no es satisfactorio.

—¿Por qué habla con nosotros?

—Usted es la viuda de Lars. Por él hago lo que sea —señaló Claridon—. Y esa nota. Enviada por alguien con conocimiento. Quizás incluso por esas personas que he mencionado que no permiten que nadie se interponga en su camino.

—¿Se interpuso Lars en su camino? —preguntó Stephanie.

Claridon asintió.

—Muchos querían saber lo que él había averiguado.

—¿Cuál era su relación con él? —quiso saber Stephanie.

—Yo tenía acceso al comercio de libros. Él necesitaba mucho material desconocido.

Malone sabía que las tiendas de libros de segunda mano eran los lugares predilectos tanto de coleccionistas como de investigadores.

—Con el tiempo nos hicimos amigos y yo empecé a compartir su pasión. Esta región es mi hogar. Mi familia lleva aquí desde los tiempos medievales. Algunos de mis antepasados fueron cátaros, quemados en la hoguera por los católicos. Pero, entonces, Lars murió. Qué pena. Otros después de él también perecieron. De manera que vine aquí.

—¿Qué otros?

—Un comerciante de libros de Sevilla. Un bibliotecario de Marsella. Un estudiante de Roma. Por no hablar de Mark.

—Ernest Scoville está muerto también —dijo Stephanie—. Atropellado por un coche la semana pasada, justo después de que yo hablara con él.

Claridon se santiguó

—A aquellos que buscan se les hace pagar caro. Dígame, querida señora, ¿sabe usted algo?

—Tengo el diario de Lars.

Una expresión de preocupación cruzó por la cara del hombre.

—Entonces está usted en peligro mortal.

—¿Cómo es eso? —preguntó Malone.

—Todo esto es terrible —dijo Claridon. Hablaba con precipitación—. Horroroso. No hay derecho a que se vea usted implicada. Perdió a su marido y a su hijo...

—¿Qué sabe usted de Mark?

—Fue poco después de su muerte cuando llegué aquí.

—Mi hijo murió en un alud.

—No es cierto. Fue asesinado. Al igual que los otros que he mencionado.

Malone y Stephanie se quedaron en silencio, esperando a que el extraño hombrecillo se explicara.

—Mark estaba siguiendo unas pistas que su padre había descubierto años antes. No era tan apasionado como Lars, y le llevó años descifrar las notas de su padre, pero finalmente les encontró algún sentido. Se dirigió al sur, a las montañas, pero nunca regresó. Al igual que su padre.

—Mi marido se ahorcó en un puente.

—Lo sé, querida señora. Pero siempre me he preguntado qué fue lo que realmente sucedió.

Stephanie no dijo nada, pero su silencio indicaba que al menos una parte de ella se lo preguntaba también.

—Ha dicho usted que vino aquí para escapar de *ellos*. ¿Quiénes son *ellos*? —preguntó Malone—. ¿Los caballeros templarios?

Claridon asintió.

—Tuve un cara a cara con ellos en dos ocasiones. No fue agradable.

Malone decidió dejar que esa idea fuera cociéndose a fuego lento durante unos instantes. Seguía teniendo en sus manos la nota que le habían enviado a Ernest Scoville en Rennes-le-Château. Hizo un movimiento con el papel.

—¿Cómo puede usted encabezar la marcha? ¿Adónde vamos? ¿Y quién es el ingeniero con el que supuestamente hemos de andar con cuidado?

—Ella también busca lo que Lars codiciaba. Se llama Casiopea Vitt.

—¿Sabe disparar un fusil?

—Tiene muchas habilidades. Disparar, estoy seguro, es una de ellas. Vive en Givors, el lugar donde se levanta una antigua ciudadela. Es una mujer de color, musulmana, que posee una gran riqueza. Se afana en el bosque para reconstruir un castillo empleando sólo técnicas del siglo XIII. Su *château* se levanta cerca y ella personalmente supervisa el proyecto de reconstrucción, llamándose a sí misma *l'ingénieur*. El ingeniero. ¿Se ha encontrado con ella?

—Creo que me salvó el pellejo en Copenhague. Lo que me hace preguntarme por qué alguien nos advertiría que tuviéramos cuidado con ella.

—Sus motivos son sospechosos. Busca lo que Lars buscaba, pero por razones diferentes.

—¿Y qué es lo que busca? —preguntó Malone, cansado de tantos acertijos.

—Lo que los hermanos del Templo de Salomón dejaron hace muchos años. Su Gran Legado. Lo que el cura Saunière descubrió. Lo que los hermanos han estado buscando durante todos estos siglos.

Malone no creía una palabra, pero volvió a agitar el papel.

—Señálenos, pues, la dirección correcta.

—Eso no es tan sencillo. La pista se ha vuelto difícil.

—¿Ni siquiera sabe por dónde empezar?

—Si tiene usted el diario de Lars, dispondrá de más conocimiento del que yo poseo. Él a menudo hablaba del diario, pero nunca me permitió verlo.

—Tenemos también un ejemplar de *Pierres Gravées du Languedoc* —dijo Stephanie.

Claridon soltó una exclamación.

—Nunca creí que ese libro existiera.

Ella metió la mano en el bolso y le mostró el volumen.

—Es real.

—¿Podría ver la lápida sepulcral?

Stephanie abrió el libro por la página adecuada y le mostró el dibujo. Claridon lo estudió con interés. El viejo acabó sonriendo.

—Lars hubiera quedado encantado. El dibujo es bueno.

—¿Le importaría explicarse? —preguntó Malone.

—El abate Bigou supo del secreto por Marie d'Hautpoul de Blanchefort, poco antes de que ésta muriera. Cuando huyó de Francia en 1793, Bigou comprendió que nunca regresaría, de manera que ocultó lo que sabía en la iglesia de Rennes-le-Château. Esa información fue encontrada posteriormente por Saunière, en 1891, dentro de un frasco de vidrio.

—Ya sabemos eso —dijo Malone—. Lo que no sabemos es el secreto de Bigou.

—Ah, pero sí que lo saben —dijo Claridon—. Enséñeme el diario de Lars.

Stephanie le tendió el diario. El hombrecillo lo ojeó ansiosamente y les mostró una página.

—Este criptograma estaba probablemente dentro del frasco de vidrio.

—¿Cómo lo sabe usted? —preguntó Malone.

—Para saber eso, debe usted comprender a Saunière.

—Somos todo oídos.

—Cuando Saunière estaba vivo, ni una sola palabra fue escrita jamás sobre el dinero que gastó en la iglesia o los demás edificios. Nadie fuera de Rennes sabía incluso que eso existiera. Cuando murió en 1917, se había olvidado totalmente. Sus papeles y pertenencias fueron, o bien robados, o bien destruidos. En 1947, su amante vendió toda la finca a un hombre llamado Noël Corbu. Ella murió seis años más tarde. La supuesta leyenda de Saunière, sobre su gran tesoro encontrado, apareció impresa por primera vez en 1956. Un periódico local, *La Dépêche du Midi*, publicó tres entregas que supuestamente contaban la verdadera historia. Pero la fuente de ese material era Corbu.

—Estoy al tanto de eso —dijo Stephanie—. Lo embelleció todo, exagerando la historia, cambiándolo todo de arriba abajo. Posteriormente, aparecieron más artículos en la prensa, y la historia poco a poco se fue haciendo más fantástica.

Claridon asintió.

—La ficción acabó sustituyendo por completo a los hechos.

—¿Se refiere usted a los pergaminos? —preguntó Malone.

—Un excelente ejemplo. Saunière nunca encontró pergamino alguno en la columna del altar. Nunca. Corbu y los demás añadieron ese detalle. Nadie ha visto nunca esos pergaminos, aunque su texto ha sido impreso en innumerables libros, cada uno de los cuales ocultaba supuestamente alguna especie de mensaje cifrado. Todo tonterías, y Lars lo sabía.

—Pero Lars publicó los textos de los pergaminos en sus libros —dijo Malone.

—Él y yo hablamos del asunto. Todo lo que dijo fue: «A la gente le encanta el misterio.» Pero sé que le dolía hacerlo.

Malone estaba confuso.

—¿Así que Saunière contó una mentira?

Claridon asintió.

—La versión moderna es esencialmente falsa. La mayoría de los escritores vinculan también a Saunière con los cuadros de Nicolas Poussin, en particular *Los pastores de la Arcadia*. Según cabe suponer, Saunière llevó los dos pergaminos encontrados a París en 1893 para descifrarlos, y, estando allí, compró una copia de ese cuadro y dos más en el Louvre. Se dice de ellos que contenían mensajes ocultos. El problema en este caso es que el Louvre no vendía copias de cuadros en aquella época, y no hay registro alguno de que *Los pastores de la Arcadia* estuviera siquiera en el Louvre en 1893. Pero a los hombres que divulgaron esta ficción no les importaban mucho los errores. Simplemente suponían que nadie comprobaría los hechos, y durante un tiempo tuvieron razón.

Malone indicó con la mano el criptograma.

—¿Dónde encontró esto Lars?

—Corbu escribió un texto en el que lo contaba todo sobre Saunière.

Algunas de las palabras de las ocho páginas enviadas a Ernest Scoville pasaron por su cabeza. Lo que Lars había escrito sobre la amante. «En un momento dado, ella reveló a Noël Corbu uno de los escondrijos de Saunière. Corbu escribió sobre esto en un manuscrito que yo conseguí encontrar.»

—Aunque Corbu se pasó mucho tiempo contando a los reporteros la ficción de Rennes, en su manuscrito contó en detalle la verdadera historia, tal como la supo por la amante.

Más cosas de las que Lars había escrito acudieron a la mente de Malone. «Lo que Corbu encontró, caso de que realmente encontrara algo, nunca lo reveló. Pero la abundancia de información contenida en su manuscrito hace que uno se pregunte dónde pudo haberse enterado de todo lo que escribía.»

—Corbu, por supuesto, no dejaba que nadie viera el manuscrito, ya que la verdad no era ni mucho menos tan cautivadora como la ficción. Murió cuando se acercaba a los setenta años en un accidente de automóvil, y su manuscrito desapareció. Pero Lars lo encontró.

Malone estudió las filas de letras y símbolos que aparecían en el criptograma.

—Bueno, ¿y esto qué es? ¿Alguna especie de código?

—Uno bastante corriente en los siglos XVIII y XIX. Letras y símbolos al azar, dispuestos en una parrilla. En algún lugar, en medio de todo este caos, hay un mensaje. Básico, sencillo y, para su época, bastante difícil de descifrar. Y lo sigue siendo incluso hoy, sin una pista.

—¿Qué quiere usted decir?

—Se precisa alguna secuencia numérica para encontrar las letras que conforman el mensaje. A veces, para hacer un poco más confuso el tema, el punto de partida de la parrilla es aleatorio también.

—¿Consiguió Lars descifrarlo? —preguntó Stephanie.

Claridon negó con la cabeza.

—Fue incapaz. Y eso lo frustró. Entonces, las semanas previas a su muerte, pensó que había tropezado con una nueva pista.

La paciencia de Malone se estaba agotando.

—Supongo que no le dijo a usted cuál era.

—No, monsieur. Él era así.

—Así pues, ¿adónde iremos desde aquí? Señale el camino, tal como se supone que debe hacerlo usted.

—Regresen aquí a las cinco de la tarde, a la carretera que hay más allá del edificio principal. Yo iré a su encuentro.

—¿Cómo podrá salir?

—Nadie aquí se entristecerá de verme marchar.

Malone y Stephanie cruzaron una mirada. Seguramente ella dudaba, igual que él, de si seguir las indicaciones de Claridon sería inteligente. Hasta el momento toda esa empresa había estado plagada de personalidades peligrosas o paranoicas, por no hablar de especulaciones disparatadas. Pero algo se estaba poniendo en marcha, y si quería saber más iba a tener que jugar según las reglas que el extraño hombrecillo que se alzaba ante él estaba fijando.

Sin embargo, quería saber.

—¿Adónde nos dirigiremos?

Claridon se volvió hacia la ventana y señaló al este. En la lejanía, a kilómetros de distancia, sobre la cima de una colina que dominaba Aviñón, se levantaba una fortaleza de aspecto palaciego con una apariencia oriental, como algo procedente de Arabia. Su dorada luminosidad destacaba contra el cielo del este con una intensidad fugitiva y su apariencia era la de varios edificios amontonados uno encima del otro, cada uno de ellos alzándose de la roca firme, en un claro desafío. Al igual que sus ocupantes habían hecho durante casi cien años, cuando siete papas franceses gobernaron la Cristiandad desde el interior de las murallas de la fortaleza.

—Al Palais des Papes —dijo Claridon.

El Palacio de los Papas.

XXX

El senescal miró a Geoffrey a los ojos, y descubrió odio en ellos. Nunca le había visto esa emoción.

—Le he dicho a nuestro nuevo maestre —dijo Geoffrey, hundiendo el arma más profundamente en la garganta de De Roquefort— que se esté quieto o le dispararé.

El senescal se adelantó y metió un dedo bajo el blanco manto, hasta el chaleco antibalas.

—Si nosotros no hubiéramos empezado a disparar, lo habría hecho usted, ¿verdad? La idea era matarnos mientras tratábamos de huir. De esa manera, su problema quedaba resuelto. Yo quedo eliminado y usted es el salvador de la orden.

De Roquefort no dijo nada.

—Por eso ha venido usted aquí solo. Para terminar el trabajo por sí mismo. Ya le vi cerrar la puerta del dormitorio. No quería testigos.

—Tenemos que irnos —dijo Geoffrey.

Comprendía el peligro que la empresa significaba, pero dudaba de que ninguno de los hermanos quisiera arriesgar la vida del maestre.

—¿Adónde iremos?

—Se lo mostraré.

Manteniendo el arma pegada al cuello de De Roquefort, Geoffrey condujo a su rehén a través del dormitorio. El senescal mantenía lista su propia arma. Abrió la puerta. En el pasillo había cinco hermanos armados. Al ver a su líder en peligro, levantaron sus armas, dispuestos a disparar.

—Bajad las armas —ordenó De Roquefort.

Pero las pistolas seguían apuntando.

—Os ordeno que bajéis las armas. No quiero más derramamiento de sangre.

El noble gesto provocó el efecto deseado.

—Apartaos —dijo Geoffrey.

Los hermanos dieron unos pasos atrás.

Geoffrey hizo un gesto con el arma y él y De Roquefort salieron al pasillo. El senescal los siguió. Las campanas sonaron a lo lejos, señalando la una de la tarde. Las plegarias de la Hora Sexta terminarían dentro de poco, y los corredores se llenarían una vez más de hombres vestidos con hábitos.

—Tenemos que movernos rápidamente —dejó claro el senescal.

Con su rehén, Geoffrey encabezaba la marcha por el corredor. El senescal le seguía, mirando de vez en cuando hacia atrás para no perder de vista a los cinco hermanos.

—Quedaos ahí —ordenó el senescal a los hombres.

—Haced lo que dice —gritó De Roquefort, cuando doblaron la esquina.

✠

De Roquefort sentía curiosidad. ¿Cómo esperaban huir de la abadía? ¿Qué había dicho Geoffrey? «Se lo mostraré.» Decidió que la única manera de descubrir algo era ir con ellos, y por eso ordenó a sus hombres que se quedaran atrás.

El senescal le había disparado dos veces. De no haber actuado con rapidez, una tercera bala le habría dado en la cabeza. Las apuestas habían subido. Sus apresadores tenían una misión, algo que él creía que implicaba a su predecesor, y un tema sobre el que necesitaba desesperadamente saber más cosas. La excursión a Dinamarca no había sido muy productiva. Hasta el momento no se había sacado nada en claro en Rennes-le-Château. Y aunque había conseguido desacreditar al antiguo maestre en su muerte, el viejo podía haberse reservado ser el último en reír.

Tampoco le gustaba el hecho de que hubieran sido heridos dos hombres. No era la mejor manera de comenzar su mandato. Los hermanos se esforzaban por mantener el orden. El caos era visto como un signo de debilidad. La última vez que la violencia había invadido los muros de la abadía fue cuando un populacho enfurecido trató de entrar en el recinto durante la Revolución francesa... Pero, después de sufrir varios muertos en el intento, se retiraron. La abadía era un lugar de tranquilidad y refugio. La violencia era enseñada —y en ocasiones empleada—, pero atemperada por la disciplina. El senescal había demostrado una total falta de disciplina. Los reticentes que pudieran haber albergado alguna efímera lealtad hacia él habrían quedado ahora convencidos por sus graves violaciones de la regla.

Pero, con todo, ¿adónde se dirigían aquellos dos?

Continuaron por los corredores, pasando por delante de talleres, de la biblioteca y de más pasillos vacíos. Oía pasos detrás de ellos, los de los cinco hermanos perseguidores, dispuestos a actuar en cuanto surgiera la oportunidad. Pero lo echarían todo a perder si alguno de ellos interfería antes de que él lo dijera.

Se detuvieron ante una puerta de columnas esculpidas y un sencillo pomo de hierro.

El alojamiento del maestre.

Sus habitaciones.

—Entremos —dijo Geoffrey.

—¿Por qué? —preguntó el senescal—. Quedaremos atrapados.

—Por favor, entre.

El senescal empujó la puerta. Luego cerró el pestillo después de que hubieran entrado.

De Roquefort estaba atónito.

Y lleno de curiosidad.

✠

El senescal estaba preocupado. Estaban encerrados dentro de la cámara del maestre, y la única salida era una solitaria ventana de ojo de buey que daba al vacío. Gotas de sudor perlaban su frente y se secó la salada humedad de sus ojos.

—Siéntese —ordenó Geoffrey a De Roquefort, y el hombre se sentó a la mesa de escritorio.

El senescal examinó la habitación.

—Veo que ha cambiado usted ya algunas cosas.

Algunas sillas tapizadas más, arrimadas contra las paredes. Una mesa donde antes no había nada. La ropa de cama era diferente, así como diversos objetos sobre las mesas y el escritorio.

—Es mi alojamiento ahora —dijo De Roquefort.

El senescal se fijó en la solitaria hoja de papel que descansaba sobre el escritorio, escrita por su mentor. El mensaje del sucesor, dejado tal como exigía la regla. Levantó la página escrita a máquina y leyó.

¿Crees que lo que consideras imperecedero no perecerá? Basas tu esperanza en el mundo, y tu dios es esta vida. No te das cuenta de que serás destruido. Vives en la oscuridad y la muerte, ebrio de fuego y lleno de amargura. Tu mente está perturbada debido al fuego sin llama que arde en tu interior, y gozas envenenando y golpeando a tus enemigos. La oscuridad se ha levantado sobre ti como la luz, porque has cambiado tu libertad por la esclavitud. Fracasarás, eso está claro.

—Su maestre se acordaba de pasajes del Evangelio de santo Tomás que son pertinentes —dijo De Roquefort—. Y aparentemente creía que yo, no usted, llevaría el manto blanco una vez que él se hubiera ido. Seguramente esas palabras no estaban destinadas a su elegido.

No, no lo estaban. El senescal se preguntó por qué su mentor tenía tan poca fe en él, especialmente cuando, en las horas previas a su muerte, le había alentado a buscar la más alta dignidad.

—Debería usted escucharle —dejó claro el senescal.

—El suyo es el consejo de una alma débil.

Se oyeron golpes en la puerta.

—¿Maestre? ¿Está usted ahí?

A menos que los hermanos estuvieran dispuestos a abrirse camino con explosivos, no había mucho peligro de que las pesadas planchas fueran forzadas.

De Roquefort le miró fijamente.

—Responda —dijo el senescal.

—Estoy bien. Retiraos.

Geoffrey se acercó a la ventana y se quedó mirando la cascada del otro lado del desfiladero.

De Roquefort colocó una pierna sobre la otra y se recostó en la silla.

—¿Qué esperáis conseguir? Esto es una estupidez.

—Cierre la boca.

Pero el senescal se estaba preguntando lo mismo.

—El maestre dejó más palabras —dijo Geoffrey desde el otro lado de la habitación.

Él y De Roquefort se volvieron hacia Geoffrey mientras éste metía la mano bajo su hábito y sacaba un sobre.

—Éste es su verdadero mensaje final.

—Dámelo a mí —exigió De Roquefort, levantándose de la silla.

Geoffrey le apuntó con su arma.

—Siéntese.

De Roquefort se quedó de pie. Geoffrey bajó el arma y apuntó a sus piernas.

—El chaleco no le servirá de nada.

—¿Me matarás?

—Le dejaré lisiado.

De Roquefort se sentó.

—Tiene usted un valiente cómplice —le dijo al senescal.

—Es un hermano del Temple.

—Es una vergüenza que llegara a hacer el juramento.

Si las palabras estaban pensadas para suscitar una respuesta en Geoffrey, fracasaron.

—Ustedes no van a ninguna parte —les dijo De Roquefort.

El senescal observaba a su aliado. Geoffrey estaba mirando por la ventana, como si esperara algo.

—Disfrutaré viendo cómo les castigan —dijo De Roquefort.

—Le dije que se callara —advirtió el senescal.

—Su maestre se consideraba inteligente. Yo sé que no lo era.

Veía que De Roquefort tenía algo más que decir.

—Conforme. Picaré. ¿Qué quiere decirme?

—El Gran Legado. Es lo que le consumió a él y a los demás maestres. Todos querían encontrarlo, pero ninguno tuvo éxito. Su maestre se pasó un montón de tiempo investigando el tema, y su joven amigo de ahí le ayudó.

El senescal lanzó una mirada a Geoffrey, pero su compañero no apartaba la vista de la ventana. Se dirigió entonces a De Roquefort.

—Creía que estaba usted a punto de hallarlo. Eso es lo que dijo en el cónclave.

—Lo estoy.

El senescal no le creyó.

—Su joven amigo de ahí y el difunto maestre formaban un buen equipo. Me he enterado de que recientemente registraron nuestros archivos con entusiasmo... Algo que despertó mi interés.

Geoffrey se dio la vuelta y cruzó a grandes zancadas el dormitorio, metiéndose otra vez el sobre dentro del hábito.

—Usted no se enterará de nada. —La voz era casi un grito—. Lo que está a punto de encontrarse no es para usted.

—¿De veras? —preguntó De Roquefort—. ¿Y qué es lo que está a punto de encontrarse?

—No habrá ningún triunfo para los que son como usted. El maestre tenía razón. Está usted ebrio de fuego y lleno de amargura.

De Roquefort evaluó a Geoffrey con semblante tenso.

—Tú y el maestre os enterasteis de algo, ¿verdad? Sé que enviaste dos paquetes por correo, e incluso sé a quién. Me he ocupado de uno de los destinatarios y dentro de poco lo haré del otro. Pronto sabré todo lo que tú y él supisteis.

El brazo derecho de Geoffrey se balanceó hacia atrás y el arma que sostenía golpeó a De Roquefort en la sien. El maestre vaciló, aturdido, luego sus ojos se pusieron en blanco y se derrumbó en el suelo.

—¿Era necesario eso? —preguntó el senescal.

—Debería alegrarse de que no le disparara. Pero el maestre me hizo prometer que no haría daño a este estúpido.

—Tú y yo hemos de tener una seria charla.

—Primero tenemos que escapar.

—No creo que los hermanos del pasillo vayan a permitírnoslo.

—Ellos no son ningún problema.

El senescal podía percibir algo.

—¿Sabes la manera de salir de aquí?

—El maestre fue bastante claro —dijo sonriendo Geoffrey.

TERCERA PARTE

XXXI

ABADÍA DES FONTAINES
2:05 PM

De Roquefort abrió los ojos. La sien le palpitaba y se juró que el hermano Geoffrey pagaría por aquel ataque.

Se levantó del suelo y trató de aclarar la niebla de su cabeza. Oyó unos gritos frenéticos procedentes del otro lado de la puerta. Se secó la sien con la manga y la retiró manchada de sangre. Se dirigió al baño y mojó un trapo con agua para limpiar la herida

Procuró cobrar fuerzas. Tenía que dar la impresión de control. Lentamente cruzó la habitación y abrió la puerta.

—Maestre, ¿está usted bien? —preguntó su nuevo mariscal.

—Venga usted adentro —dijo.

Los otros cuatro hermanos aguardaron en el pasillo. Eran conscientes de que no debían entrar en la cámara del maestre sin permiso.

—Cierre la puerta.

Su lugarteniente cumplió la orden.

—Fui golpeado hasta quedar inconsciente. ¿Cuánto hace que se han ido?

—Todo lleva en silencio aquí unos veinte minutos. Eso es lo que ha suscitado nuestros temores.

—¿Qué quiere usted decir?

Una mirada de desconcierto apareció en el rostro del mariscal.

—Silencio. Nada.

—¿Adónde fueron el senescal y el hermano Geoffrey?

—Maestre, estaban aquí con usted. Nosotros nos encontrábamos fuera.

—Mire a su alrededor. Se han ido. ¿Cuándo se fueron?

Más desconcierto.

—No lo hicieron en nuestra dirección.

—¿Me está usted diciendo que no salieron por esta puerta?

—Les habríamos disparado si lo hubieran hecho, tal como usted ordenó.

Su cabeza estaba otra vez empezando a dolerle. Levantó el trapo húmedo hasta su cuero cabelludo y masajeó el nudo doloroso. Se preguntaba por qué Geoffrey había venido directamente aquí.

—Hay noticias de Rennes-le-Château —le dijo el mariscal.

Esta revelación despertó su interés.

—Nuestros dos hermanos dieron a conocer su presencia, y Malone, tal como usted había predicho, los esquivó en la carretera.

De Roquefort había deducido correctamente que la mejor manera de perseguir a Stephanie Nelle y Cotton Malone era dejarles creer que se habían librado de la persecución.

—¿Y el tirador del cementerio de anoche?

—Esa persona huyó en motocicleta. Nuestros hombres vieron cómo lo perseguía Malone. Ese incidente, y el ataque contra nuestros hermanos en Copenhague, están claramente relacionados.

De Roquefort se mostró de acuerdo.

—¿Alguna idea de quién puede ser?

—Aún no.

No le gustaba oír eso.

—¿Y qué me dice de hoy? ¿Adónde fueron Malone y Nelle?

—El chivato electrónico fijado al coche de Malone funcionó perfectamente. Fueron a Aviñón. Acaban de salir del sanatorio donde Royce Claridon está internado como paciente.

Estaba perfectamente al corriente de lo que se refería a Claridon, y ni por un momento pensaba que éste estuviera mentalmente enfermo, por lo cual tenía una fuente de información dentro del sanatorio. Un mes atrás, cuando el maestre envió a Geoffrey a Aviñón para mandar por correo el paquete a Stephanie Nelle, pensó que tal vez había establecido contacto luego con Claridon. Pero Geoffrey no efectuó ninguna visita al asilo.

Sospechó que el segundo paquete, el enviado a Ernest Scoville a Rennes, aquel sobre del que tan pocas cosas sabía, era lo que había conducido a Stephanie Nelle y Cotton Malone hasta Claridon. Una cosa era segura. Claridon y Lars Nelle habían trabajado codo con codo, y cuando el hijo se metió en la búsqueda después de la muerte de Lars Nelle, Claridon le ayudó también. El maestre, evidentemente, sabía todo esto. Y ahora la viuda de Lars Nelle había ido directamente a Claridon.

Ya era hora de enfrentarse a ese problema.

—Me dirigiré a Aviñón dentro de media hora. Prepare a cuatro hermanos. Mantenga la vigilancia electrónica y advierta a nuestra gente de que no los detengan. Ese equipo tiene un largo alcance.

Pero seguía habiendo otro asunto, y recorrió atentamente la habitación con la mirada.

—Ahora, váyase.

El mariscal se inclinó, y luego se retiró de la cámara.

Se quedó de pie, un poco mareado todavía, y estudió la alargada habitación. Dos de las paredes eran de piedra, y las otras dos estaban revestidas de madera de arce y divididas en paneles simétricos. Un decorativo aparador dominaba una de las paredes; un tocador, otro aparador, una mesa y unas sillas, las otras. Pero su mirada se detuvo en la chimenea. Parecía el sitio más lógico. Sabía que en los tiempos antiguos no había ninguna habitación que poseyera una única manera de entrar y salir. Esta cámara en particular había alojado a maestres desde el siglo XVI, y, si recordaba correctamente, la chimenea era un añadido del siglo XVII, que había venido a reemplazar un hogar de piedra más antiguo. Raras veces era usada ahora, ya que se utilizaba la calefacción central en toda la abadía.

Se acercó y examinó la carpintería, luego examinó cuidadosamente el hogar, descubriendo unas débiles líneas blancas que se extendían perpendicularmente hacia la pared.

Se inclinó y miró más detenidamente el oscuro hogar. Con la mano torcida probó dentro del conducto de humos.

Y lo encontró.

Un pomo de vidrio.

Trató de girarlo, pero nada se movió. Empujó hacia arriba y luego hacia abajo. Nada. De manera que tiró de él, y el pomo cedió.

No mucho, quizás unos cuatro centímetros, y se oyó un chasquido metálico. Soltó su presa y sintió algo resbaladizo sobre sus dedos. Aceite. Alguien se había preparado a conciencia.

Se quedó mirando fijamente la chimenea.

Una grieta aparecía en la pared del fondo. Empujó, y el panel de piedra se abrió hacia dentro. La abertura era lo bastante grande para permitir la entrada, de manera que se deslizó en el interior. Más allá de la puerta había un pasadizo de la altura de un hombre.

Se quedó allí de pie.

El estrecho corredor se extendía sólo un par de metros hasta una escalera de piedra que bajaba formando una estrecha espiral. Era imposible saber adónde conducía. Sin duda había otras entradas y salidas por toda la abadía. Él había sido mariscal durante veintidós años, y nunca había sabido nada de estas rutas secretas.

El maestre sí, lo cual explicaba que Geoffrey lo supiera también.

Golpeó repetidamente con el puño contra la piedra para desahogar su ira. Tenía que encontrar el Gran Legado. Toda su capacidad de gobernar se basaba en ese descubrimiento. El maestre había poseído el diario de Lars Nelle, como De Roquefort supo durante muchos años, pero no había habido manera de conseguirlo. Pensó que, con la desaparición del viejo, sus posibilidades aumentarían, pero el maestre había previsto sus movimientos y alejado el manuscrito. Ahora la viuda de Lars Nelle y un ex empleado suyo —un agente del gobierno, bien entrenado— estaban estableciendo contacto con Royce Claridon. Nada bueno podía salir de esta colaboración.

Procuró tranquilizar sus nervios.

Durante años había trabajado a la sombra del maestre. Ahora él era el maestre. Y no estaba dispuesto a permitir que un fantasma le dictara su camino.

Hizo algunas aspiraciones profundas de aquel malsano aire, y trató de recordar el Inicio. Año del Señor de 1118. Tierra Santa había sido finalmente arrebatada a los sarracenos y se habían establecido dominios cristianos, pero aún existía un gran peligro. De manera que nueve caballeros se unieron y prometieron al nuevo rey cristiano de Jerusalén que la ruta de llegada y partida de Tierra Santa sería segura para los peregrinos. Pero ¿cómo podían nueve hombres de mediana edad, que habían hecho voto de pobreza, proteger la larga ruta que iba de Jaffa a Jerusalén, especialmente cuando centenares de bandidos estaban apostados en el camino? Más desconcertante aún, durante los primeros diez años de su existencia, no se sumaron nuevos caballeros, y las Crónicas de la orden no recogían nada sobre que los hermanos ayudaran a ningún peregrino. En vez de eso, los nueve hombres originales se ocuparon de una tarea más importante. Su cuartel general se encontraba bajo el antiguo templo, en una zona que antaño había servido como establos del rey Salomón, una cámara de infinitos arcos y bóvedas, tan grande que en un tiempo había albergado hasta dos mil animales. Ellos habían descubierto pasajes subterráneos excavados en la roca siglos antes, muchos de los cuales contenían rollos de escrituras, tratados, escritos sobre arte y ciencia, y muchas cosas más sobre la herencia judaico-egipcia.

Y el más importante hallazgo de todos.

Las excavaciones ocuparon toda la atención de aquellos nueve caballeros. Entonces, en 1127, cargaron barcos con su preciosa carga secreta y zarparon hacia Francia. Lo que ellos habían encontrado les valió fama, riqueza y poderosas alianzas. Muchos quisieron formar parte de su movimiento, y, en 1128, tan sólo diez años después de su fundación, se otorgó a los templarios por parte del papa una autonomía legal que no tenía parangón en el mundo occidental.

Y todo debido a lo que sabían.

No obstante, fueron cuidadosos con ese conocimiento. Sólo aquellos que alcanzaban el nivel superior gozaban del privilegio de saber. Siglos atrás, el deber del maestre era transmitir ese conocimiento antes de morir. Pero eso fue antes de la Purga. Después, los maestres buscaron, todo en vano.

Golpeó nuevamente el puño contra la pared.

Los templarios habían forjado por primera vez su destino en cavernas olvidadas con la determinación de unos zelotes. Él haría lo mismo. El Gran Legado estaba ahí. Se encontraba cerca. Lo sabía.

Y las respuestas estaban en Aviñón.

XXXII

Malone detuvo el Peugeot. Royce Claridon estaba esperando al borde de la carretera, al sur del sanatorio, exactamente donde había dicho. La desaliñada barba había desaparecido, al igual que las ropas y el jersey manchado. Iba bien afeitado, las uñas cuidadas y llevaba unos vaqueros y una camiseta de cuello redondo. Su largo cabello estaba alisado hacia atrás y recogido en una cola de caballo. Y había vigor en su paso.

—Se siente uno bien sin esa barba —dijo, subiendo al asiento trasero—. Para fingir ser un templario, tenía que parecerlo. Ya sabe usted que nunca se bañaban. La regla se lo prohibía. Nada de desnudez entre hombres y todo eso. Vaya panda maloliente debían de ser.

Malone puso la primera y se dirigió a la autopista. El cielo aparecía cubierto de nubes amenazadoras. Al parecer, el mal tiempo procedente de Rennes-le-Château estaba finalmente dirigiéndose hacia el este. A lo lejos, los rayos caían bifurcándose a través de las imponentes nubes, seguidos del retumbar de los truenos. Aún no había descargado, pero pronto lo haría. Intercambió miradas con Stephanie, y ella comprendió que el hombre del asiento trasero debía ser interrogado.

Se volvió hacia atrás.

—Señor Claridon...

—Llámeme Royce, madame.

241

—De acuerdo. Royce, ¿puede usted contarnos algo más de lo que estaba pensando Lars? Es importante que comprendamos.

—¿No lo sabe?

—Lars y yo estuvimos distanciados los años previos a su muerte. No confiaba mucho en mí. Pero recientemente he leído sus libros y el diario.

—¿Puedo preguntar entonces por qué está usted aquí? Él hace tiempo que se fue.

—Digamos sólo que me gustaría creer que Lars hubiera deseado que su trabajo fuera acabado.

—En eso tiene usted razón, madame. Su marido era un brillante erudito. Sus teorías tenían una base sólida y creo que habría tenido éxito. De haber vivido.

—Hábleme de esas teorías.

—Estaba siguiendo los pasos del abate Saunière. Ese cura era listo. Por un lado quería que nadie supiera lo que estaba haciendo. Por otro, dejó muchas pistas. —Claridon meneó la cabeza—. Dicen que se lo contó todo a su amante, pero ella murió sin decir jamás una palabra. Antes de su muerte, Lars pensó que finalmente hacía progresos. ¿Conoce usted la leyenda completa, madame? ¿La auténtica verdad?

—Me temo que mi conocimiento se limita a lo que Lars escribió en sus libros. Pero había algunas referencias interesantes en su diario que él nunca publicó.

—¿Podría ver esas páginas?

Ella pasó las páginas del diario, y luego se lo tendió a Claridon. Malone vio por el espejo retrovisor que el hombre leía con interés.

—Vaya maravillas —dijo Claridon

—¿Podría usted ilustrarnos? —preguntó Stephanie.

—Desde luego, madame. Como he dicho esta tarde, la ficción que Noël Corbu y otros fabricaron sobre Saunière era misteriosa y cautivadora. Pero para mí, y para Lars, la verdad era mejor aún.

Saunière inspeccionó el nuevo altar de la iglesia, encantado de las renovaciones. La monstruosidad de mármol había desaparecido, aquella vieja superficie convertida ahora en un montón de cascotes en el cementerio, y las columnas visigóticas, destinadas a otros usos. El nuevo altar era un objeto de sencilla belleza. Tres meses antes, en junio, había organizado un primoroso oficio de Primera Comunión. Hombres del pueblo habían transportado una estatua de la Virgen en solemne procesión a través de Rennes, regresando finalmente a la iglesia, donde la escultura fue colocada encima de una de las desechadas columnas del cementerio. Para conmemorar el acontecimiento, hizo grabar PENITENCIA, PENITENCIA, *sobre la cara de la columna, con objeto de recordar a los feligreses la humildad, y* MISIÓN 1891, *para conmemorar el año de su ejecución colectiva.*

El tejado de la iglesia finalmente había sido sellado, y las paredes exteriores, apuntaladas. El viejo púlpito había desaparecido y se estaba construyendo otro. Pronto sería instalado un suelo de baldosas a cuadros negros y blancos, y luego los nuevos bancos. Pero antes de eso, la infraestructura del suelo requería reparación. El agua filtrada del tejado había erosionado muchas de las piedras de la base. En algunos lugares había sido posible el remiendo, pero otras tenían que ser sustituidas.

Fuera, apuntaba una húmeda y ventosa mañana de septiembre, de manera que consiguió asegurarse la ayuda de una media docena de vecinos del pueblo. Su trabajo consistiría en romper algunas de las losas dañadas e instalar otras nuevas antes de que llegaran los soladores, dos semanas después. Los hombres estaban ahora trabajando en tres lugares distintos a lo largo de la nave. El propio Saunière estaba ocupándose de una piedra deformada ante los escalones del altar, que siempre se había balanceado.

Se había quedado desconcertado por el frasco de vidrio hallado a comienzos de año. Cuando fundió el sello de cera y abrió el papel enrollado, encontró, no un mensaje, sino trece filas de letras y símbolos. Cuando se los mostró al abate Gélis, el cura de un pueblo vecino, éste le dijo que aquello era un criptograma, y que en algún lugar entre las letras aparentemente carentes de sentido se escondía un mensaje. Todo lo que necesitaba era la clave matemática para descifrarlo, pero al cabo de muchos meses de intentos no se encontraba más cerca de resolverlo. Quería saber no sólo su significado, sino el motivo por el que había sido dejado con tanto secreto. Evidentemente, su mensaje era de gran importancia. Pero se necesitaría paciencia. Eso era lo que se decía a sí mismo cada noche después de fracasar una y otra vez en hallar la respuesta; y, si no otra cosa, al menos sí se mostraba paciente.

Agarró un martillo de mango corto y decidió ver si el grueso suelo de piedra podía ser partido. Cuanto más pequeños fueran los trozos, más fácil sería quitarlos. Se dejó caer de rodillas y descargó tres golpes sobre un extremo de la losa de noventa centímetros de largo. Inmediatamente aparecieron resquebrajaduras en toda su longitud. Nuevos golpes las convirtieron en grandes grietas.

Dejó el martillo a un lado y utilizó una barra de hierro para hacer palanca y aflojar los trozos más pequeños. Luego introdujo la palanca bajo un fragmento largo y estrecho y forzó el grueso pedazo, levantándolo de su cavidad. Con el pie, lo empujó a un lado.

Entonces observó algo.

Soltó la barra de hierro y acercó la lámpara de petróleo al descubierto subsuelo. Alargó la mano, quitó con cuidado los residuos, y vio que estaba contemplando una bisagra. Se inclinó un poco más, barriendo más polvo y restos, dejando al descubierto mayor cantidad de hierro oxidado, y manchándose de orín las puntas de los dedos.

La forma se iba perfilando.

Era una puerta.

Que conducía abajo.

Pero ¿adónde?

Miró a su alrededor. Los demás hombres estaban enfrascados duramente en su trabajo, hablando entre sí. Dejó a un lado la lámpara y con calma repuso los trozos que acababa de quitar en la cavidad.

—El buen cura no quería que nadie supiera lo que había descubierto —dijo Claridon—. Primero el frasco de vidrio. Y ahora una puerta. Esa iglesia estaba llena de maravillas.

—¿Adónde conducía la puerta? —quiso saber Stephanie.

—Ésa es la parte interesante. Lars nunca me lo contó todo. Pero después de leer su diario, ahora lo entiendo.

Saunière quitó la última de las piedras de la puerta de hierro del suelo. Las puertas de la iglesia estaban cerradas, y el sol hacía horas que se había puesto. Durante todo el día no había dejado de pensar en lo que yacía bajo aquella puerta, pero no había dicho ni una palabra de ello a los obreros, limitándose a darles las gracias por su trabajo y explicando que tenía intención de tomarse unos días de descanso, de manera que no haría falta que regresaran hasta la semana siguiente. Ni siquiera le había contado a su preciosa amante lo que había hallado, mencionando sólo que después de la cena quería inspeccionar la iglesia antes de irse a la cama. La lluvia ahora acribillaba el tejado.

A la luz de la lámpara de petróleo, calculó que la puerta de hierro tendría poco más de noventa centímetros de longitud y unos cuarenta y cinco de ancho. Se encontraba a nivel del suelo, y no tenía cerradura. Afortunadamente, su marco era de piedra, pero le preocupaban las bisagras, por lo que había traído un recipiente de aceite de lámpara. No era el mejor de los lubricantes, pero era todo lo que había podido encontrar en tan poco tiempo.

Mojó las bisagras con aceite y confió en que la adherencia producida por el paso del tiempo se aflojaría. Metió entonces la punta de una barra de hierro bajo uno de los bordes de la puerta e hizo palanca hacia arriba.

Ningún movimiento.

Presionó con más fuerza.

Las bisagras empezaron a ceder.

Movió la barra, trabajando el oxidado metal, y luego aplicó más aceite. Al cabo de varios intentos las bisagras gimieron y la puerta pivotó, abriéndose y quedándose fija, apuntando hacia el techo.

Encendió la linterna y la dirigió hacia la húmeda abertura.

Una estrecha escalera bajaba unos cuatro o cinco metros hasta un basto suelo de piedra.

Sintió que una oleada de excitación corría por su cuerpo. Había oído leyendas de otros curas sobre cosas que habían hallado. La mayor parte de ellas procedían de la Revolución, cuando los clérigos ocultaron reliquias, iconos y decoraciones a los saqueadores republicanos. Muchas de las iglesias del Languedoc fueron víctimas. Pero la de Rennes-le-Château se encontraba en un estado tal de deterioro que simplemente no había nada que saquear.

Quizás todos se habían equivocado.

Probó el escalón superior y decidió que habían sido excavados a partir de los cimientos de piedra de la iglesia. Lámpara en mano, se deslizó hacia abajo, descubriendo al frente un espacio rectangular, excavado también en la roca. Un arco dividía la sala en dos partes. Entonces descubrió los huesos. En las paredes exteriores se habían horadado unas cavidades como hornos, cada una de las cuales contenía un ocupante esquelético, junto con los restos de ropas, calzado, espadas y sudarios de entierro.

Alumbró con la linterna algunas de las tumbas cercanas y vio que cada una de ellas estaba identificada con un nombre cincelado. Todas eran de los D'Hautpoul. Las fechas iban desde el siglo XVI hasta el XVIII. Contó las tumbas. En la cripta había un total de veintitrés. Sabía quiénes eran. Los señores de Rennes.

Más allá del arco central, un cofre al lado de una marmita de hierro llamó su atención.

Dio un paso adelante, con la lámpara en la mano, y quedó sorprendido al descubrir que algo reflejaba la luz. Al principio pensó que le engañaban sus ojos, pero enseguida comprendió que la visión era real.

Se inclinó.

El recipiente de hierro estaba lleno de monedas. Levantó una de ellas y vio que se trataba de monedas de oro francesas, muchas de ellas con una fecha: 1768. Ignoraba su valor, pero razonó que debía de ser considerable. Era difícil decir cuántas había en el caldero, pero cuando probó su peso descubrió que no podía mover ni un milímetro el recipiente.

Alargó la mano hacia el cofre, y vio que no estaba cerrado. Levantó la tapa y descubrió que su interior estaba lleno, a un lado, de diarios encuadernados en tela, y, al otro, de algo envuelto en una especie de hule. Cuidadosamente, hurgó con el dedo y decidió que, fuera lo que fuera lo que había dentro, era pequeño, duro y numeroso. Dejó la lámpara y desdobló el pliegue superior.

La luz de nuevo captó un centelleo.

Diamantes.

Quitó el resto del hule y se quedó sin respiración. El cofre escondía un joyero.

Sin la menor duda, los saqueadores de cien años atrás habían cometido un error cuando pasaron por alto la desvencijada iglesia de

Rennes-le-Château. O quizás la persona o personas que eligieron el lugar como su escondrijo habían elegido sabiamente.

—La cripta existía —dijo Claridon—. En el diario que tiene usted ahí, acabo de leer que Lars encontró un registro parroquial de los años 1694 a 1726 que habla de la cripta, pero el registro no menciona su entrada. Saunière anotó en su diario personal que había descubierto una tumba. Escribió luego en otra entrada: «El año 1891 lleva a lo más alto el fruto de aquello de lo que uno habla.» Lars siempre pensó que esa entrada era importante.»

Malone aparcó el coche a un lado de la carretera y se volvió para mirar a Claridon.

—Así que ese oro y las joyas fueron la fuente de los ingresos de Saunière. ¿Fue eso lo que empleó para financiar la remodelación de la iglesia?

Claridon se rió.

—Al principio. Pero, monsieur, aún hay más cosas en la historia.

Saunière se puso de pie.

Nunca había visto tanta riqueza junta. Vaya fortuna la que había llegado a sus manos. Pero tenía que rescatarla sin despertar sospechas. Y para hacerlo así, necesitaría tiempo. Y no debía permitir que nadie descubriera la cripta.

Se inclinó, recuperó la lámpara, y decidió que bien podía empezar aquella misma noche. Sacaría el oro y las joyas, ocultando ambas cosas en la casa parroquial. Cómo convertir aquello en moneda útil, podía decidirlo más tarde. Se retiró hacia la escalera, echando otra mirada a su alrededor mientras caminaba.

Una de las tumbas llamó su atención.

Se acercó y vio que el nicho contenía a una mujer. Sus vestiduras de entierro habían desaparecido prácticamente; sólo quedaban huesos y el cráneo. Acercó la lámpara y leyó la inscripción que había debajo:

MARIE D'HAUTPOUL DE BLANCHEFORT

Estaba familiarizado con el personaje de la condesa. Era la última de los herederos D'Hautpoul. Cuando murió, en 1781, el control, tanto del pueblo como de las tierras de los alrededores, escapó de las manos de su familia. La Revolución, que llegó sólo ocho años más tarde, suprimió para siempre toda la propiedad aristocrática.

Pero había un problema.

Regresó rápidamente al nivel del suelo. Una vez fuera, cerró las puertas de la iglesia y, a través de una cegadora lluvia, dio la vuelta apresuradamente al edificio hasta el recinto parroquial y caminó entre las tumbas, cuyas lápidas parecían nadar en la viviente negrura.

Se detuvo ante una que buscaba y se inclinó.

Al brillo de la lámpara, leyó la inscripción.

—Marie d'Hautpoul estaba también enterrada fuera —dijo Claridon.

—¿Dos tumbas para la misma mujer?

—Al parecer, pero su cuerpo estaba realmente en la cripta.

Malone recordó lo que Stephanie había dicho el día anterior sobre Saunière y su amante, que toquetearon las tumbas del cementerio, y luego arrancaron la inscripción de la lápida de la condesa.

—De manera que Saunière abrió la tumba del cementerio.

—Eso fue lo que Lars pensó.

—¿Y estaba vacía?

—De nuevo, no lo sabremos nunca, pero Lars creía que ése era el caso. Y al parecer la historia apoyaría su conclusión. Una mujer de la categoría de la condesa jamás habría sido simplemente enterrada. La habrían dejado en la cripta, que es realmente donde fue hallado el cuerpo. La tumba de fuera era algo diferente.

—La lápida sepulcral era un mensaje —dijo Stephanie—. Eso lo sabemos. Por ello, el libro de Eugène Stüblein es tan importante.

—Pero si no conocías la historia de la cripta, la tumba del cementerio no despertaría tanto interés. Un monumento conmemorativo más, junto con todos los otros. El abate Bigou era listo. Ocultó su mensaje a la vista de todo el mundo.

—¿Y Saunière lo descubrió? —preguntó Malone.

—Lars lo creía así.

Malone se volvió hacia delante y puso en marcha el vehículo para volver a la carretera. Recorrieron el último tramo de autopista, y luego torcieron al oeste y cruzaron las rápidas aguas del Ródano. Al frente se encontraban las fortificadas murallas de Aviñón, con el palacio papal alzándose en lo alto. Malone se apartó del concurrido bulevar y entró en el casco antiguo, pasando ante la plaza del mercado que albergaba la feria de libros que habían visitado. Tomó por un camino sinuoso que llevaba al palacio y aparcó en el mismo garaje subterráneo.

—Tengo una pregunta estúpida —dijo Malone—. ¿Por qué simplemente alguien no cava bajo la iglesia de Rennes, o utiliza un radar de tierra para verificar la cripta?

—Las autoridades locales no lo permitirán. Piense en ello, monsieur. Si no hay nada ahí, ¿qué pasaría con la mística? Rennes vive de la leyenda de Saunière. Todo el Languedoc se beneficia de ello. Lo último que la gente desea es la prueba de que no hay nada. Se aprovechan del mito.

Malone buscó bajo el asiento y recuperó el arma que le había cogido a su perseguidor la noche pasada. Comprobó el cargador. Quedaban tres balas.

—¿Es necesario eso? —preguntó Claridon.

—Me siento mucho mejor con ella.

Abrió la puerta y bajó, metiéndose el arma bajo la chaqueta.

—¿Por qué tenemos que entrar en el Palacio de los Papas? —preguntó Stephanie.

—Ahí es donde está la información.

—¿Le importaría explicarse?

Claridon abrió su puerta.

—Vengan y se lo mostraré.

XXXIII

El senescal detuvo el coche en el centro del pueblo. Él y Geoffrey habían estado viajando hacia el norte por una serpenteante carretera durante las últimas cinco horas. Deliberadamente habían pasado de largo las poblaciones más grandes de Foix, Quillan y Limoux, decidiendo en su lugar detenerse en una aldea, acurrucada en una protegida hondonada, donde parecían aventurarse pocos turistas.

Después de escapar de la cámara del maestre, salieron a través de los pasajes secretos próximos a la cocina principal, cuya puerta había sido inteligentemente escondida dentro de una pared de ladrillo. Geoffrey había explicado que el maestre le enseñó las rutas usadas durante siglos para escapar. Aunque, los últimos cien años, sólo habían sido conocidas por los maestres, y raras veces utilizadas.

Una vez fuera, rápidamente encontraron el garaje y se apropiaron de uno de los coches de la abadía, saliendo por la puerta principal antes de que los hermanos asignados al parque móvil regresaran de las plegarias del mediodía. Con De Roquefort inconsciente en sus aposentos y los suyos esperando que alguien abriera la cerrada puerta, se habían procurado una sólida ventaja.

—Ya es hora de que hablemos —dijo el senescal, indicando con su tono que no iba a haber más dilaciones.

—Estoy preparado.

Salieron del coche y se dirigieron a un café, donde una clientela de edad llenaba las mesas exteriores cobijadas por imponentes olmos. Sus hábitos de monje habían desaparecido, reemplazados por una ropa comprada una hora antes en una parada rápida. Apareció un camarero y pidieron. La tarde era cálida y agradable.

—¿Te das cuenta de lo que hemos hecho? —preguntó—. Disparamos contra dos hermanos.

—El maestre ya me dijo que la violencia sería inevitable.

—Sé de dónde escapamos corriendo, pero ¿adónde vamos corriendo?

Geoffrey buscó en su bolsillo y sacó el sobre que había mostrado a De Roquefort.

—El maestre me dijo que le diera eso a usted una vez que estuviéramos libres.

El senescal recogió el sobre y lo rasgó con una mezcla de anhelo e inquietud.

Hijo mío, y en muchos sentidos te consideraba así, sabía que De Roquefort te vencería en el cónclave, pero era importante que lo desafiaras. Los hermanos lo recordarán cuando llegue tu verdadero momento. Por ahora, tu destino está en otra parte. El hermano Geoffrey será tu compañero.

Confío en que antes de dejar la abadía hayas puesto a buen recaudo los dos volúmenes que han llamado tu atención los últimos años. Sí, me di cuenta de tu interés. Yo también los leí hace mucho tiempo. El robo de la propiedad de la orden es un serio quebrantamiento de la regla; pero no lo consideremos un robo, sino simplemente un préstamo, pues estoy seguro de que devolverás ambos libros. La información que contienen, junto con lo que ya sabes, es sumamente poderosa. Por desgracia, el rompecabezas no se resuelve solamente con ella. El enigma es más complicado, y eso es lo que tú debes descubrir ahora. Contrariamente a lo que podrías pensar, yo desconozco la respuesta. Pero no se puede permitir que De Roquefort obtenga el Gran Legado. Él sabe mucho, incluyendo todo lo que tú has conseguido extraer de nuestros registros, de manera que no subestimes su resolución.

Era vital que dejaras los confines de nuestra vida conventual. Te aguardan muchas cosas. Aunque yo escribo estas palabras durante las últimas semanas de mi vida, tan sólo puedo suponer que tu marcha no estará exenta de violencia. Haz lo que sea necesario para completar tu búsqueda. Los maestres han dejado durante siglos consejos a sus sucesores, incluyendo a mi predecesor. De todos, sólo tú posees el número necesario de piezas para completar el rompecabezas. Me habría gustado realizar este objetivo contigo antes de morir, pero no podía ser. De Roquefort nunca hubiera permitido nuestro éxito. Con la ayuda del hermano Geoffrey, ahora puedes triunfar. Te deseo la mejor de las suertes. Cuida de ti mismo y de Geoffrey. Sé paciente con el muchacho, porque hace solamente lo que yo le obligué por juramento.

El senescal levantó la mirada hacia Geoffrey y quiso saber.

—¿Qué edad tienes?

—Veintinueve.

—Soportas mucha responsabilidad para ser tan joven.

—Me asusté cuando el maestre me dijo lo que esperaba de mí. No deseaba esta responsabilidad.

—¿Por qué no me lo dijo él a mí directamente?

Geoffrey no respondió de inmediato.

—El maestre dijo que usted suele retirarse frente a la controversia y huye de la confrontación. No se conoce usted a sí mismo, hasta ahora, completamente.

Le escoció el reproche, pero la mirada de verdad e inocencia de Geoffrey imprimía gran énfasis a sus palabras. Y éstas eran ciertas. Nunca había sido alguien que buscara pelea, y había evitado todas las que había podido.

Pero esta vez no.

Se había enfrentado a De Roquefort, y le habría disparado mortalmente si el francés no hubiera reaccionado con rapidez. Esta vez tenía pensado luchar. Se aclaró la garganta de emoción y preguntó:

—¿Qué se espera que haga?

Geoffrey sonrió.

—Primero, comeremos. Estoy hambriento.

El senescal sonrió.

—¿Y luego qué?

—Sólo usted puede decírnoslo.

El senescal movió la cabeza ante la esperanza de Geoffrey. Realmente, ya había meditado su siguiente viaje hacia el norte de la abadía. Y una reconfortante decisión cobró forma cuando se dio cuenta de que había sólo un lugar adonde ir.

XXXIV

Malone levantó la mirada hacia el Palacio de los Papas, que cubría buena parte del cielo. Él, Stephanie y Claridon estaban sentados a una mesa de café al aire libre en una animada plaza adyacente a la entrada principal. Procedente del cercano Ródano, un viento norteño barría la plaza —el mistral, lo llamaban los lugareños— y soplaba violentamente por toda la ciudad sin encontrar obstáculos. Malone recordó un proverbio medieval que hablaba de las pestilencias que otrora llenaron estas calles. «Ventoso Avignon; con el viento, odioso, sin el viento, venenoso.» ¿Y cómo había llamado Petrarca a ese lugar? «El más apestoso de la Tierra.»

Por un folleto turístico se había enterado de que la masa de arquitectura que se alzaba ante él, a la vez palacio, fortaleza y santuario, era en realidad dos edificios... el viejo palacio construido por el papa Benedicto XII, iniciado en 1334, y el nuevo palacio levantado bajo Clemente VI, terminado en 1352. Ambos reflejaban la personalidad de sus creadores. El antiguo era una muestra de conservadurismo románico construido con poco estilo, mientras que el nuevo palacio rezumaba por todos sus poros un embellecimiento gótico. Por desgracia, ambos edificios habían sido asolados por el fuego y, durante la Revolución francesa, saqueados, sus esculturas destruidas y todos los frescos cubiertos de cal. En 1810, el palacio fue convertido en un cuartel. La ciudad de Aviñón asumió su control en 1906, pero la restauración se demoró hasta la década de 1960. Dos de sus alas eran ahora un centro de convenciones, y el resto una gran atracción turística que ofrecía solamente efímeros destellos de su antigua gloria.

—Ya es hora de entrar —dijo Claridon—. La última visita se inicia dentro de diez minutos. Tenemos que formar parte de ella.

Malone se puso de pie.

—¿Qué vamos a hacer?

Un trueno retumbó lentamente por encima de sus cabezas.

—El abate Bigou, a quien Marie d'Hautpoul de Blanchefort le contó su gran secreto familiar, de vez en cuando visitaba el palacio y admiraba las pinturas. Eso fue antes de la Revolución, cuando aún había tantas expuestas. Lars descubrió que había una en particular que le encantaba. Cuando Lars sacó nuevamente a la luz el criptograma, también encontró una referencia a un cuadro.

—¿Qué clase de referencia? —preguntó Malone.

—En el registro parroquial de la iglesia de Rennes-le-Château, el día en que se marchó de Francia para ir a España en 1793, el abate Bigou hizo una anotación final que decía... «*En lisant les Règles du Charité.*»

Malone silenciosamente tradujo: «Leyendo las reglas de la caridad.»

—Saunière descubrió esa particular anotación y la mantuvo en secreto. Felizmente, el registro nunca fue destruido, y Lars acabó por encontrarla. Al parecer, Saunière se enteró de que Bigou había visitado Aviñón a menudo. En la época de Saunière, finales del siglo XIX, el palacio era ya sólo una concha vacía. Pero Saunière pudo fácilmente haber descubierto que había habido aquí un cuadro en la época de Bigou, *Leyendo las reglas de la caridad,* de Juan de Valdés Leal.

—Supongo que el cuadro seguirá dentro, ¿no? —preguntó Malone, mirando a través del extenso patio hacia la verja central del palacio.

Claridon negó con la cabeza.

—Hace mucho tiempo que desapareció. Destruido por el fuego hace cincuenta años.

Retumbaron más truenos.

—Entonces, ¿por qué estamos aquí? —preguntó Stephanie.

Malone arrojó unos euros sobre la mesa y desvió su mirada

hacia otro café al aire libre situado un par de puertas más allá. En tanto que los demás clientes empezaban a marcharse anticipándose a la inminente tormenta, una mujer se sentó bajo un toldo y empezó a sorber una copa. La mirada de Malone se detuvo en ella sólo un instante, el suficiente para observar sus bonitos rasgos y ojos prominentes. Su piel era del color del café con leche, sus modales graciosos cuando un camarero le sirvió la comida. La había visto diez minutos antes, cuando se sentaron, y ya le había intrigado.

Ahora venía la prueba.

Agarró una servilleta de papel de la mesa, hizo una pelota y se la metió en el puño cerrado.

—En ese manuscrito no publicado —estaba diciendo Claridon—, el que le conté a usted que Noël Corbu escribió sobre Saunière y Rennes, que Lars encontró, Corbu hablaba sobre el cuadro y sabía que Bigou se refería a él en el registro parroquial. Corbu señaló también que una litografía del cuadro seguía en los archivos del palacio. Él la había visto. La semana previa a su muerte, Lars finalmente se enteró de dónde estaba en los archivos. Íbamos a entrar a echar una mirada, pero Lars jamás regresó a Aviñón.

—¿Y no le dijo a usted dónde? —preguntó Malone.

—No, monsieur.

—No hay ninguna mención en el diario sobre el cuadro —dijo Malone—. Lo he leído de arriba abajo. Ni una palabra sobre Aviñón.

—Si Lars no le dijo a usted dónde está la litografía. ¿por qué vamos a entrar? —preguntó Stephanie—. No sabrá usted dónde mirar.

—Pero su hijo sí, el día antes de morir. Él y yo íbamos a entrar en el palacio a echar una mirada cuando regresara de las montañas. Pero, madame, como usted sabe...

—Él nunca volvió tampoco.

Malone observó que Stephanie contenía sus emociones. Era buena, pero no tanto.

—¿Por qué no fue *usted*?

—Pensé que seguir vivo era más importante. De manera que me retiré al asilo.

—El muchacho murió en el alud —dejó claro Malone—. No

fue asesinado.

—Eso no lo sabe usted. De hecho —dijo Claridon—, no sabe usted nada. —Paseó su mirada por la plaza—. Tenemos que darnos prisa. Son estrictos con la última visita. La mayor parte de los empleados son antiguos residentes de la ciudad. Muchos son voluntarios. Cierran las puertas puntualmente a las siete. No hay sistemas de seguridad o alarmas dentro del palacio. Nada de auténtico valor se exhibe ya, y además, los muros mismos son su mayor seguridad. Nos iremos separando del grupo y esperaremos hasta que todo esté tranquilo.

Echaron a andar.

Gotitas de lluvia cayeron sobre el cuero cabelludo de Malone. Dando la espalda a la mujer, que debía de estar aún sentada a cien metros de distancia, comiendo, abrió la mano y dejó que el mistral barriera la servilleta hecha una bola. Se retorció y fingió correr tras el papel perdido bailando a través de los adoquines. Cuando recuperó el supuestamente extraviado trozo de papel, miró de reojo hacia el café.

La mujer ya no estaba sentada a su mesa.

Se dirigía a grandes zancadas al palacio.

✠

De Roquefort bajó los prismáticos. Se encontraba de pie en el Rocher des Doms, el más pintoresco lugar de Aviñón. Los hombres habían ocupado esa cima desde el neolítico. En tiempos de la ocupación papal, el gran afloramiento rocoso servía de amortiguador natural para el omnipresente mistral. Hoy en día en la cumbre de la colina, que estaba situada directamente al lado del palacio papal, había un parque con estanques, fuentes, estatuas y grutas. La vista era magnífica. Él había ido allí muchas veces cuando trabajaba en el cercano seminario, en su época previa a la orden.

Colinas y valles se extendían al oeste y al sur. Abajo, las aguas del Ródano se abrían paso impetuosamente bajo el famoso Pont St. Bénézet que antaño dividía el río en dos partes y conducía de la ciudad del papa a la del rey, al otro lado. Cuando, en 1226, Aviñón se puso de parte del conde de Toulouse contra Luis VIII durante la

Cruzada Albigense, el rey francés destruyó por completo el puente. Con el tiempo se llevó a cabo la reconstrucción, y De Roquefort imaginó el siglo XIV cuando los cardenales lo cruzaron con sus mulas hasta sus palacios rurales de Villeneuve-les-Avignon. En el siglo XVI, lluvias e inundaciones habían vuelto a reducir el restaurado puente a cuatro tramos, que nunca fueron nuevamente extendidos hasta el otro lado, de manera que la estructura seguía incompleta. Otro fracaso de la voluntad en Aviñón, siempre había pensado él. Un lugar que parecía destinado a triunfar sólo a medias.

—Han entrado en el palacio —le dijo al hermano que se encontraba a su lado. Consultó su reloj. Casi las seis de la tarde—. Cierran a las siete.

Se llevó nuevamente los gemelos a los ojos, y miró hacia abajo, a unos cuatrocientos cincuenta metros, hasta la plaza. Habían viajado hacia el norte desde la abadía y llegaron cuarenta minutos antes. El chivato electrónico del coche de Malone había funcionado revelando un viaje a Villeneuve-les-Avignon, y luego vuelta a Aviñón. Al parecer, habían ido a recoger a Claridon.

De Roquefort había subido por el pasaje bordeado de árboles desde el palacio papal y decidió esperar allí, en la cumbre, que ofrecía una perfecta vista del casco antiguo. La fortuna le había sonreído cuando Stephanie Nelle y sus dos compañeros salieron del aparcamiento subterráneo directamente debajo, y luego tomaron asiento en un café al aire libre.

Bajó los gemelos.

El mistral le azotó con fuerza. El viento del septentrión aullaba barriendo las orillas, encrespando el río, empujando unas nubes tormentosas que se deslizaban vertiginosamente por el cielo aún más cerca.

—Al parecer tienen intención de quedarse en el palacio después de cerrar. Lars Nelle y Claridon hicieron eso una vez también. ¿Tenemos aún una llave de la puerta?

—Nuestro hermano en la ciudad conserva una para nosotros.

—Recupérala.

Mucho tiempo atrás se había asegurado una manera de entrar en el palacio a través de la catedral fuera de horas. Los archivos del interior habían despertado el interés de Lars, de manera que habían despertado el de De Roquefort. Por dos veces había enviado a unos hermanos a deslizarse allí durante la noche, tratando de averiguar lo que había atraído a Lars Nelle. Pero el volumen del material era apabullante y nada se pudo descubrir. Tal vez esta noche sabría algo más.

Volvió a aplicar su vista a las lentes. El papel se deslizó de los dedos de Malone, y él vio al abogado persiguiéndolo.

Entonces sus tres blancos se perdieron de vista.

---

1. En español, en el original. *(N. del t.)*

XXXV

9:00 PM

Malone sintió que una extraña sensación le recorría el cuerpo mientras paseaba por aquellas salas desnudas. A mitad del recorrido, durante la visita al palacio, se habían escabullido y Claridon los había conducido a un piso superior. Allí esperaron en una torre, tras una puerta cerrada, hasta las ocho y media, cuando la mayor parte de las luces interiores fueron apagadas y no se percibía ningún movimiento. Claridon parecía conocer el procedimiento, y estaba encantado de que la rutina del personal siguiera siendo la misma después de cinco años.

El laberinto de dispersos corredores, largos pasajes y salas vacías aparecía ahora iluminado sólo por aisladas fuentes de débil luz. Malone tan sólo podía imaginar cómo fueron antaño cuando estaban iluminados, sus paredes mostrando suntuosos frescos y tapices, todos llenos de personajes reunidos, bien para servir, o para pedir favores, al Sumo Pontífice. Enviados del Khan, el emperador de Constantinopla, incluso el propio Petrarca y santa Catalina de Siena, la mujer que finalmente convenció al último papa de Aviñón de que regresara a Roma, todos habían venido. La historia estaba profundamente arraigada allí, aunque solamente subsistían sus restos.

Fuera, la tormenta se había desatado finalmente y la lluvia empapaba el tejado con violencia, mientras los truenos hacían temblar los ventanales.

—Este palacio fue antaño tan grande como el Vaticano —

susurró Claridon—. Todo ha desaparecido. Destruido por la ignorancia y la codicia.

Malone no estaba de acuerdo.

—Algunos dirían quizás que la ignorancia y la codicia fueron las causantes de su construcción.

—Ah, monsieur Malone, ¿es usted un estudioso de la historia?

—He leído un poco.

—Deje que le muestre algo.

Claridon los condujo a través de unos portales a otras salas más visitadas, cada una de ellas identificada con un cartel. Se detuvieron en un cavernoso rectángulo rotulado como el Grand Tinel, una cámara rematada por un techo de paneles de madera y en forma de bóveda de cañón.

—Ésta era la sala de banquetes del papa y podía albergar a centenares de personas —dijo Claridon, su voz resonando en las paredes—. Clemente VI colgaba tela azul, tachonada de estrellas doradas, en el techo para crear un arco celestial. En el pasado los frescos adornaron las paredes. Todo fue destruido por el fuego en 1413.

—¿Y nunca fue reemplazado? —preguntó Stephanie.

—Los papas de Aviñón se habían ido para entonces, de manera que este palacio ya no tenía mayor importancia. —Claridon se movió hacia el otro lado—. El papa comía solo, allí, en un estrado sentado en un trono, bajo un dosel engalanado con terciopelo y armiño carmesí. Los invitados se sentaban en bancos de madera alineados contra las paredes... Los cardenales al este, los demás al oeste. Mesas de caballetes formaban una «U», y la comida era servida desde el centro. Todo bastante rígido y formal.

—Muy propio de este palacio —dijo Malone—. Es como pasear por una ciudad destruida, el alma del edificio arrasada por el bombardeo. Un mundo en sí mismo.

—Que era exactamente lo que buscaban. Los reyes franceses querían a sus papas lejos de todo el mundo. Sólo ellos controlaban lo que el papa pensaba y hacía, de modo que no era necesario que su residencia estuviera en un lugar abierto. Ninguno de aquellos papas visitó jamás Roma, pues los italianos los hubieran matado nada más verlos. De manera que los siete hombres que sirvieron aquí como papas construyeron su propia fortaleza y no cuestionaron el trono francés. Debían su existencia al rey, y estaban encantados en este retiro... su Cautiverio de Aviñón, como en la época del papado llamaban a este lugar.

En la siguiente sala, el espacio se volvió más limitado. La Cámara del Ornamento era el lugar donde el papa y los cardenales se reunían en consistorios secretos.

—Aquí es también donde se ofrecía la Rosa de Oro —dijo

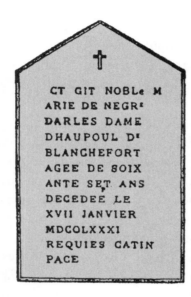

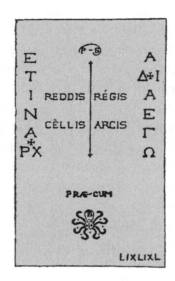

Claridon—. Un gesto particularmente arrogante de los papas de Aviñón. El cuarto domingo de Cuaresma, el papa honraba a una persona especial, generalmente un soberano, con la ceremonia de entrega de una rosa dorada.

—¿No lo aprueba usted? —quiso saber Stephanie.

—Cristo no tenía necesidad de rosas doradas. ¿Por qué los papas sí? Tan sólo un ejemplo más del sacrilegio que todo este lugar reflejaba. Clemente VI compró la villa entera a la reina Juana de Nápoles. Formaba parte de un trato que ella hizo para obtener la absolución de su complicidad en el asesinato de su marido. Durante un centenar de años, criminales, aventureros, falsificadores y contrabandistas escapaban todos de la justicia refugiándose aquí, con tal de que rindieran adecuado homenaje al papa.

A través de otra cámara entraron en lo que estaba rotulado

como la Sala del Venado. Claridon encendió una serie de tenues luces. Malone se entretuvo en la puerta el tiempo suficiente para mirar atrás, a través de la anterior cámara, al Grand Tinel. Una sombra parpadeó en la pared, suficiente para saber que no estaban solos. Sabía quién era. Una alta, atractiva, atlética mujer... *de color*, como Claridon había dicho antes en el coche. La mujer que los había seguido dentro del palacio.

—... aquí es donde los palacios nuevo y viejo se unen —estaba diciendo Claridon—. El viejo, detrás de nosotros; el nuevo, después de ese portal. Éste era el estudio de Clemente VI.

Malone había leído algo en el folleto turístico sobre Clemente, un hombre que disfrutaba de cuadros y poemas, sonidos agradables, animales raros y amor cortés. Al parecer había dicho: «Mis predecesores no sabían ser papas», de manera que transformó la vieja fortaleza de Benedicto en un lujoso palacio. Un perfecto ejemplo de las necesidades materiales de Clemente que ahora lo rodeaban en forma de imágenes pintadas en las paredes carentes de ventanas. Campos, bosquecillos y arroyos, todo ello bajo un cielo azul. Hombres con redes junto a un estanque atestado de lucios. Perros de aguas británicos. Un joven noble y su halcón. Un niño subido a un árbol. Céspedes, aves, bañistas. Predominaban los verdes y castaños, pero un vestido anaranjado, un pez azul y la fruta de los árboles añadía pinceladas de vivos colores.

—Clemente hizo pintar estos frescos en 1344. Fueron encontrados bajo la cal que los soldados aplicaron cuando el palacio se convirtió en un cuartel en el siglo XIX. Esta habitación explica a los papas de Aviñón, especialmente a Clemente VI. Algunos lo llamaban Clemente el Magnífico. No tenía ninguna vocación para la vida religiosa. Suspensión de penitencias, revocación de excomuniones, remisión de los pecados, incluso reducción de los años de Purgatorio, tanto para los muertos como para los vivos... Todo estaba en venta. ¿Observa usted si falta algo?

Malone miró nuevamente los frescos. Las escenas de caza constituían un evidente escapismo —gente haciendo cosas divertidas—, con una perspectiva que se elevaba y planeaba, pero nada en particular le llamó la atención.

Entonces lo descubrió de golpe.

—¿Dónde está Dios?

—Buen ojo, monsieur. —Los brazos de Claridon barrieron la estancia—. En ninguna parte de este hogar de Clemente VI aparece un símbolo religioso. La omisión es patente. Éste es el dormitorio de un rey, no de un papa, y eso era lo que los prelados de Aviñón se consideraban. Éstos fueron los hombres que destruyeron a los templarios. Empezando en 1307 con Clemente V, que fue, junto con Felipe el Hermoso, el conspirador, y terminando con Gregorio XI en 1378, estos corruptos individuos aplastaron a esa orden. Lars siempre pensó, y yo estoy de acuerdo con él, que esta sala demuestra lo que esos hombres valían realmente.

—¿Cree usted que los templarios sobrevivieron? —preguntó Stephanie.

—*Oui*. Están ahí. Los he visto. Lo que exactamente son, lo ignoro. Pero están ahí.

Malone no podía decidir si la declaración era un hecho o sólo la suposición de un hombre que veía conspiraciones donde no las había. Todo lo que sabía era que les estaba acechando una mujer que era lo bastante diestra para plantar una bala sobre una cabeza en el tronco de un árbol, desde cuarenta y cinco metros de distancia, de noche, con un viento de casi setenta kilómetros por hora. Podría incluso haber sido la persona que le salvó el pellejo en Copenhague. Y ella era real.

—Vayamos al grano —dijo Malone.

Claridon apagó la luz.

—Síganme.

Cruzaron el viejo palacio hasta el ala norte y el centro de convenciones. Un rótulo indicaba que la instalación había sido creada recientemente por la ciudad como una forma de obtener ingresos para una futura restauración. Las antiguas salas del Cónclave, Cámara del Tesorero y la Gran Bodega habían sido equipadas con un graderío, un escenario y equipo audiovisual. Siguiendo más pasadizos cruzaron por delante de efigies de otros papas de Aviñón.

Claridon finalmente se detuvo ante una sólida puerta de madera, y probó el pomo, que se abrió.

—Buen Dios. Siguen sin cerrarla por la noche.

—¿Y por qué no? —preguntó Malone.

—No hay nada de valor aquí aparte de información, y pocos

son los ladrones que están interesados en ella.

Entraron en un espacio oscuro como boca de lobo.

—Esto fue antaño la capilla de Benedicto XII, el papa que concibió y construyó la mayor parte del viejo palacio. A finales del siglo XIX, ésta y la habitación de arriba fueron convertidas en los archivos de la región. El palacio guarda sus archivos aquí también.

La luz que penetraba desde el pasillo revelaba una altísima habitación llena de estanterías, fila tras fila. Éstas cubrían también las paredes exteriores, una sección amontonada encima de otra, rodeadas por una galería con barandilla. Detrás de las estanterías se alzaban ventanas de arco, sus negros paneles salpicados por una constante lluvia.

—Cuatro kilómetros de estanterías —dijo Claridon—. Una grata abundancia de información.

—Pero ¿sabe usted dónde buscar? —preguntó Malone.

—Espero que sí.

Claridon se metió en el pasillo central. Malone y Stephanie esperaron hasta que se encendió una lámpara a unos quince metros de distancia.

—Por aquí —gritó Claridon.

Malone cerró la puerta del corredor y se preguntó cómo la mujer iba a conseguir entrar sin ser descubierta. Encabezó la marcha hacia la luz y ambos encontraron a Claridon de pie junto a una mesa de lectura.

—Por fortuna para la historia —dijo Claridon—, todos los objetos del palacio fueron inventariados a comienzos del siglo XVIII. Luego, a finales del XIX, se hicieron dibujos y fotografías de lo que sobrevivió a la Revolución. Lars y yo nos fuimos también familiarizando con la manera en que estaba organizada la información.

—Y usted no vino a buscar después de la muerte de Mark porque pensaba que los caballeros templarios lo matarían, ¿verdad? —preguntó Malone.

—Me doy cuenta, monsieur, de que usted no da mucho crédito a esto. Pero le aseguro que hice lo correcto. Estos registros llevan siglos aquí, de manera que me pareció que podrían seguir descansando tranquilamente algún tiempo más. Seguir vivo parecía lo más importante.

—Entonces, ¿por qué está usted aquí ahora? —preguntó Stephanie.

—Ha pasado mucho tiempo. —Claridon se apartó de la mesa—. A nuestro alrededor están los inventarios del palacio. Me llevará sólo unos minutos mirar. ¿Por qué no se sientan y me dejan ver si puedo encontrar lo que queremos? —Sacó una linterna del bolsillo—. Es del asilo. Pensé que podíamos necesitarla.

Malone se deslizó en una silla, al igual que Stephanie. Claridon desapareció en la oscuridad. Desde donde estaban sentados, se podía oír ruido, mientras el rayo de luz de la linterna bailaba a través de la bóveda encima de sus cabezas.

—Esto es lo que mi marido hacía —dijo ella con un susurro—. Esconderse en un palacio olvidado, buscando tonterías.

Malone captó una punta de mordacidad en su voz.

—Mientras nuestro matrimonio se desmoronaba. Mientras yo trabajaba veinte horas al día. Eso es lo que él hacía.

El retumbar del trueno provocó estremecimientos tanto en Malone como en la sala.

—Era importante para él —dijo Malone manteniendo también bajo el tono de su voz—. Y quizás incluso se trataba de algo realmente importante.

—¿Como qué, Cotton? ¿El tesoro? Si Saunière descubrió esas joyas en la cripta, conforme. Una suerte así visita a la gente sólo muy de tarde en tarde. Pero no hay nada más. Bigou, Saunière, Lars, Mark, Claridon. Todos unos soñadores.

—Los soñadores muchas veces han cambiado el mundo.

—Esto es una búsqueda inútil de algo que no existe.

Claridon regresó de la oscuridad y dejó sobre la mesa una mohosa carpeta, llena de manchas producidas por la humedad. En su interior había un montón, de tres centímetros de espesor, de fotografías en blanco y negro y dibujos a lápiz.

—A pocos centímetros de donde dijo Mark. A Dios gracias, los viejos que dirigían este lugar cambiaron pocas cosas con el tiempo.

—¿Cómo lo encontró Mark? —quiso saber Stephanie.

—Buscaba pistas durante los fines de semana. No dedicaba tanto tiempo a ello como su padre, pero venía a la casa de Rennes a menudo, y él y yo nos tomábamos un ligero interés en la búsqueda. En la universidad de Toulouse tropezó con cierta información sobre los archivos de Aviñón. Ató cabos, y aquí tenemos la respuesta.

Malone esparció el contenido por la mesa.

—¿Qué estamos buscando?

—Yo nunca he visto el cuadro. Sólo cabe esperar que esté identificado.

Empezaron a seleccionar las imágenes.

—Ahí —dijo Claridon, con excitación en su voz.

Malone concentró su atención en una de las litografías, un dibujo en blanco y negro, amarilleado por el tiempo, sus bordes raídos. Una anotación hecha a mano en la parte de arriba rezaba DON MIGUEL DE MAÑANA LEYENDO LAS REGLAS DE LA CARIDAD.[1]

La imagen era la de un hombre mayor, con una pizca de barba y un bigote poco poblado, sentado a una mesa, vestido con un hábito religioso. Mostraba un elaborado emblema cosido a una manga desde el codo hasta el hombro. Su mano izquierda tocaba un libro que se sostenía verticalmente, y tenía la derecha extendida, con la palma hacia arriba, a través de una mesa elaboradamente revestida, hacia un hombrecillo con hábito de monje sentado en un taburete bajo, y que se llevaba los dedos a los labios, indicando silencio. Un libro abierto descansaba en el regazo del hombrecillo. El suelo, que se extendía de un lado a otro, estaba dispuesto a cuadros, como un tablero de ajedrez, y en el taburete donde se sentaba el individuo aparecía escrito

ACABOCE Aº

DE 1687

—Sumamente curioso —murmuró Claridon—. Miren aquí.

Malone siguió el dedo de Claridon y estudió la parte superior izquierda del dibujo, donde, en las sombras, detrás del hombrecillo se encontraban una mesa y una estantería. Encima aparecía un cráneo humano.

—¿Qué significa todo esto? —le preguntó Malone a Claridon.

—Caridad significa también amor. El hábito negro que lleva el hombre de la mesa es de la Orden de los Caballeros de Calatrava, una orden militar española devota de Jesucristo. Puedo deducirlo por el dibujo de la manga. *Acaboce* es «acabamiento». La Aº podría ser una referencia a alfa y omega, la primera y última letras del alfabeto griego... el comienzo y el fin. ¿Y el cráneo? No tengo ni idea.

Malone recordó lo que Bigou supuestamente había escrito en el archivo parroquial poco antes de huir de Francia en dirección a España. *Leyendo las reglas de la caridad.*

—¿Qué reglas hemos de leer?

Claridon estudió el dibujo bajo la débil luz.

—Observe algo sobre el hombrecillo del taburete. Mire su calzado. Sus pies están plantados sobre cuadros negros en el suelo, en diagonal uno con otro.

—El suelo parece un tablero de ajedrez —observó Stephanie.

—Y el alfil se mueve en diagonal, como indican los pies.

—¿Así que el hombrecillo es un alfil? —preguntó Stephanie.

—No —dijo Malone, comprendiendo—. En el ajedrez francés, el alfil es el Bufón *(Fou)*.

—¿Es usted un aficionado al juego?

—He jugado un poco.

Claridon dejó descansar su dedo encima del hombrecillo del taburete.

—Aquí está el Bufón Sabio que aparentemente tiene un secreto que trata del alfa y la omega.

Malone comprendió.

—Cristo ha sido llamado así.

—*Oui.* Y cuando añade usted *acaboce,* tenemos «acabamiento de alfa y omega». Consumación de Cristo.

—Pero ¿qué significa eso? —preguntó Stephanie.

—Madame, ¿podría ver el libro de Stüblein?

Ella buscó el volumen y se lo tendió a Claridon.

—Echemos otra ojeada a la lápida sepulcral. Ésta y el cuadro están relacionados. Recuerde, fue el abate Bigou el que dejó ambas pistas.

Dejó el libro abierto sobre la mesa.

—Tiene usted que conocer la historia para comprender esta lápida. La familia D'Hautpoul se remonta a la Francia del siglo XII. Marie se casó con François d'Hautpoul, el último señor feudal, en 1732. Uno de los antepasados de D'Hautpoul redactó un testamento en 1644, que registró debidamente y depositó en un notario de Espéraza. Cuando el antepasado murió, sin embargo, ese testamento no fue hallado. Luego, más de cien años después de su muerte, el perdido testamento apareció repentinamente. Cuando François d'Hautpoul fue a buscarlo, se le dijo por parte del notario que «no sería prudente deshacerse de un documento tan importante». François murió en 1753, y en 1780 el testamento fue finalmente entregado a su viuda, Marie. ¿Por qué? Nadie lo sabe. Quizás porque ella era, para entonces, la única D'Hautpoul que quedaba. Pero murió un año más tarde y se dice que pasó el testamento, y la posible información que éste contenía, al abate Bigou como parte del gran secreto familiar.

—¿Y eso fue lo que Saunière encontró en la cripta? ¿Junto con las monedas de oro y las joyas?

Claridon asintió.

—Pero la cripta estaba oculta. De modo que Lars creyó que la falsa tumba de Marie en el cementerio albergaba la verdadera pista. Bigou debió de pensar que el secreto que él conocía era demasiado grande para no pasarlo. Estaba huyendo del país para no volver jamás, así que dejó un acertijo que indicaba el camino. En el coche, cuando usted me mostró por primera vez este dibujo de la lápida, se me ocurrieron muchas cosas.

Alargó la mano para coger un bloc y una pluma que descansaban en la mesa.

—Ahora sé que esta lápida está llena de información.

Malone estudió las letras y símbolos que había sobre las lápidas.

—La piedra de la derecha descansa plana sobre la tumba de Marie y no contiene el tipo de inscripción que normalmente aparece sobre las tumbas. Su lado izquierdo está escrito en latín. —Claridon escribió ET IN PAX sobre el bloc—. Esto se traduce por «y en paz», pero está mal. *Pax* es el nominativo de *paz* y es gramaticalmente incorrecto después de la preposición *in*. La columna de la derecha está escrita en griego y es jerigonza. Pero he estado pensando en ello, y la solución finalmente se me ocurrió. La inscripción está realmente en latín, pero escrita en el alfabeto griego. Cuando lo conviertes en letras latinas, las *E, T, I, N* y A están bien. Pero la *P* es en realidad una *R*, la *X* se convierte en *K*, y...

Claridon garabateó sobre el bloc, luego escribió la traducción completa al pie:

—Y en Arcadia yo —dijo Malone, traduciendo del latín—. Eso no tiene sentido.

—Justamente —señaló Claridon—. Lo que nos llevaría a concluir que las palabras están ocultando alguna cosa.

Malone comprendió.

—¿Un anagrama?

—Bastante corriente en tiempos de Bigou. A fin de cuentas, es dudoso que Bigou hubiera dejado un mensaje tan fácil de descifrar.

—¿Y qué pasa con las palabras del centro?

Claridon las anotó en el bloc:

REDDIS REGIS CELLIS ARCIS

—*Reddis* significa «devolver», «restituir» algo cogido previamente. Pero también es el término latino para indicar «Rennes». *Regis* deriva de *rex,* que es «rey». *Cella* se refiere a un almacén. *Arcis* procede de *arx...* baluarte, fortaleza, ciudadela. De cada una puede deducirse mucho, pero juntas no tienen sentido. Está luego la flecha que conecta *p-s* en la parte de arriba con *pre-cum.* No tengo ni idea de lo que significa *p-s.* El *pre-cum* se traduce como «se ruega venir».

—¿Y qué es ese símbolo que hay al pie? —preguntó Stephanie—. Parece un pulpo.

Claridon negó con la cabeza.

—Una araña, madame. Pero su significado se me escapa.

—¿Y qué hay de la otra lápida? —quiso saber Malone.

—La de la izquierda se alzaba verticalmente sobre la tumba y era la más visible. Recuerde, Bigou sirvió a Marie d'Hautpoul durante muchos años. Fue extraordinariamente leal a ella y tardó varios años en encargar esta lápida, aunque casi cada línea de ella contiene un error. Los canteros de aquella época eran propensos a los errores. Pero ¿tantos? De ninguna manera el abate hubiera permitido que quedaran así.

—¿De manera que los errores forman parte del mensaje? —preguntó Malone.

—Así parece. Mire aquí. El nombre de ella está equivocado.

Ella no era Marie de Negre d'Arles dame D'Haupoul. Era Marie de Negri d'Ables d'Hautpoul. Muchas de las demás palabras están también equivocadas. Las letras están alzadas y caídas sin razón alguna. Pero fíjese en la fecha

Malone estudió los números romanos:

MDCOLXXXI

—Según cabe suponer, la fecha de su muerte, 1681. Y eso sin tener en cuenta la «O», ya que no existe el cero en el sistema numérico romano, y la letra «O» no indicaba ningún número. Sin embargo, aquí aparece. Y Marie murió en 1781, no en 1681. ¿Está ahí la «O» para dejar claro que Bigou sabía que la fecha estaba equivocada? Y su edad es errónea también. Tenía sesenta y ocho años, no sesenta y siete, como se señala, cuando murió.

Malone señaló el dibujo de la piedra derecha y los números romanos escritos al pie en un rincón: LIXLIXL.

—Cincuenta. Nueve. Cincuenta. Nueve. Cincuenta.

—Sumamente peculiar —dijo Claridon.

Malone volvió a mirar la litografía.

—No veo qué papel desempeña este cuadro.

—Es un rompecabezas, monsieur. Uno que no tiene una solución fácil.

—Pero la respuesta es algo que me gustaría saber —dijo una profunda voz masculina, desde la oscuridad.

XXXVI

Malone había estado esperando que entrara en acción la mujer, pero aquella voz no era la suya. Alargó la mano en busca de su arma.

—Quieto, Malone. Tiene armas apuntándole.

—Es el hombre de la catedral —dijo Stephanie.

—Ya le dije que nos volveríamos a encontrar. Y usted, monsieur Claridon. No resultaba muy convincente en el asilo. ¿Chiflado? Difícilmente.

Malone buscó en la oscuridad. El tamaño de la sala provocaba una confusión de ruidos. Pero distinguió unas formas humanas, de pie encima de ellos, ante la fila de estanterías, en la segunda pasarela de madera.

Contó cuatro.

—Estoy, sin embargo, impresionado por su conocimiento, monsieur Claridon. Sus deducciones sobre la lápida sepulcral parecen lógicas. Siempre creí que había mucho que aprender de esas inscripciones. Yo también he estado aquí antes revolviendo estas estanterías. Un empeño bastante dificultoso. Muchas cosas que explorar. Aprecio que usted haya reducido el campo. *Leyendo las reglas de la caridad.* ¿Quién lo hubiera pensado?

Claridon se santiguó y Malone percibió miedo en los ojos del hombre.

—Que Dios nos proteja.

—Vamos, monsieur Claridon —dijo la voz incorpórea—. ¿Tenemos que involucrar al Cielo?

—Ustedes son sus guerreros. —La voz de Claridon temblaba.

—¿Y qué le lleva usted a esa conclusión?

272

—¿Quiénes, si no, podrían ser?

—Tal vez somos la policía. No. Usted no se creería eso. Quizás somos aventureros (buscadores) como usted. Pero no. Así que digamos, en aras de la simplicidad, que somos sus guerreros. ¿Cómo pueden ustedes tres ayudar a *nuestra* causa?

Nadie le respondió.

—La señora Nelle posee el diario de su marido y el libro de la subasta. Ella contribuirá con eso.

—Que le jodan —escupió la mujer.

Una detonación sorda, como un globo que estallase, resonó por encima de la lluvia y una bala dio contra la mesa a unos pocos centímetros de Stephanie.

—Mala respuesta —dijo la voz.

—Entrégueselos —dijo Malone.

Stephanie le miró airadamente.

—La próxima bala será para usted, Stephanie.

—¿Cómo lo sabe? —preguntó la voz.

—Eso es lo que yo haría.

Una risita.

—Me gusta usted, Malone. Es todo un profesional.

Stephanie buscó en su bolso y sacó el diario.

—Arrójelos hacia la puerta, entre las estanterías —ordenó la voz.

Ella hizo lo que le mandaban.

Una forma apareció y los recogió.

Malone añadió silenciosamente un hombre más a la lista. Al menos había cinco en el archivo. Sintió el peso del arma en su cintura bajo la chaqueta. Por desgracia, no había forma de sacarla antes de que al menos uno de ellos recibiera un disparo. Y sólo le quedaban tres balas en el cargador.

—Su marido, señora Nelle, consiguió reunir buena parte de los hechos, y sus deducciones en cuanto a los elementos que faltaban fueron generalmente correctas. Tenía un notable intelecto.

—¿Detrás de qué andan ustedes? —preguntó Malone—. Yo sólo me uní a esta fiesta hace un par de días.

—Buscamos justicia, Malone.

—¿Y era necesario atropellar a un viejo en Rennes-le-Château para conseguirla?

Pensaba que removería el barril y vería lo que salía de él.

—¿Y quién era ése?

—Ernest Scoville. Trabajaba con Lars Nelle. Seguramente usted le conocía.

—Malone, quizás un año de retiro ha embotado un poco sus habilidades. Espero que lo hiciera usted mejor interrogando cuando trabajaba a jornada completa.

—Como ya tiene usted el diario y el libro, ¿no debería marcharse?

—Necesito esa litografía. Monsieur Claridon, por favor, sea tan amable de dársela a mi colaborador, allí, más allá de la mesa.

Claridon evidentemente no deseaba hacerlo.

Otro ruido como el de una palmada, procedente de un arma con silenciador, y una bala se introdujo en la parte superior de la mesa.

—Detesto tener que repetirme.

Malone levantó el dibujo y se lo tendió a Claridon.

—Hágalo.

La hoja fue aceptada en una mano que temblaba. Claridon dio unos breves pasos más allá de la débil luz de la lámpara. El trueno retumbó en el aire e hizo temblar las paredes. La lluvia continuaba cayendo con furia.

Entonces se oyó un ruido diferente.

Un disparo.

Y la lámpara explotó con gran aparato de chispas.

De Roquefort oyó el disparo y vio el centelleo de la boca del arma cerca de la salida del archivo. Maldita sea. Había alguien más allí.

La habitación se sumió en la oscuridad.

—Moveos —les gritó a sus hombres sobre la segunda pasarela, y confió en que supieran lo que habían de hacer.

Malone se dio cuenta de que alguien había disparado contra la luz. La mujer. Había encontrado otra manera de entrar.

Cuando la oscuridad los envolvió, agarró a Stephanie y se dejaron caer al suelo. Confiaba en que los hombres que estaban sobre él hubieran sido pillados desprevenidos del mismo modo.

Sacó el arma de debajo de su chaqueta.

Dos disparos más partieron de abajo, y las balas hicieron correr a los hombres de arriba. Pasos precipitados resonaron sobre la plataforma de madera. Él estaba más preocupado por el hombre de la planta baja, pero no había oído nada de la dirección donde le viera por última vez, y tampoco sabía nada de Claridon.

Los pasos se detuvieron.

—Sea quien sea —dijo la voz del hombre—, ¿tiene usted que interferir?

—Yo podría hace la misma pregunta —dijo la mujer en un tono lánguido.

—Esto no es asunto suyo.

—No estoy de acuerdo.

—Atacó a mis dos hermanos en Copenhague.

—Digamos que aborté su ataque.

—Habrá represalias.

—Venga y cójame.

—Detenedla —gritó el hombre.

Unas formas negras corrieron por encima de sus cabezas. Los ojos de Malone se habían adaptado a la oscuridad y distinguió una escalera en el otro extremo de la pasarela.

Tendió el arma a Stephanie.

—Quédese aquí.

—¿Adónde va?

—A devolver un favor.

Se agachó y avanzó, abriéndose paso entre las estanterías. Esperó, y luego agarró a uno de los hombres cuando saltaba del último peldaño. El tamaño y la forma del hombre le recordó a Cazadora Roja, pero esta vez Malone estaba preparado. Metió una rodilla en el estómago del hombre, y luego con la mano abierta le golpeó la nuca.

El hombre se quedó inmóvil.

Malone trató de penetrar la oscuridad con la mirada y oyó unos pasos que corrían por unos pasillos alejados.

—No. Por favor, déjeme.

Claridon.

✠

De Roquefort se encaminó directamente hacia la puerta que conducía fuera de los archivos. Había bajado de la pasarela y sabía que la mujer querría hacer una retirada apresurada, pero sus opciones eran limitadas. Estaban sólo la salida hacia el corredor y otra, a través de la oficina del conservador. Pero el hombre que tenía apostado allí acababa de informar por la radio que todo estaba tranquilo.

Ahora sabía que la mujer era la misma persona que había interferido en Copenhague, y probablemente la misma de la noche anterior en Rennes-le-Château. Y esa idea lo espoleaba. Tenía que averiguar su identidad.

La puerta que conducía fuera de los archivos se abrió, para cerrarse después. Bajo la cuña de luz que penetró desde el pasillo pudo distinguir dos piernas yaciendo boca abajo en el suelo entre las estanterías. Se lanzó hacia delante y descubrió a uno de sus subordinados inconsciente, con un pequeño dardo clavado en el cuello. Este hermano había sido apostado en la planta baja y había recuperado el libro, el diario y la litografía.

Que no aparecían por ninguna parte.

Maldita fuera aquella mujer.

—Haced como os he dicho —les gritó a sus hombres.

Y corrió hacia la puerta.

✠

Malone oyó la orden lanzada por el hombre, y decidió regresar al lado de Stephanie. No tenía ni idea de lo que aquellos individuos tenían que hacer, pero suponía que eso les incluía a ellos, y no era bueno.

Se agachó y se abrió paso a través de las estanterías, hacia la mesa.

—Stephanie —susurró.

—Aquí, Cotton.

Se deslizó a su lado. Todo lo que podía oír ahora era la lluvia.

—Debe de haber otra manera de salir de aquí —murmuró ella a través de la oscuridad.

Malone la liberó del arma.

—Alguien salió por la puerta. Probablemente la mujer. Yo sólo vi una sombra. Los otros deben de haber salido después de Claridon y pasado por otra salida.

La puerta de salida volvió a abrirse.

—Ése es él, saliendo —dijo.

Se quedaron y regresaron precipitadamente a través de los archivos. En la salida, Malone vaciló, no oyó ni vio nada, y entonces fue el primero en salir.

✠

De Roquefort divisó a la mujer corriendo a lo largo de la galería. Ella se dio la vuelta y, sin perder el paso, disparó un tiro en su dirección.

Él se lanzó al suelo, y ella desapareció por una esquina.

De Roquefort se puso de pie y salió tras ella. Antes de que la mujer le disparara, había distinguido el diario y el libro en su mano.

Tenía que ser detenida.

✠

Malone vio a un hombre, vestido con unos pantalones negros y un jersey oscuro de cuello vuelto, pistola en mano, que doblaba una esquina a cuarenta y cinco metros de distancia.

—Esto va a resultar interesante —dijo.

Ambos echaron a correr.

✠

De Roquefort no cejó en su persecución. La mujer estaba sin duda tratando de abandonar el palacio, y parecía conocerlo bien. Cada giro que efectuaba era el correcto. Había obtenido con habilidad lo que venía a buscar, de modo que De Roquefort tenía que suponer que su vía de escape no había sido dejada al azar.

A través de otro portal, entró en un pasillo de bóveda nervada. La mujer se encontraba ya en el otro extremo, doblando una esquina. De Roquefort trotó hacia delante y descubrió una amplia escalera de piedra que conducía abajo. La Gran Escalinata De Honor. Antaño, bordeada de frescos, interrumpida por verjas de hierro y cubierta de alfombras persas, la escalera se había prestado a la solemne majestad de las ceremonias pontificias. Ahora las contrahuellas y paredes estaban desnudas. La oscuridad al pie, situado a unos veinticinco metros de distancia, era absoluta. Sabía que abajo había unas puertas de salida que daban a un patio. Oyó los pasos de la mujer mientras ésta descendía, pero no pudo distinguir su forma.

Se limitó a disparar.

Diez tiros.

Malone oyó lo que parecía un martillo golpeando repetidamente un clavo. Un disparo silenciado tras otro.

Se acercó más lentamente a una puerta situada a tres metros de distancia.

Unas bisagras crujieron en la base de la escalera, donde reinaba una absoluta oscuridad. De Roquefort reconoció el sonido de una puerta gimiendo al abrirse. La tormenta se hizo más intensa. Aparentemente su ráfaga de disparos a ciegas había fallado. La mujer estaba saliendo del palacio. Oyó pasos detrás de él, luego habló por el micro fijado a su camiseta.

—¿Tenéis lo que yo buscaba?

—Lo tenemos —fue la réplica a través de su auricular.

—Estoy en la Galería del Cónclave. El señor Malone y la señora Nelle están detrás de mí. Encargaos de ellos.

Bajó corriendo por la escalera.

Malone vio al hombre del jersey de cuello vuelto abandonando el cavernoso corredor que se extendía entre ellos. Pistola en mano, corrió hacia delante, seguido por Stephanie.

Tres hombres armados se materializaron en la habitación a partir de otros portales, y les bloquearon el camino.

Malone y Stephanie se detuvieron.

—Por favor, tire el arma —dijo uno de los hombres.

No había forma de que pudiera derribarlos a todos antes de que él, o Stephanie, o ambos, fueran abatidos. De manera que soltó el arma, que cayó con estrépito al suelo.

Los tres hombres se acercaron.

—¿Qué hacemos ahora? —preguntó Stephanie.

—Estoy abierto a cualquier sugerencia.

—No hay nada que ustedes puedan hacer —dijo otro de los hombres de cabello corto.

Se quedaron inmóviles.

—Dése la vuelta —ordenó el que mandaba.

Él se quedó mirando a Stephanie. Se había encontrado en aprietos en el pasado, algunos como aquel con el que se estaban enfrentando. Aunque consiguiera dominar a uno o a dos, seguía estando el tercer hombre, y todos iban armados.

Un ruido sordo fue seguido de un grito de Stephanie y su cuerpo se desplomó en el suelo. Antes de que pudiera hacer ningún movimiento hacia ella, la nuca de Malone recibió el impacto de algo duro, y todo ante él se desvaneció.

✠

De Roquefort siguió a su presa, que corría a través de la Place du Palais, huyendo rápidamente de la vacía plaza y siguiendo un serpenteante camino a través de las desiertas calles de Aviñón. La cálida lluvia seguía cayendo en constantes cortinas. Los cielos repentinamente se abrieron, hendidos por un inmenso relámpago que momentáneamente iluminó la bóveda de oscuridad. El trueno sacudió el aire.

Dejaron atrás los edificios y se acercaron al río.

Él sabía que, justo delante, el Pont St. Bénézet se extendía a través del Ródano. A través de la tormenta vio a la mujer recorrer un camino, que se dirigía directamente a la entrada del puente. ¿Qué estaba haciendo? ¿Por qué iba allí? No importaba, tenía que seguirla. Ella poseía el resto de lo que había venido a recuperar, y no pensaba irse de Aviñón sin el libro y el diario. Sin embargo, se preguntó qué daño estaría causando la lluvia a las páginas. Tenía el cabello pegado al cuero cabelludo, y la ropa al cuerpo.

Vio un centelleo a unos diez metros de distancia, al frente, cuando la mujer disparó un tiro contra la puerta que conducía a la entrada del puente.

Y desapareció dentro del edificio.

De Roquefort corrió hacia la puerta y cuidadosamente miró dentro. Un mostrador de billetes se alzaba a su derecha. Y a su izquierda se exhibían unos recuerdos en otros mostradores. Tres tornos de entrada daban paso al puente. El incompleto tramo hacía mucho tiempo que no servía, y ahora no era más que una atracción turística.

La mujer se encontraba a una distancia de veinte metros, corriendo por el puente, encima del río.

Entonces desapareció.

El hombre se apresuró y saltó por encima de los tornos, corriendo tras ella.

Una capilla gótica se alzaba en el extremo del segundo pilón. Sabía que se trataba de la Chapelle Saint-Nicholas. Los restos de san Bénézet, que fue originalmente el responsable de la construcción del puente, estuvieron antaño preservados aquí. Pero las reliquias se perdieron durante la Revolución, y sólo quedó la capilla... Gótica en la parte superior. Románica abajo. Que era adonde la mujer había ido. Bajando por la escalera de piedra.

Otro verdoso rayo centelleó sobre su cabeza.

Se quitó la lluvia de los ojos y se detuvo en el escalón superior. Entonces la vio.

No abajo, sino otra vez arriba, corriendo hacia el extremo del cuarto tramo, lo cual la dejaría en medio del Ródano, sin ningún lugar a donde ir, ya que los tramos que conducían al otro lado del río habían sido arrastrados por la corriente trescientos años antes. Evidentemente ella había usado la escalera para ocultarse bajo la capilla como una manera de protegerse de cualquier disparo que él hubiera querido hacer.

De Roquefort se lanzó tras ella, rodeando la capilla.

No quería disparar. La necesitaba viva. Y, más importante aún, necesitaba lo que ella llevaba. De manera que hizo un disparo a su izquierda, a sus pies.

Ella se detuvo para hacerle frente.

Él se precipitó hacia delante, con el arma levantada.

La mujer se encontraba al final del cuarto tramo, sin otra cosa que la oscuridad y el agua tras ella. El estampido del trueno resonó en el aire. El viento soplaba en violentas ráfagas. La lluvia le golpeaba el rostro con violencia.

—¿Quién es usted? —preguntó De Roquefort.

La mujer llevaba un maillot negro ajustado que hacía juego con su negra piel. Era delgada y musculosa, su cabeza cubierta por una capucha, dejando sólo su rostro visible. Llevaba un arma en la mano izquierda, y una bolsa de plástico en la otra. Suspendió la bolsa por encima del borde.

—No vayamos tan deprisa —dijo ella.

—Podría simplemente dispararle.

—Hay dos razones por las que usted no quiere hacer eso.

—La escucho.

—Una, la bolsa se caería al río y lo que usted realmente quiere se perdería. Y dos, soy cristiana. Usted no mata a los cristianos.

—No tengo ni idea de si es usted o no cristiana.

—De manera que nos quedamos con la razón primera. Dispáreme, y los libros irán a nadar en el Ródano. La rápida corriente se los llevará muy lejos.

—Al parecer buscamos la misma cosa.

—Es usted rápido.

Su brazo se extendía encima del borde, y De Roquefort consideró dónde era mejor dispararle, pero la mujer tenía razón... la bolsa estaría ya lejos antes de que él pudiera atravesar los tres metros que los separaban.

—Parece que estamos empatados —dijo él.

—Yo no diría eso.

La mujer soltó la presa y la bolsa desapareció en la negrura. Ella utilizó entonces su momento de sorpresa para levantar el arma y disparar, pero De Roquefort giró a la izquierda y se dejó caer sobre las húmedas piedras. Cuando se sacudió la lluvia de los ojos, vio que la mujer saltaba por encima del borde. Se puso de pie y se acercó corriendo, esperando ver al agitado Ródano pasar rápidamente, pero en vez de ello, bajo él, había una plataforma de piedra, a unos dos o tres metros más abajo, parte de un pilón que sostenía el arco exterior. Vio a la mujer coger de un tirón la bolsa y desaparecer bajo el puente.

Vaciló sólo un instante, y luego saltó, aterrizando sobre sus pies. Sus tobillos, no muy fuertes a su mediana edad, se resintieron del impacto.

Oyó rugir un motor y vio salir una lancha de debajo del extremo lejano del puente a toda velocidad hacia el norte. Levantó el arma para disparar, pero un destello le indicó que ella estaba disparando también.

Se lanzó nuevamente contra el húmedo suelo.

La motora quedaba ya fuera de su alcance.

¿Quién era aquella zorra? Evidentemente, sabía lo que era él, aunque no quién era, ya que no lo había identificado. Y al parecer también comprendía el significado del libro y el diario. Y, algo más importante, conocía cada uno de sus movimientos.

Se puso de pie y avanzó hasta situarse bajo el puente, al resguardo de la lluvia, donde la lancha había estado atracada. La mujer había planeado también una huida inteligente. Se disponía a encaramarse arriba otra vez, usando una escalera de hierro fijada a la parte exterior del puente, cuando algo llamó su atención en la oscuridad.

Se inclinó.

Un libro descansaba en el empapado suelo bajo el paso superior.

Se lo llevó a los ojos, esforzándose por ver lo que contenían las húmedas páginas, y leyó una serie de palabras.

Era el diario de Lars.

La mujer lo había perdido durante su apresurada huida.

Sonrió.

Poseía ahora una parte del rompecabezas —no todo, pero quizás lo suficiente—, y sabía cómo enterarse del resto.

XXXVII

Malone abrió los ojos, se tocó su dolorido cuello y decidió que al parecer no había nada roto. Se masajeó los doloridos músculos con la palma abierta y movió la cabeza para sacudirse la inconsciencia. Consultó su reloj. Las once y veinte de la noche. Llevaba sin sentido aproximadamente una hora.

Stephanie yacía a un par de metros de distancia. Se arrastró hacia ella, le levantó la cabeza y suavemente la zarandeó. Ella parpadeó y trató de concentrar su mirada en él.

—Duele —murmuró ella.

—Dígamelo a mí. —Paseó su mirada por la extensa sala. Fuera, la lluvia había amainado—. Tenemos que salir de aquí.

—¿Qué hay de nuestros amigos?

—Si quisieran matarnos, lo habrían hecho. Creo que han acabado con nosotros. Tienen el libro, el diario y a Claridon. No somos necesarios. —Descubrió el arma allí al lado y se movió—. Ahí tiene la clase de amenaza que piensan que somos.

Stephanie se frotó la cabeza.

—Esto fue una mala idea, Cotton. No debería haber reaccionado después de que me enviaran ese diario. Si no hubiera llamado a Ernest Scoville, probablemente seguiría vivo. Y no debería haberle implicado a usted.

—Creo que yo insistí. —Malone se puso lentamente de pie—. Tenemos que irnos. En algún momento, el personal de limpieza tiene que pasar por aquí. Y no me veo respondiendo a preguntas de la policía.

Ayudó a Stephanie a levantarse.

—Gracias, Cotton. Por todo. Aprecio todo lo que ha hecho usted.

—Por lo que dice, parece como si esto hubiera acabado.

—Ha acabado para mí. Sea lo que fuera lo que Lars y Mark estaban buscando, tendrá que encontrarlo otra persona. Yo me voy a casa.

—¿Y qué hay de Claridon?

—¿Qué podemos hacer? No tenemos ni idea de adónde lo llevaron, o dónde podría estar. ¿Y qué diríamos a la policía? ¿Los caballeros templarios han secuestrado a un interno de un asilo local? Seamos realistas. Me temo que se habrá de arreglar solo.

—Sabemos el nombre de la mujer —dijo él—. Claridon mencionó su nombre: Casiopea Vitt. Nos dijo dónde está. En Givors. Podríamos ir a verla.

—¿Y hacer qué? ¿Darle las gracias por proteger nuestro pellejo? Creo que ella va por su cuenta también, y es sumamente capaz de manejarse sola. Como ha dicho usted, ya no somos importantes.

Tenía razón.

—Tenemos que volver a casa, Cotton. No hay nada que hacer aquí, para *ninguno* de los dos.

De nuevo acertaba.

Encontraron un camino de salida del palacio y regresaron al coche alquilado. Después de librarse de sus perseguidores en las afueras de Rennes, Malone sabía que no habían sido seguidos hasta Aviñón, por lo que supuso que, o bien había ya algunos hombres aguardándolos en la ciudad, lo cual era improbable, o bien se había utilizado alguna especie de vigilancia electrónica. Lo que quería decir que la persecución y los disparos antes de que consiguiera enviar el Renault al barro habían sido sólo un espectáculo circense concebido para despistarlo.

Que había funcionado.

Pero ya no eran considerados jugadores de fuera cual fuese el juego que se estaba desarrollando, de manera que Malone decidió que volvería a Rennes-le-Château y pasaría la noche allí.

El viaje les llevó un par de horas y cruzaron la puerta principal del pueblo justo antes de las dos de la mañana. Un fresco viento barría la cumbre y la Vía Láctea se extendía sobre sus cabezas mientras abandonaban a pie el aparcamiento. Ni una sola luz brillaba dentro de las murallas. Las calles seguían húmedas.

Malone estaba cansado.

—Descansaremos un poco y saldremos alrededor del mediodía. Estoy seguro de que habrá algún vuelo que pueda usted coger de París a Atlanta.

Ya en la puerta, Stephanie abrió la cerradura. Dentro, Malone encendió una lámpara en el estudio, e inmediatamente descubrió una mochila arrojada sobre una silla que ni él ni Stephanie habían traído.

Echó mano del arma que llevaba en su cintura.

Un movimiento procedente del dormitorio captó su atención. Un hombre apareció en la puerta y le apuntó con una Glock.

Malone hizo lo mismo con su arma.

—¿Quién demonios es usted?

El hombre era joven, quizás treinta y pocos años, y tenía el mismo cabello corto y robusta complexión que Malone había visto en abundancia durante los últimos días. El rostro, aunque bello, se mostraba dispuesto para el combate —los ojos eran como mármoles negros—, y manejaba el arma con seguridad. Pero Malone captó una vacilación, como si el otro no estuviera seguro de si era amigo o enemigo.

—Le he preguntado quién es usted.

—Baja el arma, Geoffrey —dijo una voz procedente del dormitorio.

—¿Está usted seguro?

—Por favor.

El arma bajó, y Malone hizo lo mismo con la suya.

Otro hombre salió de las sombras.

Era de largos miembros, hombros cuadrados y cabello castaño muy corto. También él sostenía una pistola, y Malone tardó sólo un instante en descubrir el familiar hoyuelo, morena piel y gentiles ojos de la foto que aún descansaba sobre la mesa a su izquierda.

Notó que Stephanie se quedaba sin aliento.

—Dios del Cielo —susurró la mujer.

Él estaba estupefacto también.

De pie ante él estaba Mark Nelle.

El cuerpo de Stephanie se estremecía. Su corazón latía desaforadamente. Por un momento tuvo que decirse a sí misma que debía respirar.

Su único hijo se encontraba allí, al otro lado de la habitación.

Quería correr hacia él, decirle cuán triste se había sentido por todas sus diferencias, cuánto se alegraba de verlo. Pero sus músculos no le respondían.

—Madre —dijo Mark—, tu hijo ha regresado de la tumba.

Ella captó la frialdad de su tono e instantáneamente sintió que su corazón era todavía duro.

—¿Dónde has estado?

—Es una larga historia.

Ni una sombra de compasión suavizaba su mirada. Ella esperó a que él se explicara, pero no decía nada.

Malone se acercó a ella, puso una mano sobre su hombro y rompió la incómoda pausa.

—¿Por qué no se sienta?

Ella se sentía como desconectada de su vida, un confuso batiburrillo que perturbaba sus pensamientos, y le estaba costando una barbaridad controlar su ansiedad. Pero, qué diantres, ella era la jefa de una de las unidades más altamente especializadas del gobierno de Estados Unidos. Se enfrentaba a crisis diariamente. Cierto, ninguna de ellas era tan personal como la que ahora se alzaba ante ella desde el otro lado de la habitación, pero si Mark quería que su primer encuentro fuera frío, entonces que así fuera, no les daría a ninguno de ellos la satisfacción de creer que la emoción la dominaba.

De modo que se sentó y dijo:

—Conforme, Mark. Cuéntanos tu larga historia.

Mark Nelle abrió los ojos. Ya no se encontraba a dos mil quinientos metros de altitud en los Pirineos franceses, calzando botas de clavos y llevando un piolet siguiendo un accidentado rastro en busca del escondite de Bérenger Saunière. Se encontraba dentro de una habitación de piedra y madera con un ennegrecido techo de vigas. El hombre que estaba ante él era alto y demacrado, con una pelusa gris por cabello y una barba plateada tan espesa como la lana. Los ojos del hombre tenían una peculiar tonalidad violeta que no recordaba haber visto nunca anteriormente en otra persona.

—Tenga cuidado —dijo el hombre en inglés—. Aún está débil.

—¿Dónde estoy?

—En un lugar que durante siglos ha sido seguro.

—¿Tiene un nombre?

—Abadía des Fontaines.

—Eso está a kilómetros de distancia de donde yo me encontraba.

—Dos de mis subordinados le estaban siguiendo y le rescataron cuando la nieve empezaba a engullirlo. Me han dicho que el alud fue bastante grande.

Aún podía oír cómo la montaña se sacudió, su cima desintegrándose como una gran catedral que se derrumbara. Una cresta entera se había desmoronado sobre él y la nieve había bajado como la sangre manando de una herida abierta. El frío aún le atenazaba los huesos. Entonces recordó haber caído dando tumbos. Pero ¿había oído bien lo dicho por el hombre que se encontraba ante él?

—¿Hombres que me estaban siguiendo?

—Yo lo ordené. Como hice con su padre a veces, antes que con usted.

—¿Conocía usted a mi padre?

—Sus teorías siempre me interesaron. De manera que me creí en la obligación de conocerle, tanto a él como lo que sabía.

El joven trató de incorporarse de la cama, pero sintió en el costado izquierdo un dolor como una descarga eléctrica. Hizo una mueca y se agarró el estómago.

—Tiene usted algunas costillas rotas. Yo también me rompí alguna en mi juventud. Duele mucho.

Volvió a echarse atrás.

—¿Me trajeron aquí?

El anciano asintió con la cabeza.

—Mis hermanos están entrenados en toda clase de recursos.

Se fijó en el hábito blanco y las sandalias de cuerda.

—¿Es un monasterio?

—Es el lugar que ha estado usted buscando.

No estaba seguro de cómo responder a eso.

—Soy el maestre de los Pobres Compañeros Soldados de Cristo y el Templo de Salomón. Nosotros somos los templarios. Su padre nos buscó durante décadas. Usted también nos ha buscado. Así que decidí que había llegado finalmente la hora.

—¿De qué?

—Eso le toca a usted decidirlo. Pero espero que elija unirse a nosotros.

—¿Y por qué haría eso?

—Su vida, lamento decirlo, está sumida en un completo caos. Echa de menos a su padre más de lo que nunca confesaría, y eso que lleva muerto ya seis largos años. Ha estado alejado de su madre, lo cual resulta más duro de lo que había imaginado. Profesionalmente es usted profesor, pero no se siente satisfecho. Ha hecho algunos intentos de reivindicar las creencias de su padre, pero no ha podido realizar muchos progresos. Por eso está usted aquí, en los Pirineos... buscando la razón por la que el abate Saunière se pasó tanto tiempo ahí cuando estaba vivo. Saunière una vez exploró la región buscando algo. Seguramente usted encontró las facturas del alquiler de carruaje y caballo entre los papeles de Saunière, que prueban lo que pagó a los vendedores locales. Resulta sorprendente, ¿no?, que un humilde cura pudiera permitirse lujos tales como un carruaje y un caballo privados.

—¿Qué sabe usted de mi padre y mi madre?

—Sé mucho.

—¿No esperará que me crea que es usted el maestre de los templarios?

—Veo que esa premisa sería difícil de aceptar. Yo también tuve problemas con ello cuando los hermanos me abordaron hace décadas. ¿Por qué, de momento, no nos concentramos en curar sus heridas y nos tomamos eso con calma?

—Me quedé en aquella cama durante tres semanas —dijo Mark—. Después, mis movimientos quedaron restringidos a algunas partes de la abadía, pero el maestre y yo hablábamos a menudo. Finalmente, acepté quedarme y tomar los votos.

—¿Y por qué hiciste semejante cosa? —preguntó Stephanie.

—Seamos realistas, madre. Tú y yo llevábamos años sin hablarnos. Papá estaba muerto. El maestre tenía razón. Me encontraba en un callejón sin salida. Papá buscaba el tesoro templario, sus archivos y a los propios templarios. Una tercera parte de lo que él había estado buscando me había encontrado a mí. Quería quedarme.

Para calmar su creciente agitación, Stephanie dejó que su atención derivara hacia el hombre más joven que se encontraba detrás de Mark. Una aureola de frescor se cernía sobre él, pero Stephanie también percibió en él interés, como si estuviera escuchando algunas cosas por primera vez.

—¿Te llamas Mark Geoffrey? —preguntó, recordando como le había llamado antes.

Él asintió con la cabeza.

—¿No sabías que yo era la madre de Mark?

—Sé muy poco de los otros hermanos. Es la regla. Ningún hermano le habla de sí mismo a otro. Formamos parte de la hermandad. De dónde venimos no importa, a efectos de lo que somos ahora.

—Suena impersonal.

—Yo lo considero iluminador.

—Geoffrey te mandó un paquete —dijo Mark—. El diario de papá. ¿Lo recibiste?

—Por eso estoy aquí.

—Lo tenía conmigo el día del alud. El maestre lo guardó cuando me hice hermano. Descubrí que había desaparecido después de morir él.

—¿Tu maestre está muerto? —preguntó Malone.

—Tenemos un nuevo líder —explicó Mark—. Pero es un demonio.

Malone describió al hombre que se había enfrentado con él y Stephanie en la catedral de Roskilde.

—Ése es Raymond de Roquefort —dijo Mark—. ¿Cómo es que lo conocéis?

—Somos viejos amigos —dijo Malone, contándoles algunas de las cosas que acababan de ocurrir en Aviñón.

—Claridon es probablemente prisionero de De Roquefort —dijo Mark—. Que Dios ayude a Royce.

—Estaba aterrorizado por los templarios —dijo Malone.

—Con ése tiene motivos.

—Aún no nos has dicho por qué te quedaste en la abadía

durante los pasados cinco años —dijo Stephanie.

—Lo que buscaba estaba allí. El maestre se convirtió en un padre para mí. Era un hombre bueno, gentil, lleno de compasión.

Ella captó el mensaje.

—¿A diferencia de mí?

—Ahora no es el momento de discutir eso.

—¿Y cuándo será un buen momento? Pensaba que habías muerto, Mark. Pero estabas recluido en una abadía, mezclándote con templarios...

—Su hijo era nuestro senescal —dijo Geoffrey—. Él y el maestre nos gobernaban bien. Fue una bendición para nuestra orden.

—¿Era el segundo en el mando? —preguntó Malone—. ¿Cómo ascendiste tan deprisa?

—El senescal es elegido por el maestre. Sólo éste decide quién está calificado —dijo Geoffrey—. Y eligió bien.

Malone sonrió.

—Tienes un devoto.

—Geoffrey es una fuente abundante de información, aunque ninguno de nosotros llegará a saber nada por él hasta que esté preparado para contárnoslo.

—¿Te importaría explicar eso? —preguntó Malone.

Mark habló, contándoles lo que había sucedido durante las últimas cuarenta y ocho horas. Stephanie escuchaba con una mezcla de fascinación e ira. Su hijo hablaba de la hermandad con reverencia.

—Los templarios —dijo Mark— salieron de un oscuro grupo de nueve caballeros, que supuestamente protegían a los peregrinos en el camino a Tierra Santa, llegando a formar un conglomerado intercontinental compuesto por decenas de miles de hermanos repartidos por nueve mil haciendas. Reyes, reinas y papas se acobardaban ante ellos. Nadie, hasta Felipe IV en 1307, consiguió desafiarlos. ¿Sabéis por qué?

—Su capacidad militar, supongo —aventuró Malone.

Mark negó con la cabeza.

—No era la fuerza lo que les daba solidez. Era el conocimiento. Poseían una información que nadie más conocía..

Malone lanzó un suspiro.

—Mark, no nos conocemos, pero es medianoche, estoy muerto de sueño y el cuello me duele terriblemente. ¿Podrías saltarte las adivinanzas e ir al grano?

—En el tesoro de los templarios había alguna prueba que estaba relacionada con Jesucristo.

La habitación quedó en silencio, y las palabras se afianzaron.

—¿Qué clase de prueba? —quiso saber Malone.

—Lo ignoro. Pero se llama el Gran Legado. La prueba fue hallada en Tierra Santa, bajo el Templo de Jerusalén. Había sido escondida en algún momento entre mediados del siglo primero y el año 70 después de Cristo, cuando el templo fue destruido. Fue transportado por los templarios a Francia y nuevamente ocultado, en un lugar conocido sólo por los dignatarios más elevados. Cuando Jacques de Molay, el maestre templario de la época de la Purga, fue quemado en la hoguera en 1314, la ubicación de esa prueba desapareció con él. Felipe IV trató de descubrir su paradero, pero fracasó. Papá creía que los abates Bigou y Saunière, de Rennes-le-Château, habían tenido éxito. Estaba convencido de que Saunière había localizado realmente el escondrijo templario.

—Así lo creía también el maestre —dijo Geoffrey.

—¿Veis lo que digo? —Mark miró a su amigo—. Se dicen las palabras mágicas y tenemos información.

—El maestre dejó bien claro que Bigou y Saunière estaban en lo cierto —dijo Geoffrey.

—¿Sobre qué? —preguntó Malone.

—No lo dijo. Sólo que tenían razón.

Mark dirigió su mirada hacia ellos.

—Al igual que usted, Malone, yo he tenido mi ración de acertijos.

—Llámame Cotton.

—Un nombre interesante. ¿Cómo se lo pusieron?

—Es una larga historia. Te la contaré en algún momento.

—Mark —intervino Stephanie—. No creerás realmente que existe ninguna prueba definitiva relacionada con Jesucristo, ¿verdad? Tu padre nunca fue tan lejos.

—¿Y cómo lo sabías? —La pregunta contenía amargura.

—Sé que él...

—Tú no sabes nada, madre. Ése es tu problema. Nunca supiste nada de lo que papá pensaba. Tú creías que todo lo que buscaba era una fantasía, que estaba desperdiciando su talento. Nunca lo quisiste lo suficiente para dejarle ser él mismo. Pensaste que buscaba fama y el tesoro. No. Él buscaba la verdad. Cristo ha muerto. Cristo ha resucitado. Cristo volverá. Eso es lo que le interesaba.

Stephanie consiguió controlar la avalancha de sentimientos y se dijo que no debía reaccionar ante aquellos reproches.

—Papá era un académico serio. Su trabajo tenía mérito; él nunca habló abiertamente sobre lo que realmente buscaba. Cuando descubrió Rennes-le-Château en los años setenta y le contó al mundo la historia de Saunière, eso fue simplemente una manera de ganar dinero. Lo que pueda, o no, haber sucedido allí es una buena leyenda. Millones de personas disfrutaron leyéndola, independientemente de los adornos que incorporaba. Tú fuiste una de las pocas personas que no lo hizo.

—Tu padre y yo tratábamos de comunicarnos, pese a nuestras diferencias.

—¿Cómo? ¿Diciéndole que estaba desperdiciando su vida, haciendo daño a su familia? ¿Diciéndole que era un fracasado?

—De acuerdo, maldita sea, me equivoqué. —Su voz era un grito—. ¿Quieres que lo diga otra vez? Me equivoqué. —Se incorporó en la silla, llena de energía por una desesperada resolución—. Lo jodí todo. ¿Eso es lo que querías oír? En mi mente, tú llevas muerto cinco años. Ahora estás aquí, y todo lo que quieres de mí es que admita que estaba equivocada. Estupendo. Si pudiera decirle eso a tu padre, lo haría. Si pudiera pedirle perdón, lo haría. Pero no puedo. —Las palabras brotaban con rapidez, por la emoción, y tenía intención de decirlo todo mientras tuviera el valor—. Vine aquí para ver lo que podía hacer. Para tratar de llevar a cabo lo que fuera que Lars y tú considerabais importante. Ésa es la única razón por la que vine. Pensé que finalmente estaba haciendo lo correcto. Pero deja ya de soltarme toda esa mierda beata. Tú también la jodiste. La diferencia entre nosotros es que yo he aprendido algo durante los últimos cinco años.

Se dejó caer otra vez contra el respaldo de la silla, sintiéndose mejor, aunque sólo ligeramente. Pero comprendió que la brecha entre ellos más bien se había ensanchado, y un repentino estremecimiento recorrió su cuerpo.

—Es medianoche —dijo Malone finalmente—. ¿Por qué no

dormimos un poco y volvemos a enfrentarnos con todo esto dentro de unas horas?

XXXVIII

De Roquefort cerró de golpe la puerta a sus espaldas. El hierro produjo un tremendo ruido metálico al chocar contra el marco, como un disparo de rifle, y la cerradura encajó.

—¿Está todo preparado? —le preguntó a uno de sus ayudantes.

—Tal como usted especificó.

Bien. Ya era hora de salirse con la suya. Empezó a caminar a grandes zancadas por el corredor subterráneo. Estaban tres pisos por debajo del nivel del suelo, en una parte de la abadía ocupada por primera vez mil años atrás. Las sucesivas construcciones habían transformado las salas que lo rodeaban en un laberinto de cámaras olvidadas, ahora utilizadas principalmente para almacenar alimentos.

Había regresado a la abadía tres horas antes con el diario de Lars Nelle y Royce Claridon. La pérdida de *Pierres Gravées du Languedoc,* el libro de la subasta, constituía una pesada carga en su mente. Su única esperanza era que el diario y el propio Claridon le proporcionarían las suficientes piezas que le faltaban.

Y la mujer de color... Era un buen problema.

El mundo de De Roquefort era claramente masculino. Su experiencia con las mujeres, mínima. Eran una casta diferente, de eso estaba seguro; pero la hembra con que se había enfrentado en el Pont St. Bénézet parecía casi de otro mundo. En ningún momento había mostrado ni una pizca de miedo, y se movía con la astucia de una leona. Le había atraído directamente al puente, sabiendo con exactitud cómo pensaba efectuar su huida. Su único error había sido perder el diario. Tenía que descubrir su identidad.

Pero lo primero era lo primero.

Entró en una cámara rematada por vigas de pino que no habían sido modificadas desde los tiempos de Napoleón. El centro de la habitación estaba ocupado por una larga mesa, sobre la que yacía Royce Claridon, boca arriba, brazos y piernas atados con correas a unas estacas de acero.

—Monsieur Claridon, tengo poco tiempo y mucha necesidad de usted. Su cooperación lo hará todo más sencillo.

—¿Qué espera que diga? —Sus palabras estaban teñidas de desesperación.

—Sólo la verdad.

—Sé muy poco.

—Vamos, no empecemos con una mentira.

—No sé nada.

De Roquefort se encogió de hombros.

—Le oí en el archivo. Es usted un pozo de información.

—Todo lo que dije en Aviñón se me ocurrió entonces.

De Roquefort hizo un gesto a un hermano que se encontraba al otro lado de la habitación. El hombre se adelantó y dejó una lata abierta sobre la mesa. Con tres dedos extendidos, el hermano recogió un pegajoso pegote blanco.

De Roquefort le quitó los zapatos y los calcetines a Claridon. Éste levantó la cabeza para ver.

—¿Qué está haciendo? ¿Qué es eso?

—Manteca.

El hermano extendió la manteca por los desnudos pies de Claridon.

—¿Qué hace?

—Seguramente conoce usted la historia. Cuando los templarios fueron arrestados en 1307, se usaron muchos métodos para obtener confesiones. Se arrancaban los dientes y en las cuencas vacías se echaba metal fundido. Se metían astillas bajo las uñas. El calor era utilizado de maneras muy imaginativas. Una de las técnicas empleadas consistía en untar de manteca los pies y luego acercarlos a la llama. Lentamente los pies se cocían, y la piel se iba desprendiendo como carne de un filete. Muchos hermanos sucumbieron a esa tortura. Incluso Jacques de Molay fue víctima de ella.

El hermano terminó con la manteca y se retiró de la habitación.

—En nuestras Crónicas, aparece el informe de un templario que, después de ser sometido a la tortura de los pies ardientes y confesar, fue trasladado ante sus inquisidores agarrando una bolsa que contenía los ennegrecidos huesos de sus pies. Se le permitió conservarlos como un recuerdo de su sufrimiento. Muy amable por parte de sus inquisidores, ¿no?

Se acercó a un brasero de carbón que ardía en un rincón. Había ordenado que lo prepararan una hora antes y sus brasas estaban ahora al rojo vivo.

—Supongo que pensaría usted que ese fuego era para calentar la cámara. Bajo el suelo, hace frío aquí, en las montañas. Pero hice preparar este fuego justamente para usted.

Hizo rodar el carrito con el brasero hasta situarlo a un metro de distancia de los desnudos pies de Claridon.

—La idea, me han dicho, es que el calor sea flojo y constante. No intenso... eso vaporizaría la grasa demasiado rápidamente. Igual que con un bistec, una llama lenta funciona mejor.

Los ojos de Claridon estaban abiertos de par en par.

—Cuando mis hermanos fueron torturados en el siglo XIV, se pensaba que Dios fortificaría al inocente para que pudiera soportar el dolor, de modo que sólo el culpable realmente confesaría. Del mismo modo (y de forma bastante conveniente, podría añadir) no se podía uno retractar de cualquier confesión extraída gracias a la tortura. Por lo que, cuando una persona había confesado, ahí se acababa el asunto.

Empujó el brasero hasta unos treinta centímetros de la desnuda piel.

Claridon lanzó un grito.

—¿Tan pronto, monsieur? Aún no ha ocurrido nada. ¿No tiene usted ninguna resistencia?

—¿Qué quiere usted?

—Un montón de cosas. Pero podemos empezar con el

significado de *Don Miguel de Mañana leyendo las reglas de la caridad.*

—Hay una clave que relaciona al abate Bigou con la lápida sepulcral de Marie d'Hautpoul de Blanchefort. Lars Nelle encontró un criptograma. Él pensaba que la clave para resolverlo se encontraba en el cuadro.

Claridon estaba hablando deprisa.

—Ya oí todo eso en los archivos. Quiero saber lo que usted no llegó a decir.

—No sé nada más. Por favor, mis pies se están friendo.

—Ésa es la idea —dijo De Roquefort, buscando en su hábito y sacando el diario de Lars Nelle.

—¿Lo tiene usted? —dijo Claridon con asombro.

—¿Por qué le sorprende tanto?

—Su viuda. Ella lo poseía.

—Ya no.

Había leído la mayor parte de las anotaciones en el viaje de vuelta de Aviñón. Pasó las páginas hasta llegar al criptograma, y las mantuvo abiertas para que Claridon las pudiera ver.

—¿Es eso lo que Lars Nelle encontró?

—*Oui. Oui.*

—¿Cuál es el mensaje?

—No lo sé. De verdad. No lo sé. ¿No puede apartar el brasero? Por favor. Se lo suplico. Los pies me duelen terriblemente.

Decidió que una muestra de compasión podría aflojar la lengua más deprisa. Retiró el carrito unos treinta centímetros.

—Gracias. Gracias. —Claridon estaba respirando deprisa.

—Siga hablando.

—Lars Nelle encontró el criptograma en un manuscrito que Noël Corbu escribió en los años sesenta.

—Nadie ha encontrado nunca ese manuscrito.

—Lars lo hizo. Fue con un cura, al cual Corbu confió las páginas antes de morir en 1968.

Él sabía de Corbu por los informes que uno de sus predecesores había registrado. Aquel mariscal también había buscado el Gran Legado.

—¿Qué hay del criptograma?

—El cuadro fue citado también por el abate Bigou, en el archivo parroquial, poco antes de que huyera de Francia con destino a España, de manera que Lars creyó que contenía la clave del rompecabezas. Pero murió antes de descifrarlo.

De Roquefort no poseía la litografía del cuadro. La mujer lo había cogido, junto con el libro de la subasta. No obstante, aquélla podía no ser la única reproducción. Ahora que sabía dónde buscar, encontraría otra.

—¿Y qué sabía el hijo? Mark Nelle. ¿Cuál era su conocimiento?

—No mucho. Era profesor en Toulouse. Investigaba como pasatiempo los fines de semana. Nada serio. Pero estaba buscando el escondrijo de Saunière en las montañas cuando murió en una avalancha.

—No murió allí.

—Por supuesto que sí. Hace cinco años.

De Roquefort se acercó un poco más.

—Mark Nelle ha vivido aquí, en esta abadía, durante los últimos cinco años. Lo sacaron de la nieve y lo trajeron aquí. Nuestro maestre lo adoptó y lo convirtió en nuestro senescal. Quería también que fuera nuestro siguiente maestre. Pero, gracias a mí, fracasó. Mark Nelle huyó de estas paredes esta tarde. Durante los pasados cinco años registró nuestros archivos, buscando pistas, mientras usted se ocultaba, como una cucaracha de la luz, en un asilo mental.

—Dice usted tonterías.

—Digo la verdad. Aquí es donde permaneció, mientras usted se encogía de miedo.

—A usted y a sus hermanos eran a lo que yo temía. Y Lars también les tenía miedo.

—Tenía motivos para estar asustado. Me mintió varias veces, y yo detesto el engaño. Se le dio una oportunidad de arrepentirse, pero decidió seguir con las mentiras.

—Lo colgó usted de aquel puente, ¿verdad? Siempre supe eso.

—Era un no creyente, un ateo. Me parece que usted comprende que haré lo que sea necesario para conseguir mi objetivo. Yo llevo el manto blanco. Soy el maestre de esta abadía. Casi quinientos hermanos esperan mis órdenes. Nuestra regla es clara. Una orden del maestre es como si el propio Cristo la diera, porque fue Cristo el que dijo por boca de David: «*Ob auditu auris obedivit mihi.*» «Me obedeció en cuanto me oyó.» Eso también debería despertar temor en su corazón.

Hizo un movimiento con el diario.

—Ahora cuénteme lo que ese rompecabezas dice.

—Lars pensaba que revelaba el lugar de lo que Saunière encontró.

Alargó la mano hacia el carro.

—Se lo aseguro, sus pies se convertirán en simples muñones si no responde a mi pregunta.

Los ojos de Claridon se desorbitaron.

—¿Qué debo hacer para demostrar mi sinceridad? Yo sólo conozco algunas partes de la historia. Lars era así. Compartía poco. Tiene usted su diario.

Un elemento de desesperación prestaba credibilidad a las palabras.

—Sigo escuchando.

—Sé que Saunière encontró el criptograma en la iglesia de Rennes cuando estaba sustituyendo el altar. También halló una cripta donde descubrió que Marie d'Hautpoul de Blanchefort no estaba enterrada fuera en el recinto parroquial, sino debajo de la iglesia.

Había leído todo aquello en el diario, pero quería saber más.

—¿Cómo se enteró de eso Lars Nelle?

—Halló la información sobre la cripta en viejos libros descubiertos en Monfort-Lamaury, el feudo de Simon de Montfort, que describía la iglesia de Rennes con gran detalle. Luego encontró más referencias en el manuscrito de Corbu.

De Roquefort sintió un gran desprecio al oír el nombre de Simon de Montfort... Otro oportunista del siglo XIII que mandaba la Cruzada Albigense que asoló el Languedoc en nombre de la Iglesia. De no ser por él, los templarios hubieran conseguido su propio estado autónomo, lo cual hubiera seguramente evitado su posterior caída. El único fallo en la primera existencia de la orden había sido su dependencia al poder secular. El porqué los primeros maestres se sintieron obligados a vincularse tan estrechamente con la monarquía siempre le había causado perplejidad.

—Saunière se enteró de que su predecesor, el abate Bigou, había erigido la lápida sepulcral de Marie d'Hautpoul. Pensaba que lo que había inscrito en ella y la referencia que Bigou dejó en los archivos de la parroquia sobre el cuadro eran claves.

—Son ridículamente patentes.

—No para una mente del siglo XVIII —dijo Claridon—. La mayor parte era analfabeta entonces. De modo que los códigos más sencillos, incluso las palabras mismas, hubieran sido bastante efectivos. Y realmente lo han sido... han permanecido ocultos todo este tiempo.

Algo de las Crónicas pasó como un rayo por la mente de De Roquefort. Algo de una época posterior a la Purga. La única pista conocida sobre la ubicación del Gran Legado. «¿Cuál es el mejor lugar para esconder un guijarro?» La respuesta de pronto se hizo evidente.

—En el suelo —murmuró.

—¿Qué ha dicho usted?

Su mente volvió bruscamente a la realidad.

—¿Puede usted recordar lo que vio en el cuadro?

La cabeza de Claridon subía y bajaba.

—*Oui*. Con todo detalle.

Lo cual le daba a aquel estúpido cierto valor.

—Y también tengo el dibujo —añadió Claridon.

¿Había oído bien?

—¿El dibujo de la lápida sepulcral?

—Las notas que tomé en el archivo. Cuando las luces se apagaron, robé el papel de la mesa.

Le gustó lo que estaba oyendo.

—¿Dónde está?

—En mi bolsillo.

Decidió hacer un trato.

—¿Qué me dice de una colaboración? Ambos poseemos algún conocimiento. ¿Por qué no aunar nuestros esfuerzos?

—¿Y en qué me beneficiaría eso a mí?

—El que sus pies queden intactos sería una inmediata recompensa.

—Tiene usted razón, monsieur. Eso me gusta mucho.

De Roquefort decidió apelar a lo que sabía que el hombre deseaba.

—Buscamos el Gran Legado por razones diferentes de las suyas. Una vez que se haya encontrado, estoy seguro de que cierta remuneración monetaria puede compensarle por sus molestias. —Luego dejó su postura clara como el cristal—. Y, además, no le dejaré ir. Y si consigue escapar, lo encontraré.

—Me parece que no tengo elección.

—Usted sabe que nos lo dejaron en nuestras manos.

Claridon no dijo nada.

—Me refiero a Malone y Stephanie Nelle. No hicieron ningún esfuerzo por salvarlo. En vez de ello, se salvaron a sí mismos. Oí que usted pedía ayuda en los archivos. Ellos también lo oyeron. No hicieron nada.

Dejó que sus palabras se afianzaran, esperando que había juzgado correctamente el débil carácter del hombre.

—Juntos, monsieur Claridon, tendríamos éxito. Yo poseo el diario de Lars Nelle y tengo acceso a un archivo que usted ni se lo imagina. Usted tiene la información de la lápida y sabe cosas que yo ignoro. Ambos queremos lo mismo, así que juntos lo descubriremos.

De Roquefort agarró un cuchillo que descansaba sobre la mesa entre las estiradas piernas de Claridon y cortó las ligaduras.

—Vamos, tenemos trabajo.

XXXIX

Malone seguía a Mark mientras se aproximaban a la iglesia de Santa María Magdalena. Allí no se celebraban servicios religiosos durante el verano. El domingo era, al parecer, un día muy popular entre los turistas, ya que una multitud se estaba apiñando ya ante la iglesia, tomando fotos y filmando en vídeo.

—Necesitaremos una entrada —dijo Mark—. No se puede entrar en esta iglesia sin pagar.

Malone entró en la Villa Betania y esperó en una corta cola. Fuera se encontraba Mark ante un jardín vallado donde se levantaban la columna visigótica y la estatua de la Virgen de las que les había hablado Claridon. Leyó las palabras PENITENCIA, PENITENCIA y MISIÓN 1891, grabadas en la cara de la columna.

—Nuestra Señora de Lourdes —dijo Mark, señalando la estatua—. Saunière estaba cautivado por Lourdes, que fue la primera aparición mariana de su época. Antes que Fátima. Quería que Rennes se convirtiera en un centro de peregrinación, de modo que hizo construir este jardín y diseñó la estatua y la columna.

Malone hizo un gesto hacia la gente.

—Y realizó su deseo.

—Cierto. Pero no por la razón que él imaginaba. Estoy seguro de que ninguna de las personas que están aquí hoy sabe que la columna no es la original. Es una copia, puesta ahí hace años. El original resulta difícil de leer. El clima se cobra su tributo. Está en el museo de la casa parroquial. Lo cual ocurre también con un montón de cosas de este lugar. Poco de ello procede de la época de Saunière.

Se acercaron a la puerta principal de la iglesia. Bajo el dorado tímpano, Malone leyó las palabras TERRIBILIS EST LOCUS ISTE. Del Génesis. «Terrible es este lugar.» Conocía la leyenda de Jacob, que soñó con una escalera por la que subían y bajaban ángeles y, al despertar de su sueño, murmuró las palabras —Terrible es este lugar—, y luego llamó a lo que había soñado Bethel, que significa «casa de Dios». Se le ocurrió otra idea.

—Pero en el Viejo Testamento, Bethel se convierte en rival de Jerusalén como centro religioso.

—Justamente. Otra pista sutil que Saunière dejó tras de sí. Hay incluso más en el interior.

Todos habían dormido hasta tarde, y se habían levantado hacía sólo treinta minutos. Stephanie había ocupado el dormitorio de su marido, y seguía allí dentro con la puerta cerrada cuando Malone sugirió que él y Mark se dirigieran a la iglesia. Quería hablar con el joven sin que Stephanie rondara cerca, y quería darle tiempo a ella para que se calmara. Sabía que estaba buscando pelea, y más tarde o más temprano su hijo iba a tener que enfrentarse con ella. Pero creía que retrasar esta inevitable situación podía ser una buena idea. Geoffrey se había ofrecido a venir, pero Mark le dijo que no. Malone había notado que Mark Nelle quería hablar a solas con él también.

Se adentraron en el pasillo.

La iglesia era de nave única y techo alto. Un espantoso diablo esculpido, en cuclillas, vestido con una túnica verde y haciendo una mueca sonriente bajo el peso de una pila de agua bendita, los saludó.

—En realidad es el demonio Asmodeo, no el diablo —dijo Mark.

—¿Otro mensaje?

—Parece que usted lo conoce.

—Un custodio del secreto, si no recuerdo mal.

—Recuerda bien. Mire el resto de la fuente.

Encima de la pila de agua bendita cuatro ángeles, cada uno de ellos representando una parte separada del signo de la cruz. Debajo estaba escrito PAR CE SIGNE TU LE VAINCRAS. Malone tradujo del francés. «Con este signo lo vencerás.»

Conocía el significado de estas palabras.

—Eso es lo que Constantino dijo cuando luchó por primera vez con su rival Majencio. Según la historia, parece que vio una cruz sobre el sol con dichas palabras blasonadas bajo él.

—Pero hay una diferencia. —Mark señaló las esculpidas letras—. No decía «lo» en la frase original. Sólo «Con este signo vencerás».

—¿Es importante eso?

—Mi padre descubrió una antigua leyenda judía que hablaba de cómo el rey consiguió impedir que los demonios interfirieran en la construcción del Templo de Salomón. Uno de esos demonios, Asmodeo, era controlado mediante la obligación de cargar agua... el único elemento que despreciaba. De modo que el simbolismo encaja bastante bien. Pero el «lo» de la cita fue claramente añadido por Saunière. Algunos dicen que el «lo» es simplemente una referencia al hecho de que humedeciendo un dedo en el agua bendita y haciendo la señal de la cruz, como hacen los católicos, el demonio («lo») sería vencido. Pero otros han observado la situación de la palabra en la frase francesa *Par ce signe tu le vaincras*. La palabra *le*, «lo», representa la decimotercera y decimocuarta letras. 1314.

Recordó su lectura del libro sobre los templarios.

—El año en que Jacques de Molay fue ejecutado.

—¿Coincidencia? —dijo Mark encogiéndose de hombros.

Se habían arremolinado unas veinte personas tirando fotos y admirando la chillona imaginería, que rezumaba una alusión oculta. Algunas vidrieras, sus reflejos avivados por el brillante sol, aparecían alineadas en las paredes exteriores, y él contempló las escenas. María y Marta en Betania. María Magdalena encontrando al Cristo resucitado. La resurrección de Lázaro.

—Es como una casa encantada teológica —susurró.

—Es una forma de decirlo.

Mark se acercó al suelo ajedrezado situado ante el altar.

—La entrada de la cripta está ahí, justo ante la reja de hierro forjado, oculta mediante las baldosas. Hace unos años algunos topógrafos franceses efectuaron un estudio con radar capaz de penetrar el suelo del edificio y consiguieron hacer algunos sondeos antes de que las autoridades locales los detuvieran. Los resultados mostraban una anomalía subterránea bajo el altar que bien podía ser una cripta.

—¿No se hicieron excavaciones?

—No hubo manera de que lo permitieran. Demasiados riesgos para la industria turística.

Sonrió.

—Es lo mismo que Claridon dijo ayer.

Se instalaron en uno de los bancos.

—Una cosa es segura —susurró Mark—. No vamos a encontrar ningún tesoro aquí. Pero Saunière utilizó esta iglesia para comunicar lo que él creía. Y por todo lo que he leído sobre ese hombre, dicho acto encaja con su descarada personalidad.

Malone observó que nada de lo que le rodeaba era sutil. La excesiva coloración y el sobredorado echaban a perder toda posible belleza. Entonces otro aspecto se puso de manifiesto. No había nada coherente. Cada expresión artística, desde las estatuas a los relieves, pasando por las vidrieras, era individual... sin relación con el tema, como si la semejanza fuera de algún modo ofensiva.

Una extraña colección de santos esotéricos le miraba desde arriba con expresiones indiferentes, como si ellos también se sintieran embarazados por sus chillones detalles. San Roque mostraba un muslo llagado. Santa Germana dejaba caer un puñado de rosas de su delantal. Santa Magdalena sostenía una vasija de extraña forma. Por más que lo intentaba, Malone no conseguía sentirse cómodo. Había estado dentro de muchas iglesias europeas y la mayor parte de ellas rezumaba un profundo sentido del tiempo y la historia. Ésta parecía tan sólo repeler.

—Saunière dirigió cada detalle de la decoración —estaba diciendo Mark—. Nada se colocaba aquí sin su aprobación. —Señaló una de las estatuas—. San Antonio de Padua. Le oramos a él cuando buscamos algo perdido.

Malone captó la ironía.

—¿Otro mensaje?

—Evidentemente. Mire las estaciones del Vía Crucis.

Las tallas empezaban en el púlpito, siete a lo largo de la pared norte y luego otras siete en el sur. Cada una era un bajorrelieve lleno de color que describía un momento de la crucifixión de Cristo. Su brillante pátina y sus ingenuos detalles parecían insólitos para algo tan solemne.

—Son extrañas, ¿no? —preguntó Mark—. Cuando fueron instaladas en 1887, eran corrientes para esta zona. En Rocamadour, hay una serie casi idéntica. La casa Giscard de Toulouse hizo las unas y las otras. Estas estaciones han sido interpretadas de muchas maneras. Algunos conspiradores pretenden que tienen origen masónico o son realmente alguna especie de mapa del tesoro. Nada de eso es cierto. Pero hay mensajes en ellas.

Malone se fijó en algunos de los aspectos curiosos. El muchacho negro esclavo que sostenía el cuenco para lavarse las manos de Pilatos. El velo que llevaba Pilatos. Una trompeta que se hacía sonar cuando Cristo caía cargando la cruz. Tres platos de plata sostenidos en alto. El niño que se enfrentaba a Cristo, envuelto en un manto de tela escocesa. Un soldado romano tirando los dados por las vestiduras de Cristo, los números tres, cuatro y cinco visibles en las caras.

—Mire la estación catorce —dijo Mark, haciendo un gesto hacia la pared sur.

Malone se puso de pie y anduvo hacia la parte delantera de la iglesia. Las velas parpadeaban ante el altar, y enseguida observó el bajorrelieve de debajo. Una mujer —María Magdalena, supuso— llorando, arrodillada en una gruta ante una cruz formada por dos ramas. Un cráneo descansaba en la base de la rama, e inmediatamente Malone se acordó del cráneo de la litografía que viera la noche anterior en Aviñón.

Se dio la vuelta y examinó la imagen de la última estación del Vía Crucis, la número 14, que describía el cuerpo de Cristo transportado por dos hombres en tanto tres mujeres eran presa de las lágrimas. Tras ellos se levantaba una escarpadura rocosa sobre la cual pendía una luna llena en el cielo nocturno.

—Jesús transportado a la tumba —le susurró a Mark, que se le había acercado por detrás.

—Según la ley romana, a un crucificado nunca se le permitía ser enterrado. Esa forma de ejecución estaba reservada solamente para aquellos encontrados culpables de crímenes contra el imperio. La idea era que el acusado muriera lentamente en la cruz, que la muerte tardara en llegar varios días, y todos pudieran verlo. El cuerpo era abandonado a las aves carroñeras. Sin embargo, al parecer, Pilatos concedió el cuerpo de Cristo a José de Arimatea para que pudiera ser enterrado. ¿Se ha preguntado usted alguna vez por qué?

—No. La verdad es que no.

—Otros sí lo han hecho. Cristo murió la vigilia del Sabbath. No podía, según mandaba la ley, ser inhumado después de la puesta del sol. —Mark señaló a la estación 14—. Sin embargo, Saunière colgó esta representación, que evidentemente muestra al cuerpo transportado después del crepúsculo.

Malone seguía sin comprender el significado.

—¿Y si en vez de ser transportado *a* la tumba, Cristo estuviera siendo sacado de ella, después del crepúsculo?

Malone no dijo nada.

—¿Está usted familiarizado con los Evangelios Apócrifos? —preguntó Mark.

Lo estaba. Fueron encontrados en algún lugar junto al Nilo superior en 1945. Siete operarios beduinos estaban cavando cuando tropezaron con un esqueleto humano y una urna sellada. Pensando que contenía oro, abrieron la urna a golpes y encontraron trece códices encuadernados en piel. No exactamente un libro, sino un antepasado. Los textos, de bordes raídos, escritos con claridad, lo estaban en antiguo copto, sin duda compuesto por monjes que vivieron en un cercano monasterio basiliano durante el siglo IV. Contenían cuarenta y seis antiguos manuscritos cristianos, que databan del siglo II, habiendo sido modelados los códices en el siglo IV. Algunos se perdieron posteriormente, utilizados para encender fuego o desechados, pero en 1947 el resto fue adquirido por un museo local.

Le contó a Mark lo que sabía.

—La respuesta de por qué los monjes enterraron los códices se encuentra en la historia —dijo Mark—. En el siglo IV, Atanasio, el obispo de Alejandría, escribió una carta que fue enviada a todas las iglesias de Egipto. Decretaba que sólo los veintisiete libros contenidos dentro del recientemente formulado Nuevo Testamento podían ser considerados Escrituras. Todos los demás, libros *heréticos*, debían ser destruidos. Ninguno de los cuarenta y seis manuscritos de aquella urna se ajustaba. De manera que los monjes del monasterio basiliano decidieron esconder los trece códices en vez de quemarlos, quizás esperando un cambio en la cúpula de la Iglesia. Por supuesto, no tuvo lugar ningún cambio. En vez de ello, la Cristiandad romana floreció. Pero, gracias al cielo, los códices sobrevivieron. Éstos son los Evangelios Apócrifos que ahora conocemos. En uno de ellos, el de Pedro, aparece escrito: «Y mientras declaraban las cosas que habían visto, nuevamente vieron a tres hombres aparecer de la tumba, y dos de ellos sostenían a uno.»

Malone volvió a contemplar la estación 14. Dos hombres sosteniendo a uno.

—Los Evangelios Apócrifos son textos extraordinarios —dijo Mark—. Muchos eruditos dicen ahora que el Evangelio de santo Tomás, que estaba incluido en ellos, puede ser lo más próximo que tenemos de las auténticas palabras de Cristo. Los primeros cristianos estaban aterrorizados por los gnósticos. La palabra viene del griego, *gnosis*, que significa «conocimiento». Los gnósticos eran simplemente personas informadas, pero la emergente versión católica del cristianismo acabó eliminando todo el pensamiento y enseñanzas gnósticas.

—¿Y los templarios mantuvieron eso vivo?

Mark asintió.

—Los Evangelios Apócrifos, y otros textos que los teólogos de hoy jamás han visto, están en la biblioteca de la abadía. Los templarios eran de amplias miras cuando se trataba de las Escrituras. Se pueden aprender un montón de cosas de esas supuestamente heréticas obras.

—¿Y cómo sabría nada Saunière de esos Evangelios? No fueron descubiertos hasta varias décadas después de su muerte.

—Quizás tuvo acceso a una información aún mejor. Deje que le muestre algo más.

Malone siguió a Mark de nuevo a la entrada de la iglesia y salieron al pórtico. Encima de la puerta había una caja tallada en la piedra sobre la que había pintadas unas palabras.

—Lea lo que está escrito debajo —dijo Mark.

Malone se esforzó en distinguir las letras. Muchas estaban difuminadas y eran difíciles de descifrar, y todas estaban en latín:

REGNUM MUNDI ET OMNEM ORNATUM SAECULI CONTEMPSI,

PROPTER AMOREM DOMININ MEI JESU CHRISTI: QUEM VIDI,

QUEM AMAVI, IN QUEM CREDIDI, QUEM DILEXI

—Traducido, quiere decir: «He sentido desprecio hacia el reino de este mundo, y todos sus ornamentos temporales, por el amor de mi Señor Jesucristo, al cual vi, a quien amé, en quien creí y al que adoré.» A primera vista, una interesante afirmación, pero hay algunos errores evidentes. —Mark hizo un gesto con la mano—. Las palabras *soeculi, anorem, quen* y *cremini* están todas mal escritas. Saunière se gastó ciento ochenta francos por esa talla y por las letras pintadas, lo cual era una suma considerable para su época. Lo sabemos porque tenemos las facturas. Se tomó muchas molestias para diseñar esta entrada, y sin embargo permitió que quedaran los errores de ortografía. Habría sido fácil enmendarlos, ya que las letras estaban sólo pintadas.

—¿Quizás no lo advirtió?

—¿Saunière? Era un tipo de fuerte personalidad. Nada se le escapaba.

Mark lo apartó de la entrada cuando otra oleada de visitantes penetraba en la iglesia. Se detuvieron cerca del jardín que contenía la columna visigoda y la estatua de la Virgen.

—La inscripción que hay sobre la puerta no es bíblica. Está contenida dentro de un responsorio escrito por un hombre llamado John Tauler, a comienzos del siglo XIV. Los responsorios eran preces o versículos que se decían entre la lectura de las escrituras, y Tauler era muy conocido en tiempos de Saunière. De manera que es posible que a Saunière simplemente le gustara la frase. Pero es bastante insólito.

Malone se mostró de acuerdo.

—Los errores ortográficos podrían arrojar alguna luz sobre el motivo por el que Saunière lo utilizó. Las palabras pintadas son *quem cremini* «en el cual creí», pero la palabra debería haber sido *credidi*; sin embargo, Saunière permitió el error. ¿Podría significar eso que no creía en Él? Y luego lo más interesante de todo. *Quem vidi.* «Al cual vi.»

Malone vio instantáneamente su significado.

—Lo que fuera que encontró lo condujo a Cristo. Al cual vio.

—Eso es lo que papá pensaba, y yo estoy de acuerdo. Saunière parecía incapaz de resistirse a mandar mensajes. Quería que el mundo supiera lo que él sabía, pero era casi como si se diera cuenta de que nadie de su época lo comprendería. Y estaba en lo cierto. Nadie comprendió. Hasta cuarenta años después de su muerte nadie reparó en ello. —Mark miró por encima de la antigua iglesia—. Todo el lugar está lleno de inversiones. Las estaciones del Vía Crucis cuelgan de la pared en dirección contraria a la de cualquier otra iglesia del mundo. El diablo de la puerta... es lo contrario del bien. —Luego señaló a la columna visigótica situada a unos metros de distancia—. Cabeza abajo. Observe la cruz y las tallas en su cara.

Malone estudió la cara.

—Saunière invirtió la columna antes de grabar «Misión 1891» al pie y «Penitencia, Penitencia» en la parte de arriba.

Malone observó una «V» con un círculo en su centro, en el ángulo inferior derecho. Giró la cabeza y contempló la imagen invertida.

—¿Alfa y omega? —preguntó.

—Algunos lo piensan. Papá también.

—Otra manera de llamar a Cristo.

—Correcto.

—¿Por qué Saunière le dio la vuelta a la columna?

—Nadie hasta el presente ha aportado una buena razón.

Mark se apartó de la exposición del jardín y dejó que otros visitantes se lanzaran sobre las pinturas para fotografiarlas. Luego encabezó el camino hacia la parte trasera de la iglesia, llegando hasta un rincón del Jardín del Calvario, donde se encontraba una pequeña gruta.

—Esto es una réplica también. Para los turistas. La Segunda Guerra Mundial se llevó consigo el original. Saunière lo construyó con rocas que traía de sus correrías. Él y su amante viajaban durante días y siempre regresaban con un capacho lleno de piedras. Extraño, ¿no le parece?

—Depende de qué otra cosa hubiera en aquel capacho.

Mark sonrió

—Era fácil traer un poco de oro sin despertar sospechas.

—Pero Saunière parece un individuo extraño. Es posible que se dedicara sólo a acumular piedras.

—Todo el mundo que viene aquí es un poco extraño.

—¿Eso incluye a tu padre?

Mark le miró con semblante serio.

—Ni hablar. Entregó su vida a este lugar; amaba cada centímetro cuadrado de este pueblo. Este sitio era su hogar, en todos los sentidos.

—Pero ¿no el tuyo?

—Yo traté de seguir su camino. Pero no tenía su pasión. Tal vez comprendí que todo el asunto era fútil.

—Entonces, ¿por qué te escondiste en una abadía durante cinco años?

—Necesitaba la soledad. Pero el maestre tenía planes más grandes. De manera que aquí estoy. Un fugitivo de los templarios.

—¿Qué estabas haciendo en las montañas cuando se produjo la avalancha?

Mark no le respondió.

—Estabas haciendo lo mismo que tu madre está haciendo aquí ahora. Tratando de expiar algo. No sabías que había personas observándote.

—Gracias a Dios que lo hicieron.

—Tu madre está sufriendo.

—¿Usted y ella trabajaban juntos?

Malone observó el intento de esquivar la cuestión.

—Durante mucho tiempo. Es mi amiga.

—Es un hueso duro de roer.

—Dímelo a mí, pero puede hacerse. Está muy dolorida. Montones de culpas y remordimientos. Ésta podría ser una segunda oportunidad para ella y tú.

—Mi madre y yo emprendimos caminos separados hace mucho tiempo. Era lo mejor para los dos.

—Entonces, ¿qué estás haciendo aquí?

—Vine a casa de mi padre.

—Y al llegar viste que las bolsas de otra persona estaban allí. Nuestros dos pasaportes habían quedado con nuestras cosas. Seguramente los encontraste. Sin embargo, te quedaste.

Mark se dio la vuelta, y Malone pensó que se trataba de un esfuerzo por ocultar una creciente confusión. Se parecía a su madre más de lo que estaba dispuesto a admitir.

—Tengo treinta y ocho años y aún me siento como un niño —dijo Mark—. He vivido los últimos cinco años dentro del resguardado capullo de una abadía, gobernada por una estricta regla. Un hombre al que consideraba mi padre fue bueno conmigo, y yo me alcé hasta un nivel de importancia que jamás había conocido.

—Sin embargo, estás aquí. En medio de Dios sabe dónde.

Mark sonreía.

—Tú y tu madre necesitáis arreglar las cuentas.

El joven parecía sombrío, preocupado.

—La mujer que usted mencionó anoche, Casiopea Vitt. Sé quién es. Ella y mi padre discutieron durante años. ¿No deberíamos encontrarla?

Malone observó que Mark evitaba responder a las preguntas haciéndolas a su vez, algo muy parecido a su madre.

—Depende. ¿Es una amenaza?

—Resulta difícil decirlo. Parecía siempre andar por ahí, y a papá no le gustaba.

—Tampoco le gusta a De Roquefort.

—Estoy seguro.

—En los archivos, anoche, ella no se identificó, y De Roquefort ignoraba su nombre. De manera que si él tiene a Claridon, entonces sabe quién es ella.

—¿No es problema de ella, entonces? —preguntó Mark.

—Me salvó la vida dos veces. Hay que avisarla. Claridon me dijo que vivía cerca, en Givors. Tu madre y yo nos marchábamos de aquí hoy. Creíamos que esta búsqueda había terminado. Pero las cosas han cambiado. Necesito hacer una visita a Casiopea Vitt. Creo que lo mejor sería hacerlo solo, por ahora.

—Está bien. Nosotros esperaremos aquí. De momento yo tengo que hacer una visita por mi cuenta. Llevo cinco años sin presentar mis respetos a mi padre.

Y Mark se marchó dirigiéndose a la entrada del cementerio.

XL

Stephanie se sirvió una taza de café caliente y ofreció más a Geoffrey, pero éste lo rechazó.

—Sólo se nos permite una taza al día —declaró el joven.

Ella se sentó a la mesa de la cocina.

—¿Está vuestra vida entera gobernada por la regla?

—Es nuestro estilo de vida.

—Creía que el secreto era importante para la hermandad también. ¿Por qué hablas de ello tan abiertamente?

—Mi maestre, que ahora reside con el Señor, me dijo que fuera sincero con usted.

Ella estaba perpleja.

—¿Cómo es que tu maestre me conocía?

—Seguía muy de cerca la investigación de su marido. Eso fue mucho antes de llegar yo a la abadía, pero el maestre me habló de ello. Él y su marido de usted hablaron en varias ocasiones. El maestre era el confesor de su marido.

Aquella información la sorprendió.

—¿Lars estableció contacto con los templarios?

—Realmente fueron los templarios los que lo establecieron con él. El maestre abordó a su marido, pero si su marido sabía que él formaba parte de la orden, nunca lo reveló. Quizás creyó que decirlo podía implicar el final del contacto. Pero probablemente lo sabía.

—El maestre debió de ser un hombre muy interesante.

La cara del joven se iluminó.

—Era un hombre sabio que trataba de hacer lo mejor para la orden.

Ella recordó su defensa de Mark de horas antes.

—¿Ayudó mi hijo en ese empeño?

—Por ello fue elegido senescal.

—¿Y el hecho de que fuera hijo de Lars Nelle no tuvo nada que ver con esa elección?

—Sobre eso, madame, no puedo decir nada. Me enteré de quién era el senescal sólo hace unas horas. Aquí, en esta casa. De modo que no lo sé.

—¿No sabes nada de los demás?

—Muy poco, y a algunos de nosotros eso les cuesta. Otros lo revelan en la intimidad. Pero nos pasamos la vida juntos, próximos como en una prisión. Demasiada familiaridad podría convertirse en un problema. De modo que la regla nos prohíbe cualquier clase de intimidad con nuestros compañeros. Vivimos apartados, nuestro silencio reforzado a través del servicio de Dios.

—Parece difícil.

—Es la vida que elegimos. Esta aventura..., sin embargo. —Hizo un gesto negativo con la cabeza—. Mi maestre me dijo que descubriría muchas cosas nuevas. Tenía razón.

Ella sorbió un poco más de café.

—¿El maestre estaba seguro de que tú y yo nos encontraríamos?

—Envió el diario esperando que usted vendría. También envió una carta a Ernest Scoville, donde se incluían páginas del diario que estaban relacionadas con usted. Esperaba que eso los haría venir a los dos. Sabía que Scoville en una ocasión cuidó de usted... Se enteró de eso por su marido. Pero comprendía que sus recursos, madame, eran grandes. De manera que quería que ustedes dos, junto con el senescal y yo mismo, encontráramos el Gran Legado.

Ella recordó ese término y su explicación de antes.

—¿Cree realmente vuestra orden que hay más cosas en la historia de Cristo... cosas que el mundo ignora?

—No he conseguido, hasta el momento, un nivel de preparación suficiente para responder a su pregunta. Se requieren muchas décadas de servicio antes de ser puesto al corriente de lo que la orden sabe realmente. Pero la muerte, al menos para mí y por lo que me han enseñado hasta ahora, parece tener un evidente carácter definitivo. Muchos miles de hermanos murieron en los campos de batalla de Tierra Santa. Ninguno de ellos jamás se levantó y anduvo.

—La Iglesia católica llamaría a eso que acabas de decir herejía.

—La Iglesia es una institución creada por hombres y gobernada por hombres. Cualquier otra cosa creada por esta institución es también la creación del hombre.

Ella decidió tentar al destino.

—¿Qué debo hacer, Geoffrey?

—Ayudar a su hijo.

—¿Cómo?

—Él debe completar lo que su padre comenzó. No se le puede permitir a Raymond de Roquefort que encuentre el Gran Legado. El maestre se mostró categórico en este sentido. Por eso hizo planes con antelación. Por eso fui preparado.

—Mark me detesta.

—Él la quiere.

—¿Y cómo sabes eso?

—El maestre me lo dijo.

—Él no tenía forma de saberlo.

—Él lo sabía todo.

Geoffrey buscó en el bolsillo de su pantalón y sacó un sobre sellado.

—Me dijo que le diera esto a usted cuando lo considerara apropiado. —Le tendió el arrugado paquete, y luego se puso de pie, separándose de la mesa—. El senescal y el señor Malone han ido a la iglesia. La dejaré sola.

Ella apreció el gesto. Era imposible saber qué emociones despertaría el mensaje, de manera que aguardó hasta que Geoffrey se hubo retirado al estudio, y entonces abrió el sobre.

Señora Nelle, usted y yo somos extraños, aunque pienso que sé muchas cosas de usted, todo por Lars, el cual me contó lo que le trastornaba su propia alma. Su hijo era diferente. Mantenía su tormento dentro, compartiendo muy poco. En unas pocas ocasiones conseguí enterarme de algo, pero sus emociones no eran tan transparentes como las de su padre. Quizás heredó ese rasgo de usted,

¿no? Y no tengo intención de ser irrespetuoso. Lo que seguramente está ocurriendo en este momento es serio. Raymond de Roquefort es un hombre peligroso. Se ve empujado por una ceguera que, a través de los siglos, ha afectado a muchos de nuestra orden. Es un hombre con un solo objetivo que nubla su visión. Su hijo luchó por el liderato y perdió. Desgraciadamente, Mark no posee la resolución necesaria para finalizar sus batallas. Iniciarlas parece fácil, continuarlas más fácil aún, pero resolverlas se ha demostrado difícil. Sus batallas con usted. Sus batallas con De Roquefort. Sus batallas con su conciencia. Todo le pone a prueba. Yo pensé que la reunión de ustedes dos podía resultar decisiva para ambos. De nuevo, no la conozco a usted, pero creo que la comprendo. Su marido ha muerto y muchas cosas quedaron sin resolver. Quizás esta búsqueda responda finalmente a todas sus preguntas. Le ofrezco este consejo. Confíe en su hijo, olvide el pasado, piense solamente en el futuro. Habrá recorrido buena parte del camino para conseguir la paz. Mi orden es única en toda la Cristiandad. Nuestras creencias son diferentes, y eso se debe a lo que los hermanos originales aprendieron y transmitieron. ¿Nos hace eso menos cristianos? ¿O más cristianos? Ninguna de las dos cosas, en mi opinión. Hallar el Gran Legado responderá a muchas preguntas. Pero me temo que suscitará muchas más. Corresponderá a usted y a su hijo decidir qué es lo mejor si ese momento crítico llega, y confío en que lo hará, porque tengo fe en ustedes dos. Una resurrección ha tenido lugar. Ha sido ofrecida una segunda oportunidad. Los muertos han resucitado y ahora caminan entre vosotros. Haga un buen uso de este prodigio, pero una advertencia: libere su mente de los prejuicios en los que ella se ha ido instalando confortablemente. Ábrase a una concepción más vasta, y razone utilizando procedimientos más seguros. Porque solamente entonces triunfará. Que el Señor esté con usted.

Una lágrima bajaba por su mejilla. Una extraña sensación, llorar. Algo que no podía recordar desde su infancia. Había sido muy bien educada, y poseía la experiencia que ofrecían décadas de trabajar en los niveles superiores del campo de la inteligencia. Su carrera había transcurrido manejando una situación difícil tras otra. Había tomado decisiones de vida o muerte en muchas ocasiones. Pero nada de eso se aplicaba aquí. De alguna manera había abandonado el mundo del bien y del mal, de lo correcto y lo erróneo, lo blanco y lo negro, y entrado en un reino donde sus pensamientos más íntimos eran no sólo conocidos, sino realmente comprendidos. Este maestre, un hombre con el que nunca había hablado una palabra, parecía justamente comprender su dolor.

Pero tenía razón.

El retorno de Mark era una resurrección. Un glorioso milagro con infinitas posibilidades.

—¿La han entristecido las palabras?

Stephanie levantó la mirada. Geoffrey se encontraba de pie en el umbral. Ella se enjugó las lágrimas.

—En cierto sentido. Pero, en otro, producen felicidad.

—El maestre era así. Conocía tanto la alegría como el dolor. Pero hubo mucho dolor, sin embargo, en sus últimos días.

—¿Cómo murió?

—El cáncer se lo llevó hace dos noches.

—¿Lo echas de menos?

—Fui criado solo, sin el beneficio de una familia. Monjes y monjas me enseñaron las cosas de la vida. Fueron buenos conmigo, pero ninguno de ellos me quería. De modo que es difícil crecer sin el amor de un padre.

Esa confesión penetró profundamente en el corazón de Stephanie.

—El maestre mostró gran bondad conmigo, quizás incluso amor, pero sobre todo puso su confianza en mí.

—Entonces no le decepciones.

—No lo haré.

Ella hizo un gesto con el papel.

—¿Es para que me lo guarde?

Él asintió.

—Yo he sido sólo el mensajero.

Ella recobró el dominio de sí mima.

—¿Por qué se fueron Mark y Cotton a la iglesia?

—Yo presentí que el senescal quería hablar con el señor Malone.

Ella se levantó de la silla.

—Quizás nosotros también deberíamos...

Un golpecito sonó en la puerta principal. Stephanie se puso

tensa y su mirada se dirigió rápidamente al pomo sin cerrar. Cotton y Mark simplemente habrían entrado. Stephanie vio que Geoffrey también se ponía alerta y un arma aparecía en su mano. Ella se acercó a la puerta y atisbó a través de la mirilla.

Una cara familiar le devolvió la mirada.

Royce Claridon.

XLI

De Roquefort estaba furioso. Cuatro horas antes había sido informado de que, la noche que el maestre había muerto, el sistema de seguridad de los archivos había registrado una visita a las once y cincuenta y un minutos de la noche. El senescal se había quedado dentro doce minutos, y luego había salido con dos libros. Las etiquetas de identificación fijadas a cada volumen señalaban los dos tomos como un códice del siglo XIII que él conocía bien y el informe de un mariscal archivado en la última parte del siglo XIX, que él también había leído.

Al interrogar a Claridon unas horas antes, no le había informado de su familiaridad con el criptograma contenido en el diario de Lars Nelle. Pero había uno incluido en el informe del anterior mariscal, juntamente con la ubicación de dónde había sido hallado el rompecabezas... En la iglesia del abate Gélis situada en Coustausa, no lejos de Rennes-le-Château. De su lectura recordó que el mariscal había hablado con Gélis poco antes de que el cura fuera asesinado, y se enteró de que Saunière había hallado también un criptograma en su iglesia. Cuando los comparó, los dos eran idénticos. Gélis al parecer resolvió el rompecabezas, y el mariscal fue informado de los resultados, pero la solución no quedó registrada y nunca fue hallada después de la muerte de Gélis. Tanto la gendarmería como el mariscal sospechaban que el asesino andaba tras algo de la cartera de Gélis. Seguramente, lo descifrado por Gélis. Pero ¿fue el asesino Saunière? Es difícil decirlo. El crimen nunca fue resuelto. Sin embargo, teniendo en cuenta lo que De Roquefort sabía, el sacerdote de Rennes debería ser incluido en cualquier lista de sospechosos.

Ahora el informe del mariscal había desaparecido. Lo que quizás no resultaba tan malo, ya que poseía el diario de Lars Nelle, que contenía el criptograma de Saunière. Sin embargo, ¿era, tal como informaba el mariscal, el mismo que el de Gélis? No había forma de saberlo sin el informe del mariscal, que sin duda había sido sacado de los archivos por alguna razón.

Cinco minutos antes, mientras escuchaba gracias a un micrófono pegado a una ventana lateral cómo Stephanie Nelle y el hermano Geoffrey establecían un vínculo, se había enterado de que Mark Nelle y Cotton Malone iban camino de la iglesia. Stephanie Nelle había incluso llorado después de leer las palabras del antiguo maestre. Cuán conmovedor. El maestre había evidentemente planificado las cosas con anticipación, y todo este asunto se estaba rápidamente escapando de control. Necesitaba dar un tirón a las riendas y reducir la velocidad. De modo que mientras Royce Claridon trataba con los ocupantes de la casa de Lars Nelle, él iba a encargarse de los otros dos.

El chivato electrónico fijado al coche de alquiler de Malone había revelado que éste y Stephaine Nelle regresaron a Rennes desde Aviñón de madrugada. Mark Nelle debía de haber ido directamente allí desde la abadía, lo cual no resultaba sorprendente.

Después de lo ocurrido la noche anterior en el puente, De Roquefort pensó que Malone y Stephanie Nelle ya no eran importantes, por lo que sus hombres habían recibido la orden de limitarse a reducirlos. Matar a una alta funcionaria de Estados Unidos y a un ex agente norteamericano seguramente llamaría la atención. Había viajado a Aviñón para descubrir qué secreto guardaban los archivos del palacio, y para capturar a Claridon, no para despertar el interés de la inteligencia norteamericana. Había realizado los tres objetivos y conseguido además de premio el diario de Lars Nelle. Considerándolo todo, no era una mala noche de trabajo. Se había sentido incluso dispuesto a dejar marchar a Mark Nelle y a Geoffrey, ya que, lejos de la abadía, constituían una amenaza mucho menor. Pero tras enterarse de que faltaban esos dos libros, su estrategia había cambiado.

—Estamos en posición —dijo una voz en su oído.

—Quedaos quietos hasta que os diga —susurró por el micrófono de solapa.

Había traído a seis hermanos, que ahora estaban repartidos por el pueblo, mezclándose con la creciente multitud dominguera. El día era brillante, soleado y, como siempre, ventoso. Mientras que los valles del río Aude eran cálidos y tranquilos, las cumbres que los rodeaban estaban perpetuamente azotadas por vientos.

Subió a grandes zancadas por la *rue* principal hacia la iglesia de María Magdalena, sin hacer el menor esfuerzo por ocultar su presencia.

Quería que Mark Nelle supiera que estaba allí.

✠

Mark se encontraba de pie ante la tumba de su padre. El monumento se hallaba en buenas condiciones, como lo estaban todas las tumbas, ya que el cementerio ahora parecía una parte integrante de la creciente industria turística de la ciudad.

Durante los primeros seis años después de la muerte de su padre, había atendido personalmente la tumba, visitándola casi cada fin de semana. También había cuidado de la casa. Su padre había sido popular entre los residentes de Rennes, pues trataba al pueblo con bondad y a la memoria de Saunière con respeto. Ésa era, tal vez, una razón por la que su padre había incluido tanta ficción sobre Rennes en sus libros. El misterio embellecido era una máquina de hacer dinero para toda la región, y los escritores que desmentían esa dimensión mística no eran apreciados. Como se sabía muy poco con seguridad sobre cualquier aspecto de la leyenda, quedaba mucho margen para la improvisación. También contribuía el hecho de que su padre era considerado como el hombre que había despertado la atención del mundo sobre la historia, aunque Mark sabía que un relativamente desconocido libro francés de Gérard de Sède, *Le Trésor Maudit*, publicado a finales de los sesenta, fue lo primero que despertó la curiosidad de su padre. Siempre había pensado que el título —*El tesoro maldito*— era adecuado, especialmente después de que su padre muriera repentinamente. Mark era un adolescente cuando leyó por primera vez el libro de su padre, pero fue años más tarde, cuando se encontraba en el curso de posgrado, afinando su conocimiento de la historia medieval y la filosofía religiosa, cuando su padre le habló de lo que estaba realmente en juego.

—El núcleo del cristianismo es la resurrección de la carne. Es el cumplimiento de la promesa del Viejo Testamento. Si los cristianos no han de resucitar algún día, entonces su fe es inútil. La no resurrección significa que los Evangelios son todos una mentira (la fe cristiana es solamente para esta vida), no hay nada más después. Es la resurrección lo que hace que todo lo realizado por Cristo valga la pena. Hay otras religiones que predican acerca del paraíso y la vida futura. Pero sólo el cristianismo ofrece un Dios que se convierte en hombre, muere por sus seguidores y después resucita de entre los muertos para gobernar eternamente. Piensa en ello —le había dicho su padre—. Los cristianos pueden tener un montón de creencias diferentes sobre muchos temas. Pero todos están de acuerdo en la resurrección. Es su universo constante. Jesús se alzó de entre los muertos sólo por ellos. La muerte fue conquistada sólo por ellos. Cristo está vivo y trabajando por *su* redención. El reino de los cielos los está esperando cuando ellos también se levanten de entre los muertos para vivir eternamente con el Señor. Así pues, hay un significado en cada tragedia humana, ya que la resurrección da esperanzas de un futuro.

Luego su padre hizo la pregunta que había flotado en su memoria desde entonces.

—¿Y si eso no llegó a suceder? ¿Y si Cristo simplemente murió, polvo al polvo?

Realmente, ¿y si?

—Piensa en todos los millones que fueron sacrificados en el nombre de Cristo. Durante la Cruzada Albigense solamente, quince mil hombres, mujeres y niños fueron quemados en la hoguera simplemente por negar las enseñanzas de la crucifixión. La Inquisición mató a millares más. Las Cruzadas a Tierra Santa costaron cientos de miles de vidas. Y todo por el supuestamente resucitado Cristo. Los papas, durante siglos, han utilizado el sacrificio de Cristo como una manera de motivar a los guerreros. Si la resurrección no ocurrió jamás, y por tanto no hay ninguna promesa de vida futura, ¿cuántos de aquellos hombres crees que se hubieran enfrentado a la muerte?

La respuesta era sencilla. Ni uno solo.

¿Y si la resurrección no hubiera ocurrido nunca?

Mark acababa de pasar cinco años buscando una respuesta a

esa pregunta dentro de una orden que el mundo consideraba erradicada setecientos años antes. Sin embargo, había salido tan confuso como la primera vez que fue llevado a la abadía.

¿Qué se había ganado?

Y más importante aún, ¿qué se había perdido?

Se sacudió la confusión de la mente y volvió a concentrarse en la lápida de su padre. Él mismo había encargado la losa y contemplado cómo era colocada en su lugar una triste tarde de mayo. El cuerpo de su padre había sido encontrado una semana antes, colgando de un puente, a una media hora hacia el sur de Rennes. Mark estaba en casa, en Toulouse, cuando se produjo la llamada de la policía. Recordaba el rostro de su padre cuando identificó el cuerpo... la cenicienta piel, la abierta boca, los ojos sin vida. Una imagen grotesca que temía que jamás le abandonaría.

Su madre había regresado a Georgia poco después del funeral. Habían hablado poco entre ellos durante los tres días que ella estuvo en Francia. Él tenía veintisiete años, y acababa de empezar en la Universidad de Toulouse como profesor adjunto, no muy preparado para la vida. Pero se preguntaba ahora, once años más tarde, si estaba ya preparado. El día anterior hubiera matado a Raymond de Roquefort. ¿Qué había pasado con todo lo que le habían enseñado? ¿Dónde estaba la disciplina que creía haber adquirido? Los fallos de De Roquefort era fáciles de comprender —un falso sentido del deber impulsado por el ego—, pero sus propias debilidades resultaban desconcertantes. En el lapso de tres días, había pasado de senescal a fugitivo. De la seguridad al caos. De tener un claro propósito al vagabundeo

Y ¿para qué?

Sintió la presencia del arma bajo su chaqueta. La tranquilidad que ofrecía era algo incómoda... sólo otra sensación más, novedosa y extraña, que le daba seguridad.

Se apartó de la tumba de su padre y se deslizó hasta el lugar de reposo de Ernest Scoville. Conocía al solitario belga y le gustaba. El maestro al parecer también lo conocía, puesto que le había enviado una carta hacía sólo una semana. ¿Qué había dicho De Roquefort el día anterior sobre los dos correos? «Me he ocupado de uno de los destinatarios.» Al parecer, así era. Pero qué más había dicho. «Y no tardaré en hacerlo del otro.» Su madre estaba en peligro. Todos lo estaban. Pero no era mucho lo que se podía hacer. ¿Acudir a la policía? Nadie los creería. La abadía era muy respetada, y ni un solo hermano diría nada contra la orden. Todo lo que encontrarían sería un tranquilo monasterio dedicado a Dios. Existían planes para el encubrimiento de todas las cosas relacionadas con la hermandad, y ni uno solo de los hombres del interior de la abadía fallaría.

De eso estaba seguro.

No. Estaban solos.

✠

Malone esperaba en el Jardín del Calvario a que Mark regresara del cementerio. No había querido entrometerse en algo tan personal, pues comprendía totalmente las perturbadoras emociones que el hombre estaría seguramente experimentando. Él tenía sólo diez años cuando su padre había muerto, pero la pena que sintió al saber que no volvería a ver a su padre nunca se había desvanecido. A diferencia de Mark, no había ningún cementerio donde él pudiera visitarlo. La tumba de su padre se encontraba en el fondo del Atlántico Norte, dentro del aplastado casco de un submarino hundido. Había intentado en una ocasión averiguar los detalles de lo que había ocurrido, pero todo el incidente estaba clasificado como información reservada.

Su padre había amado a la Marina y a Estados Unidos... Un patriota que gustosamente dio su vida por su país. Y esa idea siempre había enorgullecido a Malone. Mark Nelle, en cambio, había sido afortunado, pudiendo vivir muchos años con su padre. Llegaron a conocerse y a compartir la vida. Pero, en muchos sentidos, él y Mark eran parecidos. Sus dos padres se habían entregado por completo a su trabajo. Los dos habían desaparecido. Y para ninguna de las muertes existía una adecuada explicación.

Se quedó junto al Calvario y observó, mientras más visitantes entraban y salían en tropel del cementerio. Finalmente, descubrió a Mark, que seguía a un grupo de japoneses a través de la verja.

—Ha sido duro —dijo Mark cuando se acercó—. Lo echo de menos.

Malone decidió reanudar la conversación donde la había dejado.

—Tú y tu madre vais a tener que poneros de acuerdo.

—Flota un montón de malas vibraciones, y ver su tumba no ha hecho más que reavivarlas.

—Ella tiene su corazón. Está blindado, lo sé, pero, con todo, sigue ahí.

Mark sonrió.

—Parece que la conoce usted.

—He tenido alguna experiencia.

—Por el momento, necesitamos concentrarnos en lo que fuera que el maestre maquinó.

—Vosotros dos sabéis eludir una cuestión la mar de bien.

Mark volvió a sonreír.

—Viene con los genes.

Consultó su reloj.

—Son las once y media. Tengo que irme. Quiero hacer una visita a Casiopea Vitt antes del anochecer.

—Le haré un croquis. No es un viaje largo en coche desde aquí.

Salieron del Jardín del Calvario y giraron hacia la *rue* principal. A unos treinta metros de distancia, Malone descubrió a un hombre bajo, de aspecto robusto, que llevaba las manos metidas en los bolsillos de una chaqueta de piel, y se dirigía directamente a la iglesia.

Agarró a Mark por el hombro.

—Tenemos compañía.

Mark siguió su mirada y vio a De Roquefort.

Malone valoró rápidamente sus opciones mientras descubría a otros tres cabellos cortos. Dos de ellos estaban delante, en Villa Betania. El otro bloqueaba el callejón que conducía al aparcamiento.

—¿Alguna sugerencia? —preguntó Malone.

Mark se adelantó hacia la iglesia.

—Sígame.

✠

Stephanie abrió la puerta y Royce Claridon entró en la casa.

—¿De dónde viene? —preguntó ella, haciendo un gesto a Geoffrey para que bajara el arma.

—Me cogieron en el palacio anoche y me condujeron en coche hasta aquí. Me encerraron en un piso, dos calles más allá, pero conseguí escaparme hace unos minutos.

—¿Cuántos hermanos hay en el pueblo? —le preguntó Geoffrey a Claridon.

—¿Quién es usted?

—Se llama Geoffrey —dijo Stephanie, esperando que su acompañante entendiera el hecho de ser tan escueta.

—¿Cuántos hermanos hay aquí? —volvió a preguntar Geoffrey.

—Cuatro.

Stephanie se acercó a la ventana de la cocina y miró a la calle. Los adoquines estaban desiertos en ambas direcciones. Pero ella estaba preocupada por Mark y Malone.

—¿Dónde están esos hermanos?

—No lo sé. Les oí decir que estaba usted en casa de Lars, de manera que vine directamente aquí.

A ella no le gustó esa respuesta.

—No pudimos ayudarle anoche. No teníamos ni idea de que le habían cogido. Nos golpearon hasta dejarnos inconscientes mientras tratábamos de atrapar a De Roquefort y a la mujer. Para cuando nos despertamos, todo el mundo se había ido.

El francés levantó las palmas.

—Está bien, madame, lo entiendo. No pudieron hacer nada.

—¿Está De Roquefort aquí? —preguntó Geoffrey.

—¿Quién?

—El maestre. ¿Está aquí?

—No se dieron nombres. —Claridon se volvió hacia ella—. Pero oí decirles que Mark está vivo. ¿Es cierto eso?

Ella asintió con la cabeza.

—Él y Cotton se fueron a la iglesia, pero deberían volver dentro de poco.

—Un milagro. Pensaba que había desaparecido para siempre.

—Los dos lo pensábamos.

La mirada de Claridon barrió la habitación.

—No he estado en el interior de esta casa desde hace algún tiempo. Lars y yo pasamos mucho tiempo aquí.

Ella le ofreció una silla junto a la mesa. Geoffrey se situó cerca de la ventana, y Stephanie observó un punto de tensión en su actitud por lo general fría.

—¿Qué le pasó? —le preguntó a Claridon.

—Estuve atado hasta esta mañana. Me desataron para que pudiera hacer mis necesidades. Una vez en el baño, me encaramé por la ventana y vine directamente aquí. Seguramente me estarán buscando, pero no tenía ningún otro lugar al que ir. Salir de este pueblo es bastante difícil, dado que sólo hay un camino. —Claridon se movió nerviosamente en la silla—. ¿Sería mucha molestia pedirle un poco de agua?

Ella se puso de pie y llenó un vaso del grifo. Claridon la ingirió de un trago. Ella volvió a llenar el vaso.

—Estaba aterrorizado por ellos —dijo Claridon.

—¿Qué es lo que quieren? —preguntó ella.

—Buscan su Gran Legado, como dijo Lars.

—¿Y qué les contó usted? —preguntó Geoffrey, con una pizca de desprecio en su voz.

—No les dije nada, pero ellos preguntaron muy poco. Me dijeron que mi interrogatorio tendría lugar hoy, después de que atendieran a otro asunto. Pero la verdad es que no llegaron a decir de qué se trataba. —Claridon miró a Stephanie fijamente—. ¿Sabe lo que ellos quieren de usted?

—Tienen el diario de Lars, el libro de la subasta y la litografía del cuadro. ¿Qué más pueden desear?

—Creo que es a Mark.

Esas palabras visiblemente afectaron a Geoffrey, y se puso rígido.

Ella quiso saber.

—¿Qué quieren de él?

—No tengo ningún indicio, madame. Pero me pregunto si en todo esto hay algo que merezca el derramamiento de sangre.

—Los hermanos han muerto durante casi novecientos años por lo que ellos creían —dijo Geoffrey—. Esto no es diferente.

—Habla usted como si fuera de la orden.

—Estoy sólo citando la historia.

Claridon se bebió su agua.

—Lars Nelle y yo estudiamos la orden durante muchos años. He leído esa historia de la que habla usted.

—¿Qué ha leído usted? —preguntó Geoffrey, con asombro en su voz—. Libros escritos por personas que no saben nada. Escribieron sobre herejía y adoración de ídolos, sobre besarse mutuamente en la boca, sobre sodomía y sobre la negación de Jesucristo. Ni una sola palabra de ello es cierta. Todo mentiras concebidas para destruir a la orden y apoderarse de su riqueza.

—Ahora habla usted realmente como un templario.

—Hablo como un hombre que ama la justicia.

—¿Eso no es ser un templario?

—¿No deberían ser así todos los hombres?

Stephanie sonrió. Geoffrey era rápido.

Malone siguió a Mark al interior de la iglesia de María Magdalena. Se abrieron paso por el pasillo central, pasando por delante de nueve filas de bancos ocupados por una multitud de papamoscas, en dirección al altar. Allí Mark giró a la derecha y entró en una pequeña antecámara a través de una puerta abierta. Tres visitantes con sus cámaras se encontraban dentro.

—¿Podrían ustedes excusarnos? —les dijo Mark en inglés—. Trabajo con el museo y necesitamos esta habitación durante unos momentos.

Nadie cuestionó su evidente autoridad y Mark cerró la puerta suavemente a sus espaldas. Malone miró a su alrededor. El espacio estaba iluminado de forma natural por la luz de una vidriera. Una fila de aparadores vacíos dominaba una de las paredes. Las otras tres eran todas de madera.

—Esto era la sacristía —dijo Mark.

De Roquefort estaba sólo a un minuto de caer sobre ellos, de manera que quería saber.

—¿Imagino que tienes algo en mente?

Mark se adelantó hacia el aparador y buscó con la punta de sus dedos encima de la estantería superior.

—Como le dije, cuando Saunière construyó el Jardín del Calvario, construyó también la gruta. Él y su amante bajaban al valle y recogían piedras. —Mark continuó buscando algo—. Volvían con capachos llenos de rocas. Ahí está.

Mark retiró la mano y tiró del aparador, que se abrió para revelar un espacio sin ventanas.

—Éste era el escondite de Saunière. Fuera lo que fuese que trajera con aquellas rocas, estaba almacenado aquí. Pocos conocen esta cámara. Saunière la creó durante la remodelación de la iglesia. Los planos de este edificio, anteriores a 1891, lo muestran como una sala abierta.

Mark sacó una pistola automática de debajo de su chaqueta.

—Esperaremos aquí, y veremos qué ocurre.

—¿Conoce De Roquefort esta cámara?

—Lo averiguaremos dentro de poco.

XLII

De Roquefort se detuvo frente a la iglesia. Era extraño que sus perseguidos se hubieran refugiado en el interior. Pero no importaba. Él iba a ocuparse personalmente de Mark Nelle. Su paciencia estaba tocando a su fin. Había tomado la precaución de consultar con sus colaboradores antes de marcharse de la abadía. No iba a repetir los errores del antiguo maestre. Su mandato tendría al menos la apariencia de una democracia. Afortunadamente, la huida del día anterior y los dos tiroteos habían movido a la hermandad hacia una postura concreta. Todos estaban de acuerdo en que el antiguo senescal y su cómplice debían ser devueltos a la abadía para recibir su castigo.

Y él tenía la intención de hacer la entrega.

Inspeccionó la calle.

La multitud crecía. Un día cálido había atraído a los turistas. Se volvió hacia el hermano que se encontraba detrás de él.

—Entra y evalúa la situación.

Hizo un gesto con la cabeza y el hombre avanzó.

De Roquefort conocía la arquitectura de la iglesia. Una única salida. Las vidrieras eran todas fijas, por lo cual tendrían que romper alguna para escapar. No veía gendarmes, lo que era normal en Rennes. Pocas cosas ocurrían aquí, excepto el gasto de dinero. Aquella comercialización le ponía enfermo. Si fuera decisión suya, todas las visitas turísticas de la abadía serían canceladas. Comprendía que el obispo discutiría esa acción, pero había decidido ya limitar el acceso sólo a unas pocas horas, los sábados, aduciendo la necesidad de los hermanos de un mayor aislamiento. Eso, el obispo lo comprendería. Estaba completamente resuelto a restaurar las viejas costumbres, unas prácticas que hacía mucho tiempo que habían sido abandonadas, rituales que antaño distinguieron a los templarios de todas las otras órdenes religiosas. Y para ello necesitaría que las puertas de la abadía estuvieran cerradas durante más tiempo del que estaban abiertas.

El hermano que había enviado al interior salió de la iglesia y fue a su encuentro.

—No están ahí —dijo el hombre al acercarse.

—¿Qué quieres decir?

—He registrado la nave, la sacristía, los confesionarios. No están dentro.

De Roquefort no quería oír eso.

—No hay otra salida.

—Maestre, no están allí.

Su mirada se centró en la iglesia. Su mente barajaba posibilidades.

Entonces la respuesta se hizo clara.

—Vamos —dijo—. Sé exactamente dónde están.

✠

Stephanie estaba escuchando a Royce Claridon, no como una esposa y madre en una misión importante para su familia, sino como la directora de una agencia gubernamental secreta que trataba rutinariamente con el espionaje y el contraespionaje. Había algo fuera de lugar. La repentina aparición de Claridon era demasiado oportuna. Ella no sabía muchas cosas de De Roquefort, pero sí lo suficiente para darse cuenta de que, o a Claridon se le había permitido escapar, o, peor aún, el susceptible hombrecillo sentado frente a ella estaba conchabado con el enemigo. En cualquiera de los dos casos, ella tenía que vigilar lo que decía. Geoffrey también, al parecer, había percibido algo, pues estaba respondiendo lacónicamente a las múltiples preguntas del francés... demasiadas preguntas para un hombre que acababa de sobrevivir a una experiencia de vida o muerte.

—La mujer de anoche en el palacio, Casiopea Vitt, ¿era el *ingénieur* que se mencionaba en la carta dirigida a Ernest Scoville? —preguntó Stephanie.

—Lo supongo. Es una diablesa.

—Tal vez nos salvó a todos.

—¿Cómo? Más bien interfirió, como hizo con Lars.

—Está usted vivo ahora gracias a su interferencia.

—No, madame. Estoy vivo porque ellos quieren información.

—Lo que me estoy preguntando es por qué está usted aquí —dijo Geoffrey desde su posición en la ventana—. Escapar de De Roquefort no es fácil.

—Usted lo hizo.

—¿Y cómo sabía usted eso?

—Hablaron de usted y de Mark. Al parecer hubo un tiroteo. Algunos hermanos fueron heridos. Están furiosos.

—¿Dijo algo sobre su intención de matarnos?

Transcurrió un momento de incómodo silencio.

—Royce —dijo Stephanie—, ¿qué otras cosas andan buscando?

—Yo sólo sé que echaron de menos dos libros de su archivo. Eso salió en la conversación.

—Ha dicho usted hace un momento que no tenía ninguna pista de por qué querían al hijo de madame Nelle. —La sospecha se traslucía en el tono de Geoffrey.

—Y no la tengo. Pero sé que quieren los dos libros sustraídos.

Stephanie miró a Geoffrey y no vio ningún indicio de aquiescencia en la expresión del joven. Si realmente él y Mark poseían los libros que De Roquefort buscaba, en sus ojos no se apreciaba ningún reconocimiento.

—Ayer —dijo Claridon— usted me enseñó el diario de Lars y el libro...

—Que De Roquefort tiene.

—No. Casiopea Vitt le robó ambas cosas anoche.

Otra información nueva. Claridon conocía una barbaridad de cosas para ser un hombre al que sus captores supuestamente no daban gran importancia.

—De manera que De Roquefort necesita encontrarla —dejó claro Stephanie—. Igual que nosotros.

—Parece, madame, que uno de los libros que Mark cogió del archivo de la orden también contiene un criptograma. De Roquefort quiere recuperar ese libro.

—¿Eso forma parte también de lo que usted oyó por casualidad?

Claridon asintió.

—*Oui*. Me creían dormido, pero estaba escuchando. Un mariscal, de la época de Saunière, descubrió el criptograma y lo reprodujo en el libro.

—No tenemos ningún libro —dijo Geoffrey.

—¿Qué quiere usted decir?

El asombro se reflejaba en el rostro del hombrecillo.

—No tenemos ningún libro. Salimos de la abadía con mucha precipitación y no nos llevamos nada.

Claridon se puso de pie.

—Es usted un mentiroso.

—Atrevidas palabras. ¿Puede demostrar esa alegación?

—Es usted un hombre de la orden. Un guerrero de Cristo. Un templario. Su juramento debería bastar para impedirle mentir.

—¿Y qué se lo impide a usted? —preguntó Geoffrey.

—Yo no miento. He pasado por una prueba muy dura. Me escondí en un asilo durante cinco años para evitar caer prisionero de los templarios. ¿Sabe usted lo que planeaban hacerme? Cubrirme los pies de grasa y ponerlos luego delante de un brasero al rojo vivo. Cocerme la piel hasta el hueso.

—No tenemos ningún libro. De Roquefort está persiguiendo una sombra.

—Pero eso no es así. Dos hombres recibieron disparos durante su fuga, y ambos dijeron que Mark llevaba una mochila.

Stephanie se animó ante aquella información.

—¿Y cómo habrá sabido usted eso? —preguntó Geoffrey.

De Roquefort entró en la iglesia seguido del hermano que acababa de registrar su interior. Avanzó por el pasillo central y penetró en la sacristía. Tenía que conceder crédito a Mark Nelle. Pocos eran los que conocían la sala secreta de la iglesia. No formaba parte de las visitas, y sólo los muy estudiosos de Rennes podrían tener algún indicio de que existía dicho espacio oculto. Con frecuencia había pensado que los encargados del complejo no explotaban ese añadido de Saunière a la arquitectura de la iglesia —las habitaciones secretas siempre aumentan cualquier misterio—, pero había un montón de cosas sobre la iglesia, la ciudad y la historia que se resistían a toda explicación.

—Cuando viniste aquí antes, ¿estaba abierta la puerta de esta habitación?

El hermano negó con la cabeza y murmuró:

—Estaba cerrada, maestre.

Éste cerró suavemente la puerta.

—No permitas que entre nadie.

Se acercó al aparador y guardó su arma. Nunca había visto realmente la cámara secreta que había más allá, pero había leído suficientes relatos de anteriores mariscales que habían investigado Rennes para saber que existía una sala oculta. Si recordaba correctamente, el mecanismo se encontraba en la esquina derecha superior de la alacena.

Alargó la mano y localizó una palanca de metal.

Sabía que en cuanto tirara de ella, los dos hombres del otro lado serían alertados, y tenía que suponer que iban armados. Malone ciertamente podía arreglarse solo, y Mark Nelle había demostrado ya que no era un hombre al que se pudiera subestimar.

—Prepárate —dijo.

El hermano sacó una automática de cañón corto y apuntó hacia la alacena. De Roquefort tiró del pomo y rápidamente se echó hacia atrás, apuntando con el arma, esperando ver qué sucedía a continuación.

La alacena se abrió unos dedos y luego se detuvo.

Él permanecía en el borde derecho más alejado y, con el pie, hizo girar la puerta para abrirla totalmente.

La cámara estaba vacía.

✠

Malone se encontraba junto a Mark dentro del confesionario. Habían esperado dentro de la habitación oculta durante un par de minutos, observando la sacristía a través de una diminuta mirilla estratégicamente colocada en la alacena. Mark había visto que uno de los hermanos entraba en la sacristía, contemplaba la habitación vacía y se marchaba. Esperaron unos segundos más, y luego salieron, observando desde la puerta cómo el hermano salía de la iglesia. No viendo a más hermanos dentro, rápidamente se precipitaron al confesionario y se ocultaron en él, justo cuando De Roquefort y el hermano regresaban.

Mark había supuesto que De Roquefort tendría conocimiento de la cámara secreta, pero que no compartiría dicho conocimiento con nadie si no era absolutamente necesario. Cuando descubrieron a De Roquefort esperando fuera, y enviando a otro hermano a investigar, se demoraron sólo un par de minutos, el tiempo suficiente para cambiar de situación, ya que en cuanto el explorador regresara e informara de que no aparecían por ninguna parte, De Roquefort inmediatamente sospecharía dónde se ocultaban. A fin de cuentas, sólo había una manera de entrar y salir de la iglesia.

—Conoce a tu enemigo y conócete a ti mismo —susurró Mark cuando De Roquefort y su secuaz entraban en la sacristía.

Malone sonrió.

—Sun Tzu era un hombre sabio.

La puerta de la sacristía se cerró.

—Esperemos unos segundos y saldremos de aquí —dijo Mark.

—Podría haber más hombres fuera.

—Estoy seguro de que los hay. Pero nos arriesgaremos. Tengo nueve balas.

—No empecemos un tiroteo, a menos que no quede más remedio.

La puerta de la sacristía permanecía cerrada.

—Tenemos que salir —dijo Malone.

Salieron del confesionario, torcieron a la derecha y se dirigieron a la puerta.

✠

Stephanie se puso lentamente de pie, se acercó a Geoffrey y con calma cogió el arma que sostenía el joven. Luego se dio la vuelta, la amartilló y se precipitó hacia delante, aplicando el cañón a la cabeza de Claridon.

—Tú, asquerosa escoria. Estás con ellos.

Los ojos de Claridon se abrieron de par en par.

—No, madame. Le aseguro que no.

—Ábrele la camisa —dijo ella.

Geoffrey le arrancó los botones, dejando al descubierto un

micrófono sujeto con cinta adhesiva al estrecho pecho.

—Vamos. Rápido. Necesito ayuda —gritó Claridon.

Geoffrey lanzó su puño contra la mandíbula de Claridon y envió al malévolo individuo al suelo. Stephanie se dio la vuelta, pistola en mano, y descubrió por la ventana a un cabello corto que corría hacia la puerta de la casa.

Una patada y la puerta se abrió de par en par.

Geoffrey estaba preparado.

Se situó a la izquierda de la entrada y, cuando el hombre penetraba, Geoffrey le hizo dar la vuelta. Stephanie vio un arma en la mano del individuo, pero Geoffrey con destreza mantuvo el cañón apuntando al suelo, giró sobre sus talones y proyectó al hombre contra la pared de una patada. Sin darle tiempo a reaccionar, le soltó otro puntapié en el abdomen que provocó un gañido. Cuando el hombre se desplomó hacia delante, la respiración le había abandonado, y Geoffrey lo hizo caer al suelo de un golpe en la columna vertebral.

—¿Os enseñan eso en la abadía? —preguntó ella, impresionada.

—Eso y más.

—Salgamos de aquí.

—Aguarde un segundo.

Geoffrey se precipitó desde la cocina otra vez al dormitorio y regresó con la mochila de Mark.

—Claridon tenía razón. Tenemos los libros, y no podemos marcharnos sin ellos.

Stephanie descubrió un auricular en la oreja del hombre que Geoffrey había derribado.

Éste debía de estar escuchando a Claridon, y seguramente se hallaba en comunicación con los otros.

—De Roquefort está aquí —dijo Geoffrey.

Ella agarró el teléfono móvil del mármol de la cocina.

—Tenemos que encontrar a Mark y a Cotton.

Geoffrey se acercó a la abierta puerta de la casa y cuidadosamente atisbó en ambas direcciones.

—Supuse que habría más hermanos por aquí a estas alturas.

Ella avanzó un paso para ponerse a su lado.

—Quizás están ocupados en la iglesia. Iremos allí, siguiendo el muro exterior, a través del aparcamiento, apartándonos de la *rue* principal. —Le devolvió el arma—. Guárdeme las espaldas.

Él sonrió.

—Con sumo placer, madame.

✠

De Roquefort contempló la vacía cámara secreta. ¿Dónde estaban aquellos dos? Sencillamente no había ningún otro lugar donde ocultarse dentro de la iglesia.

Volvió a colocar la alacena en su lugar.

El otro hermano seguramente había visto el momento de confusión que cruzó por su rostro cuando descubrieron que el lugar oculto estaba vacío. Pero eliminó toda duda de sus ojos.

—¿Dónde están, maestre? —preguntó el hermano.

Meditando la respuesta, avanzó hacia la vidriera y atisbó a través de uno de los segmentos claros. Abajo, el Jardín del Calvario seguía concurrido por los visitantes. Entonces vio a Mark Nelle y Cotton Malone en el jardín y que giraban hacia el cementerio.

—Fuera —dijo con calma, dirigiéndose hacia la puerta de la sacristía.

✠

Mark pensaba que el truco de la cámara secreta podía hacerles ganar suficiente tiempo para conseguir escapar. Confiaba en que De Roquefort hubiera traído consigo sólo un pequeño contingente de hermanos. Pero otros tres habían estado esperando fuera... Uno en la calle mayor, otro bloqueando el callejón que conducía al aparcamiento y finalmente un tercero posicionado ante la Villa Betania, impidiendo que la arboleda se convirtiera en una vía de escape. De Roquefort, al parecer, no había pensado en el cementerio como una posible escapatoria, ya que estaba cercado por un muro, con un precipicio de más de cuatrocientos metros al otro lado.

Pero allí era precisamente adonde Mark se dirigía.

Dio gracias al cielo por las múltiples exploraciones de altas horas de la noche que él y su padre habían efectuado en el pasado. Los vecinos fruncían el ceño ante esas visitas al cementerio después del crepúsculo, pero ése era el mejor momento, decía su padre. De manera que lo recorrieron muchas veces, buscando pistas, tratando de encontrar sentido a Saunière y su inexplicable comportamiento. En algunas de aquellas incursiones habían sido interrumpidos, de modo que improvisaron otra manera de salir que no fuera a través de la puerta de la calavera y las tibias.

Ya era hora de sacar partido de ese descubrimiento.

—Siento tener que preguntar cómo vamos a salir de aquí —dijo Malone.

—Es pavoroso, pero al menos el sol está brillando. Siempre que hice esto, era de noche.

Mark giró hacia la derecha y bajó precipitadamente por la escalera de piedra hasta la parte inferior del cementerio. Había unas cincuenta personas más o menos esparcidas por el lugar admirando las lápidas. Más allá del muro, el limpio cielo era de un azul brillante y el viento gemía como un alma en pena. Los días claros eran siempre ventosos en Rennes, pero el aire del cementerio permanecía quieto, pues la iglesia y la casa parroquial bloqueaban las ráfagas más fuertes, que procedían del sur y el oeste.

Se abrió paso hasta un monumento que se alzaba junto a la pared oriental, bajo un dosel de olmos que cubrían el suelo con sus largas sombras. Observó que la multitud se apiñaba principalmente en el nivel superior, donde se encontraba la tumba de la amante de Saunière. Saltó sobre una gruesa lápida y se encaramó al muro.

—Sígame —dijo mientras saltaba al otro lado, rodaba por el suelo y luego se ponía de pie, limpiándose la arenisca.

Miró hacia atrás mientras Malone se dejaba caer los dos metros y medio hasta el estrecho sendero.

Se encontraban en la base del muro, en un sendero rocoso que mediría algo más de un metro de ancho. Unas hayas y pinos de aspecto anómalo sostenían la pendiente situada más allá, batida por el viento, sus ramas retorcidas y entrelazadas, sus raíces empotradas en grietas entre las rocas.

Mark señaló a su izquierda.

—Este sendero termina justo ahí delante, después del *château,* sin ningún lugar adonde ir. —Se dio la vuelta—. Así que tenemos que ir por este lado. Nos lleva en dirección al aparcamiento. Hay una manera fácil de subir por ahí.

—No hay viento aquí, pero cuando demos la vuelta a esa esquina... —señaló Malone al frente— me imagino que soplará.

—Como un huracán. Pero no tenemos elección.

XLIII

De Roquefort se llevó a un hermano con él cuando entró en el cementerio, en tanto los demás aguardaban fuera. Era inteligente lo que Mark Nelle había hecho: utilizar la cámara secreta como diversión. Probablemente se habían quedado dentro el tiempo suficiente para que su explorador abandonara la iglesia. Y luego se escondieron en el confesionario hasta que él mismo hubo entrado en la sacristía.

Dentro del recinto mortuorio se detuvo y tranquilamente examinó las tumbas, pero no veía a su presa. Le dijo al hermano que se quedara cerca de él, buscando a su izquierda, y De Roquefort se fue a la derecha, donde se tropezó con la tumba de Ernest Scoville. Cuatro meses antes, cuando tuvo noticias por primera vez del interés del antiguo maestre por Scoville, había enviado a un hermano a controlar las actividades del belga. Por medio de un dispositivo de escucha instalado en el teléfono de Scoville, su espía se había enterado de la existencia de Stephanie Nelle, de sus planes para visitar Dinamarca y luego Francia, así como de su intento de hacerse con el libro. Pero cuando se hizo evidente que a Scoville no le gustaba la viuda de Lars Nelle y estaba meramente engañándola, tratando de desbaratar sus esfuerzos, un coche lanzado a gran velocidad en la pendiente de Rennes resolvió el problema de su potencial interferencia. Scoville no era un jugador en el juego que se desarrollaba. Stephanie sí lo era, y, en aquel momento, no se podía permitir que nada estorbara sus movimientos. De Roquefort se había encargado personalmente de acabar con Scoville, sin involucrar a nadie de la abadía, ya que no podía permitirse explicar por qué era necesario aquel asesinato.

El hermano regresó del otro lado del cementerio e informó.

—Nada.

¿Dónde podían haber ido?

Su mirada descansó en el muro gris rojizo que formaba el borde exterior. Se acercó a un lugar donde la pared se alzaba sólo hasta la altura del pecho. Rennes estaba situada en la loma de una cumbre con laderas tan empinadas como las de una pirámide en tres de sus caras. Los objetos del valle de abajo se perdían en una neblina gris que envolvía la tierra, como algún lejano mundo liliputiense, y la cuenca, las carreteras y las poblaciones parecían como vistas en un atlas. El viento azotaba su rostro y le secaba los ojos. Plantó ambas manos sobre la pared, se izó e hizo balancear su cuerpo hacia delante. Miró a su derecha. El saliente rocoso estaba vacío. Entonces miró a la izquierda y captó una vislumbre de Cotton Malone girando desde el lado norte de la pared hacia el occidental.

Se dejó caer nuevamente hacia atrás.

—Están en un saliente, dirigiéndose hacia la Torre Magdala. Detenlos. Yo voy camino del belvedere.

✠

Stephanie encabezó la marcha cuando ella y Geoffrey salieron de la casa. Un callejón calentado por el sol corría paralelamente al muro occidental y conducía al norte, hacia el aparcamiento, y más allá al dominio de Saunière. Geoffrey bullía de expectación y, para ser un hombre que parecía tener sólo veintiocho o veintinueve años, se había manejado con soltura profesional.

Sólo algunas casas diseminadas se levantaban en ese rincón de la villa. Pinos y abetos, formando grupos, se alzaban hacia el cielo.

Algo zumbó junto a su oído derecho y produjo un ruido metálico al rebotar contra la piedra caliza del edificio que estaba justo delante. Se dio la vuelta, descubriendo al cabello corto de la casa, que apuntaba desde unos cuarenta y cinco metros de distancia. Stephanie se escondió tras un coche aparcado, que se encontraba junto a la parte trasera de una de las casas. Geoffrey se dejó caer al suelo, rodó sobre sí mismo, se incorporó y luego disparó. La detonación, como un petardo, fue ahogada por el viento, que no paraba de aullar. Una de las balas encontró su blanco y el hombre lanzó un grito de dolor, luego se agarró el muslo y cayó al suelo.

—Buen disparo —dijo ella.

—No podía matarlo. Di mi palabra.

Se pusieron de pie y echaron a correr.

Malone siguió a Mark. La escarpadura rocosa, bordeada por espigas de hierba parda, se había estrechado, y el viento, que antes era sólo una molestia, se había convertido ahora en un peligro, azotándolos con la fuerza de una tempestad, su monótono soplo enmascarando cualquier otro ruido.

Se encontraban en el lado occidental de la villa. La elevada línea de sotos que había en la vertiente norte había desaparecido. Nada más que roca desnuda se extendía hacia el fondo, brillando bajo el ardiente sol de la tarde, salpicada por penachos de musgo y brezo.

El belvedere que Malone había cruzado dos noches antes, persiguiendo a Casiopea Vitt, se extendía a unos seis metros por encima de ellos. La Torre Magdala se levantaba allí delante y pudo ver a gente en lo alto de la misma admirando el distante valle. A él no le volvía loco la vista. Las alturas le afectaban la cabeza como el vino... Una de aquellas debilidades que había ocultado a los psicólogos del gobierno que en el pasado eran requeridos, de vez en cuando, para evaluarle. Arriesgó una mirada hacia abajo. Escasa maleza salpicaba el plano profundamente inclinado durante varios cientos de metros. Luego se extendía un breve saliente, y debajo de él empezaba una pendiente aún más pronunciada.

Mark se encontraba a unos tres metros por delante de él. Malone vio que miraba hacia atrás, se detenía, daba la vuelta y levantaba el arma, apuntando el cañón hacia él.

—¿Es algo que he dicho? —gritó.

El viento zarandeó el brazo de Mark y sacudió el arma. Otra mano acudió para fijar el blanco. Malone captó la mirada en los ojos del hombre y se dio la vuelta, descubriendo a uno de los cabellos cortos, que venía directamente hacia ellos.

—No sigas, hermano —gritó Mark por encima del viento.

El hombre sostenía una Glock 17, parecida a la de Mark.

—Si esa arma se levanta, dispararé contra ti —dijo Mark, dejando las cosas claras.

La pistola del hombre se detuvo en su ascenso.

A Malone no le gustaba su apurada situación, y se apretó contra la pared con el fin de dejarles espacio para el duelo.

—No es tu batalla, hermano. Comprendo que tú simplemente estás haciendo lo que el maestre te ha ordenado. Pero si te disparo, aunque sólo sea en la pierna, caerás por el precipicio. ¿Merece la pena?

—Estoy obligado a obedecer al maestre.

—Él os está conduciendo hacia el peligro. ¿Has considerado siquiera lo que estás haciendo?

—No es responsabilidad mía.

—Salvar tu propia vida sí lo es —dijo Mark.

—¿Me dispararía usted, senescal?

—Sin la menor duda.

—Lo que busca usted ¿es tan importante como para hacer daño a otro cristiano?

Malone observó que Mark meditaba la cuestión... y se preguntó si la resolución que descubría en sus ojos se correspondía con el coraje necesario para continuar. Él también se había enfrentado a un dilema similar... varias veces. Disparar contra alguien nunca resulta fácil. Pero a veces simplemente tenía que hacerse.

—No, hermano, no vale una vida humana.

Y Mark bajó el arma.

Por el rabillo del ojo, Malone captó el movimiento. Se volvió a tiempo de ver que el otro hombre se aprovechaba de la renuncia de Mark. La Glock empezó a levantarse mientras la otra mano del hombre acudía para sostener el arma, seguramente para ayudar a fijar el disparo que se disponía a hacer.

Pero no llegó a disparar.

Una detonación ahogada por el viento brotó a la izquierda de Malone y el cabello corto cayó hacia atrás cuando una bala se hundió en su pecho. Malone no pudo decir si el hombre llevaba un chaleco protector o no, pero eso carecía de importancia. El disparo, muy próximo, lo desequilibró y el fornido cuerpo se balanceó. Malone corrió hacia él, tratando de evitar su caída, y pudo captar una expresión de tranquilidad en sus ojos. Recordó la mirada de Cazadora Roja en lo alto de la Torre Redonda. Dos pasos más era todo lo que necesitaba para llegar a él, pero el viento empujó al hermano y el cuerpo rodó hacia abajo como un tronco.

Malone oyó un grito procedente de arriba. Algunos de los visitantes situados en el belvedere habían sido testigos al parecer de la suerte del hombre. Observó que el cuerpo seguía rodando, inmovilizándose finalmente en un saliente, bastante más abajo.

Se volvió hacia Mark, que aún tenía el arma levantada.

—¿Estás bien?

Mark bajó finalmente la pistola.

—No, la verdad es que no. Pero tenemos que irnos.

Malone estuvo de acuerdo.

Se dieron la vuelta y bajaron corriendo por el pedregoso sendero.

✠

De Roquefort subió corriendo por la escalera que conducía al belvedere. Oyó que una mujer gritaba y contempló la excitación cuando la gente acudió en tropel a la pared.

Se acercó y preguntó:

—¿Qué ha pasado?

—Un hombre se ha caído por el precipicio. Rodó mucho rato.

Se abrió paso a codazos hasta el borde. Al igual que en el recinto mortuorio, la piedra tenía casi un metro de anchura, lo que hacía imposible ver la base de la pared exterior.

—¿Dónde cayó? —preguntó.

—Allí —dijo un hombre señalando con el dedo.

De Roquefort siguió la indicación y descubrió a una figura de chaqueta oscura y pantalones claros allí abajo en la desnuda pendiente, inmóvil. Sabía quién era. Maldita sea. Plantó sus palmas sobre la áspera piedra y se izó por encima de la pared. Girando sobre su estómago, inclinó la cabeza a la izquierda y vio a Mark Nelle y Cotton Malone dirigiéndose hacia una corta pendiente que conducía al aparcamiento.

Se echó hacia atrás y se retiró a la escalera.

Apretó el botón de TRANSMISIÓN de la radio fijada a su cintura y susurró por el micro de solapa:

—Se dirigen hacia ti, al norte del muro. Contenlos.

✠

Stephanie oyó un disparo. El ruido parecía venir del otro lado del muro. Pero eso no tenía sentido. ¿Por qué estaría alguien allí? Ella y Geoffrey se encontraban a unos treinta metros del aparcamiento..., que estaba lleno de vehículos, incluyendo a cuatro autobuses estacionados cerca de la torre del agua.

Aminoraron su avance. Geoffrey escondió el arma tras su muslo mientras seguían caminando tranquilamente.

—Allí —susurró Geoffrey.

Ella vio también al hombre. De pie en el otro extremo, bloqueando el callejón que daba a la iglesia. Se dio la vuelta, y descubrió a otro cabello corto subiendo por el callejón a sus espaldas.

Entonces divisó a Mark y a Malone, que salían corriendo del otro lado del muro y saltaban por encima de un murete.

Corrió hacia ellos y preguntó:

—¿Dónde habéis estado?

—Hemos ido a dar un paseo —dijo Malone.

—He oído disparos.

—Ahora no —dijo Malone.

—Tenemos compañía —dejó claro Stephanie, señalando a los dos hombres.

Mark examinó la situación.

—De Roquefort está orquestando todo esto. Es hora de largarse. Pero no tengo las llaves de nuestro coche.

—Yo sí —dijo Malone.

Geoffrey alargó la mano para coger la mochila.

—Buen trabajo —dijo Malone—. Vámonos.

✠

De Roquefort se abrió paso apresuradamente por delante de la

Villa Betania e ignoró a los múltiples visitantes que se dirigían hacia la Torre Magdala, la arboleda y el belvedere.

Al llegar a la iglesia torció a la derecha.

—Están intentando irse en coche —le dijo una voz al oído.

—No lo impidas.

✠

Malone dio marcha atrás en el aparcamiento y se deslizó entre los otros coches hasta el callejón que conducía a la *rue* principal. Observó que ningún cabello corto trataba de detenerles.

Eso le preocupó.

Les estaban conduciendo como ovejas.

Pero ¿adónde?

Se metió por el callejón, pasó por delante de los quioscos de recuerdos y torció a la derecha para entrar en la *rue* principal, dejando que el coche se deslizara cuesta abajo hacia la puerta de la villa.

Una vez pasado el restaurante, la multitud se dispersó y la calle se despejó.

Allá delante, divisó a De Roquefort, de pie, en medio de la calle, bloqueando la puerta.

—Tiene intención de desafiarle —dijo Mark desde el asiento trasero.

—Bien, porque podemos jugar a ver quién se acobarda antes.

Suavemente descansó el pie encima del acelerador.

Sesenta metros y acercándose.

De Roquefort seguía clavado.

Malone no veía ningún arma. Aparentemente el maestre había llegado a la conclusión de que sólo su presencia sería suficiente para detenerles. Más allá, Malone veía que la carretera estaba limpia, pero había una brusca curva inmediatamente después de la puerta, y confió en que nadie decidiera tomarla por el otro lado durante los próximos segundos.

Apretó el pie.

Los neumáticos se agarraron al pavimento, y, con una sacudida, el coche salió disparado.

Treinta metros.

—Piensa matarle —dijo Stephanie.

—Si tengo que hacerlo...

Quince metros.

Malone mantuvo fijo el volante y miró directamente a De Roquefort mientras la forma del hombre se iba agrandando en el parabrisas. Se preparó para el impacto del cuerpo, y apeló a toda su fuerza de voluntad para no aflojar las manos sobre el volante.

Una forma apresurada saltó desde la derecha y empujó a De Roquefort fuera de la trayectoria del coche.

Pasaron rugiendo a través de la puerta.

✠

De Roquefort comprendió lo que acababa de suceder y no se sintió feliz. Estaba totalmente preparado para desafiar a su adversario, listo para lo que pudiera venir, y le ofendía la intrusión.

Entonces vio quién le había salvado.

Royce Claridon.

—El coche le habría matado —dijo Claridon.

Apartó el hombre de su lado, y se puso de pie.

—Eso está por ver.

Luego preguntó lo que realmente quería saber:

—¿Se enteró de algo?

—Descubrieron mi treta y me vi obligado a pedir ayuda.

De Roquefort resoplaba de cólera. De nuevo, nada había salido bien. Una idea agradable, sin embargo, cruzó por su cabeza.

El coche en que se habían marchado. El vehículo de alquiler de Malone.

Seguía equipado con un chivato electrónico.

Al menos sabría exactamente adónde se dirigían.

XLIV

Malone condujo tan deprisa como se atrevió por la serpenteante pendiente. Luego torció al oeste por la carretera nacional y ochocientos metros después giró hacia el sur, en dirección a los Pirineos.

—¿Adónde vamos? —le preguntó Stephanie.

—A ver a Casiopea Vitt. Iba a ir solo, pero creo que ya es hora de que todos nos conozcamos. —Necesitaba algo para distraerse—. Háblame de ella —le dijo a Mark.

—No sé gran cosa. Me enteré de que su padre era un rico contratista español, y su madre una musulmana de Tanzania. Es brillante. Licenciada en historia, arte y religión. Y es rica. Heredó montones de dinero y aún ha ganado más. Ella y papá discutieron muchas veces.

—¿Sobre qué? —quiso saber Malone.

—Demostrar que Cristo no murió en la cruz es su misión. Hace doce años, el fanatismo religioso estaba considerado de manera muy diferente. La gente no estaba tan preocupada por los talibanes o Al Qaeda. Entonces, Israel era la zona conflictiva y Casiopea estaba furiosa porque los musulmanes eran pintados siempre como extremistas. Aborrecía la arrogancia del cristianismo y la actitud presuntuosa de los judíos. Su búsqueda era la búsqueda de la verdad, diría papá. Quería desmontar el mito y ver exactamente cuán parecidos fueron realmente Cristo y Mahoma. Base común... intereses comunes. Ese tipo de cosas.

—¿No es exactamente lo mismo que tu padre quería hacer?

—Es lo que yo solía decirle.

Malone sonrió.

—¿Cuánto falta para llegar a su *château*?

—Menos de una hora. Dentro de unos kilómetros, hemos de torcer al oeste.

Malone echó una mirada por los espejos retrovisores. Todavía no les seguía nadie. Bien. Redujo la velocidad cuando entraban en una población llamada St. Loup. Como era domingo, todo estaba cerrado excepto una gasolinera y un pequeño súper justo al sur. Salió de la carretera y se detuvo.

—Esperen aquí —dijo mientras bajaba del vehículo—. Tengo que ocuparme de algo.

Malone abandonó la carretera y condujo el coche por un sendero de gravilla que se internaba en el espeso bosque. Un rótulo indicaba que GIVORS —UNA AVENTURA MEDIEVAL EN EL MUNDO MODERNO— se encontraba unos ochocientos metros más adelante. El viaje desde Rennes había durado menos de cincuenta minutos. La mayor parte del tiempo se habían dirigido hacia el oeste, pasando por delante de la fortaleza en ruinas de los cátaros de Montségur, enfilando luego hacia el sur en dirección a las montañas donde empinadas laderas resguardaban valles fluviales y altos árboles.

La avenida, de la amplitud de dos coches, estaba bien conservada y cubierta de frondosas hayas que proyectaban una ensoñadora quietud bajo sus alargadas sombras. La entrada se abría a un claro cubierto de hierba corta. El campo estaba atestado de coches. Esbeltas columnas de pinos y abetos bordeaban el perímetro. Se detuvo y todos bajaron. Un rótulo en francés e inglés anunciaba el lugar:

YACIMIENTO ARQUEOLÓGICO DE GIVORS.

BIENVENIDOS AL PASADO. AQUÍ, EN GIVORS, UN LUGAR OCUPADO POR PRIMERA VEZ POR LUIS IX, SE ESTÁ CONSTRUYENDO UN CASTILLO UTILIZANDO LOS ÚNICOS MATERIALES Y TÉCNICAS DE QUE DISPONÍAN LOS ARTESANOS DEL SIGLO XIII.

UNA TORRE CONSTRUIDA CON MAMPOSTERÍA ERA EL VERDADERO SÍMBOLO DEL PODER DE UN SEÑOR, Y EL CASTILLO DE GIVORS ESTABA DISEÑADO COMO UNA FORTALEZA MILITAR DE GRUESOS MUROS

Y MUCHAS TORRES ESQUINERAS.
LOS ALREDEDORES PROPORCIONABAN ABUNDANCIA DE AGUA, PIEDRA,
TIERRA, ARENA Y MADERA, QUE ERA TODO LO QUE SE NECESITABA
PARA SU CONSTRUCCIÓN.
CANTEROS, TALLADORES, ALBAÑILES, CARPINTEROS, HERREROS
Y ALFAREROS ESTÁN ACTUALMENTE TRABAJANDO, VIVIENDO Y VISTIENDO
EXACTAMENTE COMO LO HUBIERAN HECHO HACE SETECIENTOS AÑOS.
EL PROYECTO TIENE FINANCIACIÓN PRIVADA, Y SE HA CALCULADO
QUE HARÁN FALTA TREINTA AÑOS PARA TERMINAR EL CASTILLO.
DISFRUTE DE ESTE RATO EN EL SIGLO XIII.

—¿Casiopea Vitt lo financia todo ella sola? —preguntó Malone.

—La historia medieval es una de sus pasiones —dijo Mark—. La conocen bien en la Universidad de Toulouse.

Malone había decidido que lo mejor sería la aproximación directa. Seguramente Vitt ya contaba con que acabarían por localizarla.

—¿Dónde vive?

Mark señaló hacia el oeste, donde las ramas de robles y olmos, cerradas como un claustro, daban sombra a otro callejón.

—El *château* es por ahí.

—¿Estos coches son para los visitantes? —preguntó.

Mark asintió con la cabeza.

—Hacen el recorrido de las obras para generar ingresos. Yo cogí uno una vez, hace años, inmediatamente después de que empezara la construcción. Es impresionante lo que están haciendo.

Se dirigió hacia el camino que llevaba al *château*.

—Vayamos a saludar a nuestra anfitriona.

Anduvieron en silencio. A lo lejos, en el lado escarpado de una empinada ladera, descubrió la triste ruina de una torre de piedra, sus restos amarillentos por el musgo. El seco aire era cálido y quieto. Brezo púrpura, retama y flores silvestres alfombraban las pendientes a ambos lados del camino. Malone se imaginó el choque de las armas y los gritos de batalla que siglos atrás habrían retumbado por el valle cuando los hombres luchaban por su dominio. Sobre sus cabezas, pasó gritando estrepitosamente una bandada de cuervos.

A unos noventa o cien metros de distancia, camino abajo, divisó el *château*. Ocupaba una depresión abrigada que proporcionaba un evidente grado de intimidad. El ladrillo rojo oscuro y la piedra estaban dispuestos en simétricos dibujos sobre cuatro pisos, flanqueados por dos torres cubiertas de yedra y rematadas por inclinados tejados de pizarra. El verdor se esparcía por la fachada como el óxido por el metal. Huellas de un foso, actualmente lleno de hierbas y hojas, lo rodeaban por tres de sus lados. Esbeltos árboles se alzaban en la parte trasera y recortados setos de tejo guardaban su base.

—Menuda casa —dijo Malone.

—Del siglo XVI —aclaró Mark—. Me dijeron que compró el *château* y el yacimiento arqueológico que lo rodea. Ella lo llama la plaza Royal Champagne, por uno de los regimientos de caballería de Luis XV.

Había dos coches aparcados delante. Un Bentley Continental GT, último modelo —de unos 160.000 dólares, recordó Malone— y un Porsche Roadstar, barato en comparación. Había también una motocicleta. Malone se acercó a la moto y examinó el costado izquierdo del neumático trasero y el silenciador. El brillante cromado mostraba una rascadura.

Y él sabía precisamente cómo había ocurrido eso.

—Ahí es donde le disparé.

—Tiene toda la razón, señor Malone.

Éste se dio la vuelta. La cultivada voz procedía del pórtico. De pie ante la puerta abierta se encontraba una alta mujer, delgada como un chacal, con un cabello castaño largo hasta los hombros. Sus rasgos reflejaban una belleza leonina que recordaba a una diosa egipcia... frente estrecha, cejas poco pobladas, altos pómulos que le daban una expresión sombría, nariz chata. La piel era del color de la caoba, e iba vestida con una elegante camiseta sin mangas que dejaba al descubierto sus bronceados hombros y que remataba con una falda de seda estampada estilo safari, larga hasta la rodilla. Calzaba unas sandalias de cuero. El conjunto era informal pero elegante, como si se dispusiera a ir a dar un paseo por los Champs-Élysées.

La mujer le brindó una sonrisa.

—Le estaba esperando.

Su mirada se cruzó con la de Malone, y éste descubrió determinación en los profundos pozos de sus oscuros ojos.

—Eso es interesante, porque yo decidí venir a verla hace sólo una hora.

—Oh, señor Malone. Estoy convencida de que me encuentro en los primeros puestos de su lista de prioridades al menos desde hace dos noches, cuando disparó contra mi motocicleta en Rennes.

Él sentía curiosidad.

—¿Por qué me encerró en la Torre Magdala?

—Esperaba emplear ese tiempo para marcharme con tranquilidad. Pero usted se liberó demasiado rápidamente.

—¿Y por qué me disparó?

—No hubiera aprendido nada hablando con el hombre que usted atacó.

Malone observó el tono melodioso de su voz, seguramente pensado para desarmarlo.

—¿O quizás no quería que yo hablara con él? De todos modos, gracias por salvarme en Copenhague.

Ella hizo un ademán para rechazar su gratitud.

—Habría usted encontrado la manera de escapar por sí mismo. Yo no hice más que acelerar el proceso.

Malone vio que la mujer miraba por encima de su hombro.

—Mark Nelle. Estoy encantada de conocerlo finalmente. Me alegro de ver que no murió en aquella avalancha —dijo Casiopea.

—Veo que le sigue gustando interferir en los asuntos de los demás.

—Yo no lo considero una interferencia. Simplemente estoy controlando los progresos de aquellos que me interesan. Como su padre. —Casiopea se adelantó, pasó por el lado de Malone y extendió la mano hacia Stephanie—. Y me alegro también de verla a usted. Conocía bien a su marido.

—Por lo que he oído, usted y Lars no eran muy amigos.

—No puedo creer que nadie dijera eso. —Casiopea miró a Mark con evidente picardía—. Decirle semejante cosa a su madre.

—No. No fue él —aclaró Stephanie—. Fue Royce Claridon quien me lo dijo.

—Bueno, ése es un tipo al que hay que vigilar. Depositar su confianza en ese individuo no le traerá más que problemas. Ya advertí a Lars en contra suya, pero no quiso escucharme.

—En eso estamos de acuerdo —repuso Stephanie.

Malone presentó a Geoffrey.

—¿Es usted de la hermandad? —preguntó Casiopea.

Geoffrey no dijo nada.

—No, no esperaba que me respondiera. Sin embargo, es usted el primer templario al que he conocido de manera cortés.

—No es cierto —replicó Geoffrey, señalando a Mark—. El senescal es de la hermandad, y le conoció usted primero.

Malone se extrañó ante aquella información dada voluntariamente. Hasta entonces, el joven había mantenido cerrada la boca.

—¿Senescal? Estoy segura de que ahí hay una historia interesante —dijo Casiopea—. ¿Por qué no entran ustedes? Me estaban preparando el almuerzo, pero, cuando les vi, le dije al chambelán que pusiera más servicios. Ya deberían haber acabado con eso

—Estupendo —exclamó Malone—. Estoy muerto de hambre.

—Entonces vayamos a comer. Tenemos mucho de que hablar.

La siguieron al interior de la casa, y Malone se fijó inmediatamente en los caros cofres italianos, inusuales armaduras de caballero, soportes españoles de antorchas, tapices de Beauvais y pinturas flamencas. Todo un banquete para el experto.

Marcharon tras ella hasta un espacioso comedor revestido de cuero. La luz del sol entraba a través de unos ventanales adornados con elaboradas colgaduras y cubría la mesa de blanco mantel, y el suelo de mármol, de sombras verdosas. Del techo colgaba un candelabro eléctrico de doce brazos, apagado. Los sirvientes estaban colocando una reluciente cubertería de plata en cada lugar de la mesa.

El ambiente era impresionante, pero lo que llamó toda la atención de Malone fue el hombre que estaba sentado al otro extremo de la mesa.

Forbes Europe lo había clasificado como la octava persona más rica del continente, su poder e influencia en proporción directa con sus miles de millones de euros. Los jefes de Estado y la realeza lo conocían bien. La reina de Dinamarca lo consideraba, incluso, un amigo personal. Las instituciones benéficas de todo el mundo lo tenían como un generoso benefactor. Durante el último año, Malone lo había visitado tres días por semana... para hablar de política, de libros, del mundo, de que la vida es una porquería. Iba y venía de la propiedad del hombre como si formara parte de la familia, y, en muchos sentidos, Malone creía que lo era.

Pero ahora cuestionó seriamente todo aquello.

De hecho, se sentía como un estúpido.

Pero todo lo que Henrik Thorvaldsen podía hacer era sonreír.

—Ya era hora, Cotton. Llevo esperando dos días.

CUARTA PARTE

XLV

De Roquefort se sentó en el asiento del pasajero y se concentró en la pantalla del GPS. El chivato fijado al coche de alquiler de Malone funcionaba perfectamente, la señal se recibía muy bien. Uno de los hermanos conducía mientras Claridon y otro hermano ocupaban el asiento trasero. De Roquefort seguía irritado por la interferencia de Claridon allá en Rennes. No tenía intención de morir y se hubiera finalmente apartado del camino del coche, pero quería comprobar si Cotton Malone era capaz de pasar por encima de él.

El hermano que había caído al vacío estaba muerto, recibiendo un disparo en el pecho antes de caer. Un chaleco de Kevlar había impedido que la bala le causara algún daño, pero en la caída el hombre se había roto el cuello. Afortunadamente, ninguno de ellos llevaba identificación, pero el chaleco era un problema. Un equipo como ése indicaba sofisticación, aunque nada vinculaba al muerto con la abadía. Todos los hermanos conocían la regla. Si alguno de ellos era muerto fuera de la abadía, sus cuerpos quedarían sin identificar. Al igual que el hermano que había saltado de la Torre Redonda, la baja de Rennes terminaría en un depósito de cadáveres regional, siendo destinados sus restos finalmente a una fosa común. Pero antes de que eso sucediera, el procedimiento exigía que el maestre enviara a un clérigo, el cual reclamaría aquellos restos en el nombre de la Iglesia, ofreciéndose para proporcionar un entierro cristiano sin coste alguno para el Estado. Nunca había sido rechazado ese ofrecimiento. Además de no despertar sospechas, ese gesto garantizaba que el hermano recibiría un adecuado entierro.

No se había apresurado a salir de Rennes, dedicándose

primero a registrar las casas de Lars Nelle y Ernest Scoville sin hallar nada. Sus hombres le habían informado de que Geoffrey llevaba una mochila, que había tendido a Mark Nelle en el aparcamiento. Seguramente en su interior se encontraban los dos libros robados.

—¿Tenemos alguna idea de adónde fueron? —preguntó Claridon desde el asiento trasero.

De Roquefort señaló la pantalla.

—Lo sabremos dentro de poco.

Tras el interrogatorio del hermano herido que había podido escuchar la conversación de Claridon dentro de la casa de Lars Nelle, De Roquefort supo que Geoffrey había dicho muy poco, sospechando evidentemente de las motivaciones de Claridon. Enviar a Claridon allí había sido un error.

—Usted me aseguró que podía encontrar esos libros.

—¿Y para qué los necesitamos? Tenemos el diario. Deberíamos concentrarnos en descifrar lo que tenemos.

Tal vez, pero le preocupaba el hecho de que Mark Nelle hubiera elegido precisamente aquellos dos volúmenes de entre los miles que había en los archivos.

—¿Y si contuvieran información distinta de la del diario?

—¿Sabe usted con cuántas versiones de la misma información me he topado? La historia entera de Rennes es una serie de contradicciones amontonadas una encima de otra. Deje que explore sus archivos. Dígame lo que usted sabe y veamos lo que, juntos, tenemos.

Una buena idea, pero por desgracia —contrariamente a lo que él había dejado que la orden creyera— él sabía muy poco. Había estado contando con que el maestre dejara el requerido mensaje para su sucesor, donde la más codiciada información era siempre transmitida de líder a líder, como se llevaba haciendo desde los tiempos de De Molay.

—Ya tendrá usted la oportunidad. Pero primero debemos ocuparnos de esto.

Volvió a pensar en los dos hermanos fallecidos. Sus muertes serían consideradas por la comunidad como un presagio. Para ser una orden religiosa volcada en la disciplina, la hermandad era asombrosamente supersticiosa. Una muerte violenta no era corriente... y, sin embargo, se habían producido dos en pocos días. Su jefatura podía ser cuestionada. «Demasiado, demasiado deprisa», sería el grito. Y él se vería obligado a escuchar todas las objeciones, ya que abiertamente había desafiado el legado del último maestre, en parte porque aquel hombre había ignorado los deseos de los hermanos. Le pidió al conductor que interpretara la imagen del GPS.

—¿A qué distancia está su vehículo?

—Unos doce kilómetros.

Contempló por la ventanilla del coche la campiña francesa. Antaño, ninguna vista del paisaje hubiera sido completa a menos que una torre se alzara en el horizonte. En el siglo XII, más de una tercera parte de las propiedades templarias se encontraban en aquella tierra. Todo el Languedoc debía de haberse convertido en un Estado templario. Había leído sobre esos proyectos en las Crónicas. Cómo se habían levantado estratégicamente fortalezas, puestos avanzados, depósitos de suministros, granjas y monasterios, cada uno de ellos conectado con los demás mediante una serie de caminos. Durante doscientos años la fuerza de la hermandad había sido cuidadosamente preservada, y cuando la orden no consiguió mantener su feudo en Tierra Santa, entregando finalmente otra vez Jerusalén a los musulmanes, el objetivo había sido triunfar en el Languedoc. Todo seguía su curso cuando Felipe IV descargó su golpe mortal. Curiosamente, Rennes-le-Château nunca aparecía mencionada en las Crónicas. La población, en todas sus anteriores encarnaciones, no desempeñaba ningún papel en la historia templaria. Había habido fortificaciones templarias en otras partes del valle del Aude, pero ninguna en Rhedae, que era como se llamaba entonces la cumbre ocupada. Sin embargo, ahora el pequeño pueblo parecía ser un epicentro, y todo a causa de un ambicioso sacerdote y un inquisitivo norteamericano.

—Nos estamos aproximando al coche —dijo el conductor.

De Roquefort había exigido prudencia. Los otros tres hermanos que había traído consigo a Rennes estaban regresando a la abadía, uno de ellos con una herida superficial en el muslo después de que Geoffrey le disparara. Eso hacía tres hombres heridos, más otros dos muertos. Había mandado aviso de que quería celebrar un consejo cuando regresara a la abadía, el cual calmaría cualquier descontento, pero primero necesitaba saber dónde había ido su presa.

—Está ahí delante —dijo el conductor—. A cincuenta metros.

Miró por la ventanilla y se extrañó por la elección de refugio que habían hecho Malone y compañía. Resultaba raro que hubieran venido aquí.

El conductor detuvo el coche, y todos bajaron.

Estaban rodeados de coches aparcados.

—Trae la unidad portátil.

Caminaron y, unos veinte metros después, el hombre que sostenía el receptor se detuvo.

—Aquí.

De Roquefort se quedó mirando fijamente el vehículo.

—Ése no es el coche en el que salieron de Rennes.

—La señal es fuerte.

De Roquefort hizo un gesto. El otro hermano buscó debajo del vehículo y encontró el chivato.

De Roquefort hizo un gesto negativo con la cabeza y contempló las murallas de Carcasona, que se alzaban hacia el cielo, a diez metros de distancia. Antaño, la zona cubierta de hierba que se extendía ante él había constituido el foso de la ciudad. Ahora servía de aparcamiento para miles de visitantes que llegaban a diario a ver una de las últimas ciudades amuralladas supervivientes de la Edad Media. Aquellas piedras, ahora amarilleadas por el tiempo, se alzaban ya cuando los templarios vagaban por los alrededores. Habían sido testigos de la Cruzada Albigense y de las múltiples guerras posteriores. Y ni una sola vez se había abierto una brecha en ellas... Realmente un monumento a la fortaleza.

Pero decían algo sobre la inteligencia también.

Él conocía la leyenda, de cuando los musulmanes controlaron la ciudad durante un breve período en el siglo VIII. Finalmente, los francos llegaron del norte para recuperar la plaza, y, fieles a su estilo, establecieron un largo asedio. Durante una salida, el rey musulmán fue muerto, lo que dejó la tarea de defender las murallas a su hija. Ésta era inteligente, y supo crear la ilusión de que contaban con un mayor número de soldados, ordenando a los pocos que poseía que se trasladaran de torre en torre y embutieran de paja las ropas de los muertos. La comida y el agua acabaron finalmente por escasear en ambos bandos. Finalmente, la hija ordenó que cogieran el último cordero y le hicieran comer el último saco de trigo. Entonces hizo arrojar el animal por encima de las murallas. El cordero se estrelló en la tierra y de su panza brotó un chorro de grano. Los francos quedaron conmocionados. Después de un asedio tan largo, al parecer los infieles seguían poseyendo suficiente comida para darla de comer a sus corderos. De manera que se retiraron.

Era una leyenda, estaba seguro, pero constituía una interesante historia de ingenio.

Y Cotton Malone había demostrado ingenio también colocando el dispositivo electrónico en otro vehículo.

—¿Qué es esto? —quiso saber Claridon.

—Nos han despistado.

—¿No es éste su coche?

—No, monsieur. —Se dio la vuelta y empezó a volver a su vehículo. ¿Adónde habían ido? Entonces se le ocurrió. Se detuvo—. ¿Sabía Mark Nelle de la existencia de Casiopea Vitt?

—*Oui* —dijo Claridon—. Él y su padre discutían con ella.

¿Era posible que se hubieran dirigido allí? Vitt había interferido tres veces últimamente, y siempre en beneficio de Malone. Quizás presentía a un aliado.

—Vamos.

E inició otra vez el camino del coche.

—¿Qué hacemos ahora? —quiso saber Claridon.

—Rezar.

Claridon aún no se había movido.

—¿Para qué?

—Para que mi intuición sea correcta.

XLVI

Malone estaba furioso. Henrik Thorvaldsen había dispuesto de mucha más información sobre todo, y sin embargo no había dicho absolutamente nada. Señaló con un dedo a Casiopea.

—¿Es amiga suya?

—Hace mucho que la conozco.

—Cuando Lars Nelle vivía. ¿La conocía usted entonces?

Thorvaldsen asintió.

—¿Y estaba al corriente Lars de su relación?

—No.

—De modo que lo tomaba por un estúpido también.

En su voz se reflejaba la ira.

El danés parecía obligado a abandonar toda actitud defensiva. A fin de cuentas, estaba acorralado.

—Cotton, comprendo su irritación. Pero uno no puede ser siempre franco. Hay que tener en cuenta muchos aspectos. Estoy seguro de que cuando usted trabajaba para el gobierno de Estados Unidos hacía lo mismo.

Malone no se tragó el anzuelo.

—Casiopea no perdía de vista a Lars. Éste era consciente de su presencia, y, a sus ojos, era una molestia. Pero la verdadera tarea de ella era protegerle.

—¿Y por qué no se limitaba a decírselo?

—Lars era un hombre obstinado. Era más sencillo para Casiopea vigilarle discretamente. Por desgracia, no podía protegerle de sí mismo.

Stephanie dio unos pasos hacia delante, su rostro preparado para la confrontación.

—De eso nos advertía su perfil. Motivos cuestionables, alianzas variables, engaño.

—Me ofende que diga eso. —Thorvaldsen la miró airadamente—. Especialmente dado que Casiopea ha cuidado de ustedes dos también.

Sobre ese punto, Malone no podía discutir.

—Debería habérnoslo dicho.

—¿Con qué fin? Por lo que puedo recordar, ambos tenían intención de venir a Francia... en especial usted, Stephanie. Así que, ¿qué habría ganado? En vez de ello, me aseguré de que Casiopea estuviera aquí, por si ustedes la necesitaban.

Malone no estaba dispuesto a aceptar esa engañosa explicación.

—Por un lado, Henrik, podía usted habernos puesto en antecedentes sobre Raymond de Roquefort, al que evidentemente ustedes dos conocían. En vez de ello, tuvimos que ir a ciegas.

—Hay poco que contar —dijo Casiopea—. Cuando Lars estaba vivo, todo lo que los hermanos hacían era vigilarlo también. Yo nunca establecí contacto real con De Roquefort. Eso sólo ha sucedido durante los últimos dos días. Sé tanto sobre él como ustedes.

—Entonces, ¿cómo se anticipó a sus movimientos en Copenhague?

—No lo hice. Simplemente le seguí a usted.

—Nunca advertí su presencia.

—Soy experta en lo que hago.

—No lo fue tanto en Aviñón. La descubrí en el café.

—¿Y qué me dice de su truco con la servilleta, dejándola caer para poder ver si yo le seguía? Quería que usted supiera que yo estaba allí. En cuanto vi a Claridon, supe que De Roquefort no andaba muy lejos. Ha vigilado a Royce durante años.

—Claridon nos habló sobre usted —dijo Malone—, pero no la reconoció en Aviñón.

—Nunca me ha visto. Lo que sabe es sólo lo que Lars Nelle le contó.

—Claridon nunca mencionó ese hecho —dijo Stephanie.

—Hay muchas cosas que estoy segura de que Claridon se olvidó de mencionar. Lars nunca se dio cuenta, pero Claridon era más un problema para él de lo que yo jamás fui.

—Mi padre la odiaba a usted —dijo Mark, con un deje de desdén en su voz.

Casiopea se lo quedó mirando con frío semblante.

—Su padre era un hombre brillante, pero no muy instruido en la naturaleza humana. Su visión del mundo era simplista. Las conspiraciones que buscaba, las que usted exploró después de su muerte, son mucho más complicadas de lo que cualquiera de ustedes pueda imaginar. Ésta es una búsqueda del conocimiento que ha llevado a muchos hombres a la muerte.

—Mark —dijo Thorvaldsen—, lo que Casiopea dice sobre tu padre es cierto, y estoy seguro de que te das cuenta.

—Era un hombre bueno que creía en lo que hacía.

—Cierto que lo era. Pero también se guardaba muchas cosas para sí. Tú nunca supiste que él y yo éramos amigos íntimos, y lamento que tú y yo no llegáramos a conocernos. Pero tu padre quería que nuestros contactos fueran confidenciales, y yo respeté su deseo incluso después de su muerte.

—Podría usted habérmelo dicho a mí —le reprochó Stephanie.

—No, no podía.

—Entonces, ¿por qué nos lo cuenta ahora?

—Cuando usted y Cotton salieron de Copenhague, yo vine directamente aquí. Comprendí que acabarían ustedes por encontrar a Casiopea. Por eso precisamente ella estaba en Rennes hace dos noches... para atraerles. Originalmente, yo iba a quedarme en un segundo plano y ustedes no se enterarían de nuestra relación, pero cambié de opinión. Esto ha ido demasiado lejos. Tienen ustedes que saber la verdad, de manera que estoy aquí para contársela.

—Muy amable por su parte —dijo Stephanie.

Malone miró fijamente los hundidos ojos del viejo. Thorvaldsen tenía razón. Había jugado a tres bandas muchas veces. Y Stephanie también.

—Henrik, llevo sin tomar parte en este tipo de juego más de un año. Me marché porque no quería seguir participando. Reglas fatales, pocas probabilidades. Pero en este momento, tengo hambre y, debo confesarlo, siento curiosidad. Así que comamos, y usted nos lo contará todo sobre esa verdad que tenemos que conocer.

El almuerzo era conejo asado sazonado con perejil, tomillo y mejorana, junto con espárragos frescos, una ensalada y un budín de pasas rematado con helado de vainilla. Mientras comía, Malone trató de valorar la situación, Su anfitriona parecía estar sumamente a gusto, pero él no se dejó impresionar por su cordialidad.

—Usted desafió a De Roquefort anoche en el palacio —le dijo a la mujer—. ¿Dónde aprendió sus habilidades?

—Soy autodidacta. Mi padre me transmitió su audacia, y mi madre me bendijo con una capacidad de comprensión de la mente masculina.

Malone sonrió.

—Algún día quizás haga suposiciones erróneas.

—Me alegro de que se preocupe usted por mi futuro. ¿Hizo usted alguna vez «suposiciones erróneas» como agente?

—Muchas veces, y morían personas por ello de vez en cuando.

—¿El hijo de Henrik figura en esa lista?

Le ofendió el golpe, particularmente considerando que ella no sabía nada de lo que había ocurrido.

—Al igual que aquí, a la gente se le daba mala información. Y mala información da lugar a malas decisiones.

—El joven murió.

—Cai Thorvaldsen se hallaba en el lugar equivocado en un momento inoportuno —dejó claro Stephanie.

—Cotton tiene razón —dijo Henrik dejando de comer—. Mi hijo murió porque no fue advertido del peligro que le rodeaba. Cotton estaba allí, e hizo lo que pudo.

—No quería dar a entender que tuvo la culpa —aclaró Casiopea—. Era sólo que parecía ansioso por decirme cómo debía llevar mis asuntos. Simplemente pregunté si él era capaz de llevar los suyos. A fin de cuentas, abandonó.

Thorvaldsen soltó un suspiro.

—Tiene usted que perdonarla, Cotton. Es brillante, artística, una *cognoscenta* en música, coleccionista de antigüedades. Pero heredó de su padre su falta de modales. Su madre, Dios tenga en su seno su preciosa alma, era más refinada.

—Henrik se imagina que es mi padre adoptivo.

—Tiene usted suerte —dijo Malone, examinándola cuidadosamente— de que yo no la derribara de un tiro de esa motocicleta en Rennes.

—No esperaba que escapara usted tan rápidamente de la Torre Magdala. Estoy convencida de que los gestores del complejo se sentirán muy trastornados por la pérdida de aquel marco de ventana. Era original, según tengo entendido.

—Estoy esperando oír esa verdad de la que ha hablado —le dijo Stephanie a Thorvaldsen—. Me pidió usted en Dinamarca que mantuviera la mente abierta sobre usted y lo que Lars consideraba importante. Ahora vemos que su implicación es mucho mayor de lo que ninguno de nosotros imaginaba. Seguramente podrá usted comprender nuestras sospechas.

Thorvaldsen dejó a un lado su tenedor.

—De acuerdo. ¿Hasta qué punto conoce usted el Nuevo Testamento?

«Una extraña pregunta», pensó Malone. Pero sabía que Stephanie era una católica practicante.

—Entre otras cosas, contiene los cuatro Evangelios (Mateo, Marcos, Lucas y Juan), que nos hablan sobre Jesucristo.

Thorvaldsen asintió.

—La historia establece claramente que el Nuevo Testamento, tal como lo conocemos, fue escrito durante los primeros cuatro siglos después de Cristo, como una manera de universalizar el incipiente mensaje cristiano. A fin de cuentas, eso es lo que significa *católico*... «universal». Recuerden, a diferencia de hoy, en el mundo antiguo, política y religión eran la misma cosa. Como el paganismo declinaba y el judaísmo se replegaba sobre sí mismo, la gente empezó a buscar algo nuevo. Los seguidores de Jesús, que eran simplemente judíos que adoptaban una perspectiva diferente, crearon su propia versión de la Palabra, pero también lo hicieron los carpocratianos, los esenios, los naasenios, los gnósticos y un centenar de otras sectas. La razón principal por la que la versión católica sobrevivió, mientras otras desfallecían, era su capacidad para imponer su creencia *universalmente*. Invistió las Escrituras de tanta autoridad que con el tiempo nadie pudo cuestionar jamás su validez sin ser acusado de hereje. Pero hay muchos problemas con el Nuevo Testamento.

La Biblia era un tema favorito de Malone. La había leído, así como muchos análisis históricos, y estaba al corriente de sus contradicciones. Cada Evangelio era una oscura mezcla de hechos, rumores, leyendas y mitos que había sido sometida a innumerables traducciones, alteraciones y redacciones.

—Recuerden, la emergente Iglesia cristiana se desarrolló en el mundo romano —terció Casiopea—. A fin de atraer seguidores, los padres de la Iglesia tenían que competir no sólo con una diversidad de creencias paganas, sino también con sus propias creencias judías. Del mismo modo, tenían que situarse aparte. Jesús tenía que ser algo más que un simple profeta.

Malone se estaba impacientando.

—¿Qué tiene esto que ver con lo que está ocurriendo aquí?

—Piense lo que significaría para la Cristiandad hallar los huesos de Cristo —dijo Casiopea—. Esta religión gira alrededor de Cristo muriendo en la cruz, resucitando y ascendiendo a los cielos.

—Esa creencia es cuestión de fe —dijo con calma Geoffrey.

—Tiene razón —corroboró Stephanie—. La fe, no los hechos, la define.

Thorvaldsen negó con la cabeza.

—Quitemos ese elemento de la ecuación por un momento, ya que le fe también elimina la lógica. Piensen en ello. Si existió un hombre llamado Jesús, ¿cómo los cronistas del Nuevo Testamento sabrían nada de su vida? Consideremos sólo el dilema del idioma. El Antiguo Testamento estaba escrito en hebreo. El Nuevo lo estaba en griego, y todas las fuentes materiales, si es que existieron alguna vez, habrían estado en arameo. Luego está el tema de las fuentes mismas.

»Mateo y Lucas hablan de la tentación de Cristo en el desierto, pero Jesús estaba solo cuando eso ocurrió. Y la plegaria de Jesús en el Huerto de Getsemaní. Lucas dice que la pronunció después de alejarse de Pedro, Santiago y Juan «como a un tiro de piedra». Cuando Jesús regresó, encontró a sus discípulos dormidos e inmediatamente fue arrestado, y luego crucificado. No hay ninguna mención de Jesús diciendo una palabra sobre su plegaria en el huerto o la tentación en el desierto. Sin embargo, conocemos ambas cosas con todo detalle. ¿Cómo?

»Todos los Evangelios hablan de unos discípulos que huyen

ante el arresto de Jesús (de modo que ninguno de ellos estaba allí); no obstante aparecen detallados relatos de la crucifixión en los cuatro. ¿De dónde surgen estos detalles? De lo que los soldados romanos hicieron, de lo que Pilatos y Simón hicieron, ¿cómo se enteraron los escritores de los Evangelios? Los fieles dirían que esa información procedía de la inspiración divina. Pero esos cuatro Evangelios, estas supuestas Palabras de Dios, se contradicen mucho más de lo que concuerdan. ¿Por qué permitiría Dios semejante confusión?

—Quizás no nos corresponde a nosotros cuestionarlo —indicó Stephanie.

—Vamos —dijo Thorvaldsen—. Hay demasiados ejemplos de contradicciones para que nosotros las descartemos como casualidades. Echemos una mirada en términos generales. El Evangelio de Juan menciona muchas cosas que los otros tres ((los llamados Evangelios sinópticos) ignoran completamente. El tono en el de Juan es también diferente; el mensaje, más refinado. El de Juan es como un testimonio enteramente diferente. Pero algunas de las contradicciones más precisas se inician con Mateo y Lucas. Éstos son los únicos dos que dicen alguna cosa del nacimiento y la ascendencia de Jesús, e incluso en eso entran en conflicto. Mateo dice que Jesús era un aristócrata, que descendía del linaje de David, perteneciendo por ello a la línea de sucesión real. Lucas está de acuerdo con la ascendencia de David, pero señala unos orígenes más humildes. Marcos siguió una dirección completamente diferente y creó la imagen de un pobre carpintero.

»El nacimiento de Cristo es igualmente contado desde perspectivas diferentes. Lucas dice que lo visitaron pastores. Mateo los llamó "magos, hombres sabios". Lucas dice que toda la familia vivía en Nazaret y viajó a Belén para el nacimiento en un pesebre. Mateo dice que la familia era acomodada y vivía en Belén, donde nació Jesús... No en un pesebre, sino en una casa.

»Pero en la crucifixión es donde aparecen las mayores contradicciones. Los Evangelios ni siquiera se ponen de acuerdo sobre la fecha. Juan dice que fue el día antes de Pascua. Los otros tres hablan del día siguiente. Lucas describe a Jesús como un hombre manso. "Un cordero." Mateo, todo lo contrario: para él, Jesús "no trae la paz, sino la espada". Incluso las palabras finales del Salvador varían. Mateo y Marcos dicen que fueron: "Dios mío, Dios mío, ¿por qué me has abandonado?" Lucas dice: "Padre, en tus manos encomiendo mi espíritu." Juan es más simple: "Consumado es."

Thorvaldsen hizo una pausa y sorbió un poco de vino.

—Y la leyenda misma de la resurrección está repleta de contradicciones. Cada Evangelio tiene diferentes versiones de quién acudió a la tumba, de lo que se encontró allí... Ni siquiera los días de la semana están claros. Y en cuanto a las apariciones de Jesús después de la resurrección... Ninguno de los relatos coinciden en ese punto. ¿No creen ustedes que Dios debería al menos haberse mostrado razonablemente coherente con su Palabra?

—Las variaciones en los Evangelios han sido tema de millares de libros —aclaró Malone.

—Cierto —dijo Thorvaldsen—. Y las contradicciones han estado ahí desde el comienzo... ampliamente ignoradas en los tiempos antiguos, dado que rara vez los cuatro Evangelios aparecen juntos. En vez de ello, fueron diseminados individualmente por toda la Cristiandad... funcionando mejor una leyenda en un lugar que en otro. Lo cual, en sí mismo, contribuye mucho a explicar las diferencias. Recuerden, la idea que hay detrás de los Evangelios era demostrar que Jesús era el Mesías predicho en el Antiguo Testamento... No ha de ser una irrefutable biografía.

—¿No fueron quizás los Evangelios sólo un registro de lo que había sido transmitido oralmente? —preguntó Stephanie—. ¿No era de esperar una serie de errores?

—Sin duda —dijo Casiopea—. Los primeros cristianos creían que Jesús regresaría pronto, y que el mundo terminaría, de modo que no vieron ninguna necesidad de escribir nada. Pero al cabo de cincuenta años, como el Salvador no había retornado, se hizo importante conmemorar la vida de Jesús. Fue entonces cuando se escribió el primero de los Evangelios, el de Marcos. Mateo y Lucas vinieron después, alrededor del 80 después de Cristo. Juan llegó mucho más tarde, casi al final de la primera centuria. Por eso es tan diferente de los otros tres.

—Si los Evangelios hubieran sido totalmente coherentes, ¿no sería incluso más sospechoso? —preguntó Malone.

—Estos libros son algo más que simplemente incoherentes —declaró Thorvaldsen—. Son, literalmente, cuatro versiones diferentes de la Palabra.

—Es cuestión de fe —repitió Stephanie.

—Ya estamos de nuevo con eso —intervino Casiopea—. Siempre que aparece un problema con los textos bíblicos, la solución es fácil. «Es cuestión de fe.» Señor Malone, usted es abogado. Si los testimonios de Mateo, Marcos, Lucas y Juan fueran ofrecidos ante un tribunal como prueba de la existencia de Jesús, ¿lo declararía así un jurado?

—Desde luego, todos ellos mencionan a Jesús.

—Ahora bien, si ese mismo tribunal fuera requerido para que estableciera cuál de esos cuatro libros es correcto, ¿cuál sería su fallo?

Malone conocía la respuesta adecuada.

—Todos son exactos.

—¿Cómo resolvería usted las diferencias entre los testimonios?

Esta vez no respondió, porque no sabía qué decir.

—Ernest realizó un estudio una vez —dijo Thorvaldsen—. Lars me habló de ello. Determinó que había de un diez a un cuarenta por ciento de variación entre los Evangelios de Mateo, Marcos y Lucas en cualquier pasaje que uno se molestara en comparar. *Cualquier pasaje.* Y con Juan, que no es uno de los sinópticos, el porcentaje es mucho mayor. De manera que la pregunta de Casiopea es correcta, Cotton. ¿Tendrían esos testimonios valor probatorio alguno, más allá de establecer que un hombre llamado Jesús pudiera haber vivido?

Malone se sintió obligado a decir:

—¿No podrían todas esas contradicciones explicarse por la existencia de unos cronistas que simplemente se tomaron libertades con la tradición oral?

Thorvaldsen asintió.

—Esa explicación tiene sentido. Pero lo que hace difícil aceptarla es esa fea palabra, «fe». Ya ve, para millones de personas, los Evangelios no son la tradición oral de unos judíos radicales que establecen una nueva religión, tratando de asegurar conversos, añadiendo y restando a su leyenda todo lo que hace falta para su época particular. No. Los Evangelios son La Palabra de Dios, y la resurrección es su piedra angular. Porque su Señor lo mandó a Él para que muriera por ellos, y para que resucitara físicamente y ascendiera a los cielos... Eso es lo que los sitúa aparte de todas las otras religiones emergentes.

Malone se dio la vuelta para mirar a Mark.

—¿Creían esto los templarios?

—Hay un elemento de gnosticismo en el credo templario. El conocimiento se transmitía a los hermanos por fases, y sólo los dignatarios más elevados de la orden estaban al corriente de todo. Pero ninguno ha recibido ese conocimiento desde la pérdida del Gran Legado durante la Purga de 1307. Todos los maestres que vinieron después de esa época se vieron privados del archivo de la orden.

Malone quería saber.

—¿Qué piensan de Jesucristo hoy?

—Los templarios dan el mismo valor al Antiguo que al Nuevo Testamento; los profetas judíos del Antiguo Testamento anunciaron la venida del Mesías, y los autores del Nuevo relataron su llegada.

—Es como con los judíos —dijo Thorvaldsen—, de los que puedo hablar puesto que soy uno de ellos. Los cristianos durante siglos han dicho que los judíos no supieron reconocer al Mesías cuando vino, por lo que Dios creó un nuevo Israel en forma de la Iglesia cristiana... para ocupar el lugar del Israel judío.

—«Caiga su sangre sobre nosotros y sobre nuestros hijos» —murmuró Malone, citando lo que Mateo dijo sobre la disposición de los judíos a aceptar esa vergüenza.

Thorvaldsen asintió.

—Esa frase ha sido utilizada durante dos milenios como una razón para matar judíos. ¿Qué podía esperar de Dios un pueblo después de rechazar a su propio hijo como el Mesías? Palabras que algún ignorado redactor de Evangelios escribió, por la razón que fuera, se convirtieron en la llamada de los asesinos.

—De manera que lo que los cristianos hicieron finalmente —dijo Casiopea— fue separarse de ese pasado. Llamaron a la mitad de la Biblia el Antiguo Testamento, y a la otra mitad, el Nuevo. Uno para los judíos, el otro para los cristianos. Las doce tribus de Israel del Antiguo fueron reemplazadas por los doce apóstoles del Nuevo. Paganos y creyentes judíos fueron integrados y modificados. Jesús, a través de los escritos del Nuevo Testamento, cumplió las profecías del Antiguo, demostrando con ello su pretensión mesiánica. Un paquete bien envuelto (el mensaje adecuado, adaptado al auditorio idóneo), todo lo cual permitió al cristianismo dominar completamente al mundo occidental.

Aparecieron criados, y Casiopea les hizo una señal de que quitaran los platos del almuerzo. Se llenaron nuevamente los vasos con vino y se sirvió el café. Cuando los últimos sirvientes se retiraron, Malone le preguntó a Mark:

—¿Creen verdaderamente los templarios en la resurrección de Cristo?

—¿Cuáles? —dijo Mark.

Una extraña pregunta. Malone se encogió de hombros.

—Los de hoy... por supuesto —siguió Mark—. Con pocas excepciones, la orden sigue la doctrina tradicional católica. Se han efectuado algunos ajustes para adaptar la regla, como todas las órdenes monásticas han tenido que hacer. Pero ¿y en 1307? No tengo ni idea de en qué creían. Los cronistas de aquella época son enigmáticos. Como he dicho, sólo los dignatarios superiores de la orden podrían haber hablado sobre este tema. La mayoría de los templarios era analfabeta. Incluso el propio Jacques de Molay quizás no sabía leer ni escribir. Sólo unos pocos dentro de la orden controlaban lo que muchos pensaban. Por supuesto, el Gran Legado existía entonces, por lo que imagino que ver era creer.

—¿Qué es el Gran Legado?

—Me gustaría saberlo. Esa información se ha perdido. Los cronistas no hablan mucho de ella. Yo supongo que es una prueba de lo que la orden creía.

—¿Por eso la buscan? —preguntó Stephanie.

—Hasta hace poco, realmente no la buscaban No ha habido mucha información relativa a su paradero. Pero el maestre le dijo a Geoffrey que pensaba que papá iba en el buen camino.

—¿Por qué lo desea De Roquefort tan desesperadamente? —le preguntó Malone a Mark.

—Hallar el Gran Legado, dependiendo de su contenido, bien podría alimentar el resurgimiento de la orden en la escena mundial. Ese conocimiento podría cambiar también fundamentalmente la Cristiandad. De Roquefort quiere un castigo por lo que le ocurrió a la orden. Quiere que la Iglesia católica sea denunciada como hipócrita y el nombre de la orden limpiado.

Malone estaba estupefacto.

—¿Qué quieres decir?

—Una de las acusaciones lanzadas contra los templarios en 1307 fue la de idolatría. Alguna especie de cabeza de carnero que la orden supuestamente veneraba, nada de lo cual fue probado jamás. Sin embargo, aun ahora, los católicos rezan habitualmente a imágenes, siendo la Sábana Santa de Turín una de ellas.

Malone recordó lo que uno de los Evangelios decía sobre la muerte de Cristo —«después de que le hubieron bajado, lo envolvieron en una sábana»—, simbolismo tan sagrado que un papa posterior decretó que la misa debería decirse siempre sobre un mantel de lino. El Sudario de Turín, que Mark mencionaba, era una tela de punto de espiga sobre la cual aparecía la imagen de un hombre: de más de metro ochenta de estatura, nariz aguileña, cabello largo hasta los hombros partido por el centro, larga barba, con heridas de crucifixión en sus manos, pies y cuero cabelludo y la espalda llena de cicatrices producidas por los latigazos.

—La imagen que hay en el sudario —dijo Mark— no es la de Cristo. Es la de Jacques de Molay. Fue arrestado en octubre de 1307 y, en enero de 1308, clavado a una cruz en el Temple de París de una manera semejante a la de Cristo. Se burlaban de él porque no creía en Jesús como Salvador. El gran inquisidor de Francia, Guillaume Imbert, fue el que orquestó esa tortura. Posteriormente, De Molay fue envuelto en un sudario de lino que la orden guardaba en el Temple de París para emplear en las ceremonias de iniciación. Sabemos ahora que el ácido láctico y la sangre del traumatizado cuerpo de De Molay se mezclaron con el incienso de la tela y grabaron la imagen. Hay incluso un equivalente moderno. En 1981, un paciente de cáncer en Inglaterra dejó una huella similar de sus miembros sobre la ropa de cama.

Malone recordó que, a finales de los ochenta, la Iglesia finalmente rompió con la tradición y permitió un examen microscópico y del carbono catorce para establecer la antigüedad de la Sábana Santa de Turín. Los resultados indicaron que no había ni trazos ni pinceladas. La imagen está impresa directamente sobre la tela. La datación demostró que ésta no procedía del siglo I, sino de un período indeterminado entre finales del XIII y mediados del XIV. Pero muchos discutieron esos hallazgos, argumentando que la muestra había sido contaminada, o procedía de una posterior reparación de la tela original.

—La imagen del sudario encaja físicamente con la de De Molay —dijo Mark—. Hay descripciones suyas en las Crónicas. En la época que fue torturado, su cabello había crecido mucho y su barba estaba descuidada. La tela que envolvía el cuerpo de De Molay fue sacada del Temple de París por uno de los parientes de Geoffrey de Charney. De Charney fue quemado en la hoguera en 1314 junto con De Molay. La familia conservó la tela como una reliquia y más tarde observó que una imagen se había formado en ella. El sudario inicialmente apareció en un medallón religioso en 1338, y fue exhibido por primera vez en 1357. Cuando se mostró, la gente inmediatamente asoció aquella imagen con la de Cristo, y la familia de De Charney no hizo nada para disuadir esa creencia. Eso siguió hasta finales del siglo XVI, cuando la Iglesia tomó posesión del sudario, declarándolo *acheropita* (no hecho por mano humana) y considerándolo una reliquia sagrada. De Roquefort quiere recuperar el sudario. Pertenece a la orden, no a la Iglesia.

Thorvaldsen hizo un gesto negativo con la cabeza.

—Eso es una insensatez.

—Eso es lo que pretende.

Malone observó la expresión de enojo en la cara de Stephanie.

—Esta lección bíblica ha sido fascinante, Henrik. Pero sigo esperando saber la verdad sobre lo que está pasando aquí.

El danés sonrió.

—Es usted un regalo para el oído.

—Atribúyalo a mi efervescente personalidad —dijo Stephanie, y le mostró su teléfono—. Deje que me explique con claridad. Si no obtengo algunas respuestas dentro de los próximos minutos, voy a llamar a Atlanta. Ya estoy harta de Raymond de Roquefort, de modo que vamos a revelar públicamente esta pequeña búsqueda del tesoro y terminar con esta tontería.

XLVII

Malone puso mala cara ante la declaración de intenciones de Stephanie. Se había estado preguntando cuándo se acabaría la paciencia de la mujer.

—No puedes hacer eso —le dijo Mark a su madre—. Lo último que nos hace falta es que el gobierno de Estados Unidos se involucre.

—¿Por qué no? —preguntó Stephanie—. Esa abadía debería ser asaltada. Sea lo que sea lo que están haciendo ahí, ciertamente no es nada religioso.

—Al contrario —dijo Geoffrey con una voz trémula—. Reina allí una gran piedad. Los hermanos están dedicados al Señor. Sus vidas se consagran a su adoración.

—Y mientras tanto aprenden a manejar explosivos, el combate cuerpo a cuerpo y cómo disparar un arma como un tirador experto. Una pequeña contradicción, ¿no?

—En absoluto —declaró Thorvaldsen—. Los templarios originales estaban dedicados a Dios, y constituían una formidable fuerza de combate.

Stephanie evidentemente no estaba impresionada.

—Esto no es el siglo XIII. De Roquefort tiene tanto un plan como el poder para imponer ese plan a otros. Hoy llamamos a eso un terrorista.

—No has cambiado nada —dijo despreciativamente Mark.

—No, no he cambiado. Sigo creyendo que las organizaciones secretas con dinero, armas y llenas de resentimiento son un problema. Mi trabajo es tratar con ellas.

—Esto no te concierne.

—Entonces, ¿por qué tu maestre me involucró a mí?

«Buena pregunta», pensó Malone.

—No comprendiste nada mientras papá estaba vivo, y sigues sin comprender.

—Entonces, ¿por qué no me sacas del error?

—Señor Malone —intervino Casiopea con cordialidad—, ¿le gustaría a usted visitar el proyecto de restauración del castillo?

Al parecer su anfitriona quería hablar con él a solas. Lo que le parecía estupendo... Él también quería hacerle algunas preguntas.

—Me encantaría.

Casiopea empujó su silla hacia atrás y se puso de pie ante la mesa.

—Entonces deje que se lo muestre. Eso le dará a todo el mundo aquí tiempo para hablar... cosa que, evidentemente, es necesaria. Por favor, siéntanse ustedes como en casa. Malone y yo regresaremos dentro de un ratito.

⛭

Malone siguió a Casiopea al exterior. La tarde era magnífica. Pasearon nuevamente por el sombreado sendero, hacia el aparcamiento y el lugar donde se estaba llevando a cabo la construcción.

—Cuando hayamos acabado —le dijo Casiopea—, se alzará un castillo del siglo XIII exactamente tal como se levantaba hace setecientos años.

—Vaya empeño.

—Me encantan los grandes empeños.

Entraron en el recinto de la construcción a través de una amplia puerta de madera y pasearon por lo que parecía ser un granero con paredes de arenisca que albergaba un moderno centro de recepción. Más allá reinaba el olor del polvo, de los caballos y de los residuos, donde se apiñaba aproximadamente un centenar de personas.

—Todos los cimientos del perímetro han sido ya colocados y el muro de contención occidental va por buen camino —dijo Casiopea, señalando con el dedo—. Hemos iniciado las torres esquineras y los edificios centrales. Pero lleva tiempo. Tenemos que hacer los ladrillos, traer la piedra, trabajar la madera y elaborar el mortero exactamente como se hacía hace setecientos años, utilizando los mismos métodos y herramientas, incluso llevando las mismas ropas.

—¿Y comen la misma comida?

Ella sonrió.

—Hacemos concesiones a la vida moderna.

Lo guió a través de la obra y subieron por la pronunciada pendiente de una loma hasta un modesto promontorio, donde se podía abarcar el conjunto con claridad,

—Vengo aquí con frecuencia. Unos ciento veinte hombres y mujeres están empleados ahí a tiempo completo.

—Menuda nómina.

—Un pequeño precio a pagar para que se vea la historia.

—Su apodo, *Ingénieur*. ¿Es así como la llaman? ¿Ingeniero?

—El personal me puso ese mote. Estoy versada en técnicas de construcción medieval. He diseñado todo el proyecto.

—¿Sabe usted? Por un lado, es usted una hembra arrogante. Por otro, puede resultar bastante interesante.

—Comprendo que mi comentario durante el almuerzo, sobre lo que pasó con el hijo de Henrik, fue inadecuado. ¿Por qué no me devolvió el golpe?

—¿Para qué? Usted no sabía de qué demonios estaba hablando.

—Trataré de no volver a juzgarlo.

Malone dejó escapar una risita.

—Lo dudo. Y no soy tan susceptible. Hace tiempo que desarrollé una piel de lagarto. Has de hacerlo, si quieres sobrevivir en este negocio.

—Pero usted ya está retirado.

—Bueno, uno nunca lo deja realmente. Sólo estás fuera de la línea de fuego más tiempo.

—¿Así que está usted ayudando a Stephanie Nelle simplemente como amigo?

—Chocante, ¿no?

—En absoluto. De hecho, es totalmente coherente con su personalidad.

Ahora él sintió curiosidad.

—¿Cómo está usted al corriente de mi personalidad?

—En una ocasión, Henrik me pidió que me involucrara. Aprendí mucho sobre usted. Tengo amigos en su antigua profesión. Todos ellos hablaban muy bien de usted.

—Me alegra saber que la gente me recuerda.

—¿Y sabe usted muchas cosas de mí? —quiso saber ella.

—Apenas un esbozo.

—Tengo mis peculiaridades.

—Entonces usted y Henrik deben llevarse bien.

Ella sonrió.

—Ya veo que lo conoce bien.

—¿Y cuánto hace que lo conoce usted?

—Desde la infancia. Él conocía a mis padres. Hace muchos años, me habló de Lars Nelle. Lo que Lars estaba buscando me fascinó. De manera que me convertí en el ángel guardián de Lars, aunque él me veía como el diablo. Por desgracia, no pude ayudarle el último día de su vida.

—¿Dónde estaba usted?

Ella movió la cabeza negativamente.

—Él se había dirigido al sur, a las montañas. Yo estaba aquí cuando Henrik llamó y me dijo que habían encontrado el cuerpo.

—¿Se suicidó?

—Lars era un hombre triste, eso estaba claro. Y también se sentía frustrado. Todos aquellos aficionados que se habían apoderado de su trabajo, tergiversándolo hasta hacerlo irreconocible. El rompecabezas que él trataba de resolver ha seguido siendo un misterio durante mucho tiempo. De manera que sí, es posible.

—¿De qué lo estaba usted protegiendo?

—Muchos trataron de inmiscuirse en su investigación. La mayoría de ellos eran buscadores de tesoros, algunos oportunistas, pero finalmente aparecieron los hombres de Raymond de Roquefort. Afortunadamente, siempre pude ocultarles mi presencia.

—De Roquefort es ahora el maestre.

La mujer arrugó el ceño.

—Lo cual explica sus renovados esfuerzos en la búsqueda. Ahora es el amo de todos los recursos templarios.

Ella aparentemente no sabía nada sobre Mark Nelle y sobre dónde había estado éste viviendo los últimos cinco años, de manera que Malone se lo contó, y luego dijo.

—Mark perdió ante De Roquefort en la elección del nuevo maestre.

—¿Así que esto es personal entre ellos?

—Sin duda, en parte sí.

«Pero no todo», pensó Malone, mientras bajaba la mirada y contemplaba cómo un carro tirado por un caballo se abría camino a través de la seca tierra hacia una de las paredes en construcción.

—La obra que se está ejecutando hoy está dedicada a los turistas —dijo ella, observando su interés—. Parte del espectáculo. Regresaremos al trabajo en serio mañana.

—El cartel de la entrada dice que la obra tardará treinta años en terminarse.

—Fácilmente.

Ella tenía razón. Poseía muchas peculiaridades.

—Dejé intencionadamente el diario de Lars para que De Roquefort lo encontrara en Aviñón —soltó de pronto Casiopea.

Esa revelación dejó estupefacto a Malone.

—¿Por qué?

—Henrik quería hablar con los Nelle en privado. Por eso estamos aquí. Dijo también que era usted un hombre de honor. Yo confío en muy pocas personas en este mundo, pero Henrik es una de ellas. De manera que voy a cogerle a él la palabra y contarle a usted algunas cosas que nadie más sabe.

Mark escuchó la explicación de Henrik Thorvaldsen. Su madre parecía interesada también, pero Geoffrey se limitó a clavar la mirada en la mesa, casi sin parpadear, como en trance.

—Ya es hora de que comprenda usted lo que Lars creía —le dijo Henrik a Stephanie—. Contrariamente a lo que pueda haber pensado, no era ningún chalado persiguiendo un tesoro. Tras sus investigaciones se escondía un propósito serio.

—Ignoraré su insulto, ya que quiero oír lo que tiene que decir.

Una mirada de irritación se deslizó por los ojos de Thorvaldsen.

—La teoría de Lars era sencilla, aunque de hecho no era suya. Ernest Scoville formuló la mayor parte de ella, que implicaba una original visión de los Evangelios especialmente de aquellos que tratan de la resurrección. Casiopea ya insinuó algo de esto.

»Empecemos con el de Marcos. Fue el primero de los Evangelios, escrito alrededor del año 70, quizás el único Evangelio que los primeros cristianos poseyeron después de la muerte de Cristo. Contiene setenta y cinco versículos, aunque sólo ocho de ellos están dedicados a la resurrección. Esta notabilísima serie de acontecimientos sólo mereció una breve mención. ¿Por qué? La respuesta es simple. Cuando se escribió el Evangelio de Marcos, la historia de la resurrección aún tenía que aparecer, y el Evangelio termina sin mencionar el hecho de que los discípulos creyeran que Jesús había sido resucitado de entre los muertos. En vez de ello, nos cuenta que los discípulos huyeron. Sólo aparecen mujeres en la versión de Marcos, y ellas ignoran una orden de decir a los discípulos que vayan a Galilea para que el Cristo resucitado pueda encontrarse con ellos allí. En vez de ello, las mujeres también están confusas y huyen, sin decir a nadie lo que han visto. No hay ángeles; sólo un joven vestido de blanco que con calma anuncia: "Él ha resucitado." Nada de guardias, ni sudarios, y ningún Señor resucitado.

Mark sabía que todo lo que Thorvaldsen acababa de decir era cierto. Había estudiado ese Evangelio con gran detalle.

—El testimonio de Mateo vino una década más tarde. Para entonces, los romanos habían saqueado Jerusalén y destruido el Templo. Muchos judíos habían huido al mundo de habla griega. Los judíos ortodoxos que se quedaron en Tierra Santa consideraban a los nuevos judíos cristianos un problema... tanto como lo eran los romanos. Existía hostilidad entre los judíos ortodoxos y los emergentes cristianos de origen judío. El Evangelio de Mateo estaba probablemente escrito por uno de esos desconocidos escribas judeocristianos. El Evangelio de Marcos había dejado muchas preguntas sin responder, por lo que Mateo cambió la historia para que encajara con su agitada época.

»Ahora, el mensajero que anuncia la resurrección se convierte en un ángel. Desciende en medio de un terremoto, su aspecto como de un relámpago. Los guardianes caen fulminados. La piedra ha sido quitada de la tumba, y un ángel está sentado sobre ella. Las mujeres siguen presas del miedo, pero éste rápidamente se transforma en gozo. Contrariamente a las del relato de Marcos, las mujeres aquí corren a contar a los discípulos lo que ha sucedido y realmente se encuentran con el resucitado Cristo. Aquí, por primera vez, es descrito el Señor resucitado. ¿Y qué hicieron las mujeres?

—Le cogieron los pies y se postraron ante Él —dijo Mark suavemente—. Más tarde, Jesús se apareció a sus discípulos y proclamó que «me ha sido dada toda potestad en el Cielo y en la Tierra». Y les dice que estará para siempre con ellos.

—Vaya cambio —dijo Thorvaldsen—. El Mesías judío llamado Jesús se ha convertido ahora en Cristo para el mundo. En Mateo, todo es más vívido. Milagroso, también. Después aparece Lucas, alrededor del año 90. Para entonces, los judíos conversos al cristianismo se han alejado mucho más del judaísmo, de modo que Lucas modificó radicalmente la historia de la resurrección para adaptarla a este cambio. Las mujeres están en la tumba otra vez, pero ahora la encuentran vacía y van a decírselo a los discípulos. Pedro regresa y encuentra solamente el desechado sudario. Entonces Lucas cuenta una historia que no aparece en ningún otro lugar de la Biblia. Se refiere a Jesús que viaja disfrazado, se encuentra con algunos discípulos camino de Emaús, comparte una comida y luego, cuando es reconocido, se desvanece. Hay también un posterior encuentro con todos los discípulos donde ellos dudan de la realidad de su carne, por lo que come con ellos y después desaparece. Y solamente en Lucas encontramos el relato de la ascensión de Jesús a los cielos. ¿Qué ocurrió? La Ascensión ha sido añadida ahora al Cristo resucitado.

Mark había leído un parecido análisis de la Escritura en los archivos templarios. Durante siglos, hermanos doctos habían estudiado la Palabra, señalando errores, valorando contradicciones y efectuando hipótesis sobre los múltiples conflictos entre los nombres, fechas, lugares y hechos.

—Luego está Juan —siguió Thorvaldsen—. El Evangelio escrito que más lejos está de la vida de Cristo, alrededor del año 100. Hay muchos cambios en este Evangelio; es casi como si Juan hablara de un Cristo totalmente diferente. Nada de nacimiento en Belén... Donde Jesús nace es en Nazaret. Los otros tres hablan de un ministerio de tres años; Juan, sólo de uno. La última Cena, en Juan, tuvo lugar el día antes de la Pascua... La crucifixión, el día en que el cordero pascual era sacrificado. Esto es diferente de los otros Evangelios. Juan también trasladó la expulsión de los mercaderes del Templo del día después del Domingo de Ramos a una época temprana en el ministerio de Cristo.

»En Juan, María Magdalena va sola a la tumba y la encuentra vacía. Y entonces ella ni siquiera considera la posibilidad de una resurrección, sino que piensa que el cuerpo ha sido robado. Sólo cuando regresa con Pedro y *los demás discípulos,* ella ve a dos ángeles. Entonces éstos se transforman en el propio Jesús.

»Miren cómo este detalle, sobre quién estaba en la tumba, cambió. El joven de Marcos vestido de blanco se convierte en el ángel deslumbrante de Mateo, que Lucas extiende hasta dos ángeles y que Juan modifica para hacer de ellos dos ángeles que se transforman en Cristo. ¿Y fue visto el resucitado Señor en el huerto el primer día de la semana, como los cristianos siempre han dicho? Marcos y Lucas dicen que no. Mateo, que sí. Juan dice que no al principio, pero María Magdalena le ve más tarde. Lo que ocurrió está claro. Con el tiempo, la resurrección fue hecha cada vez más milagrosa para acomodarse al cambiante mundo.

—Supongo —dijo Stephanie— que no se adhiere usted al principio de la infalibilidad de la Biblia, ¿verdad?

—No hay nada que sea literal en la Biblia. Es una leyenda infestada de contradicciones, y la única manera en que éstas pueden ser explicadas es gracias a la fe. Eso tal vez funcionó hace mil años, o incluso quinientos, pero ya no resulta aceptable. La mente humana hoy en día cuestiona. Su marido cuestionó.

—¿Qué tenía intención de hacer Lars?

—Lo imposible —murmuró Mark.

Su madre le miró con una extraña comprensión en sus ojos.

—Pero eso nunca lo detuvo. —Habló en voz baja y melodiosa, como si acabara de descubrir una verdad que había permanecido oculta mucho tiempo—. Si no otra cosa, era un maravilloso soñador.

»Pero sus sueños tenían fundamento —continuó Mark—. Los templarios antaño supieron lo que papá quería saber. Aún hoy, leen y estudian la Escritura que no forma parte del Nuevo Testamento. El Evangelio de san Felipe, la Carta de Bernabé, los Hechos de Pedro, la Epístola de los Apóstoles, el Libro Secreto de Juan, el

Evangelio de María, el Didakhé. Y el Evangelio de santo Tomás, que es para ellos quizás lo más próximo que tenemos de lo que Jesús pudo haber dicho realmente, ya que no ha sido sometido a innumerables traducciones. Muchos de estos llamados textos heréticos son reveladores. Y eso fue lo que hizo especiales a los templarios. La verdadera fuente de su poder. Ni la riqueza ni el poder, sino el conocimiento.

✠

Malone se encontraba de pie bajo la sombra de unos altos álamos que salpicaban el promontorio. Soplaba suavemente una fresca brisa que amortiguaba la intensidad de los rayos del sol, recordándole una tarde de otoño en la playa. Estaba esperando a que Casiopea le dijera lo que nadie más sabía.

—¿Por qué dejó que De Roquefort se hiciera con el diario de Lars?

—Porque era inútil.

Una chispa de diversión bailaba en sus oscuros ojos.

—Creía que contenía los pensamientos privados de Lars. Una información nunca publicada. La clave de todo —dijo Malone.

—Algo de eso es cierto, pero no es la clave de nada. Lars lo creó sólo para los templarios.

—¿Sabía eso Claridon?

—Probablemente no. Lars era un hombre muy reservado. No contaba nada a nadie. Dijo una vez que sólo los paranoicos sobrevivían en su campo de trabajo.

—¿Y cómo sabe usted eso?

—Henrik estaba al corriente. Lars nunca hablaba de los detalles, pero le habló a Henrik de sus encuentros con los templarios. En alguna ocasión pensó realmente que estaba hablando con el maestre de la orden. Charlaron varias veces, pero finalmente De Roquefort entró en escena. Y éste era totalmente distinto. Más agresivo, menos tolerante. De manera que Lars escribió el diario para que De Roquefort se concentrara en él... bastante parecido a la información errónea que el propio Saunière empleaba.

—¿Habría sabido esto el maestre templario? Cuando Mark fue

llevado a la abadía, llevaba consigo el diario. El maestre se lo guardó, hasta hace un mes, cuando se lo envió a Stephanie.

—Es difícil decirlo. Pero si le mandó el diario, es posible que el maestre calculara que De Roquefort trataría nuevamente de hacerse con él. Al parecer quería que Stephanie se implicara, de modo que, ¿qué mejor manera de atraerla que con algo irresistible?

Inteligente, tuvo que admitirlo. Y funcionó.

—El maestre seguramente creía que Stephanie utilizaría los considerables recursos que tiene a su disposición para ayudar a la búsqueda —dijo Casiopea.

—No conocía a Stephanie. Demasiado testaruda. Lo intentaría por su cuenta primero.

—Pero usted estaba aquí para ayudar.

—Qué suerte la mía.

—Oh, no es para tanto. En otro caso, nunca nos hubiéramos conocido.

—Como he dicho, qué suerte la mía.

—Lo tomaré como un cumplido. De lo contrario, podría herir mis sentimientos.

—Dudo de que sea tan fácil.

—Se las arregló usted bien en Copenhague —dijo ella—. Y luego nuevamente en Roskilde.

—¿Estaba usted en la catedral?

—Durante un rato, pero me marché cuando empezó el tiroteo. Habría sido imposible para mí ayudar sin revelar mi presencia, y Henrik quería mantenerla en secreto.

—¿Y si yo hubiera sido incapaz de parar a aquellos hombres de dentro?

—Oh, vamos. ¿Usted? —Le brindó una sonrisa—. Dígame una cosa. ¿Le sorprendió mucho que el hermano saltara de la Torre Redonda?

—No es algo que uno vea cada día.

—Cumplió su juramento. Al verse atrapado, decidió morir antes que arriesgarse a descubrir a la orden.

—Supongo que usted estaba allí debido a que yo mencioné a Henrik que Stephanie iba a venir para una visita.

—En parte. Cuando me enteré del repentino fallecimiento de Ernest Scoville, supe por algunos de los ancianos de Rennes que había hablado con Stephanie y que ella se disponía a venir a Francia. Son todos ellos entusiastas de Rennes, y se pasan el día jugando al ajedrez y fantaseando sobre Saunière. Cada uno de ellos vive su propia fantasía conspirativa. Scoville se jactaba de que tenía intención de hacerse con el diario de Lars. Stephanie no le caía bien, aunque le había hecho creer a ella lo contrario. Evidentemente, él tampoco era consciente de que el diario carecía de importancia. Su muerte suscitó *mis* sospechas, de manera que establecí contacto con Henrik y me enteré de la inminente visita de Stephanie a Dinamarca. Decidimos que yo también debía ir allí.

—¿Y Aviñón?

—Yo tenía una fuente de información en el asilo. Nadie creía que Claridon estuviera loco. Falso, poco de fiar, oportunista... Eso seguro. Pero loco, no. De modo que vigilé hasta que usted regresó para reclamar a Claridon. Henrik y yo sabíamos que había algo en los archivos del palacio, aunque no exactamente qué. Como Henrik dijo en el almuerzo, Mark nunca conoció a Henrik. Mark era mucho más difícil de tratar que su padre. El hijo sólo buscaba de vez en cuando. Algo, tal vez, para mantener viva la memoria de su padre. Y lo que pudiera haber hallado, lo guardaba totalmente para sí mismo. Él y Claridon conectaron durante un tiempo, pero era una asociación poco estable. Luego, cuando Mark desapareció en la avalancha y Claridon se retiró al asilo, Henrik y yo abandonamos.

—Hasta ahora.

—La búsqueda está otra vez en marcha, y en esta ocasión puede que haya algún lugar adonde ir.

Malone esperó a que ella se explicara.

—Tenemos el libro con el dibujo de la lápida y también tenemos *Leyendo las reglas de la caridad*. Juntos, quizás seamos realmente capaces de determinar lo que Saunière encontró, ya que somos los primeros en tener tantas piezas del rompecabezas.

—¿Y qué haremos si encontramos algo?

—¿Como musulmana? Me gustaría contárselo al mundo. ¿Cómo realista? No lo sé. La histórica arrogancia del cristianismo da asco. Para él, todas las demás religiones son una imitación. Asombroso, realmente. Toda la historia occidental está modelada según sus estrechos preceptos. Arte, arquitectura, música, escritura, hasta la misma sociedad se convirtió en sirviente del cristianismo. Este movimiento tan simple en última instancia formó el molde a partir del cual se elaboró la civilización occidental, y podía estar todo basado en una mentira. ¿No le gustaría a usted saber?

—No soy una persona religiosa.

Los delgados labios de la mujer se fruncieron ligeramente en otra sonrisa.

—Pero es usted un hombre curioso. Henrik habla de su coraje e intelecto en términos reverentes. Un bibliófilo con una memoria eidética. Buena combinación.

—Y sé cocinar también.

Ella soltó una risita.

—No me engaña usted. Hallar el Gran Legado significaría algo para usted.

—Digamos que ése sería un hallazgo sumamente insólito.

—Muy bien. Lo dejaremos así. Pero si tenemos éxito, esperaré con ansia ver su reacción.

—¿Tanta confianza tiene en que hay algo que encontrar?

Ella barrió con los brazos hacia el distante perfil de los Pirineos.

—Está allí, sin duda. Saunière lo encontró. Nosotros podemos hacerlo también.

Stephanie consideró nuevamente lo que Thorvaldsen había dicho sobre el Nuevo Testamento, y quiso dejar claras las cosas.

—La Biblia no es un documento literal.

Thorvaldsen negó con la cabeza.

—Un gran número de fes cristianas se mostraría en desacuerdo con esa afirmación. Para ellas, la Biblia es la Palabra de Dios.

Ella miró a Mark.

—¿Creía tu padre que la Biblia no era la Palabra de Dios?

—Discutimos esa cuestión muchas veces. Yo era, al principio, un creyente, y nos enfrentábamos. Pero llegué a pensar como él. Es un libro de relatos. Gloriosos relatos, concebidos para indicar a la gente el camino de una vida virtuosa. Hay incluso grandeza en esas historias... si uno practica su moral. No pienso que sea necesariamente la Palabra de Dios. Ya es suficiente que las palabras sean una verdad intemporal.

—Elevar a Cristo a la categoría de deidad fue simplemente una manera de elevar la importancia del mensaje —dijo Thorvaldsen—. Después de que la religión organizada asumiera el poder en los siglos tercero y cuarto, se añadieron tantas cosas a la leyenda que resulta imposible saber cuál era su núcleo. Lars quería cambiar todo eso. Quería descubrir lo que los templarios poseyeron antaño. Cuando hace años se enteró de la existencia de Rennes-le-Château, inmediatamente pensó que el Gran Legado de los templarios era lo que Saunière había localizado. De manera que dedicó su vida a resolver el rompecabezas de Rennes.

Stephanie seguía sin estar convencida.

—¿Y qué le hace pensar que los templarios llegaron a ocultar algo? ¿Acaso no fueron arrestados con rapidez? ¿Cómo tuvieron tiempo de esconder nada?

—Estaban preparados —dijo Mark—. Las Crónicas dejan claro este punto. Lo que Felipe IV hizo no carecía de precedentes. Un centenar de años antes había tenido lugar un incidente con Federico II, el sacro emperador romano germánico. En 1228, llegó a Tierra Santa como excomulgado, lo cual quería decir que no podía mandar una cruzada. Los templarios y los hospitalarios permanecían leales al papa y se negaron a seguirlo. Sólo los Caballeros Teutónicos, alemanes, se pusieron de su parte. Finalmente, negoció un tratado de paz con los sarracenos, que creó una Jerusalén dividida. El Monte del Templo, que era donde los caballeros templarios tenían su cuartel general, fue cedido por ese tratado a los musulmanes. De modo que puede usted imaginar lo que los templarios opinaban de él. Era un amoral como Nerón, y odiado universalmente. Trató incluso de secuestrar al maestre de la orden. Finalmente, abandonó Tierra Santa en 1229, y cuando se dirigió al puerto de Acre, los lugareños le arrojaron desperdicios. Odiaba a los templarios por su deslealtad, y, cuando regresó a Sicilia, se apoderó de las propiedades templarias y efectuó arrestos. Todo ello estaba registrado en las Crónicas.

—¿De manera que la orden estaba preparada? —preguntó Thorvaldsen.

—La orden ya había visto lo que un gobernante hostil podía hacerle. Felipe IV era parecido. De joven había solicitado su ingreso como miembro de la orden, y había sido rechazado, de manera que albergaba un resentimiento de toda la vida hacia la hermandad. Aunque, a comienzos de su reinado, los templarios realmente salvaron a Felipe cuando éste trató de devaluar la moneda francesa y el populacho se rebeló. Huyó buscando refugio en el Temple de París. Posteriormente, se sintió agradecido a los templarios. Pero los monarcas nunca quieren deber nada a nadie. De manera que, efectivamente, en octubre de 1307, la orden estaba preparada. Por desgracia, no aparece registrado nada que nos explique detalladamente lo que se hizo. —La mirada que Mark dirigió a Stephanie era penetrante—. Papá dio su vida para tratar de resolver este misterio.

—Le encantaba buscar, ¿no? —dijo Thorvaldsen.

Aunque respondiendo al danés, Mark continuaba con la mirada fija en ella.

—Era una de las pocas cosas que realmente le producían alegría. Quería complacer a su mujer y a sí mismo, y, por desgracia, no podía hacer ni una cosa ni otra. De manera que eligió. Decidió dejarnos a todos.

—Nunca quise creer que se suicidara —le dijo ella a su hijo.

—Pero eso nunca lo sabremos, ¿verdad?

—Quizás puedan saberlo —dijo Geoffrey. Y por primera vez el joven levantó la mirada de la mesa—. El maestre dijo que ustedes podrían saber la verdad de su muerte.

—¿Qué sabes tú? —preguntó ella.

—Sólo sé lo que el maestre me dijo.

—¿Qué te dijo él sobre mi padre?

La ira se había apoderado del rostro de Mark. Stephanie no recordaba haberle visto descargar esa emoción contra nadie que no fuera ella.

—De eso tendrá usted que enterarse por su cuenta. Yo lo ignoro. —La voz era extraña, hueca y conciliadora—. El maestre me dijo que fuera tolerante con sus emociones. Dejó claro que usted es mi superior, y que yo no debía mostrarle más que respeto.

—Pero parece que tú eres el único que tiene respuestas —dijo Stephanie.

—No, madame. Yo sólo tengo indicios. Las respuestas, según me dijo el maestre, deben venir de todos ustedes.

XLVIII

Malone siguió a Casiopea a una habitación de techo alto y paredes revestidas con paneles de los que colgaban tapices junto con corazas, espadas, cascos y escudos. Una chimenea de mármol negro dominaba la alargada sala, que estaba iluminada por una reluciente araña. Los demás se les unieron desde el comedor, y Malone observó expresiones de seriedad en todas sus caras. Bajo una serie de ventanas con parteluces había instalada una mesa de caoba por encima de la cual se veían libros, papeles y fotografías.

—Ya es hora de que veamos si podemos llegar a algunas conclusiones —dijo Casiopea—. Sobre la mesa está todo lo que tenemos sobre el tema.

Malone les habló a los demás del diario de Lars y de cómo parte de la información en ella contenida era falsa.

—¿Incluye eso lo que dijo sobre sí mismo? —quiso saber Stephanie—. Este joven —y señaló a Geoffrey— me mandó páginas del diario... unas páginas que su maestro cortó. Hablaban de mí.

—Sólo usted puede saber si lo que dejó escrito en ellas era cierto o no —dijo Casiopea.

—Tiene razón —intervino Thorvaldsen—. La información del diario no es, en general, verdadera. Lars lo escribió como un cebo para los templarios.

—Otro aspecto que usted olvidó convenientemente mencionar en Copenhague —dijo Stephanie con un tono de voz que indicaba que estaba una vez más irritada.

Thorvaldsen se mostraba impávido.

—Lo importante es que De Roquefort considera auténtico el diario.

La espalda de Stephanie se puso rígida.

—Usted, hijo de puta, podíamos haber sido asesinados tratando de recuperarlo.

—Pero no lo fueron. Casiopea no les perdía de vista.

—¿Y eso hace que usted tuviera razón?

—Stephanie, ¿no ha ocultado usted nunca información a uno de sus agentes? —preguntó Thorvaldsen.

Ella se contuvo.

—Tiene razón —dijo Malone.

Ella se dio la vuelta y se enfrentó a él.

—¿Cuántas veces me contó usted sólo parte de la historia, Stephanie? —prosiguió Malone—. ¿Y cuántas veces me quejé más tarde de que eso podía haber hecho que me mataran? ¿Y qué me decía usted? «Acostúmbrese a ello.» Pues aquí lo mismo, Stephanie. No me gusta esto más que a usted, pero me he acostumbrado.

—¿Por qué no dejamos de discutir y vemos si podemos llegar a algún consenso sobre lo que Saunière pudo haber hallado? —sugirió Casiopea.

—¿Y por dónde propone usted que empecemos? —preguntó Mark.

—Yo diría que la lápida sepulcral de Marie d'Hautpoul de Blanchefort sería un excelente punto de partida, ya que tenemos el libro de Stüblein que Henrik compró en la subasta. —Hizo un gesto señalando la mesa—. Abierto por el dibujo.

Todos se acercaron y contemplaron la imagen.

—Claridon se explicó sobre esto en Aviñón —dijo Malone, y les habló de la errónea fecha de la muerte (1681 como opuesta a 1781), de los números romanos (MDCOLXXXI), que contenían un cero, y de la restante serie de números romanos (LIXLIXL) grabada en el rincón inferior derecho.

Mark cogió un lápiz de la mesa y escribió 1681 y 59, 59, 50 sobre un taco de papel.

—Ésa es la conversión de esos números. Estoy ignorando el cero en el 1681. Claridon tiene razón: los romanos desconocían el cero.

Malone señaló las letras griegas de la piedra de la izquierda.

—Claridon dijo que se trataba de palabras latinas escritas en el alfabeto griego. Transformó la inscripción y obtuvo *Et in arcadia ego.* «Y en Arcadia yo.» Pensó que podía ser un anagrama, ya que la frase tiene poco sentido.

Mark estudió las palabras con mucha atención, y luego le pidió a Geoffrey la mochila, de la que sacó una toalla bien doblada y apretada. Con cuidado, desenvolvió el bulto y dejó al descubierto un pequeño códice. Sus hojas estaban dobladas, y luego cosidas juntas y encuadernadas... Pergamino, si Malone no se equivocaba. Nunca había visto uno tan cerca.

—Esto procede de los archivos templarios. Lo encontré hace unos años, inmediatamente después de convertirme en senescal. Había sido escrito en 1542 por uno de los escribas de la abadía. Es una excelente copia de un manuscrito del siglo XIV y narra cómo los templarios se reformaron después de la Purga. Trata también de la época entre diciembre de 1306 y mayo de 1307, cuando Jacques de Molay estuvo en Francia, y poco se sabe de su paradero.

Mark abrió con cuidado el antiguo volumen y con delicadeza pasó las páginas hasta encontrar lo que estaba buscando. Malone vio que la escritura latina era una serie de bucles y florituras, las letras unidas sin levantar la pluma de la página.

—Escuchen esto.

Nuestro maestre, el reverendísimo y devotísimo Jacques de Molay, recibió al enviado del papa el 6 de junio de 1306 con la pompa y cortesía reservadas para los personajes de alto rango. El mensaje indicaba que Su Santidad el papa Clemente V había convocado al maestre De Molay a Francia. Nuestro maestre trató de cumplir esa orden, haciendo todos los preparativos, pero antes de salir de la isla de Chipre, donde la orden había establecido su cuartel general, nuestro maestre se enteró de que el superior de los Hospitalarios también había sido convocado, pero se había negado alegando la necesidad de permanecer con su orden en época de conflicto. Esto suscitó grandes sospechas en nuestro maestre, que consultó con sus hombres de confianza. Su Santidad había también dado instrucciones a nuestro maestre de que viajara de incógnito y con un pequeño séquito. Esto despertaba aún más preguntas, ya que ¿por qué tenía que preocuparse Su Santidad de cómo viajaba nuestro maestre? Entonces le trajeron a nuestro maestre un curioso documento titulado De Recuperatione

Terrae Sanctae. *El manuscrito había sido escrito por uno de los hombres de leyes de Felipe IV y esbozaba una nueva y gran cruzada que sería dirigida por un rey guerrero designado para recuperar Tierra Santa de los infieles. Esta proposición era una afrenta directa a los planes de nuestra orden e hizo que nuestro maestre pusiera en duda sus llamadas a la corte del rey. Nuestro maestre hizo saber que desconfiaba grandemente del monarca francés, aunque sería tan insensato como inapropiado expresar esa desconfianza más allá de los muros de nuestro Templo. Con una actitud de prudencia, pues no era un hombre descuidado, y recordaba la traición de antaño de Federico II, nuestro maestre hizo planes para que nuestra riqueza y conocimiento pudieran ser protegidos. Rezaba para que estuviera equivocado, pero no veía ninguna razón para no estar preparado. Fue llamado el hermano Gilbert de Blanchefort y se le ordenó que se llevara el tesoro del Temple. Nuestro maestre le dijo luego a De Blanchefort: «Nosotros, los que estamos en la jefatura de la orden, podríamos estar en peligro. De manera que ninguno de nosotros ha de saber lo que vos sabéis, y vos debéis aseguraros de que lo que sabéis sea transmitido a otros de la manera apropiada.» El hermano De Blanchefort, como era un hombre culto, se dispuso a realizar su misión y discretamente ocultó todo lo que la orden había adquirido. Cuatro hermanos fueron sus aliados y utilizaron cuatro palabras, una para cada uno de ellos, como señal suya.* ET IN ARCADIA EGO. *Pero las letras no son más que un anagrama del verdadero mensaje. Disponiéndolas adecuadamente aparece lo que su tarea implicaba.* I TEGO ARCANA DEI.

—«Yo oculto los secretos de Dios» —dijo Mark, traduciendo la última línea—. Los anagramas eran corrientes en el siglo XIV también.

—Entonces, ¿De Molay estaba preparado? —preguntó Malone.

Mark asintió.

—Vino a Francia con sesenta caballeros, ciento cincuenta florines de oro y doce monturas cargadas de plata sin acuñar. Sabía que iban a surgir problemas. El dinero había de ser empleado para comprar su huida. Pero este tratado contiene alguna cosa de la que se sabe poco. El oficial al mando del contingente templario en el

Languedoc era Seigneur de Goth. El papa Clemente V, el hombre que había convocado a De Molay, se llamaba Bertrand de Goth. La madre del papa era Ida de Blanchefort, y estaba emparentada con Gilbert de Blanchefort. De manera que De Molay poseía buena información confidencial.

—Eso siempre ayuda —comentó Malone.

—De Molay también sabía algo sobre Clemente V. Antes de su elección como papa, Clemente se encontró con Felipe IV. El rey tenía el poder de entregar el papado a quien deseara. Antes de dárselo a Clemente, impuso seis condiciones. La mayor parte tenía que ver con que Felipe pudiera hacer lo que le viniera en gana, pero la sexta se refería a los templarios. Felipe quería que la orden se disolviera, y Clemente accedió.

—Un tema interesante —dijo Stephanie—, pero lo que parece más importante, de momento, es lo que el abate Bigou sabía. Él es el hombre que realmente encargó la lápida sepulcral de Marie. ¿Habría tenido noticia de una posible relación entre el secreto de la familia de Blanchefort y los templarios?

—Sin la menor duda —dijo Thorvaldsen—. A Bigou le informó del secreto familiar la propia Marie d'Hautpoul de Blanchefort. El marido de ésta era un descendiente directo de Gilbert de Blanchefort. Una vez que la orden fue suprimida y los templarios empezaron a arder en la hoguera, Gilbert de Blanchefort no le habría contado a nadie el lugar donde estaba escondido el Gran Legado. De manera que ese secreto familiar tenía que estar relacionado con los templarios. ¿Qué otra cosa podía ser?

Mark asintió.

—Las Crónicas hablan de carros cubiertos de heno moviéndose por la campiña francesa, todos en dirección sur, camino de los Pirineos, escoltados por hombres armados disfrazados de campesinos. Todos menos tres consiguieron realizar el viaje sin incidentes. Por desgracia, no aparece mención alguna de su destino final. Sólo una pista en todas las Crónicas: «¿Cuál es el mejor lugar para esconder un guijarro?»

—En medio de un montón de piedras —dijo Malone.

—Eso es lo que el maestre dijo también —corroboró Mark—. Para la mentalidad del siglo XIV, la ubicación más evidente era la más segura.

Malone contempló nuevamente la reproducción de la lápida sepulcral.

—De modo que Bigou hizo grabar esta lápida, que, en código, dice que oculta los secretos de Dios, pero se tomó la molestia de colocarla a la vista de todo el mundo. ¿Con qué objeto? ¿Qué estamos pasando por alto?

Mark metió la mano en su mochila y sacó otro volumen.

—Éste es un informe del mariscal de la orden escrito en 1897. El hombre estaba investigando a Saunière y tropezó con otro cura, el abate Gélis, de un pueblo cercano, que encontró un criptograma en su iglesia.

—Como Saunière —dijo Stephanie.

—Correcto. Gélis descifró el criptograma y quiso que el obispo tuviera conocimiento de lo que había descubierto. El mariscal se hizo pasar por representante del obispo y copió el rompecabezas, pero se guardó la solución para sí.

Mark les mostró el criptograma, y Malone estudió las líneas de letras y símbolos.

—¿Alguna especie de clave numérica?

Mark asintió.

—Es imposible hacerlo sin la clave. Hay miles de millones de combinaciones posibles.

—Había uno de éstos en el diario de tu padre también —dijo Malone.

—Lo sé. Papá lo encontró en un manuscrito no publicado de Noël Corbu.

—Claridon nos habló de eso.

—Lo cual quiere decir que De Roquefort la tiene —dijo Stephanie—. Pero ¿no forma parte de la ficción del diario de Lars?

—Cualquier cosa que Corbu tocó debe ser visto con sospecha —dijo Thorvaldsen—. Embelleció la historia de Saunière para promocionar su maldito hotel.

—Pero está el manuscrito que él escribió —dijo Mark—. Papá siempre creyó que contenía la verdad. Corbu fue muy amigo de la amante de Saunière hasta que ella murió en 1953. Muchos creían que le había contado cosas. Por eso Corbu nunca publicó el manuscrito. Contradecía *su* versión novelizada de la historia.

—Pero seguramente el criptograma del diario es falso, ¿no?

—dijo Thorvaldsen—. Eso habría sido exactamente lo que De Roquefort hubiera querido del diario.

—No podemos hacer más que esperar —dijo Malone, mientras descubría una reproducción de *Leyendo las reglas de la caridad* sobre la mesa.

Levantó la reproducción, del tamaño de una carta, y estudió lo escrito debajo del hombrecillo, con hábito de monje, subido a un taburete que se llevaba el dedo a los labios, indicando silencio:

ACABOCE Aº
DE 1681

Algo no cuadraba, e instantáneamente comparó la imagen con la litografía.

Las fechas eran diferentes.

—Me he pasado la mañana aprendiendo cosas sobre ese cuadro —informó Casiopea—. Descubrí esa imagen en internet. El cuadro fue destruido por el fuego a finales de los años cincuenta, pero, antes de eso, la tela había sido limpiada y preparada para su exhibición. Durante el proceso de restauración se descubrió que 1687 era realmente 1681. Pero, por supuesto, la litografía fue realizada en una época en que la fecha estaba oculta.

Stephanie hizo un gesto negativo con la cabeza.

—Esto es un rompecabezas sin respuesta. Todo cambia a cada minuto.

—Están haciendo ustedes justamente lo que el maestre quería —dijo Geoffrey.

Todos le miraron.

—Dijo que en cuanto se asociaran ustedes, todo se revelaría.

Malone estaba confuso.

—Pero tu maestre nos advirtió específicamente de que tuviéramos cuidado con el ingeniero.

Geoffrey señaló a Casiopea.

—Quizás deberían ustedes tener cuidado con ella.

—¿Qué significa eso? —preguntó Thorvaldsen.

—Su raza luchó contra los templarios durante dos siglos.

—De hecho, los musulmanes derrotaron a los hermanos y los echaron de Tierra Santa —declaró Casiopea—. Y los musulmanes andalusíes mantuvieron a raya a la orden en España, cuando los templarios trataron de extender su esfera de influencia hacia el sur, más allá de los Pirineos. De manera que su maestre tenía razón. Cuidado con el ingeniero.

—¿Qué haría usted si encontrara el Gran Legado? —le preguntó Geoffrey a Casiopea.

—Depende de lo que se encuentre.

—¿Por qué importa eso? El Legado no es suyo, sea lo que sea.

—Es usted muy atrevido para ser un simple hermano de la orden.

—Aquí hay mucho en juego, y lo menos importante es su propósito de demostrar que el cristianismo es una mentira.

—No recuerdo haber dicho mi propósito.

—El maestre lo sabía.

La cara de Casiopea se puso tensa... La primera vez que Malone veía un síntoma de agitación en su expresión.

—Su maestre no sabía nada de mis motivos.

—Y manteniéndolos ocultos —replicó Geoffrey—, no hace usted otra cosa que confirmar sus sospechas.

Casiopea se enfrentó a Henrik.

—Este joven podría ser un problema.

—Fue enviado por el maestre —dijo Thorvaldsen—. No deberíamos cuestionarlo.

—Él nos traerá problemas —declaró Casiopea.

—Tal vez —repuso Mark—. Pero forma parte de esto, así que acostúmbrese a su presencia.

Ella se quedó tranquila y serena.

—¿Confía usted en él?

—No importa —dijo Mark—. Henrik tiene razón. El maestre confiaba en él, y eso es lo que cuenta. Aunque el buen hermano pueda ser irritante.

Casiopea no insistió en el tema, pero en sus cejas estaba escrito la sombra de un motín. Y Malone no estaba necesariamente en desacuerdo con su impulso.

Dirigió de nuevo su atención a la mesa y contempló fijamente las fotografías tomadas en la iglesia de María Magdalena. Observó el jardín con la estatua de la Virgen y las palabras MISIÓN 1891 y PENITENCIA, PENITENCIA grabadas en la cara de la invertida columna visigoda. Repasó las fotos en primer plano de las estaciones del Vía Crucis, deteniéndose un momento en la estación n.º 10, en la que un soldado romano se estaba jugando la túnica de Cristo, los números, tres, cuatro y cinco visibles en las caras de los dados. Luego hizo una pausa en la estación 14, que mostraba el cuerpo de Cristo trasladado al amparo de la oscuridad por dos hombres.

Recordó lo que Mark había dicho en la iglesia, y no pudo dejar de preguntarse: ¿Iban *hacia* la tumba o *salían* de ella?

Movió negativamente la cabeza.

¿Qué demonios estaba sucediendo?

XLIX

5:30 PM

De Roquefort encontró el yacimiento arqueológico de Givors, que estaba claramente señalado en el mapa Michelin, y se acercó con cierta precaución. No quería anunciar su presencia. Aunque Malone y compañía no estuvieran allí, Casiopea Vitt le conocía. De manera que al llegar ordenó al conductor que cruzara lentamente a través de un campo cubierto de hierba que servía de aparcamiento, hasta encontrar el Peugeot del modelo y el color que recordaba, con una etiqueta adhesiva en el parabrisas indicando que era de alquiler.

—Están aquí —dijo—. Aparca.

El conductor hizo lo que le mandaban.

—Iré a explorar —les dijo a los otros dos hermanos y a Claridon—. Esperad aquí y manteneos fuera de la vista.

Bajó del coche. Era a última hora de la tarde, y el disco color sangre de sol veraniego iba desapareciendo gradualmente por encima de las paredes de arenisca que los rodeaban. Hizo una profunda inspiración y saboreó el fresco y tenue aire, que le recordaba la abadía. Evidentemente habían ganado altitud.

Un rápido examen visual le permitió descubrir un sendero bordeado de árboles sumido en largas sombras, y decidió que aquella dirección parecía la mejor, pero permaneció fuera del sendero, caminando entre los altos árboles, sobre un tapiz de flores y brezo que alfombraba el suelo color violeta. La tierra de los alrededores había sido antaño propiedad templaria. Una de las mayores encomiendas de los Pirineos había ocupado la cima de un cercano promontorio. De hecho era un arsenal, uno de los diversos lugares donde los hermanos trabajaban día y noche elaborando las armas de la orden. Conocía aquella gran destreza que había conseguido unir madera, cuero y metal para crear unos escudos que no se podían hender fácilmente. Pero la espada había sido el verdadero amigo del hermano caballero. Los barones con frecuencia amaban a sus espadas más que a sus esposas, y trataban de conservar la misma durante toda la vida. Los hermanos albergaban una pasión similar, que la regla alentaba. Si se esperaba de un hombre que ofrendara su vida, lo menos que podía hacerse era dejarle llevar el arma de su elección. Las espadas templarias, sin embargo, no eran como las de los barones. Nada de empuñaduras adornadas con oro, o engastadas con perlas. Nada de pomos de cristal que contuvieran reliquias. Los hermanos caballeros no necesitaban de tales talismanes, ya que su fuerza procedía de su devoción a Dios y la obediencia de la regla. Su compañero había sido su caballo, siempre un animal rápido e inteligente. A cada caballero se le asignaban tres monturas, que eran alimentadas, almohazadas y ataviadas a diario. Los caballos fueron uno de los recursos por los que la orden prosperó, y los pura-sangres, los palafrenes y especialmente los corceles respondían al afecto de los hermanos caballeros con una incomparable lealtad. Había leído la historia de un hermano que regresó al hogar desde una de las Cruzadas y no fue abrazado por su padre, pero sí fue instantáneamente reconocido por su fiel semental.

Y los caballos eran siempre sementales.

Montar una yegua era impensable. ¿Qué era lo que había dicho un caballero? «La mujer con la mujer.»

Siguió andando. El olor a moho y humedad de las ramitas caídas estimuló su imaginación, y casi le pareció oír los pesados cascos que antaño habían aplastado los tiernos musgos y flores. Trató de oír algún sonido, pero interfería el chasquido de los grillos. Estaba atento a la vigilancia electrónica, pero hasta el momento no había percibido ninguna señal. Continuó su camino a través de los altos pinos, separándose del sendero, adentrándose en el bosque. Sentía calor en la piel, y el sudor le goteaba de la frente. Allá arriba, el viento gemía entre las grietas de las rocas.

Monjes guerreros, en eso se convirtieron los hermanos.

Le gustaba aquel término.

El propio San Bernardo de Clairvaux justificaba toda la existencia de los templarios glorificando la matanza de los infieles. «Ni el dar la muerte ni el morir, cuando se hace por el amor de Cristo, contiene nada criminal, sino más bien merece gloriosa recompensa. El soldado de Cristo mata con seguridad y muere de la forma más segura. No lleva la espada sin motivo. Es el instrumento de Dios para el castigo de los malvados y para la defensa de los justos. Cuando mata a malvados, no es un homicida, sino un malicida, y se le considera un ejecutor legal de Cristo.»

Se sabía bien esas palabras. Se enseñaban a todos los novicios. Las había repetido en su mente mientras veía morir a Lars Nelle, Ernest Scoville y Peter Hansen. Todos eran herejes. Hombres que se interponían en el camino de la orden. Ahora había algunos nombres más que añadir a esa lista. Los de los hombres y mujeres que ocupaban el *château* que aparecía ente él, más allá de los árboles, en una resguardada hondonada entre una sucesión de riscos rocosos.

Había sabido cosas del *château* gracias a la información que había ordenado reunir antes de salir de la abadía. Antaño residencia real en el siglo XVI, una de las múltiples casas de Catalina de Médicis, había escapado a la destrucción durante la Revolución gracias a su aislamiento. De manera que seguía siendo un monumento al Renacimiento, una pintoresca masa de torretas, agujas y tejados perpendiculares. Casiopea Vitt era evidentemente una mujer adinerada. Mansiones como ésta requerían grandes sumas de dinero para comprarlas y mantenerlas, y él dudaba de que ella realizara visitas guiadas aquí como una forma de complementar sus ingresos. No, ésta era la residencia privada de un alma reservada, un alma que por tres veces había interferido en su aventura. Un alma que debía ser vigilada.

Pero él también necesitaba los dos libros que Mark Nelle poseía.

De modo que ni hablar de actos precipitados.

El día estaba cayendo rápidamente, y profundas sombras empezaban ya a engullir el *château*. Su mente barajaba todas las posibilidades.

Tenía que estar seguro de que estaban todos dentro. Su actual posición estaba demasiado cerca. Pero descubrió un pequeño grupo de hayas a unos doscientos metros de distancia que proporcionaría una vista despejada de la puerta principal.

Tenía que suponer que esperaban su llegada. Después de lo que había pasado en la casa de Lars Nelle, seguramente sabían que Claridon estaba trabajando para él. Pero quizás no suponían que fuera a llegar tan pronto. Lo cual era estupendo. Necesitaba regresar a la abadía. Lo estaban esperando. Se había convocado un consejo que exigía su presencia.

Decidió dejar a los dos hermanos en el coche para que vigilaran. Eso sería suficiente por ahora.

Pero volvería.

L

Stephanie no podía recordar la última vez que ella y Mark se habían sentado a hablar. Quizás desde que él era un adolescente. Así de profunda era la sima que se interponía entre ellos.

Ahora se habían retirado a una sala en lo alto de una de las torres del *château*. Antes de sentarse, Mark había abierto cuatro ventanas, permitiendo que el penetrante aire del atardecer los refrescara.

—Lo creas o no, pienso en ti y en tu padre cada día. Amaba a tu padre. Pero en cuanto se tropezó con la historia de Rennes, su atención se desvió completamente. Este asunto se convirtió en su obsesión. Y en aquella época, eso me ofendió.

—Eso puedo comprenderlo. De veras. Lo que no entiendo es por qué le obligaste a elegir entre tú y lo que él consideraba importante.

Su tono acerado la hirió, y tuvo que obligarse a conservar la calma.

—El día que lo enterramos, me di cuenta de lo equivocada que había estado. Pero no podía hacer que volviera.

—Aquel día sentí odio hacia ti.

—Lo sé.

—Sin embargo tú te limitaste a huir a casa y me dejaste en Francia.

—Pensé que era donde tú deseabas estar.

—Así era. Pero durante los últimos cinco años he tenido un

405

montón de tiempo para reflexionar. El maestre fue mi guía, aunque sólo ahora me doy cuenta de lo que quería decir con muchos de sus comentarios. En el Evangelio de santo Tomás, Jesús dice: «El que no odia a su padre y a su madre como yo no puede ser mi discípulo.» Y luego dice: «El que no ama a su padre y a su madre como yo no puede ser mi discípulo.» Estoy empezando a comprender estas afirmaciones contradictorias. Yo te odiaba, madre.

—Pero ¿me amas también?

El silencio se alzó entre ellos, y eso le desgarró el corazón a la mujer.

Finalmente él dijo:

—Eres mi madre.

—Eso no es una respuesta.

—Es todo lo que vas a conseguir.

Su cara, al igual que la de Lars, era un compendio de sentimientos encontrados. Ella no insistió. Su oportunidad de exigir algo había pasado hacía mucho tiempo.

—¿Sigues siendo la jefa del Magellan Billet? —preguntó Mark.

Ella agradeció el cambio de tono.

—Por lo que yo sé, todavía. Pero probablemente he tentado la suerte los últimos días. Cotton y yo no hemos pasado inadvertidos.

—Parece un buen hombre.

—El mejor. Yo no quería implicarle, pero él insistió. Trabajó para mí mucho tiempo.

—Es bueno tener amigos así.

—Tú tienes uno también.

—¿Geoffrey? Es más mi oráculo que un amigo. El maestre le hizo jurar lealtad hacia mí. ¿Por qué? No lo sé.

—Te defendería con su vida. Eso está claro.

—No estoy acostumbrado a que la gente sacrifique su vida por mí.

Stephanie recordó lo que el maestre había dicho en su nota dirigida a ella, sobre que Mark no poseía la resolución para terminar sus batallas. Le contó exactamente lo que el maestre había escrito. Él escuchaba en silencio.

—¿Qué habrías hecho si te hubieran elegido maestre? —quiso saber ella.

—Una parte de mí se alegró de haber perdido.

Ella estaba asombrada.

—¿Por qué?

—Soy profesor de universidad, no un líder.

—Eres un hombre que está en medio de un conflicto importante. Un conflicto que otros hombres esperan ver resuelto.

—El maestre tenía razón sobre mí.

Ella le miró con no disimulada consternación.

—Tu padre se avergonzaría de oírte decir eso.

Esperó que su ira estallara, pero Mark guardó silencio, y ella pudo oír el chasquido producido por los insectos de fuera.

—Probablemente he matado a un hombre hoy —dijo Mark con un susurro—. ¿Cómo se habría sentido papá por eso?

Ella había estado esperando que lo mencionara. Mark no había dicho una palabra sobre lo que había sucedido desde que salieron de Rennes.

—Cotton me lo contó. No tenías elección. Al hombre se le ofreció una opción, y decidió desafiarte.

—Vi cómo caía rodando. Es extraña esa sensación que pasa por tu cuerpo al saber que acabas de quitar una vida.

Ella esperó a que se explicara.

—Me sentía contento de que el gatillo se hubiera encallado, pues yo había sobrevivido. Pero otra parte de mí estaba abochornada porque el otro hombre no.

—La vida es una elección tras otra. Él eligió equivocadamente.

—Tú haces eso todos los días, ¿verdad? Tomar esa clase de decisiones...

—Todos los días.

—Mi corazón no es lo bastante fuerte para eso.

—¿Y el mío sí?

La ofendía su suposición.

—Dímelo tú, madre.

—Hago mi trabajo, Mark. Aquel hombre eligió su destino; no tú.

—No. De Roquefort lo eligió. Le envió a aquel precipicio sabiendo que habría un enfrentamiento. Él hizo la elección.

—Y ése es el problema con tu orden, Mark. La lealtad ciega no es cosa buena. Ningún país, ningún ejército, ningún líder, que insistiera en semejante estupidez, ha sobrevivido jamás. Mis agentes toman sus propias decisiones.

Transcurrió un momento de tenso silencio.

—Tienes razón —murmuró él finalmente—. Papá se habría avergonzado de mí.

Ella decidió arriesgarse.

—Mark, tu padre se fue. Lleva muerto mucho tiempo. Para mí, tú lo has estado durante cinco años. Pero ahora estás aquí. ¿No hay lugar en tu interior para el perdón?

Su súplica estaba impregnada de esperanza.

Él se levantó de la silla.

—No, madre, no lo hay.

Y salió de la habitación.

✠

Malone había buscado refugio fuera del *château*, bajo una sombreada pérgola cubierta de verdor. Sólo los insectos perturbaban su tranquilidad, y se dedicó a observar cómo los murciélagos revoloteaban a través del cada vez más oscuro cielo. Un poco antes, Stephanie le había llevado aparte para contarle que una llamada suya a Atlanta, pidiendo un completo dossier sobre su anfitriona, había revelado que el nombre de Casiopea Vitt no aparecía en ninguna de las bases de datos sobre terroristas que mantenía el gobierno de Estados Unidos. Su historia personal era corriente, aunque la mujer era medio musulmana, y eso, en estos tiempos, significaba una bandera roja de alerta. Era propietaria de una corporación multinacional, con sede en París, que realizaba operaciones comerciales en muchos campos, y tenía recursos del orden de miles de millones de euros. Su padre había fundado la compañía y ella heredó el control, aunque no se implicaba mucho en sus operaciones diarias. Era también la presidenta de una fundación holandesa que trabajaba en estrecha cooperación con Naciones Unidas en la lucha internacional contra el sida y el hambre en el mundo, particularmente en África. Ningún gobierno extranjero la consideraba una amenaza.

Pero Malone no estaba seguro.

Nuevas amenazas surgían a diario, y de los lugares más extraños.

—Le veo muy ensimismado.

Levantó la mirada, descubriendo a Casiopea más allá de la pérgola. La mujer llevaba una ropa de montar negra ajustada que le sentaba muy bien.

—Pues estaba pensando en usted.

—Me siento halagada.

—Yo no lo estaría. —Malone hizo un gesto señalando su indumentaria—. Me estaba preguntando adónde iba.

—Trato de montar un poco cada mañana. Me ayuda a pensar.

Penetró en el cercado.

—Hice construir esto hace años como un tributo hacia mi madre. A ella le encantaba el aire libre.

Casiopea se sentó en un banco frente a él. Malone comprendió que había un propósito en su visita.

—Vi antes que tenía usted sus dudas sobre todo esto. ¿Es porque se niega a cuestionar su Biblia cristiana?

Malone no quería realmente hablar de ello, pero Casiopea parecía ansiosa.

—En absoluto. Es porque *usted* decidió cuestionar la Biblia. Parece que todo el mundo implicado en esta búsqueda tiene intereses personales. Usted, De Roquefort, Mark, Saunière, Lars, Stephanie. Hasta Geoffrey, que es un poquito raro, por decir algo, tiene sus planes.

—Deje que le diga algunas cosas y quizás verá que esto no es personal. Al menos, en mi caso.

Malone lo dudaba, pero quería oír lo que ella tenía que decir.

—¿Sabía usted que en toda la historia sólo se han encontrado los restos de un hombre crucificado en Tierra Santa?

No lo sabía.

—La crucifixión era ajena a los judíos. Lapidaban, quemaban, decapitaban o estrangulaban para ejecutar la pena capital. La ley mosaica sólo permitía que un criminal que ya hubiera sido ejecutado colgara de un madero como un castigo *adicional*.

—«Porque el que es colgado es maldecido por Dios» —dijo, citando el Deuteronomio.

—Veo que conoce usted el Antiguo Testamento.

—Tenemos un poco de cultura allá en Georgia.

Ella sonrió.

—Pero la crucifixión era una forma corriente de ejecución

romana. Varro, en el año 4 antes de Cristo, crucificó a más de dos mil. Floro, en el 66, mató a cerca de cuatro mil. Tito en el año 70 ejecutó a cinco mil en un día. Sin embargo, sólo se han hallado los restos de un único crucificado. Eso fue en 1968, justo al norte de Jerusalén. Los huesos databan del siglo primero, lo cual causó revuelo en un montón de gente. Pero el muerto no era Jesús. Se llamaba Yehochanan, medía en torno al metro y sesenta y siete y tendría entre veinticuatro y veinticinco años. Sabemos eso por la información escrita en su osario. Además, había sido atado a la cruz, no clavado, y no tenía rota ninguna de sus piernas. ¿Comprende usted la importancia de ese detalle?

Sí lo comprendía.

—Por asfixia, así es como uno moría en la cruz. La cabeza acababa por caer hacia delante, y se producía la privación de oxígeno.

—La crucifixión era una humillación pública. Las víctimas no deberían morir demasiado pronto. Para retrasar la muerte, se colocaba un trozo de madera bajo el cuerpo para poder sentar a la víctima en él, o un calzo en los pies sobre el que pudiera apoyarse. De esa forma, el acusado podía sostenerse y respirar. Al cabo de unos días, si la víctima no había agotado sus fuerzas, los soldados le rompían las piernas. De esa manera, ya no podía seguir apoyándose. La muerte llegaba rápidamente después.

Malone recordó los Evangelios.

—Una persona crucificada no podía deshonrar el Sabbath. Los judíos querían que los cuerpos de Jesús y los dos criminales ejecutados con Él fueran bajados al crepúsculo. De manera que Pilatos ordenó que se les rompieran las piernas a los dos criminales.

Ella asintió.

—«Pero cuando llegaron al lado de Jesús y vieron que ya estaba muerto, no le quebraron las piernas.» Eso es de Juan. Siempre me he preguntado por qué Jesús murió tan rápidamente. Sólo llevaba colgado unas pocas horas. Generalmente, se tardaba días en morir. ¿Y por qué los soldados romanos no le rompieron las piernas de todos modos, sólo para asegurarse de que moría? En vez de ello, dice Juan, le atravesaron el costado con una lanza y de la herida salió sangre y agua. Pero Mateo, Marcos y Lucas no mencionan este hecho.

—¿Qué quiere usted decir con eso?

—De las decenas de miles que fueron crucificados, sólo se han encontrado los restos de uno de ellos. Y la razón es sencilla. En tiempos de Jesús, el entierro era considerado un honor. No existía mayor horror que el que tu cuerpo fuera abandonado a los animales. Todos los castigos supremos de Roma (ser quemado vivo, arrojado a las bestias o la crucifixión) tenían algo en común. No quedaba ningún cuerpo para enterrar. Las víctimas de la crucifixión eran dejadas colgando para que las aves las picotearan hasta dejar limpios sus huesos, y luego lo que quedaba era arrojado a una fosa común. Sin embargo, los cuatro Evangelios están de acuerdo en que Jesús murió en la novena hora, las tres de la tarde, y luego fue bajado de la cruz y enterrado.

Malone empezaba a comprender.

—Los romanos no habrían hecho eso.

—Ahí es donde la historia se complica. Jesús fue condenado a muerte, con el Sabbath a unas pocas horas. Sin embargo ordenaron que muriera por crucifixión, una de las maneras más lentas de matar a una persona. ¿Cómo podía pensar alguien que estuviera muerto antes del crepúsculo? El Evangelio de Marcos cuenta que hasta Pilatos se sorprendió de una muerte tan rápida, y le preguntó al centurión si todo estaba en orden.

—Pero ¿no fue torturado Jesús antes de ser clavado a la cruz?

—Jesús era un hombre fuerte en la flor de la vida. Estaba acostumbrado a recorrer grandes distancias bajo el calor. Sí, sufrió los azotes. Según la ley, debía recibir treinta y nueve latigazos. Pero en ninguna parte de los Evangelios se dice que le administraran realmente ese número. Y, después de su tormento, se sentía aún, al parecer, lo bastante fuerte para dirigirse a sus acusadores de una manera enérgica. De manera que existen pocas pruebas de que estuviera débil. Con todo, muere al cabo de tres horas solamente (sin que le hubieran roto las piernas) tras haber sido supuestamente alanceado en el costado.

—La profecía del Éxodo. Juan habla de ella en su Evangelio. Dice que todas estas cosas sucedieron para que se cumpliera la Escritura.

—El Éxodo habla de las restricciones de la Pascua y de que no se puede sacar ninguna clase de carne fuera de la casa. Tenía que ser comida en su interior, *sin romper los huesos*. Eso nada tiene que ver con Jesús. La referencia de Juan es un débil intento de continuidad con el Antiguo Testamento. Por supuesto, como he dicho, los otros tres Evangelios no mencionan en ningún momento lo de la lanza.

—Me imagino que lo que quiere usted decir, entonces, es que los Evangelios no son veraces.

—Ninguna información contenida en ellos tiene sentido. Están en contradicción, no sólo con ellos mismos, sino con la historia, la lógica y la razón. Nos hacen creer que un hombre crucificado, sin que le rompan sus piernas, muere al cabo de tres horas, y entonces se le permite el honor de ser enterrado. Por supuesto, desde un punto de vista religioso, tiene perfecto sentido. Los primeros teólogos trataban de atraer seguidores. Necesitaban elevar a Jesús de la categoría de hombre a la de Cristo Dios. Los evangelistas escribieron en griego y habrían conocido la historia helénica. Osiris, el consorte de la diosa Isis, murió a manos de Seth en un viernes, y luego resucitó tres días más tarde. ¿Por qué no Cristo también? Desde luego, para que Cristo se alzara de entre los muertos, tendría que haber habido un cuerpo identificable. Unos huesos pelados por los pájaros, y arrojados a una fosa común, no lo habrían sido. De ahí el entierro.

—¿Eso era lo que Lars Nelle estaba tratando de probar? ¿Que Cristo no se alzó de entre los muertos?

Ella hizo un gesto negativo con la cabeza.

—No tengo ni idea. Todo lo que sé es que los templarios saben cosas. Cosas importantes. Lo suficiente para transformar una banda de nueve oscuros caballeros en una fuerza internacional. El conocimiento fue lo que alimentó su expansión. El conocimiento que Saunière redescubrió. Yo quiero ese conocimiento.

—¿Y cómo podría haber ninguna prueba de nada, de un modo u otro?

—Tiene que haberla. Ya ha visto usted la iglesia de Saunière. Dejó un montón de pistas, y todas apuntan en la misma dirección. Debe de haber algo ahí... lo suficiente para convencerle a él de que debía seguir animando a los templarios en su búsqueda.

—Estamos soñando —dijo Malone.

—¿Seguro?

Malone observó que finalmente la tarde se había disuelto en la oscuridad, y las colinas y bosques que los rodeaban formaban una masa compacta.

—Tenemos compañía —susurró Casiopea.

Él esperó a que la mujer se explicara.

—Durante mi paseo a caballo, me dirigí a uno de los promontorios. Allí divisé a dos hombres. Uno al norte, el otro al sur. Vigilando. De Roquefort le ha encontrado.

—No pensaba que el truco con el chivato lo retrasara mucho tiempo. Debió de suponer que vendríamos aquí. Y Claridon le habría mostrado el camino. ¿La vieron a usted?

—Lo dudo. Fui muy cuidadosa.

—Esto podría ser peligroso.

—De Roquefort es un hombre con prisa. Es impaciente, particularmente si se siente engañado.

—¿Se refiere usted al diario?

Ella asintió.

—Claridon se dará cuenta de que está lleno de errores.

—Pero De Roquefort nos encontró. Estamos a un paso de él.

—Debe de saber muy poco. Por lo demás, ¿por qué preocuparse? Simplemente utiliza sus recursos y busca por sí mismo. No, él nos necesita.

Sus palabras tenían sentido, como todo lo demás que ella decía.

—Salió usted a caballo esperando encontrarlos, ¿no?

—Pensé que me estaban vigilando.

—¿Siempre se muestra tan suspicaz?

Ella se dio la vuelta para quedarse de frente.

—Sólo cuando la gente tiene intención de hacerme daño.

—Me imagino que habrá usted considerado alguna línea de acción.

—Oh, sí. Tengo un plan.

LI

De Roquefort estaba sentado ante el altar en la capilla principal, ataviado una vez más con su manto blanco. Los hermanos llenaban los bancos delante de él, cantando unas palabras que databan del Inicio. Claridon se encontraba en los archivos, examinando documentos. El maestre había dado instrucciones al archivero de que permitiera al pícaro loco el libre acceso a todo lo que pidiera... pero también que mantuviera una estrecha vigilancia sobre él. El informe procedente de Givors era que el *château* de Casiopea Vitt parecía dormido por la noche. Un hermano vigilaba desde delante, el otro por detrás. De modo que, como era poco lo que se podía hacer, decidió atender a sus deberes.

Una nueva alma iba a ser recibida en la orden.

Setecientos años atrás, cualquier iniciado hubiera sido de nacimiento legítimo, libre de deudas y físicamente apto para librar combates. La mayoría eran solteros, pero también se había permitido la condición honorífica a casados. Los criminales no constituían un problema, así como tampoco los excomulgados. A ambos se les permitía la redención. El deber de todo maestre había sido asegurarse de que la hermandad crecía.

La regla era clara: «Si cualquier caballero secular desea dejar la masa de gente caída en la perdición y abandonar este siglo, no se le negará el ingreso.» Pero eran las palabras de san Pablo las que habían formado la norma moderna de la iniciación: «Acoge al espíritu si procede de Dios.» Y el candidato que se arrodillaba ante él representaba su primer intento de ejecutar este mandato. Le disgustaba que semejante ceremonia gloriosa tuviera que celebrarse en plena noche tras unas puertas cerradas. Pero ése era el estilo de la orden. Su legado, el de De Roquefort —lo que él quería que apareciera anotado en las Crónicas mucho después de su muerte—, sería un retorno a la luz del día.

Los cánticos se detuvieron.

Se levantó del sillón de roble que había servido desde el Inicio de posición preeminente del maestre.

—Buen hermano —le dijo al candidato, que estaba arrodillado ante él, las manos sobre una Biblia—, pides una cosa grande. De nuestra orden, tú sólo ves una fachada. Nosotros vivimos en esta resplandeciente abadía, comemos y bebemos bien. Tenemos ropa, medicinas, educación y realización espiritual. Pero vivimos bajo unos severos mandamientos. Es duro convertirse en el siervo de otro. Si deseas dormir, tal vez te despierten. Si estás levantado, quizás te ordenen que te eches. Quizás no desees ir a donde te manden, pero tendrás que hacerlo. Difícilmente harás nada de lo que deseas. ¿Podrás soportar todas esas privaciones?

El hombre, de una edad próxima a los treinta años, con el cabello ya cortado, y su pálida cara recién afeitada, levantó la mirada y dijo:

—Sufriré todo aquello que agrade al Señor.

Sabía que el candidato era alguien típico. Había sido hallado en la universidad años atrás, y uno de los preceptores de la orden había vigilado los progresos del hombre mientras se informaba de su árbol genealógico e historia personal. Cuantas menos ataduras, mejor: por suerte, el mundo abundaba en almas a la deriva. Finalmente, se establecía el contacto directo, y, si el individuo se mostraba receptivo, era poco a poco iniciado en la regla, y se le hacían las preguntas realizadas a los candidatos durante siglos. ¿Estaba casado? ¿Comprometido? ¿Había hecho algún voto o adquirido un compromiso con alguna otra orden religiosa? ¿Tenía deudas que no podía pagar? ¿Alguna enfermedad oculta? ¿Estaba agradecido a algún hombre o mujer por alguna razón?

—Buen hermano —le dijo De Roquefort al candidato—, en

nuestra compañía, no debes buscar riquezas, ni honor, ni nada material. En vez de ello, debes buscar tres cosas. Primera, renuncia y rechazo a los pecados del mundo. Segunda, vivir al servicio de nuestro Señor. Y tercera, ser pobre y penitente. ¿Prometes a Dios y a Nuestra Señora que durante todos los días de tu vida obedecerás al maestre de este Templo? ¿Que vivirás en castidad, y sin tener propiedad personal? ¿Que observarás las costumbres de esta casa? ¿Que nunca abandonarás esta orden, ni por decisión o por debilidad, ni en los tiempos malos ni en los buenos?

Estas palabras habían sido usadas desde el Inicio, y De Roquefort recordaba cuando le habían sido dirigidas a él, treinta años antes. Aún podía sentir la llama que se había encendido en su interior... un fuego que ahora quemaba con violenta intensidad. Ser un templario era importante. Significaba algo. Y estaba decidido a asegurarse de que cada candidato que vistiera el hábito durante su mandato comprendiera esa devoción.

Se enfrentó al hombre arrodillado.

—¿Qué dices tú, hermano?

—Por amor a Dios, lo haré.

—¿Comprendes que se te puede exigir la vida?

Y después de lo que había ocurrido los últimos días, esta pregunta parecía aún más importante.

—Sin duda.

—¿Y por qué ofrecerías tu vida por nosotros?

—Porque mi maestre lo ordene.

La respuesta correcta.

—¿Y harías esto sin objeción?

—Poner objeciones sería violar la regla. Mi tarea es obedecer.

De Roquefort hizo un gesto al pañero, que sacó de un cofre de madera un largo trozo de tela de sarga.

—Levántate —le dijo al candidato.

El joven se puso de pie, ataviado con un hábito de lana negro que cubría su delgado cuerpo de la cabeza a los pies desnudos.

—Quítate el hábito —le dijo, y el joven se sacó la prenda por la cabeza.

Debajo, el candidato iba vestido con una camisa blanca y pantalones negros.

El pañero se acercó con la tela y se mantuvo de pie a su lado.

—Te has quitado el sudario del mundo material —explicó De Roquefort—. Ahora te abrazamos con la tela de nuestra hermandad y celebramos tu renacimiento como un hermano de la orden.

Hizo un gesto y el pañero se adelantó y envolvió al candidato con la tela. De Roquefort había visto a muchos hombres llorar en este momento. Él mismo había tenido que esforzarse para contener sus emociones cuando la misma tela le envolvió en el pasado. Nadie sabía cuál era la antigüedad de ese sudario, pero había permanecido reverentemente en el cofre de la iniciación desde el Inicio. Conocía bien la historia de una de las primeras telas. Había sido usada para envolver a Jacques de Molay después de que el maestre fuera clavado a una puerta en el Temple de París. De Molay había permanecido echado dentro de la tela durante dos días, incapaz de moverse por sus heridas, demasiado débil para levantarse incluso. Mientras estaba así, las bacterias y los productos químicos de su cuerpo habían manchado las fibras y generado una imagen, que cincuenta años más tarde empezó a ser venerada por crédulos cristianos como el cuerpo de Cristo.

Siempre había considerado eso muy apropiado.

El maestre de los Caballeros del Temple —la cabeza de una supuesta orden herética— se convertía en el molde a partir del cual todos las posteriores aristas reproducían la cara de Cristo.

Levantó los ojos para mirar a la asamblea.

—Tenéis ante vosotros a nuestro más reciente hermano. Lleva el sudario que simboliza el renacimiento. Es un momento que todos hemos experimentado, un momento que nos une a todos nosotros. Cuando me elegisteis como maestre, os prometí un nuevo día, una nueva orden, una nueva dirección. Os dije que, en el futuro, dejaría de haber unos pocos que supieran más que muchos. Os prometí que encontraría nuestro Gran Legado.

Dio un paso adelante.

—En nuestros archivos, en este momento, se encuentra un hombre que posee el conocimiento que necesitamos. Por desgracia, mientras nuestro anterior maestre no hacía nada, otros, ajenos a la orden, han estado buscando. Yo personalmente seguí sus esfuerzos, observé y estudié sus movimientos, esperando la hora en que nos uniríamos a esa búsqueda. —Hizo una pausa—. Ese momento ha llegado. Tengo a algunos hermanos más allá de estas paredes que están buscando en este momento, y les seguirán algunos más de vosotros.

Mientras hablaba, dejó que su mirada se desviara a través de la iglesia hacia el capellán. Éste era un italiano de semblante solemne, el prelado jefe, el clérigo ordenado de más alto rango de la orden. El capellán dirigía a los sacerdotes, aproximadamente una tercera parte de los hermanos, hombres que escogían una vida dedicada solamente a Cristo. Las palabras del capellán tenían mucho peso, especialmente dado que el hombre hablaba muy poco. Al principio, en el momento de reunirse el consejo, el capellán había expresado en voz alta su preocupación por las recientes muertes.

—Se está usted moviendo demasiado deprisa —declaró el capellán.

—Estoy haciendo lo que la orden desea.

—Está haciendo lo que usted desea.

—¿Hay alguna diferencia?

—Habla usted como el antiguo maestre.

—En ese aspecto tenía razón. Y aunque yo estaba en desacuerdo con él en muchísimas cosas, le obedecía.

Se sentía ofendido por la franqueza del joven, especialmente delante del consejo, pero era consciente de que había muchos hermanos que respetaban al capellán.

—¿Qué quería usted que hiciera?

—Preservar la vida de los hermanos.

—Los hermanos saben que pueden ser llamados a entregar su vida.

—Esto no es la Edad Media. No estamos librando una cruzada. Estos hombres se han consagrado a Dios y jurado su obediencia a usted como prueba de su devoción. No tiene usted derecho a quitarles la vida.

—Trato de encontrar nuestro Gran Legado.

—¿Con qué fin? Hemos podido pasar sin él durante setecientos años. No es importante.

De Roquefort se sintió escandalizado.

—¿Cómo puede usted decir semejante cosa? Es nuestra herencia.

—¿Y qué podría significar eso hoy?

—Nuestra salvación.

—Ya estamos salvados. Los hombres de aquí poseen todos unas almas buenas.

—Esta orden no se merece el destierro.

—Nuestro destierro es autoimpuesto. Estamos contentos con él.

—Yo no.

—Ésta es su lucha, no la nuestra.

Su ira iba creciendo.

—No tengo intención de ser desafiado.

—Maestre, aún no hace una semana, y se ha olvidado ya de dónde vino.

Mirando fijamente al capellán, intentó penetrar los rasgos de la rígida cara. Pensaba hacer lo que había dicho. No iba a ser desafiado. El Gran Legado tenía que ser hallado. Y las respuestas estaban con Royce Claridon y con aquellos que se encontraban ante el *château* de Casiopea Vitt.

De manera que ignoró la inescrutable mirada del capellán y se concentró en la multitud que estaba sentada ante él.

—Hermanos, recemos por el éxito.

LII

1:00 AM

Malone se encontraba en Rennes, paseando por el interior de la iglesia de María Magdalena. Los detalles chillones le producían la misma sensación de incomodidad. La nave estaba vacía, salvo por un hombre que estaba de pie ante el altar, vestido con casulla. Cuando el hombre se dio la vuelta, el rostro le resultó familiar.

Bérenger Saunière.

—¿Por qué está usted aquí? —preguntó Saunière con una voz estridente—. Ésta es mi iglesia. Mi creación. De nadie más. Sólo mía.

—¿Y cómo es que es suya?

—Yo corrí el riesgo. Sólo yo.

—¿Riesgo de qué?

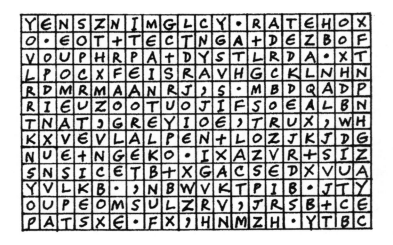

—Aquellos que desafían al mundo siempre corren riesgos.

Entonces observó un agujero abierto en el suelo, justo delante del altar, y unos escalones que conducían a la oscuridad.

—¿Qué hay ahí? —preguntó.

—El primer escalón en el camino de la verdad. Dios bendiga a todos aquellos que han guardado esa verdad. Dios bendiga su generosidad.

La iglesia que lo rodeaba repentinamente se desvaneció y se encontró en medio de una plaza arbolada que se extendía ante la embajada de Estados Unidos de Ciudad de México. La gente corría en todas direcciones, y los sonidos de los cláxones, el rechinar de los neumáticos y el rugir de los motores diésel no paraban de crecer.

Entonces se oyeron disparos.

Procedían de un coche que había frenado hasta detenerse. De él salían unos hombres. Disparaban contra una mujer de mediana edad y un joven diplomático danés que estaba disfrutando de su almuerzo en la sombra. Los infantes de Marina que guardaban la embajada reaccionaron, pero estaban demasiado lejos.

Él echó mano de su arma y disparó.

Cayeron cuerpos al pavimento. La cabeza de Cai Thorvaldsen reventó cuando las balas que iban dirigidas contra la mujer le dieron a él. Malone disparó a los dos hombres que habían iniciado el tiroteo, y entonces sintió que una bala le rasgaba el hombro.

El dolor hería sus sentidos.

Manaba sangre de la herida.

Se tambaleó, pero consiguió disparar a su atacante. La bala penetró en la oscura cara, que nuevamente se convirtió en la de Bérenger Saunière.

—¿Por qué me disparó usted? —preguntó con calma Saunière.

Aparecieron las paredes de la iglesia reformada y las estaciones del Vía Crucis. Malone vio un violín sobre uno de los bancos. Un plato de metal descansaba sobre las cuerdas. Saunière flotó y esparció arena sobre el plato. Entonces deslizó un arco por las cuerdas y, cuando sonaron unas agudas notas, la arena se dispuso ella sola en un dibujo distinto.

Saunière sonreía.

—Cuando el plato no vibra, la arena permanece inmóvil. Si

cambia la vibración, se crea otro dibujo. Uno diferente cada vez.

La estatua del sonriente Asmodeo cobraba vida, y la forma diablesca abandonaba la pila de agua bendita de la puerta principal y se dirigía hacia él.

—Es terrible este lugar —decía el demonio.

—No eres bienvenido aquí —gritaba Saunière.

—Entonces, ¿por qué me incluiste?

Saunière no respondía. Otra figura emergió de las sombras. Era el hombrecillo del hábito de monje de *Leyendo las reglas de la caridad*. Seguía con el dedo en los labios, indicando silencio, y transportaba el taburete en el que aparecía escrito ACABOCE Aº 1681.

El dedo se apartaba y el hombrecillo decía:

—Yo soy el alfa y el omega, el comienzo y el fin.

Entonces el hombrecillo se desvanecía.

Aparecía una mujer, su cara oculta, vestida con ropas oscuras, sin adornos.

—Usted conoce mi tumba —decía.

Marie d'Hautpoul de Blanchefort.

—¿Tiene usted miedo a las arañas? —preguntaba—. No le harán daño.

Sobre su pecho aparecían números romanos, brillantes como el sol. LIXLIXL. Bajo los símbolos se materializaba una araña, el mismo dibujo de la lápida sepulcral de Marie. Entre sus tentáculos había siete puntos. Pero los dos espacios próximos a la cabeza estaban vacíos. Con el dedo, Marie trazaba una línea desde su cuello, por el pecho, a través de las resplandecientes letras, hasta la imagen de la araña. Y aparecía una flecha allí donde habían estado sus dedos.

La misma flecha de dos puntas de la lápida sepulcral.

Él estaba flotando. Alejándose de la iglesia. A través de las paredes, saliendo al patio y al jardín de flores, donde la estatua de la Virgen se levantaba sobre la columna visigótica. La piedra ya no tenía aquel color gris deslustrado por el tiempo y el clima. En vez de ello, brillaban las palabras PENITENCIA, PENITENCIA y MISIÓN 1891.

Asmodeo reaparecía. El demonio decía:

—Con este signo lo vencerás.

Ante la columna visigótica se encontraba el cuerpo de Cai Thorvaldsen. Bajo él, un trozo de grasiento asfalto, de color carmesí por la sangre. Sus miembros estaban extendidos en retorcidos ángulos, como los de Cazadora Roja tras tirarse de la Torre Redonda. Sus ojos abiertos de par en par, como encandilados por el

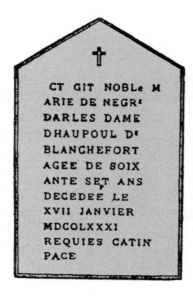

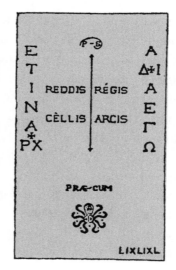

shock.

Oyó una voz. Aguda, seca, mecánica. Y vio un televisor con un hombre de bigote informando de las noticias, hablando sobre la muerte de una abogada mexicana y un diplomático danés, desconociéndose las causas de los asesinatos.

Y las secuelas posteriores.

—Siete muertos... Nueve heridos.

Malone se despertó.

Había soñado con la muerte de Cai Thorvaldsen anteriormente —en realidad, muchas veces—, pero nunca en relación con Rennes-le-Château. Su mente estaba al parecer llena de unos pensamientos que había encontrado difícil evitar cuando trataba, dos horas antes, de caer dormido. Finalmente había conseguido desaparecer, cómodamente instalado en una de las múltiples habitaciones del *château* de Casiopea Vitt. Ésta le había asegurado que sus gorilas, fuera, estarían vigilando y preparados por si De Roquefort decidía actuar durante la noche. Pero él se mostró de acuerdo con su valoración. Estaban a salvo, al menos hasta el día siguiente.

De manera que se durmió.

Pero su mente había seguido tratando de resolver el rompecabezas.

La mayor parte del sueño se desvaneció, pero recordaba la última parte... el locutor de la televisión informando del ataque en Ciudad de México. Se enteró más tarde de que Cai Thorvaldsen había estado saliendo con la abogada mexicana. Se trataba de una impetuosa y brava dama que investigaba a un misterioso cartel. La policía local se enteró de que había habido amenazas que ella ignoraba. La policía había estado en la zona, pero curiosamente ninguno de ellos andaba por allí cuando los pistoleros salieron de aquel coche. Ella y el joven Thorvaldsen estaban sentados en un banco, tomando su almuerzo. Malone andaba cerca, de regreso a la embajada, con una misión en la ciudad. Había usado su automática para abatir a los dos atacantes antes de que otros dos se dieran cuenta de que estaba allí. Nunca llegó a ver al tercero y cuarto hombres, uno de los cuales le metió una bala en el hombro izquierdo. Antes de caer inconsciente, consiguió disparar a su atacante, y el último hombre fue abatido por uno de los infantes de Marina de la embajada.

Pero no antes de que un montón de balas llovieran sobre un montón de personas.

Siete muertos... Nueve heridos.

Se incorporó en la cama.

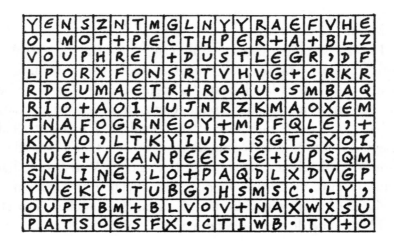

Acababa de resolver el rompecabezas de Rennes.

LIII

De Roquefort pasó la tarjeta magnética por el lector y se abrió el pestillo electrónico. Entró en los brillantemente iluminados archivos y se abrió paso a través de las estrechas estanterías, hasta donde estaba sentado Royce Claridon. En la mesa, delante de Claridon, había montones de escritos. El archivero, sentado a un lado, observaba pacientemente, tal como le habían ordenado hacer. De Roquefort hizo un gesto para que el hombre se retirara.

—¿Qué ha podido descubrir? —le preguntó a Claridon.

—Los materiales que usted me indicó son interesantes. Nunca llegué a darme cuenta de hasta qué punto creció esta orden después de la Purga de 1307.

—Hay muchas cosas en nuestra historia.

—Descubrí una narración de cuando Jacques de Molay fue quemado en la hoguera. Muchos hermanos al parecer contemplaron ese espectáculo en París.

—Caminó hacia la hoguera el 13 de marzo de 1314, con la cabeza alta, y le dijo a la multitud: «Es más que justo que en un momento tan solemne, cuando a mi vida le queda tan poco tiempo, deba revelar el engaño que se ha practicado y hablar a favor de la verdad.»

—¿Ha memorizado usted sus palabras? —preguntó Claridon.

—Es un hombre que merece la pena conocer.

—Muchos historiadores atribuyen a De Molay la desaparición de la orden. Se dice que era débil y complaciente con el poder.

—¿Y qué dicen los textos que usted ha leído sobre él? —quiso saber De Roquefort

—Que parecía fuerte y decidido e hizo planes antes de viajar de Chipre a Francia el verano de 1307. De hecho se anticipó a lo que Felipe IV había planeado.

—Nuestra riqueza y conocimiento fueron salvaguardados. De Molay se aseguró de eso.

—El Gran Legado. —Claridon asintió.

—Los hermanos se aseguraron de que sobreviviera. De Molay se encargó de ello.

Los ojos de Claridon parecían fatigados. Aunque era una hora tardía, De Roquefort funcionaba mejor de noche.

—¿Ha leído usted las palabras finales de De Molay?

Claridon asintió con la cabeza.

—«Dios vengará nuestra muerte. No transcurrirá mucho tiempo antes de que la desgracia caiga sobre los que nos han condenado.»

—Se estaba refiriendo a Felipe IV y Clemente V, que conspiraron contra él y contra nuestra orden. El papa murió menos de un mes más tarde, y Felipe sucumbió siete meses después. Ninguno de los herederos de Felipe dio a luz a un hijo varón, por lo que el linaje real Capeto se extinguió. Cuatrocientos cincuenta años más tarde, durante la Revolución, el rey francés fue encarcelado, al igual que De Molay, en el Temple de París. Cuando la guillotina finalmente le cortó la cabeza a Luis XVI, un hombre sumergió su mano en la sangre del rey muerto y lanzó un capirotazo a la multitud, gritando: «Jacques de Molay, has sido vengado.»

—¿Uno de los suyos?

De Roquefort asintió.

—Un hermano... llevado por la emoción del momento. Estaba allí, vigilando que la monarquía francesa fuera eliminada.

—Esto significa mucho para usted, ¿no?

No estaba particularmente interesado en compartir sus sentimientos con aquel extraño, pero quiso dejar las cosas claras.

—Soy maestre.

—No. Hay más cosas. Más que esto.

—No sabía que usted fuera todo un analista, además de agente de campo.

—Usted se puso delante de un coche a toda velocidad, desafiando a Malone a que le atropellara. Y también me habría usted quemado la carne de mis pies sin ningún remordimiento.

—Monsieur Claridon, miles de mis hermanos fueron arrestados... Todo ello por la codicia de un rey. Varios cientos fueron quemados en la hoguera. Irónicamente, sólo la mentira los hubiera librado. La verdad era su sentencia de muerte, ya que la orden no era culpable de ninguna de las acusaciones lanzadas contra ella. Esto es intensamente personal.

Claridon alargó la mano en busca del diario de Lars Nelle.

—Tengo algunas malas noticias. He leído gran parte de las notas de Lars, y hay algo que no va bien.

A De Roquefort no le gustó esa afirmación.

—Hay errores. Las fechas están mal. Las localizaciones difieren. Algunas fuentes están anotadas incorrectamente. Cambios sutiles, pero que, para un ojo adiestrado, son evidentes.

Por desgracia, De Roquefort no era lo bastante erudito para saber la diferencia. De hecho, él había esperado que el diario contribuiría a aumentar su conocimiento.

—¿Se trata simplemente de errores de registro?

—Al principio, así lo creí. Luego, a medida que descubría más y más, empecé a dudar de ello. Lars era un hombre meticuloso. Hay un montón de información en el diario que yo ayudé a acumular. Esto es intencionado.

De Roquefort alargó la mano hacia el diario y pasó las páginas hasta encontrar el criptograma.

—¿Y qué pasa con esto? ¿Es correcto?

—No tengo manera de saberlo. Lars nunca me contó que hubiera descubierto la secuencia matemática que lo explica.

De Roquefort estaba preocupado.

—¿Me está usted diciendo que el diario es inútil?

—Lo que estoy diciendo es que hay errores. Incluso algunas de las anotaciones del diario personal de Saunière están equivocadas. Yo mismo leí algunas de ellas hace mucho tiempo.

De Roquefort estaba confuso. ¿Qué estaba pasando allí? Recordó el último día de la vida de Lars Nelle, lo que el norteamericano le había dicho.

—No podría usted encontrar nada, aunque lo tuviera ante sus narices.

Allí, de pie entre los árboles, se había sentido ofendido por la actitud de Nelle, pero admiraba el coraje del hombre... considerando que había una cuerda enrollada alrededor de su cuello. Unos minutos antes había observado cómo el norteamericano ataba la cuerda a uno de los montantes del puente, y luego aseguraba el nudo. Nelle se había subido entonces de un salto a la pared de piedra y mirado fijamente al oscuro río de abajo.

Él había seguido a Nelle todo el día, preguntándose qué estaba haciendo en los altos Pirineos. El pueblo cercano no tenía ninguna relación con Rennes-le-Château ni con ninguna de las investigaciones conocidas de Lars Nelle. Ahora se estaba aproximando la medianoche y la oscuridad envolvía el mundo a su alrededor. Sólo el borboteo del agua que corría bajo el puente perturbaba el silencio de las montañas.

Salió del follaje a la carretera y se acercó al puente.

—Me estaba preguntando si acabaría usted por dejarse ver —dijo Nelle dándole la espalda—. Supuse que un insulto le haría salir.

—¿Sabía que estaba ahí?

—Estoy acostumbrado a que los hermanos me sigan. —Nelle finalmente se dio la vuelta hacia él y señaló la cuerda que llevaba en torno al cuello—. Si no le importa, me disponía a suicidarme.

—Al parecer, la muerte no le asusta.

—Yo morí hace mucho tiempo.

—¿No teme usted a su Dios? Él no permite el suicidio.

—¿Qué Dios? El polvo al polvo, ése es nuestro destino.

—¿Y si estuviera usted equivocado?

—No lo estoy.

—¿Y qué pasa con su búsqueda?

—No ha traído más que desgracias. ¿Y por qué le preocupa mi alma?

—No me preocupa. Pero lo de su búsqueda ya es otra cuestión.

—Ustedes me han estado vigilando mucho tiempo. Incluso su maestre ha hablado conmigo. Por desgracia, la orden tendrá que continuar la búsqueda... sin que yo le indique el camino.

—¿Era usted consciente de que lo vigilábamos?

—Naturalmente. Los hermanos han tratado durante meses de conseguir mi diario.

—Ya he dicho que es usted un hombre extraño.

—Soy un hombre miserable que simplemente ya no quiere continuar viviendo. Una parte de mí lamenta esto. Por mi hijo, al que quiero. Y por mi mujer, que me ama a su manera. Pero ya no tengo deseos de seguir viviendo.

—¿Y no hay maneras más rápidas de morir?

Nelle se encogió de hombros.

—Detesto las armas, y el veneno me parece ofensivo. Desangrarme hasta la muerte no resulta atractivo, así que opté por colgarme.

De Roquefort se encogió de hombros.

—Parece egoísta.

—¿Egoísta? Le diré lo que es egoísta. Lo que la gente me ha hecho. Creen que en Rennes se oculta todo, desde la reencarnada monarquía francesa hasta alienígenas procedentes del espacio. ¿Cuántos investigadores nos han visitado con su equipo para profanar la tierra? Se han derribado paredes, cavado agujeros, excavado túneles. Incluso se han abierto tumbas y exhumado cadáveres. Los escritores han considerado todas las absurdas teorías imaginables... Todo para hacer dinero.

Estaba atónito ante aquel extraño discurso de un suicida.

—He sido espectador mientras los médiums celebraban sesiones y los clarividentes tenían conversaciones con los muertos. Se ha fabulado tanto que, de hecho, la verdad resulta aburrida. Me obligaron a escribir ese galimatías. Tenía que aprovecharme de su fanatismo para vender libros. La gente quería leer tonterías. Es ridículo. Hasta yo me reía de mí mismo. ¿Egoísmo? Todos esos retrasados mentales son los que deberían llevar esa etiqueta.

—¿Y cuál es la verdad sobre Rennes? —preguntó él con calma.

—Estoy seguro de que le gustaría saberla.

De Roquefort decidió probar otro enfoque.

—¿Se da cuenta de que es usted la única persona que podría resolver el rompecabezas de Saunière?

—¿Que podría? Digamos mejor que lo he resuelto.

Recordó el criptograma que había visto en el informe del

mariscal guardado en los archivos de la abadía, el que los curas Gélis y Saunière encontraron en sus iglesias, el que Gélis tal vez había muerto resolviéndolo.

—¿No podría usted decírmelo?

Había casi una súplica en esta pregunta, una súplica que no le gustó.

—Es usted como todos los demás... en busca de respuestas fáciles. ¿Dónde hay un desafío en eso? A mí me llevó años descifrar esa combinación.

—Y supongo que la puso por escrito.

—Eso ya lo descubrirá usted.

—Es usted un hombre arrogante.

—No, soy un hombre trastornado. Hay una diferencia. Ya ve, todos esos oportunistas que vinieron por su propio interés, para marcharse sin nada, me enseñaron algo.

Él esperó una explicación.

—No hay absolutamente nada que encontrar.

—Está usted mintiendo.

Nelle se encogió de hombros.

—Tal vez, o tal vez no.

De Roquefort decidió dejar a Lars Nelle con su tarea.

—Que encuentre usted la paz.

Se dio la vuelta y comenzó a irse.

—Templario —gritó Nelle.

De Roquefort se detuvo y se dio la vuelta.

—Voy a hacerle un favor. No se lo merece, porque lo que hicieron todos ustedes, los hermanos, fue crearme molestias. Pero tampoco su orden se merecía lo que le pasó. De modo que le daré una pista. Sólo usted la tendrá, y, si es inteligente, podría incluso resolver el rompecabezas. ¿Tiene papel y lápiz?

De Roquefort se acercó nuevamente a la pared, buscó en su bolsillo y sacó un pequeño bloc de notas y una pluma, que tendió a Nelle. El viejo garabateó algo, y luego le arrojó la pluma y el bloc a su lado.

—Buena suerte —dijo Nelle.

Luego el norteamericano saltó por encima del pretil del puente. De Roquefort oyó cómo la cuerda se tensaba, así como un breve y rápido chasquido cuando el cuello se rompió. Acercó entonces el bloc a sus ojos y a la débil luz de la luna leyó lo que Lars Nelle había *escrito.*

ADIÓS STEPHANIE

La mujer de Nelle se llamaba Stephanie. Movió la cabeza negativamente. Ninguna pista. Sólo un saludo final de un marido a su esposa.

Ahora ya no estaba tan seguro.

Decidió que dejar la nota junto con el cuerpo corroboraría el suicidio. De manera que tiró de la cuerda, izó el cadáver y metió el papel en el bolsillo de la camisa de Nelle.

Pero ¿habían sido realmente aquellas palabras una pista?

—La noche en que Nelle murió, me dijo que había resuelto el criptograma y me ofreció esto.

Cogió un lápiz de la mesa y escribió ADIÓS STEPHANIE en un bloc.

—¿Y eso es una solución? —preguntó Claridon.

—No lo sé. Nunca pensé que lo fuera, hasta este momento. Si lo que está usted diciendo es verdad, que el diario contiene errores deliberados, entonces lo dejaron para que nosotros lo encontráramos. Yo busqué ese diario mientras Lars Nelle estaba vivo, y luego después con su hijo. Pero Mark Nelle lo tenía guardado. Luego, cuando el hijo apareció aquí, en la abadía, me enteré de que llevaba el diario consigo el día de la avalancha. El maestre se apoderó de él y lo guardó bajo llave hasta hace sólo unas semanas. —Recordó el aparente paso en falso de Casiopea Vitt en Aviñón. Ahora sabía que no había sido ningún error—. Tiene usted razón. El diario carece de valor. Se había previsto que lo tuviéramos. —Señaló el bloc—. Pero quizás estas dos palabras tengan algún significado.

—O quizás sea también una información errónea, ¿no?

Lo cual era posible.

Claridon las estudió con evidente interés.

—¿Qué fue lo que dijo exactamente Lars cuando le dio esto?

Se lo contó con precisión, terminando con:

—Una pista que puede ayudarle. Si es inteligente, podría incluso resolver el rompecabezas.

—Recuerdo algo que Lars me mencionó en una ocasión.

Claridon buscó encima de la mesa hasta que encontró unos

papeles doblados.

—Éstas son notas que tomé en Aviñón a partir del libro de Stüblein referente a la lápida sepulcral de Marie d'Hautpoul. Mire aquí. —Claridon señaló una serie de números romanos: MDCOLXXXI—. Esto fue cincelado en la piedra, y es probablemente la fecha de su muerte, 1681. Y eso es descontando la «O», ya que no existe el cero en la numeración romana. Pero Marie murió en 1781, no en 1681. Y su edad es un error también. Tenía sesenta y ocho años, no sesenta y siete, como se indica, cuando murió.

Claridon cogió el lápiz y escribió 1681, 67 y ADIÓS STEPHANIE en el bloc.

—¿Observa usted algo?

De Roquefort miró fijamente el escrito. No veía nada sobresaliente, pero nunca había sido muy experto en rompecabezas.

—Tiene usted que pensar como un hombre del siglo XVIII. Bigou fue la persona que encargó la lápida sepulcral. La solución sería sencilla en un aspecto, pero difícil en otro, debido a las infinitas posibilidades. Divida la fecha de 1681 en dos números... 16 y 81. Uno más seis igual a siete. Ocho más uno igual a nueve. Siete, nueve. Sesenta y siete. No puede invertir el siete, pero el seis se convierte en un nueve cuando se le da la vuelta. De modo que siete y nueve otra vez. Cuente las letras en lo que le escribió Lars. Siete para ADIÓS (GOODBYE). Nueve para STEPHANIE. Creo que le dejó una pista.

—Abra el diario por el criptograma y pruebe.

Claridon pasó las páginas y encontró el dibujo.

—Hay varias posibilidades. Siete, nueve. Nueve, siete. Dieciséis. Uno, seis. Seis, uno. Empezaré con la más obvia. Siete, nueve.

De Roquefort observó mientras Claridon contaba a través de las filas de letras y símbolos, deteniéndose en la séptima, luego en la novena, anotando el carácter mostrado. Cuando terminó, aparecía ITEGOARCANADEI.

—Es latín —dijo, viendo las palabras—. «I tego arcana dei.» Tradujo: «Oculto los secretos de Dios.»

Maldita sea.

—Ese diario es inútil —exclamó De Roquefort—. Nelle creó

su propio rompecabezas.

Pero otra idea brotó en su cerebro. El informe del mariscal. También éste contenía un criptograma, obtenido a partir del abate Gélis. Supuestamente resuelto por el cura. Un criptograma que el mariscal había indicado que era idéntico al que Saunière encontró.

Tenía que hacerse con él.

—Hay otro dibujo en los libros que tiene Mark Nelle.

Los ojos de Claridon estaban encendidos.

—Me imagino que va usted a ir por él.

—Cuando salga el sol.

LIV

Malone estaba de pie en el salón, la espaciosa habitación iluminada por lámparas, los demás apiñados en torno a la mesa. Los había despertado a todos unos minutos antes.

—Conozco la respuesta —le dijo.

—¿Del criptograma? —quiso saber Stephanie.

Él asintió con la cabeza.

—Mark me habló de la personalidad de Saunière. Resuelto y temerario. Y estoy de acuerdo con lo que dijo usted el otro día, Stephanie. La iglesia de Rennes no es ningún indicador del tesoro. Saunière nunca hubiera dado esa información, pero no pudo resistirse a señalar alguna cosita. El problema es que uno necesita un montón de piezas para formar el rompecabezas. Por suerte, tenemos la mayoría de ellas.

Alargó la mano para coger el libro *Pierres Gravées du Languedoc,* abierto todavía por las lápidas de Marie d'Hautpoul.

—Bigou es el individuo que dejó las verdaderas pistas. Se disponía a huir a Francia para no regresar jamás, de manera que ocultó criptogramas en ambas iglesias y dejó dos lápidas grabadas sobre una tumba vacía. Está la fecha errónea de muerte de 1681, la edad equivocada, sesenta y siete, y miren esos números romanos del pie (LIXLIXL): cincuenta, nueve, cincuenta, nueve, cincuenta. Si lo suma todo tiene ciento sesenta y ocho. Hizo también referencia al cuadro *Leyendo las reglas de la caridad* en el registro parroquial.

Recuerden, en la época de Bigou, la fecha no estaba disimulada. De modo que habría sido 1681, no 1687. Hay un dibujo aquí.

Señaló al grabado de la lápida sepulcral.

—Miren la araña grabada al pie. Había siete puntos colocados deliberadamente entre las patas, dejando dos espacios en blanco. ¿Por qué no incluir un punto entre todas? Miremos luego lo que hizo Saunière en el jardín ante la iglesia. Coge la columna visigoda, la vuelve cabeza abajo y graba MISIÓN 1891 Y PENITENCIA, PENITENCIA en su cara. Sé que esto sonará absurdo, pero la verdad es que he soñado la relación que hay entre todas estas cosas.

Todo el mundo sonrió, pero nadie le interrumpió.

—El año pasado, Henrik, cuando Cai y los demás fueron muertos en Ciudad de México... Sueño con ello de vez en cuando. Es difícil apartar estas imágenes de la cabeza. Hubo un montón de muertos y heridos aquel día...

—Siete muertos. Nueve heridos —murmuró Stephanie.

La misma idea pareció pasar espontáneamente por cada una de las mentes de los reunidos, y Malone pudo ver comprensión, especialmente en el rostro de Mark.

—Cotton, podría estar usted en lo cierto. —Mark se sentó a la mesa—. 1681. Sumemos los primeros dos dígitos y luego los dos siguientes. Siete, nueve. El grabado de la columna. Saunière la volvió cabeza abajo para enviar un mensaje. La erigió en 1891, pero si se invierte esa fecha, da 1681. La columna está invertida para llevarnos en la dirección correcta. Siete, nueve, otra vez.

—Cuente ahora las letras —dijo Malone—. Siete en «misión» *(mission)*. Nueve en «penitencia» *(penitence)*. Eso es algo más que simple coincidencia. Y el ciento sesenta y ocho de los números romanos sobre la lápida sepulcral. Ese total está ahí por algún motivo. Sume uno a seis y a ocho, y tendrá siete y nueve. El patrón aparece por todas partes.

Alargó la mano en busca de una imagen en color de la estación n.º 10 del interior de la iglesia de María Magdalena.

—Miren aquí. Donde el soldado romano está arrojando los dados para jugarse la túnica de Cristo. Miren la cara del dado. Un tres, un cuatro y un cinco. Cuando Mark y yo estuvimos en la iglesia, me pregunté por qué habían sido elegidos estos números en particular. Mark, tú dijiste que Saunière supervisaba personalmente cada detalle que se incorporaba a esa iglesia. De manera que escogió esos números por una razón. Creo que lo importante aquí es la secuencia. El tres es primero, luego el cuatro y luego el cinco. Tres más cuatro siete, cuatro más cinco, nueve.

—Así que siete y nueve resuelven el criptograma —dijo Casiopea.

—Hay una forma de averiguarlo.

Mark hizo un gesto y Geoffrey le tendió la mochila. Mark abrió con cuidado el informe del mariscal y encontró el dibujo.

Se puso entonces a aplicar la secuencia siete, nueve, moviéndose a través de las trece líneas de letras y símbolos. A medida que lo hacía, anotaba cada carácter seleccionado:

TEMPLIERTRESORENFOUIAULAGUSTOUS

—Es francés —dijo Casiopea—. El idioma de Bigou.
Mark asintió.

—Las entiendo.

Añadió espacios para que el mensaje tuviera sentido:

TEMPLIER TRESOR EN FOUI AU LAGUSTOUS

—El tesoro templario puede ser hallado en Lagustous —tradujo Malone.

—¿Dónde está Lagustous? —preguntó Henrik.

—No tengo ni idea —dijo Mark—. Y no recuerdo mención alguna de semejante lugar en los archivos templarios.

—He vivido en esta región toda mi vida —dijo Casiopea—, y no conozco ese lugar.

Mark parecía frustrado.

—Las Crónicas hablan específicamente de que los carros trasladaban el Legado a los Pirineos.

—¿Por qué el abate hubiera puesto las cosas tan fáciles? —preguntó con calma Geoffrey.

—Tiene razón —dijo Malone—. Bigou podría haber incorporado una salvaguarda para que resolver la secuencia no fuera suficiente.

Stephanie parecía desconcertada.

—Yo no diría que esto ha sido fácil.

—Sólo porque las piezas están tan esparcidas, y algunas se han perdido para siempre —dijo Malone—. Pero en tiempos de Bigou existía todo, y él erigió la lápida para que todos lo vieran.

—Pero Bigou protegió su apuesta —dijo Mark—. El informe del mariscal indica específicamente que Gélis encontró un criptograma idéntico al de Saunière en su iglesia. Durante el siglo XVIII, Bigou ejerció su ministerio en esa iglesia, así como en Rennes, de manera que escondió una señal en cada una.

—Confiando en que una persona muy curiosa encontraría alguna de ellas —dijo Henrik—. Que es precisamente lo que ha pasado.

—De hecho, Gélis resolvió el rompecabezas —dijo Mark—. Eso lo sabemos. Se lo dijo al mariscal. Dijo también que tenía sospechas sobre Saunière. Luego, unos días más tarde fue asesinado.

—¿Por Saunière? —quiso saber Stephanie.

Mark se encogió de hombros.

—Nadie lo sabe. Siempre pensé que el mariscal podía ser sospechoso. Desapareció de la abadía semanas después del asesinato de Gélis, y no reveló en su informe la solución del criptograma.

Malone señaló el bloc.

—Ahora lo tenemos. Pero hemos de encontrar ese «Lagustous».

—Es un anagrama —dijo Casiopea.

Mark asintió.

—Igual que sobre la lápida sepulcral donde Bigou escribió «*Et in arcadia ego*» como un anagrama de «*I tego arcana dei*». Pudo haber hecho lo mismo aquí.

Casiopea estaba estudiando el bloc y de pronto su mirada irradió conocimiento

—Lo sabe, ¿verdad? —preguntó Malone.

—Creo que sí.

Todos esperaron.

—En el siglo décimo un opulento barón llamado Hildemar conoció a un hombre llamado Agulous. Los parientes de Hildemar tomaron a mal la influencia de Agulous sobre él en oposición a su familia. Hildemar cedió todas sus tierras a Agulous, el cual convirtió el castillo en una abadía a la que se unió el propio

Hildemar. Mientras estaban arrodillados en oración en la capilla de la abadía, Agulous e Hildemar fueron asesinados por unos sarracenos. Ambos fueron finalmente canonizados por los católicos. Hay un pueblo allí todavía. A unos ciento cincuenta kilómetros de aquí: St. Agulous.

Alargó la mano en busca de una pluma y convirtió «lagustous» en «St. Agulous».

—Había propiedades templarias allí —dijo Mark—. Una gran encomienda, pero desapareció.

—Ese castillo, que se convirtió en abadía, sigue allí —dejó claro Casiopea.

—Tenemos que ir —dijo Henrik.

—Eso podría ser un problema —replicó Mark—. Nuestra anfitriona permitió a De Roquefort que se hiciera con el diario de papá. En cuanto comprenda que ese objeto es inútil, su actitud cambiará.

—Tenemos que salir de aquí sin ser descubiertos —indicó Mark.

—Somos muchos —dijo Henrik—. Lograr algo así sería un desafío.

Casiopea sonrió.

—Me gustan los desafíos.

LV

De Roquefort se abrió camino a través del bosque de altos pinos, el suelo bajo sus pies plateado por el blanco brezo. Un perfume de miel flotaba en el aire matutino. Las rocas de arenisca roja que lo rodeaban aparecían envueltas por una fina niebla. Un águila penetraba y salía de la niebla, merodeando en busca de su desayuno. De Roquefort había tomado el suyo con los hermanos, en medio del tradicional silencio, mientras les eran leídas las Escrituras.

Tenía que dar crédito a Claridon. Éste había descifrado el criptograma con la combinación de siete y nueve, y revelado el secreto. Por desgracia, el mensaje era inútil. Claridon le dijo que Lars Nelle había encontrado un criptograma en un manuscrito no publicado de Noël Corbu, el hombre que había difundido gran parte de la ficción que corría sobre Rennes a mediados del siglo XX. Pero ¿había modificado Nelle el rompecabezas? ¿O lo había hecho Saunière? ¿Fue la frustrante solución lo que llevó a Lars Nelle a suicidarse? Todo aquel esfuerzo, y cuando finalmente conseguía descifrar lo que Saunière había dejado, no le decía nada. ¿Era eso lo que Nelle quería decir cuando declaró: «No hay absolutamente nada que encontrar»?

Era difícil de saber.

Pero, maldita sea, iba a averiguarlo como fuera.

Un cuerno sonó en la lejanía procedente del castillo. El trabajo diario iba a empezar. Allá delante, descubrió a uno de sus centinelas.

Había hablado con el hombre por teléfono móvil durante el viaje hacia el norte desde la abadía, y por él supo que todo estaba tranquilo. A través de los árboles divisó el *château*, a un par de cientos de metros de distancia, bañado por un filtrado sol matutino.

Se acercó al hermano, que le informó de que, una hora antes, un grupo de once hombres y mujeres habían llegado a pie. Todos vestidos de época. Llevaban en el interior desde entonces. El segundo centinela había informado de que la parte trasera del edificio se mantenía tranquila. Nadie había entrado o salido. Mucho movimiento interior se había producido dos horas antes... luces en las habitaciones, actividad de los sirvientes. La propia Casiopea Vitt salió en un momento dado al exterior y se dirigió a los establos; luego volvió.

—Hubo actividad también alrededor de la una de la madrugada —le informó el hermano—. Se encendieron luces en los dormitorios, y luego en una habitación de abajo. Aproximadamente una hora más tarde, las luces se apagaron. Parece que todos han estado despiertos durante un rato, y luego se han vuelto a dormir.

Quizás su noche había sido tan reveladora como la de él.

—Pero ¿no salió nadie de la casa?

El hombre negó con la cabeza.

Buscó la radio en su bolsillo y comunicó con el jefe del equipo de diez caballeros que había traído consigo. Aparcaron sus vehículos a un kilómetro y medio de distancia y fueron andando a través del bosque hacia el *château*. Les había ordenado que rodearan silenciosamente el edificio y luego esperaran sus instrucciones. Le informaron de que los diez hombres estaban en posición. Contando los dos que ya estaban aquí, y a él mismo, trece hombres armados... Más que suficientes para llevar a cabo la tarea.

Era irónico, pensó. Los hermanos estaban una vez más en guerra contra un sarraceno. Setecientos años atrás, los musulmanes derrotaron a los cristianos y recuperaron Tierra Santa. Ahora otra musulmana, Casiopea Vitt, se había entrometido en los asuntos de la orden.

—Maestre.

Su atención se desvió al *château* y su entrada principal, de donde estaba saliendo gente, todos vestidos con los atuendos campesinos de la Edad Media. Los hombres con sencillas sobrepellices marrones sujetas con cuerdas alrededor de la cintura, las piernas enfundadas en calzas oscuras, los pies cubiertos por calzados ligeros. Algunos exhibían brazaletes atados a sus tobillos. Las mujeres llevaban largos vestidos grises y refajos atados en torno de las caderas con cordeles de delantal. Sombreros de paja, gorros de alas anchas..., y la cabeza cubierta con una capucha. El día anterior, había observado que todos los obreros del yacimiento de Givors llevaban ropas de época, como parte de la atmósfera anacrónica que el lugar estaba concebido para evocar. Una pareja de obreros empezó a empujarse mutuamente con buen humor mientras el grupo se dirigía lentamente hacia el sendero que conducía a la construcción.

—Quizás se trata de una especie de reunión —dijo el hermano que se encontraba junto a él—. Han venido al *château* y ahora van a la obra.

De Roquefort estuvo de acuerdo. Casiopea Vitt supervisaba personalmente el proyecto de Givors, de modo que era razonable suponer que algunos trabajadores se reunían con ella.

—¿Cuántos entraron?

—Once.

Contó. Había salido el mismo número. Estupendo. Era hora de actuar. Se acercó la radio a los labios y ordenó:

—Entrad.

—¿Cuáles son nuestras órdenes? —preguntó la voz al otro extremo de la línea.

De Roquefort estaba cansado de jugar con su oponente.

—Haced todo lo necesario para contenerlos hasta que yo llegue.

Entró en el *château* por la cocina, una enorme sala repleta de objetos de acero inoxidable. Habían transcurrido quince minutos desde que diera la orden de tomar la mansión, y la operación se había llevado a cabo sin un disparo. De hecho, los ocupantes estaban desayunando cuando los hermanos se abrieron paso por la planta baja. Había hombres apostados en todas las salidas y ante las ventanas del comedor, con el fin de desbaratar toda esperanza de huir.

Estaba encantado. No quería llamar la atención.

Mientras cruzaba las múltiples habitaciones, admiró las paredes cubiertas de brocados llenos de color, pintados techos, cinceladas pilastras, arañas de cristal y muebles enfundados con damascos de diferentes tonos. Casiopea Vitt tenía buen gusto.

Encontró el comedor y se preparó para enfrentarse con Mark Nelle. Los demás serían asesinados y sus cuerpos enterrados en el bosque, pero Mark Nelle y Geoffrey serían devueltos a la abadía para disciplinarlos. Necesitaba dar ejemplo con ellos. La muerte del hermano en Rennes debía ser vengada.

Cruzó un espacioso vestíbulo y entró en el comedor.

Los hermanos rodeaban la habitación, sus armas en la mano. Recorrió con la mirada la larga mesa y registró seis caras.

Ninguna de las cuales reconoció.

En lugar de ver a Cotton Malone y Stephanie Nelle, Mark Nelle, Geoffrey y Casiopea Vitt, los hombres y mujeres reunidos en torno de la mesa eran unos extraños, vestidos todos con vaqueros y camisas.

Trabajadores del yacimiento de la construcción.

Maldita sea.

Habían escapado ante sus mismas narices.

Contuvo su creciente ira.

—Retenedlos aquí hasta que regrese —le dijo a uno de los caballeros.

Salió de la casa y anduvo con calma hacia el sendero arbolado que se dirigía al aparcamiento. A esta temprana hora del día había sólo unos pocos vehículos. Pero el coche de alquiler de Cotton Malone, que estaba aparcado allí cuando él llegó, había desaparecido.

Meneó la cabeza.

Ahora estaba perdido, sin ninguna idea de adónde habrían ido.

Uno de los hermanos que había dejado en el interior del *château* salió corriendo de detrás del edificio. De Roquefort quiso saber por qué el hombre había abandonado su puesto.

—Maestre —dijo el hombre—, una de las personas de dentro del *château* me ha dicho que Casiopea Vitt les pidió que vinieran al *château* temprano hoy, vestidos con su atuendo de trabajo. Seis de ellos cambiaron sus ropas y ella les dijo a todos que disfrutaran de su desayuno.

—Todo eso ya lo había supuesto. ¿Qué más?

El hombre le tendió un teléfono móvil.

—El mismo empleado me ha dicho que le habían dejado una nota diciendo que vendría usted. Cuando lo hiciera, él tenía que entregarle a usted este teléfono, junto con esto.

Lo desplegó y leyó el pedazo de papel.

La respuesta ha sido hallada. Llamaré antes de la puesta de sol para informarle.

Necesitaba saber.

—¿Quién escribió esto?

—El empleado ha dicho que lo dejaron durante el intercambio de ropas juntamente con las instrucciones de que se le diera directamente a usted.

—¿Cómo lo has conseguido?

—Cuando él mencionó su nombre, simplemente le dije que yo era usted y él me lo tendió.

¿Qué estaba pasando aquí? ¿Había un traidor entre sus enemigos? Al parecer, así era. Como no tenía la menor idea de adónde habían ido, no tenía alternativa.

—Retira a los hermanos y regresemos a la abadía.

LVI

10:00 AM

Malone se maravilló ante los Pirineos, que eran bastante parecidos a los Alpes en cuanto a aspecto y majestad. Separando a Francia de España, las crestas parecían extenderse hasta el infinito, cada uno de aquellos mellados picos rematado por un deslumbrante manto de nieve; las elevaciones menores, una mezcla de verdes laderas y despeñaderos de color púrpura. Entre las cimas se encontraban valles soleados, profundos y amenazadores, lugares frecuentados antaño por Carlomagno, los francos, los visigodos y los árabes.

Habían cogido dos coches... el suyo de alquiler y el Land Rover de Casiopea, que ella siempre tenía aparcado donde las obras de construcción. Su salida del *château* había sido inteligente —la estratagema, al parecer, había funcionado, pues no se veían perseguidores— y, una vez fuera, registraron cuidadosamente los vehículos en busca de cualquier dispositivo electrónico de seguimiento. Malone empezó a tener confianza en Casiopea. Era imaginativa.

Una hora antes, cuando se dirigían a las montañas, se detuvieron y compraron ropa en un mercado de las afueras de Aix-les-Thermes, que abastecía de comida a excursionistas y esquiadores. Sus túnicas multicolores y largas batas habían provocado miradas de extrañeza, pero ahora iban vestidos con vaqueros, camisas, botas y chaquetas de piel, listos para lo que pudiera presentarse.

St. Agulous se encontraba encaramado en el borde de un precipicio, rodeado de colinas que formaban terrazas, al final de una estrecha carretera que serpenteaba montaña arriba a través de un paso difuminado por las nubes. El pueblo, no mucho mayor que Rennes-le-Château, era una masa de edificios de arenisca gastada por el tiempo que parecían haberse fundido con la roca.

Malone se detuvo, evitando entrar en la población, manteniéndose en un estrecho sendero de tierra. Casiopea le seguía. Ambos bajaron de sus vehículos al frío aire de la montaña.

—No creo que sea una buena idea que entremos todos —dijo—. Éste no parece un lugar que reciba un montón de turistas.

—Tiene razón —dijo Mark—. Papá siempre se acercaba a estos pueblos con cautela. Dejen que Geoffrey y yo lo hagamos. Un par de excursionistas. Eso no es nada insólito en verano.

—¿No cree usted que yo causaría una buena impresión? —preguntó Casiopea.

—Causar impresión no es problema para usted —dijo Malone, sonriendo—. Conseguir que la gente olvide esa impresión, eso ya es otra cosa.

—¿Y quién le ha puesto a usted al mando? —quiso saber Casiopea.

—Yo lo he hecho —declaró Thorvaldsen—. Mark conoce estas montañas. Habla la lengua. Dejemos que vayan él y el hermano.

—Entonces, no faltaba más —dijo ella—. Que vayan.

✠

Mark iba delante cuando él y Geoffrey cruzaron tranquilamente la puerta principal y entraron en una pequeña plaza sombreada por árboles. Geoffrey llevaba todavía la mochila con los dos libros, de manera que su aspecto era el de un par de excursionistas que habían salido a dar un paseo por la tarde. Las palomas volaban en círculo por encima de la jungla de negros tejados de pizarra, luchando con las ráfagas de viento que soplaban a través de las hendiduras y empujaban las nubes hacia el norte, por encima de las montañas. De una fuente en el centro de la plaza, cubierta de verdín por el paso del tiempo, manaba agua. No había nadie a la vista.

Una calle adoquinada que salía de la plaza estaba bien conservada y recibía a trechos la luz del sol. El golpeteo de unas pezuñas anunció la aparición de una peluda cabra, que se desvaneció por otra callejuela lateral. Mark sonrió. Como tantos otros pueblos de esa región, aquél no era un lugar donde mandara el reloj.

El único vestigio de cualquier posible gloria del pasado procedía de la iglesia, que se alzaba al final de la plaza. Un tramo de amplias escaleras bajas conducía a una iglesia románica. El edificio en sí, no obstante, era más bien gótico, su campanario de extraña forma octogonal, algo que inmediatamente llamó la atención de Mark. No recordaba haber visto otro igual en la región. El tamaño y grandeza de la iglesia revelaba una prosperidad y un poder perdidos.

—Resulta interesante que una pequeña población como ésta tenga una iglesia de este tamaño —dijo Geoffrey.

—He visto otras parecidas. Hace quinientos años, esto era un floreciente mercado. Una iglesia así habría sido imprescindible.

Apareció una joven. Las pecas le daban un aire de campesina. Sonrió, y luego entró en una pequeña tienda de comestibles. A su lado había lo que parecía ser una estafeta de Correos. Mark se preguntó sobre el extraño capricho del destino que había al parecer preservado a St. Agulous de los sarracenos, los españoles, los franceses y los cruzados francos que pusieron fin al catarismo.

—Empecemos por ahí —dijo, señalando a la iglesia—. El cura puede ser de utilidad.

Entraron en una compacta nave rematada por un techo salpicado de estrellas, de un vívido azul. No había estatuas que decoraran las sencillas paredes de piedra. Del altar colgaba una cruz de madera. Gastadas tablas, cada una de ellas al menos de sesenta centímetros de ancho, cubrían el suelo y crujían a cada paso. Donde la iglesia de Rennes se veía animada por detalles de mal gusto, en esta nave reinaba una quietud poco usual.

Mark observó el interés de Geoffrey por el techo. Sabía lo que el hermano estaba pensando. El maestre había usado una túnica azul con estrellas doradas los últimos días de su vida.

—¿Coincidencia? —quiso saber Geoffrey.

—Lo dudo.

De las sombras próximas al altar surgió un anciano. Sus encorvados hombros apenas cubiertos por un holgado hábito marrón. Caminaba con un paso entrecortado que le recordó a Mark una marioneta colgando de cordeles.

—¿Es usted el sacerdote? —le preguntó al hombre en francés.

—*Oui,* monsieur.

—¿Cómo se llama esta iglesia?

—La capilla de St. Agulous.

Mark observó que Geoffrey se adelantaba unos pasos, hasta el primer banco ante el altar.

—Es un lugar tranquilo.

—Los que vienen aquí se pertenecen sólo a sí mismos. Es un sitio tranquilo.

—¿Cuánto tiempo hace que es usted el cura?

—Oh, hace muchos años. No parece que nadie más quiera servir aquí. Pero a mí me gusta.

Mark recordó lo que sabía.

—En esta zona, antaño, se escondían los bandoleros españoles, ¿no es verdad? Entraban en España, aterrorizaban a las gentes, robaban en las granjas, y luego regresaban silenciosamente a las montañas, a salvo, aquí en Francia, lejos del alcance de las autoridades españolas.

El cura asintió.

—Para saquear España tenían que vivir en Francia. Y ni una sola vez tocaron a un francés. Pero eso fue hace un montón de tiempo.

Mark continuó estudiando el austero interior de la iglesia. Nada sugería que el edificio albergara un gran secreto.

—Abate —dijo—, ¿ha oído usted alguna vez el nombre de Bérenger Saunière.

El anciano lo pensó un instante, y luego negó con la cabeza.

—¿Es un nombre que alguien haya mencionado alguna vez en este pueblo? —insistió Mark.

—No acostumbro a escuchar las conversaciones de mis feligreses.

—Tampoco quiero decir que lo haga. Pero es un nombre que usted recordaría si alguien lo mencionase, ¿no?

De nuevo negó con la cabeza.

—¿Cuándo fue construida esta iglesia?

—En 1732. Pero el primer edificio fue erigido en el siglo XIII. Muchos más vinieron posteriormente. Desgraciadamente, no queda nada de esas primeras edificaciones.

La atención del anciano se dirigió a Geoffrey, que seguía merodeando cerca del altar.

—¿Le molesta? —preguntó Mark.

—¿Qué está buscando?

«Buena pregunta», pensó Mark.

—Quizás está orando y desea estar cerca del altar, ¿no?

El abate se volvió hacia él.

—Miente usted muy mal.

Mark se dio cuenta de que el viejo que se encontraba ante él era mucho más inteligente de lo que quería dar a entender su interlocutor.

—¿Por qué no me dice usted lo que quiero saber? —preguntó Mark.

—Es usted igual que él.

Mark tuvo que esforzarse por ocultar su sorpresa.

—¿Conocía usted a mi padre?

—Vino a esta región muchas veces. Hablamos a menudo.

—¿Le dijo a usted algo?

El cura movió negativamente la cabeza.

—Usted lo sabrá mejor.

—¿Sabe usted lo que debo hacer?

—Su padre me dijo que si alguna vez venía usted aquí, debería saber ya lo que tenía que hacer.

—¿Sabe usted que está muerto?

—Naturalmente. Me lo dijeron. Se quitó la vida.

—No necesariamente.

—Eso es fantasear. Su padre era un hombre desgraciado. Vino aquí buscando, pero, por desgracia, no encontró nada. Eso lo frustró. Cuando me enteré de que se había suicidado, no me sorprendí. No había paz para él en esta tierra.

—¿Habló con usted de estas cosas?

—Muchas veces.

—¿Por qué me mintió usted sobre que nunca había oído el nombre de Bérenger Saunière?

—No le mentí. Nunca había oído ese nombre.

—¿Mi padre no se lo mencionó nunca?

—Ni una sola vez.

Otro enigma se alzaba ante él, tan frustrante e irritante como Geoffrey, que ahora estaba regresando a su lado. La iglesia que lo rodeaba evidentemente no contenía respuestas, de modo que preguntó:

—¿Qué me dice de la abadía de Hildemar, el castillo que éste cedió a St. Agulous en el siglo XIII? ¿Queda en pie algo de eso?

—Oh, sí. Esas ruinas aún existen. Arriba en las montañas. No lejos de aquí.

—¿Ya no es una abadía?

—Santo Dios, no. Nadie la ocupa desde hace trescientos años.

—¿Mencionó alguna vez mi padre ese lugar?

—Lo visitó muchas veces, pero no encontró nada. Lo cual no hizo más que aumentar su frustración.

Tenían que irse. Pero quería saber.

—¿Quién es el dueño de las ruinas de la abadía?

—Fueron compradas hace años. Por un danés. Un tal Henrik Thorvaldsen.

QUINTA PARTE

LVII

De Roquefort miró por encima de la mesa al capellán. El cura le había estado esperando cuando regresó a la abadía desde Givors. Lo que era estupendo. Después de su confrontación del día anterior, también él necesitaba hablar con el italiano.

—No vuelva usted a cuestionarme —dejó claro de entrada.

Poseía la autoridad para destituir al capellán si, tal como la regla establecía, «provocaba alborotos o era más un estorbo que una ventaja».

—Es mi tarea ser su conciencia. Los capellanes han servido a los maestres de esa manera desde el inicio.

Lo que no se decía era el hecho de que toda decisión de destituir al capellán tenía que ser aprobada por la hermandad. Lo cual podía resultar difícil, ya que aquel hombre era popular. De manera que aflojó un poco.

—No me desafiará usted ante los hermanos.

—Yo no le estoy desafiando. Me he limitado a señalar que las muertes de dos hombres pesan mucho en todas nuestras mentes.

—¿Y no en la mía?

—Debe usted andar con tiento.

Estaban sentados detrás de la cerrada puerta de su cámara, con la ventana abierta, por lo que podía oír el suave rugido de la distante cascada.

—Ese planteamiento no nos ha llevado a ninguna parte.

—Se dé usted cuenta, o no, esos hombres que murieron han socavado su autoridad. Corren ya rumores, y sólo lleva usted de maestre unos días.

—No toleraré la disensión.

Una triste pero tranquila sonrisa afloró a los labios del capellán.

—Habla usted como el hombre al que supuestamente se oponía. ¿Qué ha cambiado? ¿Le ha afectado tanto la huida del senescal?

—Ya no es senescal.

—Desgraciadamente, es el único nombre por el que lo conozco. Usted al parecer sabe mucho más.

Pero De Roquefort se preguntó si el cauteloso veneciano que se sentaba ante él estaba siendo veraz. Había oído rumores, también, de que el capellán estaba bastante interesado en lo que el maestre hacía. Mucho más de lo que cualquier consejero espiritual necesitaba. Se preguntó si aquel hombre, que declaraba ser su amigo, se estaba posicionando para más cosas. A fin de cuentas, él había hecho lo mismo años atrás.

Deseaba realmente hablar sobre su dilema, explicar lo que había pasado, lo que él sabía, buscar alguna clase de guía, pero compartir eso con alguien sería temerario. Ya era difícil tratar con Claridon, pero al menos él no formaba parte de la orden. En cambio este hombre era totalmente diferente. Estaba en situación de convertirse en un enemigo potencial. De manera que expresó lo evidente.

—Estoy buscando el Gran Legado, y estoy a punto de localizarlo.

—Pero al precio de dos muertes.

—Muchos han muerto por lo que creemos —dijo, alzando la voz—. Durante los dos primeros siglos de nuestra existencia, veinte mil hermanos dieron su vida. El que mueran dos más es insignificante.

—La vida humana tiene mucho más valor ahora que entonces.

Observó que la voz del capellán había bajado hasta convertirse en un susurro.

—No, el valor es el mismo. Lo que ha cambiado es *nuestra* falta de dedicación.

—Esto no es una guerra. No hay infieles ocupando Tierra Santa. Estamos hablando de encontrar algo que lo más probable es que no exista.

—Está usted blasfemando.

—Digo la verdad. Y usted lo sabe. Piensa que encontrar nuestro Gran Legado lo cambiará todo. No cambiará nada. Aún le queda cultivar el respeto de todos los que le sirven.

—Hacer lo que he prometido generará ese respeto.

—¿Ha meditado usted bien sobre esta búsqueda? No es tan simple como piensa. Las consecuencias ahora son mucho mayores de lo que lo eran en el Inicio. El mundo ya no es analfabeto e ignorante. Tiene usted que enfrentarse a muchas más cosas que los hermanos de entonces. Desgraciadamente para usted, no existe ninguna mención a Jesucristo en ningún relato histórico griego, romano o judío. Ni una sola referencia en ningún fragmento de la literatura que nos ha llegado. Sólo el Nuevo Testamento. A eso se limita la suma entera de hechos relativos a su existencia. ¿Y eso por qué? Usted sabe la respuesta. Si Jesús vivió realmente, predicó su mensaje en lo más parecido al anonimato. Nadie le prestaba mucha atención en Judea. A los romanos les daba igual, con tal que no incitara a la rebelión. Y los judíos hicieron poco más que discutir entre ellos, cosa que convenía a los romanos. Jesús llegó y se fue. Tuvo poca importancia. Sin embargo, atrae la atención de miles de millones de seres humanos. El cristianismo es la más grande religión del mundo. Y Él es, en todos los sentidos, *su* Mesías. El Señor resucitado. Y nada de lo que usted pueda encontrar cambiará eso.

—¿Y si sus huesos están ahí?

—¿Cómo sabría usted que son sus huesos?

—¿Cómo lo supieron aquellos nueve caballeros originales? Y mire lo que han realizado. Reyes y reinas se inclinaban ante su voluntad. ¿Qué otra cosa podría explicar eso si no era lo que ellos sabían?

—¿Y usted piensa que ellos compartieron ese conocimiento? ¿Qué es lo que ellos hacían? ¿Mostrar los huesos de Cristo a cada rey, a cada donante, a cada uno de los fieles?

—No tengo ni idea de lo que hacían. Pero fuera cual fuese su método, se demostró efectivo. Los hombres acudían en masa a la orden, deseando formar parte de ella. Las autoridades seculares buscaban sus favores. ¿Por qué no puede ocurrir eso de nuevo?

—Puede. Sólo que no de la manera que usted piensa.

—Eso me hiere. Por todo lo que hicimos por la Iglesia. Veinte mil hermanos, seis maestres, todos muertos defendiendo a Jesucristo. El sacrificio de los Caballeros Hospitalarios no se puede ni comparar. Sin embargo, no hay ni un solo templario santo, y, en cambio, hay muchos hospitalarios canonizados. Quiero reparar esa injusticia.

—¿Y cómo es eso posible? —El capellán no esperó a que le contestara—. Lo que *es* no cambiará.

De Roquefort recordó la nota. LA RESPUESTA HA SIDO HALLADA. Y el teléfono descansaba en su bolsillo. LLAMARÉ ANTES DE LA PUESTA DE SOL PARA INFORMARLE. Sus dedos acariciaron suavemente el bulto del teléfono móvil en el bolsillo de su pantalón. El capellán seguía hablando, murmurando más cosas sobre «la búsqueda de nada». Royce Claridon seguía en los archivos, investigando.

Pero sólo un pensamiento ocupaba su mente.

¿Por qué no sonaba el teléfono?

✠

—Henrik —exclamó Malone—. Esto ya es demasiado.

Acababa de escuchar la explicación de Mark de que las ruinas de la cercana abadía pertenecían a Thorvaldsen. Se encontraban entre los árboles, a ochocientos metros de St. Agulous, donde habían aparcado y aguardado.

—Cotton, yo no tenía ni idea de que fuera el dueño de esa propiedad.

—¿Tenemos que creer eso? —preguntó Stephanie.

—Me importa un bledo si me cree usted o no. No sabía nada de esto hasta hace unos momentos.

—¿Y cómo lo explica entonces? —preguntó Malone.

—No puedo explicarlo. Lo único que puedo decir es que Lars me pidió prestados ciento cincuenta mil dólares antes de morir. Nunca dijo para qué era ese dinero, y yo no se lo pregunté.

—¿Simplemente le dio ese dinero sin hacer preguntas? —quiso saber Stephanie.

—Lo necesitaba. Así que se lo di. Confiaba en él.

—El cura del pueblo dijo que el comprador adquirió la propiedad al gobierno regional. Se estaban desprendiendo de las ruinas, y tenían pocos compradores, pues éstas se encuentran allí arriba, en las montañas, y en malas condiciones. Fueron vendidas en subasta aquí, en St. Agulous. —Mark se encaró ahora con Thorvaldsen—. Usted fue el postor más alto. El cura conocía a papá y dijo que él fue el único que pujó.

—Entonces Lars contrató a alguien para que lo hiciera en su nombre, porque no fui yo. Luego puso la propiedad a mi nombre para encubrirlo. Lars era bastante paranoico. Si yo hubiera sido el dueño de la propiedad y lo hubiera sabido, lo habría dicho anoche.

—No necesariamente —murmuró Stephanie.

—Mire, Stephanie. No le tengo miedo a usted ni a ninguno de los demás. No tengo por qué dar explicaciones. Pero les considero a todos ustedes amigos míos, y de ser el dueño de la propiedad, y haberlo sabido, se lo hubiera dicho.

—¿Por qué no suponemos que Henrik está diciendo la verdad? —sugirió Casiopea. Había estado extrañamente callada durante la discusión—. Y subimos allí. Oscurece pronto en estas montañas. Yo, por lo menos, quiero ver lo que hay allí.

Malone se mostró de acuerdo.

—Tiene razón, vayamos. Podemos discutir esto más tarde.

✠

El trayecto hasta la cima llevó unos quince minutos y requirió esfuerzo mental y físico. Siguieron la dirección marcada por el abate, y finalmente divisaron el desmoronado priorato, descansando sobre una aguilera, su destruida torre flanqueada por un inmisericorde precipicio. El camino terminaba a unos ochocientos metros de las ruinas, y la excursión, a lo largo de un tramo de descarnada roca salpicada de tomillo, bajo un dosel de grandes pinos, llevó otros diez minutos.

Entraron en el lugar.

Los signos de abandono aparecían por todas partes. Las gruesas paredes estaban desnudas, y Malone deslizó sus dedos por el granito esquistoso gris-verdoso, cada piedra extraída de las montañas y trabajada con fiel paciencia por manos antiguas. Lo que debía de haber sido una gran galería se abría al cielo, con columnas y capiteles que siglos de intemperie y luz solar habían empañado hasta hacerlos irreconocibles. El musgo, líquenes anaranjados y una tiesa hierba gris cubrían el suelo, cuya piedra había recuperado desde hacía mucho tiempo su estado arenoso. Los grillos hacían sonar con fuerza su canto de castañuelas.

Resultaba difícil distinguir el contorno de las habitaciones, ya que el tejado y la mayor parte de las paredes se habían derrumbado, pero eran aún visibles las celdas de los monjes, así como un amplio vestíbulo y otra espaciosa sala que podría haber sido una biblioteca o *scriptorium*. Malone sabía que la vida aquí habría sido frugal y austera.

—Vaya lugar que posee usted —le dijo a Henrik.

—Yo estaba precisamente admirando lo que ciento cincuenta mil dólares podían comprar hace doce años.

Casiopea parecía cautivada.

—Imagínese a los monjes recogiendo una magra cosecha. Los veranos aquí eran breves, los días cortos. Casi se les puede oír cantando.

—Este sitio habría estado suficientemente aislado —dijo Thorvaldsen—. Un lugar de retiro.

—Lars puso esta propiedad a nombre de usted —dijo Stephanie— por alguna razón. Llegó aquí por algún motivo. Algo tiene que haber aquí.

—Tal vez —señaló Casiopea—. Pero el cura del pueblo le ha dicho a Mark que Lars no encontró nada. Ésta podría ser otra más de las perpetuas búsquedas en que estaba metido.

Mark negó con la cabeza.

—El criptograma nos ha conducido aquí. Papá estuvo aquí. No encontró nada, pero lo consideró lo bastante importante para comprarlo. Éste tiene que ser el lugar.

Malone se sentó sobre uno de los pedruscos y miró fijamente al cielo.

—Quizás nos queden unas cinco o seis horas de luz. Sugiero que las aprovechemos al máximo. Estoy seguro de que hará un frío de mil diablos aquí por la noche, y estas chaquetas forradas de piel no van a ser suficientes.

—Traje algo de equipo y herramientas en el Land Rover —informó Casiopea—. Supuse que podíamos tener que andar bajo tierra, así que tengo tubos de neón, linternas y un pequeño generador.

—Bien, no es usted ninguna novata —dijo Malone.

—Aquí —gritó Geoffrey.

Malone dirigió la mirada hacia el fondo del derruido priorato. No se había dado cuenta de que Geoffrey se había separado del grupo.

Todos se apresuraron hacia el lugar donde Geoffrey se encontraba de pie ante lo que antaño había sido un pórtico románico. Poco quedaba de su artesanía aparte de la débil imagen de unos toros con cabeza humana, leones alados y un motivo de hojas de palmera.

—La iglesia —dijo Geoffrey—. La tallaron en la roca.

Malone pudo ver que realmente las paredes no eran de factura humana, sino que formaban parte del precipicio que se elevaba sobre la antigua abadía.

—Necesitaremos esas linternas —le dijo a Casiopea.

—No, no las necesitaremos —dijo Geoffrey—. Hay luz en el interior.

Malone encabezó la marcha. Multitud de abejas zumbaban en las sombras. Polvorientos rayos de luz atravesaban la roca en diversos ángulos, aparentemente concebidos para aprovechar el desplazamiento del sol. Algo captó su atención. Se acercó a una de las paredes de roca, que había sido labrada hasta dejarla lisa, pero que ahora estaba desnuda de toda decoración excepto por una talla situada a unos tres metros por encima de él. La insignia consistía en un casco con una franja de tela que caía a cada lado de una cara masculina. Los rasgos habían desaparecido, la nariz gastada hasta quedar lisa, y los ojos en blanco y sin vida. En la parte de arriba había una esfinge. Abajo un escudo de piedra con tres martillos.

—Eso es templario —dijo Mark—. He visto otra así en nuestra abadía.

—¿Qué está haciendo aquí? —preguntó Malone.

—Los catalanes que vivían en esta región durante el siglo XIV no sentían ningún amor por el rey francés. Los templarios fueron tratados con bondad aquí, incluso después de la Purga. Ésta es una razón por la que la zona fue elegida como refugio.

Las macizas paredes se alzaban hasta un techo redondeado. Seguramente en el pasado los frescos lo adornaban todo, pero no quedaba ni rastro. El agua que se filtraba a través de la porosa roca había borrado hacía mucho tiempo todo posible vestigio artístico.

—Es como una cueva —dijo Stephanie.

—Más parece una fortaleza —señaló Casiopea—. Ésta bien podría haber sido la última línea de defensa de la abadía.

Malone había estado pensando lo mismo.

—Pero hay un problema. —Hizo un gesto hacia la penumbra que los rodeaba—. No hay ninguna salida.

Algo más captó su atención. Se acercó y se concentró en la pared, la mayor parte de la cual se alzaba en las sombras. Se estiró para ver mejor.

—Me iría bien una de esas linternas.

Los demás se aproximaron.

A una altura de tres metros distinguió los débiles restos de unas letras toscamente grabadas en la piedra gris.

—«P», «R», «N», «V», «R» —preguntó.

—No —dijo Casiopea—. Hay más, otra «I», quizás una «E» y otra «R».

Penetró en la oscuridad para interpretar lo escrito:

PRIER EN VENIR

La mente de Malone se aceleró. Recordó las palabras que aparecían en el centro de la lápida sepulcral de Marie d'Hautpoul. REDDIS RÉGIS CÉLLIS ARCIS. Y lo que Claridon había dicho sobre ellas en Aviñón.

Reddis significa «devolver, restituir algo que se ha cogido previamente». *Regis* deriva de *rex*, que es rey. *Cellis* se refiere a un almacén. *Arcis* viene de *arx*... baluarte, fortaleza, ciudadela.

Aquellas palabras no parecieron tener importancia en aquel momento. Pero quizás simplemente necesitaban ser dispuestas de otro modo.

«Almacén, fortaleza, restituir algo cogido previamente, rey.»

Añadiendo algunas preposiciones, el mensaje podría ser: «En un almacén, en una fortaleza, devolver algo previamente quitado al rey.»

Y la flecha que iba de arriba abajo por el centro de la lápida sepulcral, entre las palabras, iniciándose arriba con las letras «P» «S» y terminando en PRÆ-CUM.

Prae-cum. En latín, «se ruega venir».

PRIER EN VENIR

En francés, «se ruega venir».

Sonrió y les dijo lo que pensaba.

—El abate Bigou era un tipo inteligente, lo reconozco.

—Esa flecha sobre la lápida sepulcral —dijo Mark— tenía que ser importante. Exactamente en el centro, en un lugar preeminente.

Los sentidos de Malone estaban ahora plenamente alerta, su mente tratando de analizar la información, y empezó a fijarse en el suelo. Muchas de las baldosas habían desaparecido, y el resto estaban rotas y deformadas, pero observó un esquema. Una serie de cuadriláteros, enmarcados por una estrecha línea de piedra, corrían de delante atrás y de derecha a izquierda.

Contó.

En uno de los enmarcados rectángulos contó siete piedras de través y nueve de lado. Contó otra sección. Lo mismo. Luego otra.

—El suelo está dispuesto en siete y nueve —les dijo.

Mark y Henrik se movieron hacia el altar, haciendo números por su cuenta.

—Y hay nueve secciones desde la puerta trasera al altar —dijo Mark.

—Y siete van de través —dijo Stephanie, cuando terminó de descubrir una última sección del suelo cerca de una pared exterior.

—Conforme, parece que estamos en el lugar correcto —declaró Malone.

Pensó nuevamente en la lápida sepulcral. «Se ruega venir.» Levantó la mirada hacia las palabras francesas garabateadas en la piedra, y luego miró abajo, al suelo. Las abejas seguían zumbando cerca del altar.

—Vayamos a buscar esos tubos de neón y ese generador. Necesitamos ver lo que estamos haciendo.

—Pienso que deberíamos quedarnos esta noche —dijo Casiopea—. La posada más próxima está en Elne, a unos cincuenta kilómetros de distancia. Deberíamos acampar aquí.

—¿Tenemos provisiones? —quiso saber Malone.

—Podemos conseguirlas —dijo ella—. Elne es una población bastante grande. Podemos comprar lo que necesitemos sin llamar la atención. Pero yo no quiero ir.

Pudo ver que ninguno de ellos quería marcharse. La excitación corría por todos sus cuerpos. Y él podía sentirla también. El enigma ya no era ninguna entelequia imposible de comprender. En vez de ello, la respuesta se hallaba en alguna parte a su alrededor. Y, contrariamente a lo que le había dicho a Casiopea el día anterior, él deseaba encontrarla.

—Iré yo —dijo Geoffrey—. Ustedes necesitan quedarse y decidir qué haremos a continuación. Es cosa suya, no mía.

—Apreciamos ese gesto —dijo Thorvaldsen.

Casiopea buscó en su bolsillo y sacó un fajo de euros.

—Necesitarás dinero.

Geoffrey cogió los billetes y sonrió.

—Denme una lista y estaré de vuelta al anochecer.

LVIII

Malone rastreó con la linterna el interior de la iglesia, buscando más pistas en las paredes de roca. Habían descargado todo el equipo que Casiopea había traído. Stephanie y Casiopea se encontraban fuera, montando un campamento. Henrik se había ofrecido voluntariamente para buscar leña. Malone y Mark regresaron al interior para ver si habían pasado algo por alto.

—Esta iglesia lleva vacía mucho tiempo —dijo Mark—. Trescientos años, dijo el cura del pueblo.

—Debió de haber sido notable en su época.

—Este tipo de construcción no es infrecuente. Hay iglesias excavadas en la roca por todo el Languedoc. En Vals, cerca de Carcasona, existe una de las más famosas. Está en buen estado. Y conserva frescos. Todas las iglesias de esta región estaban pintadas. Era la moda. Por desgracia, muy poco de ese arte sobrevivió gracias a la Revolución.

—Debe de haber sido duro vivir aquí.

—Los monjes eran una raza muy rara. No tenían periódicos, radio, televisión, música, teatro. Sólo algunos libros y los frescos de la iglesia como entretenimiento.

Malone continuaba examinando la casi teatral oscuridad que le rodeaba, rota solamente por una gredosa luz que iba desapareciendo y que coloreaba los escasos detalles como si hubiera caído una gruesa capa de nieve en el interior.

—Hemos de suponer que el criptograma del informe del mariscal es auténtico —declaró Mark—. No hay ninguna razón para pensar que no lo sea.

—Excepto que el mariscal desapareció poco después de archivar ese informe.

—Siempre he creído que ese mariscal estaba obsesionado, como De Roquefort. Creo que iba tras el tesoro. Debió de haber tenido noticias de la historia del secreto familiar de los De Blanchefort. Esa información, y el hecho de que el abate Bigou pueda haber conocido el secreto, ha formado parte de nuestras Crónicas durante siglos. El mariscal quizás supuso que Bigou había dejado ambos criptogramas y que éstos conducían al Gran Legado. Siendo un hombre ambicioso, trató de obtenerlo por su cuenta.

—Entonces, ¿por qué registró el criptograma?

—¿Y eso qué importaba? Él tenía la solución, que el abate Gélis le facilitó. Nadie más tenía la más mínima idea de lo que significaba. Así que, ¿por qué no archivar el informe y demostrar a tu maestre que habías estado trabajando?

—Siguiendo esta línea de pensamiento, el mariscal pudo haber matado a Gélis y simplemente regresado y registrado posteriormente lo que había pasado como una manera de borrar sus huellas.

—Eso es totalmente posible.

Malone se acercó a las letras —PRIER EN VENIR— garabateadas en la pared.

—Nada más sobrevivió aquí —murmuró.

—Eso es cierto. Lo cual es una vergüenza. Hay montones de nichos, y todos habrían contenido estatuas. Combinado con los frescos, éste hubiera sido antaño un lugar bellamente decorado.

—¿Y cómo consiguieron sobrevivir estas tres palabras?

—Apenas lo han conseguido.

—Lo suficiente —dijo, pensando que tal vez Bigou había intervenido en ello.

Recordó nuevamente la lápida sepulcral de Marie de Blanchefort. La flecha de dos puntas y PRAE-CUM. «Se ruega venir.» Miró fijamente al suelo y a la disposición siete por nueve.

—En el pasado debió de haber habido bancos aquí, ¿no?

—Claro. De madera. Desaparecidos hace tiempo.

—Si Saunière se enteró de la solución del criptograma por Gélis o lo resolvió él mismo...

—El mariscal dice en su informe que Gélis no confiaba en

Saunière.

Malone negó con la cabeza.

—Eso podía ser más información errónea por parte del mariscal. Saunière evidentemente dedujo algo sin que el mariscal lo supiera. Así que supongamos que encontró el Gran Legado. Por todo lo que sabemos, Saunière retornó a él muchas veces. Me contó usted en Rennes que él y su amante salían de la población, y luego regresaban con rocas para la gruta que estaban construyendo. Podían haber venido aquí a retirar fondos de su banco privado.

—En tiempos de Saunière, esa excursión hubiera sido fácil en tren.

—De modo que habría necesitado poder acceder al escondite, aunque al mismo tiempo manteniendo en secreto su ubicación.

Levantó la mirada nuevamente hacia las letras. PRIER EN VENIR. «Se ruega venir.»

Luego se arrodilló.

—Tiene sentido. Pero ¿qué ve usted desde ahí que yo no veo desde aquí? —preguntó Mark.

Su mirada recorrió la iglesia. No quedaba nada dentro excepto el altar, a unos seis metros de distancia. La losa que lo cubría tendría unos siete u ocho centímetros de espesor, y estaba sostenida por un soporte rectangular modelado en bloques de granito. Contó los bloques de una fila horizontal. Nueve. Luego contó el número verticalmente. Siete. Alumbró con la linterna las piedras cubiertas de líquenes. Gruesas líneas onduladas de mortero seguían allí. Siguió varias de las líneas con la luz, luego dirigió el rayo hacia la parte de abajo de la losa de granito.

Y lo vio. Ahora sabía.

«Se ruega venir.»

Inteligente.

De Roquefort no estaba escuchando el parloteo del tesorero. Algo sobre el presupuesto y los excedentes de la abadía. Ésta había sido fundada con una donación que ascendía a millones de euros, unos fondos adquiridos hacía mucho tiempo y que eran religiosamente mantenidos para garantizar que la orden nunca tendría problemas económicos. La abadía era casi autosuficiente. Sus campos, granjas y panadería producían la mayor parte de sus necesidades. Su lagar y su vaquería generaban gran parte de lo que bebían. Y el agua manaba en tanta abundancia que era conducida por tuberías al valle, donde era embotellada y vendida a toda Francia. Por supuesto, mucho de lo que necesitaba para completar las comidas y el mantenimiento tenía que ser comprado. Pero los ingresos procedentes de la venta del vino y el agua, junto con los que aportaban los visitantes, proporcionaban con creces los recursos necesarios. De manera que, ¿qué era todo aquello sobre excedentes?

—¿Necesitamos dinero? —preguntó bruscamente, interrumpiendo a su interlocutor.

—En absoluto, maestre.

—Entonces, ¿por qué me está usted molestando?

—El maestre debe ser informado de todas las decisiones monetarias.

Aquel idiota tenía razón. Pero no quería que le molestaran. Sin embargo, el tesorero podía servir de ayuda.

—¿Ha estudiado usted nuestra historia financiera?

La pregunta pareció pillar desprevenido al hombre.

—Desde luego, maestre. Es algo que se exige a todo tesorero. Yo estoy actualmente enseñando a los que están a mis órdenes.

—En la época de la Purga, ¿cuál era nuestra riqueza?

—Incalculable. La orden poseía más de mil propiedades, y es imposible calcular el valor de todo eso.

—¿Y nuestra riqueza líquida?

—De nuevo, es difícil decirlo. Había dinares de oro, monedas bizantinas, florines de oro, dracmas, marcos, junto con plata y oro sin acuñar. De Molay llegó a Francia en 1306 con doce monturas cargadas de plata sin acuñar que nunca fueron contabilizadas. Luego está la cuestión de los artículos que tenían en depósito.

De Roquefort sabía a qué se refería el hombre. La orden había sido la iniciadora de los depósitos de seguridad, guardando testamentos y documentos preciosos de hombres adinerados, juntamente con joyas y otros artículos personales. Su reputación de honradez había sido impecable, lo que permitió que el servicio prosperase en toda la Cristiandad... Todo ello, por supuesto, a cambio de unos emolumentos.

—Los artículos que se guardaban —dijo el tesorero— se perdieron en la Purga. Los inventarios estaban con nuestros archivos, que desaparecieron también. De manera que no hay forma de estimar lo que se guardaba. Pero se puede decir con seguridad que la riqueza total equivaldría a miles de millones de euros de hoy.

Tenía noticia de los carros de heno acarreados hacia el sur por cuatro hermanos elegidos y su líder, Gilbert de Blanchefort, que había recibido instrucciones, primero de no informar a nadie de su escondite y, segundo, de asegurarse de que lo que sabía era «transmitido a otros de la manera apropiada». De Blanchefort realizó bien su trabajo. Habían trascurrido setecientos años, y la ubicación seguía siendo un secreto.

¿Qué era tan valioso que Jacques de Molay había ordenado que se guardara en secreto con tan complicadas precauciones?

Venía dando vueltas a la respuesta a esta pregunta treinta años.

El teléfono que llevaba en su sotana vibró, lo cual le pilló por sorpresa.

Por fin.

—¿Qué pasa, maestre? —preguntó el tesorero.

De Roquefort recobró el dominio de sí mismo.

—Déjeme ahora.

El hombre se levantó de la mesa, se inclinó y luego se retiró. De Roquefort descolgó el teléfono y dijo:

—Espero que esto no sea una pérdida de tiempo.

—¿Cómo puede ser la verdad una pérdida de tiempo?

Instantáneamente reconoció la voz.

Geoffrey.

—¿Y por qué habría de creer ninguna palabra que dijeras tú? —preguntó.

—Porque es usted mi maestre.

—Tu lealtad era hacia mi predecesor.

—Mientras él respiraba, eso fue cierto. Pero después de su muerte, mi juramento con la hermandad exige que sea leal con quien sea que lleve el manto blanco...

—Incluso aunque no te guste ese hombre.

—Creo que usted hizo lo mismo durante muchos años.

—¿Y atacar a tu maestre es una muestra de tu lealtad?

No había olvidado el golpe en la sien con la culata del arma antes de que Geoffrey y Mark Nelle escaparan de la abadía.

—Una demostración necesaria ante el senescal.

—¿Dónde has conseguido este teléfono?

—El antiguo maestre me lo dio. Iba a ser útil durante nuestra excursión más allá de los muros. Pero yo decidí darle un uso diferente.

—Tú y el maestre lo planeasteis bien.

—Era importante para él que tuviéramos éxito. Por eso envió el diario a Stephanie Nelle. Para involucrarla.

—Ese diario no tiene valor.

—Así me han dicho. Pero ésa fue una información nueva para mí. No me enteré hasta ayer.

De Roquefort preguntó lo que quería saber.

—¿Han resuelto el criptograma? ¿El del informe del mariscal?

—Cierto, lo han hecho.

—Bueno, dime, hermano. ¿Dónde estás?

—En St. Agulous. En la abadía en ruinas justo al norte del pueblo. No lejos de usted.

—¿Y nuestro Gran Legado está ahí?

—Aquí es adonde conducen todas las pistas. Ellos están, en este momento, trabajando para encontrar el escondite. A mí me enviaron a Elne por provisiones.

De Roquefort estaba empezando a creer en el hombre que se encontraba al otro extremo de la línea. Pero no sabía si era por desesperación, o por una correcta apreciación.

—Hermano, te mataré si esto es una mentira.

—No dudo de esa declaración. Ya ha matado usted antes.

Sabía que no debía, pero tenía que preguntar.

—¿Y a quién he matado?

—Probablemente fue usted responsable de la muerte de Ernest Scoville. ¿Y de Lars Nelle? Eso es más difícil de determinar, al menos por lo que me dijo el antiguo maestre.

Quería sondear más, pero sabía que todo interés que mostrara no sería más que una tácita admisión, de manera que dijo simplemente:

—Tú deliras, hermano.

—Me han dicho cosas peores.

—¿Cuál es tu motivo?

—Quiero ser caballero. Usted es quien toma esa decisión. En la capilla, hace unas noches, cuando arrestó usted al senescal, dejó claro que eso no iba a pasar. Decidí entonces que tomaría un camino diferente... un camino que no le gustaría al antiguo maestre. De manera que seguí adelante. Me enteré de lo que pude. Y esperé hasta poder ofrecerle lo que usted realmente quería. A cambio, pediría sólo el perdón.

—Si lo que dices es verdad, lo tendrás.

—Volveré a las ruinas dentro de poco. Ellos tienen pensado acampar allí esta noche. Ya ha visto usted que tienen recursos, tanto individual como colectivamente. Aunque jamás me atrevería a anteponer mi juicio al suyo, yo recomendaría una acción decisiva.

—Puedo asegurarte, hermano, que mi respuesta será de lo más decisiva.

LIX

Malone se puso de pie y se dirigió al altar. A la luz de su linterna, había observado que no había ninguna junta de mortero bajo la losa superior. La disposición siete por nueve de las piedras del soporte había llamado su atención, y al arrodillarse vio la grieta.

Ya en el altar, se inclinó y acercó la luz.

—Esta losa no está fijada.

—No esperaría que lo estuviese. Es la gravedad lo que la mantiene en su lugar. Mírela. ¿Cuánto tiene eso? ¿Siete u ocho centímetros de grosor y más de un metro ochenta de largo?

—Bigou escondió su criptograma en la columna del altar en Rennes. Yo me preguntaba por qué había elegido ese particular escondite. Único, ¿no te parece? Para llegar a él, tenía que levantar la losa lo suficiente para dejar libre el perno de fijación, luego deslizar el frasco de vidrio en el nicho. Devuelves la losa a su sitio y tendrás un magnífico escondrijo. Pero hay más cosas. Bigou estaba mandando un mensaje. —Dejó a un lado la linterna—. Tenemos que mover esto.

Mark se fue a un extremo y Malone se situó en el otro. Agarrando ambos lados con sus manos, probaron a ver si la piedra se movía.

Lo hizo, aunque muy ligeramente.

—Tienes razón —dijo—. Está simplemente asentada ahí. No veo razón alguna para delicadezas. Empuja fuerte.

Juntos, movieron la piedra de un lado a otro, y luego la deslizaron lo suficiente para hacer que la gravedad la hiciera caer al suelo.

Malone contempló la abertura rectangular que habían dejado al descubierto, y todo lo que vio fue unas piedras sueltas.

—Esto está lleno de piedras —dijo Mark.

Malone sonrió.

—Claro. Saquémoslas.

—¿Para qué?

—Si tu fueras Saunière y no quisieras que nadie te siguiera la pista, esa losa de mármol es un buen objeto para disuadir. Pero estas piedras serían incluso mejores. Como tú me dijiste ayer, tenemos que pensar como lo hacía la gente hace cien años. Mira a tu alrededor. Nadie vendría aquí a buscar el tesoro. Esto sólo es un montón de ruinas. ¿Y quién hubiera desmontado este altar? Lo que sea lleva aquí siglos sin que nadie haya venido a buscarlo. Pero si alguien hiciera todo eso, ¿por qué no pensar en otra línea de defensa?

El soporte rectangular se encontraba a unos noventa centímetros del suelo, y rápidamente sacaron las piedras. Diez minutos más tarde, el soporte estaba vacío. El fondo estaba lleno de suciedad.

Malone saltó al interior y le pareció que detectaba una ligera vibración. Se inclinó y tanteó con los dedos. El reseco suelo tenía la consistencia de la arena del desierto. Mark alumbró con la linterna mientras él sacaba la tierra a puñados. A unos quince centímetros de profundidad tropezó con algo. Escarbó con ambas manos hasta abrir un agujero de treinta centímetros de anchura, y descubrió unas planchas de madera.

Levantó la mirada y sonrió.

—¿No es estupendo tener razón?

✠

De Roquefort entró como una exhalación en la sala y se enfrentó a su consejo. Había ordenado apresuradamente una reunión de los dignatarios de la orden después de terminar su conversación telefónica con Geoffrey.

—El Gran Legado ha sido encontrado —anunció.

El asombro se apoderó de los rostros de los reunidos.

—El antiguo senescal y sus aliados han localizado el escondite.

Tengo a un hermano infiltrado entre ellos como espía. Acaba de informar de su éxito. Es hora de reclamar nuestra herencia.

—¿Qué se propone usted? —preguntó uno de ellos.

—Tomaremos un contingente de caballeros y los capturaremos.

—¿Más derramamiento de sangre? —preguntó el capellán.

—No, si la operación se lleva a cabo con cuidado.

El capellán no parecía muy impresionado.

—El antiguo senescal y Geoffrey, quien al parecer es su aliado, ya que no sabemos de ningún otro hermano que esté con ellos, han matado ya a dos de los nuestros. No hay razón alguna para suponer que no seguirán disparando.

Ya estaba harto de sus palabras.

—Capellán, ésta no es una cuestión de fe. Su consejo no es necesario.

—La seguridad de los miembros de esta orden es responsabilidad de todos nosotros.

—¿Y se atreve usted a decir que yo no pienso en la seguridad de la orden? —Hizo que su voz se elevara—. ¿Cuestiona usted mi autoridad? ¿Está objetando mi decisión? Responda, capellán. Quiero saberlo.

Si el veneciano se sentía intimidado, nada en su actitud dejaba entreverlo. En vez de ello, dijo simplemente:

—Usted es mi maestre. Le debo lealtad... en lo que sea.

No le gustó a De Roquefort aquel tono insolente.

—Pero, maestre —continuó el capellán—, ¿no fue usted quien dijo que todos nosotros deberíamos tomar parte en las decisiones de esta magnitud? —Algunos de los otros hermanos asistieron con la cabeza—. ¿No le dijo usted a la hermandad reunida en cónclave que trazaría usted un nuevo derrotero?

—Capellán, vamos a emprender la mayor misión que esta orden ha llevado a cabo durante siglos. No tengo tiempo de discutir con usted.

—Pensaba que cantar las alabanzas de nuestro Dios y Señor era nuestra misión más grande. Y eso es una cuestión de fe, de lo cual estoy calificado para hablar.

Se le terminó la paciencia.

—Queda usted destituido.

El capellán no se movió. Ninguno de los otros dijo una palabra.

—Si no se marcha usted inmediatamente, haré que lo detengan y lo traigan ante mí más tarde para su castigo. —Hizo una pausa—. Que no resultará agradable.

El capellán se puso de pie y se tocó la cabeza.

—Me marcharé. Como usted manda.

—Ya hablaremos más tarde. Se lo aseguro.

Esperó a que el capellán saliera, y entonces les dijo a los demás:

—Hemos buscado nuestro Gran Legado durante mucho tiempo. Ahora está a nuestro alcance. Lo que ese depósito contiene no pertenece a nadie más que a nosotros. Nuestra herencia está allí. Yo trato de reclamar lo que es nuestro. Doce caballeros me ayudarán. Os dejaré que vosotros mismos seleccionéis a esos hombres. Tened a vuestros elegidos completamente armados y reunidos en el gimnasio dentro de una hora.

Malone llamó a Stephanie y a Casiopea y les dijo que trajeran la pala que habían descargado del Land Rover. Ellas aparecieron junto con Henrik, y entraron en la iglesia. Malone explicó lo que él y Mark habían hallado.

—Chico listo —le dijo Casiopea.

—Bueno, tengo mis momentos.

—Tenemos que sacar el resto de esa porquería de ahí —dijo Stephanie.

—Alárgueme la pala.

Empezó a quitar la tierra. Unos minutos más tarde, salieron a la luz tres ennegrecidas planchas de madera. La mitad estaban unidas con tiras de metal. La otra mitad formaba una puerta engoznada que se abría hacia arriba.

Se inclinó y acarició suavemente el metal.

—El hierro está corroído. Estas bisagras ya no sirven. Un centenar de años las han afectado.

—¿Qué quiere usted decir con «un centenar de años»? —quiso saber Stephanie.

—Saunière construyó esa puerta —dijo Casiopea—. La madera está en bastante buen estado; no tiene siglos de existencia.

Y parece haber sido cepillada hasta darle un suave acabado, que no es algo que uno suela ver en la madera medieval. Saunière había de tener una manera fácil de entrar y salir. De manera que cuando halló esta entrada, reconstruyó la puerta.

—Estoy de acuerdo —dijo Malone—. Y eso explica cómo pudo manejar esa pesada losa de piedra. Simplemente la apartaba a medias, quitaba las piedras sobre la puerta, bajaba y luego lo volvía a poner todo en su sitio cuando había terminado. Por todo lo que sé sobre él, estaba en buena forma. Y era condenadamente listo.

Metió la pala en el hueco del borde y haciendo palanca subió la puerta. Mark alargó la mano y la sujetó. Malone arrojó a un lado la pala y juntos liberaron la escotilla de su marco, dejando al descubierto un gran orificio.

Thorvaldsen miró en su interior.

—Asombroso. Éste podría ser realmente el lugar.

Stephanie alumbró la abertura con la linterna. Una escalera aparecía apoyada contra una de las paredes de piedra.

—¿Qué piensa usted? ¿Resistirá?

—Hay una manera de averiguarlo.

Malone extendió una pierna y suavemente aplicó su peso sobre el primer travesaño. La escalera estaba fabricada con madera gruesa, que él esperaba que siguiera unida con clavos. Vio algunas cabezas oxidadas. Apretó un poco más, agarrándose por si cedía. Pero el escalón aguantó. Colocó el otro pie en la escalera y probó un poco más.

—Creo que resistirá.

—Yo soy más liviana —dijo Casiopea—. Me encantaría bajar la primera.

Él sonrió.

—Si no le importa, yo tendré el honor.

—Lo ve, yo tenía razón —dijo ella—. Usted lo deseaba.

Sí, lo deseaba. Lo que pudiera haber abajo le estaba llamando, como la búsqueda de libros raros a través de oscuras estanterías. Nunca sabías lo que podías encontrar.

Agarrándose todavía, descendió hasta el segundo peldaño. Habría una separación entre ellos de cuarenta y cinco centímetros. Tranquilamente trasladó sus manos a la parte superior de la escalera y descendió otro.

—La impresión es buena —dijo.

Siguió bajando, probando cuidadosamente cada escalón. Por encima de él, Stephanie y Casiopea trataban de penetrar la oscuridad con sus linternas. En el halo de sus dos luces combinadas, Malone vio que había llegado al pie de la escalera. El siguiente paso ya lo daría en el suelo. Todo estaba cubierto de una fina gravilla y piedras del tamaño de puños y cráneos.

—Échenme una linterna —dijo.

Thorvaldsen dejó caer hacia él una de las luces. Malone la cogió y paseó el rayo de luz alrededor. La escalera tendría unos cuatro metros y medio desde el suelo hasta el techo. Vio que la salida se encontraba en el centro de un corredor natural, algo que millones de años de lluvia y deshielos habían forjado a través de la arenisca. Sabía que los Pirineos estaban acribillados de cuevas y túneles.

—¿Por qué no baja de un salto? —preguntó Casiopea.

—Es demasiado fácil. —Estaba alerta a un escalofrío que había sentido en la base de su espalda, algo que no se debía solamente al aire frío—. Dejen caer una de esas piedras por el agujero.

Se situó fuera de la trayectoria.

—¿Listo? —preguntó Stephanie.

—Dispare.

La roca pasó por la abertura. Él siguió su caída y observó cómo golpeaba en el suelo, y luego seguía su camino.

Las luces iluminaron el lugar del impacto.

—Tenía usted razón —reconoció Casiopea—. Ese agujero estaba justo debajo de la superficie para alguien que saltara de la escalera.

—Dejen caer algunas rocas más a su alrededor y busquemos terreno firme.

Llovieron cuatro piedras más que golpearon el suelo con un ruido sordo. Supo entonces adónde saltar, de manera que se soltó de la escalera y utilizó la linterna para examinar la trampa. La cavidad era un cuadrado de casi un metro de lado y tendría al menos noventa centímetros de profundidad. Buscó dentro y recogió algunos trozos de la madera que había cubierto la parte superior del agujero. Los bordes eran machihembrados, y las tablas lo bastante finas para romperse bajo el peso de un hombre, pero suficientemente gruesas para sostener una capa de limo y grava. En el fondo del agujero se veían largas púas de metal, bien afiladas, ensanchadas por la base, esperando cazar a algún intruso confiado. El tiempo había empañado su pátina, pero no su eficacia.

—Saunière era muy serio —dijo.

—Podría ser una trampa templaria —señaló Mark—. ¿Es latón?

—Bronce.

La orden dominaba el arte de la metalurgia. Latón, bronce, cobre... se usaba todo. La Iglesia prohibía la experimentación científica, pero aprendieron cosas de los árabes.

—La madera de la parte superior no puede tener setecientos años de antigüedad —dijo Casiopea—. Saunière debía de haber reparado las defensas templarias.

No era lo que deseaba oír.

—Eso significa que ésta es probablemente sólo la primera de una serie de múltiples trampas.

LX

Malone observó cómo Stephanie, Mark y Casiopea bajaban por la escalera. Thorvaldsen se quedó en la superficie, esperando el regreso de Geoffrey, preparado para facilitar herramientas, si hacía falta.

Mark quiso dejar las cosas claras.

—Hablo en serio cuando digo que los templarios fueron los primeros en preparar estas trampas. He leído relatos en las Crónicas sobre las técnicas que empleaban.

—Sólo hay que mantener los ojos bien abiertos —dijo Malone—. Si queremos encontrar lo que hay que encontrar, tenemos que mirar.

—Son más de las tres —advirtió Casiopea—. El sol se habrá puesto dentro de un par de horas. Ya hace bastante frío ahora. Después del crepúsculo el frío será intenso.

Su chaqueta mantenía cálido el pecho, pero les vendrían bien guantes y calcetines térmicos, que eran algunas de las cosas que Geoffrey había ido a buscar. Sólo la luz procedente del techo iluminaba el corredor que se extendía en ambas direcciones. Sin la linterna, Malone dudaba de que fuera capaz de ver un dedo cerca de su nariz.

—La luz del día no va a tener importancia. Todo es luz artificial aquí. Necesitamos que Geoffrey vuelva con la comida y la ropa de abrigo. Henrik —gritó—. Háganos saber cuándo regresa el buen hermano.

—Caza segura, Cotton.

Su mente barajaba cada vez más posibilidades.

—¿Qué piensan ustedes de esto? —preguntó a los demás.

—Esto podría formar parte de un *horreum* —dijo Casiopea—. Cuando los romanos gobernaron esta región, establecieron almacenes subterráneos para conservar mercancías perecederas. Una versión temprana del almacén refrigerado. Algunos han sobrevivido. Éste podría ser uno de ellos.

—¿Y los templarios supieron de su existencia? —quiso saber Stephanie.

—Ellos también los tenían —explicó Mark—. Lo aprendieron de los romanos. Lo que dice tiene sentido. Cuando De Molay le dijo a De Blanchefort que «se llevara el tesoro del Temple por anticipado», fácilmente pudo haber elegido un lugar así. Debajo de una anodina iglesia, en una abadía menor, sin ninguna relación con la orden.

Malone apuntó adelante con su linterna, luego dio la vuelta y dirigió el rayo en la otra dirección.

—¿Por dónde?

—Buena pregunta —dijo Stephanie.

—Usted y Mark vayan en esa dirección. Casiopea y yo iremos en la otra. —Pudo ver que ni a Mark ni a Stephanie les gustaba esa decisión—. No tenemos tiempo para que ustedes se peleen. Déjenlo estar de momento. Hagan su trabajo. Eso es lo que me dijo usted, Stephanie.

Ella no quería discutir con él.

—Tiene razón. Andando —le dijo a Mark.

Malone observó mientras ellos desaparecían en la negrura.

—Inteligente, Malone —susurró Casiopea—. Pero ¿le parece prudente mandar juntos a esos dos? Hay montones de cuestiones pendientes entre ellos.

—Nada como una pequeña tensión para hacer que se aprecien mutuamente.

—¿Eso es válido para nosotros también?

Malone apuntó con la linterna al rostro de la mujer.

—Vaya delante y averigüémoslo.

De Roquefort y doce de los hermanos se acercaban a la abadía desde el sur. Habían evitado el pueblo de St. Agulous y aparcado sus vehículos un kilómetro antes, en el espeso bosque. Habían ido andando a través de un paisaje de maleza y roca rojiza. Sabían que toda la zona era como un imán para los entusiastas del campo. Verdes laderas y rojizos riscos los rodeaban, pero el camino estaba bien delimitado, quizás usado por los pastores de la zona para conducir las ovejas, y la senda los llevó hasta unos centenares de metros de las derruidas paredes y montañas de escombros que antaño habían sido un lugar de devoción.

Hizo detener a sus hombres y consultó el reloj. Eran cerca de las cuatro de la tarde. El hermano Geoffrey había dicho que regresaría al lugar al crepúsculo. Miró a su alrededor. Las ruinas estaban encaramadas sobre un promontorio rocoso a unos cien metros arriba. El coche de alquiler de Malone estaba aparcado en la ladera.

—Meteos entre los árboles para ocultaros —ordenó—. Y que nadie se deje ver.

Momentos más tarde, un Land Rover apareció por el inclinado sendero de gravilla y se detuvo junto al otro coche. Vio salir a Geoffrey del lado del conductor, y observó que el joven examinaba los alrededores, pero De Roquefort decidió no mostrarse, no estando seguro todavía de si se trataba de una trampa.

Geoffrey vaciló ante el Land Rover, luego abrió el portón trasero y sacó dos cajas. Agarrándolas, inició el camino de ascenso hacia la abadía. De Roquefort esperó a que pasara por su lado, luego salió al sendero y dijo:

—He estado esperando, hermano.

Geoffrey se detuvo y se dio la vuelta.

Una fría palidez cubría la demacrada cara del joven. El hermano no dijo nada, simplemente depositó las cajas en el suelo, buscó en su chaqueta y sacó una automática de nueve milímetros. De Roquefort reconoció el arma. La pistola, fabricada en Austria, era de una de las marcas almacenadas en el arsenal de la abadía.

Geoffrey metió un cargador.

—Entonces traiga a sus hombres y acabemos de una vez con esto.

✠

Una insoportable tensión borraba todo pensamiento de la mente de Malone. Éste iba siguiendo a Casiopea a medida que avanzaban lentamente por el pasaje subterráneo. El pasadizo tendría algo más de un metro cincuenta de ancho y casi dos metros y medio de alto, y las paredes estaban secas y eran irregulares. Cuatro metros y medio de dura tierra le separaban de la superficie. Los lugares cerrados no eran de su agrado. Casiopea, sin embargo, no parecía nerviosa. Malone había visto ese tipo de valor anteriormente en agentes que trabajaban mejor bajo extrema presión.

Andaba alerta ante más posibles trampas. Prestando especial atención a la gravilla que se extendía ante él. Siempre había encontrado divertido en las películas de aventuras que unas partes móviles de piedra y metal, supuestamente de centenares o miles de años de antigüedad, siguieran funcionando como si hubieran sido engrasadas el día anterior. El hierro y la piedra eran vulnerables al aire y el agua, su eficacia limitada. Pero el bronce era otra cuestión. Ese metal era duradero; había sido creado justamente por ese motivo. De manera que otras púas colocadas en el fondo de pozos podrían constituir un problema.

Casiopea se detuvo, su linterna enfocada unos tres metros más adelante.

—¿Qué pasa? —preguntó Malone.

—Eche una mirada.

Él sumó su cono de luz al de la mujer, y lo vio.

✠

Stephanie también aborrecía los espacios cerrados, pero no estaba dispuesta a confesarlo, especialmente a su hijo, que tan mal concepto tenía ya de ella. De manera que, para apartar de su cabeza esa incomodidad, preguntó:

—¿Cómo habrían almacenado los caballeros su tesoro aquí abajo?

—Transportándolo pieza a pieza. Nada los habría detenido, excepto la captura o la muerte.

—Debió de ser un gran esfuerzo.

—Les sobraba tiempo.

Ambos estaban atentos al terreno que tenían ante ellos, comprobando Mark el suelo antes de dar cada paso.

—Sus medidas de seguridad no habrían sido muy sofisticadas —dijo Mark—. Pero sí efectivas. La orden poseía cámaras subterráneas por toda Europa. La mayoría estaban vigiladas, amén de las trampas. Aquí, el secreto y las trampas tenían que hacer el trabajo sin guardianes. Lo último que hubieran deseado era llamar la atención hacia este lugar con algunos caballeros rondando por aquí.

—A tu padre le habría encantado. —Tenía que decirlo.

—Lo sé.

La luz de la linterna de Stephanie captó algo en la pared del pasaje, más adelante. Ella sujetó a Mark por el hombro y lo hizo detenerse.

—Mira.

Esculpidas en la roca había unas letras:

NON NOBIS DOMINE
NON NOBIS SED NOMINE TUO DARE GLORIAM
PAUPERES COMMILITONES CHRISTI TEMPLIQUE SALAMONIS

—¿Qué dice? —preguntó ella.

—Un poco libremente, «No por obra de nosotros, oh, Señor, no por obra de nosotros, sino en Tu nombre se da la gloria. Pobres Compañeros Soldados de Cristo y el Templo de Salomón». Es el lema templario.

—Así que es verdad. Es eso.

Mark no dijo nada.

—Que Dios me perdone —susurró ella.

—Dios tiene poco que ver con esto. El hombre creó esta porquería, y al hombre le corresponde limpiarla. —Dirigió la luz más adelante por el pasaje—. Mira aquí.

Ella miró dentro del halo, y vio una reja de metal —una puerta— que daba a otro pasaje.

—¿Es ahí dónde está todo almacenado? —preguntó.

Sin esperar una respuesta, pasó por el lado de Mark, y había dado ya unos pasos cuando oyó que Mark gritaba:

—No.

Entonces el suelo se hundió.

✠

Malone contempló la visión iluminada por sus luces combinadas. Un esqueleto. Postrado en el suelo de la caverna, con los hombros, cuello y cráneo apoyados contra la pared.

—Acerquémonos —dijo.

Avanzaron un poquito con precaución, y Malone observó una ligera depresión en el suelo. Agarró a Casiopea por el hombro.

—Lo veo —dijo ella, deteniéndose—. Es largo. Tiene casi dos metros.

—Estos malditos pozos habrían sido invisibles en su época, pero la madera de debajo se ha debilitado lo suficiente para mostrarlos.

Se movieron en torno de la depresión, permaneciendo en terreno firme, y se acercaron al esqueleto.

—No queda nada más que los huesos —dijo ella.

—Mire el pecho. Las costillas. Rotas en algunos lugares. Cayó en esa trampa. Esas heridas son de las estacas.

—¿Quién es?

Algo captó su atención.

Malone se inclinó y descubrió una ennegrecida cadena de plata entre los huesos. La levantó. Del bucle colgaba un medallón. Lo enfoco con la linterna.

—El sello templario. Dos hombres sobre un único caballo. Representaba la pobreza individual. Vi un dibujo de esto en un libro hace unas cuantas noches. Apostaría algo a que se trata del mariscal que escribió el informe que hemos venido usando. Desapareció de la abadía en cuanto tuvo noticias de la solución del criptograma por el abate Gélis. Vino, averiguó la solución, pero no tuvo cuidado. Saunière probablemente encontró el cuerpo y simplemente lo dejó ahí.

—Pero ¿cómo habría averiguado nada Saunière? ¿Cómo resolvió el criptograma? Mark me dejó leer ese informe. Según Gélis, Saunière no había resuelto el rompecabezas que encontró en su iglesia, y Gélis sospechaba de él, de manera que no le dijo nada a Saunière.

»Eso suponiendo que lo que el mariscal escribió fuera cierto. O Saunière o el mariscal mataron a Gélis para impedir que el cura contara a nadie lo que había descifrado. Si fue el mariscal, lo que parece probable, entonces escribió el informe simplemente como una manera de borrar sus huellas. Una manera de que nadie pensara que dejaba la abadía para venir aquí y encontrar por su cuenta el Gran Legado. ¿Qué importaba que incluyera el criptograma? No hay manera de resolverlo sin la secuencia matemática.

Apartó la atención del muerto e iluminó con su linterna el pasaje.

—Mire eso.

Casiopea se puso de pie y ambos vieron una cruz de cuatro brazos iguales, ensanchados por sus extremos, esculpida en la roca.

—La cruz paté —dijo ella—. Que sólo se les permitía llevar a los templarios por un decreto papal.

Recordó más cosas de las que había leído en el libro templario.

—Las cruces eran rojas sobre un manto blanco, y simbolizaban la disposición a sufrir el martirio en la lucha contra los infieles.

Con su linterna siguió las letras escritas encima de la cruz:

PAR CE SIGNE TU LE VAINCRAS

—«Con este signo tú lo vencerás» —dijo, traduciendo—. Las mismas palabras de la iglesia de Rennes, encima de la pila de agua bendita de la puerta. Saunière las puso aquí.

—La declaración de Constantino cuando luchó por primera vez contra Majencio. Antes de la batalla, se dice que vio una cruz en el sol con esas palabras blasonadas debajo.

—Con una diferencia. Mark dijo que no había ningún *le* en la frase original. Sólo: «Con este signo tú vencerás.»

—Tiene razón.

—Saunière insertó el *le* después de *tu*. En la posición trece y catorce de la frase. 1314.

—El año en que Jacques de Molay fue ejecutado.

—Parece que Saunière añadió un toque de ironía a su simbolismo, y fue de aquí de donde sacó la idea.

Buscó más profundamente en la oscuridad y vio que el pasaje terminaba a unos seis metros más adelante. Pero antes de eso, una verja de metal cerrada con una cadena y una aldabilla bloqueaba un camino que iba en otra dirección.

Casiopea lo vio también.

—Parece que lo encontramos.

Un estruendo llegó desde sus espaldas y alguien gritó.

—No.

Ambos se dieron la vuelta.

LXI

De Roquefort se detuvo en la entrada de las ruinas e hizo un gesto a sus hombres para que se situaran a cada lado. El lugar parecía inquietantemente tranquilo. Ningún movimiento, ni una sola voz. Nada. El hermano Geoffrey se encontraba a su lado. Seguía preocupado por si le estuvieran tendiendo una trampa. Por eso había venido con potencia de fuego. Estaba encantado con la selección de los caballeros que había efectuado el consejo... Aquellos hombres eran algunos de los mejores de sus filas, luchadores experimentados de indiscutible valor y entereza... cosas ambas que muy bien podía necesitar.

Dirigió su mirada más allá de una pila de cascotes cubiertos de líquenes, profundizando en la derruida estructura, más allá de las briznas de la enhiesta hierba. La brillante cúpula del cielo sobre su cabeza se estaba apagando a medida que el sol se retiraba tras las montañas. La oscuridad no tardaría en caer. Y le preocupaba también el tiempo. Las turbonadas y la lluvia llegaban en verano sin previa advertencia en los Pirineos.

Hizo un gesto y sus hombres avanzaron entre peñascos y lienzos de pared derruidos. Descubrió un lugar de acampada entre tres trozos de pared. La leña había sido preparada para un fuego que aún había de ser encendido.

—Iré adentro —susurró Geoffrey—. Me están esperando.

De Roquefort comprendió lo prudente de aquel movimiento y asintió.

Geoffrey entró con calma en el espacio abierto y se acercó a la fogata. Seguía sin haber nadie allí. Entonces el joven desapareció entre las ruinas. Un momento después volvió a salir y les hizo una seña para que se acercaran.

De Roquefort les dijo a sus hombres que aguardaran y sólo él penetró en el claro. Ya había dado instrucciones a su lugarteniente de que atacara en caso necesario.

—En la iglesia sólo está Thorvaldsen —dijo Geoffrey.

—¿Qué iglesia?

—Los monjes excavaron una iglesia en la roca. Y ahora ellos han descubierto un portal bajo el altar que conduce a unas cuevas. Los demás están debajo explorando. Le he dicho a Thorvaldsen que iba a traer los suministros.

A De Roquefort le gustó lo que estaba oyendo.

—Quisiera encontrarme con Henrik Thorvaldsen.

Empuñando la pistola, siguió a Geoffrey a la cavidad parecida a un calabozo tallada en la roca. Thorvaldsen se encontraba de pie dándoles la espalda, mirando dentro de lo que antaño fuera un soporte para el altar.

El viejo se dio la vuelta cuando ellos se acercaban.

De Roquefort levantó el arma.

—Ni una palabra. O será la última.

✠

La tierra bajo los pies de Stephanie había cedido, y sus piernas se estaban hundiendo en una de las trampas que tanto había tratado de evitar. ¿En qué estaba pensando? Al ver las palabras grabadas en la roca y luego la verja de metal que esperaba ser abierta, comprendió que su marido había tenido razón. De modo que abandonó toda precaución y corrió hacia delante. Mark había tratado de detenerla. Ella le oyó gritar, pero era demasiado tarde.

Estaba ya cayendo

Sus manos se levantaron en un intento de agarrarse, y se preparó para las púas de bronce. Pero entonces sintió que un brazo le rodeaba el pecho en un estrecho abrazo. Empezó a caer hacia atrás, hacia el suelo, contra el cual golpeó, mientras otro cuerpo amortiguaba su impacto.

Un segundo más tarde, silencio.

Mark yacía bajo ella.

—¿Estás bien? —preguntó Stephanie, rodando para apartarse de él.

Su hijo se levantó de la gravilla.

—Qué bien se sentían estas rocas contra mi espalda...

Sonaron unos pesados pasos en la oscuridad tras ellos, acompañados de dos conos de luz vacilante. Aparecieron Malone y Casiopea.

—¿Qué ha pasado? —preguntó Malone.

—Me descuidé —dijo ella, poniéndose de pie y limpiándose el polvo.

Malone iluminó el agujero rectangular.

—Habría sido una caída sangrienta. Está lleno de púas, todas en buen estado.

Ella se acercó, bajó la mirada hacia la abertura, luego se dio la vuelta y le dijo a Mark.

—Gracias, hijo.

Mark se estaba frotando el cogote, tratando de aliviar el dolor de sus músculos.

—No ha sido nada.

—Malone —dijo Casiopea—. Eche una mirada.

Stephanie observó que Malone y Casiopea estudiaban el lema templario que ella y Mark habían encontrado.

—Me dirigía a esa puerta cuando se cruzó el agujero en mi camino.

—Dos de ellas —murmuró Malone—. En los extremos opuestos del corredor.

—¿Hay otra reja? —preguntó Mark.

—Con otra inscripción.

La mujer escuchó mientras Malone le contaba lo que habían hallado.

—Estoy de acuerdo con usted —dijo Mark—. Ese esqueleto tiene que ser nuestro mariscal perdido hace tanto tiempo. —Se sacó una cadena de debajo de su camisa—. Todos nosotros llevamos el medallón. Nos lo entregan en la ceremonia de iniciación.

—Aparentemente —dijo Malone—, los templarios se cubrían las espaldas y defendían su escondite. —Hizo un gesto hacia la trampa del suelo—. Y convertían en un desafío arriesgado el encontrarlo. El mariscal debería haber tenido más cuidado. —

Malone se volvió hacia Stephanie—. Como deberíamos todos.

—Entiendo —dijo ella—. Pero, como usted a menudo me recuerda, yo no soy un agente de campo.

Él sonrió ante su sarcasmo.

—Vamos a ver lo que hay detrás de esa reja.

✠

De Roquefort apuntó con el corto cañón de su arma directamente a las arrugadas cejas de Henrik Thorvaldsen.

—Me han dicho que es usted uno de los hombres más ricos de Europa.

—Y a mí me han dicho que es usted uno de los más ambiciosos maestres de la memoria reciente.

—No debería usted escuchar a Mark Nelle.

—No lo he hecho. Fue su padre quien me lo dijo.

—Su padre no me conocía.

—Yo no diría eso. Lo estuvo usted siguiendo bastante tiempo.

—Lo cual resultó ser una pérdida de tiempo.

—¿Eso hizo más fácil matarlo?

—¿Eso es lo que usted piensa? ¿Que maté a Lars Nelle?

—A él y a Ernest Scoville.

—No sabe usted nada, viejo.

—Sé que usted es un problema. —Thorvaldsen hizo luego un gesto señalando a Geoffrey—. Y sé que él es un traidor a su amigo. Y a su orden.

De Roquefort observó cómo Geoffrey acusó el insulto. El desdén apareció en los pálidos ojos grises del joven, desapareciendo luego con la misma rapidez.

—Soy leal a mi maestre. Ése fue el juramento que hice.

—¿De modo que nos ha traicionado por su juramento?

—No espero que usted lo comprenda.

—En efecto, no lo comprendo, y jamás lo comprenderé.

De Roquefort bajó el arma, y luego hizo una señal a sus hombres. Éstos entraron en la iglesia, y él reclamó silencio con la mano. Hizo luego otras señas, y los hombres comprendieron instantáneamente que seis de ellos habían de situarse fuera y los otros distribuirse en círculo en el interior.

✠

Malone rodeó la trampa que Stephanie había dejado al descubierto y se acercó a la verja de metal. Los demás lo siguieron. Descubrió un candado suspendido de una cadena.

—Latón —dijo, acariciando la puerta—. Pero la verja es de bronce.

—El candado es un *coeur-de-bras* —dijo Casiopea—. Antaño fueron muy frecuentes en toda esta región para sujetar las cadenas de los esclavos.

Ninguno de ellos se movía para abrir la verja, y Malone sabía el motivo. Podía haber otra trampa esperando.

Con su bota, apartó suavemente la porquería y la gravilla bajo sus pies, y probó la solidez del suelo. Firme. Empleó la linterna para examinar el exterior de la verja. Dos bisagras de bronce sostenían el borde derecho. Iluminó con la linterna a través de la reja. El corredor torcía en ángulo recto a su derecha unos metros más adelante, y no se podía ver nada más allá de la curva. Estupendo. Probó la cadena y el candado.

—Este latón se conserva fuerte. No vamos a poder romperlo a golpes.

—¿Y qué me dice de cortarlo? —preguntó Casiopea.

—Eso funcionaría. Pero ¿con qué?

—Las cizallas que traje. Están en la bolsa de herramientas, arriba, junto al generador.

—Iré por ellas —dijo Mark.

✠

—¿Hay alguien ahí arriba?

Las palabras resonaron desde el interior del soporte vacío del altar y sorprendieron a De Roquefort. Entonces rápidamente se dio cuenta de que la voz era la de Mark Nelle. Thorvaldsen se movió para responder, pero De Roquefort agarró al encorvado viejo y aplicó una mano contra su boca antes de que pudiera emitir un sonido. Hizo entonces una señal a uno de los hermanos, el cual se precipitó hacia delante y cogió al danés, que no dejaba de patear, ayudando con la otra mano a sellar la boca de Thorvaldsen. A una señal de De Roquefort, el prisionero fue arrastrado hasta un rincón alejado de la iglesia.

—Respóndele —articuló con la boca a Geoffrey.

Ésta sería una interesante prueba de la lealtad de su reciente aliado.

Geoffrey se metió el arma en la cintura y se acercó al altar.

—Estoy aquí.

—Ya has vuelto. Bien. ¿Algún problema?

—Ninguno. Compré todo lo de la lista. ¿Qué está pasando ahí?

—Hemos encontrado algo, pero necesitamos unas cizallas. Están en la bolsa de herramientas, junto al generador.

Esperó a que Geoffrey se dirigiera al generador y sacara un par de cizallas.

¿Qué habrían encontrado?

Geoffrey arrojó la herramienta abajo.

—Gracias —dijo Mark Nelle—. ¿No bajas?

—Me quedo aquí con Thorvaldsen, y a montar guardia. Por si vienen huéspedes inesperados.

—Buena idea. ¿Dónde está Henrik?

—Desempaquetando lo que he traído y dejando listo el campamento para la noche. El sol casi se ha puesto. Iré a ayudarle.

—Podrías preparar el generador y desenredar los cables para los tubos de neón. Quizás los necesitemos dentro de poco.

—Me ocuparé de ello.

Geoffrey se demoró un momento y luego se alejó del altar y susurró:

—Se ha ido.

De Roquefort sabía lo que se tenía que hacer.

—Ya es hora de tomar el mando.

Malone agarró las cizallas y rodeó con los dientes la cadena de latón. Apretó luego los mangos y dejó que la acción del muelle rompiera limpiamente el metal. Un chasquido indicó el éxito, y la cadena, junto con el cierre, se deslizó al suelo.

Casiopea recuperó ambas cosas.

—Hay museos en todo el mundo a los que les encantaría tener

esto. Estoy segura de que no hay muchos que hayan sobrevivido en este estado.

—Y nosotros acabamos de cortarlo —dijo Stephanie.

—No había elección —dijo Malone—. Teníamos un poco de prisa. —Apuntó con la linterna a través de la reja—. Que todo el mundo se eche a un lado. Voy a abrir esta cosa lentamente. Parece que no hay peligro, pero uno nunca sabe.

Colocó las cizallas alrededor de la reja, y luego se echó él mismo a un lado utilizando la pared rocosa como protección. Los goznes estaban rígidos y tuvo que mover la reja adelante y atrás. Finalmente, la puerta se abrió.

Se disponía a abrir la marcha al interior cuando una voz gritó desde arriba:

—Señor Malone. Tengo a Henrik Thorvaldsen. Necesito que usted y sus compañeros suban. Ahora mismo. Les daré un minuto, y luego mataré de un tiro a este viejo.

LXII

Malone fue el último en subir. Cuando dejó la escalera atrás vio que la iglesia estaba ocupada por seis hombres armados junto con el propio De Roquefort. Fuera, el sol se había puesto. El interior estaba ahora iluminado por el brillo de dos pequeñas fogatas, el humo saliendo precipitadamente a la noche a través de las rendijas de las ventanas sin cristales.

—Señor Malone, finalmente nos volvemos a encontrar —dijo Raymond de Roquefort—. Se las arregló usted bien en la catedral de Roskilde.

—Me alegra saber que es usted un admirador.

—¿Cómo nos encontró? —preguntó Mark.

—Ciertamente no gracias a ese falso diario de su padre, por listo que fuera. Contaba lo obvio y cambiaba los detalles lo suficiente para hacerlo inútil. Cuando monsieur Claridon descifró el criptograma que contenía, el mensaje, desde luego, no fue de ninguna ayuda. Nos decía que ocultaba los secretos de Dios. Dígame, ya que han estado ustedes ahí abajo, ¿oculta tales secretos?

—No tuvimos la oportunidad de averiguarlo —dijo Malone.

—Entonces deberíamos remediar eso. Pero para responder a su pregunta...

—Geoffrey nos traicionó —lo interrumpió Thorvaldsen.

El asombro nubló la cara de Mark.

—¿Qué?

Malone ya había observado el arma en la mano de Geoffrey.

—¿Es cierto?

—Soy un hermano de Temple, leal a mi maestre. Cumplí con mi deber.

—¿Tu deber? —gritó Mark—. Mentiroso hijo de puta.

Mark se lanzó hacia Geoffrey, pero dos de los hermanos le cortaron el paso. Geoffrey permaneció inmóvil.

—¿Tú me guiaste a todo esto sólo para que De Roquefort pudiera ganar? ¿Es eso lo que nuestro maestre te enseñó? Él confiaba en ti. Yo confiaba en ti.

—Sabía que eras un problema —declaró Casiopea—. Todo en ti anunciaba peligro.

—Y usted debería saber —dijo De Roquefort— cómo lo ha sido usted para mí. Dejando el diario de Lars Nelle en Aviñón para que yo lo encontrara. Pensó usted que eso me mantendría ocupado algún tiempo. Pero ya ve, mademoiselle, la lealtad a nuestra hermandad es prioritaria. De manera que todos sus esfuerzos no han servido de nada. —Se volvió a Malone—. Tengo a seis hombres aquí, y otros seis fuera... Y saben cómo arreglárselas. Ustedes no tienen armas, o al menos así me ha informado Geoffrey. Pero para estar seguros...

De Roquefort hizo un gesto y uno de los hombres cacheó a Malone; luego se movió hacia los demás.

—¿Qué hiciste, llamar a la abadía cuando saliste a comprar las provisiones? —le preguntó Mark a Geoffrey—. Me preguntaba por qué te habías ofrecido voluntario. No me perdiste de vista durante dos días.

Geoffrey continuaba callado, su cara rígida con convicción.

—Eres una vergüenza de ser humano —le espetó Mark.

—Estoy de acuerdo —dijo De Roquefort, y Malone vio cómo el arma de éste se alzaba y de ella brotaban tres disparos que impactaron en el pecho de Geoffrey. Las balas hicieron tambalearse al joven hacia atrás, y De Roquefort remató su asesinato con un disparo en la cabeza.

El cuerpo de Geoffrey se desplomó en el suelo. Manaba sangre de sus heridas. Malone se mordió los labios. No había nada que pudiera hacer.

Mark se lanzó contra De Roquefort.

El arma apuntó al pecho de Mark.

Éste se detuvo.

—Me atacó en la abadía —dijo De Roquefort—. Atacar al maestre se castiga con la muerte.

—No desde hace quinientos años —gritó Mark.

—Era un traidor. Para ti y para mí. Ninguno de nosotros puede utilizarlo. Ése es el peligro inherente a ser un espía. Probablemente sabía el riesgo que estaba corriendo.

—¿Sabe usted el riesgo que está corriendo?

—Una extraña pregunta viniendo de un hombre que mató a un hermano de su orden. Este acto se castiga con la muerte también.

Malone se dio cuenta de que aquel numerito estaba dedicado a los demás allí presentes. De Roquefort necesitaba a su enemigo, al menos de momento.

—Hice lo que tenía que hacer —le espetó Mark.

De Roquefort amartilló su pistola automática.

—Igual que yo.

Stephanie se adelantó, colocándose entre los dos hombres, su cuerpo tapando el de Mark.

—¿Y me matará a mí también?

—Si hace falta.

—Pero yo soy cristiana y no he hecho daño a ningún hermano.

—Palabras, querida señora. Sólo palabras.

Ella levantó el brazo y sacó una cadena con una medalla de su cuello.

—La Virgen. Siempre va conmigo a todas partes.

Malone sabía que De Roquefort no dispararía contra ella. Stephanie había captado el teatro también y puesto en evidencia el farol de De Roquefort ante sus hombres. El maestre no podía permitirse ser un hipócrita. Éste estaba impresionado. Hacían falta redaños para enfrentarse con un arma cargada. No estaba mal para una chupatintas.

De Roquefort bajó el arma.

Malone corrió hacia el cuerpo sangrante de Geoffrey. Uno de los hombres levantó una mano para detenerlo.

—Yo de usted bajaría ese brazo —dejó claro Malone.

—Déjale pasar —dijo De Roquefort.

Malone se acercó al cuerpo. Henrik se encontraba de pie contemplando el cuerpo. Una expresión de dolor aparecía en el rostro del danés, y Malone vio algo que no había visto en el año que le conocía.

Lágrimas.

—Tú y yo iremos abajo —le dijo De Roquefort a Mark—, y me mostrarás lo que habéis encontrado. Los demás se quedarán aquí.

—Jódase.

De Roquefort se encogió de hombros y su arma apuntó a Thorvaldsen.

—Es judío. Reglas diferentes.

—No le provoques —le dijo Malone a Mark—. Haz lo que dice. —Esperaba que Mark comprendiera que unas veces había que resistirse y otras doblegarse.

—Conforme. Bajaremos —dijo Mark.

—Me gustaría ir —dijo Malone.

—No —dijo De Roquefort—. Éste es un asunto de la hermandad. Aunque nunca consideré a Nelle uno de los nuestros, hizo el juramento, y eso cuenta. Además, puede ser necesaria su presencia. Usted, por otra parte, podría convertirse en un problema.

—¿Cómo sabe que Mark se comportará bien?

—Lo hará. De lo contrario, cristianos o no, todos ustedes morirán antes de que él pueda salir de ese agujero.

✠

Mark bajó por la escalera, seguido de De Roquefort. Señaló a la izquierda y le habló a De Roquefort de la cámara que habían encontrado.

De Roquefort deslizó nuevamente el arma en su funda sobaquera y apuntó al frente con la linterna.

—Ve delante. Y ya sabes lo que pasará si se presenta algún problema.

Mark echó a andar, sumando la luz de su linterna a la del maestre. Rodearon con cuidado el pozo de las púas que casi había acabado con Stephanie.

—Ingenioso —exclamó De Roquefort mientras examinaba el pozo.

Encontraron la abierta verja.

Mark recordó la advertencia de Malone sobre otras trampas y daba unos pasitos cortos como los de un niño. El pasaje se estrechaba más allá hasta aproximadamente unos noventa centímetros de amplitud, y luego torcía a la derecha. Al cabo de sólo una par de metros, formaba nuevamente un ángulo a la izquierda. Dando un solo paso cada vez, fue avanzando lentamente.

Dobló el último recodo y se detuvo.

Alumbró con la linterna y vio ante sí una cámara, quizás de unos nueve por nueve metros, con un elevado techo redondeado. La apreciación de Casiopea de que los túneles subterráneos podrían ser de origen romano parecía correcta. La galería formaba un perfecto depósito, y a medida que la luz de la linterna disolvía la oscuridad, una multitud de maravillas fue apareciendo ante su vista.

Primero vio las estatuas. Pequeños objetos llenos de color. Varias de ellas representaban a la Virgen y el Niño en el trono. Doradas *pietàs*. Ángeles. Bustos. Todo en filas rectas, como soldados, dispuestas en la pared trasera. Estaba luego el brillo del oro de los cofres rectangulares. Algunos revestidos de paneles de marfil, otros cubiertos de un mosaico de ónix y oropel, algunos recubiertos de cobre y decorados con escudos de armas y escenas religiosas. Cada uno de ellos era demasiado precioso para ser un simple objeto donde almacenar algo. Eran urnas de relicarios, hechas para contener los restos de santos muy venerados, con toda probabilidad recogidas precipitadamente, cualquier cosa capaz de contener lo que necesitaban transportar.

Oyó que De Roquefort se quitaba la mochila que había estado llevando, y de repente la habitación se vio envuelta en un brillante resplandor procedente de un tubo de neón alimentado por una batería. De Roquefort le tendió uno.

—Éstos funcionarán mejor.

No le gustaba cooperar con el monstruo, pero sabía que tenía razón. Cogió la luz, y se desplegaron para ver lo que contenía la habitación.

—Tapémoslo —dijo Malone a uno de los hermanos, haciendo un gesto hacia Geoffrey.

—¿Con qué? —fue la pregunta.

—Los cables de los fluorescentes iban envueltos en una manta. Puedo usar eso.

Se movió a través de la iglesia, más allá de una de las fogatas encendidas. El templario pareció considerar la sugerencia un momento, y luego dijo:

—*Oui*. Hágalo.

Malone cruzó a grandes zancadas el irregular suelo y encontró la manta, en tanto valoraba la situación. Regresó y envolvió el cuerpo de Geoffrey. Tres de los guardianes se habían retirado al otro fuego. Los restantes estaban apostados cerca de la salida.

—No era un traidor —susurró Henrik.

Todos se quedaron mirándole.

—Vino solo y me dijo que De Roquefort estaba aquí. Lo había llamado. Tenía que hacerlo. El antiguo maestre le hizo jurar que, una vez que fuera encontrado el Legado, se lo diría a De Roquefort. No tenía elección. No quería hacerlo, pero confiaba en el viejo. Me dijo que siguiera el juego, me pidió perdón y dijo que cuidaría de mí. Por desgracia, no he podido devolverle el favor.

—Fue estúpido por su parte —dijo Casiopea.

—Quizás —dijo Thorvaldsen—. Pero sus palabras significaron algo para él.

—¿Explicó por qué tenía que decírselo? —murmuró Stephanie.

—Sólo que el maestre preveía una confrontación entre Mark y De Roquefort. La tarea de Geoffrey era garantizar que se produjera.

—Mark no es rival para ese hombre —dijo Malone—. Va a necesitar ayuda.

—Estoy de acuerdo —añadió Casiopea, hablando entre dientes.

—Las perspectivas no son buenas —dijo Malone—. Doce hombres armados, y nosotros no lo estamos,

—Yo no diría eso —susurró Casiopea.

Y a Malone le gustó el brillo que veía en sus ojos.

Mark estudió el tesoro que le rodeaba. Nunca había visto tanta riqueza. Las urnas contenían plata y oro, tanto monedas acuñadas como metal en bruto sin acuñar. Había dinares de oro, dracmas de plata y monedas bizantinas, todas apiladas en limpias filas. Y joyas. Tres de los cofres rebosaban de piedras en bruto. Demasiadas para imaginarlas siquiera. Cálices y vasos sagrados captaron su atención, la mayor parte de ébano, vidrio, plata y en parte dorados. Algunos estaban cubiertos de figuras en relieve, y tachonados de piedras preciosas. Se preguntó qué restos contendrían. De uno sí estaba seguro. Leyó lo que estaba grabado y susurró «De Molay» mientras miraba dentro del tubo de cristal de roca del relicario.

De Roquefort se acercó.

Dentro del relicario había trocitos de hueso ennegrecido. Mark conocía la leyenda. Jacques de Molay había sido asado vivo en la isla del Sena, a la sombra de Notre Dame, proclamando a gritos su inocencia y maldiciendo a Felipe IV, que contemplaba desapasionadamente su ejecución. Durante la noche, algunos hermanos atravesaron el río a nado y robaron las cenizas. Regresaron también a nado con los acres huesos de De Molay en la boca. Ahora él estaba contemplándolos.

De Roquefort se santiguó y murmuró una plegaria.

—Mira lo que le hicieron.

Pero Mark era consciente de algo aún más importante.

—Esto significa que alguien visitaba este lugar después de marzo de 1314. Debieron de seguir viniendo hasta que todos murieron. Cinco de ellos sabían de este escondite. La Peste Negra seguramente se los llevó a mediados del siglo XIV. Pero nunca le dijeron nada a nadie, y este lugar se perdió para siempre.

Un velo de tristeza le cubrió el rostro al pensar en ello.

Se dio la vuelta y la luz de su tubo reveló crucifijos y estatuas de madera ennegrecida dispuestos en una pared, aproximadamente una cuarentena, variando los estilos del románico al alemán, al bizantino y al período culminante del gótico, las intrincadas tallas de las figuras tan perfectamente modeladas que parecían casi estar respirando.

—Es espectacular —dijo De Roquefort.

El total era incalculable; los nichos de piedra que abarcaban dos paredes estaban completamente llenos. Mark había estudiado en detalle la historia y propósito de la escultura medieval a partir de las piezas que habían sobrevivido en los museos, pero aquí, ante él, se alzaba una amplia y espectacular muestra de la artesanía de la Edad Media.

A su derecha, sobre un pedestal de piedra, divisó un libro de tamaño descomunal. La tapa aún brillaba —laminilla de oro, supuso— y estaba tachonada de perlas. Al parecer alguien había abierto el libro con anterioridad, ya que en su interior se veía pergamino desmenuzado, esparcido como si fueran hojas. Se inclinó, acercó los trocitos a la luz, y vio que era latín. Pudo leer algo de la escritura y rápidamente decidió que antaño había sido un libro de cuentas.

De Roquefort observó su interés.

—¿Qué es?

—Un libro de contabilidad. Saunière probablemente trató de examinarlo cuando encontró este lugar. Pero ha de tener usted cuidado con el pergamino.

—Un ladrón. Eso es lo que era. Nada más que un vulgar ladrón. No tenía ningún derecho a coger nada de esto.

—¿Y nosotros sí?

—Es nuestro. Dejado para nosotros por el propio De Molay. Fue crucificado en una puerta, pero no les contó nada. Sus huesos están aquí. Esto es *nuestro*.

La atención de Mark se desvió hacia un cofre parcialmente abierto. Lo iluminó y vio más pergaminos. Lentamente hizo girar la tapa sobre sus goznes para abrirla. Ésta sólo se resistió un poco. No se atrevía a tocar las hojas apiladas juntas. De manera que se inclinó para descifrar lo que había en la página de arriba. Francés antiguo, concluyó rápidamente. Pudo leer lo suficiente para saber que se trataba de un testamento.

—Documentos que la orden guardaba. Este cofre está probablemente lleno de escrituras y testamentos de los siglos XIII y XIV. —Movió la cabeza en un gesto negativo—. Hasta el final, los hermanos se aseguraron de que su deber se cumpliera. —Consideró las posibilidades que se alzaban ante él—. Lo que podríamos aprender de estos documentos.

—Eso no es todo —declaró repentinamente De Roquefort—. No hay libros. Ni uno. ¿Dónde está el conocimiento?

—Lo que usted ve es todo lo que hay.

—Estás mintiendo. Hay más. ¿Dónde?

Mark se volvió hacia De Roquefort.

—Esto es todo.

—No te hagas el tonto conmigo. Nuestros hermanos guardaron en secreto nuestro conocimiento. Lo sabes. Felipe nunca lo encontró. De manera que tiene que estar aquí. Puedo verlo en tus ojos. Hay más cosas. —De Roquefort alargó la mano en busca de su arma, y apuntó con el cañón a la frente de Mark—. Dímelo.

—Antes moriría.

—Sí, pero ¿te gustaría hacer que muriera tu madre? ¿O tus amigos de ahí arriba? Porque a ellos son a los que mataré primero, mientras tu observas, hasta que me entere de lo que quiero saber.

Mark consideró la amenaza. No es que tuviera miedo de De Roquefort —curiosamente, no sentía ningún temor—. Era simplemente que quería saber también. Su padre había buscado durante años y no encontró nada. ¿Qué le había dicho el maestre a su madre sobre él? «No posee la decisión necesaria para terminar sus batallas.» La solución a la búsqueda de su padre estaba a corta distancia.

—De acuerdo. Venga conmigo.

✠

—Está todo terriblemente oscuro aquí —le dijo Malone al hermano que parecía estar al frente—. ¿Le importa si pongo en marcha el generador y enciendo esas luces?

—Esperaremos a que el maestre regrese.

—Ellos van a necesitar esas luces aquí, y tardan unos minutos en encenderse. Su maestre quizás no esté dispuesto a esperar cuando las pida. —Confiaba en que la predicción podría afectar al juicio del hombre—. ¿A quién perjudica? Vamos sólo a montar unas luces.

—Conforme. Adelante.

Malone se retiró hacia donde estaban los demás.

—Se lo ha tragado. Instalémoslas.

Stephanie y Malone se dirigieron a uno de los juegos, mientras Henrik y Casiopea agarraban el otro. Los tubos consistían en dos lámparas reflectoras de halógeno encima de un trípode naranja. El generador era una pequeña unidad de gasolina. Situaron los trípodes en los extremos opuestos de la iglesia y dirigieron las bombillas hacia arriba. Los cables fueron conectados y tendidos hasta donde se encontraba el generador, cerca del altar.

Había una bolsa de herramientas al lado del generador. Casiopea estaba buscando en su interior cuando uno de los guardianes la detuvo.

—Necesito hacer un puente con los cables. No puedo usar clavijas para esta clase de amperaje. Sólo busco un destornillador.

El hombre vaciló, y luego retrocedió, con el arma a su costado, al parecer preparado. Casiopea buscó en la bolsa y con cuidado sacó el destornillador. A la luz de los fuegos, empalmó los cables que conducían al generador.

—Comprobemos las conexiones de las luces —le dijo a Malone.

Se dirigieron con paso indiferente hacia el primer trípode.

—Mi pistola de dardos está en la bolsa de herramientas —susurró ella.

—Supongo que son las mismas monadas que usó en Copenhague, ¿no?

Había mantenido los labios quietos, como los de un ventrílocuo.

—Hacen efecto deprisa. Y sólo necesito unos segundos para dispararlos.

Estaba jugueteando con el trípode, sin hacer realmente nada.

—¿Y de cuántos proyectiles dispone?

Ella pareció terminar lo que estaba haciendo.

—Cuatro.

Se dirigieron al otro trípode.

—Tenemos seis huéspedes.

—Los otros dos son problema suyo.

Se detuvieron ante el segundo trípode. Malone suspiró.

—Necesitaremos un momento de distracción para confundir a todo el mundo. Tengo una idea.

Se entretuvo con la parte trasera de las luces.

—Por fin.

LXIII

Mark encabezaba la marcha por el pasaje subterráneo, hacia donde Malone y Casiopea habían explorado al principio. No se filtraba ninguna luz de arriba. Al salir de la cámara del tesoro habían recuperado las cizallas, ya que supusieron que la otra verja también estaría cerrada con una cadena.

Llegaron a donde estaban escritas las palabras en la pared.

—«Con este signo lo vencerás» —dijo De Roquefort leyendo; luego el cono de luz de su linterna halló la segunda puerta.

—¿Es eso?

Mark asintió e hizo un gesto hacia el esqueleto apoyado contra la pared.

—Él vino a verlo por sí mismo.

Y explicó lo del mariscal de la época de Saunière y el medallón que Malone había encontrado, que confirmaba la identidad del muerto.

—Le estuvo bien empleado —dijo De Roquefort.

—¿Y lo que está usted haciendo es mejor?

—Yo he venido por los hermanos.

Bajo el cono de luz, Mark observó una ligera depresión en la tierra. Sin decir una palabra, rodeó al mentiroso, acercándose a la pared, evitando así la trampa que De Roquefort no parecía haber observado, ya que su foco se dirigía al esqueleto. Ante la verja, con las cizallas, Mark cortó otra cadena. Recordó la precaución que Malone había tomado y se situó a un lado mientras movía la reja para abrirla.

Más allá de la entrada había los mismos dos recodos. Muy

lentamente, avanzó. Dentro del dorado brillo de su lámpara no se veía otra cosa que roca.

Dobló la primera esquina, luego la segunda. De Roquefort seguía detrás de él, y sus luces combinadas revelaron otra galería, ésta más ancha que la primera cámara del tesoro.

La habitación estaba llena de plintos de piedra de diversas formas y tamaños. Encima de ellos se veían libros, todos limpiamente apilados. Centenares de volúmenes.

Mark sintió un vacío en el estómago al darse cuenta de que los manuscritos estarían probablemente muy estropeados. Aunque la cámara era fría y seca, el tiempo se habría cobrado su tributo tanto en las hojas de papel como en la tinta. Habría sido mucho mejor dejarlos encerrados en otro contenedor. Pero los hermanos que los habían guardado sin duda jamás imaginaron que pasarían centenares de años antes de que fueran recuperados.

Se acercó a una de las pilas y examinó la tapa del volumen superior. Lo que antaño fueran seguramente unas tablillas de madera recubiertas de plata para cubrir la parte de arriba se habían vuelto negras. Estudió los grabados de Cristo y lo que parecían ser san Pedro y san Pablo, que sabía que estaban hechos de arcilla y cera bajo el oropel. Artesanía italiana. Ingenio alemán. Suavemente levantó la tapa y acercó la luz. Sus sospechas se confirmaron. No podía distinguir muchas de las palabras.

—¿Puedes leerlo? —preguntó De Roquefort.

Mark negó con la cabeza.

—Tendrán que ir a un laboratorio. Habrá que hacer una restauración profesional. No deberíamos tocarlos.

—Parece como si alguien ya lo hubiera hecho.

Y Mark se fijó donde enfocaba De Roquefort, descubriendo una pila de libros esparcidos por el suelo. Restos de páginas aparecían por todas partes como papel chamuscado por una llama.

—Nuevamente Saunière —dijo Mark—. Llevará años sacar algo útil de todo esto. Y eso suponiendo que haya algo que encontrar. Más allá de su valor histórico, probablemente son inútiles.

—Esto es *nuestro*.

«Y qué —pensó Mark—. Para lo que van a servir...»

Pero su mente repasaba rápidamente las posibilidades.

Saunière había venido a este lugar. De eso no cabía duda. La cámara del tesoro le había proporcionado su riqueza... Habría sido cosa fácil regresar de vez en cuando y llevarse oro y plata sin acuñar. Las monedas hubieran suscitado preguntas. Los funcionarios de bancos o los tasadores podrían querer saber su origen. Pero el metal en bruto hubiera sido la moneda perfecta en la primera parte del siglo XX, cuando muchas economías se basaban en el oro y la plata.

No obstante, el abate había ido un paso más lejos.

Había empleado la riqueza para construir una iglesia cargada de indicios que apuntaban a algo en lo que Saunière claramente creía. Algo sobre lo que estaba tan seguro que hacía alarde de su conocimiento. «Con este signo lo vencerás.» Unas palabras grabadas no solamente aquí, bajo tierra, sino en la iglesia de Rennes también. Se imaginó la inscripción pintada encima de la entrada. «He sentido desprecio por el reino de este mundo, y todos los adornos temporales, por el amor de mi Señor Jesucristo, al cual vi, a quien amé, en el que creí y al que adoré.» ¿Oscuras palabras de un antiguo responsorio? Quizás. Sin embargo, Saunière las había elegido intencionadamente.

«Al cual vi.»

Paseó los tubos de neón alrededor de la sala y estudió los plintos.

Entonces lo vio.

«¿Dónde esconder un guijarro?»

Dónde, realmente.

Malone regresó junto al generador, donde Stephanie y Henrik se hallaban. Casiopea seguía «trabajando» en el trípode. Se inclinó y se aseguró de que hubiera gasolina en la máquina.

—¿Va a hacer mucho ruido esto? —preguntó en voz baja.

—Confiemos en que sí. Pero, por desgracia, hoy en día se fabrican unas máquinas muy silenciosas.

No tocaron la bolsa de herramientas, pues no querían llamar la atención hacia ella. Hasta el momento ninguno de los guardianes se había preocupado de comprobar dentro. Al parecer el adiestramiento de la abadía dejaba mucho que desear. Pero ¿cuán eficaz podía ser?

Claro, uno podía aprender el combate cuerpo a cuerpo, a disparar, cómo manejar un cuchillo. Pero la elección de reclutas tenía que ser limitada y no se le podían pedir peras al olmo.

—Todo listo —dijo Casiopea, lo bastante alto para que todos lo oyeran.

—Necesito encontrar a Mark —susurró Stephanie.

—Lo comprendo —dijo Malone—. Pero tenemos que ir paso a paso.

—¿Cree usted que De Roquefort le va a permitir salir de allí? Le disparó a Geoffrey sin vacilar.

Malone se daba cuenta de la agitación de la mujer.

—Todos somos conscientes de la situación —murmuró—. Pero mantenga la cabeza fría.

Él también quería vérselas con De Roquefort. Por Geoffrey.

—Necesito estar un segundo con la bolsa de herramientas —susurró Casiopea mientras se agachaba y metía en su interior el destornillador que había estado usando.

Cuatro de los guardianes permanecían al otro lado de la iglesia, más allá de una de las fogatas. Otros dos deambulaban a su izquierda, cerca del otro fuego. Ninguno de ellos parecía estar prestándoles mucha atención, confiando en que la jaula era segura.

Casiopea permanecía agachada junto a la bolsa de herramientas, su mano todavía en su interior y le hizo un ligero asentimiento con la cabeza a Malone. Lista. Él se puso de pie y gritó:

—Vamos a arrancar el generador.

El hombre que estaba al frente le hizo una seña de que siguiera adelante.

Malone se dio la vuelta y le susurró a Stephanie:

—Después de arrancarlo, nos echaremos sobre los dos hombres que están juntos. Yo me encargaré de uno; usted del otro.

—Con sumo placer.

La mujer estaba ansiosa, y él lo supo.

—Tranquila, tigre. No es tan sencillo como usted piensa.

—Usted obsérveme.

✠

Mark se acercó a uno de los plintos de piedra que se destacaba entre todos. Había observado algo. Mientras que la parte superior de los otros estaba sostenida por columnas, algunas singulares, la mayoría geminadas, a ésta lo sostenía un soporte de forma rectangular, parecido al del altar de arriba. Y lo que le llamaba la atención era la manera en que estaba dispuesta la piedra. Nueve bloques cuadrados compactos de través, otros siete hacia arriba.

Se inclinó y alumbró con la linterna la parte inferior. No se veía ninguna unión de mortero encima de la fila superior del bloque. Igual que en el altar.

—Hay que quitar estos libros —dijo.

—Ha dicho usted antes que no había que moverlos.

—Lo importante está aquí dentro.

Dejó a un lado el tubo de luz y agarró un puñado de los viejos manuscritos. Esta acción levantó una nube de polvo. Suavemente los dejó en el suelo. De Roquefort hizo lo mismo. Seis viajes fueron suficientes para despejar la losa.

—Tendría que deslizarse —dijo Mark.

Juntos agarraron por un extremo y la losa se movió, mucho más fácilmente de lo que lo había hecho el altar, ya que el plinto tenía la mitad de tamaño. Empujaron y la losa de piedra arenisca cayó al suelo con estrépito y se rompió en pedazos. Dentro del plinto, Mark vio un contenedor, más pequeño, de unos setenta centímetros de largo, por la mitad de ancho, y de cincuenta y cinco centímetros de alto más o menos. Hecho de una roca entre beige y grisácea, y en notable buen estado.

Agarró el tubo de luz y lo metió dentro. Tal como había sospechado, apareció una inscripción en el costado.

—Esto es un osario —dijo De Roquefort—. ¿Está identificado?

Estudió la escritura y observó encantado que se trataba de arameo. Eso confirmaba su autenticidad. La costumbre de dejar a los muertos en criptas subterráneas hasta que todos los restos se convirtieran en huesos secos, y luego recoger esos huesos y depositarlos en una caja de piedra, fue popular entre los judíos en el siglo I. Sabía que habían sobrevivido algunos miles de osarios. Pero sólo una cuarta parte de ellos llevaba inscripciones que identificaran su contenido... Muy probablemente esto se explicaba por el hecho de que la mayoría de las personas de aquella época era analfabeta. Muchas falsificaciones habían aparecido a lo largo de los siglos... Una, en particular, unos años atrás, había pretendido que contenía los huesos de Santiago, el medio hermano de Jesús. Otra prueba de autenticidad sería el tipo de material usado —piedra caliza de unas canteras próximas a Jerusalén—, junto con el estilo de las tallas, el examen microscópico de la pátina y la prueba del carbono.

Él había aprendido arameo en un curso de posgrado. Un difícil idioma, complicado mucho más por los diferentes estilos, su argot y los múltiples errores de los antiguos escribas. Y el modo en que las letras se grababan constituía un problema también. La mayoría de las veces eran poco profundas, rayadas con un clavo. Otras veces aparecían garabateadas al azar por toda la tapa, como grafitis. En ocasiones, como aquí, estaban grabadas con un punzón, y las letras se distinguían con claridad. Por eso, estas palabras no eran difíciles de traducir. De hecho las había visto antes. Leyó de derecha a izquierda como se requería, y luego las invirtió en su cabeza:

YESHUA BAR YEHOSEF

—«Jesús, hijo de José» —dijo, traduciendo.

—¿Sus huesos?

—Eso está por ver. —Examinó la tapa—. Levántelo.

De Roquefort alargó la mano y agarró la tapa plana. La movió de un lado a otro hasta que la piedra cedió. Entonces levantó la cubierta y la dejó descansar verticalmente contra el osario.

Mark hizo una profunda inspiración.

Dentro del contenedor había unos huesos.

Algunos se habían convertido en polvo. Muchos seguían intactos. Un fémur. Una tibia. Algunas costillas, una pelvis. Lo que parecían dedos de la mano, así como dedos de los pies y partes de una espina dorsal.

Y un cráneo.

¿Era esto lo que Saunière había hallado?

Bajo el cráneo, aparecía un librito en notable buen estado. Lo cual resultaba comprensible, dado que había sido sellado dentro del osario, y éste a su vez metido dentro de otro contenedor. La tapa era exquisita, adornada con laminillas de oro y tachonada de piedras talladas dispuestas en forma de crucifijo. Cristo en la cruz, modelada también en oro. Rodeando la cruz aparecían más piedras en tonalidades carmesíes, de jade y de limón.

Levantó el libro y sopló el polvo de su cubierta, luego lo dejó en equilibrio sobre la esquina del plinto. De Roquefort se acercó con su lámpara. Abrió la tapa y leyó el *incipit*, escrito en latín y con caligrafía gótica cursiva, sin puntuación, la tinta una mezcla de azul y carmesí:

AQUÍ SE INICIA UN RELATO LOCALIZADO POR LOS HERMANOS FUNDADORES DURANTE SU EXPLORACIÓN DEL MONTE DEL TEMPLO LLEVADA A CABO DURANTE EL INVIERNO DE 1121 EL ORIGINAL SE HALLABA EN UN ESTADO DE DEGRADACIÓN Y HA SIDO COPIADO EXACTAMENTE TAL COMO APARECIÓ EN UN IDIOMA QUE SÓLO UNO DE LOS NUESTROS PUDO COMPRENDER POR ORDEN DEL MAESTRE GUILLERMO DE CHARTRES FECHADO EN 4 DE JUNIO DE 1217 EL TEXTO HA SIDO TRADUCIDO A LAS PALABRAS DE LOS HERMANOS Y PRESERVADO PARA CONOCIMIENTO DE TODOS.

De Roquefort estaba leyendo por encima de su hombro y dijo:

—Ese libro fue colocado dentro del osario por alguna razón.

Mark se mostró de acuerdo.

—¿Ves lo que sigue?

—Yo pensaba que estaba usted aquí por los hermanos, ¿no? ¿No deberíamos llevarlo a la abadía para que lo leyéramos todos?

—Tomaré una decisión después de haberlo leído.

Mark se preguntó si los hermanos llegarían a saber de él jamás. Pero él quería saber, de manera que estudió la escritura de la siguiente página y reconoció el revoltijo de garabatos.

—Es arameo. Sólo puedo leer algunas palabras. Esa lengua desapareció hace dos mil años.

—El *incipit* hablaba de una traducción.

Cuidadosamente levantó unas hojas y vio que el arameo se extendía durante varias páginas. Luego vio palabras que podía comprender. LAS PALABRAS DE LOS HERMANOS. Latín. La vitela había sobrevivido en excelentes condiciones, su superficie del color del pergamino envejecido. La tinta coloreada, igualmente, seguía clara. Un título encabezaba el texto:

EL TESTIMONIO DE SIMÓN

Empezó a leer.

LXIV

Malone se acercó a uno de los hermanos, un hombre vestido como los otros cinco con vaqueros y chaqueta, y con un gorro sobre su corto cabello. Al menos otros seis se encontraban en el exterior —eso era lo que De Roquefort había dicho—, pero ya se preocuparía de ellos una vez que los seis de dentro fueran reducidos.

Al menos entonces estaría armado.

Observó a Stephanie mientras ésta agarraba una pala y atizaba una de las fogatas, revolviendo los leños y avivando las llamas. Casiopea se encontraba aún junto al generador, con Henrik, esperando a que él, Malone, y Stephanie se posicionaran.

Se volvió hacia Casiopea y asintió.

La mujer tiró de la cuerda de arranque.

El generador chisporroteó y luego se calló. Dos tirones más y el pistón arrancó, emitiendo el motor un suave ronroneo. Los focos de los dos trípodes cobraron vida, intensificándose su brillo a medida que el voltaje aumentaba. Las bombillas halógenas se calentaron rápidamente y empezó a levantarse una condensación de los cristales en forma de espirales de niebla que desaparecían con la misma rapidez.

Malone advirtió que el ruido distraía a sus guardianes. Un error. Pero necesitarían un poco más de distracción para darle tiempo a Casiopea de que disparara sus dardos. Se preguntó sobre la destreza de la mujer, pero entonces recordó su excelente puntería en Rennes.

El generador continuaba zumbando.

Casiopea seguía agachada, la bolsa de herramientas a sus pies, dando la impresión de que estaba ajustando los controles de la máquina.

Las luces parecieron adquirir su máxima intensidad, y los guardianes perdieron interés.

Una serie de bombillas estalló.

Luego la otra.

Un resplandor blanco y una nube de humo en forma de hongo que se elevó y, en un instante, desapareció. Malone utilizó ese segundo para lanzar un puñetazo a la mandíbula del hermano que se encontraba a su lado.

El hombre vaciló y luego se desplomó en el suelo.

Malone alargó la mano y lo desarmó.

✠

Stephanie recogió con la pala un tizón ardiente, se volvió hacia el guardián que estaba a un metro de ella y cuya atención se dirigía a las luces que estaban estallando.

—Eh —dijo.

El hombre se dio la vuelta. Ella lanzó el tizón. El pedazo de madera incandescente flotó por el aire y el guardián alzó el brazo para desviar el proyectil, pero éste le dio en el pecho.

El hombre lanzó un grito, y Stephanie golpeó con la parte plana de la pala en el rostro del hombre.

✠

Malone vio que Stephanie acababa de lanzar el tizón al guardián y que luego le golpeaba con la pala. Su mirada se dirigió entonces hacia Casiopea, mientras ésta disparaba con calma la pistola de aire comprimido. Ya debía de haber abatido a uno de ellos, pues Malone vio solamente a tres hombres de pie. Uno de ellos se llevó la mano al muslo. Otro dio una sacudida y buscó a tientas la parte trasera de su chaqueta.

Ambos cayeron al suelo.

El último de los cabellos cortos, que se hallaba junto al altar, vio lo que les estaba sucediendo a sus compañeros, y se dio la vuelta para hacer frente a Casiopea, que estaba agachada a unos nueve metros de distancia, con la pistola de aire comprimido apuntándole directamente.

El hombre pegó un brinco.

El disparo de Casiopea falló.

Malone sabía que se le habían terminado los dardos. Transcurriría sólo un instante antes de que el hombre empezara a disparar.

Sintió la pistola en su mano. Aborrecía tener que usarla. La detonación alertaría no sólo a De Roquefort, sino también a los hombres de fuera. De manera que corrió como un loco a través de la iglesia, plantó las palmas de sus manos sobre el soporte del altar, y, cuando el hermano se ponía de pie, el arma preparada, arremetió contra él y empleó su inercia para lanzarlo al suelo.

—No está mal —dijo Casiopea.

—Pensaba que usted había dicho que no fallaba nunca.

—El tipo ese saltó.

Casiopea y Stephanie estaban desarmando a los hermanos caídos. Henrik se acercó y preguntó:

—¿Estás bien?

—Hace mucho que no les pido tanto a mis reflejos.

—Es bueno saber que aún funcionan.

—¿Cómo se las arreglaron para lo de las luces? —quiso saber Henrik.

Malone sonrió.

—Me limité a subir el voltaje. Funciona siempre. —Examinó la iglesia. Algo no andaba bien. ¿Por qué ninguno de los hermanos del exterior había acudido al oír el ruido de las bombillas?—. Deberíamos tener compañía. ¿Por qué no vienen?

Casiopea y Stephanie se acercaron, pistola en mano.

—Quizás están fuera, en las ruinas, hacia la parte de delante —dijo Stephanie.

Malone miró fijamente a la salida.

—O quizás no existen.

—Estaban ahí, se lo aseguro —dijo una voz masculina desde fuera de la iglesia.

Un hombre se deslizó lentamente ante ellos, su rostro envuelto en las sombras.

Malone levantó su arma.

—¿Y usted quién es?

El hombre se detuvo cerca de las fogatas. Su mirada, que surgía de unos ojos serios, profundos, se detuvo en el cubierto cadáver de Geoffrey.

—¿Le disparó el maestre?

—Sin el menor remordimiento.

La cara del hombre se contrajo y sus labios murmuraron algo. ¿Una plegaria? Luego el recién llegado dijo:

—Soy el capellán de la orden. El hermano Geoffrey me llamó también después de llamar al maestre. Vine a impedir la violencia. Pero algo nos retrasó y llegamos tarde.

Malone bajó el arma.

—¿Formaba usted parte de lo que fuera que Geoffrey estaba haciendo?

El hermano asintió.

—Él no deseaba establecer contacto con De Roquefort, pero había dado su palabra al antiguo maestre. —El tono del capellán era afectuoso—. Ahora parece que ha dado su vida también.

Malone quería saber más.

—¿Qué está pasando aquí?

—Comprendo su frustración.

—No, no la comprende —dijo Henrik—. Ese pobre joven ha muerto.

—Y lo siento por él. Sirvió a la orden con gran honor.

—Llamar a De Roquefort fue una estupidez —dijo Casiopea—. No hizo más que empeorar las cosas.

—Durante los últimos meses de su vida, el maestre puso en marcha una compleja cadena de acontecimientos. Me contó lo que planeaba. Me dijo quién era nuestro senescal y por qué lo había hecho entrar en la orden. Me habló del padre del senescal y de lo que estaba por venir. De manera que juré obedecer, al igual que el hermano Geoffrey. Sabíamos lo que estaba pasando. Pero el senescal no, y tampoco estaba al corriente de nuestra implicación. Me dijeron que no me involucrara hasta que el hermano Geoffrey requiriera mi ayuda.

—Su maestre está abajo con mi hijo —dijo Stephanie—. Cotton, tenemos que bajar ahí.

Malone notó la impaciencia en su voz.

—El senescal y De Roquefort no pueden coexistir —siguió diciendo el capellán—. Son los extremos opuestos de un largo espectro. Por el bien de la hermandad, sólo uno de ellos puede sobrevivir. Pero mi antiguo maestre se preguntaba si el senescal podría hacerlo solo. —El capellán miró a Stephanie—. Por eso está usted aquí. Él creía que usted le daría fuerzas al senescal.

Stephanie no parecía estar de humor para misticismos.

—Mi hijo podría morir gracias a esa estupidez.

—Durante siglos la orden sobrevivió a través de la batalla y el conflicto. Ése es nuestro estilo de vida. El antiguo maestre simplemente forzó el enfrentamiento. Sabía que De Roquefort y el senescal lucharían. Pero quería que esa lucha sirviera de algo... De manera que los encaminó hacia el Gran Legado. Sabía que estaba ahí, en alguna parte, pero dudo de que realmente creyera que ninguno de los dos iba a encontrarlo. Era consciente, sin embargo, de que se produciría un conflicto, y que de él surgiría un ganador. Sabía también que si De Roquefort era el vencedor, rápidamente provocaría el rechazo de sus aliados, y así ha sido. La muerte de hermanos pesa mucho en nosotros. Todos estamos de acuerdo en que no habrá más muertes.

—Cotton —dijo Stephanie—, voy a bajar.

El capellán no se movió.

—Los hombres de fuera han sido reducidos. Haga lo que tenga que hacer. No habrá más derramamiento de sangre aquí arriba.

Y Malone oyó las palabras que el sombrío personaje no había dicho.

«Bajo nosotros, sin embargo, es totalmente diferente.»

LXV

EL TESTIMONIO DE SIMÓN

He permanecido en silencio, pensando que es mejor que sean otros los que dejen constancia. Sin embargo, nadie se ha adelantado. De modo que esto ha sido escrito para que vosotros sepáis lo que sucedió.

El hombre Jesús se ha pasado años difundiendo su mensaje por todas las tierras de Judea y Galilea. Yo fui el primero de sus seguidores, pero nuestro número fue creciendo, ya que muchos creyeron que sus palabras tenían gran importancia. Viajamos con él, contemplando cómo aliviaba el sufrimiento, traía la esperanza y alentaba la salvación. Siempre era él mismo, fuera cual fuese el día o el hecho. Si las masas le alababan, se enfrentaba con ellas. Cuando le rodeaba la hostilidad, él no mostraba rabia ni temor. Lo que otros pensaban de él, o decían, o hacían, no le afectaba. Dijo en una ocasión: «Todos nosotros llevamos la imagen de Dios, todos somos merecedores de ser amados, todos podemos crecer en el espíritu de Dios.» Vi cómo abrazaba a los leprosos y a los inmorales. Las mujeres y los niños eran algo precioso para él. Él me mostró que todos merecemos ser amados. Decía: «Dios es nuestro padre. Él nos cuida, nos ama y nos perdona a todos. Ninguna oveja se perderá jamás con ese pastor. Sintámonos libres de decírselo todo a Dios, porque sólo con esta franqueza puede el corazón alcanzar la paz.»

Ese hombre, Jesús, me enseñó a orar. Él hablaba de Dios, del juicio final y del fin de los tiempos. Llegué a pensar que podía incluso dominar el viento y las olas, ya que se alzaba tanto por encima de nosotros. Los ancianos del Sanedrín enseñaban que el dolor, la enfermedad y la tragedia eran el juicio de Dios, y deberíamos aceptar esa ira con el pesar de un penitente. El hombre Jesús decía que eso era falso y ofrecía a los enfermos el coraje para sanar, a los débiles la capacidad de crecer en un espíritu fuerte, y a los no creyentes la oportunidad de creer. El mundo parecía participar de su visión. El hombre Jesús tenía un propósito, vivía su vida para cumplir este propósito, y ese propósito era claro para aquellos de nosotros que lo seguíamos.

Pero, en sus viajes, el hombre Jesús hizo enemigos. Los ancianos lo consideraban una amenaza, en el sentido que ofrecía unos valores diferentes, unas reglas nuevas, y amenazaba su autoridad. Les preocupaba que si a Jesús se le permitía vagar libremente y predicar el cambio, Roma podría estrechar su control, y todos sufrirían, especialmente el sumo sacerdote que servía a la voluntad de Roma. De modo que Jesús fue arrestado por blasfemia y Pilatos decretó que debía subir a la cruz. Yo estaba allí aquel día, y Pilatos no obtuvo ningún placer con esta decisión, pero los ancianos exigían justicia y Pilatos no podía negársela.

En Jerusalén, el hombre Jesús y otros seis fueron llevados a un lugar sobre la colina y atados a la cruz con tiras de cuero. Avanzado el día, las piernas de los hombres fueron rotas, y éstos sucumbieron al anochecer. Otros dos murieron al día siguiente. Al hombre Jesús se le permitió conservar la vida hasta la hora nona, cuando finalmente fueron rotas sus piernas. Yo no estuve a su lado mientras sufría. Los demás que le seguíamos huimos, temerosos de que pudiéramos ser los siguientes. Después de morir, el hombre Jesús fue dejado en la cruz durante seis días más mientras los pájaros picoteaban su carne. Finalmente fue bajado de la cruz y depositado en un agujero excavado en la tierra. Yo observé este hecho, y luego abandoné Jerusalén por el desierto, deteniéndome en Betania, en la casa de María llamada Magdalena y su hermana Marta. Éstas habían conocido al hombre Jesús y estaban entristecidas por su muerte. Se enfurecieron conmigo por no haberle defendido, por no reconocerle, por huir cuando estaba sufriendo. Les pregunté qué hubieran querido ellas que hiciera y su respuesta fue clara: «Unirte a él.» Pero ese pensamiento jamás se me ocurrió. En vez de ello, a todos los que preguntaron, yo negué al hombre Jesús y todo lo que él representaba. Me marché de su hogar, regresando días más tarde a Galilea y al consuelo de lo que me era conocido.

Dos que habían viajado con el hombre Jesús, Santiago y Juan, también regresaron a Galilea. Juntos, compartimos nuestra pena por la pérdida de Jesús y reanudamos nuestra vida como pescadores. La oscuridad que todos sentíamos nos consumía, y el tiempo no alivió nuestro dolor. Mientras pescábamos en el mar de Galilea, hablábamos del hombre Jesús y de todo lo que hizo y todo lo que habíamos contemplado. Fue en aquel mar, años atrás, cuando le conocimos. Su recuerdo aparecía por todas partes sobre las aguas, lo que hacía más difícil eludir nuestra pena. Una noche, mientras una tempestad azotaba el lago y nosotros estábamos sentados en la orilla comiendo pan y pescado, me pareció ver al hombre Jesús en la niebla. Pero cuando me metí en el agua, supe que aquella visión estaba sólo en mi mente. Cada mañana partíamos pan y comíamos pescado. Recordando lo que el hombre Jesús hizo en una ocasión, uno de nosotros bendecía el pan y lo ofrecía como alabanza a Dios. Esta acción nos hacía sentirnos a todos mejor. Un día Juan comentó que el pan partido era como si fuera el cuerpo roto del hombre Jesús. Después de eso, todos empezamos a asociar el pan con el cuerpo.

Pasaron cuatro meses, y un día Santiago nos recordó que la Torah proclamaba que el que es colgado de un árbol es maldito. Le dije que eso no podía ser cierto de ese hombre Jesús. ¿Cómo sabría un escriba tan antiguo que todos los que eran colgados de un árbol eran malditos? No podía. En una batalla entre el hombre Jesús y las antiguas palabras, el hombre Jesús era el vencedor.

Nuestra pena continuaba atormentándonos. El hombre Jesús se había ido. Su voz ya no se oía. Los ancianos sobrevivían y su mensaje pervivía. No porque tuvieran razón, sino simplemente porque estaban vivos y hablaban. Los ancianos habían triunfado sobre el hombre Jesús. Pero ¿cómo podía ser malo algo tan bueno? ¿Por qué permitiría Dios que tanta bondad desapareciera?

El verano terminó y llegó la fiesta del Tabernáculo, que era una época para celebrar la alegría de la cosecha. Pensamos que era seguro viajar a Jerusalén y participar en ella. Una vez allí, durante la procesión al altar, se leyó en los Salmos que el Mesías no morirá, sino que vivirá y volverá para contar las hazañas del Señor. Uno de los ancianos proclamó que el Señor ha castigado al Mesías severamente. Pero Él no le ha entregado a la muerte. Sino, más bien, la piedra que los constructores rechazaron se ha convertido en la piedra angular. En el Templo escuchamos las lecturas de Zacarías, que decían que algún día el Señor se convertiría en rey de toda la tierra. Entonces una tarde me tropecé con otra lectura de Zacarías. Hablaba de una efusión de la casa de David y de un espíritu de compasión y de súplica. Se decía que cuando contemplemos a aquel al que han atravesado lloraremos de pena por él como se llora de gozo ante un recién nacido.

Escuchando, me acordé del hombre Jesús y de lo que le había pasado. El lector parecía hablarme directamente a mí cuando hablaba del plan divino para golpear al pastor de manera que las ovejas puedan dispersarse. En ese momento se apoderó de mí un amor del que no podía desprenderme. Aquella noche me marché de Jerusalén al lugar donde los romanos habían enterrado al hombre Jesús. Me arrodillé ante sus restos mortales y me pregunté cómo un sencillo pescador podía ser la fuente de toda verdad. El sumo sacerdote y los escribas habían considerado al hombre Jesús un fraude. Pero yo sabía que se equivocaban. Dios no exige obediencia a las antiguas leyes a fin de conseguir la salvación. El amor de Dios es ilimitado. Jesús el hombre había dicho eso muchas veces, y al aceptar su muerte con gran valor y dignidad, Jesús nos había dado una última lección a todos nosotros. Al final de la vida encontramos vida. Amar es ser amado.

Me disipó toda duda. La pena se desvaneció. La confusión devino claridad. El Jesús hombre no estaba muerto. Estaba vivo. Resurrecto en mi interior estaba el Señor resucitado. Sentía su presencia tan claramente como cuando antaño había estado a mi lado. Recordé lo que me había dicho muchas veces: «Simón, si me amas, encontrarás mis ovejas.» Finalmente sabía que amar como él amaba permitirá a cualquiera conocer al Señor. Hacer lo que él hacía nos permitirá a todos conocer al Señor. Vivir como él vivía es el camino a la salvación. Dios ha bajado de los cielos para morar en el hombre Jesús, y a través de sus hechos y sus palabras el Señor se dará a conocer. El mensaje estaba claro. Cuida del necesitado, consuela al afligido, ofrece amistad al rechazado. Haz estas cosas y el Señor quedará complacido. Dios dio la vida al Jesús hombre para que nosotros pudiéramos ver. Yo fui simplemente el primero en aceptar esa verdad. La tarea se hizo clara.

El mensaje debe vivir a través de mí y de los otros que del mismo modo creen.

Cuando les hablé a Juan y a Santiago de mi visión, ellos vieron también. Antes de salir de Jerusalén, regresamos al lugar de mi visión y sacamos de la tierra los restos del hombre Jesús. Nos los llevamos con nosotros y los depositamos en una cueva. Regresamos al año siguiente y reunimos sus huesos. Luego escribí este relato que coloqué al lado del hombre Jesús, porque juntos son la Palabra.

LXVI

Mark estaba confuso y asombrado. Sabía quién era Simón.

Éste había sido llamado Cefas en arameo, luego Petros, roca, en griego. Finalmente, se convirtió en Pedro, y los Evangelios proclamaban que Cristo había dicho: «Sobre esta piedra edificaré mi Iglesia.»

Aquel testimonio era el primer relato antiguo que había leído en su vida que tuviera sentido. Nada de hechos sobrenaturales o apariciones milagrosas. Ninguna acción contraria a la historia o a la lógica. Y tampoco detalles contradictorios que arrojaran dudas o afectaran a su credibilidad. Sólo el testimonio de un sencillo pescador de cómo había sido testigo de un gran hombre, alguien cuyas buenas obras y bondadosas palabras vivían después de su muerte, lo suficiente para inspirarle a continuar con su causa.

Simón ciertamente no poseía el intelecto o la capacidad de crear el tipo de elaboradas ideas religiosas que vendrían mucho más tarde. Su comprensión se limitaba al hombre Jesús, al que conocía y a quien Dios lo había reclamado con una muerte violenta. A fin de conocer a Dios, de formar parte de Él, estaba claro para Simón que debía emular al hombre Jesús. El mensaje podía vivir sólo si él, y otros después de él, le insuflaban vida. De esa sencilla manera, la muerte no se apoderaría del hombre. Una resurrección tendría lugar. No literal, sino espiritualmente. Y en la mente de Simón, el hombre Jesús había resucitado —vivía nuevamente—, y a partir de aquel singular comienzo, durante una noche de otoño, seis meses después de que el Jesús hombre fuera ejecutado, nació el cristianismo.

—Esos arrogantes cabrones —murmuró De Roquefort—. Con sus imponentes iglesias y su teología. Todo es absolutamente falso.

—No, no es así.

—¿Cómo puedes decir eso? No hay ninguna crucifixión, ninguna tumba vacía, nada de ángeles anunciando al Cristo resucitado. Todo eso es ficción, creada por los hombres en su propio beneficio. Este testimonio que vemos aquí tiene mucha importancia. Todo empezó con un hombre que comprende algo en *su* mente. Nuestra orden fue borrada de la faz de la tierra, nuestros hermanos torturados y asesinados, en el nombre del supuestamente resucitado Cristo.

—El resultado es el mismo. La Iglesia había nacido.

—¿Crees, ni siquiera por un instante, que la Iglesia habría florecido si toda su teología estuviera basada en la revelación personal de un simple hombre aislado? ¿Cuántos conversos crees que habría conseguido?

—Pero eso es exactamente lo que pasó. Jesús era un hombre corriente.

—Que fue elevado a la categoría de Dios por los hombres posteriores. Y si alguno ponía objeciones, era condenado como hereje y quemado en la hoguera. Los cátaros fueron eliminados aquí mismo, en los Pirineos, por no creer en ello.

—Aquellos primeros Padres de la Iglesia hicieron lo que hicieron. Tenían que embellecer las cosas para que sobreviviera su mensaje.

—¿Perdonas lo que hicieron?

—Está hecho.

—Y no podemos deshacerlo.

Se le ocurrió una idea.

—Saunière probablemente leyó esto.

—Y no se lo dijo a nadie.

—Exacto. Hasta él vio la futilidad de hacerlo.

—No se lo dijo a nadie porque hubiera perdido su tesoro privado. No tenía honor alguno. Era un ladrón.

—Tal vez. Pero la información evidentemente le afectó. Dejó muchas pistas en su iglesia. Era un hombre culto y sabía latín. Si encontró esto, de lo cual estoy seguro, lo entendió. Sin embargo, lo devolvió a su lugar y cerró la puerta al marcharse.

Bajó la vista hacia el osario. ¿Estaba contemplando los huesos de Jesús el hombre? Una oleada de tristeza le invadió cuando se dio cuenta de que todo lo que quedaba de su propio padre eran huesos también.

Clavó su mirada en De Roquefort, y preguntó lo que realmente quería saber.

—¿Mató usted a mi padre?

✠

Malone observó cómo Stephanie se apresuraba hacia la escalera, con el arma de uno de los hermanos en su mano.

—¿Va usted a alguna parte?

—Quizás me deteste, pero sigue siendo mi hijo.

Malone comprendió que la mujer tenía que ir, pero no iría sola.

—Yo también voy.

—Prefiero hacer esto sola.

—Me importa un bledo lo que usted prefiera. Yo voy.

—Y yo —dijo Casiopea.

Henrik agarró el arma de la mujer.

—No. Déjeles hacerlo. Tienen que resolver esto.

—¿Resolver qué? —preguntó Casiopea.

El capellán dio un paso adelante.

—El senescal y el maestre deben desafiarse. La señora fue implicada por alguna razón. Déjenla que vaya. Su destino está abajo, con ellos.

Stephanie desapareció por la escalera, y Malone la observó desde arriba mientras ella se hacía a un lado, evitando el pozo. Luego la siguió, con la linterna en una mano y el arma en la otra.

—¿Por dónde? —susurró Stephanie.

Malone le indicó que guardara silencio. Entonces oyó voces. Procedentes de su izquierda, de la cámara que él y Casiopea habían hallado.

—Por ahí —señaló.

Sabía que el pasadizo estaba libre de trampas hasta casi la entrada de la cámara. Sin embargo, avanzaron lentamente. Cuando descubrieron el esqueleto y las palabras que estaban grabadas en la pared, supo que justo a partir de allí tendrían que andar con mucha precaución.

Las voces se oían más claramente ahora.

✠

—Le he preguntado si mató usted a mi padre —dijo Mark en un tono más alto.

—Tu padre fue un alma débil.

—Eso no es una respuesta.

—Yo estaba allí la noche en que puso fin a su vida. Le seguí hasta el puente. Hablamos.

Mark estaba escuchando.

—Estaba frustrado. Furioso. Había resuelto el criptograma, el que aparecía en su diario, y no le decía nada. A tu padre simplemente le faltó fuerza para seguir adelante.

—Usted no sabe nada de mi padre.

—Al contrario. Le estuve vigilando durante años. Saltaba de problema en problema sin llegar a resolver ninguno. Eso le provocó un conflicto, profesional y personalmente.

—Al parecer encontró lo suficiente para traernos a nosotros hasta aquí.

—No. Fueron otros.

—¿No hizo usted ningún intento para evitar que se ahorcara?

De Roquefort se encogió de hombros.

—¿Por qué? Tenía intención de morir, y yo no vi ninguna ventaja en detenerlo.

—¿De manera que usted simplemente se marchó y lo dejó morir?

—Yo no interferí en algo que no me concernía.

—Hijo de puta. —Mark dio un paso adelante. De Roquefort levantó el arma. El joven aún sostenía el libro del osario—. Vamos, adelante. Dispáreme.

De Roquefort no parecía desconcertado.

—Mataste a un hermano. Ya sabes el castigo.

—Él murió por su causa. Usted lo envió.

—Ya vuelves con ésas. Unas reglas para ti, otras para el resto de nosotros. Tú apretaste el gatillo.

—En defensa propia.

—Suelta el libro.

—¿Y qué va usted a hacer con él?

—Lo que hicieron los maestres al Inicio. Lo usaré contra Roma. Siempre me pregunté cómo se había expandido la orden tan rápidamente. Cuando los papas trataron de que nos uniéramos con los Caballeros Hospitalarios, una y otra vez los detuvimos. Y todo debido a ese libro y a esos huesos. La Iglesia romana no podía correr el riesgo de que esto se hiciera público.

»Imagínate lo que aquellos papas medievales pensaron cuando se enteraron de que la resurrección de Cristo era un mito. Naturalmente, no podían estar seguros. Ese testimonio podía ser tan falso como los Evangelios. Sin embargo, las palabras son convincentes y los huesos, imposibles de ignorar. Había miles de reliquias por ahí en aquella época. Restos de santos adornaban cada iglesia. Todo el mundo mostraba una fácil credulidad. Todo el mudo hubiera creído en la autenticidad de esos huesos. Y éstas eran las más grandes reliquias de todas. De manera que los maestres usaron lo que ellos sabían, y la amenaza surtió efecto.

—¿Y hoy?

—Todo lo contrario. Muchas personas no creen en nada. Existen montones de preguntas en la mente moderna, y pocas respuestas en los Evangelios. Ese testimonio, sin embargo, ya es otra cuestión. Tendría sentido para muchísimas personas.

—De manera que usted va a ser un Felipe IV actual.

De Roquefort escupió en el suelo.

—Eso es lo que yo pienso de él. El rey quería ese conocimiento para poder controlar a la Iglesia... y para que sus herederos pudieran controlarla también. Pero pagó por su codicia. Él y toda su familia.

—¿Acaso piensa que usted podría controlar algo?

—Yo no siento ningún deseo de controlar. Pero me gustaría ver las caras de esos pomposos prelados cuando expliquen el testimonio de Simón Pedro. A fin de cuentas, sus huesos descansan en el corazón del Vaticano. Construyeron una catedral sobre su tumba y le dieron su nombre a la basílica. Es el primero de sus santos, su primer papa. ¿Cómo explicarán sus palabras? ¿No te gustaría oírlo cuando lo intenten?

—¿Quién dice que son sus palabras?

—¿Quién dice que las palabras de Mateo, Marcos, Lucas o Juan son de ellos?

—Cambiarlo todo podría no ser tan bueno.

—Eres débil como tu padre. No tienes estómago para luchar. ¿Tú enterrarías esto? ¿No se lo dirías a nadie? ¿Permitirías que la orden languideciera en la clandestinidad, manchada por la calumnia de un rey codicioso? Los hombres débiles como tú son la causa de que nos encontremos en esta situación. Tú y el antiguo maestre estabais hechos el uno para el otro. Él también era un hombre débil.

Ya había oído bastante y, sin previa advertencia, levantó la mano izquierda, que sostenía la linterna, enfocando el brillante tubo, de forma que su brillo momentáneamente cegara a De Roquefort. El instante de incomodidad hizo que éste entrecerrara los ojos, y la mano que sostenía el arma bajó, mientras levantaba el otro brazo para cubrirse los ojos.

Mark dio un puntapié al arma de De Roquefort, y luego corrió fuera de la cámara. Torció hacia la escalera, pero sólo dio unos pasos.

Unos tres metros ante él vio otra luz y divisó a Malone y a su madre.

Tras él, salió De Roquefort.

—Alto —llegó la orden, y Mark se detuvo.

De Roquefort se acercó.

Mark vio que su madre alzaba el arma.

—Al suelo, Mark —gritó ella.

Pero él permaneció de pie.

De Roquefort estaba ahora justo detrás de él. Sintió el cañón del arma en el cogote.

—Baje su arma —le dijo De Roquefort a Stephanie.

Malone mostró la suya.

—No puede dispararnos a los dos.

—No. Pero puedo dispararle a él.

✠

Malone considero sus opciones. No podía disparar a De

Roquefort sin herir a Mark. Pero ¿por qué Mark se había detenido? ¿Por qué había dado a De Roquefort la oportunidad de acorralarlo?

—Baje el arma —le dijo suavemente Malone a Stephanie.

—No.

—Yo haría lo que él dice —dijo De Roquefort.

Stephanie no hizo ningún movimiento.

—De todos modos, le va a disparar.

—Quizás —dijo Malone—. Pero no lo provoque.

Sabía que ella había perdido a su hijo en una ocasión por una serie de errores. No estaba dispuesta a que se lo quitaran nuevamente. Estudió la cara de Mark. Ni el menor signo de temor. Hizo un movimiento con su linterna hacia el libro que Mark sujetaba.

—¿Es de eso de lo que se trataba?

Mark asintió.

—El Gran Legado, juntamente con un enorme tesoro y documentos.

—¿Valía la pena?

—No me corresponde a mí decirlo.

—La valía —declaró De Roquefort.

—Entonces, ¿ahora qué? —preguntó Malone—. No tiene ningún lugar a donde ir. Sus hombres están fuera de combate.

—¿Cosa suya?

—En parte. Pero su capellán está aquí con unos hermanos suyos. Parece que ha habido una revuelta.

—Eso está por ver —dijo De Roquefort—. Yo sólo digo, una vez más, señora Nelle, que baje el arma. Como el señor Malone correctamente indica, ¿qué tengo que perder disparándole a su hijo?

Malone estaba todavía evaluando la situación, su mente examinando las opciones. Entonces, gracias al cono de luz de la linterna de Mark, lo descubrió. Una ligera depresión en el suelo. Apenas perceptible, excepto si uno sabía qué buscar. Otra trampa que abarcaba todo el ancho del pasadizo y se extendía desde donde ellos estaban hasta Mark. Volvió su mirada y descubrió en los ojos del joven que éste ya sabía de su existencia. Un ligero asentimiento de la cabeza y comprendió por qué Mark se había detenido. Quería que De Roquefort fuera tras él. Quería que llegara hasta allí.

Aparentemente era hora de terminar con esto.

Aquí y ahora.

Alargó la mano y le arrancó el arma a Stephanie.

—¿Qué está usted haciendo? —preguntó ella.

De espaldas a De Roquefort, articuló con la boca, «el suelo», y vio que ella registraba lo que le había dicho.

Entonces se enfrentó a su dilema.

—Una sabia decisión —le dijo De Roquefort.

Stephanie guardó silencio, aparentemente comprendiendo. Pero Malone dudaba de que realmente fuera así. Dirigió nuevamente su atención al pasaje. Sus palabras, destinadas a Mark, fueron dichas a De Roquefort.

—Conforme. Mueve usted.

Mark sabía que había llegado el momento. El maestre le había dicho por escrito a su madre que él no poseía la decisión necesaria para terminar sus batallas. Empezarlas parecía fácil, continuarlas más fácil aún, pero resolverlas siempre se había demostrado difícil. Se acabó. Su maestre había creado el escenario y los actores habían actuado siguiendo el guión. Ya era hora del *finale*. Raymond de Roquefort era una amenaza. Dos hermanos habían muerto por su causa, y no había modo de saber cuándo se detendría. Tampoco había manera alguna de que él y De Roquefort convivieran dentro de la orden. Su maestre era consciente de eso. Por ello, uno de los dos tenía que irse.

Sabía que sólo un paso más allá había un profundo pozo en el suelo, cuyo fondo supuso que estaba erizado de púas de bronce. En su rabia por hacerse con el Gran Legado, sin preocuparse de lo que le rodeaba, De Roquefort no tenía ni idea de la existencia de aquel peligro. Y así era precisamente cómo su enemigo dirigiría la orden. Los sacrificios que miles de hermanos habían hecho durante setecientos años se desperdiciarían por su arrogancia.

La lectura del testimonio de Simón le había proporcionado una confirmación histórica de su propio escepticismo religioso. Siempre le habían atormentado las contradicciones bíblicas y la débil explicación que se daba de ellas. La religión, temía, era una herramienta utilizada por unos hombres para manipular a otros hombres. La necesidad de la mente humana de tener respuestas, incluso para preguntas que no tenían ninguna, había permitido que lo increíble se convirtiera en un evangelio. De alguna manera, había un consuelo en la creencia de que la muerte no era un final. Había más cosas. Jesús supuestamente demostraba eso, resucitándose a sí mismo, y ofreciendo la misma salvación a todos los que creían.

Pero no había ninguna vida después de la muerte.

Al menos en un sentido literal.

En vez de ello, seguías viviendo gracias a lo que otros hacían de tu vida. Al recordar lo que Jesús hombre dijo e hizo, Simón Pedro comprendía que las creencias de su amigo muerto habían resucitado realmente en él. Y predicar este mensaje, hacer lo que Jesús había hecho, se convertía en la referencia de la salvación de Simón. Ninguno de nosotros debía juzgar a los demás; sólo a sí mismo. La vida no es eterna. Un tiempo establecido nos define a todos... Luego, tal como los huesos del osario mostraban, al polvo debemos retornar.

Sólo confiaba en que su vida hubiera significado algo, y que los demás le recordaran por ese significado.

Hizo una profunda inspiración.

Y arrojó el libro a Malone, que lo cogió.

—¿Por qué has hecho eso? —preguntó De Roquefort.

Mark vio que Malone sabía lo que se disponía a hacer.

Y de pronto su madre también lo comprendió.

Él lo descubrió en sus ojos al ver cómo le brillaban a causa de las lágrimas. Quería decirle que lo sentía, que estaba equivocado, que no debería haberla juzgado. Ella pareció leer sus pensamientos y dio un paso adelante, que Malone bloqueó con el brazo.

—Apártese de mi camino, Cotton —dijo ella.

Mark utilizó ese momento para avanzar unos centímetros; el suelo estaba duro todavía.

—Vamos —dijo De Roquefort—. Recoge el libro.

—Por supuesto.

Otro paso.

Duro todavía.

Pero en vez de dirigirse hacia Malone como De Roquefort

ordenaba, se agachó para evitar el cañón del arma y se dio la vuelta, lanzando un codazo a las costillas de De Roquefort. El musculoso abdomen del hombre era duro, y Mark sabía que él no era rival para el viejo guerrero. Pero tenía una ventaja. Mientras De Roquefort se estaba preparando para una pelea, él simplemente envolvió con sus brazos el pecho del otro e hizo que ambos giraran hacia delante, levantándole los pies del suelo y haciendo que los dos cayeran a un piso que él sabía que no aguantaría.

Oyó que su madre gritaba «no», luego el arma de De Roquefort se disparó.

Mark había empujado hacia arriba la mano que sostenía el arma, pero no había forma de saber adónde había ido a parar la bala. Cayeron sobre el falso suelo, su peso combinado fue suficiente para destruir la cubierta. De Roquefort había esperado seguramente golpear el suelo con dureza, listo para revolverse. Pero cuando caían en el agujero, Mark soltó su presa del cuerpo de De Roquefort y liberó los brazos, lo que hizo que toda la fuerza de las púas impactara en la espalda de su enemigo.

Un gemido se escapó de los labios de De Roquefort cuando abrió la boca para hablar. Pero sólo brotó sangre.

—Ya le dije, el día que usted objetó al maestre, que lamentaría lo que hacía —susurró Mark—. Su mandato ha terminado.

De Roquefort trató de hablar, pero la respiración le abandonó mientras de sus labios manaba la sangre.

Entonces el cuerpo se quedó fláccido.

—¿Estás bien? —preguntó Malone desde arriba.

Mark se levantó. El movimiento del peso de su cuerpo hacía que De Roquefort se clavara aún más las púas. Arenisca y gravilla lo cubrían. Mark salió del pozo, y luego se quitó de encima la suciedad.

—Sólo que he matado a un hombre.

—Él te hubiera matado a ti —dijo Stephanie.

—No es una buena razón, pero es todo lo que tengo.

Las lágrimas corrían por el rostro de su madre.

—Pensé que te perdía otra vez.

—Yo esperaba evitar esas púas, pero no sabía que De Roquefort cooperaría.

—Tenías que matarlo —dijo Malone—. Nunca se habría detenido.

—¿Y adónde fue el disparo? —preguntó Mark.

—Pasó silbando muy cerca —dijo Malone. Hizo un gesto con el libro—. ¿Esto es lo que andabas buscando?

Mark asintió.

—Y aún hay más.

—Ya te lo pregunté antes. ¿Valía la pena?

Mark señaló hacia atrás al pasaje.

—Echemos una mirada, y ya me lo dirá usted.

LXVII

Mark paseó la mirada por la sala circular. Los hermanos aparecían otra vez engalanados con sus vestiduras más formales, reunidos en cónclave, dispuestos a elegir un maestre. De Roquefort estaba muerto, y había sido depositado en el Panteón de los Padres la noche anterior. En el funeral, el capellán había objetado la memoria de De Roquefort, y se había votado unánimemente su repudio. Mientras escuchaba el discurso del capellán, Mark comprendió que todo lo que había ocurrido los útimos días era necesario. Por desgracia, él había matado a dos hombres, a uno con remordimiento, al otro sin entusiasmo. Había suplicado el perdón del Señor por la primera muerte, pero sólo sentía alivio de que De Roquefort hubiera desaparecido.

Ahora el capellán estaba hablando nuevamente, dirigiéndose al cónclave.

—Os lo digo, hermanos. El destino ha intervenido, pero no en el sentido que nuestro más reciente maestre esperaba. El suyo era el camino equivocado. Nuestro Gran Legado ha vuelto gracias al senescal. Él era el sucesor elegido por nuestro antiguo maestre. Él fue el enviado a la búsqueda. Se enfrentó a su enemigo, puso nuestro bienestar por encima del suyo, y llevó a cabo lo que los maestres han estado intentando conseguir durante siglos.

Mark vio centenares de cabezas asintiendo para mostrar su

acuerdo. Nunca había conmovido a unos hombres de esta manera en su vida. Había llevado una existencia solitaria en la universidad, pasando sus fines de semana con su padre, y luego solo, la única aventura que había conocido hasta estos últimos días.

El Gran Legado había sido recuperado discretamente de la tierra al día anterior y llevado a la abadía. Él y Malone habían retirado personalmente el osario, junto con su testimonio. Le mostraron al capellán lo que habían encontrado y se convino en que el nuevo maestre decidiría qué hacer con ello.

Ahora esa decisión estaba en sus manos.

Esta vez Mark no se encontraba entre los dignatarios de la orden. Era simplemente un hermano más, de manera que ocupaba su lugar entre la sombría masa de hombres. No había sido seleccionado para formar parte del cónclave, de manera que contemplaba junto con todos los demás cómo los doce elegidos se disponían a realizar su tarea.

—No cabe duda acerca de lo que debe hacerse —dijo uno de los miembros del cónclave—. El antiguo senescal debería ser nuestro maestre. Sea.

La sala permaneció en silencio.

Mark quería hablar para protestar. Pero la regla lo prohibía, y él ya la había quebrantado el suficiente número de veces en su vida.

—Estoy de acuerdo —dijo otro miembro del cónclave.

Los otros diez asistieron.

—Entonces, sea —dijo el que había hecho la propuesta—. El que fuera nuestro senescal será ahora nuestro maestre.

Los aplausos retumbaron en la sala cuando más de cuatrocientos hermanos mostraron su aprobación.

Se iniciaron los cánticos.

Beauseant.

Ya no era Mark Nelle.

Era el maestre.

Todos los ojos se concentraron en él. Emergió de entre los hermanos y entró en el círculo formado por el cónclave. Miró a los hombres que admiraba. Se había unido a la orden simplemente como un medio de realizar lo que su padre había soñado, y escapar de su madre. Y se había quedado porque había llegado a amar tanto la orden como a su maestre.

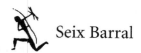
Seix Barral

España
Av. Diagonal, 662-664
08034 Barcelona (España)
Tel. (34) 93 492 80 36
Fax (34) 93 496 70 58
Mail: info@planetaint.com
www.planeta.es

P.º Recoletos, 4, 3.ª planta
28001 Madrid (España)
Tel. (34) 91 423 03 00
Fax (34) 91 423 03 25
Mail: info@planetaint.com
www.planeta.es

Argentina
Av. Independencia, 1668
C1100 ABQ Buenos Aires
(Argentina)
Tel. (5411) 4382 40 43/45
Fax (5411) 4383 37 93
Mail: info@eplaneta.com.ar
www.editorialplaneta.com.ar

Brasil
Av. Francisco Matarazzo,
1500, 3.º andar, Conj. 32
Edificio New York
05001-100 São Paulo (Brasil)
Tel. (5511) 3087 88 88
Fax (5511) 3898 20 39
Mail: psoto@editoraplaneta.com.br

Chile
Av. 11 de Septiembre, 2353, piso 16
Torre San Ramón, Providencia
Santiago (Chile)
Tel. Gerencia (562) 431 05 20
Fax (562) 431 05 14
Mail: info@planeta.cl
www.editorialplaneta.cl

Colombia
Calle 73, 7-60, pisos 7 al 11
Bogotá, D.C. (Colombia)
Tel. (571) 607 99 97
Fax (571) 607 99 76
Mail: info@planeta.com.co
www.editorialplaneta.com.co

Ecuador
Whymper, N27-166, y A. Orellana,
Quito (Ecuador)
Tel. (5932) 290 89 99
Fax (5932) 250 72 34
Mail: planeta@access.net.ec
www.editorialplaneta.com.ec

Estados Unidos y Centroamérica
2057 NW 87th Avenue
33172 Miami, Florida (USA)
Tel. (1305) 470 0016
Fax (1305) 470 62 67
Mail: infosales@planetapublishing.com
www.planeta.es

México
Av. Insurgentes Sur, 1898, piso 11
Torre Siglum, Colonia Florida, CP-01030
Delegación Álvaro Obregón
México, D.F. (México)
Tel. (52) 55 53 22 36 10
Fax (52) 55 53 22 36 36
Mail: info@planeta.com.mx
www.editorialplaneta.com.mx
www.planeta.com.mx

Perú
Av. Santa Cruz, 244
San Isidro, Lima (Perú)
Tel. (511) 440 98 98
Fax (511) 422 46 50
Mail: rrosales@eplaneta.com.pe

Portugal
Publicações Dom Quixote
Rua Ivone Silva, 6, 2.º
1050-124 Lisboa (Portugal)
Tel. (351) 21 120 90 00
Fax (351) 21 120 90 39
Mail: editorial@dquixote.pt
www.dquixote.pt

Uruguay
Cuareim, 1647
11100 Montevideo (Uruguay)
Tel. (5982) 901 40 26
Fax (5982) 902 25 50
Mail: info@planeta.com.uy
www.editorialplaneta.com.uy

Venezuela
Calle Madrid, entre New York y Trinidad
Quinta Toscanella
Las Mercedes, Caracas (Venezuela)
Tel. (58212) 991 33 38
Fax (58212) 991 37 92
Mail: info@planeta.com.ve
www.editorialplaneta.com.ve

Grupo Planeta   Seix Barral es un sello editorial del Grupo Planeta www.planeta.es

Las palabras de Juan acudieron a su mente:

En el principio era el Verbo, y el Verbo era con Dios, y el Verbo era Dios. Todas las cosas por Él fueron hechas. En Él estaba la vida, y la vida era la luz de los hombres. Y la luz en las tinieblas resplandeció, pero las tinieblas no la comprendieron. En el mundo estaba y el mundo fue hecho por Él y el mundo no le reconoció. Vino a lo que era suyo, pero los suyos no le recibieron. Mas a todos los que le recibieron, a aquellos que creyeron en su nombre, dióles la potestad de convertirse en hijos de Dios.

Simón Pedro Le reconoció y Le recibió, como hicieron todos los que vinieron después de Simón, y su oscuridad se tornó luz. Quizás gracias a la singular comprensión de Simón, eran todos ahora hijos de Dios.

Los gritos se calmaron.

Esperó hasta que la sala quedó en silencio.

—Yo había pensado que tal vez ya era hora de que abandonara este lugar —dijo con calma—. Los últimos días me han exigido muchas decisiones difíciles. Debido a las resoluciones que tomé, pensé que mi vida como hermano había terminado. Maté a uno de los nuestros y por ello siento pena. Pero no se me dio elección. Maté al maestre, pero por eso no siento nada. —Su voz se alzó—. Él desafió todo aquello en lo que nosotros creemos. Su codicia y su temeridad hubieran provocado nuestra caída. A él le importaban *sus* necesidadas, *sus* deseos, no los *nuestros*. —Una fuerza pareció brotar en su interior mientras oía nuevamente las palabras de su mentor. «Recuerda todo lo que te enseñé»—. Como vuestro nuevo maestre, yo trazaré un nuevo curso. Saldremos de las sombras, pero no para exigir venganza o justicia, sino para reclamar un lugar en este mundo como los Pobres Compañeros Soldados de Cristo y el Templo de Salomón. Eso es lo que somos. Eso es lo que seremos. Tenemos grandes cosas por hacer. Los pobres y los oprimidos necesitan un defensor. Nosotros seremos sus salvadores.

Algo que había escrito Simón le vino a la cabeza. «Todos nosotros llevamos la imagen de Dios, todos merecemos ser amados, todos podemos crecer en el espíritu de Dios...» Era el primer maestre en setecientos años en ser guiado por esas palabras.

Y tenía intención de seguirlas.

—Ahora, mis buenos hermanos, ya es hora de que digamos adiós al hermano Geoffrey, cuyo sacrificio hizo posible este día.

✠

Malone estaba impresionado por la abadía. Él, Stephanie, Henrik y Casiopea habían sido bien recibidos a primera hora, y se les había ofrecido una visita completa, los primeros no templarios que eran merecedores de semejante honor. Su guía, el capellán, les había mostrado hasta los lugares más recónditos y contado pacientemente su historia. Luego se había marchado diciéndoles que el consistorio estaba a punto de empezar. Regresó al cabo de unos minutos y les acompañó a la capilla. Habían ido para asistir al funeral de Geoffrey, y se les había permitido la entrada gracias al importante papel que habían desempeñado en el hallazgo del Gran Legado.

Se sentaron en la primera fila de bancos, directamente ante el altar. La capilla era magnífica, una catedral por derecho propio, un lugar que había albergado a los Caballeros del Temple durante siglos. Y Malone podía sentir su presencia.

Stephanie estaba sentada junto a él, con Henrik y Casiopea a su lado. Oyó cómo se le escapaba un suspiro a la mujer cuando se iniciaron los cánticos y Mark salió de detrás del altar. En tanto que los demás hermanos llevaban hábitos rojizos y la cabeza cubierta, él iba vestido con el blanco manto del maestre. Malone alargó el brazo y cogió la mano temblorosa de la mujer. Ella le brindó una sonrisa y la apretó con fuerza.

Mark se dirigió hacia el sencillo ataúd de Geoffrey.

—Este hermano dio su vida por nosotros. Mantuvo su juramento. Por ello tendrá el honor de ser enterrado en el Panteón de los Padres. Hasta ahora, sólo los maestres lo fueron. Ahora, a ellos se les unirá este héroe.

Nadie dijo una palabra.

—Además, la objeción hecha a nuestro anterior maestre por el hermano De Roquefort queda con ello rescindida. Digamos ahora adiós al hermano Geoffrey. Gracias a él hemos renacido.

✠

El servicio duró una hora y Malone y los demás siguieron a los hermanos al Panteón de los Padres. Allí el ataúd fue despositado en el *locolus* al lado del maestre.

Luego se dirigieron afuera, a sus coches.

Malone percibió tranquilidad en Mark y como un deshielo en la relación con su madre.

—¿Y ahora qué va a hacer usted, Malone? —quiso saber Casiopea.

—Vuelta a vender libros. Y mi hijo va a venir a pasar un mes comingo.

—¿Tiene un hijo? ¿De qué edad?

—Catorce, dentro de poco cumplirá treinta. Es un mal bicho.

Casiopea sonrió.

—Muy parecido a su padre, entonces.

—Más bien a su madre.

Había estado pensando mucho en Gary los últimos días. Ver a Stephanie y a Mark peleando el uno contra el otro le había recordado algunos de sus defectos como padre. Pero uno nunca se daría cuenta mirando a Gary. Mientras Mark se había vuelto resentido, Gary era brillante en los estudios, y en el deporte, y no había puesto ninguna objeción a que Malone se fuera a Copenhague. Por el contrario, le había alentado, dándose cuenta de que su padre necesitaba ser feliz también. Malone sentía una gran culpabilidad por esa decisión. Pero anhelaba que llegara el momento de estar con su hijo. El año anterior había sido su primer verano juntos en Europa. Este año tenía planeado viajar a Suecia, Noruega e Inglaterra. A Gary le encantaba viajar... otra cosa que tenían en común.

—Lo vamos a pasar bien —dijo.

Malone, Stephanie y Henrik se irían en coche a Toulouse y cogerían un vuelo a París. Desde allí, Stephanie volaría a su hogar, Atlanta. Malone y Henrik regresarían a Copenhague. Casiopea pondría rumbo a su *château* en el Land Rover.

Ella se encontraba junto a su coche cuando se cercó Malone.

Les rodeaban montañas por todas partes. Dentro de un par de meses, el invierno lo cubriría todo con un manto blanco. Formaba parte de un ciclo. Tan claro en la naturaleza como en la vida. Lo bueno, luego lo malo, de nuevo lo bueno, otra vez lo malo y una vez más lo bueno. Recordaba haberle dicho a Stephanie cuando él se retiró que estaba hasta las narices de tonterías. Ella había sonreído ante su ingenuidad, diciéndole que mientras la tierra estuviera habitada, no habría ningún lugar tranquilo. En todas partes se jugaba el mismo juego. Sólo cambiaban los jugadores.

Eso estaba bien. La experiencia de la semana anterior le había enseñado que él era un jugador y siempre lo sería. Pero si alguien le preguntaba, él les diría que era un librero.

—Cuídese, Malone —dijo ella—. Ya no podré seguir protegiéndole las espaldas.

—Tengo la impresión de que usted y yo nos volveremos a ver.

Ella le brindó una sonrisa.

—Nunca se sabe. Es posible.

Él regresó a su coche.

—¿Qué hay de Claridon? —le preguntó Malone a Mark.

—Pidió perdón.

—Y tú graciosamente se lo concediste.

Mark sonrió.

—Explicó que De Roquefort iba a asarle los pies, y un par de hermanos lo confirmaron. Quiere unirse a nosotros.

Malone soltó una risita.

—¿Y vosotros estáis preparados para eso, muchachos?

—Nuestras filas se llenaron antaño de hombres mucho peores. Sobreviviremos. Yo lo veo como mi penitencia personal.

Stephanie y Mark hablaron un momento en un tono apacible. Ya se habían dicho adiós en privado. Ella tenía un aspecto tranquilo y relajado. Aparentemente su despedida había sido amistosa. Malone estaba contento. Había que restablecer la paz.

—¿Qué pasará con el osario y el testimonio? —preguntó Malone.

No había hermanos por allí, de modo que se sentía seguro al hablar de ello.

—Quedarán sellados para siempre. El mundo está satisfecho con lo que cree. No voy a crear problemas.

Malone se mostró de acuerdo.

—Buena idea.

—Pero esta orden resurgirá.

—Eso es —dijo Casiopea—. Ya he hablado con Mark sobre su

posible implicación en la organización caritativa que dirijo. La lucha contra el sida y la prevención del hambre en el mundo se beneficiarían de una entrada de capital, y esta orden ahora tiene un montón de dinero para gastar.

—Henrik ha presionado duramente también para que nos impliquemos en sus causas favoritas —dijo Mark—. Y me he mostrado de acuerdo. De manera que los Caballeros Templarios estarán ocupados. Nuestras habilidades pueden servir de mucho.

Malone alargó la mano, que Mark estrechó.

—Creo que los templarios están en buenas manos. Te deseo la mejor de las suertes.

—Lo mismo para usted, Cotton. Y sigo deseando saber el motivo de ese nombre.

—Llámame un día y te lo contaré todo.

Subieron al coche de alquiler con Malone al volante. Mientras se instalaban y se abrochaban los cinturones de seguridad, Stephanie dijo:

—Le debo una.

Él la miró fijamente.

—Es la primera vez que lo reconoce.

—No se acostumbre.

Él sonrió.

—Úselo juiciosamente.

—Sí, señora.

Y puso en marcha el coche.

NOTA DEL AUTOR

Mientras me encontraba sentado en un café en la Höbro Plads, decidí que mi protagonista tenía que vivir en Copenhague. Es realmente una de las grandes ciudades del mundo. De modo que Cotton Malone, librero, se convirtió en un elemento más de esa concurrida plaza. Pasé tambien algún tiempo en el sur de Francia descubriendo buena parte de la historia y muchos de los escenarios que acabaron incluidos en este relato. La mayor parte del argumento se me ocurrió mientras viajaba, lo que resulta comprensible dadas las cualidades inspiradoras de Dinamarca, Rennes-le-Château y el Languedoc. Pero ya es hora de saber dónde se traza la línea divisoria entre la realidad y la ficción.

La crucifixión de Jacques de Molay, tal como se describe en el prólogo, y la posibilidad de que su imagen sea la que aparece en la Sábana Santa de Turín (capítulo XLVI) son las conclusiones de Chistopher Knight y Robert Lomas. Yo me sentí intrigado cuando descubrí la idea en su obra *El segundo Mesías: los templarios, la Sábana Santa de Turín y el gran secreto de la masonería*, de manera que introduje su innovadora idea en la narración. Mucho de lo que Knight y Lomas dicen —tal como lo relata Mark Nelle en el capítulo XLVI— tiene sentido y es también coherente con todas las pruebas científicas de datación efectuadas sobre el sudario durante los últimos veinte años.

La Abadía des Fontaines es ficticia, pero en gran parte es un compendio de muchos retiros pirenaicos. Los escenarios de Dinamarca existen todos. La catedral de Roskilde y la cripta de Chistian IV (capítulo V) son realmente magníficas, y la vista desde la Torre Redonda de Copenhague (capítulo V) nos traslada a otro siglo.

Lars Nelle es una combinación de muchos hombres y mujeres que han dedicado su vida a escribir sobre Rennes-le-Château. He leído muchas fuentes, algunas que bordean lo insólito, otras el ridículo. Pero cada una a su manera ofrecía una visión única de ese misterioso lugar. En este sentido, hay que hacer algunos comentarios:

El libro *Pierres Gravées du Languedoc,* de Eugène Stüblein (mencionado por primera vez en el capítulo IV), formaba parte del folclore de Rennes, aunque nadie ha visto nunca un ejemplar. Tal como se indica en el capítulo XIV, el libro aparece catalogado en la Bibliothèque Nationale de París, pero el volumen no se encuentra.

La lápida mortuoria original de Marie d'Hautpoul de Blanchefort ha desaparecido, seguramente destruida por el propio Saunière. Pero probablemente se realizó un boceto de ella, el 25 de junio de 1905, por parte de una sociedad científica, y el dibujo fue finalmente publicado en 1906. Pero existen al menos dos versiones de ese supuesto boceto, de manera que resulta difícil saber con seguridad cuál es el original.

Todos los hechos que se refieren a la familia D'Hautpoul y su relación con los Caballeros del Temple son verdaderos. Tal como se detalla en el capítulo XX, el abate Bigou era el confesor de Marie, y encargó su lápida sepulcral diez años después de su muerte. Bigou probablemente huyó de Rennes en 1793 y nunca regresó. Si realmente dejó mensajes secretos es una conjetura (todo esto forma parte del atractivo de Rennes), pero esa posibilidad sirve para crear una historia de intriga.

El asesinato del cura Antoine Gélis tuvo lugar, y de la manera como se describe en el capítulo XXVI. Gélis estuvo relacionado con Saunière, y algunos han especulado que Saunière pudo haber estado implicado en su muerte. Pero no existe prueba alguna de semejante vínculo, y el crimen sigue, hasta el día de hoy, sin resolver.

Si hay una cripta o no debajo de la iglesia de Rennes nunca se sabrá. Como se indica en los capítulos XXXII y XXXIX, los funcionarios locales no permiten ninguna exploración. Pero los señores de Rennes tienen que haber sido enterrados en alguna parte, y, hasta la fecha, su cripta no ha sido localizada. Las referencias a la cripta, supuestamente halladas en el archivo parroquial, tal como se menciona en el capítulo XXXII, son auténticas.

La columna visigoda mencionada en el capítulo XXXIX existe y se exhibe en Rennes. Saunière realmente invirtió la columna y cinceló palabras en ella. La relación entre 1891 (1681, cuando se invierte) con la lápida mortuoria de Marie d'Hautpoul de Blanchefort (y las referencias a 1681 que aparecen allí) superan lo que podría considerarse una coincidencia, pero todo eso existe. De manera que tal vez hay un mensaje ahí, en alguna parte.

Todos los edificios y todo lo que Saunière forjó relativo a la iglesia de Rennes es real. Decenas de miles de visitantes cada año acuden al dominio de Saunière. La relación 7/9 es invención mía, basada en observaciones que realicé mientras estudiaba la columna visigoda, las estaciones del Vía Crucis y otros diversos detalles dentro y en torno a la iglesia de Rennes. Que yo sepa, nadie ha escrito nada sobre esta relación 7/9, por lo que quizás ésta será mi contribución a la saga de Rennes.

Noël Corbu vivió en Rennes, y su papel en la forja de buena parte de la ficción que circula sobre este lugar es verdadero (capítulo XXIX). Un libro excelente, *The Treasure of Rennes-le-Château: A Mistery Solved*, de Bill Putnam y John Edwin Wood, trata de las invenciones de Corbu. Éste compró el dominio de Saunière a la anciana amante del sacerdote. La mayoría está de acuerdo en que si Saunière sabía alguna cosa, bien podía habérsela contado a su amante. Una parte de la leyenda (probablemente otra mentira de Corbu) es que la amante le contó a Corbu la verdad antes de morir en 1953. Pero nunca lo sabremos. Lo que sí sabemos es que Corbu se aprovechó de la ficción de Rennes, y él fue la fuente, en 1956, de las primeras noticias periodísticas publicadas sobre el supuesto tesoro. Como se cuenta en el capítulo XXIX, Corbu confeccionó un manuscrito sobre Rennes, pero las páginas desaparecieron después de su muerte en 1968.

Finalmente, la leyenda de Rennes fue conmemorada en un libro de 1967, *El oro de Rennes,* de Gérard de Sède, que está reconocido como el primer libro sobre el tema. Mucha ficción está contenida ahí, la mayor parte de la cual es una reproducción maquinal de la historia original de 1956 de Corbu. Por último, Henry Lincoln, un cineasta británico, tropezó con la leyenda, y a él se le atribuye la popularización de Rennes.

El cuadro *Leyendo las reglas de la caridad,* de Juan de Valdés Leal, actualmente cuelga de la iglesia capitular española de la Santa Caridad. Yo lo cambié de sitio, ubicándolo en Francia, ya que su simbolismo era irresistible. Consecuentemente, su inclusión en la historia de Rennes es invención mía (capítulo XXXIV). El palacio papal de Aviñón está adecuadamente descrito, excepto por lo que se refiere a los archivos, que yo inventé.

Los criptogramas sí forman parte verdaderamente de la leyenda de Rennes. Los aquí mencionados, sin embargo, son fruto de mi imaginación.

La obra de reconstrucción del castillo de Givors se basa en un proyecto real que actualmente está en marcha en Guédelon, Francia, donde unos artesanos están construyendo un castillo del siglo XIII utilizando las herramientas y materiales de aquella época. La empresa tardará décadas en realizarse, y el lugar está abierto al público.

Los templarios, naturalmente, existieron y su historia está adecuadamente reflejada. Su regla es igualmente citada con exactitud. El poema del capítulo 10 es auténtico, aunque de autor desconocido. Todo lo que la orden llevó a cabo, tal como se detalla en el libro, es cierto y se presenta como un testamento de una organización que estaba evidentemente adelantada a su tiempo. En cuanto a la riqueza y el conocimiento perdidos de los templarios, no se ha encontrado nada desde la purga de 1307, aunque Felipe IV buscó denodadamente en vano. La historia de los carros que se dirigían a los Pirineos (capítulo XLVIII) se basa en antiguas referencias históricas, pero no se puede dar nada por seguro.

Desgraciadamente, no existen crónicas de la orden. Pero tal vez esos documentos estén esperando a algún aventurero que algún día encuentre el perdido escondrijo templario. La ceremonia de iniciación del capítulo LI se reproduce con exactitud utilizando las palabras de la regla. Pero la ceremonia del entierro, tal como aparece detallada en el capítulo XIX, es falsa, aunque los judíos del siglo I enterraban realmente a sus muertos de una manera parecida.

El Evangelio de Simón es creación mía. Pero el concepto alternativo de cómo Cristo pudo haber sido «resucitado» procede de un excelente libro, *La resurrección, mito o realidad,* de John Shelby Spong.

Las tradiciones entre los cuatro Evangelios del Nuevo Testamento relativas a la resurrección (capítulo XLVI), han puesto a prueba a los eruditos durante siglos. El hecho de que sólo se hayan hallado los restos de un único reo de crucifixión (capítulo L) suscita algunas cuestiones, al igual que muchos comentarios y afirmaciones que se han hecho a lo largo de la historia. Uno en particular, atribuido al papa León X (1513-1521), me llamó la atención. León era un Medici, un hombre poderoso apoyado por poderosos aliados, que dirigía una iglesia que, en aquel tiempo, ejercía un poder supremo. Su comentario es corto, sencillo y extraño para un Sumo Pontífice de la Iglesia católica.

De hecho, fue la chispa que dio origen a esta novela:

«Nos ha sido útil, este mito de Cristo.»

Impreso en el mes de febrero de 2007
en Talleres HUROPE, S. L.
Lima, 3 bis
08030 Barcelona